"十三五"国家重点图书出版规划项目

西班牙语文学译丛
尹承东 主编

浪人

———

〔西班牙〕弗朗西斯科·纳尔拉 著
王小翠 译

图书在版编目（CIP）数据

浪人／（西）弗朗西斯科·纳尔拉著；王小翠译
．—北京：中央编译出版社，2020.12
书名原文：Ronin
ISBN 978-7-5117-3872-1

Ⅰ.①浪… Ⅱ.①弗… ②王… Ⅲ.①长篇小说－西班牙－现代 Ⅳ.①I551.45

中国版本图书馆 CIP 数据核字（2020）第 182336 号

©Rights Licenced by Editorial Planeta, S.A.
(Editorial Temas de Hoy), Francisco Narla,2013.
The simplified Chinese translation rights arranged through Rightol Media（本书中文简体版权经由锐拓传媒取得 Email：copyright@righrol.com）

著作权合同登记号：01-2020-7104

浪人

责任编辑：翟　桐
责任印制：刘　慧
出版发行：中央编译出版社
地　　址：北京西城区车公庄大街乙 5 号鸿儒大厦 B 座（100044）
电　　话：(010) 52612345（总编室）　(010) 52612335（编辑室）
　　　　　(010) 52612316（发行部）　(010) 52612346（馆配部）
传　　真：(010) 66515838
经　　销：全国新华书店
印　　刷：河北下花园光华印刷有限责任公司
开　　本：880 毫米 ×1230 毫米　1/32
字　　数：393 千字
印　　张：17.125
版　　次：2020 年 12 月第 1 版
印　　次：2020 年 12 月第 1 次印刷
定　　价：98.00 元

网　　址：www.cctphome.com　　邮　箱：cctp@cctphome.com
新浪微博：@中央编译出版社　　　微　信：中央编译出版社（ID：cctphome）
淘宝店铺：中央编译出版社直销店(http://shop108367160.taobao.com) (010) 55626985

本社常年法律顾问：北京市吴栾赵阎律师事务所律师　闫军　梁勤
凡有印装质量问题，本社负责调换，电话：（010）55626985

再次感谢亲爱的读者，愿在我字里行间忆往昔峥嵘，

再次感谢亲爱的出版商，愿在其书架壁托为我的故事寻一席之地，

而若非读者将印制文字化为真情实感，则我所述不过是干涸墨迹……

阿尔瓦，那个总在梦境中拥抱最苦涩现实的特立独行的女孩儿，请你永远不要放弃梦想。

玛利亚和曼努埃尔，那对自希望乐园至现实荒野始终并肩作战、五十多年来从不曾退缩畏惧的爱侣，当时间划出代际，我们依然能在阅读中重逢。是他教会我谦卑的力量，是她授予我坚毅的宝贵。

洛德丝和卡洛斯，是他们向我道破年轮的含义，指明道路的方向。

还有我亲爱的女儿，你的勇气和精神是一切开始的源泉，结束的余响，这将永远无须质疑……因为你是我贫瘠土壤和深沉孤独里唯一的慰藉。

尽管文稿取材于真实历史事件，但归根结底仍只是一部小说。这是一些的确存在过的错综史实的碎片，只是惊涛乱世奥妙万千，难以尽述，唯有故事。

虽然文中所述文化与本国文化相距遥远，且截然不同，但仍本着严肃、认真与尊重的态度处之。只因编年史记录差异加之日本精神本身的复杂性，使写作过程着实不易，若有任何疏漏不实之处，谨此预致歉意并愿承担一切责任。

此外，为保持小说脉络一致，不免对真实事件有所改编，欲知详情可参阅文末后记，其间已对作者缘何就有关日本人名、地名及史实进行调整做出详尽说明。

"式"可理解为围棋中博弈双方轮流执子走步,即各方每次在棋盘思考策略、落子出招,从而尽可能地开疆拓土、战胜对手、赢得对弈所拥有的时间。

目 录
Contents

第一式　伏见　001

第二式　背叛　060

第三式　京都　121

第四式　耐心　156

第五式　海难　194

第六式　意志　248

第七式　塞维利亚和仙台　298

第八式　监禁　356

第九式　酷刑　405

第十式　复仇　441

第十一式　荣誉　489

作者后记　519

第一式　伏见

> 一个武士……应能日夜以死为常念。
>
> ——大道寺友山《武道初心集》

他知道，自己将在那晚死去。风平浪静并未持续太久。战争与欺诈者一样，沉默对其毫无助益。最后一役将随时打响。他看不到太阳升起了。

夜色安详，自遭遇围攻以来，城内的武士们总算得到喘息之机。月将盈，略显羞怯地悬于青瓦之上，随着灯笼烛火的摇晃把一切都映出阴影来。被手工艺人们打磨多年的护城河里流水潺潺，似有戚戚之声。成熟灯芯草的清香从花园逃窜出来，四散在驻军弹药库、兵器库和营帐之间，雪松枝杈若明若暗的空隙被微风轻轻吹动，裹挟着十多日来血腥战争的恶臭，毫不留情地打破了久违的平静。夏日渐尽，白天被炙烤得滚烫的地基石正褪去热度，残酷战役带来的惊惧甚至让知了与蟋蟀也不敢在短暂的停火间歇肆意鸣叫。

夹杂着秋天将至的预感，西乡沿着城墙边沿，小心翼翼地接近要塞中心，他行动敏捷，脚下有着与年龄和阅历不相称的干练洒脱。他竭力避免木屐触地时发出响动，但每走一步还是会有刺耳的踢踏声，连接盔甲片的繁复细线也多处断裂，或许就是在东塔大火不久前参与骑兵小规模作战时被划开的。那时已遭遇围困多日，伏见城大名鸟居元忠[1]不畏敌军压倒性优势，下令出击，但城中两百余名幸存士兵仍难敌武将石田三成的四万余把白刃。此刻，双方均利用休战间歇整顿兵力，为最后的决战准备着，隐约可闻敌军在小堡垒后相互鼓舞士气，城内许多人已写好赴死的诗句，另一些人尽管明知必败无疑，还是着手进行最后的作战部署，而城主早已不顾生死安危，发出紧急进攻的号令。

尽管对多日来浴血奋战、乃至数次命悬一线未曾有片刻回想，西乡还是感到仿佛有子弹尖利的呼啸声正从耳边飞过。他摸了摸胸甲一侧，找到一些被子弹擦落的碎金属片，将它们小心地放入左前臂的护手里。他不想丢掉，除了许久未见的儿子，这身久经沙场的盔甲和手里的军刀便是他前半生仅有的东西了。西乡不允许思绪停留太久，也竭力摆脱着那几近将自己捕获和禁锢的怀乡之情。他快速系好四端有些松垮的铠甲，嘴角微笑里无尽的苦涩令双唇显得极不自然。木屐令人心烦的踢踏声已消失不见，只是陷入沙地时仍有轻微的飒飒之音。他满意地耸耸肩，好让甲胄更舒适些，遍布胼胝下的骨骼与肌肉依然活络连通，令周身慢慢恢复了力气，好似老友重逢，这种感觉让他暂时抽离出回忆过往的悲伤继续赶路。在一个装饰着耙拢整齐的碎石子

---

[1] 鸟居元忠，日本战国时代武将，德川家康家臣。——译者注

路和精心打理的杜鹃花树的庭院里，他与一队忍者擦肩而过。借着火把和灯笼，能看到这些战士正在整理藏青色衣衫，准备与负责切断敌方邮路的将领里应外合，夜袭敌线。他们都是极优秀的暗探，精于近距离对抗战，在实施破坏行动上更有着手工艺匠人般的高超技能。然而一如自己，他们脸上也满是袭击留下的伤痕、硝烟与污秽，疲惫令他们的表情变得扭曲，血迹斑斑的绷带尤为扎眼。尽管主君此次的命令让人颇觉怪异，但西乡并未停下脚步，只向队伍打出一个郑重的手势以表相识，而这些随时准备在夜色掩护下为最艰险使命献身的神秘忍者们也向他鞠躬示意。

他们都是受五奉行[1]之首德川家康之命，被从古贺城派至伏见城进行突击任务的。日本国内两股势力对立正渐呈白热化，内战一触即发。即便是应对围城前的前哨遭遇战，他们也是极珍贵的生力军。而忍者们也无不钦佩这位风度不俗、深沉缄默地穿梭于迷宫般的城堡围墙间的武士，时而向其投来充满敬意的问候，最后那位与武士相视告别的忍者还曾蒙其搭救之恩。所有人都深知，此别即是永诀，敌人手里那令人厌恶的西式火枪将再次喷出无情的焰火。

高达四层平房的瞭望塔纤细轻盈，正威严地注视着来往行人的脚步，其轮廓虽笼罩在夜晚的烟幕中，却因月色清明看得极为真切，好像一只稳稳落在老朽树枝上的大鸟，轻轻地倚靠着，时刻等待任何不得不因之展翅的风吹草动，波浪形的檐板似乎正要猛扑而下亟待飞走。西乡在瞭望塔的掩护下上了一个缓坡，来到一段方形石阶路前，石缝间有青草幼芽破土而出，再往前能看到城墙的一角，通至两扇

---

[1] 五奉行是丰臣政权末期确定的职务，就任者是当时五个最有实力的大名。丰臣秀吉希望自己过世之后，由五奉行来辅佐幼子丰臣秀赖。——译者注

门,一扇高大肃穆,有青铜顶饰,另一扇破败不堪,除粗糙的木板门外再无其他。这便是了。他毫不犹豫地跨过为避免陌生人找来而用障眼法做了最简易门槛的那扇,铁合页上沉重的门脸微微挪动,一进门便颔首而立,等待指令。

房间里为数不多的几名侍从是城内的核心力量,均身着带有鸟居家徽的正统武士服,保护着被德川家康亲自挑来守卫关键要塞的主君。他们不动声色,定定地看着这位被临时通知到场的神秘老农。精瘦的西乡约有一府门高,身上多处青筋暴出,好似南方学校常见的练习竹剑一般,受尽操练之苦。脸上依稀可见天花留下的麻子印,皱纹交织在久经风霜的皮肤上,已然成其年近不惑的证明。高高的颧骨上镶嵌着老胡桃木色的瞳孔,脸颊因两侧稀疏的胡须陷入暗影中,每天早上他总能发现有新的白胡子长出来。不同于一般武士梳起传统的月代头,他将头发剃得干干净净如僧人一般。尽管在场诸人都曾听闻过眼前这位武士的传奇经历,据说在最终促成国家统一的一次次骨肉相残的战争中,他十分骁勇善战,却仍无法改变他来自南方九州岛一户小地主家、出身卑微的事实。

侍卫们已簌簌地让出过道来。"可以过去了,主君在等您。"只听一个严肃的声音从过道传来,却仍未解答他因何被召的困惑。大名所在之处是个极安静的场所。一道以精致的不对称结构修饰齐整的门廊在眼前展开,一草一木一石均浑然天成般长在那里,尽管事实上那都已被能工巧匠精雕细琢过,甚至连每一片苔藓都是细心打磨的杰作。这是个极适合冥想和放松的地方,与大战迫在眉睫的紧张气氛迥然不同。做工上乘的陶器里培育着雅致的盆栽,或放置在巧妙切割的树桩上,或小心立在精心挑选的石柱上。伏见城大名身穿带有弓形家纹的武士服，正从其中一瘸一拐地走来，前不久一次战役中落下的旧伤令他行走变得有些吃力。大名身材瘦削，眼神略显疲惫，稀落的头发扎成传统发髻。看得出他已洗去战争的污垢，换上颜色庄重的轻便套服，只是腰间并未佩带惯用的对刀。岁月已带走他脸上的棱角，此刻，即使面对最残酷的战场也依旧神情和善，泰然自若。他平静地在盆栽中慢慢走着，随手拔出里面的零星杂草，又用指尖轻触巴掌大小的枫树上的红叶，仔细看了看石榴籽是如何排列的，一缕修饰得当的银色胡须被微风轻轻掀起。三十年前，他意气风发，自认为是百兽之王，然而时间的流逝已然教会他承认年少时的愚蠢。如今，在跟随五奉行之首德川家康南征北战这么多年后，他终于悲哀地意识到，一个人，只有当命运锲而不舍地一次次提醒自己余生已再无朝夕可求索智慧时，方才隐约察觉到自己的无知。

无示不得语，西乡一边默默走向主君，能感觉得到那些警惕多疑的侍卫的眼睛仍未从他身上移开，一边心里疑惑：眼下境况，主君究竟想让自己做什么呢。无论如何，他只希望那是一条胜利之路，即便牺牲自己也在所不辞。死并不可怕，近十天来，每逢小队骑兵遭遇数量百倍于己的敌军时，他总有种莫名的兴奋。只须主君一声令下便可切腹就死。他宁愿失去生命也无法接受战败的巨耻和被俘的羞辱。为完成身为武士的使命，他日夜祈盼主君的传召，因为唯有如此，他才有望将战胜石田三成这一不可能的事变为现实。

石田三成站在军帐前，望着远处高于桃山山尖的城堡轮廓，手中的扇骨尾端在下颌来回挠动，心中思量着要如何才能拿下这座要塞。目之所及是数万人形成的包围圈，不计其数的象征丰臣家族的泡桐叶军旗在月光下随风飘扬。然而，即便已遭遇不间断的全方位进攻，伏见城仍未投降。这是个身形清瘦的男人，脸却浮肿得让人想起遇险时身体膨胀成圆球的河豚。那晚，挫败感浸透在他的每个表情里。暗探的情报没错：德川家康的确曾途径城里。但叛乱的摄政王早已提前多日嗅到伏击的气息，逃之夭夭了，这对石田而言，唯一的慰藉或许是至少自己的进攻对这位桀骜不驯的统帅犹存震慑，也暂时阻止他继续纠集部众，对抗五大老中的反对者。不过，哪怕叛首最终得以逃脱，石田三成也决不允许有一座不忠的城池屹立不倒。

"准备再次进攻！所有人！"他斩钉截铁地说道，没有回头示意身后的将领。"都别像石头一样杵着，骑兵中队带上火器！杀！"他用扇子指着不远处的城堡轮廓，再次急切地发出指令。是那批缴获的滑膛枪让他重燃胜利的希望，与大胡子老外做朋友的德川家康定不会料到会被自己亲自采购的火枪对准吧。他很快便会得到五大老的拥戴了。他真没想到居然轻而易举就搞到了那些数目庞大的洋玩意儿。那晚的一切都让石田三成觉得势在必得。

*   *   *

澎湃的淀川河在枯黄的柳树叶子的簇拥下静静流淌，冲刷着京都以南关西大山里的沟沟壑壑。这是往来于古都足利和大阪城之间旅货两用的重要水上通道，而少主公丰臣秀赖正是在水镇大阪被加冕为征夷大将军，以期实现父亲统一日本的遗愿。两城之间矗立在桃山山尖上的便是伏见城了，这是一座被孕育了广阔河谷平原的河道环绕着的战略要塞,此刻正被四万名士兵重重包围,他们个个手持尖刀利刃,映得月光寒气四射。新的战斗就要打响,这无疑也将是最后一战。而在城内,大名鸟居元忠正在盆栽间艰难踱步,他被殊死围攻带来的惨重损失笼罩着,深知领地的战略意义。自诹访原一战后,他的双腿总是剧痛无比,走路颤颤巍巍,步伐细碎,与脸上的坚毅形成鲜明对比。他似乎对耳畔彻响不绝的射击声丝毫不放在心上。武士恭敬地望着他,按捺着心中的一连串困惑。

大名停在一块大型石板岩前。石板岩被放置在树桩上,周围是精心修饰成圆斑花纹的地衣屏风,一棵久经岁月雕琢的青松立在一端。西乡曾在北方山区见过这种树,它们总是长于悬崖峭壁间,常年遭狂风吹刷。只是不同于前者可高达十数府门,眼前这棵还不及腰间。它被放置在石板一端类似花盆的地带,整个树干严重倾斜,好像被一场恐怖的台风摧枯拉朽般扫过。整棵树呈现出一种受难者的姿态,好似拼了命要站起来,又好似被阻止其挺拔生长的疾风无情抽打着。与树干略显不相称的粗壮根茎像铁匠宽厚的前臂一般,牢牢地、绝望地扎进泥土里。迎风面树枝干瘪的疤痕上覆着一层灰色的锈斑,旧芽未断的残株裸露着,很像孱弱的爪牙,背风面的生命则紧紧沿着积年的鳞叶带爬行,好似被高超的园丁用想象出来的暴风雪打磨过,五层枝叶不多不少上下排列着。这看起来很像一支镀银的箭头被一次次张开,直到将所有绿叶呈放射状铺开。

西乡并不常陷入这样的多愁善感,他是战争之子,血液里是被鞣制过的活着即罪过的信念。他很清楚人们希望他怎样做:以禁欲的忍术将每一刻当作最后一刻来过。与其他有幸在和平时期学习作诗、绘画和书法的年轻武士不同,自离开稻田后,他除了将生命献于刀刃外便再无别的使命了。但即便如此,一看到盆栽,他还是被那种经岁月呵护的灵巧之工和精细的不对称之美打动了。他发现了被藏匿的美,正如无数次从剑术中领悟到、或是目睹老师将弓一点点拉开时感受到的那样。他忘记了忧伤,甚至不再想自己因何而来。

鸟居元忠注意到了下属的表情,顿感欣慰。他知道自己选对人了。这位足轻[1]有着不忍回首的过往,出身带来的负罪感令他不堪重负,也因此始终竭力追寻着内心的安宁。但人们未能让他如愿,大名知道他过去的许多事。即使这样,他还是成为了身处无边苦海仍能随时献身的武士。只有他才能完成那项不可能的任务,此刻便是要让他暂时放弃仅存的赴死的机会。他确信这位沉默的老农受得住,确信面对生死他亦能岿然不动、忠于使命、忠于大名直至因果不复、业力不返。就像那棵树,即使最强劲无情的西北风也不能改变它站立的姿态。

六十多岁的大名在武士身上看到了年轻的生命力。他温和地笑了笑,略去冗繁的礼节,做出邀请的手势。"亲爱的隼,过来,我们坐。"他一边以亲切和蔼的父亲般的口吻说道,一边向西乡走去。受宠若惊的西乡面对这意外的亲热显得有些慌乱,不知所措。"我本是要和你说……"花园另一端,一对侍者正将搁脚凳和饰有花纹的小桌放在门廊上,门廊距茶室不远,被纸板门虚掩着,另有一壶烧酒、刚沏好的茶和一些米醋腌制的小菜。大名驯养的苍鹰站在一侧的栖息架上,不时闪动健壮有力的翅膀,机敏凶狠的眼神望着主人慢慢靠近,锐利的喙一张一合。腿伤令鸟居难以忍受哪怕片刻的跪立,故而才将会面安排在户外,这样他不仅能欣赏喜欢的盆栽,也免得要碍于礼节

---

1 足轻是日本古代最低等的步兵的称呼,他们平常从事劳役,战时成为步卒。在战国时代,接受弓箭、枪炮的训练,编成部队。江户时代成为最下等的武士、杂兵。——译者注

而恶化旧伤。

西乡看着主君轻抚飞禽高傲的脖颈，而它也极自然地接受了人类的触摸。它喙上没有罩子，也没有皮带将爪子绑在铁钩上，但也未做出展翅高飞的姿势，反而平静镇定，开始自顾地梳理起两翼长长的羽毛。待主君示意后，西乡便在旁边的脚凳坐下来。待侍者都走远后，鸟居才开口说话。"我们被叛徒出卖了，"他直截了当又愤怒不安，"我确信……"这样的开场白带来的震惊令西乡的思绪顿时陷入混乱，他没料到。"肯定是某个满口仁义道德、欺世盗名的不忠之徒让我们走入了当下的绝境！"大名言辞激烈，断言道。远处子弹的呼啸声已经盖过了训练有素的战马的嘶叫声。苍鹰望向地平线方向，一只眼睛因盆栽间灯光的反射显得炯炯有神。

"大火……"鸟居摇摇头，顿了顿说，"烧毁了瞭望塔，我们又失去了一道防线，"又提到已严重损毁的护沟，"现在只剩一百人还可以战斗了，"大名身体稍向后倾，想给双腿找一个合适的姿势，"这就是结局……"似乎是听懂了主人言谈间的不祥，栖息架上的苍鹰身子前倾，张开尖利的嘴巴，露出鲜红的舌苔。鸟居转头笑着看了看它，向侍者们挥了挥手，同时希望自己灾难性的结语能在武士的脑海中留下些什么。

当大名细细端详着这只珍贵的雌鹰，回想起受困前那次酣畅淋漓的雉鸡围猎时，对他言听计从的侍者们已闻声而动了。只听得一阵急急的和服摩擦声中，二人中间便已摆好了围棋的棋盘和抛光铮亮的棋钵。西乡对这项游戏几乎一无所知，但曾听闻这是主君的爱好，五奉行之首德川家康也很喜欢。有侍卫跟他提过，前不久德川路过城里时曾与主君对弈了好几个时辰呢。两人身旁的雕纹玫瑰木棋钵里均装有黑白小石子。双方将在网格状棋盘上轮流落子,权衡各自势力的消长,拿下更多领地。这是专供能人奇士的消遣,并不适合他这样的人,他心里想。

然而,鸟居似乎还没有对弈的意思。他轻拂了一下心爱的苍鹰的栖息架,又转身面向武士,打开其中一个棋钵。当烦乱无序的声音远去,周围重归寂静,只剩他们二人时,他才取出一枚棋子,重又缓缓说起来。

"丰臣秀吉做了别人想也不敢想的事啊,"他说着将一枚棋子放在花纹精美的棋盘中心,"他以一己之力将全日本的大名联合起来。日本历史上第一次除天皇之外,有人靠着变换称谓……"他蹙了蹙眉头,"便能君临天下。只是,尽管传记极尽谄媚奉承之语,"西乡感到主君用疲惫的眼神望了望自己,"卑微的出身也始终无法令他成为征夷大将军呐。"一提到将军,西乡便不得不想到少主公父亲贫贱的出生地。"他必须冠上摄政的名号,"又解释说摄政即关白,也就是日本皇室幕后最有权势的人物。"其实他与藤原家毫无血亲关系,而这是不体面的。他不过是个农民出身的士兵啊……"其实与西乡自己一样,久负盛名的鸟居元忠也曾是一名足轻。"一个偶然有幸侍奉织田家族的老农的儿子啊。"说到这儿,大名深吸一口气,倒了些烧酒。西乡接过他递来的酒杯,却连嘴唇也未沾湿便放下了。

"随着时间流逝……"大名继续说着,"丰臣开始担心继承权问题。"西乡对那段血腥的历史有所耳闻,据说充满了权谋欺诈和不计其数的切腹自尽。"后来他终于有了个儿子,也就是秀赖。也许是预感时日无多,老农此后便萌生退意当起了前关白,""也就是后来人们常说的太阁","他还建立了合议的五奉行制度,确保政权久盛不衰"。

"……他选了最忠诚可信的五个人来辅佐儿子,希望时机成熟后年轻的秀赖能在天皇授权下承袭征夷大将军,"鸟居将五颗黑子放在棋盘的正下方,正中心则放上一颗代表已故丰臣秀吉的白子,"看上去他似乎已为权力代代相传做了万全准备,但他对丰功伟绩的渴望远超常人,甚至一度出兵意欲征服朝鲜……他至死都未能抛却野心和幻想啊。"说着他将棋盘上的白子撤回棋钵,用下颌指了指烧酒杯。鸟居喝了几口烧酒,只感精神舒爽到恰如其分时,才严肃地看向西乡。

西乡明白,他很快就会知道自己因何被召了。他猛地拽了拽衣服的下摆,调了调紧贴在身上的甲胄纽扣。尽管仍不确定,但他觉得能得到主君的信任无比荣耀。火枪的轰响越来越近,西乡用余光瞥到有人行至花园入口却被侍卫拦了下来。围城战的最后一次进攻将随时打响。

红酒好像褪色的醋汁,卡斯蒂利亚牲畜节上的蚊虫在小牛犊的尾巴周围上蹿下跳,地板上糖衣杏仁的油脂黏稠得每走一步路都能把鞋底掀下来。但寻遍整个有名无实的"王城",再没有一个地方能像这里,既能使当兵的感到被接纳,又有机会花点饷银稍解令人窒息的热浪和享用些清凉的甜品了。

在最里面,穿过扭捏周旋于各桌之间的穆拉托小姑娘的叫喊声,一个既无颈领也无上装的年轻人半隐在烛台的阴影里,一边把玩手里的不倒翁,一边用掉皮的陶杯喝着酸涩的酒水。这种氛围令人有种未尽之事暂抛诸脑后的感觉。尽管周围人都在陈汤、浓雾和油汁烹饪而成的菜肴中放浪形骸，他却似乎对这欢愉无动于衷。

"什么时候念经？"一个瘦高个走过来问，手里的陶罐被他晃得随时要掉下来。年轻人抬眼，勉为其难地笑了笑。"谁死了？大概是有人没来得及忏悔就翘辫子了吧，否则你摆着这便秘得快死了的臭脸作甚……要是天天能有这些个残羹剩饭，哪个基督徒还需要清肠刮肚啊……我活得可比教堂里的神父自在多了……"早就习以为常的塔玛索没心思理会这些渎神的不敬之语，但就在他想开口让朋友稍微有点虔诚的基督徒士兵的样子时，有人突然像一股龙卷风闯入了小酒馆。

食客们齐齐转向来人方向，穆拉托小姑娘早就逃进了厨房，酒馆老板正想着怎么应付。"马丁！马丁·巴尔德斯！"来人站在摇摇晃晃的门页处大喊道，"你们跟钱忏悔去吧！我一点都不在意你们想干吗！"他边说边往人群里走，人群纷纷闪到一边，并急急忙忙用手捂住杯子以免劣质红酒洒出来。"但是今天，要么我收债，要么就把你们这几张人皮碾平做成腰带！"被直呼其名的马丁慢条斯理地往陶罐里倒了些酒，对发生的一切充耳不闻。"你知不知道那后面还有个出口？"他用手里的陶罐指着酒馆深处——也就是港口所在方向——问同桌的战友。塔玛索看着红酒从陶罐口一滴滴落到地上，站起来叹口气，摇了摇头。"这次又是什么？玩骰子？"这口吻很像父亲面对调皮任性的儿子已无力指责，只剩深深的无奈了。马丁用抓着陶罐的手背擦干嘴巴，露出诚实坦白的微笑，"我以为肯定不会输呢……"

"拿你们的灵魂乞求吧！看圣母会不会可怜你们！"刚闯入的那人抽出腰上的佩剑继续大喊着，不断逼近，"要么还钱！要么从这儿横着出去！"塔玛索不悦地摆了摆下颌。他看着来者拿剑的姿势猜度着，此人显然算不得什么上得台面的剑手，但毫无疑问是个久经沙场的战士。壮汉已将身体左侧的比斯开长剑拔出，恶狠狠地盯着马丁，随时准备收债。很可能他并不懂得剑术应有的挥击拖拉，但无须质疑他明白如何取人性命。尽管如此，他觉着此时为避免纠纷亮出军衔并不是什么明智的选择。即便他这样做了，这位暴怒的债主也会另找机会下手，只怕那时就不是这样正大光明的方式了。在距离卡斯蒂利亚如此遥远的地方，一个割喉杀人的凶手逍遥法外并不是什么稀罕事。马德里以外的法警和正义并不总是古道热肠，唯一能漂洋过海插手管事的，恐怕只有不分国界疯狂迫害异教徒的宗教裁判所了。至少目之所及，没看到火枪的踪影。谈判不能解决的冲突势必要诉诸铁器了，只是没了火药，来日遗憾追悔的风险毕竟还是少了许多。

"我们还是走吧。"塔玛索捋了捋嘴角的胡须，将外套斜跨在肩上说道，"店主可不欠你们一场斗殴。"还在等待马丁如何反应的壮汉向插话者投来阴沉的一瞥。"谁让你多管闲事？"壮汉扬了扬手中的利剑。塔玛索此前一直未作声是因为他并不想与这位盛怒的赊账人过招。从儿时在祖居地开始到现在，他这一生都在提剑过日子。在佛兰德斯时他日日练习父亲传授的剑术，父亲总能对最新的剑术发展了如指掌，并对每个姿势的几何学原理都深入研究，仔细揣摩。但是，他不希望酒馆里的顾客为他们的争斗买单。他很了解马丁，或许不止一位在场的食客愿意主动结清他朋友的账单，尽管条件可能是让他接受一个不怀好意的奸计。再说，他也不希望度过一个刀光剑影而后成为人们茶余谈资的夜晚。鉴于眼下情势，塔玛索唯一所想便是解决好这个可能危及未来计划的麻烦，毕竟，他得从这次旅行中全身而退并兑现答应她的事。

"我猜你大概连付这一雷升红酒的子儿也没带吧。"他边悄声对马丁说边准备向出口挪步。马丁轻轻点头默认猜测，脸上带着早就练就的流氓相，那是打他儿时从马德里老城走街串巷乞讨起便惯有的奸猾。"好，看看咱有没有本事兵不血刃吧。"他低声对马丁说着忽然大喊一声，"走！"事实上，面对人们好奇的目光，塔玛索的确想过怎样避免事态扩大，不过一瞅见另一张狂躁不堪的脸，他就知道这可不是什么轻松的活计。

最令他难过的是她不在身边。穿越陌生海域的漫长旅行、蚊虫肆虐不堪忍受的闷热、永不停歇似乎要渗进骨子里的雨水，以及未知的终点都不足以与之相提并论。思念是如此强烈以至于回想她的每个微笑都令他肝肠寸断。她已成为他存在的理由。即使面对她的缺席带来的令人痛苦的伤感，他也仍想象着总有一天要回到西班牙，从此再不与她分开。也正因如此他才会上船。

脚下是以纪念圣女卢西亚命名的海湾，波光粼粼的海水似乎被绑在山崖边停止了流动，炙热的阳光在点燃港口，连奴隶们也躲进了所能找到的第一处荫凉里，暂时逃开工长们的鞭笞，在燥热中等待马尼拉帆船的到来。海鸥也不见了踪影，塔玛索坐在一处散石上，下面是总督仓库的小山丘。似乎是为了不让自己在意眼前被暴晒得嘎吱响的小石子，他静静地望着远处巉岩上的海湾，望着东方的西班牙，似乎只要这样微闭双眼就能越过墨西哥城，越过贝拉克鲁斯湾，直到看见马德里，看见她。

一只肥硕的蜥蜴在石屑间腼腆地晃头晃脑，无视这人的存在，径直迅速溜进了旁边干瘪的灌木丛。蚊虫在身边徒劳地扑闪着,似乎担心被人类的血液灼伤,他并不理会,身子后仰着擦了擦额头的汗,又摸了摸胸前皮夹里小心保管着的任命函。他,塔玛索·埃尔南德斯·德卡斯特罗,受国王宠臣的侧近人士举荐,就要侍奉新西班牙东印度群岛马尼拉皇家审问院尊贵的听诉官堂安东尼奥·德莫伽了!

他很感激能有这样的机会,若不是亦兄亦友的奥图诺周旋,他断不能谋得这样前途无量的职位。他不愿去想父亲在这其中可能发挥的作用,尽管他的确曾在无休无止的佛兰德斯战争期间为自己求得炮厂会计的舒服差事。在那个毫无善意可言的位子上,他花了三年时间才脱颖而出。他不得不经常以志愿兵身份辗转于荷兰航道的各个战场,甚至不得不窝在堑壕里,免得在通过令人作呕的地道时被打爆了头。而努力的结果,也仅是战友和上级们终于不再将他看作是躲避奥兰治[1]派的枪子、受人恩惠、顶着军需官的名号躲在账务收据堆里的富家子弟。在度过了饥肠辘辘、跳蚤横生、物资匮乏的冬天后,那个惯常在胸甲一侧佩一把荷兰短匕首、背地里被大家称作"黑嘴巴"的火绳中尉终于认可了他的良好表现,并任命他为陆军少尉。

然而父亲在得知升迁消息后并不感到光彩,而是恼火地认为儿子冒了不必要的险,后来还动用关系让塔玛索退伍。不过,春风得意的军官还是带着前臂的枪伤满怀自豪地回到了蒙福特德莱莫斯,在应付了母亲的忧虑和父亲的抱怨后就动身去首都了。他赶赴马德里就是想找人说说重返前线的理由:必须重新征服布雷达、要对奥斯坦德多加防范、得筹备纽波特战役、必须遏制荷兰暴乱。他跑遍了塞维利亚

---

[1] 指带领荷兰各省争取独立的威廉·奥兰治,荷兰奥兰治王朝的开国国王,被尊为"荷兰国父"。——译者注

皇宫的每一个房间，急不可耐地想重温北方的战火硝烟，但是她出现了，有着小巧面容和西西里王国优雅仪态的孔斯坦萨，她璀璨明媚的笑容仿佛照亮了王廷的每一条过道。起初，塔玛索并未多想，是奥图诺竭力帮他并说服他接受马尼拉的任职，尽管如此一来，他不得不放弃奔赴荷兰战场，但奥图诺许诺他一个光明的未来，令他有机会在炙手可热的东印度议会任职，这也是将来和心上人过上梦寐以求生活的必要条件。

他怀着对她的无限留恋于4月份从塞维利亚出发，起航前盛大的欢送仪式让他很受鼓舞。帆船在瓜达尔基维尔河上留下长长的航迹，从船尾看去，胜利女神和黄金塔的剪影在天空中利落分明。他穿过了英法海盗肆虐的广阔的大西洋，踏上了礁石环绕的贝拉克鲁斯港，也见识了用来存放运往母国财富的坚不可摧的圣胡安城堡。他循着皮萨罗和科斯特斯的脚步，走过了艰险的航程，但这只是整个旅行的冰山一角。自将两大洋分隔开的狭长地带算起，他还得一步步跋涉过"王者之道"，走进波多西、萨卡特卡斯或万卡维利卡的一条条羊肠小道，跨过偶见龙舌兰和传教士的不毛之地，在那里，衣衫褴褛的印第安人向修士们乞求果腹之食而非赐福之语。在靠岸前他经历了难以想象的脱水，而今终于抵达这个火烧般的太平洋港口——勇猛的努涅斯·德巴尔沃亚穿过密林丛生的巴拿马地峡进行探险的地方。只是，他的目标还在地平线的另一端悄然隐藏着，越过这认知里最深广的、满是星罗棋布的岛屿和奇人异事的陌生海域。

塔玛索在"王城"日日苦等那艘带领自己穿越未知海洋的帆船，渴望着书写属于自己的《奥德赛》，整个人消瘦了许多。这座疾病横行、常年高温的城市总是让商人们在绝大多数时候避之不及，只在菲律宾帆船到港时才能看到他们的身影。瘴气和蚊虫环绕四周,焦躁吞噬生命,他被困在存放西班牙王室财富的城堡里,与世隔绝,好像一袋来自瓜亚基尔的被打包好的可可粉,只待装船奔赴马尼拉换取瓷器和塔夫绸。尽管如此,他仍要在酷暑和饥渴中等待满载东方丝绸和香料的圣托马斯号,只为如奥图诺·德安德拉德所说,挣得一个与她相配的未来。若真能天遂人愿,则一切都值得。

"小心脑壳被油烹了。"有人在身后嘟嘟囔囔嘲讽。他惊了一下,转过身,思绪被打断了,真遗憾没能细细回味她在安托查池塘边笑靥如花的画面。无须分辨人影,单凭这粗哑的声音和大胆的玩笑他便知道是谁。整个营房里也就跟他说话最多。"我是说啊,能被油烹的也不多啦,"来人带着苦涩的微笑,继续放肆着,"只怕你全身上下都被那西西里美人儿的口水淹过了吧。"他肿胀的脸颊和青紫的眼圈让人想起昨晚酒馆里的荒唐事,好在捡回了性命。

痞气满满的黝黑脸庞配着一头修理得长短不齐的深棕色头发,马丁·巴尔德斯总是像个成年喜鹊一样叽叽喳喳,有着青柠色橄榄树一般顽强的生命力。他的父亲是马德里圣克鲁斯广场的一个流动小摊贩,当地人管这些以贩卖牲畜下水为生的人叫"脚底货",衣不蔽体的穷人和为了活下去而不惜吃牢饭的亡命之徒是他们的常客。拮据的童年生活里连一小块油炸甜筒也成了奢望,他受够了从父亲为冒险食客准备的散发酸臭味的陶罐里讨吃食,决定自己闯一把。他既无遗产也无门路,只得加入由无数游手好闲之徒组成的野心勃勃的军队,从勃艮第到那不勒斯、从蒂罗尔到老卡斯蒂利亚,这些在城市与田间难觅机会的年轻人都希望借此碰碰运气。只是马丁对财富的渴望远胜军功章,某日,他突然灵机一动,跑去一家与自己职衔毫不相称的公司佯装检查骗取罚金,事发后被关了一阵子禁闭便很快登上了前往卡加延的船只,听说那地方的中国海盗也对马尼拉财富垂涎已久,已将一百多名菲律宾国王的亲兵五马分尸了。

在炮厂任军需官时,塔玛索就常被火绳枪军官们告诫,称按照卡斯蒂利亚和阿拉孔军规,马丁简直罪无可恕,但他依然无法拒绝这个小商贩儿子的真诚友谊,马德里人似乎总是这样,他会在心情好时轻拍你肩膀分享一瓶好酒,也能为你奋不顾身地卷入毫不相干的争斗。塔玛索总想寻求合理化解释,而马丁只会编些借口蒙混过关,他们是如此不同以至于两人间的友谊显得不可思议。当马丁在赤贫中挣扎谋生时,塔玛索早已在加利西亚绿山环绕的莱莫斯伯爵府邸成长多年,那是一个冠姓卡斯特罗、与西班牙王公贵戚联姻的奢华家族。然而,在这些充斥着厌倦、酷热和被倾盆大雨浇得人喘不过气的漫漫长日里,唯有彼此身上战友般的情谊稍稍抚慰着菲律宾船只到港前的焦虑。

"钱花光了?还是这些胖蜥蜴把你的舌头吃掉了?"马丁嘲弄道,说话间已坐到加利西亚人旁边,并小心摸索着地上的石子以免烫到手。塔玛索摇摇头,一缕栗色的头发搭在微闭着的浅绿色眼睛上,右手轻捋嘴角的小胡子,试图将自己从回忆拉回现实。"那是大锅饭又吃得你肚里翻江倒海了吧……"他没有搭话,心想或许该聊些更具深度的话题。"你那个表哥……奥图诺……""那不是我表哥……"塔玛索立马打断,"我们一起长大,后来……"少尉顿了顿,没有提弟弟的离世,"我们一起长大,但他不是我表哥……你最好还是叫他堂奥图诺·德安德拉德,毕竟,他可是莱尔玛公爵的秘书官呢……"他故意夸大其词,语气里有明显强装高人一等的意味。

"好吧,那么你这位无比尊贵的、学问了不得的还是什么神圣的之类的……"马丁夸张地说道,"堂奥图诺·德安德拉德能不能也替我找一份你这样的差事啊?也让我舒舒服服地坐在马尼拉总督府看看报纸,那可比去卡加延跟中国人徒手打架强多了,我可听说那鬼地方除了鼠疫再没什么其他玩意儿了……"塔玛索无奈地笑了笑,这样的请求他已听过太多次,却并不愿将马丁的要求往坏处想。他常听营房老兵说起臭名昭著的日本海盗泰孚在菲律宾河口保卫战的残忍行径,抑或如何从更令人闻风丧胆的林阿凤率领的六十多艘战舰的进攻中死里逃生。"等哪天带咱们去马尼拉的船来了再说吧……"马丁意识到不宜在这事儿上强求,便寻思着再找个轻松的话题。他好心好意地希望朋友能从怀旧的愁绪中暂时解脱出来,因为每日午后他总是一个人呆坐着,独饮心上人不在身边的伤感。"要不然等天气凉快点咱们去港口下面看看,那天有个穆拉托小妞儿……"马丁自顾地说着,全然不知这并非是个好主意。塔玛索不想驳斥他,两人便不作声地看着被"王城"这一天然良港环抱着的海湾,这里是新西班牙总督辖区内唯一经王室授权可与东印度群岛进行贸易往来的驿站。嵌在悬崖上的村落很少看到森林、芦苇甚至干瘦的玉米杆,只是伸展在洁白的沙滩上。这里比陋室里拥挤的杂物堆强不了多少,黑人、梅斯蒂索人和前往菲律宾经商的华人在其中悲苦地生活着,港口常年不见搁浅的船只,也没有来自贝拉克鲁斯或墨西哥城的陆路探险队造访。唯一显眼的建筑是海湾北部沿着王室仓库仿建的防御工事,由荷枪实弹的驻军把守着,领头的司令官寻遍整个新西班牙辖区,发现只有印第安人做的仙人掌发酵面包稍可入口。

"说不定将来……"马丁指着海湾远处的小山丘继续试探着,"某个苦工找到一个跟巴拿马港一样的好去处,到时候这个惹人厌的火炉就连个鬼影都见不着了…"他们都很清楚南边那深不可测的密林吞噬了多少抱着相似念头的无知者，但塔玛索不打算反驳他。"你相信会有那么一天吗？"马丁双手摊开，一个手指代表在酷热难耐的"王城"度过一个月。塔玛索正要回答，一阵遥远的声响止住了未吐之言。钟声轻轻回荡在海湾。马丁听得异动，也转头朝北望去。不及二人回过神，简陋的圣玛利亚德吉亚教堂的铜钟又敲起来了。这标志着漫长的等待终于结束了。不日，商贾和政府代表们就将从他们依山傍水的凉爽别墅中走出，聚集在港口进行买卖、清算和缴税了。从菲律宾返回的圣托马斯号即将完成它艰险的航程，此刻正沿海岸线南侧朝"王城"驶来。当满载东印度宝贝的货仓被清空转而又被白银和可可粉填满时，轮船便会重新起航，驶向马尼拉。他们都会登船的。奥图诺向他承诺过，听诉官安东尼奥·德莫伽已答应助他一臂之力，若果真如此，那可真是前景喜人。从现在开始，一切都将取决于这位马尼拉的法官大人是不是个讲信用的人了。

少尉不再俯瞰地平线，转身看着他的伙伴。马德里人知道塔玛索不想牵扯上任何可能使马尼拉前程落空的麻烦事，而老会计心里也会记得这份恩情。"舍不得孩子套不着狼，"他真诚地说道，"凡事总有舍得，你明白这道理，我知道。"马丁点了点头，不再争论。塔玛索又望向大海，仿佛能看到帆船的桅杆正越来越近。他是那样满心欢喜雀跃，却怎么也不会想到自己早已被背叛。

"五奉行就这样掌权了，"大名指着棋盘上的黑子说道，"只是，丰臣秀吉一死，狼群没了头领，联盟自然也根基不稳。尽管大家看似一团和气，恭敬谦让，暗地里早就各自掂量打起了算盘。不出所料，很快便有人想以因遗命所得的奉行之位自立门户了。而德川君忧心帝国命运，也开始寻找自己的盟友。"西乡觉察到主君尽力避免搅动过往的伤痛，一边说着一边将一颗黑子移到了离队列稍远的一侧，"许多大名接受了他联姻和结盟的提议，虽然有人猜疑不定，德川家康还是逐步获得了主要氏族的支持，其他四位奉行见此情状便顿感坐立不安了……"

瞭望塔下几名侍卫在花园尽头来回巡视，苍鹰在栖息架上时而拍动翅膀。远处似有异响传来，战争越来越近了。大名对德川家康的个人雄心抱有很善意的理解，似乎在他看来，这位摄政王心中除谋求日本福祉外再无半分对权力的觊觎了。足轻虽然一直保持沉默，但他很清楚事实正被重塑。他明白，在高声确切地表达了已被背叛的愤怒后，鸟居元忠急需有人分享这一推测的合理性和事件的来龙去脉。

"……不过，猜疑并不足以挑起战事，因此，在长达数月的时间里，大家相安无事地掩饰着自己的企图，同时又暗中互相监视。"大名将此前闲置一侧的四颗黑子小心挪到刚被隔开的黑子旁边，形成包围之势，"这是一种很微妙脆弱的平衡，就像被积雪压弯的树枝，最终还是破裂了……五奉行中最德高望重、一直竭力阻止疑云重重中刀兵相见的那位去世了……"腿伤令他涌起龇牙咧嘴的苦笑，鸟居再次身体前倾，把象征德川家康的棋子边的一颗黑子撤下棋盘，"而他的死更加剧了五奉行的分裂……"尽管射击声不断迫近，伏见城大名依然感到，在继续谈话之前有必要对彼时动摇日本政坛的孱弱之处一一阐明。"除此之外，还有些历史遗留问题……自从那些下作的外来恶鬼和他们的火器出现后，"他说着，似乎并未察觉南侧的战役已然打响，"连那些仅有几分薄地可供糊口的无名小卒们也蠢蠢欲动。"西乡觉出话锋已转，但也只是将一只手放于太刀握柄处稍事休息，"我可一点也不羡慕五奉行，我可不想有朝一日也得痛下狠心……许多没什么气候的封臣都开始梦想着趁将军和奉行缺位之机重现丰臣秀吉的伟业，朝鲜战争期间，甚至有胆大妄为的地主向外国人采购滑膛枪，还有人竟然为此皈依基督教，后来不得不镇压叛乱……"足轻对此并不知情，他用拇指摩挲着武士刀剑柄上的粗糙纹路，意识到自己正在探知最黑暗的秘密。"在最艰难的日子里，五奉行中唯一保持清醒头脑的便只有我们的德川家康君了，"鸟居言语间透出坚定的信念，"与外国人做生意自然可以得利，但绝不是以这种方法，于是他冒险发动了政变……"

"尽管此前五奉行意见不一，但分歧并未扩大化，尚能勉强维持丰臣秀吉生前的和平局面，直到最受人尊崇的那位去世。"他接着说道，"蛰伏已久的火星一旦引燃便成燎原之势。不仅贸易岌岌可危，还面临被入侵的危险……我们对那些下三滥的长毛猴知之甚少，只看到他们如诡计多端的狐狸一般神出鬼没，所到之处皆弥漫着绝望和癫狂，饥荒和死亡。一场对抗坚船利炮的战争能持续多久？冷兵器能跟滑膛枪、火绳枪交锋吗？这样一个统一的日本即便赢得胜利又所剩几何呢？"和主君一样，西乡无法接受失败，他明白与外敌开战的灾难性后果。发号施令的呐喊和疼痛的呻吟在深夜缓缓传来。然而，伏见城大名完全无视咆哮逼近的战争，只是不动声色地留心眼前人，似乎自己毫无性命之忧。大名着意停顿片刻，留给西乡思考的时间。他前倾身体用老朽的双手将三颗白子稍稍前移，眼下，黑子便陷入险象环生的包围圈了。

"五奉行制度已然垮台了,"鸟居元忠接上前面的话题,"德川君一直梦想着建立一个统一强大的日本,他知道,要走出困局只有一个出路。他以一些妄图窃取南方仓库珍宝的可怜海盗为交换条件,和卑鄙可恶的老毛子达成协议,赢得了时间也巩固了地位,后又进驻大阪城,对少主公丰臣秀赖和他的母亲宁宁夫人以礼相待,一时间在田间街头被传为美谈。如此一来,若其他三位奉行要伺机报复,"他指了指棋盘上的白子,"便可名正言顺地宣战……若他们按兵不动,德川家康也能掌控未来的征夷大将军。"他暗指已故秀吉的幼子即继承人。

苍鹰发出啾啾声,似乎在催促主君赶快结束漫长的谈话上阵杀敌。大名再次调整坐姿,未加理会。"不过几天前德川君俯就寒舍时,表面上是为出兵会津,实际则是要返回京都与部众汇合并接受盟友的归顺。"他向吃惊的西乡透露道,"根据暗探的情报,他必须召集军队。"大名叹了口气,趁此间歇从玫瑰色的棋钵中又拿出一颗白子,"大将军石田三成很可能已被丰臣秀吉的遗孀收买,要联合其他三位奉行置他于死地啊……"尽管武士对围棋的基本规则几乎一无所知,但低头望向雕刻精美的棋盘时还是立刻看出了棋局输赢。象征德川家康的小小黑子位于棋盘纵横相交处,四面已被白子团团围住。无论如何,在寓意战争思维的古老棋艺上这意味着黑子只得束手就擒。"我们老练的德川君早料到将军会袭击城堡来抓捕他,因此在对方下手前就先行撤离了,并嘱托我竭尽所能拖住石田三成的军队。"西乡此时才明白以屈指可数的兵力对抗数千人大军的自杀式行为实是一种策略,一种争取时间的诡辩。"竭尽所能……"若鸟居元忠只是关闭伏见城门固守不出,将军也就不得不放弃围攻,转头继续追捕摄政王。

即便大名举全城之力负隅顽抗，其结局也无异于遭受一场大屠杀。但是，眼下只有牺牲城内驻军才能为德川家康赢得十天时间，保证其撤往京都召集兵力。"这便是结局了……"

大名自斟一杯烧酒，双手的脉动强劲有力，未曾洒落一滴，好似仍是二十年前的模样。他不紧不慢地喝完后，从腰间取下一个简易竹筒交给武士。西乡低头，恭敬地接过竹制容器，全然不知里面为何物。他只想说，能陪主君至最后一刻实乃人生幸事，哪怕面对包围伏见城的三万余人大军，他也将毫不后悔地赴死，决不退缩。然而，鸟居摆摆手制止了他，亲切的姿态满含本不相宜的情感。他知道老农要说什么，也正因此才会选中他。他无时无刻不展示着无可挑剔的忠诚。

足轻仍作听候状，大名望了一眼苍鹰，似乎在征得它的确认后才继续说下去。"如今战事严峻，此次更胜以往。日本的未来再次取决于谁能从这场兄弟相残的争斗中胜出了……"大名摇了摇头，干枯的头发随之晃了晃，为上天将祖国置于困境深感悲伤。"不过，于我而言，这将是最后一战，伏见城也要陷落了……"言谈间流露出难以名状而又不安的苦涩，"只希望能为主君留出足够时间聚集军队，捍卫国家利益。""其他的我都安排好了，一切就绪。也已写信知会犬子，请他在我再次挥剑祭奠先祖荣光后，将我与他们合葬。如今，便只剩一件事没有交代了。"他定定地看着西乡说道。西乡不明白，不过未等他发问，大名便解答了他的困惑。"我确信是某个卑鄙不忠的蛀虫背叛了德川家康……背叛了我们所有人。"他愤恨断言，"我们被出卖了，"他坚持着，"石田三成这只老狐狸靠着几百只火枪就成了气候，他从哪里搞到的？如何搞到的？要知道这家伙可是一直不愿跟洋鬼子谈判的。很可能是他接触了些投靠基督教的贼子。"战争像处于风暴之巅一般咆哮而来,已然降临在要塞内部的棱堡上。

"……不过,这些见不得人的火枪并不是某个狐狸精养的杂种背信弃义的唯一线索,应该是有人向石田透露了德川君东进的行军路线。我敢肯定正是如此我们才会遭遇攻击。这也是我们何以要今日赴死的原因了。"伏见城大名的语调中充满了悲观的情绪。"有人背叛了德川君,将他的计划泄露给了石田三成,并向其报告了洋玩意买卖的门道……在我死之前,我要让他付出代价。"尽管不明白自己能为主君做些什么,但老农十分理解大名复仇的愿望。只是,他既无权势,也非名门望族,除手中的利刃外亦无法相信任何人。他将右手在大名交过来的竹管上来回摩挲,左手手指则在覆着刀柄的衣结上反复屈伸。"你不参加战斗,你得逃出城堡。"他直截了当、毫不客气地缓缓说道,他明白这是个难以接受的指令,"你得走。你得变成为人不齿的下等人,没有主君的武士……变成浪人,你余生的使命就是找出叛徒!砍下他的头颅!"

西乡的面颊瞬间涨得通红,抗议和不满几欲脱口而出。然而,他还是羞愤地低下了头。

他很乐意交出生命,只要鸟居元忠一声令下,他便能毫不迟疑地挥剑切腹;他宁愿做这场自杀式反击的排头兵,抑或是以血肉之躯充当火枪口的炮灰。然而,主君的指令却远超这一切。成为众所周知的浪人,接受伏见溃败带来的耻辱。即便最有教养的人也会指责他为懦夫,而这还算好的。若有鸟居家的其他武士一道,那他还可将为洗刷主君污名而杀死石田三成的复仇行动,看作是大家共同的选择,此后也能顺理成章地通过切腹谢罪,从战败的侮辱中解脱。但若只有他一人,便意味着将永远背负最痛苦的名誉扫地的烙印!暴力的喧嚣从四面八方传来，微风夹带着刺鼻的火药味。苍鹰也在栖息架上烦躁起来，两只爪子鼓胀着，看上去怒气逼人。而他所剩无几的家人也将不得不受尽嘲弄、讥讽和鄙视，直到某日他完成使命，才能祛除大名加诸在他们身上的羞耻印记。他们是要他放弃曾珍视和信奉的一切！

鸟居仔细读取着武士脸上的每个细微表情，他知道自己的要求有多可怕。西乡隼不过是一个从稻田走出的普普通通的农民，他一直学习的是作为足轻应如何生活，而他唯一所有便是自己的声誉了，特别是在家族为德川家康的崛起付出一切之后。他的使命应是同城内其他武士一起，浴血奋战至死，或是在伏见城陷落后毫无怨言地开膛破肚。此刻，要让他伪装成从战败中侥幸逃脱的居无定所的武士，无异于强取他生命中唯一的希望。然而，大名确信自己的选择是正确的，只待武士的应允。战争在沉默中越来越近，将二人裹挟入暴虐的嘈杂中。鸟居等待的间歇里，武士正承受着极大的痛苦。欲望挣扎着攀援于使命之上，疑虑啃噬着灵魂。

在马尼拉的漫长等待令人感到厌烦。甲米地与其他东印度群岛的主要港口并无二致，生活被皇家海军的出航和归来主宰着。圣托马斯号自结束"王城"航程返港后，每日除了履行常规程序外便再无事可做。关于日本内战的传言一如既往乏味无聊，空暇时间里，较虔诚的信徒忙着散布传教士带来的最新消息，那些无所畏惧的则在窑子里花天酒地。直到不受管教的荷兰人露面时，关于这片水域要开展贸易的小道消息才有了准信。

雨季过后的清晨格外晴朗。从马尼拉湾仿制的法式亭台望去,以往的新西班牙盖伦帆船并未出现在海面上,代之而来的是两艘荷兰商船。据码头工闲谈时估计,名头响亮的第一艘帆船毛里求斯号装载了近三百个木桶,第二艘船尾刻有倒转雕纹的恩德拉赫特号则有五十来个木桶。乐观主义者们虽心有疑问,却总希望这不是真的,只得暗自祈祷,在荷兰各省持续了四十余年的佛兰德斯战争切勿蔓延至东印度群岛。不过,加尔文派的异教徒们在抵港当天下午便亮明了来意:他们拦下一艘原本驶来甲米地进行贸易的中国商船,并将上面的货物抢掠一空。如今疑虑尽散了,即便最淳朴憨厚的人也看得出这帮奥兰治分子是来屠城的。恐惧弥漫在城市的每个角落。

西班牙王室在菲律宾地窖里珍藏着肉桂、干丁香花苞、芥末、来自各岛调味品店的胡椒、广东的精巧瓷器、当地华人出产的麝香和安息香、暹罗的象牙和蓝宝石、橘子和桃子罐头等,还有明朝使节带来的精美丝绸。数以万计的东方珍宝在被运往塞维利亚之前就这样安歇在众人垂涎的马尼拉。数量庞大的财富令中国和日本海盗几度欲将此地据为己有,就在几个月前,日本岛的一位小国主君为了同西班牙建立商贸往来,还在长崎处决了五十个海贼以表诚意。正当预言家们倦于提醒人们长久以来的危险时,荷兰人主动上门来烧杀劫掠了。

当然,并非所有人都忙着逃往棕榈林避难。在加尔文异教徒带来的迫在眉睫的威胁中,有人嗅出了别样的东西。"不过两艘船而已!"安东尼奥·德莫伽在办公室对着文秘大喊道,"两艘而已!正是好机会!"他隔着玻璃窗看着街面上惊慌失措的人群,不紧不慢地说道。安东尼奥·德莫伽本是主管海洋与战争事务的马尼拉代理总督,因几桩丑闻被贬为了无意趣的审问院听诉官,荷兰人的到来让他瞅见了逃离这像鼠窝一般湿热的办公地的机会。若能打退荷兰船队，说不定就能调任更有油水的职位，接近印度议会[1]权力圈。"要是我能说服总督……"不过，眼前这位蠢笨的、已然适应西班牙穿衣举止的伊富高人下属并不明白他在说什么。好在奥图诺·德安德拉德推荐的新秘书就要乘着"王城"的盖伦帆船来了。只是，眼下暂时还没有得力的助手。"我得让他们给我个任命。"听诉官一边不悦地对助手说道，一边拿起帽子准备外出参加审讯。

离开面无表情的助手后，安东尼奥·德莫伽快步走入来往穿梭的人群。大家都在对佛兰德斯战争议论纷纷，没有人注意到他，听诉官似乎成了个小矮人，球茎状的鼻子直挺挺地往前伸着。行人步履匆匆，只有一位老兵在街角回忆着格兰宁根围城战的场景，高声咒骂揭竿而起的独立分子，痛斥他们全然不顾奥地利基督教廷的反对。

弗朗西斯科·特略的总督府内，侍者们正忙着安抚怒气冲冲前来讨说法的商人们。安东尼奥·德莫伽早已料到，此刻，全城民众都盼望马尼拉当局能早日有所行动，以免奥兰治分子造成更大破坏。刚迈过门槛，德莫伽法官就开始收好处派甜头了。一会儿工夫就来到了总督办公室，这个曾将自己解职的人正狐疑地看着他。"一旦圣托马斯号进港，人、船、货可就都在荷兰火炮掌控之中了。"他开门见山，铆足了劲儿说道，"船一停稳，加尔文分子就会立刻扫射，无一幸免。"特略总督虽未随声附和，但也清楚德莫伽说的有道理，毕竟就连他自己都还未考虑来自"王城"的盖伦帆船可能遭遇的风险。"我知道，"弗朗西斯科·特略谎称，"我知道，只是我们无力御敌啊，此前也从

---

1 印度议会，正式名称为印度皇家最高议会（西班牙语：Real y Supremo Consejo de Indias），是16世纪至19世纪期间西班牙帝国对美洲和亚洲最重要的行政机构。

未出现类似情况。这里可不是塞维利亚,没有皇家海军严阵以待。卡加延和圣地亚哥堡倒是还有一批人,不过我没法让他们出海打仗,否则城内就无人把守了。"安东尼奥·德莫伽早猜到会是这番答复,也已想好如何应对。他与当地小商贩打交道多年,处理歪门邪道的经验很是丰富,也懂得如何在海上运筹帷幄。况且还有些欠账未收回,正好可助他一臂之力。"还有圣迭戈号,"他开始陈述自己的想法,"宿务船厂刚交付的一艘新盖伦帆船,已经满载从帕里斯采购的商品,只待季风过后驶往新西班牙。"听诉官知道船主们不会不让步,只消稍稍透露些自己知道的旧合同内容即可。马尼拉总督游移不定。若德莫伽真能找来对付加尔文派的战船,自己也可甩掉不作为的坏名声,商人们一看到政府想方设法保卫港口,也会随即平复下来,不失为良策,但问题在于他并不信任听诉官。"一艘只怕不够。"他反驳说,想多争取些思考的时间。事实上,特略总督并不愿看到反击奥兰治分子的指挥权独独落入德莫伽手中,他希望再寻一艘战船,以便指派自己的得力干将参与其中。

"圣巴托洛梅号护航船马上也要起航了。"安东尼奥·德莫伽忙指出泊于甲米地的另一艘船,"还有贩卖香料的葡萄牙圣哈辛托号商船,刚从米却肯返航。"听诉官已盘算好如何敲诈,好让两位船主让出货船,毕竟这些葡萄牙人和自己早就是一条绳上的蚂蚱了。至于他们能否顺利完成任务他并不十分在意,他已察觉出总督的打算,也坚决不会与特略的人分享这唾手可得的荣耀。两人像踢皮球般继续谈判,直至天色大亮才勉强达成一个双方满意的结果。他们将派出三艘帆船,其中护航船和货船的指挥官由总督指定,德莫伽则负责起航。因船队皆由商船组成,双方约定仍派遣圣地亚哥堡的部分兵力提供协助。每艘船装备十二门青铜大炮,每炮重约十余磅。另有八门古炮和一对石炮,尽管仍有不足,但至少是铸铁制造,并非炮手们所说的粗制滥造累死人的家伙。"我们还需要船员,大量船员。"德莫伽在总督提醒他注意孱弱的手工业时补充说,"那些人里剩不了多少可用之材,"他大胆提议,幻想着近在咫尺的胜利,似乎荣誉的大门已为之敞开。"航行至此船员会减少十分之一,因此,必须征调所有能扛起弩炮和火绳炮的劳力,必要时可雇佣印第安童子兵。"他继续夸大其词,心里遗憾着圣托马斯号还未到港,否则,从马德里搭船而来的新助手便能替自己出面应付城里的恶棍们,由于人手不够,许多事他常常不得不亲力亲为。"此外,也可以利用那些贪财的日本佬……"

一走出总督办公室,安东尼奥·德莫伽便命令下属奔走相告:需要可实战的士兵打击加尔文派异教徒,捍卫日不落帝国勃艮第十字旗的光辉。不久,德莫伽不费吹灰之力便清空了圣迭戈号上的货仓,盖伦帆船在他承诺的幌子下很快落入了绝望境地。法官甚至不顾每个木桶只对应一个海员的规定,导致货船严重超载。于是,四百多个倒霉鬼在随意签字画押后,便像老鼠般胡乱拥挤在船舱里。有食不果腹急需讨吃食的当地人、逆来顺受的吕宋岛老兵,还有衣衫褴褛、声称曾在皇家海军为国王和上帝效命的乞丐。亏得曾在日本传教的一位耶稣会士担任翻译,一些面颊干瘦、眼睛细长的日本雇佣兵也加入了队伍,据说都是从神秘国度一触即发的内战中逃命的叛乱者。这其中有位叫胡里安的穆拉托无名小卒,是征服者留在当地的不计其数的私生子之一,他对自己的父亲除了姓名便再无所知了。小伙子眼睛晶亮,脸上的皮肤因饥饿蜷曲着,两肘露在破布袖子外,每只耳郭后面都积着一法内加¹的污垢，为此常被他那消失无踪的父亲咒骂。他胃里空空如也，仿佛扔下一块硬面包块便能叮当作响，面对乱哄哄的征兵人群，他觉得这定是个千载难逢的好机会。

一切就绪后，总督一本正经地发表了演讲，要求全员听从上帝的引领，为基督徒腓力国王及以其名字命名的国土而战，直至大败叛逆的异教徒，并宣布船队于翌日清晨起航。然而，正如许多甲米地人猜测的那般，安东尼奥·德莫伽蠢蠢欲动的野心从一开始就显而易见了。出身尊贵、对名利如饥似渴的听诉官并未对圣巴托洛梅号和圣哈辛托号真的寄予厚望，他将葡萄牙货船留在港口，趁着夜色偷偷提前起锚，以此为西班牙帆船赢得时间。

距离目的地还有好几百西班牙里²，塔玛索站在圣托马斯号船舷处，看着大海是如何将回归线上方的月光反射出去。盖伦帆船正在太平洋上往马尼拉方向驶去，少尉在海风的吹拂下思念着孔斯坦萨。他正幻想着未来要与她共度的日子，他真希望一切都能像奥图诺承诺的那样实现。

那时，广阔的海洋是各国角力的格斗场，个体亦为之心潮澎湃。那时，权力以所拥有的帆船、护航船、三桅战船以及在某个陡峭海岸喷涌火舌的兵工厂的数量明码标价。那日凌晨，距离1600年圣诞节只剩不到两个礼拜，菲律宾吕宋岛周围平缓的海域将成为他们的归宿。

---

1 法内加，西班牙重量单位，一法内加在不同地区分别相当于22.5公升和55.5公升。——译者注
2 一西班牙里约合三海里。——译者注

拂晓时分，盖伦帆船的瞭望台上刚刚能分辨出荷兰战船的轮廓，战役便开始了。奥兰治分子争分夺秒地顺风前进，逆风方向能看到炮筒已经降下，黑色的大口径炮眼十分显眼。西班牙战船正打算启动防御，荷兰人已发起第一轮射击，击中物的碎片立时散落在甲板上。圣迭戈号勉强从指挥台高处发出几声炮击，由于船体严重过载，炮门只能贴着航线方向瞄准。

伴随着首批伤员的尖叫，可怜的穆拉托少年胡里安很快便忘记了他的明日梦，刚从灰烬中看到火花四射就响起骇人的爆炸声。还没等他喘口气，一连串射击已将船帆撕成了破布条，前桅支索断裂，船首斜桁的木头也像被动物挠破了。胡里安来不及仔细回味眼前的一切，急忙蹲下，若不是只吃了些味同嚼蜡、干瘪如石头的未发酵面包，怕是自己早在甲板上翻江倒海了。圣迭戈号显然无力回击对手的毁灭性扫射，许多人被船体即将倾覆却只能随波逐流的恐惧支配着，深感到一种听天由命的无奈。然而，德莫伽沉迷其中，根本无视船体正处于敌方炮火背风面而无法行驶的风险，依然下令收紧船帆保持航向。对他来说，出路只有一个：打接舷战[1]！他相信自己雇佣的庞大队伍能做到。荷兰人在上风向，本已占尽先机只需等待胜利，一看到敌人面对波涛汹涌的可怕海风却丝毫没有调转船头的古怪行为，也开始担心自己的性命了。当毛里求斯号持续不断地从炮孔发出震耳欲聋的射击声，打算将盖伦帆船从头到尾轰炸至死时，荷兰船队中最小的那艘已率先撤离了。马尼拉就要落入荷兰人手中了。

此时，西班牙帆船上的船员们已对船长起疑。圣迭戈号的水手长

---

[1] 接舷战是指用己方船舷靠近敌方船舷，由士兵跳帮进行格斗的海战方法，是最早的一种海战战法，一直沿用至17世纪。——译者注

远比安东尼奥·德莫伽更具魄力和经验,早就提醒他若对方两艘船合力夹击,盖伦帆船将面临双重炮火,必死无疑。"大人,求您了,"他悲愤地对听诉官说道,"趁船还有战斗力现在马上返航吧。"但德莫伽却寸步不让,不仅对水手长的恳求置若罔闻,还指责他临阵脱逃,而后依然固执暴躁地下令,"给我打!为了上帝和国王……瞄准!射击!快靠近了!"他几乎涨红了脸喊着,"快了!"忽然,一声巨响冲破天际,海风似乎也被撕成了碎片。连藏匿深山的原住民都不安地望向地平线,小孩子们咕咕哝哝,正试着爬上栾树寻找爆炸声源。一位有着古铜色面孔、头上装饰着羽毛和硕大贝壳的他加禄族[1]老人放下手中正在编织的蕉麻索,痛心地摇了摇头,他曾是参与抗击西班牙入侵的老兵。

被迫接舷的船只颤颤巍巍,海浪淹没了它悲郁的嘎吱声,木头引燃的噼啐声也渐渐平息下来。因超员只得缓慢行驶的盖伦帆船还在奋力挣扎,巨响让它不得不停下来。嘴巴尖长的海鸟无视人类的疯狂,低空飞过。已被损坏的斜桁向后倒去,掉进绳索与破布堆里燃烧起来,有一端正好越过敌船,砸在一名荷兰士兵脸上,咔嚓一声就劈开了他的脑壳。防止船体被船蛆腐蚀的镀铅涂层像扔进火盆的纸张一样扭曲着,所有的木制构件都在呜咽悲戚,桅杆左右摇晃,失去风向指引的船帆劈啪作响,整艘船的骨架正在萎缩,龙骨开始松动,西班牙帆船正从内部宿命般地解体。

经过长途旅行的荷兰货船本就物资匮乏,此刻右舷遭遇致命一击,很快便处于劣势,笼罩在雨滴般密集的木石碎片中了,好似任意

---

[1] 他加禄人系公元前2世纪后由亚洲大陆迁来的新马来人的后裔,现为菲律宾第二大民族。——译者注

浮沉的玩偶一般。船体一侧危险地倾斜着,随即又受排水的冲力不停晃动,船员已皆被甩至甲板,乱成一片。刚向卡斯蒂利亚船射击的两门大炮余温尚存,挣脱了滑索的牵制后来回滚动,撞坏了舱壁,也将企图逃生的船员尽数碾压。双方官员都在权衡思量,木匠们长吁短叹,考虑着如何修理破损,海员和士兵们则原地待命。刚从地平线升起的太阳带来滚滚热浪,空气中尽是硝烟的味道。有好一会儿,除了两艘有气无力地摆动着的船只,甚至潮水也陷入了停滞。

成片的铅涂层灰烬扫过荷兰新教徒[1]所在的甲板,西班牙人的号令还能听得清清楚楚,盖伦帆船的舵叶仍在呼扇抖动。穿梭的子弹散播着伤痛,未燃的炮灰落在衬衫上,火星四处飞舞,引燃了火绳枪的信管。伤员的呼救声在棍棒、船帆、绳索和桁条组成的迷宫中飘荡着,大多数人只能在死神来临的瞬间从灵魂深处发出绝望的呐喊。

一位来自奥维耶的少尉对眼前消极迎战的局面惊讶不已,他脖颈粗壮如斗牛,扁桃体硕大,战斗经验丰富,深知职责所在,率先行动起来。他抚摸着当年法国短刀在前臂留下的旧伤,特塞拉战争的荣光一闪而过,浑圆的下颚抖动着,以期驱散恐惧的恶魔,似乎用一己之力便可夺回在与英国人的卡莱斯之战中失去的荣耀。他嘶哑的喉咙发出接舷的指令,"冲过去!为了上帝!为了国王!荡平他们!……谁先砍下这帮该死的杂种的头就奖一个金币!"士兵们见状纷纷高举火枪欢呼起来,少尉为表信誉特地从沉甸甸的衣袋里掏出一枚金币,塞进后桅杆座位的绳索中。他知道,除非自己允许,否则没人敢碰。在缆绳倒向荷兰甲板前,这位老练的水手尚有时间仔细回味巴赞将军的

---

[1] 16世纪宗教改革后,荷兰主要有天主教和新教两大教派。荷兰独立战争始于反对西班牙的专制统治和天主教的宗教迫害。——译者注

慢性子，后者在亚速尔海战中大败可恶的法国佬，还差点断了手臂。正因有幸为如此声名显赫的上将效劳过，那天清晨一看到愚笨的德莫伽打仗的阵势，他就一个劲儿哀叹运气真差。只消看他在船上脸色煞白，挑三拣四，不知是该发号施令还是先卷起裤腿的样子就明白，这个登徒子忝居爵位尊荣却毫无经验勇气可言！即便如此，他依然忍着不详的预感，向飘扬在船舷上方的军旗投去最后一瞥，它与当年令佛兰德人闻风丧胆的勃艮第十字旗一样耀眼。他狠狠地啐了口唾沫便朝荷兰战船飞奔而去，只见他刚一跑开，身后的桅杆就被飞偏了的子弹打出个巴掌大的窟窿。

脸色苍白的胡里安犹疑地拿着船上人手一把的生锈匕首，紧跟在奥维耶多少尉和二十来人的小分队后面急速飞奔着，随时准备将火药筒填满再次点燃引信，或是照料伤员。这位消瘦的见习水手头发乱糟糟的，虱子在里面也会迷路。与许多年轻人一样，他要么继续在马尼拉的荒郊野外乞怜为生，要么在甲板上用硬的能硌掉牙的回锅面包果腹，别无选择。如今他无比确信，比起肋骨将被打穿，他倒宁愿忍饥挨饿。他赤脚蹚在血肉模糊的荷兰战船里，急匆匆地往前走，瘦削的脚踝裸露在外。空气被火绳枪与滑膛枪射出的子弹拦腰切断。尊贵的听诉官不顾新水手长的苦苦哀求，并未将圣迭戈号的船帆校准，此刻它正随风飘扬抗议战船因接舷陷入险境。白昼随着东方的鱼肚白降临了。

来自赫塔里亚的船长自诩埃尔卡诺[1]后人，正吹嘘往事，不等他

---

[1] 埃尔卡诺，即胡安·塞巴斯蒂安·埃尔卡诺（Juan Sebastián Elcano，1475—1526），文艺复兴时期欧洲航海家，麦哲伦五艘船队中的一位船长，麦哲伦被杀后他继任船队指挥。当他驾驶剩下的唯一一艘船最终到达塞维利亚时，被人们当做第一位环球航行的人来欢迎。——译者注

说完，荷兰子弹已穿喉而过，只听得最后几个字随着血流的汨汨声戛然而止。黔驴技穷的马尼拉听诉官此刻正被恐惧支配着，毛里求斯号不再是海湾尽头模糊的轮廓了。他歇斯底里地四处喊叫，甚至抱怨船员们为方便打仗加衬在甲板上的草垫子。官兵们知道他们已被德莫伽疯狂的计划拖入绝境，眼下只剩两个选择：要么战死要么砍碎荷兰人的船。他们想着，凭着三比一的数量优势，若能一鼓作气，再加上些好运气，或许有机会反败为胜。所有人都重复着同样的号令："接舷！为了上帝！为了西班牙！为了国王！登船！……"恩德拉赫特号似乎正因缺乏补给寻找开阔水域逃窜，逐渐放弃了围歼西班牙人的计划。船员们见此纷纷行动起来。棍棒交加的打斗随处可见，越来越多的"圣迭戈"号船员登上了敌船。长矛随着响亮的噼啪声断裂了，滑膛枪将人开膛破肚，五脏六腑被合盘拖出。向来沉默寡言的日本雇佣兵尖叫着用锋利的大刀砍下敌人的四肢与头颅，无视周遭烟雾模糊与枪林弹雨，这种沉浸在杀戮中的可怕的镇静既让西班牙人不安，也让荷兰人害怕。

清晨的水域被披上金黄色的霞光，一对有着惊人的尖长嘴巴的海鸟掠过船帆，朝附近的佛图那岛[1]飞去。"别心软！"体格健壮的奥维耶多少尉朝萌生退意的船员喊道，"谁再往后一步我就杀了他！"船员们闻此已不敢再惦记他许诺的金币，他们知道这可是个言出必行的家伙，随即便回应式地撂倒了几个举着匕首哆哆嗦嗦的奥兰治分子。少尉正全神贯注鼓舞士气，丝毫未察觉一个身材干瘪、表情狰狞的红头发新教徒已悄悄从背后靠近。

---

1 菲律宾岛屿名。——译者注

西班牙船员因得到圣迭戈号源源不断的兵力支持，很快便打得佛兰德斯[1]人仓皇四散，开始往下甲板处逃去。"快！都到下面去！快啊！[2]"呼叫声在毛里求斯号上此起彼伏，士兵们都在寻找撤退的舱口。"快！跳船！快！[3]"

此时，圣迭戈号黑暗的底层舱室里正有东西在简陋木箱间挪动，周围尽是满溢胭脂虫染料的木桶。这里漆黑一片，潮湿无比，极损健康，陈年怪味更是让人喘不过气，只从舱壁窄窄的缝隙间漏出几缕光。数千万微尘在消瘦的光芒里随帆船摇晃而飞旋，衬得光束愈加浑浊。那东西又在动。盖着东印度议会印章的木箱在光影里兀自凸显，上面还有用火舌熏刻的类似蒙特萨骑士团标志的小型十字架。木箱定是某个粗笨木匠的拙作，木料瑕疵与锯齿印清晰可见，氧化生锈的大钉子顶端十分显眼。被照亮的底端棱角处，一只悠哉闲逛的硕鼠因受惊吓迅速向上攀爬，长长的尾巴平衡着上升的体重，一上到盖子便迅速转身，吱吱叫着。它在盖伦帆船上过了大半辈子，无数次从海员鞋底逃命，偷食油橄榄和腌肉，还有储存在木桶里作为主要补给的硬面包，可却从没见过这阵仗。它圆瞪着紧张不安的褐色小眼睛，两颊触须微颤，一边从最近的"瞭望处"往下看，一边浑身抖动以便尽快晾干自己。刚刚一阵旋急的水滴细密地打在它干枯的皮毛上，从微弱的光线里看去很像一个个小小的光晕。周围浓郁的香气搅得它忍不住用口鼻伸缩嗅寻，不过还是一边警觉地向下探视，一边在木箱边跑来跑

---

[1] 佛兰德斯是西欧的一个历史地名，泛指古代尼德兰南部地区，包括今比利时的东佛兰德省和西佛兰德省、法国的加来海峡省和北方省、荷兰的泽兰省。荷兰独立战争导致了这一地区的最终分裂。——译者注
[2] 原文此处为荷兰语。——译者注
[3] 原文此处为荷兰语。——译者注

去,嗫嗫犹疑的小爪子害怕地向前伸着。从船体裂缝渗进的海水已将货舱淹了数英寸高,水面还在不断上升。

"不胜荣幸……"他终于低下头小声说道,"不胜荣幸……"此时,鸟居元忠没有再笑,这简单的几个字担负着强烈的承诺,苍白的情绪只会贬损它的严肃与庄重。他只感到欣慰,既为武士感到自豪,也为确认自己的选择是正确的而如释重负。"给犬子写信道别后,我也给你留了一封信……"主君用下颌指了指西乡手里的竹管。"我很清楚……也明白这对你非常重要。"熟知西乡过往的鸟居谨慎措词,生怕搅起太多陈年旧事,"信已封印好了,我已在信中说明今日你我所谈的一切……等时机一到,你找到叛徒并为德川君复仇后,就可以把它拿出来了……万一……"他竭力不去设想计划失败的可能,欲言又止。"等一切结束后,令郎会知道真相的,他会理解所发生的一切,也就明白无须羞愧……"

西乡隼看着竹管,心怀感激。尽管他的使命从来都是不惜一切完成主君的意志,但鸟居元忠的话还是让他看到终有一日雪耻的希望。他依礼匍匐在地,额头紧贴碎石板。一个脸上血泥模糊的侍卫跑过来,在距离主君不远处小心站住,待允准时近前。风向转变又带来燃烧的味道。大名不为所动。"忠厚的家永君是唯一知情的,他在武器庭院等你。"他对西乡说,"我已命他给你备了些东西。"大名不想再拖延这令人难过的场面,勉力站起来怜爱地摸了摸苍鹰的脖颈,吃力地朝心爱的盆栽走去。

西乡起身朝大名背影投去最后一瞥，他被离愁别绪压得喘不过气来。他会想念他的。重新审视并确信自己的决定后，西乡向武器庭院走去。与刚来的侍卫擦肩而过时，他能明显感到对方目光里的不安，显然，侍卫很想向他征询自己能否上前与主君交谈。疲惫的内藤家永正在庭院等待，身上的大部分盔甲已被修补过，双眼被战火熏得通红。他交给西乡几个粗纸包裹，里面有金币、活字印刷板、墨料、样子普通但做工精良的弓弩、一袋箭矢、几件简单的衣物、一双轻便草鞋和一顶灯芯草帽等物件，当然，还有了然一切的道别同舟共济的缄默。"就此别过了……"未等西乡作答，滑膛枪的射击声便已近在耳根，部分围攻者已到达内城核心地带。两人都知道，离别时纵有千言万语，最重要的莫过一句"不虚此行"。西乡在伏见城纵横交错的道路中选了一条直通山麓的小径，那里有个隐匿于枇杷林的出口。内藤家永拔下剑鞘，绑好胸甲，手握长剑向厮杀声走去。

当延误的圣巴洛托梅号最终到达目的地时，一个令人鼓舞的场景呈现在面前，圣迭戈号的同胞们已经占领了荷兰战船的甲板，士官们正嗾使船员将下甲板未来得及逃生的敌人全部消灭。唯一对此还一无所知的就是躲在上甲板厚厚草垫里的德莫伽了。特略总督已事先提醒船长万不可相信安东尼奥·德莫伽。不过，面对唾手可得的胜利，圣巴洛托梅号的掌舵人还是决定去另一艘奥兰治分子的船上分一杯羹。他登船时尚无人察觉海水已漫入底层货舱，因此也没听到呼救声。

见习水手胡里安被人推来搡去，此刻再次晕头转向，不知所以，生怕被舱口围板或散开的绳索绊倒。他在死尸堆成的三角区域藏了一会儿，身边负隅顽抗的荷兰人已尽数被长刀破肚了。他已糊里糊涂，也不明白一切因何发生，只是尽可能快地挪动双腿，唯一的慰藉是看着毛里求斯号上的敌人越来越少，祈祷一切早点结束。骚乱中一只血淋淋的手臂突然拦住了他。跟跟跄跄的穆拉托少年向上觑了觑，一位肩宽如木桶、皮肤黝黑、脸色深沉的大个子矗立在面前，是少尉——他上船不久认识的军官，那时他刚从凌乱的呼吸中平复下来。少尉先是撕下少年破破烂烂的罩衫，又递给他几片脏兮兮的碎布。"给……拿着……""要……往后？"小伙子结结巴巴不知军官什么意思。起初他以为少尉是要将衣服还给自己，而后看到碎布上的三种颜色便恍然大悟了。他记得炮击开始前，曾有一块类似旗帜的布料在桅杆上随风飘扬。见习水手会心一笑，这家伙就是教自己把大锅饭里的硬面包砸开以免吃到象虫的人。单纯的胡里安想着这大概又是少尉在向自己示好吧。只是，少尉若有所思的神情戛然而止。"去圣迭戈号……找听讼官……找德莫伽……"面部严重扭曲的奥维耶多少尉吃力地吐出几个字。胡里安不明白少尉手捂着肚子在说些什么，只见一股浓黑色血液像燃烧的蜡烛一样哗哗地从他指缝间流出，散发着恶臭。少尉微闭上因饱经硝烟而满布皱纹的双眼，轻呼一口气，喷出的鲜血随即流进了密密麻麻的络腮胡子里。他缩肩抬起一只胳膊，瞥见了骇人的伤口露出湿漉漉的内脏。他的双腿已经动弹不得，滴血的指头还在指向圣迭戈号方向。看着曾教自己用海水软化硬面包的少尉被开膛破肚，胡里安忽然明白了什么，他将荷兰战旗叠好准备带回西班牙帆船。正当他转身寻找毛里求斯号船橼时，少尉倒下了。老水手回想起当年特塞拉战役的赫赫战绩，满怀自豪地朝船上的幸存者望了一眼，是他们将最后一批敌人逼进了舱室。荷兰人以为只要躲进舱室就可伺机谈判,以避免更多伤亡了。不幸的少尉直至停止呼吸,仍希望自己的牺牲能对战局有所助益。

当安东尼奥·德莫伽从瘦骨嶙峋的混血少年手中接过那两面荷兰战旗时,依然无视新水手长的恳求。哪怕此刻出现另一艘荷兰战船,他也不甘心就这样放弃猎物。与此同时,水手长证实了撞击造成海水倒灌的传闻。货仓满载无法排水,冗员超重更是雪上加霜,圣迭戈号撑不到正午了。"船就要沉了。"水手长直截了当地说,他曾师从著名航海家乌尔达内塔,熟悉马尼拉航线,"恰好在最陡峭的地方。"他悲恸地重复着,听诉官却一个字也听不进去。他似乎对一切暗示都充耳不闻,只是站在之前藏身的杂乱草垫中,满脸通红,豆大的汗珠成串地从粗大的鼻尖落下,茫然四顾,束手无策。一位气得面红耳赤的士官忽然冲到德莫伽跟前,不知所措的胡里安连忙往后退了退。见习水手已在困境中明白,不是所有人都像少尉一样平易近人,他弯腰双手抱头,并发誓自己真不明白上级们的心思。

没等胡里安反应过来,或者更确切地说,没等德莫伽被打得满地找牙,船上一位耶稣会士受甲板上部分聚集者推举,自感理应挺身而出避免暴动。他身材修长,胡子浓密,举止涣散,每个表情都似乎还没开始就结束了。自勒班陀战役[1]后,西班牙海军舰队素有维护基督教信仰的传统,他以遵循传统为名登船,实际却是受马尼拉上级克里斯托莫·费尔南迪斯主教指使,瞅准时机以博取听诉官宠信的。该教会非常希望能在东印度福音团中脱颖而出,因此必须拿到一些令澳门和

---

1 勒班陀战役是指在1571年,由西班牙、罗马教廷和威尼斯组成的联合舰队与奥斯曼舰队在勒班陀海角发生的一场大战。这场战役与732年的图尔战役并称为保卫基督教的两大战役。——译者注

其他殖民区主教眼热的许诺。"大人，"传教士抬起一只手做出调停的姿势说道，一位好心的士兵拦了一下，但他已迫不及待要向德莫伽极尽所言。"胜利的荣誉只属于上帝和诸位，"他继续谄媚着，"这些个藏在甲板下亵渎神灵的东西早已被您的聪明才智和战术吓破了胆，眼下想必正等着咱们派人过去谈判，好在投降书上签字呢……"胡里安趁着谈话间歇偷偷从指缝看了看，便像蜥蜴一样溜走了。传教士的甜言蜜语并不很合烦躁的听诉官的胃口，自然也没什么效果，尊贵的法官大人依旧置若罔闻。他此刻也是一副可笑的破衣烂衫模样了，上好锦缎裁制的紧身坎肩已经裂开，线头在敞着纽扣的皮衣下探头探脑，帽子在眼角耷拉着，臃肿的肥腿裤早被人来人往蹭得脏兮兮，裹腿袜皱皱巴巴，显得十分滑稽，泛白的关节一遍遍揉搓着两面荷兰战旗，唯一可以确定的是他把从马德里带来的所有华服都穿在身上了。"诸位可以先占领荷兰帆船，再用它返回甲米地。"传教士在得知盖伦帆船即将倾覆后说出了所有将士的心声，"也可在甲板下方栖身……既然你们已经战胜了敌人……看在神的伟大光辉的份上[1]。"他最后祝祷着，似乎还有未尽之言。不过，德莫伽此刻心心念念的，都是圣迭戈号底层货舱满满当当不计其数的货物，特别是他亲自装船的那些箱子。他与奥图诺·德安德拉德两人合谋，趁日本内乱之机背着马德里暗中大发横财，大木箱里的就是盈利。慌慌张张征调商船出海，一门心思要在王室显扬名声的渴望正将他推入危险的窘境。若任由盖伦帆船沉没，他就得自掏腰包赔付奥图诺的巨额分红。他可不在乎奥图诺是什么国王宠臣的秘书官，那只是不清不楚的生意伙伴而已。

---

[1] 原文此处为拉丁语。——译者注

先前差点发动哗变的士官晃了晃宽厚有力的胸脯,一边摩挲垫棉的皮衣一边意味深长地看着传教士。众人还未来得及行动,受贪婪本性驱使的听诉官忽然起身,略整装束后就大声喊叫起来。"砍断缆绳!"他向四周望去,想寻找一些除船舷之外臆想的东西。"我不会失去圣迭戈号的!"他眼睛赤红、双手颤抖着发出吼叫,"不会的!砍断接舷的缆绳!快砍掉!去佛图那!"他指着附近的小岛声嘶力竭地喊道。尽管听诉官暴跳如雷,众人却纹丝不动。"大人……""砍断缆绳!砍!"德莫伽打断传教士的话,同时不太熟练地拔出此前从未脱离精美剑鞘的长剑。"大人,不能放过荷兰人啊……"听诉官盯着远处地平线上的小岛轮廓。"烧了它!放火!把这些蠢货都烧死……否则,要么你们跟他们去安特卫普!要么就跟他们一起死!我可管不着!我只关心船舱里的东西。"他压低声音再次怒吼道,"不能没有圣迭戈号!听到了吗?"他挥舞紧张的双臂,将长剑横在离传教士鼻尖不到一英寸的地方,"砍断缆绳!"士官中对德莫伽尚有忠心的已经行动起来,先前意欲暴动的也没有更多时间了。作为曾与英、法、荷及突厥人作战的皇家海军帆船,只要还有几个德莫伽的心腹在上面,那便无人可挡了。不等德莫伽放下手臂戴正帽子,两个佩有鹰头勋章的穆尔西亚怪家伙——也就是因常常边走路便向七苦圣母祈祷而被大家调侃为教友会会员的士兵——已开始给船员们分发染过沥青的船帆碎片了。要求毛里求斯号上的西班牙人停止杀敌撤回圣迭戈号的命令传遍了整艘盖伦船。

胡里安在一堆弩炮子弹中找到个空地坐了下来,开始懊悔自己的决定。长官们还在争论,只是口口相传的哗变威胁似乎已烟消云散了。盖伦帆船正如期待的那般坚定地执行命令。焦糊味很快通过船舱的各个通风口扩散开,荷兰人直到看见火石蹦出火花才反应过来。尖叫声四起,人们深信,若是出逃必会撞上滑膛枪枪口,若是留在底仓也将死于烈火焚身。然而事实上,当火焰刚刚烧过散在毛里求斯号甲板各处的船帆时,西班牙人就悄无声息地烧断接舷的绳索了。

迄今为止,挤在圣迭戈号上的四百多名官兵大部分都还安然无恙,呼吸着亚热带的燥热空气。许多人看到火势在毛里求斯号上蔓延开来,竟放心大胆地互相调笑起下流话,放言必要在马尼拉城的妓院里花天酒地一番。圣迭戈号被海水倒灌的消息似乎还只是个传言。不明真相返回盖伦帆船的船员们以为,定是佛兰德斯人的战利品少得可怜,才让长官们决定放弃处置躲在底层货仓的敌人吧。唯一表现出不悦的是那些日本雇佣兵。他们身着怪异的染血套服,直到最后才离开荷兰战船。他们不明白,为何雇主要任由敌人逃脱。对他们而言,这可不是结束战斗的方式。气急败坏的军官们费了好大劲才让这些东方人丢开堵在舱口的长矛。要知道,对日本人来说,哪怕只剩一个加尔文分子没被消灭,战斗就得继续。下达撤退令时,日本雇佣兵还在仔细清点被斩首的敌人。圣迭戈号上的船员并不对此感到困惑,在弗朗西斯科·特略总督与该国摄政王德川家康私下达成协定前,他们中许多人都曾与日本海盗对决过。这些人素日里的缄默寡言和沉稳镇定总会在拔剑的那一刻消失无踪。船上的人都知道这是些极可怕的人,会为了比试谁能击中飞越甲板的海鸥而拼上性命。他们天生能征善战,只以刀剑论生死。一旦决定战斗或赴死,便能立刻化身残暴的杀手。

当船员们边休整边看着毛里求斯号的火势随着暖风渐渐扩大时，领航员已在计算里程了。尽管此处距离佛图那岛仅三西班牙里，比拥有天然良港和具备维修船坞条件的甲米地还要近上许多，但仍太过遥远。以目前船体损伤的状态，哪怕前进一里都难以为继。加之海水倒灌，抵达目的地已然无望了。帆船地板开始吱吱作响发出悲叹，舵杆转动也愈发吃力。领航员难过地想起藏在罗经座内的航行日志，这么多年的心血眼看就要无法留存了。"到不了了，到不了了……"他喃喃自语，唯一能做的只有默默祈祷，"广施恩典的万福玛利亚，上帝与您同在并将赐福于您[1]……"然而，久经考验声名远播的盖伦帆船尽管行将就木，却仍表现英勇。它总被称为"奇迹之船"。当年老国王还在位时，现任腓力国王的亲兄弟在圣迭戈号上起死回生的事迹众所周知。也许是听到了领航员的祈祷，盖伦帆船竟回应起来，还算完好的船帆尽力随风张开，缓慢地驶向既定海滩。

约莫正午时分，亚热带的闷热已让人口干舌燥，无精打采。地平线那端的小岛仍只是个模糊的剪影。银色的鱼群不停拍打右舷，等待一场饕餮盛宴。水手长在与领航员深谈后，恳求请圣巴托洛梅号赶来救援。

荷兰人在最初的惊惧过后陷入寂静，意识到敌人已经离开并任由其自生自灭，便纷纷登上甲板。烈日刺得他们睁不开眼睛。很快，他们就用木桶提着太平洋的海水救火了。此时，圣迭戈号上的西班牙人方才恍然大悟，只消感受脚底来自船体的呻吟就知道发生了什么。对此了然于胸的日本人双膝跪地，神情严肃，等待最后一刻的来临。其

---

[1] 原文此处为拉丁语。——译者注

余船员则都脸色煞白了。毛里求斯号的气氛却截然不同。船长奥利维尔·凡·诺特仍半信半疑，真是令人费解，西班牙人居然放过了他们！佛兰德斯人确认火势已被控制住后便命令升起残存的船帆。桅杆在船帆底部被风鼓满时发出嘎吱声，但凡·诺特并没犹疑太久。他揉了揉疼痛的肋骨，怒气冲冲地踹了一脚躺在地上的一具差点被长矛刺穿的尸首，暗自决定千万不能重蹈西班牙人的覆辙，遂下令全速驶往远处海岛方向，追击盖伦帆船！客栈主出身的凡·诺特从不允许他人挑战自己业已建立的权威，他很清楚，被派至世界最遥远地方的使命并非仅是重新疏通香料贸易，也是为了向世人展示荷兰人争取独立、摆脱西班牙桎梏的决心和实力。

几个世纪以来，来自西班牙和英格兰的大量羊毛从荷兰各港口中转流通。自几年前开始，从弗里斯兰至新西兰的所有起义省份就已实现并保持进出口贸易的巨额盈利。多亏了葡萄牙航海者帮忙和英法两国的宝贵援助，他们才得以绕过种种限令和西班牙的封锁。如今，他们都热切盼望打破西班牙君主统治，将各联合省建立为统一的主权国家。然而，葡萄牙塞瓦斯蒂安国王去世后，西班牙王室急于插手该国王位继承权，荷兰各起义省份赖以实现市场流通的货源便被截断了。要知道，与东方各国的贸易通道至今仍牢牢掌握在马德里手中。随着起义军物资日渐短缺，安特卫普和鹿特丹等港口的独立热情也与日俱减，部分商户便提议自建船队支援各省战斗。凡·诺特就是率先行动者之一，人们建议他按照麦哲伦去往美洲的航线前进，以确保能到达盛产香料的海岛。

驶往马尼拉的航程不可谓不艰险，亲兄弟在经过非洲海岸时就亡故了，一位士官因逃离船队被流放到连上帝都不知晓的蛮荒之地，西班牙人管那里叫"饥饿港"。他们刚驶进太平洋就损失了一半人手和船只。目前为止,唯一的猎物是一艘在康塞普西翁捕获的西班牙三桅战船,他们将绑回来的领航员严刑拷打后,才得知前往菲律宾的航线。在起航两年并经历了一百多名船员被坏血病吞噬的厄运后,他终于带着仅有的几条战船抵达了关岛——卡斯蒂利亚和阿拉贡王朝在东印度殖民地的门户。此刻,面对毫无防备的圣迭戈号,熟悉航线和水域的奥威尔·凡·诺特已势在必得了。

冷酷的火焰像情人的嫉妒一样将瞭望塔吞噬了。火焰不断向墙体攀爬,墙底只剩一圈石灰燃烧后的灰烬。刻有鸟居家徽的横梁轰然倒塌,红通通的焰火立刻被砸得火星四溅。石田三成数以万计的武士团挡住了伏见城的所有出口。他们翻过城墙,越过沙坑,在精心打理的花园里蹑手蹑脚,扫荡着城池,所到之处血流成河死伤无数。黄昏时分,白日里的余热尚未完全散去。屋檐下藏着飞燕盛夏时构筑的巢穴,惊惧的枫叶在飞旋的烟雾中随风摆动。全城仅剩的十一个武士被数倍于己的敌人步步紧逼,只得不断后退,每退一步都是殊死搏杀,道路上尽是战死的亡魂。倒下去的武士一个接一个,所有人都身负重伤。鸟居元忠知道,最后的时刻已经来临。但他却感到十分平静,只是遗憾双腿还是使不上力。他身体一侧已经中枪,但仅是出血,并未伤及肾脏,左肩伤口很明显,铠甲大部分已变成朱砂色,青紫色的黑眼圈嵌在脸上,即使毫无希望也温和肃穆。苍鹰已飞向长空,西乡也将履行承诺。是时候了,再没什么可担心的了,一切都准备好了。

石田军团的武士扬起长矛开始进攻，鸟居用手中的大刀佯装防卫，巧妙地躲闪到一边，而后立刻拔出另一把小刀，借助敌人进攻失误的前倾力将其从颈部一招毙命。敌人一下子瘫倒在地，大名脸部抽动着，极力忍受膝盖的伤痛。更多的敌人涌上来了，数也数不清。他想起了对西乡隼的嘱托，想起了和儿子一起度过的那个下午，手掌仿佛触到了心爱的苍鹰，指尖好像正在石榴盆栽的叶缝中摩挲。他脸上颤抖着，全力握紧刀柄，双膝立地，为那不可避免的到来寻找了一个不失尊严的姿势。只剩十一人了，这数字不错。对他来说，是另一种不对称美。他们都在瞭望塔的最底层大厅，贪婪的火势夹着恶臭继续吞噬着其他相连的瞭望台。此处已被完全破坏了。四处都是建筑倒塌的残骸，铺地的叠席被烧出了许多窟窿。支撑房梁的柱子被砍出了毛楞楞的豁口，扎进木头里的长矛压着某个不幸士兵被砍断的手指。被踩踏得不成样子的屏风上躺着一颗断头，屏风上依稀可见远古山中狩猎图。正如城内其他物件一样，这里也曾是勤俭谨慎的鸟居元忠十分钟爱的。

每倒下一个敌人，总会从瓦砾堆中出现三四个替补。被团团围住的武士们只得挤在大厅中央。所有人都艰难地站立着，滑膛枪、大刀、箭矢和仇恨都很好地完成了使命。跛着腿的内藤家永站在主君身旁，费了好大力气才勉强站稳。多亏盔甲护身他的左腿才得以保住，只是胫甲下的皮靴早被鲜血浸透了，可他脸上却毫无痛楚，只有一丝决绝的微笑。大家都知道生命已所剩无几，但其视死如归的精神却显而易见。他们是光耀鸟居家族的令人骄傲的武士，他们随时准备接受胜利或死亡，但绝不会在任何情况下被击败。他们中有人额头被砍伤，掀开的头皮耷拉在眼睑上，两颊被血流淹没。面具和头盔都不见了，每个人都按照在学校练习的一贯姿势，手握长刀坚持着。另外一些幸存者腿缠绷带，自膝盖以下已被尽数砍断，他们坐在为爬向战友而留下的斑斑血迹的尾端，鲜血随着心跳慢慢涌出，面部已成青紫色，嘴唇惨白。夕阳一反常态洒下曼妙金光，把木头的纹理和稻草席的轮廓照得清清楚楚。铁器间的碰撞似乎都和谐起来，若不是死亡的恶臭到处蔓延，此时此景，自桃山而来的天国之光将是多么动人。

当石田三成的心腹宇喜多秀家赶来时，眼前的一幕令他升起难以名状的敬仰之情。原本守军多达两千余人的伏见城只剩下极少数人把守，几个无名小卒，几个统一身着藏青套服的忍者，几个将领，其中一个腿部重伤，还有鸟居元忠本人。尽管如此，他们仍继续战斗，好似身后正有数百面带有家徽的旗帜迎风招展。秀家摘下与铠甲配套的红色面具。仇恨在慢慢褪去，士兵们似乎也被长官的情感感染了，他们慢慢放下手中的长剑，有人摇晃着迈步向前，见无人应战便也停下了。剑刃入鞘的咔嚓声一个接着一个。一名断腿武士因失去意识栽倒在地。在漫长又充满敬意的沉默中，最后一支箭仿佛被钟声撞出，嗖的一声从一位鸟居家士兵染血的鬓角擦过。从障子[1]孔隙漏出来的夕阳照耀在他们脸上，面对如此严丝合缝的围歼和到处都是的断臂残肢，怒火还在瞳孔里燃烧，所有幸存的战士都在等待着。在场人都明白正在发生什么，双方都有些错愕。若非此起彼伏的呼吸声和从额头与两颊滑落的汗滴，他们真是与那些战争雕塑毫无二致。唯一的例外是一名小伙子，他刚入伍不久，急于博得主君肯定，他紧闭双眼，怀着做出点成绩的迫切愿望向那些仅存的守卫刺去。那是一种毫无经验的癫

---

[1] 一种在日式房屋中作为隔间使用的可拉式糊纸木制窗门。——译者注

狂与冒失。直到枪尖离伏见城大名仅几拃远时，秀家才反应过来并大声阻止，只是鸟居元忠已抢先一步了。"住手！你们都站住！"伏见城主君以不可置疑的权威厉声道，"我不需要……"他嗓子有些沙哑，声音依然极具穿透力，只是属下们还未察觉大名腋下已中枪了，咳嗽时口中不慎涌出的鲜血即是肺叶受伤的证明。"我不需要，伏见城的任何人都不需要借助他人才能有尊严地死去……"后来，人们说那年轻人当时像被闪电击中似的立刻就倒下了，但事实是他在惊愕中打着摆子俯趴在地上，秀家这才有机会命人将他拉住。

鸟居元忠透过残破的障子最后看了一眼外面的世界，轻点下颌以示同意。此刻，这是独属他们的语言。内藤家永和另一名武士努力将因断腿已毫无知觉的战友叫醒，帮他将双手放在短剑握柄处，而后跪地履行自己的义务。有人想写几句话留下，却既无纸笔也无处留存。他们没有战时拜祭所用的扇子，也没有墨汁。有人一边除去身上的铠甲和衣物，一边拿起覆盖短刀手柄的手帕，其他人则只是撕下一块织物，他们不会任由自己手染鲜血死去。只剩半条腿的那位拼命挣扎以免再度晕厥。秀家也身体前倾双膝跪地，其他人相继跟随。铠甲摩擦与军械呜咽声像潮水退去般在石田三成的部队蔓延开。鸟居拔出刀，细细看着刀刃，又用精致的方巾小心包住刀柄。他双手握刀，织物下刀柄的棱角清清楚楚，随后掀开最内层衣服，将刀剑抵在左腹部。在场的多数将领均匍匐在地，磕头致敬。勇士们在一片寂静中切开肚腹，听不见一声哀怨。

* * *

被酷热耗尽生机的狗牙草在一大片麻黄地里随风飘摇。一个旅人模样、头戴灯芯草帽、脚踏稻草木屐的男子在野草中低头向西走去。一只自地平线飞来的苍鹰从他头顶飞过，又以其他鸟类难以企及的灵敏迅速折返回来，似乎正利用气流动力在男子头顶盘旋。男子摘下帽子看了看眼前的飞禽，腰间的两把短刀是其武士身份的象征。他伸手在和服里用指尖摸了摸什么东西。看着苍鹰朝太阳落下的方向飞去，西乡隼知道，一切都结束了，而他的命运早已注定。他必须完成大名的遗志。这是他为主君应尽的义务。

那天，塔玛索摸着嘴角的小胡子，望着地平线，希望能马上看到菲律宾群岛模糊不清的海岸轮廓。他很想知道，在马尼拉等待自己的会是什么呢？安东尼奥·德莫伽会交给自己什么任务？什么时候才能回家呢？阿希奥利先生会同意把女儿嫁给自己吗？"船长已经放话了，最多还有几个星期……"马丁说着往船舷处走来，"可惜了，"他又开起玩笑了，"看来没时间了……"塔玛索不再盯着海浪看，虽然知道自己问了会后悔，却还是没忍住，"没时间做什么？""哦，我就是想看看咱们到港前是被这可恶的劣质水引起的腹泻折磨致死，还是被那不知道煮了多少遍的硬面包硌得满地找牙饿死……"塔玛索无奈地笑了笑，马丁亲切地将胳膊搭在他肩上。也正是此刻，在距离这里很远的地方，少尉想象的未来正变得支离破碎。圣迭戈号已经变成一堆残木黑灰，缓缓沉入太平洋深处的细沙里，当然，还有塔玛索所谓的好兄弟的许多不义之财。

*　　＊　　＊

连对航海和海战一无所知的胡里安都明显感到帆船正急剧减速，要驶往的小岛却依旧遥不可及，反倒是将圣迭戈号甲板层层扫荡的敌船船头的雕饰越来越清晰了。尊贵的听诉官安东尼奥·德莫伽在船尾目瞪口呆，看着荷兰人乘风破浪而来，只觉一股失败的寒意。荷兰战船虽因受损行驶起来有些东倒西歪，但其速度依旧远远超过盖伦船帆。

"到不了了……船才刚刚驶出……就算进水都能排完我们也到不了佛图那了！"听诉官闻言立即转向舵手，暂不理会已在大炮射程内的迫在眉睫的威胁，惨白的脸上一副难以置信的表情，连八字须都一下子根根分明了。"没办法了，船就要沉了……"舵手重复着，一阵西风吹起他额前的头发，"还是投降保命吧……"德莫伽双手掩面做出惊恐的样子，但实际上，这位西班牙国王派驻东印度群岛的代表并不在意下属的忠告，又回过头盯着毛里求斯号破烂的船帆了。他此刻唯一担心的是那些寄回马德里的信件，宫廷要员都等着他兑现信中的承诺呢。只消想想国王宠臣得知战败的反应他就膝盖发软。他太清楚莱尔玛公爵的能耐了，只怕余生都要被当做死敌穷追猛打了。舵手已经失去信心，他在海上征战多年，也领教过奥兰治分子的厉害，十分清楚接下来会发生什么。

胡里安最先看到那些四处逃窜的老鼠，尖利的吱吱声听得人牙根打颤。他见过在港口垃圾堆里找食的野狗，它们经常在季风来临前东躲西藏，发出绝望的哀嚎。作为一个在吕宋岛雨林中与母亲相依为命长大的苦孩子，他太了解动物了，也有长期观察和猎捕动物的经验，因此非常确定厄运已然来临。成群结队的老鼠从舱口和通风口冒出来，自过道和舷梯向上攀爬，它们此前栖身的下甲板已完全被水淹没了，上甲板变成了一张毛骨悚然褶皱弯曲的毛毯，被打着赤脚的船员踩得四处逃窜。一位靠豪赌发家的巴利亚多利德男子举起火绳枪，朝这些折磨人的玩意儿射击，一位耶稣会士双膝跪地，比着夸张的手势指示信众们随他一起祈祷。老鼠继续沿着缆绳和支索往上爬，没等胡里安想好该怎么办，六名水手已跳至船舷处，打算在圣迭戈号尸沉大海前向敌人求救，其他船员见状也纷纷效仿，引得德莫伽与其他年长的官员惊讶不已。舵手双肩塌缩的背影在烈日下显得十分落寞，"我就知道，我就知道……"只听他有气无力地吐出几个字。很快，连聚集在船舷上的老鼠都开始相继落水了。怀着誓死不再踏上哪怕一只独木舟的信念，胡里安也一跃跳入水中。他并未朝荷兰战船游去，而是选择了小岛方向，尽管距离更远但毫无退缩。比起近在咫尺的那块甲板，他宁愿去更遥远的陆地，饥饿与金钱都不足以再让他冒险登船了。一些船员被多如牛毛的老鼠搅得心神不宁，打算将装货的木桶倒空，用做漂流筏。还有些不会游泳的已经放弃求生，去找耶稣会士了，连祈祷都懒得做的则随意瘫在甲板上，听天由命。船上人心惶惶，连救生筏都来不及解下。

奥利维尔·凡·诺特看到一个瘦弱的少年跳入浅水区朝小岛游去，便意识到应尽快采取行动了。即将出击的消息迅速传遍毛里求斯号，引得一片欢呼之声。他们准备好弹药、引信和炮架，并精心挑选了长矛和划桨，只待水手长征得凡·诺特同意后，便开启复仇之路。此时，圣迭戈号上想必也有某个倒霉鬼打开炮眼，亲眼目睹了眼前这一有别于常规海战的追击，只是留给他们的时间也仅转身刹那了。荷兰人在第一声炮响后便群情激愤，沉迷在复仇的狂热中一发不可收拾。当圣迭戈号的舷弧浸入水中，即将宿命般地安息于菲律宾海域深处的珊瑚礁时，船上数百名船员也在枪林弹雨和长矛划桨的暴击中死去，许多人被流弹炸得四肢横飞，尸骨无存。安东尼奥·德莫伽早已被吓得魂飞魄散，带着作为出师告捷证明的两面荷兰战旗急忙跳入水中，挣扎着向佛图那岛游去，脸部因缺氧憋得青紫，宽大的衣袖令他划水的姿势显得极为笨拙，直至体力不支，他仍在想该如何向马尼拉总督解释此次战败，以尽可能降低对自己前途的影响。少数几个船员仍在严重倾斜的甲板上拼命保持站立，沉默寡言的日本雇佣兵脱去套装，只穿着看起来略显怪异的遮羞裤就跳入大海了，最后几个士官丢掉皮衣和军帽，也准备往佛图那海滩游去了。天空万里无云，已经看不到长着大嘴巴的怪鸟，海水似乎也被大炮的轰鸣吓得噤了声，只有闻着血腥味而来的鲨鱼拍打水面的轻响。好不容易从枪口逃生的船员又成了海洋食肉动物的饲料。一头黑色卷发、眼睛斜视的塞维利亚船员一直沙着嗓子向毛里求斯号求救，双唇已因体力透支变得苍白，飞溅的唾沫糊满了下巴，整个人十分吃力地维持漂浮状态，却还是很快就沉没了，一段被撕咬得辨认不出形状的残肢随即被抛出水面，周围尽是七零八碎的衬衫，缠绕其中的长长的内脏也瞬间不见了。

胡里安还在游着，毛里求斯号上传来的巨响使他不敢回头。每当觉得筋疲力尽，身后数弹连发的轰鸣总提醒他不能停下。圣迭戈号上声嘶力竭的哀嚎和奥兰治分子的叫嚷令平静的水面也泛起阵阵寒意。

来自马尼拉的盖伦帆船已经空荡荡了，疲于奔命的老鼠们纷纷在解体的木板、尚能漂浮的木桶或是海员的尸身上寻找庇护所，它们一个挨着一个，一摞压着一摞，吱吱叫着随波逐流，没能找到落脚地的则与绝望的西班牙人一道奋力朝小岛游去。伤员们都随着圣迭戈号倾覆海底了，有几十个甚至不会游泳；始终没有下船的耶稣会士不停念着"万福玛利亚",成为那场灾难最后的回音。海面上的尸身越来越少,与未燃尽的油灯和蜡烛一起成为这一切无声的见证。鲜血融在鲨鱼尾鳍翻起的水柱里,落下时仿佛灰色的云朵氤氲在海洋里。凡·诺特看到几个侥幸之徒往佛图那岛方向逃去,不过他自知另一艘西班牙帆船随时前来救援,便只是命炮兵稍加震慑后就趁着船帆尚能发力迅速撤离了。胡里安唯一一次回头时,看到了听诉官在一堆鼓鼓囊囊的衣服中挣扎浮游的狼狈相。尽管前进十分艰难,德莫伽手中仍死死拽着荷兰军旗,眼看就要沉没了。距离圣迭戈号操帆索下沉地不远处,一位船员正被鲨鱼极其野蛮地撕扯着,他用尽全力,绝望地击打着鲨鱼纺锤形的血盆大口,里面森然林立着成排利齿。此时巨兽的眼睛突然睁开,从溅起的水花看去仿佛暗不见底的洞穴,胡里安害怕极了,恐惧使他顿时充满了力量。

荷兰人擅长使用大炮,即便距离较远也能调整炮架,精准发起最后一轮射击。佛兰德斯炮兵们尽情挥霍着天赐良机,毫无愧疚之情。角鲨们焦急地聚集又散开,沉浸在肆意撕咬的狂欢里,享受着饕餮盛宴。海里的船员们如木偶般漂浮着。安东尼奥·德莫伽最先跳水自救,却游得最慢,就连后来因请求投降被拒才跳海的船员都超过了他。他竭力在死人堆里扑腾,想找个支撑物借力却依然不愿丢掉荷兰军旗。还有十二个臂间距,胡里安估算着,很快就能踩到陆地了。旁边的小型甲壳类动物和平鱼都惊恐地游走了,前方白色的沙滩已隐约可见。

荷兰船员分工明确并深信凡·诺特决策正确。他们已将西班牙盖伦帆船甩在后面,那些被吓得六神无主不敢跳水的船员也随船一起尸沉大海了。不远处细软的弧形白色沙滩已跃入视野,只是还有好些西班牙人你追我赶地在水中逃命。炮兵长由于人手短缺,每门大炮仅有六人负责，不得不亲自挨个调试。他看着西班牙人的脑袋在鲨鱼的阴影与残肢里此起彼伏。

胡里安总算直起了身子，海水簌簌地从衬衫沥下，胸口虚弱无力，四肢火辣辣地疼。"再也不出海了"，当他踩在及腰的海水中寻找雪白的沙滩倒地休息时，那是脑海中闪过的唯一念头。此时的德莫伽还在扑腾的浪花中艳羡着已抵达佛图那岛的海员们。

毛里求斯号老练的炮兵最后望了一眼海滩，扎稳脚跟，微闭双眼，调整护耳罩，单臂一挥，下令开炮！船身一下子剧烈抖动起来，被帆索固定的加农炮因发射力惯性后退，炮孔旋即调转准备再次装弹，专为摧毁敌船桅杆设计的成排重炮向即将遇难者飞去。刺鼻的火药味令嗓子有些过敏，不等烟雾散去，他已知道命中目标。德莫伽一听到荷兰战船传来的滔天巨响，吓得立刻蜷缩起来，却使本不灵光的泳姿愈显迟钝，立马呛了好几口水，谁知偏是这懦弱无能救了他一命。佛兰德斯人的炮弹恰巧从他头顶掠过，将抢先游向海岸线的船员扫荡一空，只有那些跪立在沙滩上的幸免于难。奥兰治派炮兵的确弹无虚发，火炮对准挥臂划水形成的海浪，那正是率先抵达海滩的圣迭戈号船员所在的方位。胡里安生平首次等来了好运气，他没遭什么罪。一枚产自安特卫普的硕大弹片穿过肋骨，将他的五脏六腑搅成一团肉酱，前胸随着一声闷响被剖开，黏稠的内脏随即流出，他俯趴在水中，海潮很快淹没了他的身体，他再也不会挨饿了。东倒西歪的荷兰战船在硝烟中一瘸一拐地向马六甲海峡驶去，炮兵长在一片欢呼中来到主甲板尾部，检查刚刚数炮齐发的战绩。一只长嘴鸟越过佛图那海滩朝黎凡特飞去。角鲨们已从猎食的狂热中散去，小型鱼的机会来了，沙滩上的螃蟹也行动起来。西班牙盖伦帆船上的三百名船员再也回不来了。

为数不多的幸存者中，神秘的日本雇佣兵占了大半，他们始终漠然地看着这场屠杀。师从航海家乌尔达内塔的舵手呆坐在海浪来来回回的沙滩上，啜泣着。一位来自穆尔西亚大区阿基拉斯市的男子为失去教友捶胸顿足，无助地摇着头。还有几个人俯倒在地，为劫后余生感激涕零地祈祷着。玩忽职守的听诉官没能游抵沙滩，却幸得踩住了浅海一块凸起的石块，便就近滑稽地蹲在上面，全身湿淋淋的，那双既没握过桨也没扛过锄的手里竟还紧紧攥着荷兰军旗。他得赶紧想办法最先回到马尼拉，并以对自己最妥当的方式上报所发生的一切，可千万不能让马德里方面得知真相。

拉布拉布是个勇敢的年轻人，因敢于反抗擅闯捕鱼区的海盗被部落视为后起之秀。他的先辈们也十分英勇善战，自西班牙征服者首次入侵海岸时便奋起抗争，其中有人公然拒绝接受洗礼和向西班牙王室纳贡，并在此后打败了殖民者马加良埃斯。他的身体里流淌着将门之后的血液，先辈们留给他的除了古铜色皮肤和深褐色眼睛，还有与生俱来的家族自豪感，但也使得少年无畏，迷失了自我。腓力国王的巡视官刚来家乡小镇不久，他为免妹妹被轻薄，既没向长眠于悬崖边稻田冢里的先人们征询意见，也不愿长辈们出面插手，就擅自打算将那愁眉苦脸的小个子一箭穿膛。他唯一的后悔是计划失败，竟让那无耻之徒逃过一劫。他大概从未考虑过可能遭遇报复这回事，但父母很清楚儿子行为的后果，特别是他们几经努力仍未抓住受伤逃跑的巡视官。于是，族人们为免那小个子因侍从被杀前来寻仇，便决定送拉布拉布到外面暂避风头。就这样，当第一声炮响时，年轻人正因与亲人分离满心惆怅，独自一人在捕捞区慢条斯理地划桨。

少年独有的好奇心促使他划向事发地，看看小岛海滩上的西班牙人正如何遭受炮与火的惩罚。他太了解他的敌人了，尽管不知何人将他们屠戮，但他心里已立时将其看作最亲密的朋友了。然而，随着不断接近大屠杀地，起初的兴奋却渐渐消散了。不计其数的角鲨形成的大片流线型阴影令人震惊，海面上血肉模糊灰浆一般的漂浮物让他泛起阵阵恶心，他有点吓坏了。当看到一个服饰滑稽、鼻子大得像球茎状植物的西班牙人踩在碎石上急促地向他挥手时，他竟径自划了过去，忘记了仇恨。尽管他始终对西班牙人深怀敌意，更不会忘记他们逼迫家人远离故土，一股脑儿地挤在新城市生活，那些躲进深山老林的也多被迫害致死，但此刻他竟没法拒绝这人的求救。海滩上也有人注意到有小木筏驶来，好几个人向拉布拉布挥舞臂膀，尊贵的听诉官见状紧张极了，要是被那些船员先得手可就没自己的份儿了！狭长的印第安独木舟只有一个草席顶棚，两根细细的吊索也无龙骨支撑，仅能容纳一到两人，绝不能再多了。德莫伽那佩有宽大护手和浮夸鹰饰的长剑生平第一次派上了用场，剑锋刺穿可怜的印第安小伙子胸腔的声音令他十分不悦，甚至懒得再拔出来，只将那古铜色尸体一脚踹入水中就上船了，任由那些曾为他卖命的船员在身后呼天抢地。

他使出吃奶的力气向甲米地港划去，心里祈求老天爷可千万别走错了路，他得赶在圣巴托洛梅号船长抵达前进港。只要率先掌握话语权，再对特略总督巧妙施压，或许这场见不得人的祸事便能遮掩过去。此刻，他唯一的关切是必须抢在那艘三桅战船前到达马尼拉。两面皱巴巴的荷兰战旗还瘫在脚下，辩白的全部希望就在此了。德莫伽破皮的双手鲜血直流，眩晕感让他有点看不清地平线处的甲米地港入口，但他并不理会。他想起来还有件事必须抓紧办，得确保有足够的钱财贿赂马尼拉议会的秘书官，以便发往马德里的信件能早日寄达。他已想好跟谁筹钱了，只是得卖个恩典。他本不愿如此费事，不过只要对方开价够好，他倒也不会失手。奥图诺·德安德拉德的粗心大意也能为自己所用。另外，他一向与王室和政府关系匪浅，决不能让他们收到任何不利消息或信函，来自王城的帆船到港后也决不能听到任何诽谤自己懦弱无能的传言。至于那个被派来当助手的塔玛索·埃尔南德斯·德卡斯特罗，就让他再等等吧。

第二式　背叛

言语之善用乃用以沉默。

——山本常朝《叶隐闻书》[1]

在后续几十年里，数千死难者的亡灵将让每一个胆敢踏入那条街道的人都心惊胆战，即便最有慈悲心的信众也对那凄凉阴森避之不及。那日的战争及后来苦厄交加的日子深深烙印在当地百姓的记忆中。他们至今不愿相信已发生的一切，西乡在他们瑟缩发抖的脸上看到无尽的恐惧。

周围的一切都被破坏了，毛骨悚然的腐烂物散发的刺鼻气味令肺腑变得麻木。在被毁得不成样子的稻田里，农民们躬身清理不计其数的尸体，希望还能恢复往昔生活。晨雾下，肝髓流野。关原曾是个宁静的田园诗一般的地方，他仿佛还能看见庇佑小城的山脉蜿蜒曲折，

---

[1] 日本武士道文化的经典著作和精神源头。——译者注

被金秋的色彩装点得极为靓丽，谦卑恭顺的人们在山下的水田里种植水稻、小米和荞麦。然而要等多少年，过路的旅人才会忘了此地此时的荒芜阴冷。庄稼倒在血沼里，肥沃的黑土地变成了深不见底的沟壑，大片的草地被践踏、被白白浪费，尸身沉重的战马堆砌一旁，等待大胆的勇士来分解。到处散落着战后的残骸，断裂的长矛、破碎的盔甲、损坏的火枪、红隼的绑带、褴褛的旗子，还有地上被火炮炸出的坑坑洼洼，那是从异邦失事船只缴获的火器首次在"众神之国"被用于实战。西乡眼前的不再是安稳的河间平原，而是被暴力摧毁的战场。德川家康做到了，伏见城将士毫不犹豫的牺牲为他赢得了进行关原合战的时间，那也是"日出之国"[1]历史上最浩大的一场战役，两派人马如浪潮般汹涌而来，为完成对各自主君的使命倾其所有。在群山环绕的河间平原，支持太阁继任者的奉行联军与起义的德川军团展开激战。成千上万的勇士葬身在水草丰美的湿地里，没有人知道到底有多少，可能有数十万之多，德川家康最终荡平了敌军。

然而，这已不是他的战争了。尽管他所属的一方赢得胜利，但无论获胜者还是战败者，在任何人眼中西乡隼都不过是个被人鄙夷的浪人，一个没有主君、为人不齿的下贱坯子罢了。最糟糕的是，履行使命的希望——担负此等奇耻大辱的唯一安慰——竟日渐黯淡了，关原合战后他找不到任何石田三成的线索。

离开伏见城后，错愕未消的西乡十分谨慎地躲进远郊一片还未成熟的巴丹杏树林中，祈盼一切赶快结束。他在寂静中不断回想，手里来回转动着装有留给儿子信笺的小竹筒。翌日一早，石田的主力部队

---

[1] "日本"国名意为"日出之国"。——译者注

就走了，只留下少量人马驻守一座硝烟弥漫的废城。西乡尾随石田的行军路线，渴望能找到机会入手调查。直至那时，他唯一确定的只是石田军队以大量火枪袭击了伏见城，若想揭开幕后背叛者，这应该是首个突破口。于是，他日日等待，小心翼翼跟在后面以防被察觉，希望能有机会打入石田三成周围铜墙铁壁般的武士圈，他很苦恼地意识到，若是冒险突袭，别说质问石田本人或他周围的高级将领了，只怕全身而退的可能性都微乎其微。他渴望机遇来临，而这却使他无法参与那场改变国家历史的战争。目标已从伏见城往东北方向行军，雨水暂未将道路变得泥泞不堪，局势却在不到几周时间内紧张起来。他很快便发现，心狠手辣的石田三成意欲通过与五奉行中的其他元老结盟，将德川家康在其老巢三河国置于死地，恰如鸟居元忠在棋盘上演示的那样。不过，德川家康对迫在眉睫的夹击圈并不畏惧，他命令驻守江户的大名尽全力招兵买马，并全速行军。很快，双方一边小心隐藏实力，一边为夺取中山道和东海道展开厮杀，只要控制了它们就可掌握所有通往山区与商贸区的要道。两军恰如两只猛虎，先以首轮攻击掂量对方实力，再扫荡后方伺机反扑。好几座城池被毁，依山而建的村落被夷为平地，寡妇们被割喉，老翁纷纷逃进山区，只为能在凛冬将至时平静地死去。两头猛兽相距如此之近，甚至能嗅到对手的气息，于是，"日出之国"最大腹地本州岛，也就是距京都不远的关原谷地，意外成为了大屠杀的刑场。那是一场前所未有的杀戮，死去的大名如此之多，乃至向战胜者呈献战败者头颅的仪典一直从午时持续到黄昏。

西乡悲痛地看着这一幕，害怕为时已晚无法接近石田三成。他不知道哪个是石田，是万千尸体中的某个，还是已在下属掩护下逃走。

屠杀似乎已让他失去完成下一步计划仅有的筹码。他坐在一截被闪电劈下的老松木树干上，掖了掖套在薄薄的棉质和服上的短外罩，周围森林里各种声音混杂着，其中以勤奋的啄木鸟的啄木声最为响亮。他越过从枯败的干松针层冒出的松茸，向山下的关原谷地望去。此地仍让人有诸多不适，到处是渗着琥珀色血液的断肢，田里尽是被翻起的土坷垃，已沦为背叛与失败象征的军旗被弃之如履，所有这一切都裹藏在从松尾山倾斜而下的迷雾里。双方信号弹燃烧后的火药味还在空气弥漫。他不知道该往何处去，他已找遍了整个山谷，仔细查看奄奄一息的残兵，小心询问惊魂未定的山民，但没人能告诉他关于石田三成的任何线索。没有人知道石田三成的头颅是否已被剃发染齿，成为上呈给年迈摄政者的万千头颅中的一个。就目前的调查看，他甚至不能确定猎物是否还活着。唯一显而易见的是当地百姓眼中不安的期待。日本如今已落入那位大名一人手中，尽管无人敢高声议论，但大家都在心里自问未来会怎样呢。独有后阳成天皇对时局变化置身事外，他是日本第107代天皇，是群臣灵魂的绝对所有者，而群臣不过是众神拂风而起洒下的落叶。有东西迅速移动的声响打断西乡的思绪，受惊的啄木鸟也飞走了，他上身后倾，打算寻找合适的姿势一跃而起，同时假装将左手藏进和服的袖子，摸索剑柄以备不时之需。雾气似乎占了上风，开始洋洋洒洒下起细雨，日光逐渐缩进雾幕，雨滴淅淅沥沥落下。一匹温顺的战马听从骑兵指令，停在他左边的老松木树干上。西乡自知如今处境堪忧，轻轻活动了一下有点麻木的肩膀，准备战斗。

蹄甲踩在一面破布上，水洼被搅得浑浊肮脏，淤泥被马蹄刨到一边。那是丰臣家族惯用的马印三角旗，金边蓝底的旗面上绘着一片精致的泡桐叶，正是支持幼主丰臣秀赖的关原作战军所用的军旗，他们深信，年轻的继承者既受奉行联军拥护又手握太阁遗命，理应成为日本的统治者。而此刻，这片任谁也不会搞错的织物却被卷进马蹄楔边的凹缝里，随后又浸在脏兮兮的水坑里，毛毛雨打起小小的水晕，好像讽喻着山谷里那场一败涂地的战役。从战马身侧啐下的一口唾沫打破了平静的水面。西乡缓缓转身，暗中窥视着这几个骑兵。他们一行五人，都是没有军衔的武士，甲胄十分简单，只有一块胸铠和勉强护住大腿的胫巾。三人佩刀，两人拿枪，走在后面的两位背插带有德川家纹的军旗，看来是留守关原清查逃寇的后备队。他们应该同其他巡逻队一样，主要负责组织村民清理山谷，防止野狗分食尸体，追击逃兵并避免出现哄抢劫掠。西乡看了一会儿，不知不觉站了起来，雨下大了，印有三叶葵的军旗被淋得哗哗作响，那是胜利者德川家独有的标志。他又回看了一眼水洼，一见那淤泥里的蓝色破布竟肆意大笑起来，连两颊上天花留下的麻子印都被挤进了褶子里。

"你是谁？在此作甚？"打头的骑兵问道，语气里尽是得胜的胆壮气粗。他装束整齐，发式简洁，发髻上的绸带精良齐整，但骑马的姿势却欠缺火候，一对佩刀也挂得歪歪斜斜。他的年轻气盛和熟练携带火枪的架势似乎都在表明他对剑道已然生疏了，与许多武士一样，他也确信火器将涤荡一切旧把式。西乡推测，这应该是个资质平庸、刚刚凭收拾死人数量获得晋升的中级武士，便立刻意识到自己遇上麻烦了。他属于以权力掩饰自身无能的那类人：竭力在自己的新下属面前表现得严肃能干。若是一般巡逻队早就放自己走了,但眼前这些人眼中杀气腾腾,一个真正武士不屑一顾的活计那人却干得津津有味。不过,西乡并不懊恼,只有弱者与低能儿才会把厄运当借口。他们不会知道,就在不久前,这位满脸麻子的武士还在为德川君卖命。不过解释也是徒劳,他们不会相信。他独身一人,身上没有任何一位参战大名的家徽。他们会把自己当做叛徒,只有两种可能的叛徒:要么是开战前就逃走的战胜方逃兵,要么是躲过一劫的战败方幸存者。西乡抬起头,没说话,思量着当下形势。雨量还在增加,躁动不安的马又开始踩那面旗子,直至将其完全埋进淤泥里。

"问你呢,混蛋!说话!"雾气逐渐散去,透过厚重的雨幕,一个刚愎自用的家伙已开始估量大刀在雨中灌木丛的活动半径,西乡也想象着自己后退拉弓准备迎战的场景。但他们有马,五人,还有火枪,自己只身一人,更没有坐骑。"你到底是谁?"五人小组的头目拿枪指着他继续问道。西乡耐心等待着,尽管大雨淅沥,他仍能听见啄木鸟孜孜不倦有节奏的叮咚声。"舌头被狐狸吃了吧……"背部插旗的一位随从戏谑着,引得其他人哈哈大笑。"不,我看未必……"头目插话了,口吻极为轻慢,同时抬起一条腿准备下马。"应该是赤坐家或者朽木家的人……连铠甲都没有,瞧瞧他那手,一看就是个为鼠辈一样的主君干活的农夫。"他得意地评判着,"一个打了败仗也不敢自己了断的可怜虫……对吧?"他下马向西乡近前一步问道,"虽然我很好奇你是怎么逃出来的……也有可能是小早川那边的叛徒,是看不惯你家主君临阵倒戈吧?"他拿起火枪,将枪口对准距西乡脸颊不到一拃的地方。巡逻组的人都为上级的嘘声恫吓咯咯喝彩。西乡觉得不管自己说什么,他们最后都会要了他的命。

"我知道他是谁！"另一位背插德川家军旗的随从断言说，这可让西乡吃了一惊，其他人也转身看着他，"他是个懦夫！"随从发出一阵放肆的笑声。西乡将绑定袖口的绸带紧了紧，心里感激内藤家永未雨绸缪，早在伏见城时就为自己准备了些简单却做工上乘的衣物。头目注意到，面前这位看起来老迈的农夫正眯着眼上下打量他，但他只是抬起手指好似弹拨管弦乐器般动了动，而后又抓着火器，他很不喜欢这个浪人模样的独行客。他自恃人多势众，遂向下属示意。旁边的骑兵迅速反应，将缠绕在前臂的火绳点燃，并握住固定在火器一旁的通条，准备将火药放入其中。西乡很想避免这一切，但他不能犹豫，关原谷地很快又会多几具尸体了。"当然！没错，就是懦夫！"头目又一次瞄准足轻。"还是不愿告诉我们你是何许人也吗？啊？""无名之辈……"西乡低沉着咬出几个字。头目将脸挨到老农身旁，"谁？""一只啄木鸟而已……"他在厚重的雨幕中大声回答。

他趁对方还未来及猜透自己意图便动手了，那些武士却还没反应过来。他将弓箭扔在树干上，起身抽出两把佩刀，转身间短刀已向最远处骑兵的大腿飞去，大刀则砍断了头目的两支前臂，没上膛的火绳枪掉在地上，还被那双断手紧紧握着。西乡粗略瞥了一眼刻在火绳枪上的奇怪符号，那不是产自日本的仿制品，而是从洋人手里买来的。随后又从最先受伤骑兵的坐骑下跑过，一刀扎进抱住枪托正要射击的枪手髋部，火枪立刻转向，引燃的火药发出噼啪声，在他准备解决其余两个对手时从头顶飞过。头目转过身，难以置信地看着血流如注的两肩，还有一个拿枪的自知死路一条，便将枪眼对准了因受惊而向山下驰奔而去的战马。最先受伤的骑兵已跌落在地，鲜血从割裂的大腿动脉源源流出。雨势还在加大，雨滴落进老松木的孔隙，也落在地上，溅起密密麻麻的水花，好像在争先恐后地表演杂耍。地面升腾起灌木林独有的香气，啄木鸟又停工了。一个骑兵拽住缰绳，将身体死死固定在马背上，另一个企图用标枪刺中西乡。只见老农佯装受困，先以短剑拖住对方刺来的标枪，再借助脚下的树桩一跃而起，用长剑在那骑兵脖子上利索地划出一个大大的弓形，对方的头颅随即向后倒去，限于距离，后颈还未完全被剑尖切断，只是喉管已然开裂，血涌成渠了。

  他还不尽兴，又返回拿起树干上的弓箭。然而，等他转身深吸一口气拉紧弓弦时，却只看到滂沱大雨中一个模糊的黑点，第五个竟逃脱了。虽说那人顶多只会记得他是个自称啄木鸟的独行武士，但依旧太危险。从现在起，胆敢杀害关原大战得胜方巡逻队的西乡可真是逃兵了。还有一匹马可用，他犹豫了一下，可以去追，但实在太远了，他得在那个大腿受伤的骑兵咽气前问出些东西。他们都是德川家康的人，很可能知道些蛛丝马迹。他强逼那人努力回忆逃逸者的长相：浓眉、粗发、没有胡子、鹰钩鼻、眼球突出。"石田三成去哪儿了？"他沉默了一会儿又继续问，那人身体蜷缩，呼吸错乱，目光无神。"三成！石田三成打完仗往哪儿去了？"武士掰开那人的眼睑，看着匍匐在脚下的俘虏，"就是那个奉行！"他继续逼问。他不确定对方是否会说，总之都得死，但在死之前他必须让他再说几个字。"逃……逃到……逃到山……山里了……"在血流枯竭，心脏停跳前，那人终于说出了最后一句话。尽管信息不甚明确，但西乡还是沿着垂死骑兵滴血的手指所示的方向去了。他穿过山下的河流，走过中山道，朝石田三成最初驻军的笹尾山一路找去。现在的西乡隼不光是个低贱的浪人，还是个逃兵。

"他们当然需要人手，怎么不需要？"马丁有点气急败坏地说，"万一中国和日本海盗，还有摩尔人来了呢？还有伊富高人、森巴约人、他家禄人，还有那些魔头，叫什么来着……对了，现在还有荷兰人，荷兰人呐！你知道吧？"他转头问塔玛索，同马尼拉其他人一样，他当然也已听说圣迭戈号沉船的事，只是不知道当时流传的两种说法哪个是真的。"在佛兰德斯打了四十年仗还不够，现在又来抢香料生意，妈的，他们以为自己是谁！"他义愤填膺地摇了摇头，又接着说，"还有这活见鬼闷死人的天气，都快成火炉里的烤羊了！"他抬起手擦了擦额头的汗，"总在鸡毛蒜皮的小事儿上栽跟头……我们马尼拉需要一切敬神爱国之士！"他模仿古堡守将尖利的语气说道，"把我从步兵团抽调到印度群岛，现在又要对付狗娘养的佛兰德斯人，谁他妈看得见？""不过，至少不会被派到卡加延了，那地方现在一干二净，可没人守城，是他们给我换了地儿，让我待在这儿，"马丁指着圣地亚哥古堡城门上的方石，激情盎然，"我突然觉得遗臭万年也比籍籍无名好啊，对吧？"他脸上露出狡黠的笑容，压低声音问，"咱干吗不出城，到郊区的小茅屋里找人乐呵乐呵？"塔玛索早就不为他这位马德里朋友的大胆放肆与善变感到难为情了，只是尽可能示意他小心说话。

其实，除了不会沾染马丁那些放荡不羁的癖好，塔玛索也对新目的地无精打采。他至今未被安东尼奥·德莫伽召见，自近来那些突发事件后，听诉官大人似乎格外忙碌。沮丧的少尉开始预感到，自己功成名就的梦想正在破灭。若城里如星火炸裂般散播的传言属实的话，那德莫伽这人可真是一无是处。据说那是个为了一点蝇头小利就能出卖瘫痪母亲的腐败分子，传言之甚已快让塔玛索丧失信心了。对一个家道中落、只算得上是莱莫斯伯爵远亲而再无其他尊荣的乡绅子弟而言，只有来印度群岛谋得官职，进而挣得一份像样的事业，才有可能迎娶像瓜尔特里奥·阿克西奥利这样大户人家的女儿，那可是西西里王国的名门望族，唯有拥有那样高贵出身的父亲才有机会将女儿送至玛格丽特王后——也就是西班牙王国未来继承人的母亲——身边服侍。奥图诺·德安德拉德说得很清楚了，倘若没法求得一份与如此显赫门庭相称的功名，他是不可能与孔斯坦萨成婚的。那些人个个都有一长串的爵位名号，塔玛索一想起来就头皮发麻，多亏童年好友鼓励才继续怀抱希望，是奥图诺说服了自己，还向他承诺只要在马尼拉干得好，就会亲自禀明莱尔玛公爵并让他去向那位西西里骑士说媒。然而，自到港后，塔玛索却一直处于被遗忘状态，每次去听诉官府上求见都被人哄堂大笑赶了出来。到目前为止，菲律宾群岛唯一赠予他的便是栗色的头发被晒得日益褪色，皮肤也变得黝黑发亮，若不是一双绿色的眼睛和刮得还算干净的胡子，他指不定要被当成摩尔人呢。不过，只要一想到孔斯坦萨，他就决定不能消沉堕落，甚至尽量避免卷入那些会给履历抹黑的争斗，尽管一旦风风火火的马丁·巴尔德斯介入就往往事与愿违。

那时，他们总会一个虚张声势，一个暗里策应，悄悄离开建于水流湍急的巴石河岸边的圣地亚哥堡，圣托马斯号为西班牙王室运来的白银与可可粉就储存在那儿。被粗糙城墙围起来的马尼拉城展现在他们眼前，虽然地处热带雨林与波光浩瀚的大洋之中，城内却是一派仿欧式建筑，高高的屋顶，厚厚的围墙，小小的窗户，坚硬的石子路，聚居其中的人们从小窗户倾倒尿液，给城市粉刷上一种缄默的晦暗，这是一个透着没有玩具的孩童的悲伤与苦涩的地方。不同于西印度群岛，西班牙王室并未向菲律宾群岛派驻永久居民，整个城市由主要官员和行政管理层掌控，首要任务是向所有往来新西班牙总督辖区的盖伦船帆提供服务，实际上却是个被行贿与非法勾当给养着、腐败横行、官僚机器漏洞百出的肮脏鼠窝，发自马德里的政令与判决也因这数千里深海的阻隔变成一纸空文。在聂帕棕榈树构成的广阔绿色画布上，以港口业务为生的马尼拉就像是一个斑点。城市依着遍布红树林的河岸而建，土著人挤在由棍木和白茅叶搭起的郊区简易棚屋里，原本的土地早已被监护主没收，分配给利益相关者，只能祈祷从城里人的牙缝中艰难地讨些吃食，这是块真正的赤贫之地。在所有最绝望无助的人群中，只有来自中国的小贩能靠着定要在商界有所作为的顽强意志饱食暖衣，他们常常宵衣旰食，争分夺秒地在帕里斯的小摊位上出售铸铁锅、天鹅绒地毯、罐头和香料，甚至甘愿冒着被逮捕的风险买卖被总督府明令禁止的药膏。

尽管已经过去好几个星期，但贫穷如空气般无孔不入的氛围仍让塔玛索陷入深深的不安。他的朋友似乎已对要抵达最初的目的地卡加延不抱任何想法了。他们将圣地亚哥堡抛诸脑后，行走在一条覆满青苔、毫无生气、通往城门的砾石子路上。为数不多的行人皆如传言中狐疑侧目，生怕被人跟踪，搬运工背着蔬菜筐从身边跑过，在一家为总督府效劳的生意兴旺的蜡烛店门前，塔玛索又看到了那个瘦小的女人。她满脸皱纹，皮肤皲皲，目光失神，总是游荡在市井间乞食。她坐在一处大门关得严严实实的破败老屋前，门上被蛀蚀的木头与剥落的油漆都在宣示这里或曾是富豪大贾的居所。一个官差模样的人刚从郊区鬼混回城，油光满面地从她面前低头走过，丝毫没有俯身施舍的意思。塔玛索心中又为那可怜的女人感到难过了。几天前，他正在街上因着心中的种种困惑无聊闲游，她走过来伸出一只指甲脱落的脏兮兮的手，引起了他的注意。当时，她操着令人费解的当地语朝他说了许多，但塔玛索只能听懂几个字。而今，她又出现了，早已没牙的牙床边嚼着黏糊糊的槟榔，边重复着那日的说辞，废弃老屋门槽上筑起的蜘蛛网似乎是她唯一的听众。

"Ana Kawawa Kong anak na si Julián…Julián…Si Morga ang may kasalanan nang lahat ng ito[1]"

他已不止一次听到她念叨相似的语句，渐渐能分辨出其中的卡斯蒂利亚语人名，他尝试同她交流，但两人都无法理解对方的话，那女人还因此受惊跑开了，嘴里嘟嘟囔囔不知所云。如往常一样，每当马丁拿着基督徒国王腓力三世发给他的微薄饷银在城外窑子里寻欢作乐时，塔玛索总会掏出一块硬币扔给那女叫花子。然而，她却依旧自说自话，连看也不看脚下的铜板一眼，只是单调地走前走后，好像失去母亲呵护的幼崽，眼泪流到脸上就用乱糟糟沾满油污的头发胡乱擦去。

"Ang may kasalanan ng lahat ng ito ay si Morga[2]"

尽管不知那女人说的是否可信，但塔玛索隐约觉得，好心的奥图诺大概完全搞错了安东尼奥·德莫伽的为人。

门廊上挂着的草帽表明眼前这处寒酸的建筑是个小客栈，但西

---

1 此处为菲律宾语，意为"我那可怜的儿子胡里安……胡里安啊……天杀的莫伽"。根据前后行文背景，此处保留原文，下同。——译者注
2 此处为菲律宾语，意为"所有这一切都是莫伽的罪行"。——译者注

乡仍不敢掉以轻心,他接连数日在峡谷北侧的山峦间徘徊,霜月已经开始了。他并不确信会被认出,但为免与德川氏派驻在关原的巡逻队再次不幸相遇,他一次次穿行在险径中寻找线索,只是至今仍徒劳无功,没有发现任何有关石田三成的消息,时间却在一天天过去。他闻到一阵饭香,是蔬菜粥的味道,与他那未经细心照料的肠胃十分相宜,但驱使他在山中前行的并非口粮不足导致的数日饥渴,而是意志。他知道,新得大胜的武士们极有可能掌握逃逸的石田三成的踪迹,他们人多势众自是无需像害兽般躲躲藏藏,他也知道,在距离战场如此之近的交叉地带,当地人总会在几杯清酒下肚后谈些时事。看来,经过数日无用功后,只能在客栈碰碰运气了。

清晨早些时候他一直隐匿在道路另一侧的树林里,深秋的寒意已将枫叶染红,在确定周围没有任何巡逻队后,他才决定穿过道路。他非常谨慎,尽管已经剃发,可还是很难伪装成僧人,和尚可是从不佩刀的,更别提让人相信他是一位正进行朝圣之旅、寻找体面对手的武士了,以他这个年纪,要么为主君尽职,要么只能是浪人。唯一有利的事实是,经过关原一站,日本一大批大名已在德川家康的铁骑下折戟沉沙,只留被斩头颅上的黑齿供人展示,由此也导致出现大批无主的浪人到处游荡。他脱下草鞋放在围栏边的地板上,偷瞄一眼后便躲进旁边的阴影里。房内炭火通明,光亮从几扇开着的木板门里泄出来。未等推开窗,一个听了就让人起腻的声音传来:"又来一个!我说什么来着!"西乡站定,做好战斗准备。"跟蘑菇似的……"只见那说话的壮汉十指一会儿攥成拳头,一会儿又铺开,同时前臂摆向屋顶方向,肆意笑着,"也是秋天下雨后出来……"屋内的笑声此起彼伏。原来是个醉汉,见对方言语间并无敌意,足轻才稍放松下来。客栈老板手里拿着块揩布，赶紧上前讨好，以对佩对刀武士惯有的敬意行礼后悄声道，"您见谅，他们已经在这儿好多天了，只想喝口米酒舒坦舒坦，自从打完仗这样的人可真不少呢……"话说一半又停下，眼睛盯着西乡腰间的铁器，似乎在斟酌更合适的说法。店主唯恐言语有失，看来近日交战双方途经此地的人不少，店家自然更愿严守中立等待风头过去，他也不过是个战战兢兢的小人物，生怕两方士兵在自家店面狭路相逢大打出手，只是西乡并不甚喜欢那唯唯诺诺的样子。这小老板似乎不情愿说出"武士"二字，又怕西乡动怒连忙迁就容让。"这位老爷，鄙人萨摩信玄，您光临寒舍真是蓬荜生辉啊，"他鞠躬说道，"我去添些柴火，再给您带点吃的喝的过来。"他殷勤打点着，"您愿意的话，也可以先沐浴。"西乡点头，店主也就没再问下去，并非每个进店的人都愿亮明身份，他早已习惯了。其实西乡很愿泡个热汤洗去一路风尘，但又害怕店主不在时情况有变，随即打消了念头。那个逃跑的武士随时可能出现，还是坐在旧草席上静观其变吧。机会会随着时间的流逝而降临吧。既然此处每日都有各色人等汇集，总会探听到有用的消息吧。

"一群草菇……"那醉汉一边看新来的住客如何自处一边说着。此人虽个头不高，却是一副好吃好喝的浑圆相，身上花哨的武士服质量上乘，绣着时下达官显贵皆喜爱的源氏王朝的图样，又是一位借着已故太阁丰臣秀吉的庇荫飞黄腾达的主儿。足轻推断，此人应是前往京都途中见时局不稳决定暂缓行程的富商，看他那不修边幅、放纵不羁、胸前尽是酒渍的样子就知道，等待已让他心烦意乱了。"到处都是……"富商捋着头发继续不知所云，"到处……"重复呓语的样子倒很像急切地想要唤起主人注意的狗崽子，"到处……"西乡微微颔首以示赞同。店家已在屋内另一侧将清酒温上，给西乡带了些汤食和用米饭发酵的琵琶湖腌鱼，上菜时还着意将托盘举过头顶，以免口气沾污了食物。暮色渐浓，富商已被酒精催得昏昏欲睡了，店家开始为黄昏时可能入住的客人准备菜肴。

整个下午都风平浪静，直到一位老妪出现。她头发暗灰，像是给皮肤也烙上一层苍白的颜色，沟壑纵横的皱纹从衣领里爬出，肩上的破烂背篓里放着些艾蒿，步履艰难。看来是一位晒制艾蒿药草的老婆婆，也可能是为自己疗伤所用。她说想买些米酒，说完就有气无力地靠在背篓上等着了。富商闻声已经醒来，为弥补被西乡忽略的失落，开始抓住机会同新来的老妇睡眼惺忪地攀谈起来："喂，老婆婆，你碰到巡逻队了吗？路上可还顺利啊？"看似礼貌寒暄，语调却尽显嘲弄。店家狐疑地向富商瞥去，又偷偷瞄了一眼老妇人的背篓。"要我说啊，小次郎，你真该以此为榜样，"店家毫不见外地对富商说，"仗打得这么惨烈，世道也不太平，这位能干的老婆婆可从没撂下自己的生意啊。""我倒是想啊，可我得吃饭呐，"老妇人插话了，"他们把我扔在山里，孤苦无依，可就算冬天来了，我也得好好活着。""这个嘛，你知道该怎么做吗？"富商试着摸索身边还没被喝空的酒瓶，"你得去找大谷吉继的项上人头，"他嘟囔了一句，随即哈哈大笑，"了不起的德川家康君肯定……肯定会重赏你……店家，给我再来点酒，都空了。"富商将两个酒壶开口朝下晃悠着大喊道，"空的！"店主看了一眼富商，"马上就来，"同时不忘对西乡说，"酒已经温好了。"醉汉上身不断前倾，差点失去平衡栽倒在地，幸好眼睛及时睁开，像落水狗一样甩了甩头后又接起话茬，"你要是拿到大谷吉继的人头，德川家康必会亲自赏你，"他手指抵着鼻子断言，"据说他怀疑小早川叛变,派人去断后,结果一点用处都没有……一点都没有,"他打了个嗝又接着说,"早在小早川决定选边站队的时候,大谷吉继就知道没有退路了,只能让部下把自己的头砍下来藏好,以免被找到涂上黑牙齿哟。"说完就将手指抵在门牙上磨来磨去哈哈大笑。西乡确信,这醉汉在客栈期间定然听到过不少交战传闻,这让他燃起希望,或许他知道些石田三成的消息。正当他犹豫要不要跟这酒鬼聊几句时,眼尾却瞥过店主正伴装翻弄老妇装打蒿艾蒿的背篓。"我快渴死了……你把米蒸上了吗?还是连收割都没收割啊?""这就来,这就来。"老妇弯腰重新背起背篓,但足轻却发现那样子却比来时明显轻松不少,转过身又恰好看到店家慌慌张张,似乎正将什么东西藏进怀里。"黑牙齿……黑……黑牙齿。"醉汉又笑吟吟地嘟囔着。

不一会儿,店家带着三壶清酒过来,略显粗劣的一壶递给了老妇,一壶放在火炉温热,另一壶还没来得及加热就端给了暴躁的富商,不过富商倒不介意,也顾不得什么斯文,更懒得挪动桌上的小酒盅,直接提壶一饮而尽了,喝完打了个嗝又继续满口胡诌,时而停下来掏掏牙缝。西乡假装无心留意,老妇人一瘸一拐地走了,脚下横七竖八的步子却恰好证实了他的猜测,他注意到老妇人脚上的布袜有好几片朱红色的血迹,尽管欲借泥点掩饰却还是看得清清楚楚,他终于明白店主和老妇交换的是什么了。这是个好消息,正如富商所说,这个客栈俨然已成了战后消息集散地。现在他只需找个合适的时机与店主理直气壮地对质他的新发现。

所有人都在仰天观望，只有她除外。在被宏伟的皇家城堡和国库院环绕的广场上，著名的布拉提内斯兄弟已经开始他们的走铁索表演了，整个马德里的人都倾巢而出了。去年盛夏曾发生过一次日食，当时纷纷传言将有大灾祸发生。不过，由于王室至今对葬身马尼拉的作战人数毫无所知，加上佛兰德斯战场又相距甚远，而近在眼前的王宫里尽管营私舞弊依旧，但那也只是权贵们的事，城里的百姓们已然忘记那个恐怖的预兆，安心观看演出了。石板路上竖起好几根十五竿高的柱子，底部用长长的铁丝固定住，铁丝表面经过千百次使用变得锃亮光滑，反射着正午的阳光，像交错的蜘蛛网。马戏团已将铁索搭好，六名杂技演员身穿亮丽紧身裤和漂染呢绒衫，正灵巧地撑着长杆，无所畏惧地从这头走向那头，其中还有扮木偶和负责杂耍抛接球的演员。这是极好的打发时间的娱乐项目，激动的人群将大街小巷围得水泄不通，摩肩擦踵只为占个好位子，备好尖刀的小偷也混杂其中，随时准备划开某个粗心大意者的钱袋子。孩子们被高举在大人肩膀上，惊讶地看着这一切，一个管理皇家马队靴刺的年轻人到得迟了些，凑在托莱多大街面包店老板女儿的耳边窃窃私语了几句俏皮话，逗得姑娘羞怯地咯咯直笑；向法警保证按时上交"好处费"的油煎摊老板已煎好面包片和乳糖浆，准备出售给那些还未被惯偷盯上的人；两个脚夫正跟带蓬大马车上的蜂蜜店主讨价还价；几个好色之徒斜搭着外衣，佩剑护罩上有决斗造成的划痕，厚颜无耻地看着瓜达拉哈拉门青楼里那些放荡的妓女，她们若有若无的绫罗和衬裙下的胴体呼之欲出；一个方济各会修士鄙夷地窥视着这几个狂徒；一些老兵衣着讲究，留着能遮盖疤痕的大胡子，头上的帽子略有磨损，可能是回想起了佛兰德斯的某次围歼战，竟争执起来；还有好些个鞋底快被磨穿的朝圣者也在人群中缓缓挪动，他们刚从罗马归来，并有幸在那里获得教宗克雷芒八世颁赐的全大赦。全马德里的人就差宫廷里的王公贵戚们了，他们一向日程繁忙且吝啬守财，就算来了，也不会往那个脏兮兮的瘦男孩的破沿帽里放一个子儿的。

"好！好！"嬷嬷帕切卡竭力克制住激动低声欢呼着，她屏息凝神地看着，一位杂技演员竟敢在两根铁索间来回跳跃，"好极了！"她又忍不住说了一遍，尽管语调听起来比一句中规中矩的嘟囔高不了多少，周围为杂技演员喝彩的声浪此起彼伏，"真是难以置信，对吗？"她整理仪容向同伴问道，并无人应答，她转身望向孔斯坦萨，只见她低垂着头，心思全然不在表演上，这可真是全场观众中唯一一个不会鼓掌的了。

皇家城堡教堂中殿的祭礼结束后，她们路过位于奥地利和施蒂利亚的玛格丽特王后寝宫旁的淑女闺房，从房中阳台的窗户恰好看到马戏团正准备安装木头人和铁索。一看到那些能打破单调宫廷生活的新奇玩意儿，年轻的孔斯坦萨兴奋极了。腓力国王既不谨小慎微，也不像他的父亲那般注重繁文缛节，对西塔楼一侧新建的办公地也不十分上心，早已外出去帕尔多山区打猎了；王后则在弥撒结束后决定去向神父忏悔。孔斯坦萨·德阿克西奥利自幼生长在天地广阔的乡村花园别墅，习惯了柔和的地中海暖阳，早就被迷宫一般眼花缭乱的马德里憋得喘不过气了，而暗涌重重、连说句话都要胆战心惊的宫廷更是压抑着她活泼开朗的天性。她很想家，想念家中的姐妹们，想念父亲的马匹，甚至连记忆里母亲的责骂都令人怀念。当然，马德里也并非一无是处，正是在这里她遇到了塔玛索，然而糟糕的是，现在连他也不在身边。因此，一看到马戏演员们准备道具，她立刻想到，若是能说服教管嬷嬷一同出去，便能在按部就班的生活之外稍享片刻欢愉，暂时摆脱忧郁的心情。终于，经过好一番软磨硬泡，嬷嬷可算松了口。于是，两人乔装打扮，尽量不让人看出宫廷身份后便出宫了。

然而，一想起塔玛索为博她一笑，也曾在马厩的一根耙杆上为她展示平衡术时，那股子要观看布拉蒂内斯兄弟表演的新鲜劲儿便没了踪影。刚到广场不久，随着偷偷出宫的窃喜渐渐平复，她已对马戏提不起任何兴趣，甚至没听到嬷嬷的问话。帕切卡·拉米雷斯嬷嬷一直独身，极其注重礼教，对王室和贵族淑女的言谈举止更是十分严格，她知道，这姑娘又在思念英俊的加利西亚青年了，两人是青年来宫里取堂奥图诺·德安德拉德给的委任书时认识的。尽管她从不担心需要替她赶走宫里那些趋之若鹜的玻璃匠、木匠和石匠，因为孔斯坦萨早就把那些轻薄的追求者吓跑了，但也不愿看到她轻易坠入情网。一向守规矩的嬷嬷其实内心里很理解孔斯坦萨。"走吧孩子，开心点，都说他去的是地狱不是马尼拉。"帕切卡撇着嘴故作惊恐地说，"再说，你们也不合适，"她郑重地清了清嗓子，"你们一点也不般配，你该在这儿，在宫里找个丈夫，一个有头有脸的人……"嬷嬷的语气在戏谑后又恢复了惯有的严厉。孔斯坦萨不再想着塔玛索了，正当她铁了心厚着脸皮打算再问问嬷嬷自己的故事时却被打断了。"我们得趁人没发现赶紧回去，"帕切卡用短胖的手臂掖了掖颔下的披肩，不容反驳地说。孔斯坦萨笑了笑，又试着磨磨帕切卡的耐心："好呀，那我们回去之前再买点甜品吧……"她歪着头瞪着一双蓝眼睛调皮地建议。帕切卡不满地哼了一声，不过姑娘知道，这不过是她故意要挽回点面子罢了。两人说着便往油煎摊走去，马戏团精彩的表演再次在人群中引得阵阵掌声。孔斯坦萨挣扎着尽力不让自己再次陷入相思的哀愁里。

* * *

马戏团的到来不仅将王宫周边围得水泄不通，高墙之内也有些骚动。西边的高墙是古代摩尔人城堡遗址，依墙而建的宫舍均带有页岩塔顶，宫舍因阳台上繁复的金色装饰在红砖中极为显眼而得名"金塔"，高处视野宽阔的那几层是王室政要们的办公场所。

奥图诺·德安德拉德阁下在征得莱尔玛公爵同意后便赶紧从会议离席，急匆匆两步并作一步地跳下台阶，他需要时间编造天衣无缝的谎言。如果补偿合适，他的关系户就会散播谣言。另外，万一需要准备更具说服力的证据，他还认识好些个瓜达尔基维尔的地头蛇能派上用场。暂时他还可以放心地走完这似乎永无尽头的台阶，之所以提前离场则是不希望被公爵再逮到机会寻根究底。"沉了？船沉了？圣迭戈号？你确定？真的确定？"就在刚刚，他已被严厉地质问过一次了。

他们虔诚的腓力三世既是西班牙国王、葡萄牙领主，也是东、西印度群岛所组成的广袤帝国的继承人，从佛罗里达到拉普拉塔总督辖区，从马尼拉到马鲁古群岛，从西西里王国到西里西亚和摩尔多瓦，这个长着哈布斯堡王室特有高颧骨的年轻人手里握着大半个已知世界，不过，他对打猎和歌剧的兴趣远远大于政务，很快就将帝国大业交给宠臣操持了，此人就是莱尔玛公爵弗朗西斯科·德桑多瓦尔·罗哈斯，一个毫无耐心、全靠走后门和暗中勾结窃权的狡诈之徒，一个无法容忍任何人任何事打乱其计划的人。他总是盛装露面，以彰显他西班牙权臣的身份，衬衫袖子总是做成开衩样式，长毛绒外套质地精良，外搭黑呢披风，丝质紧身上衣再配上雪白的皱褶领，豪华气派好似他才是头戴王冠的人，每次朝下属吼叫时都瞪着那双冰冷的灰溜溜的眼睛一眨不眨。

"沉了？！圣迭戈号！""还没接到特略总督的信，但我想恐怕是真的，"为尽快从这麻烦事脱身，奥图诺正千方百计欺瞒撒谎，"看来荷兰人是打算把独立的战火烧到印度群岛了，这也正是此前咱们所担心的。"奥图诺缩了缩肩接着说，他很清楚那场恶战极大地触动了公爵的利益。"简直罪大恶极！不可饶恕！"公爵怒斥，"那些该死的日本人呢？不是已经跟他们达成协议了吗？"奥图诺小心地准备措辞，当初公爵亲手签字的正式协议其实不过替他和他马尼拉的同伙安东尼奥·德莫伽填了腰包，这可千万不能让公爵知道。"大人，据我们所知，"他考虑再三终于开口，"那位德川家康大人……"他特意迟疑了一下，"已经按照约定处决了海盗，也向马尼拉派了人手，不过有什么地方不对劲……只是目前我还没掌握细节，"他继续谎称，"塞维利亚那边很快就有信函过来，到时……"事实上邮船已抵达马德里，只是他还没想好如何瞒天过海，只得继续冒险隐瞒真相。

"还不如别来……现在可没时间处理这些，要做的事多着呢，只能找借口说有人还不想结束佛兰德斯战争，"公爵捋着八字须说，"沉船一事后果严重……眼下还有比这活见鬼的战争更让国王陛下费心的要事……不该让他分心，此事不得声张，听到了吗？你亲自出面封锁一切传言，往来信函也要小心保管，如今最紧要的是将王城迁至巴利亚多利德，此事你务必要办妥。"他像平时一样声色俱厉地命令道，"我可不想听到卡斯蒂利亚海军司令跟我大喊大叫，要求加派人手训练大方阵军团，否则那白痴就有理由向战争委员会施压了，一定不能走漏风声……"

奥图诺自然明白保住香料航道的霸主地位远比迁都紧要，但他并不想言明其实他们的国王陛下已外出游猎，且根本不会一时兴起查问政事。迁都巴利亚多利德不过是公爵敛财的幌子，他早已计划好低价囤进新王都的所有庄园，再借此投机倒把挣公家的钱。奥图诺此刻只想从这堆麻烦事中全身而退，万幸无人提及圣迭戈号的货物和船上那些被标记的木箱，貌似公爵也对此一无所知。

"等塞维利亚的邮船到了你再来见我，届时再议。现在我得会见总督……"奥图诺就这样被公爵不耐烦地打发了，根本没提盖伦帆船货舱之事，可算松了口气。他急匆匆地跑下金塔楼梯，正为没有引起莱尔玛公爵的怀疑狂喜不已，只假装礼节性向总督迭戈·马丁内斯打了声招呼。如今他不必再害怕会被揭穿了，可以放心大胆毫无负疚地享乐去了。他走向通往皇家马厩的廊道，想起了孔斯坦萨，既已甩开塔玛索，他可不想错失良机。

屋外的秋风吹得树丛窸窣作响，脱去叶衣的枫树隐隐有一副腼腆的姿态，下弦月被几片不太成型的云朵盖住了。寒露渐重，似乎正为初雪积蓄力量，一只惯以客栈残羹为食的猫在门口拼花地板上走来走去，既期待又警惕地望着来客。屋内两位牧民正在食用当季最后一茬的罗勒[1]凉拌豆腐，脸庞肿胀的富商还在一杯一杯饮着清酒，低吟浅唱，时而吐出几颗米粒。西乡看着店主点亮几盏灯笼，耐心等待合适的机会，火盆因门板破裂形成的空气对流烧得越来越旺，火星时而噼

---

1 药食两用芳香植物，味似茴香。——译者注

啪,店主不时又添个树根进去。

夜深了,猫终于等到些剩菜,牧民已经走了,富商打起了呼噜,嘴边垂下的口水随着呼吸声摇来晃去,店主仍在满心期盼西乡留宿于此。风中传来灰林鸮尖利的叫声,猫吃得心满意足开始舔着爪子洗脸了,店主收拾了阳台的空盘子,向足轻走来。

"已经给您备好客房了,很安静……"他斗胆提议。西乡冷冷地点了点头,眼睛仍盯着鼾声如雷的富商,这家伙似乎发了狠要与外面的灰林鸮一争高低。店主走开后,西乡便跟了上去。"你付了她多少钱?"店主闻声顿了一下,假装听不懂,接着走路,同时微微转身问道:"您说什么?""那个老妇人,你给了她多少钱?"西乡见他没有停下的意思继续追问。富商的呼噜声和灰林鸮的叫声还在风中清晰可辨,店主手中高举的灯笼随着他的脚步摇摆。"我不太明白您的意思……"他的回答有些心虚。西乡停住,看着店主打开面朝门廊的障子,碎石板地面周围是些简易的和室,清一色的可拉式糊纸木制窗门紧闭着。"她没给你付米酒钱。"足轻想起那妇人只是喝了一壶粗劣清酒却未付款,便断言,"而且她走的时候背篓明显变轻了……"店主跨过门槛,木屐踩着碎石嘎吱作响,还没意识到身后的客人已不再跟着了。"她在替你搜刮尸体清理战场。"浪人肯定地说,深秋季节已很难采集到制作艾灸的艾叶了,她那蓬头垢面的样子乍看真像个疯婆子,这才能解释巡逻队何以放过她了。不过西乡懒得跟他解释自己的推论,而是左手指尖按在刀柄雕纹上,准备必要时拔剑而出。"她不敢买卖抢来的东西,那会惹人怀疑,"他继续逼问,他知道老妇人势必无法对刀剑、铠甲饰品、金银玉器或任何物件的出处给出令人信服的说法,"但你能,你这种地方早早晚晚总会有些不那么多疑也不会多嘴的客人……"战争年代总会有许多居无定所的流浪汉，这不足为奇，他们人人都乐意用近身之物换一顿热餐或一个遮风挡雨的去处，由此，客栈老板也可堂而皇之地与老妇人交易，他大可以说那些东西不过是某个掉队的浪人或商贾为饱餐一顿硬塞给他的。

随着谈话进行，店主的脚步也逐渐慢下来，他停在距西乡十二步处并转过身，脚下的石子咯噔响了一下。"不，不是这样的，"店主决然地摇摇头，"我求您千万别乱说，"他压低声音补充道，他很清楚若武士向德川家康的巡逻队揭发此事，自己将落得何种下场。足轻的手指继续淡定地在武士刀的护手上来回摩挲，他注意到了，脸上立时没了血色，即便笼罩在灯笼微光形成的阴影里，苍白的眉头与脸颊也看得清清楚楚。"真不是这样……不是啊！老天爷！这真是说瞎话！我可从没干过这样的事！从来没有！我可没那胆子……"武士拔刀打断了他，刀刃闪着寒光，他甚至能看清数百次锻造淬火形成的独特的波浪形刃纹，看来这浪人可不是什么低贱的走卒贩夫，他的兵器可值不少钱呢。

"你这个骗子！"西乡咬牙切齿低声说道，言辞间的狠决表明他愿放下身段，集中精力找到自己需要的讯息。"既然你是个骗子，我希望你能继续骗下去……"他边说边往前走。他料想着，若店主知道自己并无意与之共享不义之财，应该会放下心来。"我从没来过这儿，要是有人问起是否见过跟我长得一样的浪人……你最好像现在这样撒谎或者忘了这件事。"只消看看他胡桃色双眼中的冷峻就知道这是命令。店主很想立马就跟他保证绝不会向人提及曾有一个满脸麻子的武士光顾客舍，但舌头却打了结，西乡于是继续下去。"石田三成后来怎么样了？"西乡确信店主一直关注着内情，要是连外面那个醉鬼都对关原之战的细节如此了解的话，身为客栈老板的他理应知道更多。

店主有些糊涂了，他原以为西乡会说些别的，一时不知如何作答。"还在逃吗？"西乡上前一步追问。"两天前被抓住了，"他连忙说，"在北边抓到的，当时正惶惶如丧家之犬。他向农民求助，结果被出卖了，估计有人给了他们不少钱……这些人总是滥用权力为所欲为，"店主有些语无伦次，不知该说什么，"一起被抓的还有安国寺惠琼，就是镇守南宫山的那位，朝鲜战争期间给丰臣秀吉做过顾问……"他知道自己跑题了，但不明白威胁自己的人到底想要什么，若这人想要追捕逃兵得些奖赏，他可以替他查清所有逃兵，不止石田三成。"也是个浪人，自下田城之战就对石田不满……被抓时他正坐着轿子打算溜走……还有小西行长，皈依佛门的那个，听说佛家不许自裁，所以即便战败了也没自我了断……""我问的是将军……"西乡直入主题。店主哆嗦了一下，费了好一会儿功夫才把嘴里啰里吧嗦的话捋顺，"我不太清楚……抓捕安国寺惠琼的人是晚上到的，他把惠琼绑得像个粽子，还问见没见过德川君的人，他想传个信要点儿奖赏，再看看如何处置逃犯，所以才跟我讲了些……"见西乡仍不为所动，店主又说，"石田三成……是，他也跟我聊到了，他说佐和山城已经失守，将军的兄长也身亡了……其他的没细说。过了两天，一支巡逻队来把安国寺惠琼带走了，还说他故意扮成小沙弥想逃走，已经被判了死刑，要押到京都去……没错，他们就是这么说的，安国寺惠琼和其他所有叛徒都要在京都六条河源被斩首……所有叛徒！"

西乡觉得他并未全盘交代，德川家康战后对一如既往支持自己的大名十分慷慨，但对异见者也还算磊落，听说他以战胜者优先原则将全国大名领地重新划分，按照自身喜好让一些人加官进爵，另一些人贫穷没落，追随者因得良田美眷愈发忠诚，逆行者因被大幅削减俸禄也不敢造次。"这么说，你亲耳听到石田三成已被判刑？他们把他带到京都了？"店主想了想又看了看西乡的眼睛，知道若是撒谎，此人必不会罢休，"他们没提将军的名字，不过我猜应该也包括他吧……他们要处决所有人。"终于，经历了好似落入八层地狱般漫长的静默后，他总算看到西乡将刀放回了刀鞘，这才放松下来，向后踉跄了几步跪倒在地，灯笼也被丢在一边，差点烧着了他的麻布下裳。最后，浪人不耐烦地说了句"记住，我从未来过这儿"，便消失在夜色里了。他得在石田三成被正法前赶到京都。

尽管马德里皇家马厩与超群绝伦的科尔多瓦皇家马场有几分相似，相传那里有洛佩斯·德哈罗家族为西班牙王室寻来的世上最好的马匹和马具，但比起宏伟奢华的王宫，还是略有逊色。奥图诺·德安德拉德正从王宫直接穿向位于皇家军械库和侍者寝殿下面的皇家马厩，他焦急不安，边走边猛拽一把从皮上衣翻出的紧身背心，惶惶不安担心东窗事发的垂死心情已迅速化为劫后余生的愉悦幻想，一想到她，他的嘴角就泛起傻笑，他紧了紧扣子，甚至全然闻不到刺鼻的马粪味。

马厩两边是饲养马群的槽头，大部分都因国王外出游猎空落落的。几匹外形俊美的良种马在奥图诺走过时哼哼地从鼻孔喘着粗气，一匹纯栗色种马似乎颇不喜欢这位不速之客，前蹄刨地后又朝后尥了两下蹶子。与那些自视慈悲为怀的人一样，奥图诺认为盥洗室与过度洁癖都有渎圣之嫌，每日清晨只用一小盆清水洗脸，且水温定要足够冷以免染上蛔虫病。另外，他还好用安息香与麝香调制的药膏，却并不知正是他身上散发出的化脓般的恶臭与体味让牲畜们避之不及。但现在他已顾不得这些了，心思早已神游不知去处。与安东尼奥·德莫伽的协议因圣迭戈号的沉没变成一纸空文，他一方面得考虑如何从中脱身，另一方面还筹划着如何利用眼下的好时机与渴求已久的孔斯坦萨发展关系。他边走边想，神思恍惚，一不小心撞在了一名正分发牧草的靴刺侍者身上，侍者忙后退几步跌坐在槽岩下，牧草洒了一地，奥图诺也磕磕绊绊左摇右晃，好不容易才撑住没摔倒。"给我备马！"他站稳后厉声喝道。

年轻人很不情愿，他本已打算离开，马戏团已在与王宫一墙之隔的广场搭架准备开演了。若不是看在这人是国王宠臣秘书官的份儿上，他才懒得搭理这种一眼看去就让人反感的家伙，身材矮小，脸上密密麻麻的斑点像是被小钉子扎过，稀疏的头发哪怕精心梳理也难掩秃顶的事实，仿佛是受了停止生长的八字胡和络腮胡子的传染，虎背熊腰像极了倒立的陀螺，虽穿着还算齐整，但衣物质地粗鄙，平淡无奇的相貌中唯一显眼的，只有他右侧太阳穴上日渐肿大的肉瘤了。小伙子自幼在旧科尔梅纳尔镇水磨坊里长大，一看到让人浑身不自在的秘书官就想起父亲经常从引水沟捞起的鳗鱼。然而，自认显贵的奥图诺·德安德拉德那副趾高气昂目中无人的样子并未因此改变，不过，就凭他那点只会阿谀奉承假装谦逊的本事，也只能在地位不如他的下人面前耍耍威风罢了。

"是，大人。"小伙子手掌贴在胸口应声道，而后便向秘书官的那匹骟马走去。骟马瞪着眼睛，似乎对骑士的到来颇不乐意，他轻拍坐骑,想到鉴于墙外有走铁索表演,宠臣的秘书官大概不会从军械库拱门离开马厩,那样很可能被广场黑压压的人群绊住脚,若是走另一个门,自己又会遇到她,难免慌了心神,他边解缰绳边想着找个借口绕几圈时,突然听到那个令他忐忑不安的名字。"我亲爱的孔斯坦萨小姐,"身后传来奥图诺尖利的声音,他不得不停下。这个名叫胡安·巴斯克斯的年轻人原本对皇家马厩的工作并未寄予厚望,只对托莱多大街面包店老板的女儿有几分念想,故而也无心保住饭碗。然而,自几个月前孔斯坦萨·德阿克西奥利明媚的笑容令他像丢了魂一般沉迷后,每当她从王宫下来与这些良驹枭骑共处片刻时,他便总替她打掩护,她似乎能与它们心灵相通。虽说侍女不应只在一位小厮在场时待在马厩,但只要事情不忙也没大人物来访时,胡安甚至会让她亲自上马骑一会儿。

现在,他正拽着秘书官的骟马不知所措,想着用什么理由搪塞过去。"啊……堂奥图诺……真高兴见到你。"等他听到声音,孔斯坦萨已将手放在她很喜欢的那匹黑白相间的母马鼻口上了。"真巧!前几天还向王后殿下提到你,有马尼拉的消息吗?"她转身向莱尔玛公爵的近臣问道。胡安咬着下唇不知是否该致意,旁边的奥图诺因意料之外的惊喜一时失了神,虽然很清楚孔斯坦萨的真正用意是了解自己童年好友的近况,但还是胸口上下起伏难掩激动,与她不期而遇的狂喜让他有些犹豫了。秘书官喜欢事情按照他的预期进展,对他来说,人世间最大的满足就是看着自己的诡计一步步变成现实。他虽挂念着孔斯坦萨,但与莱尔玛公爵会面后,还是决定先经塞哥维亚桥去视察城外半塌神庙附近的仓库,原本并未想好是否要告知她最新消息,但那不合时宜的问题却败了喜出望外的兴致。孔斯坦萨察觉出马厩小伙脸上的不悦，知道两人一损俱损，幸好奥图诺没有心血来潮问她为何独自一人前来马厩，于是决定再多问几句。"从哈瓦那去的船已经到了吗？"她问，母马对她另一只手里的蜜糖已等待许久，开始不耐烦地拱地了，"印度群岛那边有什么新鲜事吗？"她停顿了一下又问，"还有菲律宾呢？"语调明显有所变化。负责管理靴刺的小伙见秘书官不作答，也不敢打断两人对话，只得继续装作给马解缰绳，心中担忧着若是被人发现他对侍女随意进出马厩睁一只眼闭一只眼可如何是好。孔斯坦萨趁秘书官低头不注意，赶紧手掌一撮把蜜糖喂给母马，又走到奥图诺身边朝胡安使了个眼色把缰绳接过来，小伙子也会心地溜开去拾掇地上的牧草了。

"这是你的马？"孔斯坦萨转移话题，准备将缰绳交给奥图诺。此时王宫里突然传出一阵急促的敲击声，随之一声轰隆巨响，两人均向声源处望去。骟马不为所动地扇动尾巴驱赶苍蝇。喧闹很快又沉寂下去，只远远地听到似有某位神父怒斥着什么，两人于是相视一笑。秘书官每每看见这双深邃的蓝眼睛，总想说些什么，却总是若有所思，她高颧骨的脸上棱角分明，下巴线条十分柔和，五官比例恰到好处，优雅的金色发束从脸颊缓缓垂下，齐整地收进后腰裙摆处的软帽里，衬得皮肤愈加白皙。她身穿窄袖绣花衬衫，宽松的亚麻质地也难掩紧身胸衣下凸起的丰满曲线，膨大的裙撑收勒出的纤纤细腰如置掌上轻，衣物的天蓝色调更加突出清新气质，双眼也好似迸射出蓝宝石般的光芒。这是他数月来朝思暮想的容颜，她不会知道他情愿随时拜倒在她裙下的爱意，奥图诺竭力压抑着喉结里上下涌动的渴望。每次幻想与她在一起的情景时他总是忍不住怒火中烧，只有他才配得上她啊！他不明白为何没有人意识到，任由那个只是莱莫斯伯爵远亲的无名小卒夺走眼前这美人的芳心是多么不公平啊!"没有,还真是没有。"奥图诺终于恬不知耻地撒谎说,耳边仍不时有嘈杂声和军械库楼层里响亮的脚步声传来,他想找点合适的话迷惑住她。"我刚结束与莱尔玛公爵的会谈,"他提高声调好逐渐取得信任,"我们聊了许多关于船的事,不过我还得再见见总督……等塞维利亚邮船到了再和公爵商议……"孔斯坦萨显然也觉察到了刚才令人尴尬的沉默,难为情地提了提衬衫的花边衣领,能感到秘书官垂涎的目光仍对自己上下打量。她有点不自在了,两个眼珠盯着奥图诺那好似被诅咒了的鹰钩鼻转来转去,她确信自己正被人当做金银香料之类的货物贪婪地掂斤播两。奥图诺仍僵站着,一双手在紧身坎肩的衫脚上不安地拨弄着,拼命回想还有什么宫廷趣事可供吹擂一番。

"孩子!你怎么跑到这儿来了!真不像话!"嬷嬷说着就从马厩另一边的王宫入口疾步走来,脚下被裹着高大身材的宽衣大衫绊得有些摇晃,她神情不安,连发式都弄乱了。"咱们得赶紧回宫,就差你了,王后殿下的神父已经从教堂出来了。"帕切卡正因找不到侍女惊慌失色,说完才发现身边还站着国王宠臣的秘书官,便屈膝致歉道,"大人,请恕打扰,"说着还用余光扫了一眼正在马厩干活的伙计,庆幸还有第三人在场。奥图诺见此只好暂时打消在孔斯坦萨面前显摆一把的念头,郑重其事地用浓重的喉音说道:"无妨,无妨,我们只是……"只是不等他说完,嬷嬷就急匆匆地提着裙摆拉着侍女要离开:"赶紧,快走,可不能让王后殿下等你啊……"嬷嬷并不理会秘书官的自以为是,边走边训话。

奥图诺欲言又止地看着两人走远,马厩小厮也总算松了口气。堂堂秘书官手握数千人生死,眼下正筹谋如何夺回在对抗荷兰反贼战役中失去的财富，就连国王任命的马尼拉听诉官的仕途也系于他一身，如今竟被一个侍女和一个老嬷嬷轻蔑无视！一想到这些，他就怒火中烧，面红耳赤，不可一错再错了。"要是有马尼拉的消息，别忘了告诉我啊，"孔斯坦萨边整理裙摆以免摔倒边回头朝他喊道。这句话彻底浇灭了他的热情，嫉妒就像抹在甜品上的臭牛粪一样越来越厚，那人此刻远隔重洋，万里之遥，她居然还念念不忘！奥图诺感觉脸正被烧得生疼，全身的肌肉因眦裂发指的愤怒紧绷着，然而，很快他便做出了令自己稍感顺畅的决定。既然距离不足以让他们分开，那就悄悄了断吧！塔玛索必须死！

"您去哪儿？"特有的提问语调让西乡确信他已渐近目的地了，对于出生在南方九州岛的人来说，京都方言听起来总是怪怪的。"哦，前面就是了。"他先在脑海中回想了一下该如何礼貌作答，而后谦逊地说。这老农身穿粗布和服，身材矮小，头发凌乱，额前的刘海显得他有些小儿态，脸部表情因杂乱又不对称的眉毛有些难以捉摸，断裂许久的鼻梁似未经仔细诊治，歪斜着很是怪异，右手少了两根指头，臂膀像是粘在孱弱骨架上的残肢，却能毫不费力地扛着一大筐黄灿灿的枇杷果。"啊，是这样啊，"老农谦卑地行礼，又若有所思地等待着。尽管武士衣着简单，想来他已是个失去主君的浪人，但老农还是敬重地站在一旁。这是古镇流传数百年的待客之道。当年桓武天皇为保住皇权，遏制日渐壮大的僧侣阶层，特地迁都此处，并以此为据点抵抗东北部虾夷人的侵扰，因此老农的言谈举止已向西乡表明京都就要到了。

为避免新的冲突，西乡以琵琶湖为坐标，一路向着与山道平行的西南部行进，又沿着广阔的湖周山脉向下，传说那湖中的神秘水怪单靠摆尾便能地动山摇。如今已深入河谷，城市就建在鸭川与高野河汇聚的三角洲地带。他连续四天隐匿于沿路山林中，悄无声息地走了三十里路，靠近城郊后加快脚步直奔石板大道而去。自西北方选择中山道而非东海道前往京都的好处在于不必蹚河，此外，一路上又有朝圣的僧侣不断汇入人流，走在其中也不易被察觉，如此一路，直到碰上这位笑容可掬的老翁。

"吃点水果吗？"老农和蔼地问，说着就把枇杷筐往下放。当地口音听来还不习惯，西乡打量着老农的衣着和他那被变形的鼻子扭曲的表情，推断对方不过是出于好奇的询问，便决意开口："您可曾见过押解石田将军的巡逻队？"既然老农就住在附近，想必知道些消息。言谈间，只见一位衣冠不整的武士正骑着一头瘦弱的黑牛走来，为避免谈话被偷听，西乡只得上前一步挡在前面，老农便不得不退到石子路边缘。老农眼中闪过一丝不悦，没想到对方会问这些。"嗯，见过。"他指着城市那头说，"我还请他们尝了我的枇杷果呢，"他又把筐放低好让西乡够得着，"不过他们不爱吃，"他有些不服气，"将军说他可被折腾惨了……他胃口不太好……另外那个……嗯……老是做些奇怪的动作，"老农学着传教士的样子将手放在胸口，西乡猜测他指的应该是信了洋教的小西行长。"他总说自己肯定活不到天亮，可是将军告诉他没人能预知自己的命运，一切都可能瞬息万变啊……不是吗？所以说……"老农模仿将军双手合十，随即哈哈大笑起来，大概是觉得将军在被押赴刑场时还心存侥幸听起来总有些愚蠢。只是无论其结局何其悲惨，教训却不无道理，你我皆非命运的主人，万事总会顷刻不同，因果轮回不会以人的意志而转移，我们除了竭尽所能有尊严地活着，便再也无能为力了。与老农不同，西乡了解那手势的含义，石田三成是位佛教徒，对这种古老的信仰很是虔诚。这让西乡想起此前一直被忽略的一点，佛教数百年前经百济传入日本，将军作为谨遵释迦牟尼教诲、听从内心信仰召唤的正统佛教徒，一直反对外来宗教，甚至一度鼓动太阁颁发驱逐外族的诏令。然而，伏见围城战中被大量使用的火器只可能由洋人供应，日本本土制造的质量不会如此精良，且产量极少。西乡开始沉思，这位皈依佛陀却最终落入刽子手的将军是否与他麾下部队大量持有的火枪有直接联系。与已倒台的石田将军不同，岛内诸多达官显要都对与洋教士接触持开放态度，尽管双方均是觊觎利润丰厚的贸易而并非真正因信仰走到一起。德川家康便是其中之一，可他又通过处决小西行长向外界表明，自己对那些勾连外族的封建大名已忍无可忍，大权在握的德川家族似乎已不需要那些与洋人过从甚密的力量来支持，他所表现的反感正与当年石田驱逐外来户如出一辙，不少人认为外族会让"众神之国"堕落乃至覆灭。西乡一时千头万绪如坠迷雾，他必须得在他们被行刑前亲自对质。"何时？"西乡尽量压低声音以免被过路的挑夫队听到，"你何时见过他们？"老农仍为将军的荒唐想法大笑不已，平复了一会儿才说："啊，这个……"他似乎正竭力回想，歪斜鼻子周围的皮肤扭曲着，表情看起来更加滑稽了。"他们大概午时到的都城，"他笑着说。西乡看看头顶的太阳，现在正是辰时，又不安地追问："昨天？昨天午时？"老农不悦地摇摇头，似乎西乡所问简直令人费解："不是，不是，都两天前啦！"他强调说，那语气好似故意要让西乡恼火。无论如何，西乡得抓紧时间了。

几周前，奥图诺已做好决定，就是那个他认识到残酷真相的早晨，哪怕塔玛索远在世界的另一端！自己朝思暮想的女人竟依然对他愿意随时拜倒裙下的浓浓爱意无动于衷！他不愿再屈居人后，他拥有巨额财富，还掌握数量惊人的情报网，又深得国王宠臣的信任。他费尽心机得来了一切，决不能因一时的多愁善感功亏一篑。他唯一的缺憾就是孔斯坦萨了，他必须得到她，不计一切代价。然而，尽管他无比希望那个曾与他称兄道弟的人尽快死去，但必须计划周详，不容有误。近几日夜里他总是辗转反侧，想起与情敌一起在加利西亚度过的童年时光，即便难得入睡，也在梦中思虑如何将那人解决掉。眼下总算有了掩人耳目的好办法，届时即便腓力国王亲自过问也不能奈他如何了，而且还可趁此拿圣迭戈号沉船一事做做文章，那场事故让他损失了价值数万马拉维迪[1]的财宝。除了莱尔玛公爵桌上的那些信笺，塞维利亚邮船又给他送来了好消息，一个完美借口。

瘦削的荷兰人雅各·克拉兹正讲述航程见闻，因在布雷达表现出色而刚被任命为管家的老侍者时而充当翻译和解说。"因此，一切都是由那个麦什么公司的几个商人资助的？""是的，就是麦哲伦公司，是一个叫彼得·范……"见莱尔玛公爵的秘书官示意停下，管家便没再继续。他对赞助佛兰德斯人进行远洋航行的那些富商姓甚名

---

[1] 西班牙古钱币。——译者注

谁并不感兴趣。"管他何方神圣……归根结底都是生意上的事,不是吗?""这是自然,"管家颔首附和,花白的头发随之轻晃,"不过我想他们也脱不了干系……""你别想这想那,老实翻译这倒霉鬼说的话就行了,"奥图诺对管家的猜测嗤之以鼻。然而,身为佛兰德斯战场的老兵,管家很确信那些荷兰商人的本意就是为对抗西班牙大方阵军团提供资金支持,不过他只得再次低下头不情愿地接受训斥。"也就是说,他们从鹿特丹起航,经过加蓬,穿越了大西洋……"一旁的荷兰人想尽快结束陈述以免遭报复攻击,已迫不及待要插话了,他口齿不清,说得磕磕绊绊,奥图诺看向管家的眼神都变得怒气冲冲了。"虽然大人看重结果远胜过程,但请容我进言,"管家讽喻道,"他们忍饥挨饿的经历可比十二个麻风病妓女的遭遇还要精彩……"

作为深得宠臣信任的秘书官,奥图诺一直费神在王宫内遍插耳目,以便随时探听皇城内的权谋诡计,眼前这位稍显老迈的管家尽管并非什么奇才,但已向自己表忠心,或者更确切地说,只要价码合适,至少能为自己所用,因此对其出言不逊也并不懊恼,接着说道:"的确如此,虽然大火烧掉了一艘战船,但他们竟靠着果蔬奇迹般活了下来。"截至目前,靠着荷兰人提供的信息,奥图诺心中已有计策,但他想了解更多,他对掌控细枝末节有种近乎病态的偏执。"不过,他们打算去巴西安顿下来吗?是否与某些供货商有过接触?"趁着管家翻译问题的间歇,奥图诺算计着等谈话结束,就去找一位爱打听小道消息的管家委员会的人物贿赂一番,他必须确保有人能震慑这位临时翻译,好让他不会泄露半点秘事。听说膳房的帮工对薪俸不甚满意,正伺机偷拆王宫里的窗帘,若管家被设计为此事主谋,再以此要挟他饭碗不保,那家伙一想到余生都要在乞丐云集的摩尔门向圣母讨吃食，定会守口如瓶。

"他说没有，他们的目的地是东印度群岛，还说凡诺特船长心急如焚，真该死……"管家鄙视地看了一眼骨瘦如柴的老水手说道，"他们还真是急不可耐要拿下专属香料航线，"他不顾秘书官的提醒又臆断说，"他们夏天离开巴西的密林，九月份到达巴塔哥尼亚地区，在那儿屠杀了不少印第安人，还用企鹅和海豹充饥……还说他们这辈子都不想再吃那玩意儿了。"管家边说边恬不知耻地笑着，荷兰人死尸般的脸庞却摇得像拨浪鼓一般。奥图诺不悦地喘着粗气，捋了捋下巴的小胡子，脸皮紧绷着，瘤子被汗水浸得锃亮，开口骂道："这我自然晓得，穷途末路的滋味我再清楚不过，不必再说！加西亚船长早就提过。"他指着荷兰人，"他这一路上除了填饱肚子可顾不上别的……不过，看在上帝的份上，"他张开手臂作呼唤状，"我可真想知道这样一群魔鬼怎么会落入西班牙人手中呢？"秘书官的肮脏生意使他在不被海事法庭察觉的情况下有机会当面和这位老水手谈谈，被带到塞维利亚的海员们迟早会开口，他必须在处决他之前再撬出点东西来。"依我看，"管家犹豫了一下说，"他们应是十一月到达南部海峡，过了许久也没找到当年麦哲伦留下的踪迹，明明亲自在航海日志上标注了日期却想不起来。"管家见奥图诺不耐烦地摆手便加快语速说，"只得经常停航，还跟巴塔哥尼亚人起了争执，失去了些人手，后来发现了几个海湾，其中一个叫奥利维亚湾，是以船长名字命名的，还有一个叫毛里西奥，与船同名……""毛里西奥？也就是毛里求斯，是吗？"奥图诺问，荷兰老兵听到熟悉的名字，紧张地絮絮叨叨，秘书官想着菲律宾海战中那艘给自己造成财产损失的战船，脸上浮现出满意的微笑，无需特意提及，他已从此次会面中得到想到的东西了，只待想好托辞向公爵交差。"对,那正是船长的名字,不过他说后来洋面结冰没能继续前进……"对佛图那海战一无所知的管家附和着。秘书官灰白的嘴唇露出怪笑,"好,好,"他打断管家,"还有吗?简短点,莱尔玛公爵等着呢。"他指了指头顶的办公室说道。

于是,管家与老兵又用晦涩难懂的荷兰话好一阵对照确认,奥图诺则在一旁焦急踱步,待老兵终于陈词完毕管家才开口说:"求生的本能迫使他们时时刻刻都要战斗,他本想逃跑,"管家鄙夷地指着荷兰人,"但被抓了回去,经过审判决定把他丢在饥饿港,因为实在没有多余的……"管家见奥图诺做出催促手势赶紧停下,又用荷兰语与老兵交谈了几句,随后以不可置信的神情继续说,"他忍饥挨饿了好几个星期,只能吃野草……幸好当时是一月,正值盛夏,若是其他季节,大人,容我进言,只怕早冻得像女巫手里的鞭子一样硬邦邦了……"他不顾秘书官责令又演绎了几句,"后来几个带着葡萄牙领航员的英国佬救了他,因此我认为,这些狗娘养的混蛋,肯定专门打劫装新卡斯蒂利亚州白银的船只……在莱德隆群岛,他们还与一艘装着矿藏正要驶往卡亚俄港的西班牙船交火,咱们的人获胜后本来打算处死他,结果他交代了不少有用的消息,就一路带着他经皇家大道再过巴拿马……""不必再说了。"奥图诺示意管家闭嘴,他已经收到自哈瓦那起就携荷兰人一起航行的船长的信函,对他被捕后的举动一清二楚,甚至还着意给了所有见过此人的官员不少好处,而那些不听话的冒失鬼则在酒馆斗殴中被解决了。"好,你可以走了。"奥图诺坚持让管家离开。老奴有点惊讶:"公爵大人不需要翻译吗?"他以理所当然的口吻说道,以为奥图诺弄错了。"不,不必了,退下吧,"秘书官坚持着,"叫几个侍卫进来。"老奴不禁愕然,眯眼琢磨秘书官的真实意图,"遵命,大人……"说完便转身准备离开。身后的门砰的一声被关上,但奥图诺并未理会管家的狂妄,只一心想着如何能在莱尔玛公爵面前自圆其说,屏退管家是为免人多口杂,不过还得有几个王宫卫士在场吓唬吓唬这倒霉的荷兰人。可怜的老兵两眼狐疑地盯着秘书官,不知所措。奥图诺拿起桌上的皮夹陷入了沉思。早在孔斯坦萨问及是否有来自马尼拉的消息时他就想好主意了。

那天他气哄哄地走出马厩,等到离那不知天高地厚的小厮稍远些,便两脚使出吃奶的力气,踢得胯下的骟马一骑绝尘,一路朝塞哥维亚桥奔去。他恨不能立马钻进自己堆满宝藏的仓库里聊以慰藉。他走得太急,难以顾及方向,只得在各个街口转弯处进进出出。待行至圣多明各山下的洗衣塘,看到池边笑靥如花的浣衣女,他不禁想起孔斯坦萨,膝下立刻松了下来,骟马也减慢了速度。有人在身后喊叫,但他全然不顾,既听不见锅炉匠的咒骂,也无视被扫荡在地的菜篮子,到处滚落的卷心菜来不及收拾,很快便被圣安东尼奥街上的泼皮无赖抢走了。马儿在塞瓦达广场停下,一个满脸污垢的孩子一边专心致志地挖鼻孔一边盯着他看,他正想吼叫一声让那小孩离开,却看见了正前方的医院和圣弗朗西斯科修道院,于是想起死在日本的传教士们。他曾听宗教法庭的文员提起过,几年前三十多名基督教徒被那些亚洲异教徒蹂躏折磨至死,后来又有六名托钵会修士和包括儿童在内的二十余名可怜虫为心中真正的信仰就义。宅心仁厚的莱尔玛公爵与托莱多主教是亲戚,一向与耶稣会士们交好,奥图诺又曾在公爵办公室听人讲起他们殉难之事,很清楚后者在异国的遭遇。那天看到广场上的黄口小儿,秘书官又想起一计。

侍卫们进来了,打断了秘书官重温向公爵汇报说辞的思路,而这一切的最终目的都是彻底清除塔玛索带来的烦扰。现在有了倒霉鬼雅各·克拉兹的话，便已万事俱备了。奥图诺·德安德拉德出门离去，示意身后的侍卫们跟上，嘴角露出阴谋的微笑。

繁华的京都是全岛最大的城市，喜欢怀旧的老人们仍叫它首都。这里宫殿雄伟，庙宇成群，商铺鳞次栉比，民居宽敞舒适，从事军火买卖的富商巨贾隐居在各个区县。从最简易的厨房用具到价值连城的武士刀，无所不能的手工艺人们也散居其中。当然，也少不了大批食不果腹的乞丐。在按照道教风水所建的错落有致的街巷里，二十余万人熙熙攘攘，场面十分宏大，登记在册的有商人、手工艺人、僧人、郊区身份低贱的秽多[1]和有权势的武士，总人口是太阁所造金顶白墙的大阪城的两倍。除此二城外，便是关原大胜后重要性与日俱增的江户城了，那里独受关东霸主德川家康的喜爱。在他赢得国家统一战争胜利后，江户也逐步成为日本政治中心。西乡在路上听人说，走卒贩夫们都加入到江户城填海造田的运动中了，以期按照新政府的要求建起一座华都，规模浩大的工事在伏见及其他内战中被毁的城池一一展开，年迈的奉行正以自身喜好为国家塑容。而在京都，上至掌管帝国粮仓的贵族，下至街头鞣皮的平民，大家最关切的是这位志得意满的征服者是否会放逐已被世人遗忘的少主公丰臣秀赖，并自封征夷大将军呢？

---

1 日本旧时的贱民阶层。——译者注

前人已经证明，逐权者对权力的欲望永无止境。丰臣秀吉在出任太阁并将权力交付给后来解散的五奉行之前，便有意自立为幕府将军，甚至出兵朝鲜，意欲征服那些可恶的食蒜杂种。在他位于京都的仿欧别院中，自朝鲜俘虏身上割下的鼻子耳朵堆成一座五十英尺高的小山，只因战事之惨烈以致被斩下的头颅数量惊人，根本无法运回日本，只有那座小山成为其雄心壮志的见证。西乡并不关心德川家康是否将成为日本军政府最高统治者，在他看来，这已是无可避免。奉行是望族松平氏后人，又通过与丰臣家族的政治联姻获得继承太阁遗志的机会，并几乎将全日本的田产纳入囊中。若他想当幕府将军，只需向菊花皇位上的天皇施压即可。只是西乡并不关心德川家康未来结局如何，眼下因过于谨慎可能导致的行程迟滞才更让他气馁。他已抵达京都，却仍担心晚来一步。

他从东北方进城，高大气派的王宫就在右侧，还碰到不少木匠和竹编手艺人。他假装成潜心剑道的武士，并对刺绣店里陈列着的精巧绝伦的作品表现出浓厚的兴趣，在与店主短暂交谈后，他得知行刑早已完毕。还是错失了机会。

三位战犯就葬在毗邻鱼贩子聚居区的地方，当地人称六条河源。信奉洋教的小西行长至死都在竭力保持尊严。听说押解的人挥舞着三叶葵战旗，催着庄稼人放下手中的活计去观看行刑。西乡觉得这必是老奉行的主意，如此一来，敌人血洒之处便皆有德川家族的霸业之威了。据刺绣店主说，当时人群混乱慌张，八成是被巡逻队的号令和跟西乡一样身材魁梧、话语间带些南方口音的领头武士吓傻了。绣匠推断，此人很可能来自萨莫町，且极敏感多疑，这很可能与九州岛各大名尚未就爵位和俸禄与德川达成一致有关，并非所有人都支持同西军[1]开战，只是碍于彼时此处距离江户太远，无法逼其就范。不知为何，领头武士并未用随身佩刀行刑，而是将临时赶制的粗糙竹锯分发给断头台周围的民众。人群中发出垂死哀求，但囿于德川家武士的恐吓和围观者的癫狂，几个人只得拿着竹锯上前，准备行刑。

　　手艺人说着便不自觉地肩膀打颤，瘦削的脸庞也没了血色。"我敢肯定他们是被逼的，否则就……"西乡对此毫不怀疑，他知道那些人的厉害，他的家人就是因为抗命不遵才丧命的，他不想再多说什么。无论是否被强迫，那几个乡民都得行刑。在克服最初的恐惧后，他们便开始执行那惨无人道的任务了。三名罪犯竭力不去看竹锯粗糙的齿牙和炸着的毛刺，冷汗顺着耳后浃背而下。刑器钻进肉里，血立刻淹过了身上的锁链，刽子手也因人群中的喝彩变得狂热起来。他们加快了速度，竹锯钻透囚服时发出凄楚阴森的声音。小西行长很快就倒下了，但却一声不吭，至死都未因那彻心彻骨的疼痛喊叫一下。他倒在了信仰的暗影里，却至死都在为那些奴役他的灵魂祈祷。其余两位仍面不改色，只是扭过头不将在意疼痛的耻辱留于人前。安国寺惠琼有一瞬间差点坚持不住了，有人朝他身上泼了好几锹土，他立刻破口大骂，随后又像真正的武士一样无所畏惧了，只有被竹锯扎得变了形的脸显示着真正的痛苦。石田三成将军面露憎恶之情，甚至不屑提醒对手迟早会为其所作所为而后悔，他就像寺院里的佛像一样庄严肃穆地立着，直到血流枯竭而亡，倒地时仍发出断断续续的叹息，骚乱的人群则发出阵阵欢呼。说到这里，绣匠的表情已像一只快冻僵的飞

---

[1] 关原大战中，德川家康所领为东军，石田三成所领为西军。——译者注

禽般面如死灰了，西乡看得出他每说一个字，眼里都是深深的恐惧。足轻很不幸亲眼目睹过类似的事情，他能想象现场有多惨烈。"等到终于结束后，"绣匠接着说，"他们就用竹竿挑着头走了。"德川家康是想以此血腥场面警告世人，若有人胆敢怀了二心，便会落得同样下场。而对西乡来说，此事更直接的后果是石田三成一死，他便失去追查伏见城叛变者的唯一线索了。

"自从那该死的英国强盗……"公爵搓着手想起了那段令人不快的记忆。"大人，您是指德瑞克吧，弗兰西斯科·德瑞克……貌似他刚被册封为爵士还是其他的什么名号，我觉得可能叫他弗兰西斯科·德瑞克爵士更合适……""得了卡莱斯还不知足！"公爵怒斥，"还有拉科鲁尼亚！狗娘养的不列颠杂种！还有圣胡安德乌鲁阿的几内亚黑奴的事儿！狗屁的爵士！"他继续大放厥词，"莽夫！急功近利的食人魔！这就是德瑞克！自从这男爵……"他酸溜溜地讽刺说，"自从这强盗发现了麦哲伦海道，随便哪个蠢货都能顺着路子去太平洋了……"奥图诺不确定此事是否属实，但英格兰和法兰西很看好佛兰德斯人的崛起。此外，因阿尔瓦公爵支持奥地利人继承葡萄牙王位，卢西塔尼亚人[1]也与其他对此怀恨在心的小集团联合暴乱。各方均可能缔结盟约以削弱卡斯蒂利亚和阿拉贡王国的实力，但尚不知晓德瑞克是否已将有损西班牙利益的航海秘行公之于众。很可能英国海盗

---

[1] 文中指葡萄牙人。——译者注

和著名的麦哲伦船队在通过火地岛的冰面迷宫进入太平洋时选择了不同的航道,正如英国人和荷兰人耗时多年在北极孜孜探索神秘的西北航道[1]一样。他们往来于大半个地球的船坞,数十次苦苦寻觅传说中的亚泥俺海峡[2],希望能绕开西班牙和葡萄牙严密把持的航道驶入太平洋,教宗亚历山大六世正是依据托尔德西里亚斯条约[3]将世界版图划分给西、葡两国的。西方贸易依靠东方群岛展开,古老大陆上的各个强国都想掌握最优通道。葡萄牙人试图通过非洲最南端的厄加勒斯角到达东方,受够了极寒风暴造成船毁人亡的卡斯蒂利亚人则以美洲海岸两侧港口为补给站,通过新西班牙打通陆上要道。如此一来,其他国家难免要设法从东方香料与丝绸贸易中捞点好处。"是的,大人,的确如此。"奥图诺不想忤逆国王宠臣,只是附和着。到目前为止,对毛里求斯号事件他还只是泛泛提过,希望能将公爵的注意力引到别处去,此外,他还准备实施计划甩开塔玛索。"这些英国佬真是口是心非,道貌岸然,"奥图诺继续说,"而且,我们好心好意透露阿尔瓦公爵的消息,后来那艘在日本的船沉了,他们就开始想法结盟了……"

莱尔玛看着属下,掂量着他刚才的话,随后好像忽然想起些什么,对着面朝皇家城堡广场的窗户若有所思。而后又转换话题说道:"该死的都铎王朝,骨子里带着夏娃的罪孽……"宠臣沉思道,言语间尽是对英格兰和爱尔兰国君的恶毒,"背信弃义的伊丽莎白成立了赋予皇家特许权的东印度公司,此事的本质就是荷兰人也妄图照此模

---

1 由格陵兰岛经加拿大北部北极群岛到阿拉斯加北岸的航道,这是大西洋和太平洋之间最短的航道。西北航道是经数百年努力寻找而形成的一条北美大陆航道。——译者注
2 即白令海峡。——译者注
3 又译《托德西拉斯条约》,是西班牙和葡萄牙于1494年在托尔德西里亚斯签订的一份旨在瓜分新世界的协议。——译者注

式设立印度议会,进而控制香料贸易,是这样吧?"秘书官怀揣塞维利亚来信,点头认同,身子踩着白净的高脚靴晃来晃去,身后站着雅各·克拉兹和几个侍卫,门柱上繁复精美的石雕十分显眼。"我想是这样的,大人,由于香料不足,加之多年来我们始终控制着绝大多数葡萄牙船只……"说着清了清嗓子,尽量避免提及卢西塔尼亚叛乱分子,"荷兰人必定无法筹资维持独立战争,而毛里求斯号也并非首次出航,"他尽量引用阿尔瓦公爵担任使节期间提供的信息,"您肯定也记得,在长崎传教的耶稣会士曾说见过一艘英国人掌舵的荷兰船,后来在日本沉没了。若是荷兰人自己出手,终有一天会找到新的航道……"奥图诺就此打住,将总结陈词的机会留给公爵,而他们面前这位瘦弱的水手便是荷兰人欲二度进犯西班牙帝国、夺取东方贸易霸主地位的最好证据。"无论如何……"也许是担心莱尔玛公爵还未领会要害,他又接着说,"若是此事被高级海事法庭知晓,或是传到什么人耳中……"

"够了够了……我知道,"宠臣打断奥图诺,"险些酿成差池!耶稣会士整天嚷嚷着为印度群岛的事要赔偿,葡萄牙还有人对托尔德西里亚斯条约的疆界划定有争议,高级海事法庭徒有其名,根本不可能拨款给大方阵军团。摩尔人又意欲勾结土耳其人,谁知道打的什么主意!呵!还有沉渣泛起的胡格诺[1]分子!可不能给该死的奥兰治分子留下借口!"王室早就有大批异见者不满莱尔玛公爵对低地国家[2]政策疲软,诽谤造谣者更不在少数,一想到这儿宠臣恍然大悟道,"但我们必须迁都巴里亚多利德,"他痛心疾首地强调,"这是当务之急,可没

---

[1] 基督教新教加尔文教派在法国的称谓。——译者注
[2] 荷兰。——译者注

时间处理乱七八糟的战事……"奥图诺极力忍住笑意,很好,就是这样的反应。他对宠臣迁都的固执很满意,决定借机换个话题:"当然,巴利亚多利德是我们的头等大事……既然您提到了,我想最好还是跟您禀报一下近来有关总督的传言……"弗朗西斯科·德桑多瓦尔·罗哈斯看着下属,缓缓说道:"王都总督?你确定?他竟然?可是几天前还……"或许是意识到自己会揭露不合时宜的秘密,公爵没再往下说,秘书官确信已切中要害。公爵很清楚,近来政务会的决定和国王姐姐对佛兰德斯各省的松散管理将王庭分为两派,一派坚决反对迁都巴利亚多利德,却对加强大方阵军队建设和从奥兰治分子手中重夺故土兴味盎然;包括宠臣在内的另一派则担忧战事绵延不断带来的巨大损耗,希望能集中王庭精力解决其他问题。为应对造谣者反对迁都的声音,宠臣着意布置人脉对异见者密切监视,并设法将其替换成自己的亲信,奥图诺甚至能探听到政务会要员们的长袍是否还挂在原来的衣架上。尽管情况复杂,但玛格丽特王后坚持认为不应对尼德兰叛军放松戒备,已着手在王室和佛兰德斯两地寻找盟友,伺机反扑。更令宠臣头疼的是,坚持对北方用兵的军队统帅和圣赫尔曼侯爵两位重臣的态度也十分顽固。奥图诺因此断定,只要稍稍提及马德里总督背地里竟卷入异己派,便可将宠臣的注意力从那些让自己急匆匆地从金塔拾级而下的焦虑中转移开了。

"你确定?"公爵眉头紧锁,瞪着一双寻根究底的眼睛问道。奥图诺轻点下颌,额间皱纹紧蹙更添沉重。几只小鸟挥着褐色的翅膀从窗台飞过,马德里街巷深井边的白霜在晨光下透出一股清冷。"我想恐怕是的……"公爵闻言面色凝重,重又面向广场反复思量。奥图诺见状不再说话,只有身后的荷兰人因饥饿难耐时而抓虱子的动静打破静默。很明显,腓力国王宠臣的心思已全然不在马尼拉事务上了,不过为以防万一,秘书官还是坚持再引导几句。"我想或许您也该知道,恩里格斯将军的内人似乎并不打算接受咱们的提议。"恩里格斯是宠臣的主要对手之一,一直对他在佛兰德斯问题上的怠战立场多有不满,公爵近来正让奥图诺物色合适人选,准备撤掉他。"我不确定她是否会猜疑或者背叛她的夫君,不过她已明确表示不会支持我们,我猜她是想给儿子谋个一官半职……虽然我们还是能用战事委员会谈判的那套说辞来说服她……"看着公爵双手叉背十指紧攥的样子,奥图诺就知道此刻他正伤脑筋呢。"另外曼托瓦公爵那边也有信儿过来……"奥图诺步步紧逼,不让宠臣有喘息之机,"希望您能批准他资助的一位名叫彼得·保罗·鲁本斯的艺术家出任使节,我想您大概会满意。"莱尔玛公爵一向热衷于招揽优秀的艺术家为自己画像,奥图诺早就料到他会对有名气的画家感兴趣。这个鲁本斯不仅画技娴熟,而且很有外交之才,虽然英国佬和法兰西人都说他是探子……"关于要在您巴利亚多利德的田产上修建王都的事,也还没收到回复……"奥图诺所述之事已完全脱离马尼拉和毛里求斯号了,"不过尚不得知是经手人还是地主的问题……"

秘书官知道那些不动产难题让宠臣很是心烦。迁都公文新年前就发出了,此事已是宣之于口的秘密。不过,莱尔玛公爵早就出手数万金币囤积了不少庄园。奥图诺很清楚,宠臣不仅要借迁都地价上涨大赚一笔,也要让新王都成为他广阔领地中的一座孤岛。若是计划不成,数月来的努力便付诸东流,任命美差的交易也就派不上用场了。秘书官还知道,贪婪并不是宠臣急于将王室从定居数百年的马德里迁到巴利亚多利德的唯一理由,他确信,公爵也想借此甩开出现于王室各处的反对者们。而且，迁都也能让国王远离奥地利的玛利亚，这位被幽禁在皇家赤足女修道院的女王仍不忘昔日尊荣，总是叫侄子给她汇报近况，似乎如此一来，她便有理由向腓力国王夫妇身边的人控诉这对君主是多么糟糕，特别是将国家大事全权交给莱尔玛公爵处理，这位退隐的女王似乎对他格外憎恶。事实上，她因高龄被特许加冕为神圣罗马帝国王后，却专干诋毁国王心腹的事儿。

荷兰水手还在抓耳挠腮。前王后已请求待国王自阿兰胡埃斯返回后与其会面，奥图诺正准备提及此事，却见公爵转身怒喝道："这样的话，就必须去趟巴利亚多利德了！你退下吧，通知他们我今天就出发！"奥图诺只觉一股犹如见到孔斯坦萨的窃喜直冲咽喉，一切皆在掌中了。"明白，那么……"秘书官故意吞吞吐吐，好似真的犹豫不决，"该如何处置他呢？"他说着指了指还在用残缺的指甲挠头上虱子的雅各·克拉兹。莱尔玛公爵略有迟疑，德安德拉德很担心宠臣的决定会影响计划实施，于是想再用迁都之事最后施压，不料公爵却压低声音眉眼低垂着说："我想你知道该怎么做。"奥图诺随即向侍卫使眼色，不明就里的雅各·克拉兹立马便被带走了。这位荷兰老水手总算停止抓挠了，不过，虽然一个字没听懂，看着一边一个侍卫抓住自己瘦削的胳膊拖住就走的架势，一种不祥的预感令他十分恐惧不安。面对祖祖辈辈小心提防的狂热基督徒的凌辱，他唯一能想到的也只剩叫一声"上帝！"了。

莱尔玛公爵对荷兰人的呼喊充耳不闻，待三人走后大门被关上才开口说："此事到此为止！不可张扬！任何风言风语都不能有！必要时你得让该闭嘴的都闭嘴！不管是宫里还是外面！"他激愤地说，还特意用手指了指地面和门外，"否则，将军和佛兰德斯委员会就有理由开口要钱继续打仗了……决不能走漏风声……我们必须马上处理迁都一事。"弗朗西斯科·德桑多瓦尔·罗哈斯强硬地敦促道。奥图诺极力忍住笑声，他已拿到与安东尼奥·德莫伽交易的筹码了，只要答应帮他离开燥热脏乱的马尼拉并在墨西哥城找个差事，再承诺替他压下圣迭戈沉船一事，听诉官便会唯自己马首是瞻了。

绣匠的叙述已无太多可用信息，西乡又问了问去六条河源的路。他得向南走上好长一段，先是穿过一片松树林，再行过被太阁赐名的松原桥，而后进入铸币打锁的五金匠聚居区。绣匠有些失望，嘴里嘟嘟囔囔不知说些什么，他本想借闲谈招揽一笔大生意，却不料不愿再次惹祸上身的足轻绝口不说题外话，已径自上路了。

他得好好想想，石田三成的死改变了一切。山里的湿冷预示着连日来的绵绵阴雨即将终结，初雪很快就会铺满地面，孩子们急不可耐，早已开始期待在春天来临冰雪消融之时欢庆新年了。在古桥的一根老松木柱子上，西乡看到一张盖着德川家康印信的布告，上面详列着战败者及被处决者名单，巡逻队将其张贴于此，以便城里人尽皆知何人因何故被绳之以法。柱子周围散落着先前告示的米纸碎片，一位僧人将其一一小心拾起。"两天，才两天啊，就没人肯劳神了，"他嗫嚅着，"可悲，真是可悲啊……世道变了，年轻一代已不知敬畏为何物了……"觉察到西乡在看他，僧人转过身来，被污泥浸得快褪去赭红色字迹的碎片在他干枯的指间随风晃悠。"两派对决的挑战，情人的一年之约，离家淘金的小伙子给家人的致歉信……"他将碎片翻来覆去地看，念着上面的字，眯着眼极力破解被涹脏的字面背后的含义。许多人习惯在路过显眼的地方时留下些短信方便有心人看到，不过未来幕府的人撕下这些通告时却是不留任何情面。一小截松枝粘在僧人的粗布衣上，又因他的愤慨被抖动下来，西乡看着它飘摇落地，那是个寓意不错的数字，五片流线型的松针叶子被粗硬的黄褐色松枝联结着，它们本可随夏天的轻风摇曳，再等冬去春来返青生长，那时松针就会像是被绣匠手里的银线织出来一般亮眼了，而如今它们已经凋谢，再没有机会了。也许自己也不得不接受相似的命运，计划失败了。他会到那儿，证实将军已死，然后切腹自尽。

西乡躬身致敬后便继续埋头赶路了，留下身后的僧人颇为好奇地望着他。他脑海中回想着主君的临终托付，很快便到了立着一座庙的十字路口，不远处五金匠聚居区传来的叮叮当当打破了沉默，将路上所见的普通告示全都销毁想必也是来此行刑的武士所为吧。阴湿的寒风从脸上吹过，街上的行人也是一副冷冰冰的样子，在他们看来，足轻不过是关原之战剩下的垃圾而已，城里的大名和民众怕是早对鲁莽草率的武士们忍无可忍了吧。终于到了绣匠所说的六条河源，挑夫们步履匆匆，没人停下来看热闹，行人们也似熟视无睹，毫不在意那几根竹竿，他们已经习惯承受战争的恶果，数百年征战得来的短暂太平而今又被撕裂了。他看着沙地里竖起的三根锋利的竹矛，像是随时准备投入拂晓战的一队骑兵，它们证明着曾发生的一切。凛冬将至，蚊虫难生，也稍稍消散了行刑场的恶臭。黏稠的脑浆来不及凝固，顺着竹节流下，还未完全干涸，许多苍蝇被裹在里面。竹矛顶端挂着两颗被以极其野蛮的方式砍下的头颅，绑在上面的破布被鲜血和脑浆浸胀得鼓起来，脏臭难闻，面目狰狞地诉说着那个惨绝人寰的死亡，中间的那根尖端锋利，也被血液浸透。西乡又认真看了看，确保不会弄错。他认得安国寺惠琼，此人曾在芸州一座香火萧条的庙里担任主持，朝鲜战争期间还效力于丰臣秀吉。太阁一直努力扩大势力范围统一全岛，甚至梦想占领全盛的中国王朝，为此发动了不少战争。他曾在交战中与惠琼有一面之缘，那时后者正设法以出卖侧近人士为条件谋求腾达。足轻记得很清楚，他故意制造军中不和，也是那时西乡才得以认清这位皈依佛教的大名压抑已久的野心。至于小西行长，他不曾见过，只知他的父亲是个商人，曾在有渡郡之战中为太阁做事，对他的面相则一无所知。不过，他的的确确见过石田三成，嘴唇灰薄，颧骨凹陷，少得可怜的头发甚至没法束成丁髷，但眼前这两颗头颅中却没有他。将军的首级不见了！

又一群椋鸟从金塔窗外飞过，一个倒霉的酒贩子一只手指着天空破口大骂，另一只手使劲抖去亚麻手帕上的鸟粪，陈旧的手帕看起来像被放在藏红花汤里熬煮过似的。

"没有人会知道的。"奥图诺对迂回谈话很是满意，"若您授权我签署文书，我们可以给马尼拉总督和其他官员许诺新的职位，或许是在距离菲律宾较远的新西班牙和……""远一些，离巴利亚多利德越远越好，"宠臣说，"你去跟他们协调，但是任何涉及海难的消息都不得传到这儿，更不能听到有关荷兰人阴谋的只言片语，你全权负责，小心行事。"公爵正忧心一团糟的不动产交易，完全被奥图诺的满嘴谎话牵着鼻子走了，秘书官太清楚公爵对迁都的执着了。事实上，据他推断，宠臣的筹划远不止此，迁都不过是权宜之计。奥图诺早就敏锐地察觉出等一切风平浪静后，宠臣会将王都重新安置在曼萨纳雷斯，届时又可以利用马德里的田产大赚一笔，而他自己也已算计着如何从非法勾当中牟利了。秘书官有的是时间处理往后的事情，现在他已有把握通过承诺换取安东尼奥·德莫伽的配合，还有一件要紧事：必须从宠臣那儿拿到踢开塔玛索的招牌，即便公爵压根不会知道他的所作所为。"大人，请容回禀，还有件事咱们也得考虑。"公爵眉头紧锁，秘书官知道自己可得小心着点。宠臣一向喜怒不形于色，特别是在下属面前，如今却表情阴沉，稍有不慎就会偷鸡不成蚀把米，毕竟他眼下对除了皮苏埃加河流域——也就是巴利亚多利德地区——以外的事情一概兴味阑珊。

"何事？"莱尔玛公爵没好气地问，脑海里全是紧急出发去巴利亚多利德的事。奥图诺见状差点就要放弃提议了，真怕聪明反被聪明误，但要拥有她的渴望促使他继续下去。"这废物一句有用的话也没说，"他指着雅各·克拉兹被带走的方向，"不过我认为，除了要找到通往香料岛的航道，奥兰治分子还另有所图，"他深吸一口气，"他们似乎还想再到日本去。"他肆无忌惮地撒谎。面朝窗户站姿笔挺的宠臣被下属的话惊了一下，"日本国？""是的，大人。"公爵转身若有所思，想不明白其中缘由。秘书官轻咳一声，整了整身上的纽扣，继续兜售早已想好的半真半假的说辞。"虽然眼下他们掌控着葡萄牙在非洲的部分航线，"他指的是在巴达霍斯和埃尔瓦什签署的协议规定，"但火药、钉子、航海用具、铜、铁和其他从塞维利亚到贝拉克鲁斯港的给养要想到达菲律宾，都要通过新西班牙总督区和王城。"公爵冷冰冰的眼神令他有些慌张，必须直入主题。"虽然目前我们还没做到，"他也必须承认与日本的贸易额还很有限，"若是能与日本建立贸易往来，便可在为印度群岛购买火枪上省下一大笔开销，而荷兰人对此也很清楚，我想他们打算先行一步联合日本抵制咱们。"听起来合情合理，但宠臣仍然一脸狐疑。"那么，你是觉得荷兰俘虏在说谎？他们的目的不是为了找到通往香料岛的航道？"公爵质问着。"这也有可能，还没法完全排除，"秘书官唯恐落得跟那俘虏一样的下场，模棱两可地说，"不过直觉告诉我，凡·诺特的目的并不仅仅是芥末、钉子和胡椒。"奥图诺尽量让陈述听起来前后一致。虽然宠臣已明确迁都仍是重中之重，但他还是竭力插话。"不光如此。我确信里斯本方面还暗中支持他们，"他佯装确切无疑，"很可能卢斯塔尼亚叛军早就跟奥兰治分子达成了协议……"早在两国王室合并前，卢斯塔尼亚人就长期探索东印度海域，他们自始至终对金钱保持着比王位更高的热忱，葡萄牙商人很早就在珠江及广东地区经商，这些细节并不经常被王室谈及，他们早就不将腓力国王放在眼里了，马德里方面甚至怀疑过所谓的中国丝绸很可能来自日本。总之，卢斯塔尼亚人对那片水域非常熟悉，首批传教士即是乘他们的船到达那里。因此，虽距离遥远，但秘书官所说也不无道理。"您想想吧，大人，他们可是双赢啊，葡萄牙人分享出他们的航道，以此换取佛兰德斯人对托尔德西里亚斯条约中领土主张的支持，"他两手依次摊开比划着，"况且荷兰人的地图绘制可厉害着呢，他们划定的疆界线必然对咱们不利啊。"他故意补充道。

一百多年前，世界两大海洋强国西班牙和葡萄牙尚未同奉一顶王冠。为争夺自认有权侵占的新世界，他们在小镇托尔德西利亚斯达成调停协议，两国约定共享已知和未知的世界版图，甚至细分了抵达各领地的航线。然而，贪婪很快就将条约变为一纸空文，两国重新陷入对新发现的每一处海滩的争夺中，特别是葡萄牙一再声称对此前未列入条约的中国、日本及太平洋区域享有所属权。即便最专业的宇宙志学者也不敢断言这些地方该划分给哪位君王。而今虽有教皇谕旨在先，后又修正条约，更有两国王室合并，但纷争依旧愈演愈烈，卢斯塔尼亚叛乱分子毫不掩饰地要求另立新君，这种渴望让局势进一步恶化。如此一来，他们就更有勇气提出领土主张，毕竟那些地方距果阿和澳门都不远，他们在那儿聚敛了大量财富。因此，一旦荷兰人和葡萄牙人联手，卡斯蒂利亚和阿拉贡王朝必然损失惨重。

"那可是两派叛军结成的联盟啊，一旦他们在那儿站稳脚跟，假以时日便能攒够独立的资本……到时候咱们可就危险了，"奥图诺嗾使着，"而且，若是在太平洋失去影响力，咱们在英格兰和法兰西人面前也就矮了几分啊……"公爵咀嚼着秘书官的话，还不确定自己能否从中得到好处。奥图诺决定再加点料："据说，那儿有锡矿和银矿，谁要是能先跟日本人签署正式协定，肯定能赚一把……"暗示终于令宠臣心动了，不管是卢斯塔尼亚人还是奥兰治分子，掌握矿脉就意味着无尽的财富，这一点确实无疑。"即便如此，相比那些乱臣贼子，咱们还是有些优势，可以继续给日本大名供应滑膛枪和火绳枪，"秘书官知道，虽然与日本接触不多，但宠臣还算满意，进而又说，"他们现在正因继承人纠纷内战……咱们可不能把机会让给荷兰人，这里面可有不少利害呢。"这样一说便是向宠臣挑明其有机会决定那些好处该何去何从。

然而，莱尔玛公爵却不以为然，他知道西方人在日本并不受待见，不管是谁的主意，任何贸易行为都可能夭折。此一时，彼一时，等日本人结束内战，便会掉过头对付外国人了。只有极少数大名接受基督教，信徒也未见增长。也正因此，卡斯蒂利亚和阿拉贡王朝一直没与这个东方岛国建立奥图诺所主张的大额贸易往来。"那些因改信十字架被他们处决的倒霉鬼你又怎么说？"公爵质问，"你觉得我们真能从那群小诸侯中找到可信赖的人吗？他们可向来多疑啊。"

的确如此，几年前，日本统治者颁布驱逐和灭绝法令，三十多位信徒因皈依天主教被杀戮，后来内战爆发才稍有缓和。但即使这样，耶稣会士们也得绞尽脑汁才能留在那里，他们受教皇之命在异域传教，哪怕是被迫按当地僧侣着装也仍处境艰难。据王室所知，他们甚至不得不与葡萄牙人同住以分摊生活成本，还学习日语传教讲经，也经常为卢斯塔尼亚人与日本人谈丝绸买卖时兼任翻译赚钱糊口。

"的确，的确，"奥图诺赶紧附和，"不过，虽然耶稣会士们已不能传教，但人还在那里，距长崎不远的神学院也还开着……大人，或许这样比喻不太妥当，但在日本，人们害怕耶稣会士就像……"他踌躇了一下轻声说，"或者说，日本人怀疑他们就像咱们怀疑摩尔人一样。"公爵又蹙起眉头。"他们知道咱们已经殖民了马鲁古群岛，或者说菲律宾，当然这也是咱们按照上帝的启示去做分内之事，"秘书官用一种自己都没察觉的郑重口吻说，"就像咱们疑心摩尔人可能充当土耳其的暗哨，我想他们也会担心耶稣会士成为咱们攻占岛国的第一步，"他深吸一口气，"咱们可以建议日本人把那些传教士换成他们能接受的人，换成大人您中意的人。"他急着加上最后一句，"退一步讲，反正在那儿的绝大多数耶稣会士也是葡萄牙人……"奥图诺没敢继续影射耶稣会士可能的叛变，但其意图已经很清楚了。他了解莱尔玛公爵对此事的态度，弗朗西斯科·德桑多瓦尔·罗哈斯一向对耶稣教会爱护有加,王室里人人知道这位贵人想循着他叔叔塞维利亚大主教的步子[1]。

尽管德安德拉德只是点到即止,但宠臣也在考虑他的意见。不能排除耶稣会士插手珠江丝绸生意的可能,更糟糕的是,他们大可用赚来的钱资助葡萄牙叛军脱离腓力三世的统治。秘书官的建议是利用与耶稣会士高级神职官员的交情向日本派驻新的传教士,这事可得找个信得过的人来办。公爵缓缓点头,掂量着奥图诺的话,好似仔细玩味多日斋戒后回锅的炖肉,脑海中已在考虑会同意利益分配的可能人选,遂问道:"你怎么想?"

奥图诺见宠臣的眉头终于放松下来,便答道:"哦,这个,我认为还是不要张扬的好,万一出现不测,也免得军队最高统帅、各个委员会及海军司令等人说三道四。现在……"看来宠臣对提议很是满意,他又提高音量,"可以从新西班牙辖区派船过去,或者……从菲律宾找人更好……"他尽量装作这一切都是自己突发奇想,"比如以不追究沉船为条件,让总督或其他卷进圣迭戈号事件的人去想办法,正好咱们也能变祸为福……"说到这儿他又悄声补充道:"他们若是能与日本人谈妥,计划成功,您可直接向国王请功,若是计划失败,船毁人亡的账也算不到咱们头上。"其实宠臣并不在意国王的想法,但他还是周全再三。

莱尔玛公爵欣然应允,这样的计谋才算称心如意,毕竟无论结局如何,自己总不会吃亏的。"咱们得早点动手,可不能给奥兰治分子后悔的机会。"奥图诺说得鬼鬼祟祟。"是的,不过只有与日本人达

---

[1] 克里斯多瓦尔·德·罗哈斯·桑多瓦尔于1571年被任命为天主教塞维利亚总教区总主教,桑多瓦尔家族由此成为当地最有权势的家族。——译者注

成协定方可将计划公开,否则定要守口如瓶,明白吗?"见秘书官不慌不忙,公爵又问了一遍,"清楚了吗?""是,大人,当然。"对奥图诺来说,一切都在意料之中而已,"除非您下令公开,没有人会知道。"弗朗西斯科·德桑多瓦尔·罗哈斯盯着这位下属,盘算着刚刚这一番谈话,也思量着其背后的真实目的。尽管他已在统治大半个世界的王廷里身居高位,但这一切可不是靠着诚实正直得来的。早在腓力还是亲王时,他就长袖善舞取得继承人的信任了。虽然这并非一己之功,但莱尔玛公爵很清楚不能相信任何人。此番计划虽非万全,但只要做好保密,自己也没什么损失,这是他的底线。因此,他尽管疑虑,却还是采纳了提议。"好,你负责细节,随时向我汇报,退下吧。"说完就背对着奥图诺了,"别忘了准备我下午启程去巴利亚多利德的事……"

秘书官心中狂喜,一切都天衣无缝,真是令人振奋!现在就差去见她了,莱尔玛公爵知道她在哪儿。宠臣自恃有权代替腓力三世本人签字,就任后短短几年就暗中在王宫诸多要职安插上自己的心腹,而在因擅改老国王遗嘱引得王后猜忌后,连王后寝宫的侍女长都被换成他的内人卡塔丽娜·德拉塞尔达。因此,奥图诺才敢再次撒谎询问,"大人,还有一事请容禀……"他晃了晃手里的邮袋,"塞维利亚邮船带来了马尼拉总督夫人给莱尔玛公爵夫人的信……需要我呈给夫人吗?"对上司心知肚明的奥图诺已猜到答复了。"你自己给她吧,她正在东塔陪着王后呢,跟侍卫说是我叫你去的。"公爵不耐烦地挥挥手。"如您所愿,"奥图诺满意地应声,"交给我您就放心吧。"又看了一眼门口说了句"那么,祝您日安了"便依礼离开了。

穿过王宫长长的走廊时,他不停地整理衣领和粗硬的头发。他已等不及去安慰她了，等不及告诉她尽管不遗余力，还是没能避免悲剧发生，等不及看她的泪水沾满手帕了。塔玛索马上就要被派上从马尼拉出发去日本的帆船了！对，就是那个把胆敢踏上海岸的基督教徒统统钉死在十字架上的国家。

回忆，特别是那些与他共同的回忆，成为她唯一的慰藉。除了他，一切似乎都已不重要了。孔斯坦萨就这样在单调的宫廷生活和刻板无止境的例行公事中思念着塔玛索，期待着他的归来。

像她这样品阶的侍女其实并没多少活计，仅有的任务便是陪伴王后，时而逗笑几句或是行些举手之劳。然而，由于她既缺乏像年长的嬷嬷那样赢得政务会信任的经验，也无法像年少的侍女一样随心所欲天真烂漫，只得靠做做女红、听听王室和莱尔玛公爵阴险关系的闲话来消磨时间了。刚到西班牙时，她总是涌起缕缕乡愁，但很快她发现自己喜欢马德里，也愿意留在哈布斯堡王室。尽管夸张的宫廷礼仪时而令人生厌，但她觉得自己很幸运，玛格丽特王后只比自己年长几岁，却处处体贴所有人，对她也很是客气尊重。唯一让她觉得压抑的就是固执严肃的帕切卡了，自己只能偶尔让她心软几次。这位家庭教师并不理解空闲时间里大可轻松愉快些，已好几次被孔斯坦萨的歪主意惹怒了。只是她自幼在少有拘束的乡间被父亲娇养惯了，实在无法忍受漫长的宗教仪式和宫廷宴会啊。她的苦苦哀求终于打动了帕切卡，甚至让她情愿为自己逃去马厩打掩护，那是她仅有的驱散忧伤与厌倦的娱乐了。后来，他出现了，自那以后，除却那深棕色的头发，那坚毅与敏感并存的脸庞，那清明多情、绿波荡漾的眼眸，那嘴角温柔的笑容和那双能耐心安抚暴躁的马儿的双手外，世界便仿佛不存在了，塔玛索不仅仅是她深爱的人。

多亏了负责靴刺伙计的帮忙，她才给帕切嬷嬷找到了扔拐棍和玩纸牌的爱好，这些正经人家嗤之以鼻的玩意儿为她与追求自己的少尉相会偷得大把时间。他们利用嬷嬷的软肋使她甘愿沉浸在这柔软的"讹诈"中，从而为自己赢得时间。因担心偷着骑马出去被发现，两个年轻人便一边慢慢悠悠地在马德里城里边走边聊，一边又惴惴不安生怕被人识破。与玩纸牌一样，非婚情侣在宫廷律令看来很不体面。他们逃脱皇家阿尔卡萨的束缚，小心翼翼乔装打扮，他们像世间所有的情侣一样，像塔玛索第一次见面就提起的靴刺小伙和面包房姑娘一样，在迷宫般滋长的城市里常常走丢。他们收起风度，尽量避开宫廷人士出入的繁华商街瓜达拉哈拉门一带，隐匿在拉瓦皮耶斯附近的街巷里。那里民风开放，人们对他们的亲密行为也不会大惊小怪。有一次，他们去圣哲罗姆大街附近的德拉克鲁斯剧院看戏，虽然被安排在不同位置，他手肘支着柱子喝着蜂蜜饮料，她在妇女专座上羞涩地吃着榛子，却也乐在其中。两人秋波流转，错过了不少剧情。她记得很清楚，剧场里流传着关于国王没完没了的狩猎和国王宠臣的讽刺文章，还有一首颇受宫廷待见的诗人所作的十四行诗，那些关于命定之爱的诗词很令她动容。他们时刻注重矜持和体面，只得偶尔藏起身份。

如今，他远在万里之外，远得一回忆起他的点滴，她就心碎窒息。但是，塔玛索会回来的，他微笑着答应她的。他向她保证，等扬名立万后就去跟国王宠臣求情，让他说服阿克西奥利先生把女儿嫁给他，因为眼下他还只是个军需官，除了在一场不知何时结束的战争中混得的少尉头衔外还一无所成。那场战事伤亡惨重，人们并不在意从佛兰德斯回来的人取得了什么成绩。然而，自从他走后，关于共同未来的信心却与日俱减。他在身边时，她觉得一切都有希望，但现在，没了他安慰的话语和手心的安抚，她竟不知如何是好，也只有身边的帕切卡嬷嬷可诉衷肠并给自己支持，虽然她总是假装漠不关心。而受到天性活泼的年轻西西里女孩儿的影响，嬷嬷已经变成她最好的朋友了，她就像一位母亲，会有些过分的严苛，不高兴的时候便少言寡语，举止生硬，阴阳怪气，但事实上，尽管她从未承认，却早就被马厩靴刺小伙说服，给两位头脑发热的年轻人留出时间闲逛。当然，她还是习惯性地经常说些教诲训诫之词。"仁慈的耶稣啊，请让我在接受审判前就解脱吧，"她一边碎碎念一边在胸前快速划着十字，好像身上的衣服烫手似的，"可是我不能不说啊，"她摆出严肃执拗的表情，"这是疯子才会干的事！不会有好结果的！我在说什么？就不应该开始……"她一遍遍埋怨着，并非年轻女孩儿情迷心智令她不快，而是的确担心孔斯坦萨的心最终碎得不成样子。"万一那小伙子没带着日本国的金银和契丹的珠宝从马尼拉回来，这场本就不门当户对的婚姻可就永远不会成真了。"她坚持要以名利为论据。

尽管不愿承认，但年轻的侍女知道帕切卡说的有道理，嬷嬷只是说出了显而易见的事实，她和塔玛索的爱是不可能的。"他再怎么英俊潇洒，"帕切卡固执地提醒道，"你也不会如愿以偿的！"没错，塔玛索除了是莱莫斯伯爵的远亲便再无优势，伯爵因与莱尔玛公爵的姐姐成婚也算是王室里的人物，但是说到底，也不过是个远亲，那样的婚礼在新娘父亲的嫁妆面前注定要夭折。但是孔斯坦萨不想听，她宁愿沉浸在热烈的幻想中，她相信他，相信他会找到办法，相信他的朋友奥图诺·德安德拉德会帮他。塔玛索说过，他们一起长大，亲如兄弟，需要时定会倾囊相助。孔斯坦萨醒着做梦，想象着他们的未来。塔玛索曾提起过他们家族在加利西亚的产业，尽管他从未踏足那个北方城镇，心里却十分向往，那里山清水秀，良驹成群，包括那不勒斯种马和健壮的不列颠母马，她都喜欢。她想象着未来的家，几乎能听到孩子们的笑声，她会从他们学步时就教骑马，她看得见塔玛索曾描述过的街道，甚至再用力一点便能分辨深秋层林尽染的色彩。

她没法躲开，王室里人多嘴杂，周围人都在讨论从塞维利亚来的邮船，她觉得可能有马尼拉的消息，因此当看到奥图诺腋下夹着信封出现时不免心中一震。她紧张不安，胸前的安息香丸被她揉来揉去，释放出内中的香气，等奥图诺来到正陪王后说话的堂娜卡塔丽娜·德拉塞尔达身边时，浓郁的香气粘连着西西里侍女的味觉，令她不禁放开香丸，用舌尖舔舐上颚的余味。秘书官等待公爵夫人说完，淡定地忍耐着玛格丽特王后轻蔑的眼神，坐在不远处的陪嫁侍女玛利亚·德西多尼亚·伊斯德莱尔也是同样的态度，面色阴沉的样子好似一只街边野猫打量一只垃圾堆里的硕鼠，恨不得撕了他，又怕自己的爪牙不够锋利。

秘书官拨弄着衣领，尽量使自己看起来仪表堂堂，毫不在意王后忠仆们的敌视。宠臣夫人一见王后脸色有变便知身后有人。王后一手搭在裙撑上，一手本能地在放在日益膨起的腹部锦缎上，好似要保护里面正在长大的生命，这又是一个王室里人尽皆知的秘密。孔斯坦萨看到秘书官正躬身跟公爵夫人说着什么，又打开带来的信封在里面找了好一会儿，先是不紧不慢，然后急急匆匆，最后直起身手放在太阳穴上，好像忘了什么东西。王后不悦地挑着眉头，但奥图诺并未察觉，公爵夫人冷峻的脸上挤出一丝微笑，摆了摆手示意退下。但秘书官走了不远又折回到原处，仿佛有什么大事要说。孔斯坦萨看到公爵夫人往自己这里望了望，目光一如既往的冷漠。卡塔丽娜做出赞成的手势，奥图诺则一副心满意足的样子。玛利亚·德西多尼亚侍女离开座位，往前撑着脖子，要不是王后转身悄悄告知她来人所为何事，她差点跌倒。

　　秘书官手拿信封朝自己走来，西西里侍女感到脉搏越来越快，她确信塔玛索从遥远的马尼拉捎信回来了。安息香丸又被她搓来搓去，她极力想保持镇定。玛格丽特王后同情地看了她一眼，继续同宠臣夫人说话。孔斯坦萨感到一股深深的不安将自己包围。等到秘书官终于到跟前，她正要伸手去拿那火漆加封的信件，但一看到奥图诺的表情又停住了，情况不妙！"我可能带来了坏消息，"他说，"但你别怕，我来就是想让你知道我会在你身边，只要你需要，随时效力……"那明显绝望难过的脸庞并不会浇灭奥图诺眼里燃起的火焰……

第三式　京都

死亡之于你不会太慢，你之于死亡也不会太快。

——日本谚语

屋里柔和的橘黄色灯光透过米纸糊的障子，与花园里的地灯和悬于安适宅邸门廊上的灯笼辉映着，将雨雪霏霏、凉风瑟瑟的京都笼罩在一片朦胧的星光中。路上的行人纷纷裹紧厚重的稻草斗篷和临时编织的尖顶柏树枝帽子。院子里庄严肃穆，修剪齐整的雪松亭亭而立，粗壮的紫藤环伺而生，经年累月爬上了屋檐，上面还残留着几天前某位心思细密的园丁打理过的痕迹，待春暖后便会开出紫色的小花。一切看似守成持重，却也可以料想女主人必得财力充裕才能维持这样一座院落。想必定是此处了。

一提起她们，都说是花柳巷的女人，这多因其既能顺土而迁却不会失了半点风韵、也可随风而动而不少一分尊严的缘故。她们个个面容姣好，风姿绰约，行事利落，技艺与肉体的欢愉无形交织，小心缠绵。这个被外国人妖魔化的快活世界是岛国由来已久的风俗尤物，即便最虔诚的信徒也无法抗拒。达官贵人熟识她，穷苦人家嫉恨她，男女老少无不对之说长道短。尽管没有明文宣示，但很显然，在这院子里服侍的都是最上等的艺伎，是那些会轻妙地挥动团扇的，是那些能伴着精美和服袖口上绣着的金线花纹扭动的，是那些用象牙拨子优雅地演奏三味线的，是那些会修容、会使脂粉和灵猫香、举止得体、既能恰如其分地引人注意又不落俗套的。

西乡不想被人发现，更不想叫一个浪人夜半时分偷窥京都第一大青楼的流言传遍全城，戌时进城后便小心翼翼地借着夜幕和这磨人天气的掩护，仔细观察着。这地方还是卖松糕的小贩告诉他的，他花了好几枚铜板才换了一小块松糕。已经过了六炷香的时间，但足轻依旧顶着风寒耐心等耐。在所有希望破灭后，他总算又看到一线生机。自从发现石田头颅失踪后，西乡就明白，必须找出是谁带走了那阴森可怕的尸首，应该是石田三成侧近的人，那人定知道伏见城内发生了什么，并且权衡利弊最终决定不带走其他首级，而是集中物力财力只带走那一个。西乡很清楚，若是凭一己之力在陌生的城市追踪线索，不仅迟早被人怀疑，也不可能有任何实质进展。他知道自己选择不多，但若是想打探点消息，此处倒是个好地方。内藤家永交给自己的银两让他萌生了这个想法，他可以在那儿调查负责行刑的德川护卫队首领的消息，那人必会亲自负责首级遗失一事，如此奇耻大辱定不会被轻易饶过。他一边等着绣匠口中的南方人出现，一边思考着，不禁再次疑惑石田三成究竟是如何得到洋人的火绳枪的，尽管将军与小西行长看似关系匪浅，但这种显而易见的答案很难让他信服。

西乡记得幼时曾听父亲提起过首批外夷抵岛的后果，他们乘坐的轮船体积庞大，跟中国的战船一样，令人咋舌。最初的震撼过后，没等岛津久丰为首的大名起兵抗议，那些模样古怪浑身发臭的蛮夷就让不少人对他们所处世界的信仰和善意信以为真了。那是一段妇女被蹂躏生子、位高权重的男子也难逃被钉死在十字架上的悲惨历史，连最有权势的大友氏家族也未能幸免，但即便如此，他们还是完成了首次贸易往来。然而，那时的足轻还来不及关切人性的真相，他有其他的事要做：战火已在本州岛蔓延开来，包括西乡在内的少年们都渴望建功立业。外夷不再重要，雄心勃勃的织田信长开始四处征战，据说他年轻时十分张狂，穿虎皮裤，短袖裳，总是与严苛的礼教背道而驰，仿佛那根本不是分内之事。自意气用事的少年时代始，西乡就在姊川河的泥沼里战斗，并在长岛抗击数次进犯京都的可怖的一向宗[1]僧侣们。后来，丰臣秀吉掌权，多疑的僧众们便施加影响，促使其颁布反对大胡子外夷的法令。尽管老奸巨猾的太阁很清楚同洋人通商的好处，也曾考虑过将其公开化，但这并没能阻拦后来驱逐令的颁行。洋人被要求悉数集中于长崎，以便运往珠江出海口附近的某地。随着外夷之乱渐定，太阁征服朝鲜的野心再次膨胀。传闻南方有几个皈依洋教的大名叛变，丰臣秀吉将其轻松料理后又重新集中精力应对半岛上的大蒜一族了。如此一来，许多洋人因惧怕没有太阁签发的通行证无法在岛内自由旅行，便滞留在九州了。与此同时，丰臣秀吉为净化大名阶层，趁机放逐存有二心的地主，并将其土地据为己有。持续了几年太平日子后，叛乱之风再起，太阁毫不手软地将许多吉利支丹[2]在长

---

[1] 日本战国时代以净土真宗（一向宗）本愿寺派信徒为首的僧侣。一向宗门徒素来以强大的宗教向心力著称。战国末年，一向宗首领势力甚至可以与各地大名们匹敌。——译者注
[2] 吉利支丹，日本战国、江户时代及明治初期对天主教徒的称呼。——译者注

崎处决了。在令人懊恼的雨雪天里,对着京都的紫藤豪宅,西乡第一次细细回想这一切。

他躲在宅子附近一颗光秃秃的榆树后面,树冠上枝叶早已凋零,只待冬至。寒冷彻骨,西乡因在户外太久衣服也湿透了,但他始终一动不动。耐心终有回报。约莫丑时,一个醉酒的武士打着摆子出来了,散乱的发髻耷拉在肿胀的两颊上,样子心满意足,似乎毫不在意天寒。光线幽若,足轻尚不能分辨那人衣上的家徽,便仔细观察寻找线索。醉汉提了提腰带,试图整理一下狼藉的仪容,又拍了拍裙裤,别在腰间的根付[1]便掉在地上,西乡还是没认出那上面的标识。那人弯腰欲捡,却不慎跌倒,俯伏在满是污泥的街道上,一只木屐也飞了出去,呼哧呼哧费了好一会儿功夫才爬起来,他打了个响亮的饱嗝,又放了串响屁,披头散发地抬头看了看这把人湿透的雨雪天,穿上木屐,转身回去摇了摇门槛下的铃铛,便被几个殷勤的侍者带了进去。

西乡正要揉沥衣上的雨水,却见醉汉又打着摆子出来了,身上披了件遮雨的斗篷,东倒西歪,磨磨蹭蹭半天才想好走哪条路,足轻于是跟了上去。最合理的解释应是这武士见天寒地冻便折回紫藤豪宅过了一夜,那么此人该是有命在身,且地位不低,可能就是自己要找的那些人当中的某位。看来不必过于担心,此人这般烂醉,很难发现正被人跟踪。西乡知道,这武士并非在京都用竹锯斩首石田的巡逻队首领,面相与听说的不符,但他却有种预感。他们拐了几个街角,进入矗立着京都主要大名宅邸的区域,这是个富贵地,应该有人出让或租下了那个宅子。那院落十分气派,护沟后面的掩体工事令人回想起动

---

[1] 又作根附,日本江户时期人们用来悬挂随身物品的卡子。——译者注

荡的内战岁月，主屋之外还有房檐稍矮的木屋，窗户上糊着米纸，里面点着灯笼，隐约听到有人正挪家具，铺被褥，准备寝室。一个前臂戴着护甲的侍卫打开正门，躬身行礼，待那人穿过栅栏后，西乡决定继续等待。他推测，自己要找的那些人就是住在此处，且每当不愿在花柳巷过夜时便来此歇息。足轻决定先记好地标，次日再来调查。晨光初现，正当他犹豫是否要返回紫藤豪宅时，却见一只灰白相间的鸟从刚修剪过的枝杈间飞起，红色的爪子上绑着根小小的竹管，是只信鸽。看来醉汉是被特意派回传递消息的。

奥图诺过了好几周才意识到马厩的古怪，他不该在那儿碰到她，她更不该一个人在那儿，作为奥地利和施蒂利亚的玛格丽特王后的侍女，那不合时宜。不过等他明白怎么回事后，便知道那也是个机会。这已是他第四次擅离职守等待孔斯坦萨出现了。他心急如焚地想要改善局面，上次会面可跟计划的有差距。他奥图诺可是国王宠臣的秘书官，有权有势，原本期待的可不是她那样的反应。他可是背着莱尔玛公爵，把不该透露的秘密透露给她的，是他告诉她塔玛索要从马尼拉前往危机四伏的日本岛的。然而，她竟没向他求安慰，只是沉默着，不时眨巴几下眼睛！他又猛拽了一下紧身坎肩的衣角，极力挺直天生不足的胸膛，做出体面的样子，但她竟毫无察觉，只有漫长的沉默，安静得能听到不远处宫廷淑女们的悄悄话。不一会儿，她就忙不迭地道歉，对他视而不见，忍着啜泣请辞了，只留他呆在原地，任凭卡塔丽娜·德拉塞尔达夫人寻根探底的目光在自己身上游荡。他想了好久，直到想起上次与她在马厩相遇才明白过来。如今他又花了一个下午来此等待。

给德莫伽听诉官的指令已下往菲律宾群岛，亲眼看着莱尔玛公爵恐因留下证据不敢签字却还是同意自己的建议，他感到一种病态的愉悦。为确保一切按计划进行，他在给马尼拉盟友的公函中还附上一封私人信件：安东尼奥·德莫伽负责让塔玛索有去无回。而在四散各处的腐败丑事被宫廷发现之前，奥图诺会同她去东印度群岛，在某个未来的富庶之地做一对幸福的庄园主夫妇，或许是佛罗里达的圣奥古斯丁，或许是古巴的某个大甘蔗园，圣地亚哥海湾据说也不错，总之，随便哪个不会因玩忽职守和行贿受贿被王室盯上的地方就好，他知道宠臣早晚有一天会失势的。他对一切的渴望是如此强烈，以致早早便给阿克西奥利家族正式去函，希望能征得孔斯坦萨父亲的同意。

但是她还未出现，不过奥图诺相信，她肯定会找机会从嬷嬷的管教和杂事中溜到马厩偷闲的。王廷正为迁都巴亚多利德的事手忙脚乱，上至高级总管下至杂役，一天到晚奔走各处发号施令，打包装箱，她应该会趁乱出来。再过一会儿，皇家阿尔卡萨城堡附近的教堂就会传来黄昏的钟声，近期的雨水和马德里数不清的水井把地面变得湿漉漉的，天气湿冷，他不禁裹紧斗篷，心里感激幸好还有周围的马粪和牧草冒出的甜丝丝的热气。槽里的马不时吭哧呼气。这个时候没什么人，方便等她，因为他知道如果她要来，也会赶在马厩小厮们清理食槽、擦洗马鞍之前。激情、侍女的面容及想象中即将与她共度的生活成为他的御寒衣，奥图诺相信她会接受的，他只是需要她倾听，他会不厌其烦一次次地说服她，直到她答应。

他同此前每个下午一样，沉浸在温柔甜蜜的向往中，但也眼看着加勒比海岸被大批向阳田环绕着的大房子的幻象烟消云散。他无法抑制，愉悦生活的幻想总是被下流的淫欲蛀蚀至破碎。孔斯坦萨作为爱妻的形象正在消散，只剩下那浓密的金发、粉润的珍珠母般的脸蛋儿、精致白皙得像中国瓷娃娃般的面容、脖颈光洁的皮肤、胸前匍匐的曲线，还有那每走一步便扭动的臀部。他无法停止，还差点儿，这镜像还不够，他想要更多。他甚至能感觉到那纤纤玉指从他背部划过，又在毛发稀少的胸间挑逗，他双颊红通通的，细密的汗珠从鬓角渗出，太阳穴的瘤子愈发油亮，胯间那玩意儿竟跳动起来。她必须是他的，如此前每个下午一样，他的双手不自觉地紧攥着揉来搓去，汗涔涔地咯吱响着，好似那也是他臆想中的女人。他想象着她接受求爱后在自己面前赤身裸体的样子，头脑愈发燥热，右手试图解开裤子，左手则开始摩挲隔着衣服都能摸到的挺起的阴茎，胯间早被他手心的汗弄得湿了一片。伴着新来马厩的一匹长着白色鬃毛和尾巴的科尔多瓦马的响鼻声，他也发出一阵呻吟。他使劲闭上眼睛，用力臆想渴望的一切：她丰满乳房的螺旋形线条，腰间的谷地，大腿间的被金黄色绒毛密林覆盖着的温热。

屋顶高高的天窗滤下零散的光线，房梁下的蜘蛛网晃晃悠悠，新鲜马粪掉在地上散开，冒出缕缕热气，味道刺鼻。在将王宫一分为二的长长走廊的尽头，堆着许多粗糙的木板，两边建成了马厩。奥图诺就躲在放马具的地方等着，他坐在角落里一张四角裂口的小凳子上，周围是老旧的缰绳和生锈的笼头，一堆盐和皮带，还有铲饲料的铁叉和提桶。秘书官便是藏在这儿，随着脑袋前后抽动，喘着粗气。他用手使劲握着，那种带点疼痛的快感十分舒爽。他已经花重金堵住那些知道他房中秘事和可怕癖好的情妇的嘴，那瘤毒总在每个基督道德侵袭的夜晚折磨着他。但在那一刻,急迫的心情令他无从思考信念的纯洁,悔悟无处安放,他想感知她,他需要她来取代上下抽动的手。他咬紧双唇,下巴的皮肤崩得紧紧的,近乎发白,衬得那稀疏的络腮胡越发凌乱。他两脚并拢,靴尖也害臊地对望着,显得那姿势愈加可笑。干瘪的胳膊正适合来做这事儿,或者绑绑文案,或者也能把某个女人的脸捏得青紫,却没法抱起她带到床上去温存。他在脖颈间感到那一刻的迫近。他张着嘴巴,舌头从双唇舔过,留下鲜亮黏稠的唾液。对他来说,孔斯坦萨就在那儿,在他紧闭的双眼前,她那象牙般光洁的神圣裸体正笼罩在一片光芒中,她胸前的双峰挺立着,乳头随着每次呼吸颤抖着,那平坦无瑕的小腹已准备好迎接他,留下他的烙印,留下他激情的痕迹。

"噢!天哪!"一个甜美如仙果般的女性声音夹杂着惊恐传来。他立马认出了她。"啊!……"她惊呆了,指间颤抖着捂住嘴,脸颊火辣辣的。无须再多听一个字,奥图诺已经听到了末日审判。"我……那……是……"她想说点什么,却没法成句。他的阳刚立刻蔫了下来,汗哒哒的手也滑稽地停住了。当他睁开眼睛的刹那,精心勾勒的万千美梦瞬间变成了惊魂噩梦。是孔斯坦萨,就在他面前!那恬静脸庞上近乎扭曲的惊恐表情已足以让奥图诺明白,那一瞬间他失去了什么!

"怎么了?"不是孔斯坦萨,是少年独有的尖利声音。"你还好吗?看见老鼠了?"和气的语调表明少年十分信任对方,他倒很乐意吓唬吓唬让眼前淑女不安的害禽。孔斯坦萨根本听不到胡安在说什么,他正朝自己走来,已经走到堆放马具的地方了,那儿藏着她骑马时用的缰绳。她呆立着,不知该怎么办,裙摆下有一只脚很想抬起转身。奥图诺一手抓住哐当一声掉下来的缰绳和皮带,摇摇晃晃着站起来,有点失衡。他看见管靴刺的小伙出现在孔斯坦萨身后,他很想找点借口,挽回尊严,醉汹汹的脸上闪过一丝怪异的微笑,很快又消失了。"哦?什么?………"宠臣的秘书官曾不止一次下令杀人,但自己的手上从未染过血,那不是他办事的风格,他更愿意有人替他顶罪。不过,当看到掉落的皮带时,他瞥见了磨得锃亮的叉子的把手,立时起了邪念。

"什么魔鬼在这儿?"管靴刺的小伙儿不及说完,便见秘书官抬头看向他所在的位置,那脸上的恐怖已变成疯狂,他本能地往前几步挡在孔斯坦萨面前,那双阴沉的眼睛深不见底,有极可怕的东西,而她根本没意识到。旁边的科尔多瓦种马嘶叫着,急促地尥蹶子。奥图诺扑过来,萎软的阴茎上的污渍甩在垂下的腰带上。胡安脑海中闪过面包店老板的女儿,双手连忙护住脸。奥图诺举起铁叉,使出全身的力气。秘书官虚弱的双手平生第一次拿起一件陈旧的农具,却因力道不足令可怜的小伙子非常痛苦。只有两道叉齿穿过马甲和满是油渍的衬衫刺进了腹部,奥图诺没什么力气,锐利的铁器只刺进不到几英寸深,但已经足够了,其中一侧的伤口正有褐色黏稠的血液涌出。秘书官嫌恶地丢开农具,看着手心,好似那手心在千里之外。他想努力拼起原本不该被瞬间打碎的希望。

孔斯坦萨尖叫着,小伙子倒在她面前呻吟着,肾脏刀绞般的疼痛令他喊也喊不出来,只有嘴巴痉挛性地大张着,拼命给肺部吸取足够的氧气,指甲残缺又长满老茧的手竟还抓着锋利的叉齿。侍女的肩膀抽搐着,奥图诺被她的呜咽声惊醒过来,一时忘了双手,重新盯住孔斯坦萨,似乎在说他必须做点什么,马上!侍女也渐渐从哭泣中回过神，感到那人正盯着自己，很想逃走，脚下却不听使唤。他也看出了她的意图，举起双手扑过去要抓住她。他必须抓住她！

女孩儿正将马丁的钱银榨得一干二净，他却觉得再没比这更好的花钱地儿了。这可是马尼拉郊区最绝妙的窑子，不是一个普通的圣地亚哥堡士兵消费得起的。可对这位马德里人来说，人生的归宿无外乎棋牌之上和女人的两腿之间，因此总是手头拮据，饷银花的比幼时父亲那少得可怜又难喝的充饥牛杂汤还快。

这日下午，在城堡值完班后，马丁央求塔玛索再借他些银币去挥霍。一如既往给自己当债主的塔玛索还在为没能和听诉官说上话而担心，确信沉默寡言的他没法陪着自己后，马丁才出城。他曾多次试图说服塔玛索，甚至给后者事无巨细地历数妓院的种种好处：这可是全菲律宾岛唯一一个妓女脖子和手上没长满梅毒红疹的妓院了。那地方虽超出他们财力所及，却即便倾家荡产也值得去，姑娘们不仅健康，还是整个印度群岛最漂亮的。但是一如往常，塔玛索还是宁愿独自待着。王城的船到了，他正眼巴巴等着派送邮件呢。给钱的时候他挤出一丝苦笑，却还是拒绝同去。马丁真搞不明白他，不过这多愁善感的加利西亚人似乎十分热衷于为王室效力，不愿履历上有任何污点，一切竟都是为了个遥不可及的女人。不过眼下马丁早就把他的朋友抛之脑后了，他正细细咂吧抵达终点前的颤抖，软绵绵的脑海里只想着将自己牢牢钳住的一双热烈温润的唇。她继续着，缓缓抽起，拖延时间，等着他求她再开始，忽然又猛烈地下去却没有引起一点痛感。他再也无法忍受，在她正吮吸的一瞬间，一切结束了！在这登临极限的完美中，忽听得几下掌声。

马丁有点惊讶，略带嘲弄和不耐烦地睁开眼睛，用惯有的讥讽语气说道："我就知道它会受惊的，"他意味深长地看着女孩儿手中的家伙，"不过我还是自信没有掌声也能完成任务……"没人理会他的打趣。一个满脸沧桑死气沉沉的老女人拍着手突然闯入小破屋，一边嚷嚷着从出入妓院的水手、士兵和酒鬼嘴里学来的不知什么意思的大杂话。"出去！到外面去[1]！出去！没事儿[2]！出去！快走，快走……"上了年纪的脸因长期熬夜无精打采，尖叫时胳膊上松弛的皮肤甩来甩去，"快点，快点[3]！速度！赶紧！走！走！[4]"女孩儿将头埋进一只臂弯里，用另一只手背擦了擦嘴巴。马丁真想把老鸨吼出去，让她随便去哪个地狱游荡一会儿。正当他准备打发她去雨林里给长尾猴啃睾丸时，又听她大叫着："你要搞清楚，来的可是德莫伽，你也快活够了！别管那饿死鬼了，快点！德莫伽要选几个女人，抓紧点，让他走吧！[5]"他来马尼拉时间不长，还没学会当地方言，只能听懂几个字，不过倒是听出来这老鸨除了骂自己是饿死鬼外，还提到一位名人。但是，他可没时间细想，那老女人把扔在地上的鞋丢给他，一边破口大骂让他滚出去，一边伸着手跟他要账呢。"不，我一分钱都不会给你，我要等伊内斯回来把活儿干完，"他死皮赖脸地指着自己勃起的玩意儿说，"到时候你就有钱了。"他这么做是想多给那女孩儿点儿钱，不

1　此处原文为菲律宾语。——译者注
2　此处原文为菲律宾语。——译者注
3　此处原文为菲律宾语。——译者注
4　此处原文为马来语。——译者注
5　此处原文为菲律宾语。——译者注

经老鸨转手，直接付给她还能给她留点小费，毕竟这些日子两人都很欢喜。"所以呢，你还是给我来点红酒和吃的让我先恢复恢复……再等她回来，"马德里人站起来伸了个懒腰，两手背在脑后说。老鸨被马丁惹得不耐烦，知道一时半会儿人派不出人手，决定重操旧业，看看能不能甩掉马德里人，便向床边走去，做出俯身的姿势，惊得马丁大叫起来："滚开！丑八怪！活见鬼，想什么呢？"他吼着躲开，两手护着胯间，"免费都不要！你都能当我奶奶了……"其实她也曾漂亮过，靠着殖民时期富有的军阀和卡斯蒂利亚的水手们经营起自己的生意，只是时过境迁，从她的名字就看得出，跟那些她雇来的年轻娼妓一样，她既没有教名，也不带西班牙姓氏，她叫贝塔，不过已经很久没人那样叫她了，她还记得最后一次叫自己名字的男人的样子。后来，西班牙人带着武器和贪婪来了，她失去了一切，希望不得不化为沉默的怨恨。若不是生活过分摧残，她本可以继续美貌下去，西班牙人对她唯一的馈赠便是将她的未来断送在火绳枪炮里。因此，面对马丁的拒绝，她眼中不由得闪过一分昔日的风光自豪，不过很快又想到因帆船到港和听诉官上门，今晚肯定不得消停，便拽起年轻女孩儿的手。马丁见两人掀起亚麻门帘要走，又躺下坚持耍赖："忙完可得回来啊！带点吃的！"老鸨做了个下流的表情，嘴里不知嘟囔着什么，不等女孩儿整理好盖在匀称身条上的简薄衣物，就拖着她消失在帘子后面了。马丁又色眯眯地瞥了一眼那丰满圆润的屁股。

　　等到独自待着，马丁便开始自问是否真的听到老鸨提起马尼拉听诉官的名字，或是记错了。跟其他被派到菲律宾的士兵一样，马丁也编排过大名鼎鼎的堂安东尼奥·德莫伽的闲话，说他是个毫无节制的酒腻子且极爱寻花问柳，可是又有哪个长官不被城内百无聊赖的护卫队说三道四呢。只是倒也不难想象嘴上没毛的听诉官埋头拱进酒缸或者年龄比他小一半的女人腿间的样子。众所周知,他之所以放弃总督府参事的位子乃是与殖民地新换的总督有嫌隙,也有很多人说借着而今听诉官的新职,他正好能逍遥法外,干那些见不得人的勾当,明眼人都看得出来他捞了多少钱。听驻防的人讲,他在佛图那对阵荷兰人的战役中也表现极差。无论来者是否听诉官本人,显然这位新客财大气粗,不仅能包下所有的女孩子供他挑选娱乐,也有的是钱往花天酒地上挥霍,只消听听从窑子最里面传来的女孩子们欢快的尖叫、乱七八糟的方言和觥筹交错的喧闹就可见一斑了。

然而,关于那位出手阔绰的有福人到底是何来历的疑虑很快就消散了,老鸨已很不情愿地给他带了些酒来,还有面包和奶酪,相比大多数菲律宾当地菜,西班牙人更喜欢吃这些,不过马丁很清楚,这也贵得多了。酒足饭饱后他又睡了会儿,同时想着找个新由头继续向塔玛索赊账,自从他们在马尼拉落脚后,那账单便与日俱长。几个小时后,伊内斯回来了,马丁一时脑海里又尽是诱人之事,也不再想那位扰了他好兴致的豪客了。女孩儿柔情蜜意地细细完成未竟的任务,马德里人呻吟起来。

中厅里,老鸨一边数着沉甸甸的银币一边满意地自言自语。再往里一些是窑子按照大陆风格装饰的最奢华的屋子,一张带华盖的大床,亮闪闪的镜子下放着洗脸盆,还有一个装着娼妓们最上等衣服的衣柜。尊贵的听诉官德莫伽躺在宽大的床上,两腿叉开,本就不多的头发凌乱着,床罩一角从浑圆肥硕的肚子上滑下,勉强遮住羞处,脸上挂着痴呆而满意的微笑酣睡着。前一天下午他收到奥图诺·德安德拉德的消息,如今回信已在一艘停靠在甲米地的货船上了。数月来,听诉官总算不再被那些忧心事折磨得晚上发疯了。他接受了马德里方面的提议，比起他受伤的自尊或是圣迭戈号沉没后受损的财务状况，良心不安真算不得什么。

乌云似乎被太阳吓退了，渐渐散去其扫帚般的样貌，一轮圆盘慢慢从地平线升起，天台山与音羽山的轮廓若隐若现。晨起的清冷逐渐褪去，空气温热起来，街道干爽了，城市也睡醒了。小炉子和炭窑炊烟袅袅，厨房里香气四散，雇来的轿子往来穿梭，挑夫们在各个住宅区间跑来跑去，忙着给手工匠人采买用具。

一夜未眠的西乡早被潮气冻得僵住，不由得感激总算日升天暖。他已十分困倦，但仍决定等那些在紫藤豪宅过夜的客人们出来后再离去。自看到信鸽飞出后，他就心中疑惑，便又回到榆树后面，他得证实在里面过夜的是否是自己要找的那些人。此外，他也想认一认那南方人的长相。正门开了，好些个穿着华丽武士服、身形肥胖的人从里面出来，往候着的轿子边走去。有几个正被逗得放声大笑，还有人手放在额前遮挡天光，另有两个像是过度熬夜，面相十分疲倦。一行人声音嘈杂，言语间提及来年结账之事，像是商人的做派。一个背着漆盒的小伙子从背后跑来，差点撞上几人里最壮硕的那位，亏得及时站住，免了一场口舌之争。小厮的刘海搭在眉头上，商人警戒地看着他，小厮赶紧躬身，不料太急了些，以至肩上的系带松开，盒子一角撞到了后脑勺上。他尽力保持镇定，忍着怒火，直至商人们在轿子里坐定。看着挑夫们喘吁吁地起轿，西乡嘴角涌上一丝善意的微笑。很快，只见小伙站起身，两眼狠狠地瞪了一眼肩膀便拐进街角去，足轻决定跟上。

小伙被一个穿着简朴的人从不显眼的侧门接进去，那人梳着大夫样式的发髻，可能是想让自己的职业看起来更体面，却也难改其厨师的身份。小伙在宅子待了一会儿又出来，胳膊上松松垮垮地挂着盒子。西乡尾随其后，抄小街提前进入下个街口，快赶了几步堵在小伙面前。小伙正犹豫是否该行礼，从佩刀断定来者乃是武士，弓箭似乎也是上等货色，但却不见任何竹甲，磨旧了的衣服湿湿嗒嗒的。小伙拿捏不定，最终还是觉得毕恭毕敬总比稍献殷勤稳妥些，随着发髻上的穗子一晃便全身跪倒在地，神情十分虔诚，盒子差点掉到地上，连忙伸手去挡，却几近失了平衡。西乡忍着笑，假装严肃，这小子十分尽心，让他想起了自己的儿子。小伙从刘海缝隙中觑视，不敢出声。"茶室里住着的是带着将军尸首的巡逻队吗？"他尽量委婉地问道，以免粗鲁。年轻的挑夫显然明白话中之意，忙抬头热情地回答说："不，他们不住在纪宫夫人家，没人住那儿。"说完又用少年特有的狡猾笑着澄清道："不过，有时客人们也在里面睡觉。"为表明自己对西乡所问之事一无所知又解释说："需要给您传信吗？"他热切地问，"他们人都很好，几乎每天晚上都来，我两天后也得再带些米粉回来。"小伙匆匆说完。足轻的直觉被证实了，但他并未显出满意之情，只是点点头。他并不想同巡逻队的人接触，他们正替自己找失窃的石田的尸首呢。他得再耐心点，等待仍是最好的选择。西乡在袖子里翻了翻，找出一枚铜板给小伙。现在，有了小伙提供的信息和昨晚亲眼所见，他知道该怎么做了。

* * *

他等了三个礼拜,幸而天气没再变坏,至少不用淋雨了。午后他去街上小心查问,晚上便值夜,直至早上紫藤豪宅人去楼空。他每天都换个地方歇脚,大多数时候是在已被废弃的西军大名的宅子里,关原一战后,德川家康就将他们的财产尽数收缴了。

这晚,天空清明,星星不知被何方神圣照拂过,十分明亮,月晕昭示着初雪即将到来。无可奈何的西乡希望自己没搞错,旷日持久的坚持总算要有补偿了。天亮不久,那一幕又重复了。还是那位武士,不过这次他既没踢掉木屐,也没求借避雨的衣物。他继续跟着他,在京都的街巷绕来绕去,直至来到那人的下属们居住着的气派院落。上次这位大腹便便的武士进入豪宅正门后,信鸽便往东北方飞去,西乡便在这个方位找了个不起眼的街角躲起来。当初升的太阳将天台山染成赭红色,一只信鸽从院中飞起,足轻开始准备着。他知道这是自己唯一的机会。他很可能连密信写的什么也看不懂,但左思右想还是觉得信鸽偶尔失踪应该不会引起怀疑。绷紧的弦在他长满老茧的指间微微颤抖,深吸入肺部的空气从干裂的口中缓缓吐出,当信鸽朝向太阳飞去时,手中的箭也紧随其后。他并不担心射不中,也没朝瞄准方向看去,而是警惕地环视四周。他箭法纯熟,曾在飞驰的马背上射中比钱币稍大的靶子。天色尚早,街上行人不多。他走上前捡起信鸽中箭的尸体,不禁想起在伏见城外狩猎的日子,鸟居元忠最喜欢拂晓时带着游隼出去,特别是那只长着深邃的金色眼睛的雌隼。他把箭杆从被染成深堇色的尚温热的尸体抽出,再次确认无第二人在场后就将信鸽裹入胸前带走了。

他向北朝着城外临近木工聚集区的雪松树林走去,在一座小山下找到一个荒草丛生的寺庙后就躲了进去，然后拆下丝带，拿出一节小小的竹管，里面小心翼翼地卷着一小片米纸，从上面整洁利落的字迹可以看出，执笔之人的刀下功夫亦十分了得，只可惜是惯常的密文。西乡还得投入更多精力才能找出线索，只有用收发两方对应字元的文本才能破解密信。常见的有和歌形式的，西乡在伏见城时就知道，那时从城内发出的密信不计其数。此事说来复杂，但他并没灰心。到目前为止，疑惑仍多于答案，他明白，一切还需假以时日慢慢理清，眼下得先在林子里找个僻静地儿稍作休息，准备夜间值守。他一向在吃食上没有顾忌，这鸽子肉扔了未免可惜，便动手拔毛了。

　　祖母常说，焦躁之心甚于司晨之鸡，很难让人睡得安稳。近来他总是睡得很浅，在马尼拉的艰难处境令他很是忧心，渴望已久的功名依旧遥不可及。今晚情况更是糟糕，他已盯着灰泥墙的裂缝成百上千遍了，怀着对家乡的思念等了这么久，事情总会有转机的吧，他觉得。一年前他从塞维利亚出发，又在菲律宾群岛待了几近相当的时间，德莫伽连理都没理他。不过昨天下午有从马德里来的邮船，无论如何，总会有点消息吧，说不定还能收到孔斯坦萨的信呢。塔玛索就这样辗转反侧，一夜无眠，只是偶尔打个盹。

　　到达马尼拉之前，他在安东尼奥的催促下前往王城，乘坐的是王室征用来通报与荷兰人战况的货船。昨天货船返航了，但加利西亚人不确定马德里方面的消息究竟会对自己产生何种影响。塔玛索不知道安东尼奥·德莫伽的特权身份是否还管用？奥图诺的推荐信还能不能帮上忙？或者，干脆再次登船，返回西班牙？他非常忧虑，甚至怀疑奥图诺和德莫伽之间的关系，莫非童年好友和听诉官的交情并没那么深？当德安德拉德在他奢华的金塔办公室里接待自己时，塔玛索可真是那样以为的呢。连马尼拉的乞丐都无一不知皇家审问院的听诉官对诸事漠不关心，似乎光顾着与全世界为敌，到处鼓吹自己是与荷兰人海战的英雄，而塔玛索也害怕安东尼奥·德莫伽的种种恶行波及到自己，等待的目的只剩聊以慰藉了。

他揉了揉脸好让自己清醒一点，想起前一天下午自己还和马丁被返航的消息促使着，跑去甲米地港看货船如何靠岸。"该来的总会来的。"马德里人觉察到了他心中的疑惑，如是说道。只可惜他的好心并没什么用。于是又死缠烂打一番，可塔玛索还是无动于衷。马丁眼看着两人对来自马德里的信函无计可施，更别提改变少尉的命运了，只得想出最后的方法：在郊外某个屋子舒舒服服地过上一夜，最好再喝得酩酊大醉。尽管塔玛索从一开始态度就很坚定，马丁还是苦口婆心地劝了好久，最终还是被拒绝了，只好拿着借来的钱一个人去了，心里遗憾着朋友不愿像他一样放纵。此刻天已经亮了，老军需官一边脱下睡觉时穿的衬衫，一边纳闷马德里人是提前回来休息了，还是等到值班前最后一刻才会出现。他把水倒进盥洗盆，光线透过房间仅有的小窗，外面持续多日的滂沱大雨并未稍稍缓解当季的闷热，反而让本就不怎么亮堂的屋子更加朦胧。他虽说地位低微，但住得还算舒适，听诉官总算决定见自己了。塔玛索又在客栈里等了好几个星期，也取得了圣地亚哥堡将军的信任，那是个满手青筋眉头紧锁的阿尔卡利亚人，看重小伙子曾在佛兰德斯服役的经历。他叫克里斯托弗·卡诺，是个在荷兰人航道里千锤百炼的典型老兵，由于姓名巧合大家都叫他"发现者"。当他得知塔玛索在齐克姆暴乱中表现勇毅时,便把他安排到了士官房间。塔玛索洗漱完后着意将指尖收拾利落,坏肚子的蛔虫有时会钻进指甲,记得幼时在蒙福特德莱莫斯的田庄里无所顾忌地奔跑撒欢时,祖母总会这样提醒他。塔玛索对家乡加利西亚的怀念将马丁夸张回忆带来的那点儿幽默散得一点不剩,他兴高采烈地放话说,要找一对儿妙不可言的乳房,好让塔玛索忘了他的西西里情人,他说得那么光明正大,似乎这真不是件坏事儿。老军需官擦干手,走到厚达两拃、正对马尼拉的石窗跟前,对着银灰色的雨幕若有所思。

塔玛索走下武器庭院的门厅,正好撞上一个抖得像落水狗一样的卡塔赫纳人,嘴里叽喳叽喳嚼着混合提神物,看来他到马尼拉时日已久,也染上了当地人爱吃蒌叶和槟榔的喜好。"我刚把巴尔德斯那个没脑子的家伙扔到禁闭室,"他心不在焉地对塔玛索说,"他来晚了……"他顿了顿,不愿透露更多细节,谁都知道那马德里人是什么德行,"他让我告诉你,有重要的事儿要跟你说,很重要,到时候就知道了!"说着朝地上鄙夷地啐了口痰。值班军士对自己的朋友视若蝼蚁的样子令塔玛索很不快,尽管连他自己都觉得马丁未必值得,但那还是让他很不自在。"他没说什么事儿吗?""没有没有,就是非要见你,还求我多关他两个礼拜呢。"他边说眼珠边随着腮帮子的咀嚼转来转去,"就是让咱们提前跟你说,是生死攸关的大事呢……"军士神色存疑,看样子对马丁的话并不当真,他不过朝马德里人的肋骨踢了几脚,这家伙居然就要死要活了。加利西亚人又问了几句,军士回答说一周后就放出来了,前几天罚他下午迟到,后几天罚他不知好歹。塔玛索只得默认,考虑着是否要贿赂守卫换值夜班,好跟朋友说上话。近来积蓄急剧缩水,马丁花起钱来总用不到正事上,经常火急火燎地辩白说哪个妓院又新来了姑娘。塔玛索心下抱怨,便告辞了。

院子里石板路上的小水坑被稠实的雨滴打得劈啪作响,士兵所用的铠甲和头盔也在潮湿中发出沉闷的碰撞,准备放在城墙脚手架孔洞的绿植已打理整齐,此刻也被厚重的雨点击得来回晃动。塔玛索掂量着仅有的积蓄,斟酌着该不该为跟马丁见上一面做点什么,正要拿定主意,却听见一位士官叫他。"昨天安东尼奥·德莫伽大人命我通知你,"士官在暴雨中大声喊着,怕塔玛索听不见,"中午去甲米地港,找一艘葡萄牙货船,"见对方已近前来,又降低了声调,"其他的问巴斯克·德诺瓦埃斯舵手。"塔玛索心心念念的事情终于发生,以至于他根本无法想象这几句话背后的恐怖,只觉着离孔斯坦萨更近了一步,却无论如何难以睥睨要取其性命的危险。

*　　*　　*

他们要杀他!谁知道是为什么。他甚至怀疑自己听错了。可怜的伊内斯已经尽力回答马丁的问题了。她吓坏了,惊讶地看着情人大瞪着眼睛,一次次用力箍住自己的胳膊大声发问,结结巴巴地用所有他会说的语言喊了一堆大杂烩,可她还是只听懂了一点点德莫伽的醉话。马德里人认定说的就是塔玛索,只有他一直希望成为听诉官的助手,所有与他从王城同来的人都就任了,除了他。但他不理解的是什么妖魔鬼怪能将卢西塔尼亚货船、荷兰人和日本岛牵扯到同一事件中。他曾对与葡萄牙人通商的日本南部港口有所耳闻,但对所能领会的部分却难以信服,不知是菲律宾女人没听懂所以自相矛盾,还是她纯粹搞错了。

问了一长串问题后，马丁的口袋里再也没有多余的钱了，连小时候换下早不知丢哪儿的牙齿都抵押给菲律宾女孩儿了，女孩儿早已知无不言，但他依然拿不准。女孩儿回来后，马丁正刚付清酒食钱昏昏欲睡，不等她脱下衣服，马德里人立马清醒地跟发情的少年似的，恨不得把错过的时间都补上。完事后，她躺在他胸口说德莫伽出手很是大方。这位听诉官一进门就开喝，挑了六个姑娘作陪，最后喝得块茎状的鼻子上的血管都快爆裂了，狂喜之至，心急地将揉摸捏搓和醉生梦死一鼓作气，很快就疲软下来，接着便口无遮拦地吹嘘马上到手的新西班牙的好差事。听诉官一边打着饱嗝一边自诩王室对他青睐有加，全然忘了身边坐着的白花花的大腿。心满意足的马丁一边听着，一边玩弄着情人的长发，脸上洋溢着恬不知耻的笑。就在这时，她半醉着提起德莫伽说他的新助理就要一去不复返了，她还特意模仿听诉官说这话时犹犹豫豫、食指比在唇上压低声音的样子。当时，马丁时间不多，却还是不得不追问下去，可惜却因此迟到，没法提醒朋友了。

　　禁闭室肮脏不堪，热带的潮气侵蚀着多年不清扫积满青苔的石壁。一个凹瘪的茶杯，一个装满粪便的提桶，还有堆得满屋子都是的稻草，铆接的门看起来十分沉重，尽管马尼拉的闷热已将木头软化，但马丁仍没有把握能打开它。他蹲在暗角，盯着唯一的出口。门上横着的铆钉凹点似有凌乱，交叉处有金属加固，但已定向不准，木头间的缝隙表明其有所松动。他一连好几个小时看着那扇门，不知如何是好，睁眼闭眼苦思冥想。他们要杀了他的朋友，他却无能为力。

埃西哈市长的女儿胡安娜·德布里维埃斯卡·伊穆涅托内斯给他生了十几个孩子,还带来了价值不菲的嫁妆。只是,除了这桩姻缘赠予的人际关系和社会地位,安东尼奥·德莫伽·桑切斯·加拉伊对妻子并无特别的好感。因此,当奥图诺在信中向他承诺墨西哥皇家审问院罪刑厅法官一职时,听诉官便觉得自己大可让更合适的人来作陪享受成功。宠臣秘书官将新西班牙如此受人尊敬的位子留给自己真是好处多多。他不仅可借此从圣迭戈号事件脱身,若是派去日本的船队能载誉而返,还能大赚一笔。况且无论他们是否能返程,他都已完成莱尔玛公爵的嘱托,如若事有所成,正好卖个大人情,总之,稳赚不赔!提心吊胆了好几个月,终于能好好庆贺一下了。

尽管天色已晚,他还是先对总督恭敬一番。尊贵的弗朗西斯科·特略目瞪口呆地读完了国王宠臣本人签署的授权函,信中只见吩咐不见解释,但清楚地提到由堂安东尼奥·德莫伽全权组办派往金银岛的探险队一事,所谓金银岛不过是奥图诺为免众人对真正目的地日本大惊小怪而使的文字把戏罢了。听诉官就这样得意洋洋地看着总督一遍遍难以置信地翻看手里的信函,却丝毫不敢妄议莱尔玛公爵的指令,随后声称自己要准备第二天的工作和料理抵达港口的邮船,就留下错愕未定的马尼拉大长官扬长而去了。

心满意足的听诉官一脱身公务,见暮色临近,便给胡子细细打上蜡,穿上最上等的礼服,派头齐整、笑眯眯地像个身上挂满礼物的孩子,胡吃海塞了一顿西班牙古法烹制的饕餮大餐,腌渍猪肉汤、猪肝鸡块荤什锦、米粉牛奶鸡脯羹、几片烤猪肉和一些面包果,但因不习惯这种热带水果的面包风味,没咬几口就放在一边了。由于当地人做菜多用古怪植物和离奇原料，德莫伽早已决定不沾染本地吃食，坚持吃西班牙菜，并以稍加调制的托罗红酒佐餐，至今已喝完两大罐了。不过，近来自从那厨师死后，他便染上了第一杯酒须用六条从绘画岛带来的胭脂虫伴饮的怪癖，据称那是极佳的解毒方子。自圣迭戈号事故后，德莫伽总怀疑有人要下毒害他，无论总督府的外科医生如何解释，听诉官都深信那厨子是被本应端给他的毒药毒死的。嘴上油腻腻的饭渣还没擦干净，他就装满钱袋，醉汹汹地出门了，准备用马尼拉市郊最好的酒酿好好消化消化肚子里的豪餐。他止不住地挥金如土，以往的吝啬小气早被抛在良知深处的某个阴暗角落了。听诉官狂喜欢腾，寻觅着比木讷的妻子温柔得多的玩伴，在情妇床笫间流连忘返了一夜。

然而，翌日一大早，太阳刚掠上北方山峦间硕大的槟榔枝叶，他便不顾宿醉后的剧烈眩晕动身出门了。暴雨将黏腻的闷热稍加缓释，虽然闭着眼也能感到脑袋针扎般刺痛，他还是来到甲米地港，最后视察征调来用于远航的小巡逻船的给养。按照他的要求，监护主和其他官员强制商户供货，连总督也不能反对。尽管官家允诺会有少得可怜的补偿，全马尼拉的商人们还是接受了既有协议。此外还派人去圣地亚哥堡征缴火药、滑膛枪、标枪、头盔和水桶。

雨滴噼里啪啦打在堤坝的帐篷上，德莫伽正跟葡萄牙小船的船长用杂七杂八的甲米地方言争论着，密室的雨幕砸进水洼里，升腾起雾气，在他们周围弥漫着。码头工在泊船处来来往往，几个士兵负责监工，舢板和几只小船在潮水里摇摆，装载妥当的巡逻船已准备起航了。雨雾朦胧中，一个眉头紧蹙、头发被雨水浇得脏兮兮地耷拉在脸上的小伙子正在看着他们，两人却都没注意到。只见船长摇头摆手，嘴里显然咒怨着什么。"不，这不可能！"船长大叫，紧接着又抛出一连串骂腔，"没……唔眉有航线图！"他尽力用自己掌握的西班牙语补充，却还是说得古怪难懂，"眉无航线图艮本卜能走成！"德莫伽搓着球茎状的鼻尖，一脸狐疑地看着他。听诉官觉得，虽然船长不想承认，但其实心里很清楚该如何到达日本岛。葡萄牙人可是最先踏上那片海岸的西方人，且在九州岛建起小型商贸区，与自里斯本至非洲海岸的各个前哨部队进行交易，这些部队按照托尔德西利亚斯条约驻扎于世界各地，该条约甚至授权他们登陆澳门。听诉官觉得船长定是听了些风言风语，想在此前已得到的承诺基础上再多捞点才愿意起航，毕竟目前岛上形势不稳，此去凶多吉少。他已用足够的金银收买了一个粗野的乡巴佬做船长，那人一听说美酒供应不缺已然眉开眼笑，但为保证航行，必须选个相对得力的掌舵人，这个葡萄牙人是他眼下在甲米地的唯一选择。德莫伽本想让此前已与之订下合约的耶稣会士充当在日本的中间人，但很不幸，耶稣会士早就随着圣迭戈号沉没了。"你想要什么？"他不耐烦地问。巴斯克·德诺瓦埃斯从小在甲板上长大，父辈也曾随佩德罗·阿尔瓦雷斯远航巴西，但其丰富的航海经验总是因谈不拢出海费而蒙尘，因此也习惯了雇主们用来达成协议的虚伪辞令，不想此人竟开门见山，倒是吃了一惊。"你想怎样才肯答应？"听诉官追问道。

来自锡尼什的舵手正琢磨西班牙人的态度，却见有人正步伐稳健地向他们走来，透过落在帐篷边沿的浓密雨幕，隐约能分辨出一张模糊不清的脸。帐布因不断积聚的重力凸起，将雨水拢聚到帐篷缝口处，雨滴愈发像断线的珠子般一个劲儿往下掉。一个年轻人从码头另一端走来，似乎毫不在意已被淋成落汤鸡，帽檐都被雨打趴了。塔玛索按照收到的指令,沿着一个弓形的桅楼标识划定的路线找来,第一次见到了听诉官,后者正跟一个自己没见过的人说话,不过看样子他的确对总督府的官员没好气儿。跟这两人一样,塔玛索也没注意到帐篷外面的鱼篓堆后面躲着个女人,连往来的船工也没发现。她蹲在那儿,雨水从脏乱不堪的头发上淌下,满脸褶皱,衣衫褴褛,尽是支离破碎的痛楚与贫贱。她看起来比实际年龄大得多,两眼直勾勾地盯着将鱼篓堆围起来的栅栏,一只手捂着嘴,不停地念念叨叨,另一只手紧紧攥着一把类似屠夫用的生锈的杀猪刀,身子跟着口中的咕咕囔囔摇来晃去,她一遍遍重复着儿子的名字,好像他能听见并从死人堆里爬回来似的。"这艘船……"听诉官指着停靠在甲米地港的巡逻船说,"不管你愿不愿意、想不想开,都得去日本。我可不管你有没有航线图,明白了吗?"船长被粗鲁的威吓搞得心烦,正准备答应下来,又料想德莫伽大约不愿谈话被不相干的人偷听了去,便抬起下颌指了指正向他们靠近的年轻人。听诉官还在为失去手下唯一一名熟识日本航线的水手深感痛惜,上次出航不利,现在已别无选择,他不得不与巴斯克·德诺瓦埃斯取得一致。见葡萄牙人示意后,德莫伽才转过身看到恭恭敬敬立在几步远处的新人。塔玛索立时便认出了那双细细打量自己的眼睛所属何人,便脱帽躬身问候道:"上帝保佑您,早上好。我想是您叫我来的,我是塔玛索·埃尔南德斯·德卡斯特罗。"加利西亚人一边自我介绍,一边犹豫是否要掏出很久之前奥图诺就为自己准备好的推荐信。"他们捎信让我来找巴斯克·德诺瓦埃斯舵手。"他又补充说。德莫伽看着他,心里邪恶地猜想,这家伙到底做了些什么竟然得罪了有权有势的国王宠臣的秘书官。"这位是德诺瓦埃斯舵手,"德莫伽指着葡萄牙人一脸不屑,"不过眼下他似乎有其他事要忙,"他盘算着合适的措辞慢悠悠地说,"也不清楚他的船要装多少桶酒……只怕没有空间了……"听诉官向巴斯克投去意味深长的一瞥,后者便知自己只能接受提议。塔玛索直觉二人话里有话,但并未作声。"……因此,咱们最好给他点时间,至于你的任务,我来告诉你。"听诉官最后又说了一句。船长会意,略颔首后便退下了,德莫伽让他过会儿再来。而后转身跟少尉说,若非圣迭戈号失事,早就让他当助手了。塔玛索闻言立刻心潮澎湃,恨不能唯其马首是瞻,为了她,他会做好的,甚至没发现不远处鱼篓堆里有东西猛地抖了一下。

"主君,按照您的吩咐,都准备妥当了。"伊达政宗毕恭毕敬地奏报说。院子深处传来木锤有节奏的哒哒声。木匠们正将弧口凿严丝合缝地嵌入房梁的咬合处,确保裸眼不可见;石匠、花工和屋顶工也忙活着;大厨正跟监工讨论即将垒砌的灶台的大小。江户三条街的房基上,手工艺人们紧锣密鼓地为建造北部大名伊达氏的官邸准备着。尽管政令尚未颁布,但德川家康的近臣们都认为那不过是迟早的事。关原之战的获胜者利用其影响力,要求所有已宣誓对他效忠的大名暂居京都。

"如今,就等着看落网之鱼了。"人称"独眼龙"的政宗意有所指地说。两位大名在一座已建成一半、完工后将被用来举行茶道仪式的小巧建筑内交谈着。与往常不同,此时既无卫兵也不见权臣。德川家康此次微服出行,只选了近身卫队的四五名死士陪同,且均衣着老旧,与一般商人雇来保护轿撵的浪人无异。"抓到人了吗?"德川家康打破沉默问道。作为深受老式道统影响的武士,伊达政宗很清楚自己的位置,他很善于揣摩用意,回答提问前总是闭上唯一的一只眼睛字斟句酌。自京都公开行刑及石田三成的首级被莫名偷走后,他的人马就遍布全城,查访哪些人是那位奉行的亲信。对于眼前这位老谋士来说,找出城内的异己者至关重要,他绝不允许还有人妄图支持少主秀赖,进而让太阁家族重掌大权。因此,德川家康一直想找出这些人并斩草除根。"快了,"独眼大名思索后断言,"已经放出风去了,带着将军尸身的人马在下等区暂庇。"他从德川家康最得意的忍者中亲自挑选出这支小分队,因此也乐得让主君知晓。"那是距清水寺不远的一个下流场所,就在产宁坂山脚下,街道肮脏不堪,狗吃的都比人好,不过我还是不放心,咱们得实际一些,迟早会有大人物愿意收留的,他们几乎每天都在引诱城里最有权势的商人和大名……""我知道……"德川家康嘀咕着,"还得耐心点……"说话间浑圆下颌的赘肉微微颤动着。

老奉行是个面色红润、相貌粗犷、鼻子高挺的男人,年轻时戎马生涯练就的肌肉和从政后日久积累的脂肪衬得他身形十分魁梧,眉骨高凸,眉毛浓密,平滑的嘴角间是一张被岁月打磨的圆润的脸庞,浅黑的络腮胡在宽厚的下巴肆意生长,深邃的灰色眼眸里始终闪烁着他极力隐藏的老谋深算。他快六十岁了,但雄心壮志与年轻的激情仍热烈不息。他心里有个最隐秘的愿望,连对自己的妻子都没提及过,他要成为征夷大将军,绝不允许任何人覆灭他的梦想,绝不给那些蓄意破坏计划的人一丝余地。"其他人呢?"他直截了当地问。他想知道伊达政宗用来部署圈套的两队人马是否都打起了十二分精神。"已进入角色,"大名回答说,"德川家的旗已经挂起来了,他们正假装挪天换地,要找出那些敢做出如此卑劣之事的狂徒呢。我定期收到他们的信鸽,目前不论无名商贩还是宫廷仆役,都没说不帮忙,"伊达两手作势清了清嗓子,"都随时准备揭发偷走那鼠辈头颅的人呢,"提到石田三成时声调明显转换,透着真正的嫌恶。"只是,还不知谁是真心,谁是假意……我相信很快就会晓得,"他强调称,"不管发生什么,我都相信他们。本田和正做事从来兢兢业业,是个缜密能干、无可挑剔的武士。"他着重指出,既未停顿也未考虑是否应增加刚忽然想到的细节,"就是他负责在伏见城谈判,给石田三成设下陷阱的,"尽管知道这话会让未来的征夷大将军不舒服,但也确实亮明了所选人手的实力,"因此我担保,他们必将找出京都城内想支持丰臣家的人。"

德川家康看着这个北方人,尽力掩饰因在伏见围城战中采取不得已行动的反感。伊达政宗身材健硕,年纪更轻,只是修长的脸上因早年间天花肆虐留下些痕迹,倒显得岁月催人老了,两颊臃肿,下巴的皮肤也松弛了,唯一健在的那只浅灰色的眼球很像野外被风干的榆木。此人才干全面,德川一直十分信任他,甚至曾要求他公开暗示自己要另投他门,这也是老奉行为揪出异己而设下的另一陷阱。这都是德川家康缓缓而治的法子,他喜欢做圈套等敌人自投罗网、看着他们一步步按照自己的步骤不情愿地陷入迷障。由处决石田三成而引出的京都之局中,伊达政宗也是为数不多可信任的人。这位大名在丰臣秀吉去世当天就宣布对他效忠,自那以后,二人心意相通,为达成目标筹谋多年。

修建一半的茶室骨架上覆着一层薄薄的亚麻布,保证了私密性,工匠们新锯开的木头散发出阵阵辛香,冲淡了空气里咸咸的海腥味。"那么,目前为止,看来一切顺利。"老奉行似问非问。伊达一如既往地谨慎，回禀前又思虑了一会儿。他在回想京都两队人马行动进展的细节，德川家康一贯希望事无巨细都能有所了解。不过还有件事比他所想的更重要，虽然他只是怀疑，但仍认为有必要让主君知晓。"不知您是否已经听说，但我不能不提，虽然还不确定……"未来的征夷大将军闻此已立马想到几种可能，他的信息网十分庞大，不过即便如此，他还是想听听伊达政宗怎么说。"虽不能断定，但貌似有个浪人……"他尽量克制对一个在主君战败后逃走的武士的鄙夷，"有个下贱种子在关原附近杀了我们一个巡逻队的人……"德川的确收到了战报纪事，便问道："何以见得此事关系重大？"伊达政宗深吸了一口气，眉头紧蹙，沧桑面容上的点状瘢痕更加显眼了，又摸了摸那只早就坏掉的眼睛上紧锁的眼睑，这是幼时多病养成的怪癖，好像这样便能将那剥夺他审视周围世界权利的厚重障子掀开似的。"其实，还仅是推测，"北方人思量后如实回答，"有个巡逻队的人逃了出来，他的说法与在关原附近经营下等客栈的老板所说别无二致，浪人还跟他打听那卑鄙无耻的马粪蛋儿呢。"他解释说，提到石田将军时用词极尽轻蔑。德川家康轻点下颌以示认同，独眼龙也停顿下来，整了整着物的领子。"就这些？"伊达政宗又想了想才说，"不，事实上……"他有所迟疑，但直觉催促他继续下去，"他是个罕见的剑手，"想起细作曾提起此人身手了得，这样的武士本应在失去主君后决绝就死，便又提请道，"目前还看不清他的意图，但咱们不能掉以轻心。此人必有猫腻……"

"千万不能让荷兰异教徒与日本通商,南方港口的坏杂种够多了,"德莫伽想起平户港恶狠狠地说道,自奥图诺停止从马德里操控火绳枪买卖后,他已听到不少流言。"葡萄牙人和爱管闲事的耶稣会士已经给咱们惹了不少麻烦了,"说完又咒骂了几句耶稣会,"要是让奥兰治分子在那儿打通商路,通往卡斯蒂利亚的门户可就堵死了……"塔玛索仔细听了好一会儿,还是不禁起疑。虽说从日本购买丝绸,但他们还是将传教士送上了十字架。雨势不减,马尼拉闷热的空气因湿度大增弥漫起一股清凉的咸腥味。"咱们必须继续把控太平洋和印度群岛,"德莫伽按照事先准备好的浮夸辞令坚称道,"一定要阻止奥兰治人在岛上做大,此外,还得设法让所有合同都与马德里签,而不是里斯本。"说着身子微微前倾,脸上透出共谋的意味。

听诉官不过是匆匆瞥了一眼奥图诺写来的举荐信,心怀感激的塔玛索却以为好朋友必是在信中向对方慷慨陈词了,若真如听诉官所说,那秘书官的建议便不仅仅是胜任简单的文案工作了。他不敢确定,原本以为会被指派在马尼拉皇家审问院做些行政杂事,或者在繁忙的港口负责往来"王城"的船只给养,或者随便一份能让自己在东印度群岛开启外交生涯并体面回到西班牙的差事而已,却怎么也没料到尊贵的听诉官竟对自己委此重任:为与日本建立稳定贸易往来而派往该国使团的首席长官!这真是没道理,他本打算问问清楚,一想起孔斯坦萨又暂且打住了。他决不允许自己失败。少尉显然已意识到这一任命的风险,但听诉官觉得奥图诺派来的人未必知道日本内战正酣,更不会晓得那些大名反复无常,时而兴起要购置火绳枪,时而又发了狠要绞杀洋教徒。如此甚好,反正他也搞不清楚哪个才是真正的危险。听诉官在被派往马尼拉之前,曾长期担任苦役船刑罚的大法官，他从不会对自己经手的案件感到后悔，尽管他知道，每个被判处服划船苦役的犯人都无一幸免地在满身烂疮和皮包骨头的惨状中死去。现在他更是心知肚明，不管是落在日本人还是他指派的人手里，这个年轻人都必死无疑。但他绝不会自责，只是还不放心巴托洛梅·德帕洛斯能否妥善完成奥图诺交代的任务，保证塔玛索有去无回。其实他并不十分关心这些，他已拿到自己的任命书，即将搭乘下一班返航的盖伦帆船前往新西班牙。此外，多亏秘书官的歪理诡辩，德莫伽还能从一堆麻烦事中脱身，比如困扰自己许久的懦夫塞巴斯蒂安·比斯卡伊诺和那些贪得无厌的托钵会修士，他要把他们全部装船送往那个异教徒岛国。

有东西在鱼篓堆里挪动，最上面的鱼篓晃得差点掉下来。

"据我所知，葡萄牙人通过一个叫长崎的港口通商，"他佯装对实情知之甚少，"听说还有不少皈依基督教的，看来那儿就是你们的去处了。登陆后，你要确保比斯卡伊诺大使的安全，让王室扬名，要赶在荷兰人之前拿下开通商路的协议。"德莫伽说的有模有样，"跟东印度群岛一样，得是特许权协议，只有卡斯蒂利亚王室能与日本做生意。"他愤愤地说着，也是借此影射奥地利人专有权的棘手事，西班牙帝国多个大区对此颇为恼火，"走之前我会给你一份已改信基督教的贵人名单，"他说的乃是已受洗的日本大名，"还有些个葡萄牙的奸细，你也可以和他们联络。"而对前两次行动中为自己充当眼线的葡萄牙人早被那些封建大名杀死的事，他却只字不提。"要尽早动手，千万不能让还在组排人手的荷兰船队抢了先，"他想起奥图诺从可怜的雅各·克拉兹口中得来的消息，又说道，"你受战争部指挥，好好服侍塞巴斯蒂安·比斯卡伊诺大人，他刚被任命为使团大使，你今天下午会在圣地亚哥堡见到他。"安东尼奥撇着嘴说。

军需官背后不远处,一个瘦肩膀、尖下巴的人正嫌恶地盯着堆满垃圾的码头木桩。

塔玛索只得答应。"我明白。"说着伸出一只手接过听诉官退回的举荐信。这几张数月来对他意味着全世界的文书此刻只觉荒谬可笑,毫无用处。他接过来用指尖轻轻夹住,犹豫着是否应该继续保管。他总觉得此事不妥,自己被冷落了好几个月后竟获无故提拔,但又不是任职船长或中尉。"好了,"听诉官松手说道,"等船好了你就出发吧……估计最多两天。明天你得准备好所有的文件和必要通关手续。你陪比斯卡伊诺大使去审问院取吧……"塔玛索对接下来的事从心眼里感到痛苦,但他知道职责所在,为了孔斯坦萨,他会做自己应该做的。"按您吩咐的办……"他咀嚼着内心的疑虑说,"等我们回来后……"德莫伽轻蔑地打断他,佯装一无所知地说:"你们回来后应该是向特略总督或者其他人报告,"还没好气地加了句,"至于我嘛,就要准备去墨西哥城了。"而这更叫塔玛索起疑,但他来不及询问。

最上面的鱼篓又危险地晃了晃,连带着掉下好几个筐,顶上横七竖八的枕木和渔网架子都倒了下来,六七个鱼筐噼里啪啦一下子砸到地上,嘎吱嘎吱滚来滚去,溅得水坑里的积水到处都是。"你!就是你!杀了我唯一的儿子胡里安![1]"德莫伽难以置信地看着她,不自觉后退了一步,嘴巴在稀疏的小胡子下嗫嚅颤动着,想要吼出来。塔玛索一下子就认出了她,是那个之前在马尼拉大街上碰到的乞丐!花白的头发湿漉漉的,一缕一缕耷拉在满是褶皱、激愤异常的脸上,两眼

---

[1] 原文此处为菲律宾语。——译者注

呆滞,恨恨地看着德莫伽,怒火闪烁,手里拿着一把长长的屠夫刀。塔玛索认得这刀,小时候他曾躲在蒙福尔特祖宅的畜栏后面,亲眼见过春天买来被育肥的猪在冰天雪地的清晨被宰杀时,用的就是这种刀。她赤裸的脚面上溅满了泥点子,胸前敞着的破布烂衫里的乳房早已干瘪,只剩一对硕大的乳头坠来坠去。西班牙人不会知道,这已是一具复仇的残躯。此前,她想借父亲雨林巫医的诅咒杀了德莫伽,但被毒死的却只是个厨房的帮工,如今她不想再失手。"你杀了他![1]"有人转身尖叫,塔玛索用余光感到有人正从码头人群中靠近,雨越下越大了。"我的胡里安!我的儿子![2]"声嘶力竭里,一腔悲愤犹如失控的山洪奔涌而出。她马上就够到了,屠刀也已高高举起,胳膊上的烂布条随着急促的脚步乱晃,头发上的雨水顺着皲裂的脊背流下,发出安息烛般幽蓝的光。

听诉官想极力避免近在眼前的威胁,甚至没法拔出腰上的佩刀自卫。塔玛索听不懂那女人在喊叫些什么,但却记得,她上次在城门乞讨的呓语中隐约提到了听诉官的名字。与其他在大方阵服役的年轻人一样,塔玛索也曾在舒适宜人的意大利北部接受军事教育,那里是国王腓力三世的御用新兵训练营。任务总是不期而遇。这不过是个处于崩溃边缘的绝望妇人,她若想吻到他还得踮起脚尖,而少尉更是能将她毫不费力地抱起,就像他经常对孔斯坦萨做的那样。因此他轻轻松松就制止了她。塔玛索抓着她皮包骨头的手腕,她失了劲头,整个人瞬间往下滑,一双赤脚在水坑里打转,他甚至无须太用力就能感到她脆弱衰微的身子骨。她仍旧瞪着那双失魂落魄的眼睛,口中泛着白

---

1 原文此处为菲律宾语。——译者注
2 原文此处为菲律宾语。——译者注

沫，叫嚷着、控诉着杀死自己儿子的听诉官："是你杀了他！你这个刽子手！"她一边冲着德莫伽尖叫，一边用力挣脱少尉的束缚，那把不知从哪里捡来的早已生锈裂口的大刀还在手中挥舞着。塔玛索正想着如何安抚她，或许该先说些合适的话平复她。码头负责看守货物的士兵们已朝德莫伽的方向赶来。不等塔玛索回过神，一把明晃晃的尖刀已捅进了那可怜女人瘦骨嶙峋的胸膛，插在了破布低领露出的乳房上。老会计已张口结舌说不出话来，只见尖刀又被快速抽出，留下残破不堪的胸口里鲜血汩汩而出。她还在喊叫，血沫随着呼吸的起伏在听诉官尖刀划过的伤口冒泡。

港口的人一下子都围了过来，到处是喊破嗓子的号令声，士兵们正试图冲开混乱的人群，赶到皇家审问院法官身边去。他看着她在自己的手臂间倒了下去，全身血淋淋的，慢慢没了动静，一眨眼的工夫，喊叫声弱了下去，咝咝的呼吸声也越来越细微，大刀叮当落地，水坑哗的一下。"我的孩子胡里安……[1]"安东尼奥·德莫伽手里握着刀，"该死的疯婆子！活见鬼？！竟然敢杀我！敢杀我！去死吧疯子！"塔玛索只觉她没了活力，双膝着地，便一把抱住轻轻平放下去。胸口往外冒血的欻欻声听得他头皮发麻。"神经病！狗娘养的印第安人还记不住自己早被征服了吗……"挂怀着听诉官安危的士兵们早已赶来，德莫伽还在对着那女人大放厥词。塔玛索知道她已经死了，只是疑惑上司为何不放过她，他明明已经制止了她，她明明已不构成威胁了，却还是枉死。佛兰德斯大方阵的少尉越来越确信，也许奥图诺赞誉有加的尊贵的马尼拉听诉官根本就不是个好人，也不具备组织船队

---

[1] 原文此处为菲律宾语。——译者注

前往未知世界探险的头脑。距离出发还有几天，疑心重重的塔玛索觉得，最好还是花时间探究一下这可怜的叫花子的身世。他会去城里打听，再跟郊外的乞丐聊聊，然后深入雨林。他得找个人弄明白。他必须对德莫伽本人再多些了解，而这会是条不错的线索。

* * *

马尼拉郊外不远处的一个苍蝇酒馆里，巴托洛梅·德帕洛斯用脏兮兮的指甲抠了抠八字胡里的虱子，大口喝着陶罐里掺了水的酸涩红酒，口感真是糟糕。这个在战争中因开小差而幸存下来的男人生性多疑，如今却也无力逃出预感中的陷阱。他一点都不在乎受人之托去杀人，真正让他担心的是时局，若真要去那个满是斜眼黄猴子的岛国，只怕很可能会像殉教者一样被钉上十字架，那才真的令人懊恼。但问题是他已没有太多选择，德莫伽知道的太多，且很会拿那些秘密做文章。"再来一罐酒！"他朝女侍者喊道，只见她皮肤黝黑，神情悲戚，头发也被禁欲的堂区教民揉得乱糟糟的，"看是不是还发酸……"一只虱子被指甲捏得咔嚓一下，湿乎乎的。巴托洛梅·德帕洛斯正想找点乐子让自己暂时抛开烦心事。自被德莫伽派到贝湖一带巡视以来，他还没跟哪个印第安小妞有过春宵一刻呢。女侍者端汤过来，德帕洛斯那双饥渴的爬行动物的眼睛便盯着她，他真怀疑自己能否忍得住，毕竟上次堕落引出的麻烦还记得清清楚楚呢。那次他想霸占一个印第安人的妹妹，却惹怒了整个村子，还被那印第安人扑了上去，最终落得今天这地步。若不是那次意外，安东尼奥·德莫伽也不会为了安抚叛乱的伊富高人将自己流放，那些人早就受够了滥权的监护人和西班牙王室巡视员了。

第四式　耐心

武士即使无所食，也要悠然剔牙。

——日本谚语

令西乡不快的是，时日渐逝，却一无所获。在京都、大阪乃至岛国的任何一处地方，都冠冕堂皇地弥散着德川家康宣扬的和平，但平头百姓却并不相信战争已经真的结束。所有人都知道太阁的小儿子身边尽是贪权之人，就连神思最迟钝的人都担心战事再次爆发。几百年来莫不如此。此时，冬天却像个吝啬小气的商人，藏着雪不肯下。晨起总是雾幕重重，霜冻也渐渐在春天的脚步中退却了。京城宅子里的人们就快要庆祝新年了，无名小卒和穷苦之人都盼着能有一份自己的礼物。

西乡怀着巨大的担忧，继续日日监视那座紫藤豪宅和另一所住着达官贵人的院子。同时，想方设法打听巡逻队的消息，破解射猎来的信鸽留下的信笺，只是无论他如何绞尽脑汁，还是毫无进展，一点也琢磨不出那信中诗句的含义。此刻,他临时栖身在郊外一处废弃的寺庙里,借着不知哪场战役留下的残烛之光,忍着困意,耗了十几炷香的功夫,一遍遍试图破译。在每一张为免留下线索而最终揉皱烧掉的米纸上,足轻都画上方格,再将方格分割成棋盘一样的小方格,然后在每个格子填上经典伊吕波歌[1]的假名,这是一种包含完整音节、在寺庙里代代相传教孩子们识字的和歌。在此基础上再添一行一列,并在每个格子写上和歌假名,新添的行列便与原先格子内的假名形成二向值,如此一来,可在横纵两个方向分别对应和歌原文与组合诗句。这也是在朝鲜战争和关原之战中所用的解译法。只是,尽管已尝试了许多组合,却还是得不到任何有意义的答案。时间一分一秒过去,他担心时日无多,便转向其他调查渠道。

他在产宁坂一带打听时,从胆小怕事的山民口中听到些传言。很多人都认为永远不可能抓到偷走将军头颅的狂徒,还有人说那些叛乱者已经出城去了大阪,他们都是为丰臣太阁的继承人及其小团体效命的,目的就是发动一场推翻德川家康的政变。但西乡不愿相信,若果真如此,自己监视的那些人早该追捕偷盗者才是。他一直十分谨慎,尽量让人们连他问过什么都别记起。也暗自跟踪花柳巷豪宅的供货商们,渐渐挖掘出有关德川家武士的更多细节,尽管这些人看似无所作为。经过慎重调查,西乡十分确信那帮人正将京都掘地三尺,寻找将石田三成将军首级带走的人。然而,等待始终让人心焦。他担心万一巡逻队没能发现关于窃贼的任何踪迹,到时再从其他线索入手就为时已晚了。国家正陷入关原之战获胜者带来的巨大变革中,时事总会瞬

---

[1] 一种将日语假名按次序排列的方法。由于内容有实质意义,可视为全字母句的一种。——译者注

息万变,听说许多大名是被未来的征夷大将军胁迫着来江户长住的,便于就近监督和确保他们的忠诚,这在京都已是人尽皆知的秘密。即便是面对这昭然若揭的手腕,每个人仍佯装喜悦、感激与荣幸之情。西乡可以想象,一旦这些大名把家人留在封地来新都定居,江户就会成为令人烦厌的阴谋穴巢,各人的性命犹如一线牵,任何被恶意揣测的举动都可能招来德川家康的切腹之令,更糟糕的还会对他们留守封地手无寸铁的家人进行报复。这不免又会引起新的动乱,或是有大名要将老奉行拉下台,或是丰臣秀赖得到新的支持。无论如何,若是战乱再起,他便没有机会完成使命了。因此浪人决定冒险一回,要么按兵不动,要么去佐和山城附近打探情况,那里原是三成的封邑地,德川家康复仇后将三成赶出,把城池交给盟友井伊氏。若是在那儿依然找不到解开伏见城谜团的答案,他就自己去找叛徒宇喜多秀家。只要赶在德川的人马之前找到他,说不定那位在关原大战中投降的大名知道一些关于三成的事。

足轻思虑良久,好不容易才想出合适的路子,尽管很危险,但还是决定接近那些自己监视的人。听绣匠说,巡逻队的头子和西乡一样,都是九州人,有个老家人都割舍不下的爱好:蜘蛛格斗。西乡便据此伪造了一个便于进入京都赌场的新身份。他置办了些新衣,送了些礼,还着意练习如何使言谈清晰不带口音。最重要的是他费了好大力气拿到了邀请函。快亥时了,他该动身了。

此处干净开阔,十五张上等叠席整整齐齐地铺在地上,无论从哪个方向看,都找不出三个以上的弯角。其间以拉窗隔断,横档是糊着米纸的木框,其余便是有着纵横交错格子的隔扇。屋内唯一的装饰是精巧的凹间,墙上挂着一幅长在积雪峭壁旁的劲松图,倒与时令十分相宜。这是一幅大师之作,对水墨浓淡恰到好处的运用体现在挥毫的每个瞬间,赋予画面无尽的层次感。黑色的树干刚劲有力,地上的杂石应着两笔轻描绘出的地平线,海洋安谧平静。房间布置尽管看似简约质朴,却收藏着狩野派画师的作品,看来主人必是出身权贵。此外,为了突出画作,家境优渥的东道主还特地选了一块边缘极不规则的原石置于画面下方,光是这石头就值好几个小判金[1]呢。原石与画作浑然一体,看起来仿佛不到一拃长的微型远山,从灰色片岩尖脊生出的象牙色纹路好似飞流直下。这水石歇在精心放置的不对称青朴托盘上,立体的坡度像是要逃逸出去与上方的挂画相会。整个场景给人一种推窗遥望只见绝壁陡崖朝海岸缓缓延伸的静谧。然而,只有西乡对眼前的平衡美学自得其乐,其他在场的人则呶呶不休,说着些无聊琐事,对即将开始的赌盘翘首以待。浪人自知此举危险,便静观其变。

  一小撮人在屋子中央分成两列,中间是宽敞的酒水席。还差两位就够十二个人了。从样貌看,这些人虽营生不同,却都是一样的有财有势。西乡小心翼翼地混进人群,尽量不被察觉身上的衣裳是从京都纺织区买来的。他假装自己是做墨水生意的颜料商人,就跟当初在关原小酒馆碰到的那位醉鬼一样,神情庄重,别人都以为他是极看重格斗比赛的人。场内除了客人们倚着的长搁脚凳,只有一件绸条做成的形似小型绞刑架的家具放在厅内一端,旁边是主人的坐垫。为避免争

---

[1] 日本江户时期通用金币之一。——译者注

吵，主人时常充当格斗争议的调解人。离地约两英尺的敞亮平台上，一段未经雕琢的鲸须做成的悬杆架在一团小小的原木上，西乡幼时见过这种装置，这便是蜘蛛的格斗场了。温热的酒壶里盛着做好的米酒，还有芜菁寿司和仿着南方岛屿洋人的做法蘸裹面浆炸好的菜品，炭盆里的火光一闪一闪，照得屋里温暖宜人。除了西乡，所有人都迫不及待地等着格斗开始。

如往常一样，夜渐渐深了，清酒喝的越来越多，赌注越来越大，气氛也越来越紧张，所有人都是不争钱财争场面。西乡还记得几年前在九州，曾发生由于不满调停结果而大打出手血溅格斗场的危险事故，害得调停人的儿子一早就逃了。因此，依着同样斗殴不断的花柳巷的规矩，所有押注人进门前都要解下佩刀，确保无械入场。不过，西乡还是在新和服的衣袖里藏了五根打磨好的尖刺，这是此前伏见城的忍者教自己做的，那时他们彼此间十分亲睦。尽管只是些人称手里剑的利刃，但只要能像蓝衣忍者一样精准利用，也足以要了许多人的性命，只需将其小心置于掌间用指甲射出即可。这是一种源自先祖们的技艺，据说在古时候，强人异士们能像山里的巫师一样把极细的针射入敌人的眼睛，一招毙命。目前，西乡还只是观察着。身后有几个人拿着用简易支架撑起的针织网袋，里面是四角拉长形成的X形木架，腹尾硕大的蜘蛛在上面等待着，灯笼照得它们背上黑黄相间的条纹如波浪般起伏。他等的名叫本田和正的人还没来。旁边一对夫妇正讨论本土丝绸和中国丝绸的区别。二人看起来是做纺织品生意的，言语间对关原大胜给与传教士通商的藤野行和其他各地带来的影响深表担忧。年关将近，正是清账偿债的时候，他们着实不愿因老奉行禁止与洋人做买卖落得囊中空空，毕竟洋人对粗面料出价极好。老妇人们喜欢把蜘蛛装在小匣子里,过一阵子再带给那些她们认为能读出蛛网寓意的人。这或许是个好兆头,说不定能碰见,尽管浪人一直觉得,彼此相识最好的方法就是拿起手里的武士刀。糟糕的是,他已有些作茧自缚,自己的相貌只怕早在德川家康的队伍里传开了。即便如此,西乡还是啜了一口米酒,继续等待。

"我叫埃尔南德斯·德卡斯特罗……[1]"耶稣会士听了疑惑地摇了摇头,他身材瘦削,却总希望一切都像献祭的圣杯一样一尘不染。船体晃来晃去,海浪虽不是很急却很考验船长稳重操作的功夫。"但愿不虚此行……"修士沉思了一会儿说。半信半疑的塔玛索将舌头紧贴下颚,念叨着刚才那些奇奇怪怪的词语,忽然想到一个问题:"我不明白,反正他们听不懂,为什么不直接自我介绍叫塔玛索呢?"修士挠了挠眉毛,搔下一根头发,紧绷的额头将刘海下的褶子悉数抚平了。这个浑身没什么肌肉的男人总像新采的树枝做的吓鸟的草人,一双敏锐的栗色眼睛因年岁增长种下的黄褐色斑点有些黯淡,剃剩的为数不多的头发已全部花白,像一团乱糟糟的毛线,覆着从肌骨里长出的一条条皱纹。"哦,恭维点说,说不定他们会发音,就是听起来不像,"修士手指摆来摆去,肯定地说,"不过我觉得他们未必会另眼相待。日本人极看重形式和礼仪,当然,我是说他们自己的那一套。"他提高了声调进一步说明。"那些东西真让人匪夷所思。他们对血脉家世

---

1 原文此处为日语。——译者注

也有相当严苛的规矩。就连我……"他朝胸前指了指,"一连几个月跟他们待在一起,还让我写出祖上好几代亲属的名字呢,好像我真能记起来似的……"塔玛索觉得这与中古时期的西班牙并无二致,任何人若是不能证明自己出身正统的天主教家庭,便会被认定为私生子。许多人要花重金才能遮掩自己有个摩尔人曾祖父或是犹太人叔叔的事实,诸如马德里之类的地方便出现数以千计从事伪造绅士头衔和贵族身份的公证员。"……要知道他们把家族名望看的比自己的声誉重要得多。那个我跟你提过的贵族德川家康就是。"他挑了挑眉毛,"德川是姓,即便如此,只有最心腹的亲朋才叫他家康。当然,举这个例子可能不太妥当,毕竟他以前叫松平竹千代,后来才改了名。""什么?"塔玛索不禁问道。

说话间,因准备不足就接受大使任命而被称自大狂的塞巴斯蒂安·比斯卡伊诺从两人身边走过,听到谈话露出一副鄙视的神情便走开了。与塔玛索不同,比斯卡伊诺尽管已被委任为大使,但对了解岛国令人费解的文化一点儿也提不起兴趣。"对,是这样,就是改了名字。"修士抬头说,"先是叫松平竹千代,后来……"他将一根手指在空中转了转,"得了皇帝的敕令,改为德川家康……事实上情况更复杂,他先是自称源氏支流新田氏的后人……"少尉已不知修士所说何人了。"还有更错乱的呢……由于收养、联姻,还有离婚!可不能漏了离婚!"修士有些不快地说,"没过几年,表兄弟变成了叔叔,侄子成了养子,祖父母成了爹妈,"他掰着十指一个个数着这些混乱关系,"岳父收养女婿的兄弟当儿子,再娶小姨子为妻,养子又跟胞妹结婚……时间久了,真分不清谁是谁了……"说完喘了口气,稍缓言辞间对日本人扑朔迷离的家庭关系的嫌恶。"总之,"他摆摆手努力平复，继续说，"倒并非名字有多重要……小伙子，"他深吸一口气，"也可能是我自己搞错了，也可能他们自有称呼你的方式……比如叫你水手或者船长之类的……"

一直留神二人交谈的另一位修士路易斯·索特罗走了过来，他比被德莫伽任命为大使的那位更害怕去日本。与塔玛索闲聊的耶稣会士克里索斯托莫·费尔南迪斯见他近前，很是傲慢。不远处一个还未适应海浪颠簸的船员正趴在绳索旁上吐下泻，这让修士的解说显得不那么严肃了，却叫塔玛索更没了信心。除了两位互相看不顺眼的神父，听诉官都选了些什么人参与此次关系重大的远航呢！居然有人晕船！少尉越想越没信心，但只能强忍猜疑。"你会发现，大多数百姓甚至没有自己的名字，只以职业做称呼，"修士提着嗓子不屑地瞅了一眼方济各神父说，"所有人都是……"他沉吟了一下，"比如所有卖果蔬的都叫八百屋，还有小工、木工和其他你能想到的人皆是如此。有名有姓的都是贵族……和武士。"他说起武士特意强调，"还有皇室成员和为数不多担任要职的人……啊，对了，还有僧侣。"他像是想起了什么了不得的人赶紧补充，"他们一般因修行的寺庙或出生地为人所知……不过即便如此，或许塔玛索能将他们收服呢。"他耸了耸肩开起了玩笑。路易斯神父一直想插话，可不等他开口，一阵巨浪便向圣哈辛托号拍过来。三人被抬升的甲板摇来晃去，各自拼了命维持平衡。方济各修士比克里索斯托莫神父肥硕得多，一时脚下不稳，若不是状况尚佳的塔玛索帮忙，差点就被舷弧磕得满地找牙，耶稣会士却不管方济各修士的死活。这样触目惊心的淡漠对塔玛索并不足为奇，这就是水火不容的两个人。

正当两位神父各怀鬼胎面面相觑时，塔玛索捋着小胡子陷入了沉思。他已感到，耶稣会士克里索斯托莫之所以介绍日本之事是出于自身的利益考量。尽管他还不清楚动机，但这位神父似乎坚信此行能有不少好处。一看比斯卡伊诺大使一点也不为船队着想，克里索斯托莫便寸步不离地守着少尉。塔玛索知道，耶稣会士希望作为首席长官的他能在登陆岛国后比大使更堪用，毕竟那位外交官大人只会对这差事抱怨连天。这没什么不好的，无论再怎么不信任，他都决定，只要能让这支荒唐的使团尽可能做出些成绩，自己会扛起一切必要的责任。只有功成名就，才能征得阿克西奥利大人的同意，才能让他把女儿嫁给自己。然而，无法洞悉耶稣会士的真实动机还是让他有些懊恼。据他所知，耶稣会士是布尔格斯名门之后，家乡瘟疫肆虐时做了神父，曾在德莫伽为圣迭戈号招募日本雇佣兵时担任翻译。按照听诉官的说法，克里索斯托莫神父会大有用处，不仅会日语，了解国情，还自称认识在长崎传教、能对使团有所助益的范里安[1]。事实上，后者早在几年前就同其他传教士一道被驱逐出岛了。至于方济各修士路易斯·索特罗，此人样子虚浮，面色红润，两腮胡子打理得很精细。塔玛索只知道他喜静，口音像是塞维利亚人，听他提过萨拉曼卡大学。唯一能确定的是安东尼奥·德莫伽将他从迪劳叫去，这位修士一心想让当地菲律宾人皈依耶稣基督。不知为何，除了塔玛索本人，圣哈辛托号上最希望这支西班牙王室遣往日本的使团大获成功的似乎就是他了。少尉没有搞错，二人皆非善类。若是善类，也不会与德莫伽扯上关系。两者虽表征不同，却都是一心擅权之人。在耶稣会横行岛国多年后，据称教皇终于同意方济各会和多明我会等较小的教团在日本传教。克

---

[1] 耶稣会意大利籍传教士。1574年被派往东方传教，曾任中国和日本教区视察员。——译者注

里索斯托莫神父和路易斯·索特罗修士都盼着借此机会在岛国独揽大权,二人都渴望被任命为日本大主教,好让对方的教团无立足之地。有了这两个不一般的冤家,再看看其他登上圣哈辛托号的人,塔玛索觉得德莫伽真是把全马尼拉最不招待见的人都搜罗齐了。

"说得不错,"方济各修士假笑着,"倒也没那么奇怪,毕竟马德里也有类似的姓氏……萨帕特罗、巴纳德罗,还有以地名相称的,比如德布尔戈斯。"说完举起一只手似乎要在想象中的耶稣会士的画布上修改一番。克里索斯托莫神父瞪了他一眼,没好气地问道:"这你也信?你自以为对日本无所不知吗?"他提高了声调,"但愿不是天壤之别……"塔玛索自知插不上话,便继续沉默。"跟你说再多,你现在也理解不了,"克里索斯托莫神父阴阳怪气地说,"日本人就像……就像教堂里的地下墓室,光明灿烂之下有无尽的死角……看书反着看,穿布衣素服却美其名曰尊重,沉默反而比说话更意义重大……穿针时不是拿线找针而是把线定住,用针寻线……左为右,上为下……老话说,日本人有三颗心,一颗为朋友,一颗为家人,另一颗嘛,连他们自己都不晓得是留给谁……凡此种种就是他们教养礼仪之大限了,只是笑容满面之下总藏着无尽的恶意……大名们只要见老百姓下跪行礼慢了一步或是回答问题时吞吞吐吐,就能砍了他的脑袋,更甚者纯粹因为他们乐意杀人,连由头都不需要……"塔玛索的确听过残暴的日本雇佣兵在毛里求斯甲板上斩杀奥兰治分子的事。"……织田大人去坂本城时我也在,"克里索斯托莫神父突然提起,好像大家都知道他说的是谁似的,"看得出他当时已准备好向比睿山[1]的僧侣复仇了……"

---

[1] 别称天台山,日本佛教圣地,中世纪日本宗教势力的一大象征。同时也是反抗织田信长的宗教势力之一。——译者注

耶稣会士显然受了日本人洁癖的影响，身着橘黄色苦行衣，用海员们的话说，洗澡洗得比贻贝还勤。他整了整袖口的绒线，接着说，"他集合了所有兵马，共有三万人，"修士的目光越过船樯看着海面，"连最没头脑的人都看得出来，他是打算破釜沉舟了……和尚们知道后，立马给他送去三百金锭！三百啊！每锭价值五十两白银，"说到此处修士特别做出诧异状，"结果，权倾朝野的大名织田信长一个子儿也没要，还声称去比睿山并非为了钱财，而是忏悔自己的过错。和尚们知道后居然觉得仁慈的信长会放过他们。"耶稣会士说着从苦行衣内掏出一个小十字架，在汗涔涔的手上来回摩挲。小十字架上的受难者脚下刻着一个骷髅头和两节骨头，这是传教士为东印度群岛的信徒们准备的交换十字架，少尉知道，那象征着神的羔羊耶稣基督对邪恶的胜利。"……他们以为他不会毁了山王像，那可是自古以来就供奉着的惩恶之神啊。"索特罗修士不以为然，听到这儿不悦地摇了摇头。"因此，仍抱有一线希望的僧侣便尽数集合在比睿山顶，甚至说服所有坂本城内的人与他们一道，包括女人和孩子……"一阵陡然的沉默中，修士整了整苦行衣的胸口和腰带。"可是他们错了。伟大的织田信长像个自视甚高的地狱恶魔，"他带着明显的怨恨继续着，"一声令下将全城的人尽数杀光。没留一个活口……一个都没有……但光是杀害那些无辜性命他并不满意，为了向僧侣们表明他对他们敬仰的山神根本不屑一顾，第二件事就是烧毁山麓地带的所有寺庙。可是……"他声调低了下去，忽然又痛心疾首地大声说，"这还不够！不等聚在山上的人反应过来，织田大人就朝山顶进军了，那些骄奢的糊涂蛋这才开始反抗……却完全无力抵挡如此暴烈的袭击，最终跟坂本城的男女老少一样死无全尸……第二天，信长又放火烧了山王寺。可这依然不够！寺里余烟未散，万民景仰的织田……"他讽刺道，"就派了许多火枪手上山去打猎，誓要把躲在林子里的生灵都找出来。他从未想过放过任何一条性命！哪怕一条啊！"塔玛索从修士的讲述中听出一种沉重的罪恶感，也许某种程度上不乏演绎的成分，但修士的神情表明这段惨痛的历史是真实存在的。"而这还是不够！伟大的、尊贵的、有权势的、战无不胜的织田信长还不满意！他复仇的怒火不熄！对功名的渴望难平！他指挥军队再次进攻只剩断壁残垣和遍野尸骸的坂本！打家劫舍，连贫民屋也不放过。比睿山大大小小百余座寺庙灰飞烟灭。织田信长的人像灭世天使一样，一丝不苟执地执行他的号令。火光冲天后到处是灰烬、残瓦、尘埃、尸身和断肢……"克里索斯托莫神父不由深吸了口气，空气里的硝石味提醒着他已离开大屠杀之地。"听说死难者总共三千人，三千人啊！出家人、俗家人、女人、孩子……很多孩子……"

一时间大家都沉默了，只有大海仍在寂静里荡漾。"不过，据您所说……"方济各修士插话了，"那位织田信长已经离世了……"耶稣会士闻此抬头，怒目而视，很显然所有那一切都是他再不愿提起的回忆。"是的，死了，当然死了。"他半带讽刺半带放肆地说，"可继他之后还有他的征夷大将军、伟大的太阁、日本的统一者丰臣秀吉呢！就是妄图征服朝鲜的那位，"他以孩童般嘲笑的口吻继续说下去，"此人生了一副猴子脸……在长崎下令绞死了二十多位传教士，还假模假式地要受洗，却将我们全赶出了日本。"修士的声音越来越低，最后只听到一句怨愤的呢喃，"就算这位太阁也死了，取而代之的也早已上台……"

海面起风了，几个船员正按照船长指示升起船帆。

* * *

马丁·巴尔德斯自童年起就食不果腹，可就连他也没法忍受船上味同嚼蜡的吃食了。此前去往王城的途中，他以为成天啃那些硬邦邦的劣质面包真会把牙齿硌得一颗不剩，一想起又苦又酸的菜干就没一句好话。可是如今，连续多日除了吃点面包屑和在货舱找点残羹外，他们再没半点吃食了，马德里人记忆里变质返潮的面糊糊竟也变成了山珍海味。

她从噩梦中惊醒，麻木的身体好一会儿才有知觉。她费力地睁开眼睑，穿透黑暗的强光像是带着戕害而来，疼痛一下子从眼睛某处传遍全身。她不知身在何处，只是挣扎着喘着粗气，极力摆脱那可怕的梦境。不是在床上，她摸不到床头的金银丝雕饰，思念塔玛索时她的手总在上面来来回回无数次地摩挲。一阵病态的光亮笼罩在周围，眼睛每眨巴一下都似乎要爆裂开来。她想擦擦脸，却发现两手被反绑在背后，小臂像被鞭子抽着一样痛，手腕更如撕裂了一般，粗糙的绳子恨不得让人皮开肉绽。孔斯坦萨正觉得呼吸困难，快要晕过去，突然惊惧地想起一切！癫狂的笑、仇恨、鲜血、靴刺小伙骤然死亡时喉间近乎窒息的呜咽、被冰冷的斗篷蒙住的恐怖，还有奥图诺！她差点尖叫出来，另一阵疼痛却在张嘴的刹那从头皮直至颈背。她想看看伤口，手腕却被绳子磨得生疼，只能无力地呻吟。她等了一会儿恢复体力，而后靠着指尖的力量支起身子，这一动却引得手臂上敏感的皮肤像被成千上万只虫子咬着。她不再粗喘,而是一边奋力挣扎一边任由泪水在脸上滚落。她正处在一个桁架式阁楼上,身体扭动带起的灰尘四散飘着,从脏兮兮的窗户射入的正午阳光照得蛛网明晃晃的,虫蛀的地板稍稍一动就咯吱咯吱响,到处是呛鼻的粉尘味。这里似乎是某座农庄的顶层,屋顶支架的楔子嵌入墙上的毛石中,还看得见渗出的灰浆和虫蚁的窟窿,仅有的窗户旁边有些风干的猛禽粪便,隐约可见几节发霉的细骨头,还有几个粗木箱子,除此之外再无他物了。

随着头脑逐渐清醒,她注意到的细节也越来越多。一只肥大的屎壳郎拖着坚硬的甲壳,在其中两个"食库"间拱来拱去,在积尘里犁出一道沟槽,像是一辆淤泥里的微型老牛破车。向上看去有个粗木箱,上面带有铁片铸成的图章,令她想起一种以百合花为两翼的十字架,似乎是传达军令所用的图章。再转过头能瞥见绝大多数木箱的产地号牌。裙摆来回蹭磨,扬起地上的灰尘,空气里瘴气腐臭的味道熏得嗓子越发干涩,不由得要用力咳嗽几声,又怕被楼下的人听到,只能尽力小声抑制。她有点晕,快要昏倒过去,整个生命一幕幕从眼前闪过,不觉间竟靠着手掌倚住木箱的力量将身子支起来。她赤着脚,脚上落满了灰,地板是未经打磨的宽板子老木头,已在年月里湮没成灰色,被虫蛀得千疮百孔。她每往前走一步,都像经历着帕切卡曾细细描述的初产的痛楚,一用力,后背的伤口就裂开,血滴往下流,衣服已不成样子。走到窗边却几乎看不到外面的视野,窗玻璃粗制滥造,形同虚设,上面还覆着已经干裂的泥层。房主似乎尤其在意此处的隐私,奇形怪状的玻璃分明宣告着阁楼上的秘密。她弯下腰,尽力凑到一个缝隙跟前朝外觑寻。透过这一团干巴巴的泥巴裂缝,隐约看到一些光秃秃的树冠随风摇曳,一只黑色的猫头鹰在急促地叽叽咕咕。这不是马德里,视野里看不到任何熟悉的建筑,只有一片枯林。

"我看你醒了……"孔斯坦萨没听到有人进来,但立马分辨出了声音。是奥图诺惯有的冒着唾沫星子的谄媚语调。"可能你想清爽一下,我给你拿个洗手盆。"宠臣秘书官若无其事地说,极温柔殷勤。他顺着贴墙的几节破破烂烂的楼梯上来,木箱几乎塞满了空当处,只能瞥见最后几节阶梯。孔斯坦萨正要忍着恶心转过身,他就凑过油光满面的脸来,"别担心,"他指着她皱皱巴巴的衣裙,"以后你想要多少有多少……"他那含了蜜似的语调听得她汗毛直立,回想起马厩里的一切不禁惊惧地望着他。她一个字也说不出,只能往后退,反绑的双手撞上窗户的棱木,拼了命咬紧牙关才没叫出声来。"土地,帮佣,还有珠宝!你要多少有多少!你会过得像玛格丽特王后一样。"奥图诺满脸谄笑,两眼放光地承诺着,"我都为你准备好了。"他边说边靠过来,"我苦心经营数年,早在宣布迁都前就在巴利亚多利德投资了田产,我给莱尔玛公爵出谋划策,在东印度群岛也有些买卖,我可以给你想要的一切!你想要什么都可以。多亏了这个职位,我已经积攒了一大笔钱……都是咱们的!"令人沮丧的是,奥图诺并未在孔斯坦萨身上看到期待的回应,"过几天咱们就出发……"秘书官激动难抑,近乎亢奋,却没意识到允这许诺间,他已将自己的罪行宣之于口。孔斯坦萨紧靠着窗户,忍着手腕的剧痛,极力远离不断靠近的龇牙咧嘴的怪物。"我们会幸福的,会很幸福。"他继续说着,语气中竟第一次流露出一丝犹豫。侍女大睁着眼睛,寻找逃逸的方向,但唯一的出口就是奥图诺身后的楼梯。他当然注意到了孔斯坦萨惧怕的表情,那是昭示现实的一盆冷水,真叫人绝望,叫人想逃!他很快想到自己已失去职务,不能再返回马德里,他已不再担任王廷要职了。这都是拜她所赐！她竟看不到他要给她的一切！他全部的爱！他那么爱她！她要负责！

孔斯坦萨嘴角颤动，汗滴顺流而下。她看着奥图诺闭上眼睛，表情由亲昵转为蔑视。都是她的错，愤怒在体内沸腾，他不自觉攥紧了拳头，力道之大指甲都扣进了指间的细肉里。她竟然喜欢那个只有古老没落的姓氏、家产满是窟窿的穷酸鬼，她竟然将他看得比自己还重，自己可是从金塔操控数百人生杀大权的人！恨意在每个毛孔发芽涌动。"我能让塞维利亚、马尼拉和马德里的一切都按照我的意愿进行，连宠臣的签名也是我代劳的！"他的声音渐渐充满怒气，声调越来越大，"那些个敢在我生意上作梗的人已统统被我下令处死，我可握着很多人的命呢……你阻止不了的……我们会幸福的！照我说的做！"

然而，孔斯坦萨并未如他期待的那样做出反应，只是一脸惊恐地往后缩。奥图诺视而不见，继续着，"他要死了……"他的低语声细不可闻，似乎是不敢说，而她也几乎听不见。"他要死了，可能已经死了。"奥图诺的声音随着每个音节的蹦出越来越高。"死了！"她应该匍匐在他面前，忘了塔玛索，但她却没有，这更让他愤怒。"死了！！"他简直在怒吼。这次她终于明白了，她望着权势滔天的莱尔玛公爵的秘书官，不肯相信他话里的含义。"死了！"他毫无廉耻地吼着。"死了！塔玛索死了！"他将指甲深深地扎进手指喊叫着，"死了！"怨恨与唾沫星子一起从嘴里飞出。她不明白他在说什么，她不愿相信，这不是真的！"不……不……这不可能……"年轻的侍女已语无伦次。"是的，是真的！要么今天，要么明天。我不清楚也不在乎，不过，即便他现在不死，也快了！我已经下令。你可别以为我做不到。我已经得到了一切！"他两手抓住木箱叫嚣着。"我可是连东印度议会和国王本人都敢偷骗的,难道你以为你能阻止我吗?不,不会的。塔玛索就要死了。他正在去日本的路上,永远都不会回来了……"或许还有希望,或许还有时间通知他有所防备,她想起这些不禁脱口而出:"怎么可能……塔玛索他……你做了什么?"听到那个名字从她口中说出简直让他发疯,奥图诺又往前几步,抬起手,要以一切可能的暴力方式发泄心中的怒气。他想一遍一遍地打她,惩罚她。"塔玛索死了,你听到了吗?死了!不会回来了!永远都不会!"她已没有心思也无法镇定自若地自保或屈身,她只知道他似乎还不确定塔玛索是否已经没了性命或者即将没命,这是她唯一坚持的希望。他肯定还活着。她确信,若非如此,她肯定会知道。奥图诺这个瘦小的男人此刻竟使出全力,恨不得将所有身体的重量都加诸那圈禁着愤怒的鞭子!孔斯坦萨立时跌跪在窗下,身体连同脸部一起蹾倒在地上。她挣扎着肩膀,想解开双手,撑住下跌的身体,在马厩被奥图诺打伤的颈背又开始渗血,脸颊火辣辣地疼,嘴里舌尖都是血腥味,但这一刹那她唯一所想的是他可能还活着,很远,在想象力所不及的远方,但是活着!"他不会回来了!不会回来了!"怒不可遏的奥图诺咆哮着,手臂再次抬起,准备一次次扇她耳光,扇到她明白现实,扇到她屈服求饶,"再也回不来了!"这些话远比挨耳光疼,比手腕的勒伤疼,比膝盖的擦裂疼,因为没有他的生命将毫无意义。"永远都不会!"忽然,一切正如开始时那样瞬间结束了。奥图诺不再神气活现,只是嘴巴颤抖,太阳穴的瘤子被汗水浸得油光锃亮,脖子的血管急促地跳动着。她瘫倒在脚下,身体在啜泣中抽动。一切竟不是如他所料,孔斯坦萨必须明白什么才是适合她的!她应该表现出狂喜与感激才对!奥图诺在狂怒与失落中歇斯底里,"永远不会!"随后便转身往楼梯跑去,他必须离开这儿。

"冒昧打扰,神父,"一位脸色如油橄榄一般的安达卢西亚船员插话道,"只是想告诉您请在马桶内小解,别在船舷旁边……"塔玛索看着这滑稽的一幕。耶稣会士明显不悦,再不想继续介绍有关日本的事,遂先行走开。此刻只剩他们二人,少尉应询很客气地向方济各修士指了指那地方。不过,路易斯·索特罗看似并不相信,正在附近转悠的巴斯克·德诺瓦埃斯亦不能免俗地对此感到好奇,索性挥手鼓励他前去。只是方济各修士仍一脸疑虑,举止平易近人的首席长官见状近前,沉默稍许后忧郁的脸庞竟现出一丝笑容,并向修士解惑道,"就是那儿,你就在那儿方便吧。"他指着绑在船橼边的木桶说,上面的盖子肮脏不堪,恶臭难闻。索特罗神父仍旧无甚把握地盯着那木桶,嘴角难为情地叹了几口气。

正当方济各修士犹豫不决时,一面充当风信旗的大披巾引起了巴斯克·德诺瓦埃斯的注意,水手长立时没了笑容,又回到近几个礼拜以来缄默寡言的状态,他得去调整航向。他明知手里的水路志信息寥寥,不过是从多年前一位嗜酒成性的航海者那里抄来的摘记,却还是同意了带领圣哈辛托号驶往日本。西班牙人德莫伽向他许诺了丰厚的钱财和其他诸多好处,还有若继续讨价还价便要自食恶果的威胁。只是,致富的可能与摆脱马尼拉听诉官控制的确定性并不能保证海面会风平浪静,更不能阻止海盗靠近,或是预知未在航线图上标注的暗礁。他很清楚这一点,他曾招募英国人进行过探索北部航道的疯狂航行，大海极少会宽恕那些不称职和粗心大意的人。此外，他也不确定风向是否有利，尽管从未向听诉官提及此事，但对于当季是否适宜远航他心里着实没底。再加上船员数量有限，其中许多还欠缺经验，大都是德莫伽强塞上来的；压舱物也不足，要操心的事太多了。因此，若方济各修士不想在应当的地方腾空他的膀胱，他也无意坚持，毕竟自己已背负太多。

葡萄牙水手长嘟嘟囔囔往船尾走去，身后的修士还在踌躇不定。塔玛索仍旧笑着。安达卢西亚船员似乎对那胆小鬼心生怜悯，便解释道，"英国人尤其喜欢用这玩意儿，有人觉得还不错，"他指着木桶，"等过几天尿液在室外晾干后，冲洗起来很方便呢。""什么？"索特罗神父惊愕地往后退了退，尽量避免闻到海风中呛鼻的尿骚味。"总之，我也不与你细说了，"船员向塔玛索投去共谋意味的一瞥，耸了耸肩说，"那尿液在空气里晾几天后，用来清洗别的东西很是有效呢。"边说边两手做出在木板搓衣的样子。"明白了……"方济各修士回答道。塔玛索正回忆安达卢西亚船员姓甚名谁，后者则睁着灰溜溜的双眼看着神父，深褐色的眼睑几乎与瞳孔融为一体，神情宽厚顺从。"哦，若诸位不介意我说得这么直白，他们还在甲板上朝我拉过屎呢，"他咧着满是豁口的牙边笑边说，毫不顾忌，"我在海上的时间可比陆地上长多了。我跟你们保证，这还不算我在船上见过的最糟糕的习惯。说实话，我觉得最不讲卫生的是佛兰德斯人……咱们要是碰上哪怕一艘荷兰人的船，你们肯定都想放火烧了他们……"塔玛索还清楚地记得刚应征入伍准备去意大利北部时，父亲曾反复严厉告诫过他，他就是在那儿接受训练而后又前往低地国家抗击奥兰治分子的。因此，他并不喜欢安达卢西亚人与神父对话时的说教腔调。

"要是咱们被瞄准，那可就惨了，"方济各修士有点恼火，一本正经地说，"我这就走……上帝会保佑我们的……""不是我非要挑你的毛病，不过一枚石弹可要不了你的命，除非你是被连续命中，那可真就成一摊肉泥了。两脚在船，上帝永生。被碎石砸死的可比火炮打死的多多了……"安达卢西亚人用布满老茧、指甲秃裂的双手比划着，越说越细。"只要不是被有意让帆船落单的连珠炮集中，一枚子弹就让人毙命的事还真是少见呢，"他继续说着，对自己的夸大其词很是满意，似乎那是连黄口小儿也知晓的真事。"过来吧，反正时不时地总会少胳膊少腿，运气不好的话，断个脊背。不过最坏也就如此了，这样的事儿比比皆是，"他说着两手合拢，似乎正拿着柚子大小的某物，"若是甲板被打中，尖利的碎片会随着强劲的西北风从四面八方飞来，"他张开双臂将其与甲板平行，"所以，被扒皮破肚或是被横木刺穿的情况倒是更常见呢……"

天空万里无云，但海浪却似乎要反其道而行。巡航船开始颠簸起来，仿佛已预感到地平线另一端等待自己的是什么，正竭力就此停步。少尉表情严肃，插话说："咱们最好还是让神父自己处理吧。"私密性似乎已是船上仅有的奢侈。脸色如柠檬般青绿的安达卢西亚船员还想说几句下流话，但见少尉神情果决便不再吭声。身材短小的奥努瓦人[1]自带葡萄牙小酒馆的流氓气质，又是一个德莫伽招募来的让人不放心的船员，塔玛索并不喜欢他。两人都向船头走去，留下身后的方济各神父仍难以置信地看着层层发酵的尿桶。

大家都管巴托洛梅叫"圣人"，因为至少据他自己所说，他可是

---

[1] 奥努瓦位于安达卢西亚，此处即指文中的安达卢西亚船员。——译者注

一点罪孽也没有。由于对父亲一无所知,也不记得母亲是谁,他唯一的姓氏只有德帕洛斯。菲律宾炙热天气里的划船苦役折磨得他骨瘦如柴,从那里逃脱后他又游手好闲了一段时间,登过船,却还是一无所获,挣来的薪水也在马尼拉最出名老鸨贝塔的妓院里花得干干净净,酒醉后又被人设计,为了一个秀发乌黑、被传教士们起名叫伊内斯的印第安小妞与一位赫雷斯食客大打出手,要了人家的性命。就是在那晚,他生平第一次觉得命运对他展露出笑颜。那该死的家伙大半个晚上都声称要向德莫伽讨债,最后竟四脚朝天倒在了不明就里的巴托洛梅面前。听诉官见状大喜,立马任命他为王廷巡查员。这份差事不仅让奥利瓦人能够接近皇家审问院大法官常去的窑子里的姑娘,也让他在穷困多年后终于过上体面的生活。虽然他既不信守承诺,也不懂得感恩,但当德莫伽命他去圣哈辛托号上谋杀塔玛索时,他还是答应了,按照吩咐,这事要做得尽量不引人起疑,等在日本登陆后就嫁祸给当地异教徒。他侧目盯着少尉,竟认真思考起是否要违背德莫伽的嘱托而自己做主了。实话说,他甚至已在考虑回程后应付听诉官的说辞,奥努瓦人一向热衷冒险,他并不确定计划完成后那伪善的臭鼬能否如数支付酬劳,若是对方索性借口赖账可就不妙了。也许,让塔玛索活着到达烦人的日本国更为有利,这小子看起来颇具胆识呢。他决定跟他聊聊,看看这家伙究竟是何货色。他知道只能趁其不备暗地里下手,很显然这家伙跟船上其他人一样,也对这趟已经接手的诡异使命心怀忐忑,但也绝非什么说话随便的登徒子。但即便如此,他还是得杀了他,他太了解德莫伽了,若行动失败,自己的美差也就不保了。在马尼拉时他便充当听诉官的杀手,甚至情愿帮他给前往王城的盖伦帆船上的货箱做记号。

"游民！"巴托洛梅忽然听得一声喊叫，回过神来，抖了抖从络腮胡子抠到指甲缝的虱子，转身向船尾走去。"萨尔塞多船长！德诺瓦埃斯长官！有个游民！"塔玛索看见葡萄牙船长喊叫着从下甲板往桅楼跑去。船员们都围观着，两个船员大步流星地从船长身后的舱口围板上拖上来一个死命挣扎的游民。起初他并未认出那人，心里还在揶揄德莫伽塞进圣哈辛托号的这些下等船员，直到最后才发现那竟是自己的好友马丁·巴尔德斯，不禁大喊："我认识这人！"巴托洛梅听后看着偷渡者，这个身材高瘦的家伙已在捕捞者手中放弃挣扎，只两眼呆望着塔玛索。

廷巴克图被名为朱达·帕恰的摩尔人征服。但事实上，这位伊斯兰军阀初时名叫迭戈·德格瓦拉，阿勒普耶罗斯叛乱后，出生于一个流离失所、处于大迁徙途中的摩尔人家庭。那场叛乱后，伊斯兰教徒被禁止继续信仰穆罕默德。早在商队往来的古都被占领时，帕恰酋长就察觉出海盗伊希尔·宾·雅库布的儿子蠢蠢欲动，因其名字极难发音，基督徒都叫他巴巴罗萨。柏柏尔海盗正计划向黎凡特海岸发起史无前例的进攻。而残暴血腥、卑鄙无耻如朱达·帕恰一般，也难敌贪心诱惑，因此他对卡斯蒂利亚王朝心怀怨恨，却还是毫不犹豫地将这消息卖给了出价最高的买家。奥图诺·德安德拉德正是借此在莱尔玛公爵与穆斯林酋长中间周旋，并最终与这离经叛道的摩尔人后裔达成协议。秘书官一心渴望飞黄腾达，想方设法与支离破碎的马里帝国境内的葡萄牙人保持联络，朱达也驻扎在那里，并以伊斯兰教之名进行征服战争。许多流放者都对合并西班牙和葡萄牙王室心存忌惮,秘书官却趁此与去往东印度群岛沿线的各港口结下协约。根据托尔德西里亚斯条约划定,包括危险的好望角与厄加勒斯角等非洲据点在内的航线各港口,均为卢斯塔尼亚人所有。也正因这些见不得人的买卖,奥图诺才能在葡属非洲殖民地或散落在东方的前哨商队中选择去留。加之他在新西班牙的坑蒙拐骗和手里的香料生意,加勒比海岛也可列入考虑范围,那里有诸多选择,伊斯帕尼奥拉岛,古巴的甘蔗园,牙买加的棉田,抑或盛产宝石的委内瑞拉玛格丽塔岛,还有广阔的佛罗里达和巴拿马陆地。背负秘密多年后,奥图诺终于将东、西印度群岛的所有地带尽数掌控。这已经足够,他真正希望的是远离马德里的总督和行政长官们。至于杀死马厩小厮或是绑架孔斯坦萨,他并不以为然,有人胆敢探知真相就该落得如此下场。比起莱尔玛公爵的所作所为,这些根本不值一提。作为秘书官,他知道宠臣的一切勾当,包括迁都巴利亚多利德的阴谋,他绝不会让自己活着离开。奥图诺对这一点深信不疑。他快马加鞭,逃往藏匿非法所得的农舍,脑仁恨不得涨开,他有些后悔自己疯狂的逃逸,有些留恋起那能让自己恬不知耻地撒谎和肥水多多的职位。但当他每次向后看,当路上的霸王树从身边掠过,当望着马背上的袋子,幻想总在他心中膨胀。那袋子里装着的、几乎任由他操控的是孔斯坦萨,而她,意味着一切。

　　暴怒的奥图诺快步下楼时,只觉一颗心在胸腔中几欲碎裂,他拿不准。指间的蚁噬感提醒他刚才做了什么,手掌火辣辣地疼。虽然他打了她,但那如珍珠般白皙细腻的皮肤终究令淫欲战胜了愤怒。她应该匍匐在他脚下,屈从着,恭顺着,愿意为他做任何事。他有钱,有手段,他答应给她一个如梦似幻的生活,可她竟想都没想就拒绝了。

这不公平！不过，她已经是他的了！她早晚会明白！

* * *

或许他还活着。还有希望，塔玛索还活着，哪怕一点点希望。神伤许久后，孔斯坦萨终于镇定下来。情况比想象的更坏，自己被奥图诺软禁着，塔玛索则身处险境。不过，她还有一线机会，但愿不算太晚。眨眼间，阁楼消失了，她的困厄、苦痛和挫伤都不再重要，只有塔玛索。她拼尽全力站起来。他应该还活着，很可能只有她知道他正面临何种危险。塔玛索是她的全部，一想到可能失去他，让她生出一丝决然来：她必须救他！她甚至没考虑过这是否可行，也毫不在意自己已被劫持。她可以去找玛格丽特王后，王后一向对莱尔玛公爵及其追随者擅权多有不满和怀疑。她会帮她的，若把奥图诺的种种恶行告知于她，宠臣的形象势必受损。她全身剧痛，胃里翻江倒海，胆汁快要从嗓子眼吐出来，伤口还在不停流血，但这分毫不曾减弱她的意志。她得逃走，得尽快逃走。她必须救下塔玛索！

"我想见见犯人。"第二天，少尉在客舱外坚持着。比斯卡伊诺大使坐在主桌前，冷冷地看向对面的椅子，似乎正观赏一种因举行得太过频繁而遭人厌倦的仪式。萨尔塞多船长见大使毫无兴致，也做了个含糊不清的手势，似乎意味深长，又似乎全无含义。"跟你说过了，暂时……"比斯卡伊诺一边喝着两人餐桌上的卢埃达红酒，一边不耐烦地说，"那该死的游民除了船长谁也不能见。"塔玛索并不想太咄咄逼人，他最大的愿望是体面地履行自己的使命。尽管此行本就恶臭连天，但他还是尽量让言行显得无可挑剔。他知道船长压根懒得审问马丁，只是下令将他关在下甲板的某个舱室，因此这才再次来到船长位于船尾的房间。塔玛索隔着为数不多的脏兮兮的窗户，看着外面焦躁不安的大海。自从马尼拉起航后，它可一天也没让人平静过。

"请您准许，大人，"少尉谦卑地说道，"据我所知，前天您还恩准他和索莱托修士说话呢……"来自埃尔切的萨尔塞多船长头发乌黑，一双小眼睛十分机敏，仪态举止有似侍女，他也是受德莫伽胁迫，才接受带领首个西班牙使团前往日本这一恶毒任务的，闻听此言便打断道，"那是为了给他一个被绞死前向上帝忏悔的机会，"他边说边拿起厨师准备的一大块烤猪腿肉，咬了一口佐餐的木薯甜品，在马尼拉时他就尤其喜欢这道糕点，"方济各修士一脸大义凛然，我就让他好好规劝规劝那家伙。"他满嘴油脂无所谓地说着，并向塔玛索投去不怀好意的一笑。绞死偷渡者是所有皇家海军战舰上最通用的便利做法，纪律严明才能保证绝对服从。有时水手长也会亲自动手，用皮鞭将未经允许擅自上船的人抽得皮开肉绽。尽管船长总将引以为傲的天主教仁慈挂在嘴边，时常虔诚地提起纪念圣母玛利亚升天的埃尔切神秘剧，但显然他并不打算将这恩典赐予在押犯人。圣哈辛托号的首席长官见此情状，不免忧心忡忡。

到目前为止，塔玛索已连续一周请求会面，但并未说明自己与马德里人的关系，他不确定这对自己的朋友能有什么好处。若非临时想出一个为马丁争取时间的法子，他早就说了。他已做好万不得已的准备，不能眼看着朋友吊死在船上的某根木杆上。"请恕冒昧，"他忍着愤懑说道，"我认为最好提审犯人，"马丁被捕时急迫的神情告诉他必须坚持,"说不定他是被派来在使团内部搞破坏的……"两名食客正被船长私人舱室里的丰盛餐食围住,听到少尉的话不免惊讶,面面相觑。"你对自己责任的热忱倒是让人赞叹啊!"船长阴阳怪气地说,"不过我可不相信。尊贵的听诉官安东尼奥·德莫伽花了许多精力保证使团不受干扰,马德里方面也严令要慎重。就算你的意见会被采纳,我敢跟你保证……"塔玛索不必听下去也知道,他是不会让自己见马丁一面的,"请您见谅……""你退下吧,"船长醉汹汹的,"等哪天晴空万里适合观刑了,咱们给船员发点烈酒,然后就把那游民绞死。对此再没什么好说的了。"塔玛索难以理解船长为何如此固执,而也不会知道,巴托洛梅·德帕洛斯在听他承认认识偷渡者时便已心中起疑。起初,船长并未下定决心,因为据葡萄牙水手长所说,对于一艘武器装备和船员数量均显匮乏的帆船来说,凡是登船的人都有用处。然而,德帕洛斯提到了安东尼奥·德莫伽及这位听诉官的关切,萨尔塞多这才改了主意,决定对偷渡者施以绞刑而非鞭笞。

生性坚忍、面部因一条丑陋的伤疤而有些扭曲的裁判将汗涔涔的手拿开,两只硕大的蜘蛛便在横杆两端会面了。其中一只感受到对手的威胁,已奔上赛道,另一只在等待中扬起前足。有人趁着酒劲大叫,仿佛自己也身处格斗场,其他人也纷纷为这声战斗嘶吼喝彩。西乡跪坐在最远处的席子上,上身微微后倾,尽量把自己隐匿在德川家武士身后的人墙里。其余所有人都拭目以待两只小斗士的表现。

只见两只蜘蛛会合后,稍稍互相试探了片刻,似是掂量对方的实力。强有力的触须上下挥动，粗糙的后足向外伸展，黑黄条纹相间的肥硕腹部紧张地颤动着。眨眼间，先行奔上赛道的那只已向另一只全速扑去，后者原本只是挂在丝带一段，便从侧面巧妙躲闪让对手扑了个空，并在最后时刻又牢牢攀住了丝带。围观者立时赞叹不已，那位斗士一直静止不动，许多人以为它会像落入花园蛛网的蚱蜢一样被缠进丝网而败北呢。大家原本对来势汹汹的进攻者期许甚多，此刻只得遗憾意料之外的失利。悬在平台上的蜘蛛用一只跗节理好蛛丝，再用那尖尖的跗节小心翼翼地倚着细细的蛛丝，好似弹动某种等待和调的乐弦，覆在身上的短绒毛在灯光下清晰可见，似乎正积聚全部力量从刚才的突然坠落中恢复过来，随后开始全速向上冲击，准备复仇。然而，对手却沉稳从容，并不慌乱，只是缩在横杆上伸出一只长足，便将它附体的蛛丝利落斩断，好似挥舞着一把长柄大刃。

熟练的裁判兼庄家很快将战败者收入掌心，宣布格斗结束。本田和正满意地咕哝了两声，他是唯一一个为尚在横杆上的蜘蛛押注的人。这位武士缄默持重，很会隐藏自己的意图，尽管担任显贵公职，但当在场者发现他竟出现在京都时，却并无骄矜的神色。西乡明白，时间一天天过去，本田和他的人马却还未找出偷走将军首级的人，难免令人起疑。"失败者苦涩的抱怨会让胜利者也没了好运。"本田和正用嘶哑的嗓音阴沉沉地训斥着扼腕之人。感受到潜在威胁的众人立刻噤若寒蝉，再听不到一声埋怨。几个礼拜以来，这位钢铁战士的行事俨然如京都长官一般，加之此人是奉德川家康之命而来，但凡头脑清楚之人都不会想与他结仇。"看来有人得好好算算账，才能年底时还清债主的钱啊。"一位出售极昂贵赤绘杯的江州陶瓷商如是评论道，对在场惋惜之人不无嘲讽。无人反驳，但窃窃私语声渐长，有人自斟清酒时失于风雅，不小心将杯子碰得叮当响。西乡始终紧盯着的本田和正，并未饮用米酒。到目前为止，本田还未注意到自己，只是众人向他介绍前来观看格斗赛的新晋押注者时投过不经意的一瞥。但浪人确信自己的相貌早已在德川家康部众内部传遍，因此并不敢放松警惕。

第二场格斗正在准备当中，即将上场的蜘蛛成为讨论焦点。障子打开，一名女子规规矩矩地跪坐在另一端，下巴小巧，已被涂白的脸上唯见用胭脂勾勒出如杜鹃花瓣一般殷红的下唇，待看到东家准允手势后，便小心翼翼站起来向前挪去，两脚轻轻掠过，尽量避免浅色木屐边缘大幅摆动，似乎害怕身体的重量压坏榻榻米的织线。她梳着高高的岛田式发髻，镂空的金银丝头饰上悬着麻线交织而成的枫叶和水仙花，炭笔描画的黛眉下是一双含羞目，神情里的娇嗔恰如这妆容一样透着情欲。西乡在紫藤宅院外蹲守时曾见过她在花园中散步。女子悄悄向东家滑去，没有弄出一丝动静，在场的人却无不细细瞧着她。她身后跟着两位年纪略小的侍女，行为举止略夸张生涩些，其中一位捧着时下正兴的三味线。走了几步后，女子又端端正正跪坐下来，一只纤纤玉手将膝下的裙摆撩起，身体下倾，同时两小臂一齐置于额前，直至指肚平放于席上，行了一个轻轻妙妙的跪拜礼，饰于乌黑发髻上的枫叶随之微微飘动，低垂眉眼里的恭顺越发显出涂白脸庞的曼妙。此妆容延伸至整个脖颈，唯有后颈背勾出一小块性感的留白。跟着她的两位少女也依礼跪坐在她后面。男人们纷纷为这淫色荡漾的做派出了神，直至有人自饮时慌慌张张洒了清酒壶里的酒，才又回头往蜘蛛格斗的横杆看去。一片嘈杂戏谑中，西乡发觉本田和正向名媛投去暧昧一瞥，后者也以娴静娇媚回应他。总算找到了那武士的弱点，西乡不由松了口气。

"欢迎藤子夫人，"东家亲切地问候道。她再次跪拜，向在场诸人一一行礼。"那位是……"东家指着足轻说，"保奈美宗房君，在萨摩藩做颜料生意……"西乡能感到，对方对自己十分不屑。至此，聚会的紧张气氛才随着夫人的出现缓和下来，特别是当本田提议她弹支曲子时，已无人再理会格斗了。名媛应允，三弦振动，悲戚之音随着拨子的拨动缓缓流出。而后，女子应一位做鹫羽纸买卖的肥胖男子请求，又跳起扇子舞来。等到她谦卑地恳求众人给她讲讲各自的大生意时，许多人已经点头打盹醉眼迷离了，只有本田和正叫人给他上茶。"等到龙大人的信了吗？"女子向德川氏头目问道。起初，西乡并未在意这个问题，但一想到女子提到的名字，他预感对方可能是指大名伊达政宗，也就是女子口中的"龙"。尽管在场其他人并不以为然，但他还是看出了目标人物脖颈紧绷。无心之问虽显出女子对恩主事务的关心，还是冒失了。"我确定该来的时候总会来的，"本田小心地含糊其辞，同时余光扫视周围，以免被人偷听，"等着就是了。"人称"独眼龙"的伊达政宗虽并不总是对老奉行言听计从，却是一位很懂得维持德川家对其青睐的大名。他的军事谋略和精湛剑术与其古怪言行一样广为人知，这一点从其样貌便看得出来：脸上布满麻子，头盔上总有大大的上弦月标识。

女子自知唐突，连忙许诺再献一曲。正当她调弦拿拨时，场上一位宾客趁此公开表示其对老奉行的支持。"恰如无往不胜的德川家康所言，"陶瓷商看着本田和正说道，"耐心应是一个武士的最高品德。"温和殷勤的语调尽量避免被猜疑，希望能赢得关原之战获胜者派来维护京都秩序之人的信任，只是这恭维却被一个喝得醉醺醺、因押注失利而一脸乖戾的北方人破坏了。"要是鸟儿不想唱……"他慢悠悠地唱起来。其他烂醉如泥已不知口中所言的酒鬼们也跟着应和:"就等着啊!"众人大声欢呼,"等着让它唱!"这是一个调侃老奉行性子慢条斯理的笑话,他真是与此前在日本问鼎权力的人太不一样了,织田信长恨不能百般逼虐也要让鸟儿开唱,而丰臣秀吉则会想方设法说服鸟儿让它以最大的热情啾啾鸣叫。剑拔弩张如浓雾般蒸腾着,东家看着本田和正,瞳孔里满是恐惧,略有些眼色的都已佯装向后靠去,女子则用一只手捂着嘴。西乡不动声色,指间紧按着藏于武士服腰带下的手里剑,望着本田颈上跳动的血管。大家都怕本田动怒,他会随时站起来命人奉上武士刀。女子深知醉酒又自负的男人最是喜怒无常,她唯一能想到避免流血的法子,便是拿起手中的三味线找一首新曲子来弹了。

据说总航程近七百西班牙里,仅为马尼拉至新西班牙行程的四分之一,但一想起汹涌澎湃又深不可测的水域,舵手巴斯克·德诺瓦埃斯就知道,距离近并不能防止灾祸。从新西班牙海岸前往甲米地或是埃尔玛鲁科[1]只需几个月,但要返回莱万特,就得像人称宇宙学者的乌尔达内塔一样吃苦受累大半年,不仅要摆脱日本雇佣军口中的恐怖台风,还得等待未知其始的季风来临后顺风向北航行,同时借助正确的航线图和丰富经验指引,才能找到当年吉普斯夸人[2]历经曲折发现的自太平洋到达东方的航道,往返东印度群岛的可靠路径也是自那时才最

---

1 即墨西哥米却肯地区。——译者注
2 吉普斯夸指今西班牙巴斯克地区,著名航海家乌尔达内塔来自这一地区。——译者注

终确立。

帆船龙骨因逆风航行近乎外露,前桅劈啪作响,吕松岛的母亲山和菲律宾北部的小岛链已被远远抛在后面。卢西塔尼亚领航员脑海中无时不刻不想着摆脱从北方吹来的阵风,找到那早被乌尔达内塔发现的该死的航道。他们已在海上飘荡够久了。箍环呈铜绿色的水桶里积起厚厚的水藻,水早已变质,集体食用的硬面包也被象鼻虫啃噬空空,连碎屑都不剩。菲律宾群岛最常见的巨嘴鸟也很久不曾看到了,他们已从有着白色沙滩、遍布珊瑚礁、光亮柔和的平缓水域行至如丧服般黑沉的海洋地带。巴斯克·德诺瓦埃斯总算明白日本雇佣兵说的一点也不为过:他们管这片水域叫黑河。他们已到达那位巴斯克领航员所述的航道,连日来这片灰蓝色暗影正推着帆船以四节航速全力驶往日本岛,在桅杆与帆桁助力下顺风航行的圣哈辛托号摇摇晃晃颇为悠然。只是,无论巴斯克·德诺瓦埃斯上上下下桅杆高处的瞭望台多少次,地平线另一端除了海水仍毫无他物。

空气里尽是风雨欲来的预兆,他们又没有可靠的水路志,自幼时便亲近熟悉的海洋在这个新月之夜似乎就要挺身而起,将巡航船一口吞下去。葡萄牙领航员感到一丝不安。那可恶的岛屿仍未出现,星辰隐身、乌云密布的黑暗里,只有稀稀落落几盏船灯。他的脖颈因焦虑紧绷着。连海难幸存者赖以为生的鲯鳅鱼也不咬饵了,水面阴森森的样子真让人心神不宁。巡航船是一艘龙骨拼接、最多容纳五十人的轻便小船,有两根桅杆、一个宽敞的甲板,对熟悉路线的低负重航行很是实用、机动和快捷,但若是海洋震怒,便会如高门大户的小姐一样不堪一击。卢西塔尼亚领航员对此了然于怀,直觉令他害怕。他感到脚下的船只正随海浪摇来晃去,帆索收紧时的嘎吱声一清二楚,还有阵风拍击滑轮时的呼啸,胃里尽是胆汁,他真不喜欢这滋味。巴斯克·德诺瓦埃斯无法入眠,安排了比平常更多的人值守。他听着换岗钟声响起,扫视着与之对应的罗经座上的沙漏,实际却望向远方,直至眼睛酸涩流泪。他保持着同一姿势,认真寻找可能阻滞航程的浅滩或礁石。一片乌云从前桅上方飘过,他挠了挠头又朝地平线看去。尽管他并不想与船员们分享自己的恐惧,但不安与焦虑却与日俱增,特别是当阵风开始从帆船两侧肆虐、空气中弥漫着难以分辨的味道时,更是隐忧重重。虽然对这片海域了解不多,但他断定风暴就要来临,这可叫人一点也欢喜不起来。他就这样站在舵杆旁,期盼着黎明来临时,能从左舷方看到那乱石丛生的岛屿轮廓。他极力回想已在脑海中重温千百遍的航海日志,渴望找出此前可能被忽略的细节,一些能解释为何仍未见到陆地的理由。

他全神贯注,丝毫不曾察觉有人近前。"晚上好,"巴托洛梅·德帕洛斯和善地向他问好,"把头埋进驴屁股说不定能有更多启示呢,要我说,就该跟逛窑子一样边走边看……"巴斯克·德诺瓦埃斯依旧挠着头,专注倾听船底的海浪和圣哈辛托号在水面的震颤,对其余一切充耳不闻。最后一班换岗后海浪逐渐增大。一阵强风吹得侧支索呜咽嗥叫,船帆噼里啪啦,巡航船愈加颠簸。巴托洛梅假装盯着葡萄牙人,眼睛却瞟向船舷处,塔玛索似乎正跟方济各修士窃窃私语。领航员不理会德帕洛斯,朝空气里嗅来嗅去,那样子颇似追击野兔的猎犬。他感受得到它,自肌骨至发梢。他明白是时候发出预警了,可距离陆地究竟还有多少海里他一点也没把握。在德帕洛斯与他说话间隙,巴斯克·德诺瓦埃斯已决定叫醒船长。必须收帆,命令船员集合,准备应变。从不断加剧的船体颠簸判断,风暴近在眼前。

强风越过甲板上的人群，无视船舷处船员们忧心忡忡的眼神，如饿狼般转向怒号，差点掀翻了前桅底盘。巨浪滔天，浪峰洒下的泡沫被风刮得到处都是。"我总觉得，"方济各修士在一阵冷风中提高音量重复道，"耶稣会士拿着俸禄不干好事……"托钵会士已花了好一阵工夫，述说其所属教会相较于圣伊纳爵教会的种种美德，硬要从老军需官口中套出些承诺，好在回程后派上用场。"我已经跟你说了，我什么都保证不了。"塔玛索还是这句话。少尉注意到了舵杆旁领航员的不安，卢西塔尼亚人看向风信旗的焦虑神情证实了他的猜测：风暴越来越近了。但巴托洛梅·德帕洛斯更叫人起疑，那加的斯人还假装并未窥视自己。"咱们最好还是防备着点儿吧，快下雨了。"少尉向托钵会士说完便要走下甲板以摆脱纠缠。"我还是要说，要是我，我只会为基督的仁慈做事……但请千万别忘了接下来我要向你透露的事……"方济各修士说道，他似乎并未听到风雨欲来。塔玛索闻此不禁停步。"我在这里人微言轻，"修士坦言，他知道，自己并未得到教皇授予的一官半职，因与德莫伽有约才得以上船，借口是使团不仅去日本，也去拉普拉塔岛，"但只要是为了那些可怜的异教徒好，什么牺牲都值得。他们需要一位谨慎行事又不擅权的神职人员……"方济各修士又开始老调重弹。阵风带来的湿气令人不快，塔玛索决定一了百了。"我向你保证，尽我所能，等回程后……"塔玛索心不在焉地说，"让比斯卡伊诺大使在报告里为你多说好话……"托钵会士怀疑地咀嚼着少尉的话，但表面仍做出深信不疑的样子。"那天我听游民忏悔时……"他在说出本不应被提及的忏悔细节前睁大眼睛，"你那朋友坚称你赏罚分明，"方济各修士自知萨尔塞多船长严禁任何人与犯人接触，便诱导称，"还说只要我给你捎个口信……"他继续在风暴里扯着嗓子叫喊,却立马又后悔地四下觑探,生怕被人听了去,"他要亲自跟你说,是生死攸关的大事……"

领航员无视德帕洛斯在场,叫来一名舵手保持航向后便径直向船长舱室走去。正要扣门时又迟疑了。他对此人印象不好,并不信任,那不过是德莫伽出于某些令人难以信服的原因选来的一个无能水手,奈何船上层级分明比三一神论[1]还厉害。他敲门,划十字祈祷,边等门开边抓络腮胡子里的虱子。不一会儿,一个眼窝发黑、胡子茬上满是油腻腻的面包屑的男人开门站在面前,他只穿了件皱巴巴的衬衫,脏兮兮的短裤随着手在裆部来回磨蹭抖上抖下,眉头紧锁,满身都是喝完劣质烧酒的恶渍味。领航员对此并不吃惊,但他着实为圣哈辛托号忧心。

巴托洛梅站在舵杆前,思量着或许碰上了不容错过的好机会,风暴来时失足落海的人可不在少数。只是,当他斟酌这主意时,却眼看着计划破灭了。塔玛索正离开船橼飞快地向敞着门的底层货仓奔去。

塔玛索不过是个浅资历海员。他自幼长于加利西亚的青山间,那里栎树环绕,蕨类丛生,遍地欧南石,祖屋是花岗岩垒砌的大农庄,还能经常外出游猎狍子和鹿之类的野味。他认得兔子和狐狸的爪印,听过隆冬季节狼群在畜栏附近寻觅的嗥叫,为家族与姓氏荣誉服兵役时跑遍了大半个卡斯蒂利亚和阿拉贡王国,也曾远航至那不勒斯同大

---

[1] 基督教《圣经》内容。——译者注

方阵军团汇合,直至新目的地菲律宾群岛。然而,他终究是在广阔林野长大,而非木制的窄道,他仍无法习惯船舱底层浓郁的潮湿和刺鼻的味道,这是一种混合着陈年汗渍、腐烂木头、回锅剩饭、晕船呕吐物和粪便的难以言说的味道,这些船员们一点也不按规矩吃喝拉撒。

这是他生平首次违令不遵,没赶在离开马尼拉前多想想办法见马丁一面令他很懊悔。他宁愿不去考虑万一船长知道了该怎么办,哪怕部分思绪仍在为可能带来的后果挣扎。他只希望,若是最终一切失败,孔斯坦萨能原谅他。塔玛索深吸一口入夜后凛洌的空气,右脚踩在台阶上,说是台阶,其实不过是用仅有的甲板余出的狭小空隙做出的一节步梯。他借着一盏被海浪晃得颤颤巍巍的小船灯的光亮,下至最后一节台阶,惊得两个船员慌慌张张站起来,连忙把手背在身后。两人见没有守卫,正在一个箍环生锈的木桶盖上玩拣对子游戏打发时间,没察觉有人下来,一摊东西还散在那里来不及收拾。为防止斗殴,船长禁止在船上赌博,因此,他们一见安东尼奥·德莫伽指派的战事官塔玛索·埃尔南德斯·德卡斯特罗前来,赶紧满脸堆笑,又解释了好一阵子。"上甲板!护好船帆!"似乎是水手长正在楼梯上的舷窗处大喊,"把麻绳拿上来,得绑好!西北风就要来了!"领航员决定谨慎操作,避开风浪,但一无所知的巡航船还是剧烈摇晃。"喂!快点!"水手长见两人不为所动,催促道。两个赌徒犹犹豫豫,仍望着木桶上的骰子。"你们等什么呢?快些!要么你们立马上来!要么就等着我把你们这些娘崽子抽个皮开肉绽!我发誓!"水手长一边大叫,一边将拇指和食指交叉放在嘴边,咂吧了个响亮的口哨,确信两人会乖乖听话后,便转身继续在风中向甲板各处喊话去了。

待老水手走后,巴托洛梅·德帕洛斯探出身来,只见两赌徒抬手至脏兮兮的帽檐边向塔玛索致意后,便磕磕绊绊往上走,后者则紧贴舱壁给两人让出道来。"但愿这位巴斯克人知道该怎么办,毕竟船长除了空有名头,一点儿也不像个水手……也不知他们二人哪个更像提线木偶,是那个比斯卡伊诺还是萨尔塞多……"其中一位赌徒悄悄说道。"与其盼着别人给希望,不如让风暴早点过去……"待两人爬至楼梯中间时,另一位回答说:"真看不惯那葡萄牙人心血来潮,把拖索搭在船舷上给船减速,听说他们都有这毛病……"塔玛索听着身后的说话声渐行渐远,看了看散在木桶盖上的骰子,两个都是幺点。"要是不管用,咱们就得拉起横桁张满船帆……"赌徒又说,"把绳索挂在船舷上减速就跟给脱缰的马戴笼头似的……又好像自己裤子穿了一半跑去绊住奸夫的脚……"不等他说完风暴就将声音淹没了。巴托洛梅也给往甲板去的两位船员让出道来,见塔玛索不再紧贴舱壁,便下了楼梯。当巡视员前的多年海上经历令他极为镇定,尽量避免加利西亚人转身而打草惊蛇。

海风的呼啸声和船体构件的嘎吱声完全盖过了船员的呼叫。越往帆船腹地去,怪味越难以忍受。塔玛索在弹药舱隔壁的一间舱室前停住,眯了眯眼。圣哈辛托号原本是为囚犯所用,仅有船长舱室和领航员保存模糊航线图的弹药舱上了锁,眼前这个舱室仅门上两节凹槽里插着一根保险棍。德帕洛斯一直躲在海浪掀起的暗影里窥视塔玛索的行动。马丁在仅可容纳几根缆绳和一些弹药的闭塞空间里使劲眨眼,想看清眼前,此前他几乎完全身处混沌,只有几丝微弱的船灯光线从木板接缝渗进来。"终于决定要把我喂鲨鱼了吗?还是要用短绳剥皮?"马德里人没好气地问道。"是我,塔玛索。"马丁闻此立马起身朝门口扑去。"塔玛索!你总算来了!感谢上帝!"马丁激动地大叫,挤眉弄眼好一会儿才看清来人,"我试过贿赂城堡的看守……""我也想去跟你道别……"少尉忆起自己屡屡被拒绝接近禁闭室,"可是……""没事,没事……"马丁打断他说,"我已经及时赶来了,真怕晚来一步。听我说,"他郑重向朋友面命,"你……"马丁将塔玛索拉到一旁,并向老军需官身后看了看,以免被偷听,但因室内昏暗,并未看清贴在楼梯边舱壁上的人影。"怎么了?"不及马丁回答,一个巨浪便拍了过来,巡航船像被人群抛起取乐的玩偶般剧烈晃动。尽管最后离开的两位船员已关上舷窗,但浊浪还是夹着泡沫从各处裂缝倒灌下来,周围立刻弥漫起浓重的硝石味。帆船转向迎风,大海却似乎将其玩于股掌之间。三人虽处底舱,风势渐大也听得十分真切,船体骨架和横梁吱吱作响,徒劳挣扎。塔玛索好奇地盯着马丁因连日被囚神情凄楚的脸,等着听来龙去脉,只是不等他作声,后者便张开双臂抱住他的脖子。"上帝保佑!我以为你死了!我好几天都……幸好,幸好……""死了?"马丁向过道探了探头,又警觉地往两边看了看,随后拖住朋友的肩膀,两人一起进入圣哈辛托号那狭小的舱室,这才回答道,"是,死了。"他断断续续一字一顿说道:"那个婊子养的,德莫伽,听诉官,想……了结你……"马丁急着解释清楚,有点语无伦次。"什么?""了结!是的……我被捕那天知道的,他们把我关起来,所以才来晚了……我试过收买看守,但他们不相信我,全城的人都知道我兜里除了窟窿什么也没有。"马丁意识到自己有点跑题,拿手臂在眼前扑闪了一下。"伊内斯告诉我的,就是贝塔妓院那妞,那晚她陪着德莫伽,那家伙喝多了说的……"他觉出自己又有些扯远了,便摇了摇头整理思路,接着说道,"安东尼奥·德莫伽,马尼拉皇家审问院的听诉官,想让你死……"塔玛索无法相信马丁所说,但没等他问个明白，巡航船首尾颠簸，两人都被甩在地上，舱门啪的一下重重关上，将马丁的脚卡在了门槽里。

疾风强劲，浪越来越高，圣哈辛托号被剧烈地拍打着。船上人手不足，有的正汲出船舱的积水，有的忙着回应长官的呼喊，还有的则赶着把自己绑在船上以免被刮进海里。巴斯克·德诺瓦埃斯望着地平线，感受着巡航船极力想要战胜风暴的奋勇。自西南方转向而来的强风将船从左舷处来回翻转，直至无情地将其从西北方塞入暴风眼。桅杆越收越紧，每根纤维都被挤得咔嚓作响，数不清的雨点一下子噼里啪啦打在缆绳上，瓢泼大雨瞬间将甲板和海员们裹进温热的水幕。他们竭尽全力想利用顶风处的开阔地带将船驶出去，奈何已落入暴风眼，除了尽量拖住海浪外竟无计可施。

一阵不同寻常的寂静中，圣哈辛托号暂时归于安宁，似乎飓风也为刚才的暴行后悔不已。一切在海洋的醒悟中突然停滞的错觉令海员们湿漉漉的脸上写满惊愕。然而，不等听到半句呼天抢地的话，更猛烈的毁灭已卷土重来。那虚幻的平静不过是海洋积蓄力量的喘息罢了。巨大的水幕越逼越近，灰暗可怖的阴影犹如海底怪兽的脊背。紧贴着舵杆的巴斯克·德诺瓦埃斯看着这一切，喘不上气，只能眼睁睁任由巡航船往水幕里下坠。透过落在甲板的密集水幕，高高越过船舷的浪峰像一列锯齿。他感到似乎连阴囊也发紧生疼，只来得及在胸前再次划十字祈祷。如果附近有陆地，如果那难以捉摸的日本岛就在不远处，他们或许还有可能被抛在背风面。

第五式　海难

　　可以说，自菲律宾群岛至美洲的航程是世界上最漫长、也最凶险的……

　　　　　　　　　　　　——格梅利·卡里[1]日记

　　奥图诺没再上来，哪怕是带点水回来。孔斯坦萨不知过了多久，只觉一在破旧的木板上移动就总是身处尘土飞扬的阴影里。除了脏兮兮的窗外不时传来乌鸦叫，再听不见一丝声响。她不愿去想，却总是后背阵阵发凉。或许他真的将她遗弃在这儿了。她口干舌燥，嗓子像三伏天布满灰尘的土路，她很渴，难以忍受的饥饿灼烧着胃部，太阳穴剧烈地跳动着，疼得像是在眼珠附近钻了两个孔，但最钻心的还是被撕裂的手腕，上面已被勒出凹槽，粗糙麻绳的每根纤维似乎都要破皮入骨一般，稍一挪动就得咬紧下颌，她真怕牙齿像被踩碎的面具一

---

[1] 17世纪意大利航海家。——译者注

样裂开。但即便如此,她仍不想叫喊,可能他还在这儿,在楼下某个灰暗的角落里,他休想听到她的悲恸。她的确哭过,祈祷过,绝望过,但最终还是在疯癫的边缘抓到一线希望。

她连续好几个小时在一个冒着钉子头的木箱尖角摩擦麻绳,可惜直至此刻,除了让伤口更深外仍一无所获。但她不会放弃,奥图诺的话无时无刻不在脑海中回响,此生再难与塔玛索相见的恐惧支撑着她的意志。她必须救他,她得逃出去,回到马德里。想到这儿,她不禁停住,忘了肌肤之痛。她忽然意识到,即便能磨断麻绳,离开这个灰蒙蒙的小屋到达王都,王室里也尽是为国王宠臣莱尔玛公爵效力之人,而这位西班牙大人物亲选的心腹便是奥图诺。没有人会相信她。没有人会知道。可能他们已在血迹斑斑的草堆里发现了可怜的胡安的尸身,但谁又会想到凶手竟是腓力三世宠臣的一位秘书官呢。可能他们也发现她不见了,甚至有人会怀疑两起事件之间是否有所关联。但是,在梗顽不化的哈布斯堡王朝,又有哪个朝臣会想到尊贵如奥图诺·德安德拉德会犯下如此罪孽。一声粗哑的鸦叫声打破了平静。顷刻间,她觉得似乎一切努力都是徒劳。光是回到马德里并让众人相信她还不够,她还得想办法阻止迷失于数千西班牙里之外的塔玛索死于非命。

"现在该怎么办?"父亲曾拍着鬃毛雪白的领头马的口鼻这样问道,马儿则温顺地看着跌落在地的小骑手。年幼的孔斯坦萨忍住眼泪,用健康的古铜色小手抚摸着膝盖,母亲总不喜欢她午后晒太阳。"待在那儿自怨自艾吗?"瓜尔特里奥·阿克西奥利尽量温和地责问。那时候,女孩儿不知该如何作答,她只觉得策马奔腾在遍布成熟野葡萄的原野上并不是个好主意。"站起来,再骑上去。"孔斯坦萨还记得那匹温顺的驹子咴咴叫着，似乎以示对父亲的赞同。"这才是一个人应该做的。就像族徽上跃起的雄狮一样，自豪骄傲地站起来！像个真正的阿克西奥利一样！"女孩儿点点头。"再骑上去。"她在蒙尘的阁楼里喃喃自语。很快，她又将麻绳放在歪斜生锈的钉子上来回摩擦。

* * *

壁炉下炭火灼灼，让人想起东印度丝绸上的金银线印经平纹。火光下，玛格丽特王后正同她在王室里最信任的两个人平静地交谈。"巴利亚多利德之事真是臭不可闻，"神父带着浓重的喉音，神情极为严肃地说，"简直是一堆刚屙下的臭牛粪！"王后自开蒙起便结识了理查德·哈勒，他鼻梁高挺，乃至嘴巴常看似隐匿于一片阴影里，听到一贯苦修刻板的神父发出如此低俗又不合时宜的评论，难免毫不掩饰地反感起来。她将头向后仰去，两眼放空，几缕红发从紧密的发髻间散落下来。她把手从宽大的孕期裙兜上挪开，黑白相间的斗犬趴在一旁，望着主人，不安地抬了抬前爪。不等王后开口斥责圣伊格纳西奥修士，玛利亚·德西多尼亚的插话让气氛更紧张了："这还不算呢……他在佛兰德斯问题上胆小如鼠，跟卡斯蒂利亚海军司令纠葛不清，还和总督有见不得人的交易。"侍女嫌恶地历数着种种恶行，"更别说在王宫里肆意妄为不知干了多少荒唐事……"王后很清楚她指的是谁，在皇家阿尔卡萨堡的隔壁大厅里——也是为数不多已完工的大厅——就能找出国王宠臣暗黑阴谋的证据。她的两位陪侍是为数不多尚未被其羞辱，或者简单说，未被国王宠臣忽视的人，至少目前仍是如此。

奥地利的玛格丽特自来到马德里后，为稳固同西班牙国王腓力三世的政治联姻,已多番应对来自莱尔玛公爵的明枪暗箭。她无意为之,但也不得不违背陈规,将幼时的告解神父从格拉茨带到王廷,惹得物议纷纷,只有方济各修士方可担任皇室神父的传统也就此打破。这也是她摆脱宠臣压力的唯一办法了。莱尔玛公爵对此十分反对,曾坚持要将理查德·哈勒送回帝国内陆,把王后的告解神父换上自己人。王后与备受夫君恩宠的臣子间的罅隙由此而始。奥地利的玛格丽特知道,这意味着王室内部两派间的纷争将很快从暗斗演变为流言蜚语下的明争,最终可不会有什么好下场。宠臣已偷偷摸摸在王后的侍女中安插了不少眼线,除了玛利亚·德西多尼亚·伊希德莱尔,她没法相信任何人。不光如此,公爵还干脆任命他的夫人为宫廷侍女长,卑鄙贪婪的小舅子为御膳长。不等王后盘算,其妹莱昂诺尔·桑多瓦尔也被提议为腹中孩儿的宫廷教师。不过在这一点上宠臣未免过于多虑,玛格丽特王后早已决定第一个孩子的未来,若是男孩儿,便是理所应当的腓力四世;若是女孩儿,就叫安娜,亦会为西班牙王冠带来荣耀。她知道,玛丽·德·美第奇也正期待诞下法兰西帝国的继承人。她暗自盼望另一位路易很快降临于世,这样便能将女儿嫁于高卢王储。

"的确如此。"神父摇了摇花白的头发坦言,"的确如此。咱们周围尽是些贪得无厌、能将灵魂出卖给魔鬼的人……""或是将老娘卖得分文不值。"侍女毫不留情地说。斗犬亲昵地嗅了嗅王后的手,孕期不适令她难受地喘了口气,肿胀的双脚挤压着高筒靴边缘,下腹的胎动让她很难找到一个舒服的坐姿。"对,"王后插话试图让对话更趋明朗,"这些都是人尽皆知的事实,但凡头脑清楚者都不会怀疑。不过,喋喋不休可没用处。"她说着将耷拉在雀斑脸上的那缕头发理了理,"咱们得做点什么,避免公爵的权力再度膨胀……""他简直跟黄鼠狼一样。"侍女忍不住又进言。王后不理会侍女尖利的批评,挠了挠和善地望着自己的斗犬才说:"咱们要做的是利用现有信息寻找盟友,得想法子和司令夫人说上话。"她看着神父。理查德·哈勒自觉可以发言了,便开口说道:"恕我直言,殿下,我想您该跟国王谈谈,或许能让陛下收一收狩猎的心思……"玛格丽特王后虽年轻,但所受教养极其严格,生来便准备登上王位,跟着她的都是一等一的宫廷教师,因此,尽管深知丈夫不尽君王之责,任由宠臣把持政务,但也决不允许自己的神父质疑西班牙国王。"人人都有舌头,人人都会说话。聪明人和糊涂蛋的区别在于前者不妄言不尽言,后者不光妄言还尽言。"语气间的严厉令斗犬也不禁向巴伐利亚人龇牙咧嘴。

神父自知僭越,只得默然颔首请求原谅。"那么,就由您同司令夫人小心接触。"王后冷冷地说,"至于你,"她看着侍女,"去查一查在王室里我们还能指望谁,但要小心,千万不能让卡塔丽娜察觉。"一说到宠臣夫人,她不禁提醒道,"不过这还不够……"王后很清楚,马德里和王室的许多人都对莱尔玛公爵心怀怨恨,不仅是因为他们也被宠臣阴谋所害,也因深感往昔强盛的西班牙帝国被无用的官僚做派桎梏着,历经多年的政治军事挫败后正变得支离破碎。她也知道,这些消极的情绪毫无助益,她那痴迷狩猎的丈夫除了将希望寄予他人也无计可施。"咱们要做的是让民众置其于死地,"女王的话让二人有些意外,但斗犬却似乎感到无聊,躺在地上长长地打了个哈欠。"这才是接下来要办的事……不过必须慎之又慎,不能出了纰漏叫人怀疑王室,宠臣得是唯一一个受影响的,这些话千万不能叫外人知道。"她伸出一根手指强调,同时上身向后仰去。"先找文痞闲人编些讽刺公爵的小调,得让有关他荒唐执政的消息传遍大街小巷……"肚子里的胎儿似乎对此颇为认同，猛地动了一下，王后不得不顿了顿，缓解突如其来的疼痛。"……咱们必须把莱尔玛家族的所有肮脏事都揭发出来，这可不容易，那家伙很是兢兢业业。""兢兢业业？兢兢业业？我再说一遍，那就是一根墙头草，见人说人话，见鬼说鬼话，为达目的不择手段。"王后不理睬侍女的心直口快，继续说着："最好能找出有关公爵或他身边人胡作非为的线索，一些在民众看来可耻败坏的事……他在东印度议会施压或是王城行贿的杂乱事不太管用，得是更近、更让民众感同身受的事……"王后正思虑着还要说点什么，肚子里调皮的胎儿忽然安静了下来，胸部的压力也稍稍缓解，她总算能顺畅地呼吸了。这是她初次有孕，并不知道所谓的缓解只是难产即将来临的前兆。

随着黄昏渐渐降临，破败的阁楼变成一座令人不安的暗影迷宫，身在其中的奥图诺感到威胁一个个接踵而来，内心深处的恐惧层层叠叠，他真怕失去一切。似乎每个角落都有身影要伺机扑来，不断滋长的昏暗里，似乎到处都是身穿开衩短裤的刽子手和坐等他疏忽大意的审判团。他对所发生的一切一点儿也不愧疚，唯一的担心是戴上脚镣了此余生，哪怕亲手操纵了马德里法警选举也无济于事。他不想失去所有，不想失去千辛万苦得来的一切。他梳理着各个事件，一步步寻找脱罪的理由。他是无辜的，没做过一点坏事，只是爱上了她。腥臭的汗水在眉棱积聚，不时滴落眼睑，刺得眼睛涩涩地疼，双臂却始终抱住膝盖不撒手，他就这样蹲在墙角，躲在渐次深重的黑暗里，脏乱稀疏的头发黏在太阳穴跳动的瘤子上，大睁着的眼眶里眼球凸出，似乎一眨眼就要蹦出来。他空空地看着前方，忽然听见楼上的簌簌声，才又想起她。或许并非全然失败，马厩小伙已经死了，既然连唯一的证人也消失了，再没有什么能阻止他返回金塔了吧。他可以杀了她，弃尸荒林，佯装强盗所为，再设法打消宫廷疑虑，假以时日，说不定能编造些让阿克西奥利大人放心的谎言。若是她不在了，那些令他忧心的晦气事也将烟消云散。

* * *

虫蛀的木板嘎吱作响，孔斯坦萨苦闷地看着阴影里的楼梯角。手腕在流血，好在双手已松绑，她将长裙边角扯下一块包住伤口，但接下来要怎么办她并没有主意。她不敢走下阴森森的楼梯，抓捕者肯定在等她。她轻踮着脚从这头走到那头找寻逃生口，尽力不去想塔玛索。但除了硕大的木箱，别无他物，她打不开木箱，也不知里面是否有派得上用场的东西。她走了整整两个来回，悄悄瘫坐在脏兮兮的窗户下，浑身疲软无力，竟盼着能再听到耳鸮尖利的叫声。铁叉刺穿胡安身体的恐怖仍在记忆里挥之不去。干渴的舌头肿胀得能打碎牙齿，蔓延四肢的疼痛游离在每个关节，再也见不到爱人的恐惧越发真切。她看着粗糙的绷带，干涸的棕褐色血迹让人害怕，翻过来后上面尽是抓痕、脏污、发红的血肉和残损的指甲。她几近晕厥，只得后仰着头，微闭双眼，倚住石灰剥落的窗洞稍事休息。她太累了，想要进入梦乡的甜蜜诱惑令人无法抗拒，只觉意识模糊，整个人向下滑去直至缩成一团。她答应自己就睡一小会儿，还得赶快想法子逃出去。

她睡着了，楼下的动静并未将她吵醒。奥图诺正忙着准备，但孔斯坦萨听不见，她已入梦。塔玛索正陪着她，他聊起了出生地加利西亚的青山，那也是他们将定居的地方。他们周围有许多人，都在抬头观看大胆的走铁索演员在广场长杆上惊心动魄的表演，她甚至闻得到流动摊位上油煎饼的香甜。他紧紧握着她的手，她笑着，很幸福。一只褐色翅膀、斑点分明的衣蛾从木箱一端飞起，留下一些虫卵。这些幼虫将以安东尼奥·德莫伽从马尼拉运来的精美昂贵的丝绸为食。它在姑娘身旁犹犹豫豫地盘旋了一会儿，最后落在距离她乱蓬蓬的金色鬈发不远处的墙上，扇了扇翅膀，抖去灰尘，随后便一动不动，直到楼梯尽头传来开门声，才又飞起去寻找更安稳的栖息处。奥图诺站在快散架的门框边，一手持套索，一手持开箱的斧头，望着一层层老旧破烂的竖板。他只需上楼结束这一切。孔斯坦萨听不到异响，塔玛索正要给她买油煎饼。奥图诺抬起一只脚，但没等踩上去又忽然抽了回来，哆哆嗦嗦关上了门。他爱她，不想抛弃她，更没有理由失去她。她早晚会明白、会报答他的。他左手迟疑着，想再次开门。

残阳最后的余晖在森林尽头的地平线处慢慢逝去，走兽开始离巢夜狩。孔斯坦萨是幸运的，一只捕食的麝香猫太过急躁，引得逃走的耳鸮哇哇乱叫。年轻的阿克西奥利在一阵不详的预感中醒来，猛地睁开眼睛，但并未擅动，只是侧耳听着楼下的闷响，确定仍是独自一人后才小心起身。手腕依旧疼痛难忍，她看着绑着的碎布条，心生一计。起初并不见效，窗户像是堵死了，她不敢用力，怕有嘎吱声。试了多次后，窗框开了几英寸，而后便容易许多。待窗扇完全打开后，入夜清冷的空气一下子吹起她乱糟糟的头发。她差点尖叫出来，总算实现了第一步。她探了探身子往外看去。

举棋不定的奥图诺向后退了好几步，正看着油漆脱落的门扇努力积蓄勇气做点什么。他点燃一支在农庄里找到的牛油蜡烛，微弱的光亮衬得黑暗愈加凝重。

不出所料，她不能直接跳下去，会受重伤。不过，她骑乘经验丰富，知道如何物尽其用，深呼吸后估算着天亮之前时间充裕，便开始行动了。除内穿衬衫外，其他衣服均被撕成毛布条。她忍着手腕的剧痛，小心翼翼扯着织物，力度恰好能将其撕开，但即便如此，刺耳的吱啦声仍叫她不时侧身探听楼下的回音。月亮给光秃秃的树枝镀上一层银辉，星辰初现。她将布条打结编辫，手上疼痛难抑，动作却十分利落，很快就编出一条花花绿绿形状怪异的绳子。她舍掉窄边和易损的内里，只用那些看起来最结实的布条，待完工时已膝盖发麻。那绳子就像一条边角料制成的滑稽缆索，仿佛拉网多年后又在潮水里搁置了数十载。她把头伸出窗外，一阵冷风不禁让人打了个寒颤。看着有几处被踩得光秃、模糊不清的野草地，她觉得手里可怜的麻绳还是太短了。她不知该在哪里绑上绳头，也不敢将木箱挪到窗边，那太吵了，只好颤颤巍巍站在窗台上，伸长双臂抓住一根屋顶的横梁，在上面系上一个对付烈马惯用的称人结[1]。她在窗台上将绳子扔出窗外，忽感一阵眩晕，看不清绳子的另一端，但似乎还未见底。不过她并不气馁，拽紧试了试，便直接将身体挂了上去，整个人一下子悬在空中，费了好大劲才忍住惊恐，没叫出声，等镇定下来发现手腕伤口又裂开了，鲜血顺着小臂往下流。她用脚尖踮住墙壁，开始向下滑落，过了很久才敢往下看，手臂因用力倍感痛楚，转头望去却发现下降了还不到一半。她深吸一口气，努力镇静下来。林中有东西移动，带得落叶

---

1 是一种古老且结构简单的结，优点是易结易解。一般认为它是一种稳固的结，常用于称人称物。——译者注

簌簌响，夜色寒凉令人汗毛直立。正当她积蓄力量时身子忽然一抖。没等明白怎么回事，就听见绳子嘶啦一声。她来不及害怕奥图诺是否发现自己已经逃跑，只觉头发全然散开、冷风贴着衬衫直往胳肢窝灌，然后就这么掉了下去。

"让你死！"马德里人抓着朋友的肩膀再次说道，"伊内斯懂的比看上去多多了，她只是假装不懂，不过……"马丁自知偏离话题摇了摇头，"安东尼奥·德莫伽想让你死……"巡航船晃得厉害，两人都打了好几个趔趄。舱外暴怒的海浪冲刷着甲板，绑在船舷处的人你推我搡，狂风大作，如饥渴的猛兽。"死？"马丁忍着不耐烦，点头默认。"为什么？"塔玛索大声问道，内心千疑万惑，不确定自己是否真的想知道答案，"为什么？"少尉望着朋友。"重要吗？那狗娘养的家伙才不在乎什么理由呢……可能跟圣迭戈号那破事有关吧。"马丁嚼舌道，"那浪荡玩意儿尾巴夹得紧的什么似的，放个屁都得挤着出来，你忘了么？你到的时候他连见都不见，好像非得有人把他从审问院的椅子上拽起来，才肯打开马德里的来信，"他连嘲带讽地说，"没想到我被关起来那晚竟松了口……据伊内斯说，他高兴得好像白得了一桶波多西的银子，肯定是找到了从荷兰人的麻烦事脱身的法子……那晚在贝塔小屋，天杀的德莫伽乐得跟刚收了四十年灯油钱的教堂管事似的……"塔玛索试着理解，尽管朋友的说辞并非胡言乱语，但也没有自己想要的答案。他只觉许多改变瞬间发生，新职位的重责、昂首挺胸回到西班牙的把握、与孔斯坦萨共结连理的渴望，一切都倾覆了,希望之巢已沦为恐慌的荆棘丛。"不管什么原因,"马丁边说边随船晃着以免失去平衡,"可以肯定的是,船上有个那狗东西派来的刽子手,等着扒你的皮呢……"船身又开始剧烈颠簸,小舱室的门啪的一下打开又关上,撞得受潮发霉的门槽一声闷响。两人身处黑暗,至此才听清巨浪拍打龙骨的力度和甲板上的喊叫。底仓的硝石味混着超载船员的体臭,呛得人作呕。

虽然依照惯例,洋面涌动时船灯应尽数熄灭,但却无人想起下甲板处曾有两人点灯玩骰子。灯罩已被海浪刮落至台阶下的壁龛旁,灯油正随着船体摇晃渗流各处,灯芯里的蓝色火焰沿着油迹忽远忽近,慌慌张张往外跑的巴托洛梅并未注意到漫延至楼梯间的微弱火光。德帕洛斯本打算将少尉和游民先晾在一边,但跑上甲板后发现眼前有个绝好机会。雨量激增,似有神秘的海底巨兽翻起滔天巨浪,疾风强劲,怒号着恨不能将甲板连底掀起。人人都在胸前划十字祈祷。从呼声听去,已有三人被吹进海里。他往周围看了看,发现绰号"铁胃"的加利西亚船员正一只手哆哆嗦嗦指着左舷四分之一的罗经点,此人十分老练,多次经历风暴,更曾涉足死亡海岸。巴托洛梅很快便明白,一个前臂粗壮堪做九股缆绳的家伙何以如此惊恐,船身被海浪抬起时,前方坚硬地块的黑色轮廓清晰可见。要搁浅了!巴托洛梅立马做出决定。尽管德莫伽吩咐过,待抵达日本后再杀死塔玛索,并尽量做成是当地野蛮的异教徒所为,但若遭逢海难,此刻良机万不能错过,虽说他自己也得忙着逃生,但将少尉关在舱室应是必死无疑。他哐啷啷火速冲下楼梯,小心接近舱室,隔着门还能听见里面少尉和游民的说话声,也顾不上二人是否会察觉,赶紧将门栓卡进凹槽,而后瞅了瞅,确信打不开后就闪退了。一上甲板就拿起麻绳把自己绑在前桅上，若风向不变，该是顺风搁浅，那么抱住桅杆可就安全多了。火苗在奥努瓦人脚下借着灯油不断扩大，一步步吞噬着潮湿的木头，雨水从他未来得及关上的底舱门洞沥下，落在舞动于后几级楼梯的焰火上，堆在底舱一角的垃圾被照得清清楚楚。

"圣人"巴托洛梅将自己绑定时，马丁正期待着朋友能有所行动。塔玛索想起了孔斯坦萨，想起了终其一生都希望儿子能让没落的家族扬眉吐气的父亲。本应继续浪疾风高的洋面竟渐渐安息下来，一阵冷冰冰的平静似慰藉物般散开。"那么，是该对此做点什么。"塔玛索终于咬牙切齿地说。黑暗里的马德里人并未看到深深印在朋友眼中的决然，"好吧，那先离开这儿吧。"马丁边摸索着往门口走边自嘲道。少尉一边点头一边开始揣摩，首先得调查出谁是杀手，然后再了结他。不过，这事要尽量做得隐蔽些。他毫不怀疑朋友所说，也相信他，因此，若那听诉官的爪牙至今没动手，他更得做点什么好让对方暂缓行动，这事可要好好计划。"打不开！"马丁拍着舱门喊道，"门被闩上了！"没等塔玛索回答，两人就被甩在地上滚了好几个来回，船身忽又剧烈倾斜，白色的浪峰重叠交织，龙骨朝丧服色的天空立起。刚要挣扎着爬起，又觉得胃里翻江倒海，淹没在海浪里的船只失控地掉下，只往灰色的湾流深处扑去。"咱们得离开这儿！"马德里人声嘶力竭地呼喊着。塔玛索听到了朋友不安的声音，但仍努力保持镇定，虽对眼前的事还没有主意，但直觉是要遭遇海难了。他在佛兰德斯战争中见识过血流成河，从中吸取的最宝贵教训便是唯有保持镇静的人才能从烂污的战场全身而退。

巴托洛梅被绑在腰间的潮湿麻绳勒得发紧，但他并未松绑。已将巡航船团团围住的水墙正宣告着灾难来临。巴斯克·德诺瓦埃斯在舵杆处一遍遍重复着祝祷词，全身心乞求所能记起的各方神灵，双臂因竭尽全力颤抖着，但帆船却毫无回应。海风的咆哮声更是夸大了老水手们在风平浪静的夜晚讲述的恐怖故事，令见习水手胆寒。暴雨尽情拍打着甲板上的人们，船帆已几近撕裂，升降索像长鼓两侧的绳子一样绷得死死的，不停沥出水流。领航员绝望地看向肩头，已无一丝企盼，此前从船尾瞧见的东西仍在那里，除了破坏一切的海浪吐出的泡沫，什么也分辨不出来，周围一片昏暗。海岸不过是一种直觉，那些白色的围墙已告知一切，一个个暗礁包裹其中，锋利的黑色岩石会像卖鱼人手中的钝刀一样让巡航船肠穿肚烂。时间不多了。

耶稣会士克里索斯托莫·费尔南迪斯跪在水塘一样的甲板上，两手在消瘦的胸膛前交叉，为所有圣哈辛托号上的灵魂祈祷着。方济各修士索特罗首次与耶稣会士达成一致，与他一同祈求着。吓破胆的塞巴斯蒂安·比斯卡伊诺再不敢诉说对此次荒谬任务的抱怨和抗议，看着越过船舷的海浪，只想起一只被蝰蛇双眼催眠的小鸟。喝得不省人事的船长萨尔塞多还在舱室里打着呼噜。

伊达政宗抚摸着废眼上松弛的眼睑。距离上次同德川家康见面已过去了好几个月。还有几天就要庆祝新年了，春色也将很快洒满油菜花地。上自颇负盛名的武道馆，下至身份卑微的商贩，都忙着核算账务。最有先见之明的已拣选松枝装点宅院，孩子们则想象着如何赏玩即将收到的礼物。

江户城三条街的府院内，举办茶艺的木屋已在新建的花园落成，这一仪式自征夷大将军足利义政时代至今已流传了两百余年。主院内尚有许多仍待费心之处，木工们才将纵横交错的横梁搭整完毕，只是隔墙仍未开工。这些院舍得需十数代人光阴才能现出体面庄重的模样。尽管冬雪未至，但晨起的乡野总铺着一格一格的白霜，农民们将木屐上的草绳换做布条，以免早上出门时双脚被冻僵。

大名思量着关原之战胜利者对自己的承诺。他将成为仙台城亦即千代城里俸禄高达一百万石的封邑主，那里距江户最近，比原先的北部封地大得多，稻米产量足足能翻五十倍。他的忠诚正得到补偿。伊达政宗已下令修建位于青叶山的新城，距著名的千佛寺不远，并决定更改当地汉字书写，让城堡如永生隐士居住的山丘般发扬光大。此外，还得设计人口布局和街道铺筑。总之，要做的太多了，但得先把已开工的完结。京都方面总算来了消息，来年德川就可以清洗诽谤者了，此事他们二人早就准备着了。这是自太阁死后便形成的同盟关系。伊达政宗坚信如今这位征夷大将军的远见。当年少主公落入五奉行手中时他就料到了日后的乱象，便毫不迟疑向德川宣誓效忠了。多年来他不改初心，一边冒险暗中替德川家康与大胡子外夷斡旋购买火绳枪，一边为掩人耳目公然谴责和传教士通商一事，以免关原大胜的真实计划被其他奉行察觉。只是此计最终代价高昂，许多忠勇之士因那火器丢了性命，但也死得其所：德川家康已洗去污名——他曾因与首批抵岛的传教士接触而被指对外夷过分亲近。尽管后来彼此为敌，但当时人们对外夷颇为好奇，德川与他们来往十分密切，甚至还收了吉利支丹僧人的礼物，一座装置极复杂、走时分秒不差的西方机械钟。这给了许多人指责德川甘受外夷驱使的口实。他与德川两人在政坛和战场受了诸多磨难，但幸而至今仍常胜不败，京都也看起来一切顺利。然而，独眼龙每每躺到那自幼携带的陈旧木枕上时，总有件事令他心有不安：还是没有那位杀害主君巡逻队的浪人的消息。虽然下面的人声称迟早会知道那贱种是谁，但就怕是阿谀之辞，那浪人的果决分明是顶级奸细的做派。伊达将手抚过脸，决定给京都的人传信，让他们擦亮眼睛留意任何一个可疑细节。他信任本田和正，知道他能完成任务。大名预感那卑鄙的浪人很快会再现身，因此有把握做好德川交代之事。只要时机一到，伊达政宗不会手软。那没胆量切腹的无主懦夫终究要自作自受。

　　　　　*　　*　　*

"不不不！不！"松江觉平大张着嘴巴喊道，"咱们不该去打搅他，他会不高兴的！不行！绝对不行！"他极力否认说，"谁要敢去准会被剥皮割耳挖眼，这还算轻的呢！不，绝对不行！"说完还做出夸张的表情。"那找个人替咱们去吧，"胖胖的小畑金子拨弄着钱袋上的根付插嘴道，"随便找个帮厨的小子说一声……"他们又在紫藤宅院放纵了一夜，面前杂乱无章地摆着些小菜和残留的鱼蔬，蘸酱淋得到处都是，还有各式清酒瓶子，大部分都已空空如也。一位惯常不爱说话的浅野家武士躺在榻榻米上嘟嘟嚷嚷，全然不知身外之事；另两位稍守纪律顾忌名声的已睡去了。虽说其他醒着的也好不到哪儿去，不过还算明白事情紧急。除去不在场的本田和正，他们总共六人，正如已昏沉睡去的某人所说，这是个捉摸不定的幸运数。收到消息前他们就叫艺伎离开了，她们虽嗔怪却还是恭顺退场，此刻再无外人。"你觉得派个小子去有用吗？"松江一边摇头，好尽快清醒，一边问道，"可能连那家伙一根汗毛都碰不到呢。"他猛地一晃，才没让舌头打结，

"可别万一因此连累了咱们。我早就说过，不能打草惊蛇！"小畑金子一抬头看其他武士，房间的隔板似乎也跟着转，弄得他头昏脑涨恨不得剧烈呕吐，只好紧盯着手里的獾形大理石根付，琢磨着同伴的话。"我知道，知道，"他晃着根付上的细绳，"不过咱们也不能忘了伊达君的话，他已经下令一有消息就得动手。"他说得没错，伊达政宗的信鸽传递来的消息非常明确，只要有任何可疑人物出现，他们必须采取行动，一刻也不能迟疑。"不过咱们也不确定是不是他，"松江觉平争辩道，"脸上有天花麻子的人多的是呢，"他暗指独眼龙本人，"太多了。"旁边的呼噜声换了调子，两人不禁同时转身，熟睡中的同伴正支支吾吾不知所云。松江不小心碰倒了一个装满米酒的耳罐，又顺手扶了起来。

吉冈征十郎是北海道知名剑道馆创始人之后，至今没说一句话，只是小口吃着剩下的铁板鱼排和腌萝卜，好似从未尝过那佳肴。由于背负着过往的沉重包袱，他总是保持沉默，生怕同伴们质疑自己的能力或勇气。他幼时曾被封地大名选中做了传教士的弟子，此事始终被战友们介怀。但其实征十郎是坚定的旧俗卫道士，对污臭的长毛族深恶痛绝，之所以那般忍耐，是不想让被主君特地选中的家族蒙羞。

那是早在太阁下令驱逐外夷之前的事情，许多大名为与老毛子通商交好纷纷让下属受洗皈依。吉冈征十郎一生的耻辱便是由此开始，他被派往长崎加入耶稣会，并在那里学习拉丁文和葡萄牙文、穿苦行衣、剃教士头、一遍遍地参神学、望弥撒，以至后来一听到祝祷词就心生厌恶。他被灌输要接受神职成为教父的想法，还被迫了解圣父圣母的生平。每次只要一有机会回乡省亲，他都低声下气地恳求父亲向大名请命，准他一死，却从未被应允。他忍辱负重多年也没敢杀了那些臭不可闻的夷蛮人，他们竟为懦弱的男人和与撒玛利亚人[1]私通生子的女人说情，而这一切都是为了不愿因自己辜负使命而辱没了家门清誉。因此，当丰臣秀吉颁布驱逐诏令时，吉冈征十郎并未像其他真心信仰基督的教友一样，而是再次返回出生地请求赴死，却也再次被拒。他那独具慧眼的主君预感战事临近，知道会需要一切可用之才，特别是像他这样精通剑术的武士。征十郎头抵榻榻米恭敬地行了个礼。他始终保持坚强意志、有理有节、服从指挥，尽可能以最好状态完成所有任务，而这并非易事。与外夷共处多年耽搁了训练，那些耶稣会的清教徒除了手里的圣经对其他均漠不关心，也不喜剑术，但他从未放弃。恢复武士身份后不久，他在一次决斗中受了伤，留在脸上的刀疤总是提醒着他那次失败。自那往后他便日夜不辍，严守戒律苦练剑术。曾与外夷亲近的耻辱过往始终折磨着他，他每天都在设法抹去这污点。

那晚，听着醉酒同伴们的鼾声，他又一次鼓足勇气。"很多人都脸上带疤，"他低头说道，与其他武士不同，征十郎并未梳月代发髻而是剃了光头。"不过……"他语调清楚，丝毫没有饮酒之态，"我认为这无关紧要。只要有一丝迹象表明绣匠所说就是咱们要找的人，那就该马上有所行动！"他边说边用竹筷轻轻夹起一片烤鱼排。其他人一言不发，有人赞许地点点头，有人低着头明显犹豫不决，似乎想补充却又不知该说些什么。"当然，若是没有完全的把握，我也不会去打搅本田君。"征十郎提到头领的名字时显得尤为尊重，"他已经好几年没观赏蜘蛛格斗了，毕竟这在九州岛委实不多见。"说话的语调

---

[1] 一个非常古老的民族，以色列人的一个旁支。——译者注

仿若讲述一件只有孩童才会求证的事实。那晚,本田君告知不会与他们在紫藤宅院一道时早已喜上眉梢,他本想提起此事,但又恐怕被曲解,便决定直奔主题。消息是一个小扒手透露给他们的,那贱胚子若非靠着为隐蔽在产宁坂清水寺的同伴们传递消息,早就饿死了,因而若那家伙纯粹为哄人很高兴免遭灾祸而撒谎,也不足为奇。"咱们得亲自去绣匠店里看看,"征十郎说道,"只要咱们抓紧时间出其不意,谅他不敢不说实话。"他断言,"要是所说不假,"他神情严肃,挨个打量着同伴们,"要是绣匠的确提起过一个满脸麻子有伤疤的浪人,届时再上报本田君不迟。"

奥图诺像跃跃欲试的困兽般在狭窄的楼梯门口来来去去,吭哧吭哧,细细的斧柄握在手里,斧头则在膝盖处晃悠,恰至长筒袜与破得不成样子的肥腿裤接缝处,那可是他为了见孔斯坦萨精心挑选的。他想着她,想着印度群岛,想着莱尔玛公爵,想着他那些被标记的箱子和安东尼奥·德莫伽,想着加勒比种植园和玛格丽塔岛的珠宝,他想着全部的一切,想着孔斯坦萨。他必须做点什么,要赶快,但却不知究竟要做何事。贪婪与想要将孔斯坦萨留在身边的渴望搏斗着,西西里女孩儿的性命全系于两股欲望的焦灼较量。

* * *

不等意识到恐惧,她就直直掉了下去。五颜六色打着结的绳子还在窗口晃荡,甚至还能看见辛勤的燕子筑在屋檐下的窝。这短短的一刹好似末日一样漫长。她背朝下砸在地上，肋骨像是被压碎了，整个人从脚跟到脖颈似被鞭笞着一样疼，两眼放空，嘴里满是舌头被咬破的血腥味儿，十指抽筋，某个瞬间她几乎以为自己要失去意识了，只觉脏兮兮的窗扇和编绳都化成一团模糊不清的乱影在眼前飘。她快要窒息了，上半身像压着一个硕大的石碑，难以喘息，想呼吸却被烦躁情绪占了上风。她绝望地尝试着，但胸腔还是空空如也。她想起塔玛索说到他家乡郁郁葱葱的山谷时的声音，还有孔波斯特拉大教堂，世界各地的信徒都去那里朝拜，想到这些她又感到一丝振奋。

枯枝败叶里传来骚动声，有东西在靠近。孤苦无依的孔斯坦萨被摔得发闷，正要活动时才发现身上和脚跟都肿了起来。身后的叶丛沙沙作响，有东西在拍肩膀，但她并未察觉。空气慢慢充盈胸腔，她又可以呼吸了，视线也逐渐明晰，此前的窒息感正稍稍减缓。有影子在侧方移动，那东西又在踢她，力度大了些，一股热气扑面而来，她晕头转向，又惊又喜，没想到自己还活着，搞不清楚周围是怎么回事。那东西在推她，轻轻地，喘着粗气，潮湿绵软地舔着她的脸。她刚挣扎着站起来，忽然一个黑影闪过，便猛地一退坐到地上，手脚并用往后缩去。黑影左右摇摆，嘶鸣一声，似是对女孩儿的反应不悦。她又退了退，才看清眼前正是那匹从科尔多瓦运至马德里的栗色种马。马儿睁着一双栗色大眼歪着头上前，逗趣地看着她，原来奥图诺就是骑着它来到这儿的！孔斯坦萨颤颤巍巍地站起来，"你好啊，宝贝……我们这是在哪儿？"西西里女孩儿终于声音嘶哑地问道，"水，有水吗？"马儿低着头，缰绳在脖子上晃来晃去，奥图诺竟连鬃毛也没给它打理，它肯定很不舒服，孔斯坦萨想。她亲切地抚摸着它炭黑的口鼻，马儿前蹄刨地，温顺地回以哒哒以示感谢。孔斯坦萨向阁楼望去，底楼的窗户映出昏黄的烛光，看得她脊背一阵寒意。奥图诺还在那儿，随时会出来。"咱们必须离开这儿！"她对马儿说道，仿佛它能听懂似的。她将衬衫一侧挽成结，束紧亚麻长筒袜，敏捷地跨上马背，凑到马儿耳边悄声问道："你知道回王宫马厩的路吗？"

纤纤玉指在三味线的琴杆和琴弦上灵巧地拨动着，忽如情人般嗔怨地按下，忽如慈母般温柔地挑起，曲调悠扬，歌声婉转。此前一触即发的斗殴气氛渐渐缓和下来。女子技艺精湛，手中拨子的落点每次都恰到好处。伴着优雅的旋律，凹间内原石的乳白色纹理好似是从墙上的水石画里流淌出的淙淙清泉，让人想起童年淡淡的忧伤，风在屋檐下艳羡地骚动着，绑在黄铜风铃铃舌上的蓝丝带随之摇曳，叮当作响，紧随着如泣如诉的三味线歌谣，令足轻陷入回忆。

春天时黄色的芥末花漫山遍野，一日劳作后咬上一口清甜的稗子秆最是舒爽。又一天的活计结束了，但这没什么，反而叫人倍感欣慰，因为第二天仍是日出而作日落而息的安稳光阴，经历了无数次战乱后总算有了个家。多年内战令国家满目疮痍，到处是战败大名的城堡废墟，山里的野狗成群结队，惯以啃噬尸体为食。父亲也落下了残疾，西乡隼只得一力承受生活的苦涩。在那段织田信长将大半仇敌一网打尽后的短暂和平里，当父亲如成千上万筋疲力尽的战争亲历者一样，一边嘟嘟囔囔遥记昔日荣光一边用独臂纺着麻线时，他的儿子也在与泥土打交道，发现身为一个普通农夫的安宁与幸福。一只蝴蝶扇着堇色条纹的翅膀从身旁飞过，轻盈地盘旋着，西乡隼拿过稗子秆，一点一点咀嚼回味着茎叶的甘甜，两手背在脑后，珍视着耕作完回到茅屋前的宝贵时光，想念着妻子尾中和幼子隼人。他躺在山坡上抽穗的绊根草里，坡下是层层叠叠水盈盈的稻田。是他们充实了他的生命，赋予他存在的意义。那时，西乡隼并不曾想到会失去他们。

三味线伤感的曲调仍在屋里回荡，一位押注人凑到他右侧人身旁耳语。浪人看着本田和正因此轻薄举动脸上现出的不屑，竟对这位古板的武士生出些许亲切感。女子既不理会听众的胡话，也不关心已开始的叫拍，在场人正如往常一样斟酌加价。足轻一手叉腰，听着拨子凄楚的曲调又忆起了往事。

在那段幸福的日子里，隼人还不过是个小毛头，听话又懂事，一心盼着父亲从田间归来，早早就帮着母亲准备晚饭要吃的豆子面了，配上蔬菜和稗子烤成的馅饼，虽说远远比不上大名们吃的稻米，但比芜菁叶子好多了。隼人是个爱笑的孩子，深受母亲宠爱，尾中总担心家里再也听不到婴孩踢踢踏踏的脚步声了。还得再过些年才是他的成人礼呢，到时他会收到一把精美的礼仪用扇，额前的头发剃掉，剩下的在脑后扎成发髻，自那之后他便是大人了，再不能躲庇在母亲的宽纵之下了。但在西乡惬意地嚼着稗子杆的那个午后，他仍是个等待夏天来临的孩子，那时他会光着屁股跑来跑去、和村里的伙伴们打水仗、抓红青蛙。他永远也不会像富家子一样有个体面的名姓，除了在同样的田垄继续耕种同样的稻米外，也不会有别的指望，但西乡隼深信，这就是子孙后世该过的日子。蝴蝶又飞了回来，在一拃见方的高度上上下下，好像挂在一条杂耍艺人撑开的线上。足轻想着第二天要抽空带儿子去抓鱼，他们可以试着抓点香鱼，此鱼肉质细嫩，有种香瓜的甜美，是为数不多能让爷爷忘记久远战事的东西，他喜欢照古法将鱼串起来，用炭火慢慢烤熟吃。小隼人很喜欢抓鱼，父子俩闲暇时总去山间清澈的小溪里捕捞这种周身泛白的河鱼，它们已适应当地环境，不具攻击性了，多栖于水流湍急的岩石里，以粘附其上的水藻为食，故而口感独特。尽管这些鱼每次为守住自己的口粮殊死挣扎，但人类最终还是学会了如何将其捕获。有的人家单用一条香鱼，就可以在房舍附近的溪流拿鱼篓抓到够全家人的吃食，只消给其中一条小心串上带鱼饵的鱼线，挂在准备好的竹竿上丢到相似水域，便会引得好斗的香鱼快速出击。每当清洗捕获所得时，小隼人总跟父亲说，等他长大了要像九州岛的人那样训练一只鸬鹚鸟给家里捕鱼。"只要往它头上套上环，"小男孩指着自己的脖子煞有介事，"再给腿上系根绳子就行了，免得跑了。"他那一本正经的样子真像个小老师。西乡扔了稗子杆开始往回走，他想好了，明天就带隼人去抓鱼，不过跟妻子可得悠着点说，勤劳的尾中并不看好这样的郊游，总是忧心忡忡。跟所有的母亲一样，她害怕那些关于河中幽灵的传说，担心儿子会被河童掳走。对足轻而言，河里半人半兽的凶残鬼怪的故事与狐妖神话一样，都是为了阻止粗心大意的孩童独自下河游泳或进山猎奇。不过，他不会跟妻子对着干，而是要既让尾中满意又不让儿子失望。再说，他相信吃孩子的河童不过是山里火精的夸张说法，据说那是些长约一间、满身疙瘩、脑袋硕大的动物。他见过在水势急涌的上游守护孩子们的大人，尽管不时有渔人把手伸到石头下摸鱼时被咬断几根手指，惹得大家惊恐不已，但那自然不是可怕鬼怪的杰作。或许不必非得找山间清泉，可以去稻田里抓鲤鱼，也好让尾中放心，那是有钱人家养在池塘的观赏物，穷苦人则拿它糊口。等抓完鱼后，若隼人能耐住性子，西乡就准他用枇杷木剑学一会儿自己早些年习过的示现流[1]剑术。这倒并非希望儿子也走上刀剑之路，而是通过修习剑术才能明白，人并不必屈从于它表面的威力。隼人很快就得去某个负责教育的寺庙待几年，但西乡那时觉得，早早让他了解武士道并没什么坏处。不幸的是，平静的幸福并未持续多久，太短暂了。人的野心很快伸出触角，织田信长被叛徒谋杀，登上太阁之位的丰臣秀吉如饥饿的猛虎般渴望权力的饕餮。战争再次来临，兄弟相残，白骨遍野，家园破碎，流离失所。

  女子轻叹一声，停下拨子，最后一个音符呜咽而息。全场鸦雀无声，屋外风声萧萧，似乎在提醒人们只要它乐意，随时会变身成一场灾难性台风。屋檐下的黄铜风铃再次叮叮作响，西乡不得不暂停回忆。女子转过身，眉眼低垂，长长的睫毛在洁白无瑕的脸上一闪一闪，头上的饰物轻盈地飘动着，正当一位脸庞肿胀的瓷器商要开口时，障子打开了。一名侍卫恭恭敬敬地立在门口，等着主人请他入内。"打扰诸位了，"水石画的主人先替下属致歉。侍卫神情严肃地站在身后，准备奏禀，主人躬身示意，听侍卫说完后便让他出去了。"抱歉，本田君，"他再次躬身说道，"有人在外面等您，似乎有什么要紧事。"说话间身子又往前倾了倾。本田和正咕哝着答了几句，微微颔首致意，不紧不慢地起身说："那么我还是先走吧……"西乡看着这位武士，后者也以眼神致敬。本田走后，浪人也盘算着得找个合适的借口离场去跟住他。

---

[1] 日本古剑术流派之一，因在萨摩藩流传也常被称作萨摩示现流。压倒性的力量和速度赋予其在进攻中突飞猛进、难以阻挡的优势。——译者注

她不见了！走了！奥图诺在阁楼找了一遍又一遍，起初，尽管震惊不已，尽管窗户大开，还有根粗绳，但他仍断定她迟早会现身，等到不得不相信孔斯坦萨已真的逃走，立刻怒火中烧，狂躁地满地打转。他踟蹰着，左看右看，汗珠从油腻干枯的头发间渗出，粗糙的脸上多日未打理的络腮胡子像黑乎乎的芦苇杆似的，太阳穴瘤子边的蓝色血管急促地跳动着。他走到脏兮兮的窗户旁，一把拿开积满油污的窗页，靠在窗棂上往外望了望，断了的麻花辫一样的绳子一端正随风疾荡，另一端则躺在地上被踩过的野草里。他转身朝向阁楼，又回过头往下看，生平第一次觉出恐高的晕眩，只好两手颤抖着扒住窗洞以免掉下去。孔斯坦萨竟逃走了！楼下的境况证实了最坏的猜测：从王宫马厩偷来的种马的马蹄印在野草稀疏处，看得清清楚楚。她可能已经到了马德里！若是如此，接下来便是全城哗然！王宫里一向耳目众多，用不了多久，上自宫廷会议的高级官下至膳房的小工，所有人都会知道，搬弄是非者更会令谣言四起。所有的幻想和希望都分崩离析了，他失去了一切！是她毁了这一切！沸腾在胸腔的愤怒如不可遏制的火焰迸发出来，他已不想爱抚她，不想撩动她的秀发，不想亲吻她；要是她在这儿，他定要让她知道她把一切都搞砸了，让她明白休想在他面前为所欲为，他才是做决定的人！只有他！若是她在的话，他才不会这般隐忍。必须找到她，让她看看胆敢蔑视他真是大错特错，得教教她什么是给人应有的尊重。他不能回马德里，即便大部分王室人员都迁走，还是会有很多人认出他，也不能去巴利亚多利德，那会更糟。可是，他不想逃，不想去墨西哥城或是加勒比海岸某个农场；他只是无法想象如何开始一种没有孔斯坦萨的生活。决不能就此结束。他希望自己的眼线们能找到塔玛索并传来此人已死的讯息，一定要找到孔斯坦萨，她不能置身事外，不能就这么走了。他又在屋里决然地走来走去，拿起小斧头和几个老旧的皮褡裢，那是他买下房屋产权之前就丢弃在那儿的，而后上到阁楼与德莫伽从马尼拉寄来的木箱缠斗了一番，尽可能将几个皮口袋填得满满当当。得备好钱，行贿跟与讨厌鬼打交道可破费的很。奥图诺连续多年做最下等的事，知道金子才是最好的主子，因而竭尽所能敛财。还得找个客栈买匹坐骑，阿尔卡萨王宫的另一匹马也没了踪影，得在被法警察觉前就办妥。他怀疑孔斯坦萨是否真能驾驭那两匹马，但无论如何，他不想冒险。他急匆匆地在林子里谋划了好久，不时直起瘦弱的脊背四处张望，他把一小部分财宝埋进地下，以防被市政的人发现而失去一切。随后便拖着沉甸甸的褡裢趁太阳还没下山灰头土脸地上路了。他一路往塞哥维亚走去，不过得先在马德里暂停，想办法神不知鬼不觉地跟总督说上话。迭戈·马丁内斯欠他许多人情，就在几个月前，亏得奥图诺帮忙莱尔玛公爵才没要了他的命。如此一来，他便可在逃亡前确保皇家阿尔卡萨城堡里仍有自己的内线。他会从托莱多门出城，快马加鞭赶往瓜达尔基维尔，到那儿再做打算。

大火尽情燃烧着船上的木头，烟雾在狭窄的过道里随着海洋的撞击飘转，德莫伽给使团安排的一名火枪手有气无力地从甲板上掉了下来，这个卡加延战争后因叛变受刑最终又逃了出来的讨厌鬼从楼梯滚落，疼得哇哇直叫，终于在最后一节台阶上摔断了脖子，他似乎看见了被自己遗弃在雨林里、任其自生自灭的伤员们惨白的脸。

简陋的舱室里，打着结的绳索和杂七杂八的锅碗瓢盆漂在水里叮叮咣咣，马丁和塔玛索二人正试图把门撞开。"一起，"塔玛索稳住脚下说道，"咱俩得一起使劲。""一、二、三！"马丁喊着。两人用肩膀撞去，门却纹丝不动，只有咯吱咯吱的断裂声，门扇上的缝隙证明两人没白费力气，可产自宿务的沉甸甸的莫拉菲硬木并未完全开裂，二人再次发力，终于能稍稍从门扇瞥见过道里的橘黄色火光，却还是没能推倒舱门。他们几乎没有力气再冲刺，船体颠簸很是耗力，越坚持越累，越难受。"我父亲总说我走不了太远的……"马德里人想起圣克鲁斯广场上的牛杂摊不禁说道，"我母亲总叮嘱我，别老是跟她那起早贪黑的老好人丈夫对着干……"说着说着没了声音，塔玛索不知马丁是不同意母亲的意见还是懒得再说。"如今我可要吓唬她我马上就死在这儿喽，"马丁嘲弄道，"第五层地狱……"过了一会儿，他又歪着头耸耸肩，"我母亲肯定会知道我是故意看扁老头儿的本事……"他笑着说。"咱们最好再试试吧。"塔玛索轻轻拍了拍朋友的肩膀，平静地说道。"是，最好再……"面对朋友的好心安慰，马丁心不在焉。然而他们并未走到门口。正当两人准备起跑时，一声排阵炮似的巨响在底舱炸开，沉重的轰鸣声响彻全船，仿佛被敌方命中，木头的嘎吱声接连不断，船骨尖利地叹息着。两人重重摔在地上，周围传来好似船体被压扁的声音。

礁石啃噬着木板构件，巡航船如铁砧上烧红的金属任由处置，船的要害部分很快在海浪拍打中破裂了，船体像刚被农场主扔进河里的猫睡袋一样大口吸着水。舵杆处的巴斯克·德诺瓦埃斯感觉到了脚下船体的呜咽，圣哈辛托号似乎已自知濒临绝境，正在恐惧的颤抖中遥想宁静的宿务船坞，那里灵巧的木工们检修帆船时都格外小心。巴托洛梅·德帕洛斯没耽误一点时间，早在甲板上其他人还对发生的一切不明就里时，便给自己松绑了，他抓起拴在船首处装给养的木桶，试了好几个才找出一个空的，一拿到手上便决定要誓死守住。船尾下沉，船首扬起，船身严重倾斜，他敢肯定用不了多久，塔玛索和游民藏身的舱室就会被海水灌满，而他自己只要活着回到马尼拉就能变身富人。圣哈辛托号正在被肢解，破开的木板上船蛆四处逃窜，脱落的钉子纷纷沉入污水中，寄居在青绿色船身上的小型甲壳类动物——剥离，一条巨大的裂缝贯穿龙骨。

远处小渔村的灯火在风雨交加的海岸时隐时现，船员里有几个人萌生了跳海逃生的疯狂想法。船上许多人并不会游泳，大部分也都见过溺亡者被海鱼啃得残缺不全的肿胀尸体，知道留在船上只有死路一条，不得不冒险一试，哪怕希望微乎其微。冰冷刺骨、恨不能像疯狗一样咬掉人腿肚子的海水漫进了舱室，映出倾斜的地面，空间狭小得几乎无处发力，只能以肩膀充当撞木，水位不断上涨，越来越难使劲。"要么砸开这该死的门，要么就跟老鼠一样被淹死，"马丁仗着人高马大喘着粗气说，"跟老鼠……一样……"楼梯处燃起的火焰在船体摇晃中愈演愈烈。尽管舱口灌进的海水浇灭了部分火焰，但随着热量聚积，火花复燃，又沿着舱壁慢慢烧开了。两人重又撞去，门栓依旧不为所动，门扇抖了抖，掉下几块碎屑，却还是完好如初。甲板上海风呼啸，喝令与尖叫声四起，巡航船颠簸更甚，想极力摆脱日本海岸礁石的束缚，却在风暴的一次次拍打中愈加近乎崩溃。两人再次全力撞门，累得吭哧直喘，门板总算传来绸缎开裂般的刺啦声。门栓是取自吕宋岛密林里的莫拉菲硬木，仍未断折，几块门板则是由漂亮的印茄木制成，这种木材香气怡人，硬度却小的多，其中一块门板灰色木纹结节处的细孔随着每次撞击不断扩大，直至完全裂开，一块长方形的红木楔子立时掉了下来，橘黄色的火光照在两张精疲力竭的脸上。马丁继续用力，直至撞出一个能进出前臂的圆孔，若非他四肢修长只怕连试都懒得试。马德里人抵住门扇，用胳肢窝夹住破孔的门板，手指往外伸，勉强能蹭到门面，他吭哧着踮起脚尖，破孔边缘的木茬划得胳肢窝生疼，但他并未停下。总算够到了门栓，扭曲的姿势却令他无法操控。塔玛索知道此刻说什么都无济于事，只好静静等待。木板均被细细刨过，但摸上去还是粗糙不平，马丁用指甲抠住门栓最下部，整个人尽力往前倒，门闩抗议似的跳出门槽，马丁随之扑倒在地，肘窝立马被划出一长串口子。

门终于打开了，门扇陷在水里跟着船体摇来摆去，舱室里的垃圾漂得浩浩荡荡。塔玛索闻到东西烧焦的味道，上前将马丁扶起。"没事吧？"马丁点点头，用左手摁住右臂伤口，出血很多，生命正随着紧绷指尖下的每次脉动一点点流逝。两人迈出舱室，走道里倾斜的地面已将水全部积聚到船尾，楼梯尽头的船体尽管尚未被淹没，但台阶也因水位较低正被火焰吞噬。"好吧，看来等不到开小酒馆的那天了，本还想着纵情饮酒，客来赊账呢，不过那样咱们肯定会破产的，"马丁忍着不安打趣道，"就差没被小裁缝追着要最后一件坎肩的欠款喽……"塔玛索转身看去，马德里人装作不在意血流如注的前臂，讪讪地笑了笑。地面倾斜，两人都向前倒着极力保持平衡。"别这么看着我，"小摊贩老板的儿子一板一眼地说，"咱们要真能从这儿出去，"

他说的好像唱似的,"我说出来都没人信……"塔玛索回头看着台阶,木头已经烧黑开裂,像铺着焦炭做的马赛克石面。火焰没腾起的地方因水滴溅开噗噗冒着热气,嘎吱作响的横梁显然就要被烧毁了,此路凶险,但身后更糟糕,除了无尽的黑暗,别无他物。"走吧,没时间了。"他边向前迈步试探倾斜的地面,边向马德里人说道。

海浪再次震荡巡航船,大海似乎铁了心要毁了它。巴托洛梅身处前桅洪流,仍不时巴巴地望向楼梯舱口,确保计划不会破产。周围一片恐慌,有几个人湿淋淋地跪在雨中祈祷,还有几个争执不休,一个素有惯赌名声、只消左右看看便能将掷出去的筛子移位换步的塞维利亚人往上衣里塞着些什么。第一级台阶在塔玛索踏上时吱呀一声,一抬脚灰烬四散,他真怕楼梯全都塌了。西北风在最后几级台阶处呼号,阴雨连绵寒彻心骨,他回头看了一眼,马丁捂着带伤的胳膊紧随其后。德帕洛斯一看到那个德莫伽想甩掉的年轻人棱角分明的脸,立马心生不快,这家伙竟从自己设计的圈套逃了出来,不过他可没时间懊悔,龙骨如负伤的猛兽般嘶吼着,海浪折断了好些船体部件,巡航船正磕磕绊绊地向暗礁滑去。塔玛索刚迈过最后一级台阶躲开舱口围板,便听见身后的马丁一声大叫,楼梯全都断了!巴托洛梅抓着木桶准备跳往背风处,下水前瞥见塔玛索蜷着身子缩在楼梯洞外的甲板上。被击得发蒙又失血过多的马丁努力睁开眼睛,看见焦黑的木板胡乱盖在身上,螺旋状的烟雾缓缓升起,雨水打在脸上,舱口上面一片模糊,腿上钻心地痛,受伤的胳膊被楼板压住,右手掌被炭星灼得火辣辣的。"坚持住!坚持住!"是塔玛索的声音,他正伸长指尖够他。"我拉你出来!撑住!"

巴托洛梅看见少尉起身左右觑寻,然后又盯住楼梯口,似乎颇为迟疑。德帕洛斯觉得还是保命要紧，万一这个塔玛索死里逃生而自己又没完成听诉官的任务，德莫伽怕是要剥了自己的皮，这一点毫无疑问。正当他思量着如何在一片混乱中盯住目标时，那家伙竟干了件出人意料的事！只见那人左看右看，脸上因阵雨连连隐隐显出不悦，然后纵身跳向楼梯。最后一级台阶粘连在折断的木头上，塔玛索从一侧掉了下去。"该死的疯子……脑子都被西西里女人吃了！你干了什么！这下咱俩都得死！"马丁喝斥道。少尉抓起朋友仅存的那只手紧紧握住，"没错，要活一起活……"他顿了顿，"要死一起死……"塔玛索继续面不改色，他说到做到，从未想过抛弃朋友。马德里人腿受了伤，尽管筋骨未断，但温热的鲜血不断涌出，可怖的冰冷随着水位上涨时而传遍四肢。楼梯已被烧毁，舱内只剩烟雾弥漫中滋啦作响的余烬。塔玛索扒开碎片扔到一边，木头上的毛刺钻进肉里，但他一声不吭眼都不眨，"坚持住！"

巴托洛梅使劲踢蹬着腿，脑袋极力后仰，望向巡航船，波涛汹涌裹挟着他，海岸仍似遥远的幻想。败下阵的圣哈辛托号上的接缝接连裂开，涂了焦油的填絮物不断冒出，木块儿像火绳枪子弹似的被弯曲变形的排水道喷出，所有的木制构件都在哀号，但大海不依不饶，继续将船体撞上棱角凌然的大礁石，像是一把被洒在硕大石磨上的麦子任其碾压。雨势不减，地平线处乌云密布，渐成瓢泼之态。为数不多的船帆被飓风扯得支离破碎。克里斯托莫·费尔南迪斯嘴上祈祷，心里却为失去在日本扬名的机会痛惜着。"别泄气，挺住！"塔玛索的脸因木炭燃烧显出微醺般的红润，马丁努力仰起头，水位已溢升至嘴缝边，很快就要没过头顶了。然而，太平洋并未宽容这位佛兰德斯战场的老兵。忽然褪去积蓄力量的海浪形成一个庞大的凹陷处，正铆足了劲儿以更具破坏力的水幕摧毁巡航船。"你不能让那婊子养的得逞……"马丁气若游丝，絮絮说道，"杀了他，杀了那狗东西……"少尉满脸难过，没有回头，仍自顾地拼命解救朋友。"杀了他，然后走得远远的，去一个他们找不到你的地方，带上那个吃了你脑子的西西里妞……"不等塔玛索说声"好"，一个巨浪拍了过来，圣哈辛托号瞬间土崩瓦解，裂开的木板、碎片、锯屑、船帆破布，还有尸体，很多尸体，都齐齐进出……

每一根光秃的树枝都好似随时准备扑来将她撕碎的饿爪，将大路团团隐匿的森林的轮廓像是无法逃脱的巨大牢笼。她一点儿也不知道自己身在何处，更不知胯下的栗色种马要去往哪里，孔斯坦萨从未如此害怕，她怕连影子都会变成吃人的野兽将她吞噬，随时可能被奥图诺追上的恐惧紧紧包裹着她。她冻僵了，撕裂的手腕剧烈地颤抖着，手掌也在滑落中被麻绳磨破了，右脚踝肿得让人忧心，每一次呼吸胸腔都像被鞭子抽着，全身没一处好地儿。她真恨不得随便蜷缩在什么地方，藏起来，直至一切过去。但她没有这样做，她决不允许宠臣秘书官的阴谋得逞，她下定决心要救出心爱的男人。太阳升起来了，前路覆满金色的枝条，天明的慰藉并未持续多久，清晨的寒冷便叫她不得不把手塞进马的鬃毛下取暖。热气一从干裂的嘴巴哈出就成了雾，她将几乎难以屈伸的手指在粗糙温软的迷宫里摩梭着，试图借助马驹子的体温暖和暖和。刚离开阁楼时，她便想快马加鞭全速行进，只是天色黑沉，马驹子不太听使唤，不过她也自知不可让马儿过度消耗体力，便由着它在漫长明朗的星夜缓缓而行。她口干舌燥，胃里咕噜咕噜，似要分离剥落，疲惫战胜了她，双眼睁也睁不开。她就这样游荡着，努力留心科尔多瓦种马要带自己去往何处，并未注意到有人一瘸一拐横在路中。小马驹哝哝地向她示意陌生人的出现，只是她并未听到。

一根旧皮鞭，一顶褴褛破帽，那人就这样站在路上，定定看着眼前考究的鞍具和极度虚弱的女骑手。马腚上干涸的汗迹有些难看，年轻女子身上除一双脏靴和一件撕得七零八碎的罩衫外再无他物。老者晃着长长的斑白胡须吹了声口哨，他摘下帽子，额上露出一圈白，烙印在因野外劳作而显黝黑的干瘦面孔上，腰间的佩带年头不浅却未见长剑，一手提着口径开裂、里面塞满桑寄生的坛子，一手攥着一把细芦苇杆。他早早出门，准备把涂了粉苞苣胶的芦苇插在附近小溪的僻静处，那里水流清澈，鸟儿一大早都去那儿饮水。他叫加斯帕尔·德席尔瓦，是自佛兰德斯战场回来的老兵。从那场与奥兰治分子无休止的战争中退出后，他发现，与动身前往意大利时的承诺不同，作为天主教国王士兵的唯一收获是在奥斯坦德附近坏了一条腿和免死于黄热病，后者给"大方阵"造成的伤亡远比荷兰人高效得多。如今他靠着捕鸟再将其贩卖给马德里下等街区的酒馆谋生，还得尽力免受法警刁难，若是轮到那位不收费便肯放行的战友值守——多年前，他曾在距斯海尔托亨博斯不远的一场运河之战中救过那人的性命——便能逃税经塞戈维亚门溜去外面的镇子。

加斯帕尔拿着破帽，用钩子一样暴露年龄的手指挠了挠脖颈，试图搞清楚究竟是昨晚干瘪的面包引起意识恍惚，还是自己真的看到了什么。他犹豫了一会儿，确信那应该是真的，毕竟在蛮荒之地摸爬滚打多年，再古怪的事也见过了。他曾在去塞戈维亚的路上碰到过皇家仪仗，也曾在战时与一伙吉卜赛人相遇，那伙人乘着两只驴拉的大篷车，车身被涂得乱七八糟，还牵着长出两个脑袋的小牛犊，这若是在马德里，早被宗教裁判所烧死了。还有一次战役，他永远也忘不了。那次他们徒步行军多日，恨不得要把筒靴踏得无法修补，他一直走到科隆，亲眼见识了存放探访圣耶稣的东方三王的金棺，金棺雕饰精美，无比震撼。彼时天主教国王腓力二世正同科隆人交涉，要求返还腓特烈一世从米兰抢走的三王遗骸，小箱子故而备受世人瞩目。在布雷达时他还听过一个奥伦赛人的忏悔，那家伙被荷兰人的子弹穿了膛，边流血边以先祖的名义发誓说，之所以入伍乃是遵了家父亡灵所求的缘故。鉴于此，醒过神儿的加斯帕尔觉得，碰上一个俯趴在马背上、衣衫不整几近半裸的姑娘也没什么稀奇，无非又是个倒在小酒馆上等托罗酒罐跟前的故事罢了。

一想到这儿，他又将破烂帽儿扣在头上，深吸了一口痰，稳稳地吐落在路边的百里香丛中，兴致勃勃地期待意外之喜能满足自己的好奇心。年轻女子随着马步一摇一摆不断近前，加斯帕尔判断，她要么已经神志不清，要么快要昏迷。马儿走到老者面前停了下来，晃着脑袋提请背上的人注意，只是直至佛兰德斯老兵抬手准备拍拍马颈时，孔斯坦萨才反应过来。她睁开眼睛撑起身子，不可思议地看着站在路上的老者，他肤色黝黑，皱纹纵横，正半带微笑注视着她。"帮帮我！"西西里女孩儿从马鬃毛里伸出手，沙着嗓子喊道，"帮帮我！"说完不等满脸沧桑的老者发问，便昏倒跌进后者的臂弯。加斯帕尔的伤腿支持不住，两人差点齐齐四仰八叉，但他撑住了，多年来他第一次觉得两颊红烫，隔着七零八碎的罩衫还是能感到女子结实的胸膛。

目光炯炯的栗色马又呼哧起来，似要表明自己对二人一视同仁。芦苇捆散拉拉在地上打着滚，躲在路边马齿苋丛里的刺猬正张望着，犹豫是否要穿过小道返回巢穴。加斯帕尔忍着臂膀酸痛，尽可能轻柔地将女子放在地上，并小心不叫下摆的破布飞起。他看了看并不搭理自己的小马驹子，又将目光定在嘴唇干裂、似有呓语的女子脸上。他再次拿下破帽儿，又在喉咙深处蓄了口痰。"先生救救我！"没等他把痰再次精准吐向刚才的百里香丛，便听女子喊道。"不用向圣吉内斯教堂里的圣耶稣念四十遍玫瑰经[1]，我也能再抓到一模一样的朱顶雀的……"加斯帕尔犹豫了很久，终于决定起身离开，马齿苋丛中耐心等待的刺猬也终于越过了去往塞戈维亚的路。

洋李树花总是不惧迟来的霜冻，如团团白云洒落漫山遍野，盛开的花瓣饱含初恋般的热情，尽管不出几天它们便会急不可耐地凋零，徒留美好回忆。如今，黄昏渐长，正为即将弥漫夏日的湿热腾出空子，洋李树梢也已抽出果实新叶。金鱼在畦垄间四窜，农夫们忙着插秧，并根据秧苗成色推断庄稼长势。林子里，漆工切开参天大树的外皮仔细查看，提前收割夏末的物产。最穷苦人家的孩子在田野里捕捉迷途的蜜蜂，贪食它们腹中甜美的蜂蜜。空气香甜，小蝴蝶飞舞其中，它们不会为不忠而愧疚，遗忘娇嫩的洋李树花后便在香桃叶中寻觅含苞待放的花蕾。

---

1 天主教徒用于敬礼圣母玛利亚的祷文。——译者注

足轻就这样如一位修验道[1]僧人般，栖身于京都郊外废弃的旧庙里，在季节变换中遥想那些年的安稳平静，那时他总在一天的躬身劳作后一边按揉酸痛的腰胯，一边望着耕种的稻田，珍视着结束辛苦的满足。然而无论是作为农夫付出的回报，还是劳作本身的荣耀，一切早已模糊。如今他只是一个浪人，一个战败后的幸存者，一个不被允许切腹的无耻之徒，被完成主君最后遗愿的义务禁锢着，这些都折磨着他的灵魂。等待并无益于提振精神，反而令人厌烦。即便如此，使命感仍敦促着他，是时候做出决定了，他不能再等下去或是冒任务失败的风险。起初只是略有预感，但眼下他确定时间已耗尽，该行动了。

最后几次去城里时他被跟踪了。西乡让跟踪者错以为并未察觉，但事实上他甚至认出了后者，那是本田和正下属中最年轻的一位武士，才刚成年修过发髻，尽管样貌稚嫩，表情天真，脸庞因一道长长的疤痕略显丑陋，拿刀的样子却颇为稳重，从其行事风格看，是一个值得注意的对手。此外，究竟是谁偷了将军头颅还无人知晓。公开抓捕已经展开，一些住在京都郊外不招待见的人因被指控与偷走石田尸首的恶徒勾结而遭到处决，虽然人数不多，但时间流逝令处境变得不利起来。他猜想，本田和正的人应该已经做过若办事不力就切腹的承诺，但事实上，他们似乎还继续沉浸在德川家康胜利的喜悦中。那伙人仍轮流度日，或是上街巡逻，或是栖于城中院子，晚上则在紫藤宅子消磨光阴，本田本人照例定期去押注蜘蛛格斗。他们表面忠于职守，忙于破解那桩滔天恶罪，但实际却毫无进展。西乡通过多方询问居住在富人区附近的下等百姓，得知那宅子原是土佐藩长宗我部氏在

---

[1] 修验道融合了日本本土的神道教和中国的道教，又称"山伏"。日语含义是"隐居在山里的人"。——译者注

帝都的产业，但这似乎无甚用处。关原大战后，德川家康通过惩罚西军联盟中的诽谤者重新调整日本采邑地，在西乡老家，只有少数几位大名逃过了未来太阁的怒火，这也仅是由于他与那些大名相距过远、若真是叛乱势必难以控制的缘故，而至于其他大名，德川家康便随意处置了。

那座长宗我部氏的产业是否已被抵押给某位受老奉行恩惠的新大名，目前还不得知。但既然眼下巡逻队占着那宅子，西乡决定还是搜查一番。在京都，究竟是哪些人要为石田三成雪耻还不确定，他原本想让本田和正的巡逻队帮自己接近他们的希望正变得渺茫。此外，尽管他一再小心，似乎还是被发现了。他别无选择，必须追踪其他可能的线索：去将军的老巢佐和山城，试着打探一些能解答伏见城被困真相的事情。不过在此之前，作为最后的办法，也鉴于巡逻队的诡异行迹，他决定改变策略。他很难相信过了这么久，他们还一无所获，他要突袭那宅子。幸运的话，说不定还能找到破解密函所需和歌的副本。他已斟酌多日，很少有白天七人都外出的情况，倒是夜里蜘蛛格斗押注者的随从们都被紫藤豪宅引诱而去，但即便如此仍有守卫监守那所安逸区的宅子，好在伏见城的忍者们向西乡传授过一些绝招。

僧人宗佶性情温柔、坚韧，一张脸像是在醋坛子里泡了大半辈子，认真观察时总是皱着眉头，充满好奇，剃光的头上只在耳上部位长着一缕绒毛，十分显眼，身上宽大的橘黄色僧衣因长期旅行变得暗淡陈旧，愈加衬出鞋底损耗、有着黑色绑带的木屐上方护腿的白来，手里那根棕榈木制、人称藤杖的长棍倚着地面，高度恰至眉骨处。他专注地望着地平线，对稀奇事兴致勃勃，决定留下来好好欣赏一番。他以惯有的利索将藤杖一头轻轻往前踢上一尺，两手交叉摞在另一头，再把下颌往上一抵，整个下巴因此挤得褶皱分明，上嘴唇裂开的缺陷愈加丑陋，怪诞的表情总让陌生人感到不适，一双被年岁消磨得浑浊的深栗色眼睛盯着海滩两边瞅来瞅去。他咧着嘴似笑非笑，扭曲的脸上露出大半门牙，那是经时间摧残后光秃牙床上的少数幸存者。"还真是患难见真情……"他略带嘲讽嘟囔着，好像有人能听见并欣赏他这尖酸的幽默似的。他独自在世间游荡太久，早已习惯自说自话了。他看着远处一个长腿大胡子男人正奋力将另一个人从水中洋人堆里捞出来。再远处，一艘他从未见过的、构造奇特的船舶残骸在礁石间随着和缓的海浪任意东西。使劲拖拽的那人似乎已精疲力竭，被拖拽的则明显毫无意识，任其拉扯，灰黑的皮肤像是从藤野行来的，其他人大部分也是一副只待虾蟹啃食的尸体模样。尽管宗佶已不复早年间在青林寺修行时的视力，也不愿急于下结论，但有些的确看起来快泡烂了，听说许多洋人吃起人肉来毫无节制，还经常因暴食被关押。

烈日下波光粼粼的海面随着海浪缓缓起伏，似乎后悔不该将那艘载人船只过度玩弄。几只海鸥发出咕咕的叫声，责怪试图救助海难者的渔民抢走了期待已久的盛宴。海滩上潮汐留下的水草团里，随处可见遇难船只的遗物，一些幸存者在沙子里爬着，努力想要站起来，几个当地人也在其中艰难地挪动着。起初由于晨光暗淡，村里人还被恐慌和猜疑包围着，但一听到那些外夷的恸哭声后，便抛却迟疑，尽其所能地施以援手了。将同胞从水中拖出的好心人正跑向另一侧浅水区，像是要再救一个人；还有个穿着类似和尚道袍但因其圆秃顶又不可能来自"日升之国"的人。宗佶使劲眨巴眼睛直到溢满泪水才确信自己看到的，他推断，那个衣冠不整、绝望地紧抓着一块碎石的人物应该就是那个虚伪的十字架宗教的布道者，这个莫名其妙的宗教由吉利支丹人传到藤野行、中国和日本本土。岁月总让信仰变得脆弱，到了这把年纪，宗佶已彻底不信任满身弱点的人类，只是靠着一种固执的怀疑活下去。在追寻一种连自己都不确定是否存在的真理的漫长修行中，这种怀疑始终伴随着他。不肯轻易被说服的他还是决定走向海滩。他听过许多有关那个莫名其妙宗教的传言，亲自了解那些故事想必更有意思。

*　　*　　*

累得快要晕倒的塔玛索在救了本该痛下杀手的巴托洛梅·德帕洛斯一条命后，遂放下失去意识的后者，又往沙滩尽头跑去。远处，耶稣会士克里索斯托莫·费尔南迪斯包裹在标志性的橘黄色长袍里，正像猕猴一样抓着一块儿崖石呼救。塔玛索跑了约莫百十来竿[1]，四处张望，想找出朋友马丁，却看到许多奇怪的陌生人，他们浑身只穿着编织遮羞布，麦秆色皮肤，杏仁眼，头发纯黑，但仍不见马德里人。胸口气闷发痒，少尉不得不努力集中注意力。双腿沉重，脑壳发疼，嗓子像新张开的船帆一样紧绷干燥，裂开的嘴唇铺满皮屑，被硝石腐蚀皴裂的手指溃烂点点，他已不能聚焦眼前，也无法将近几个小时发生的事串联起来，只是在重重叠叠接二连三的记忆旋涡里游荡。他继续往前走，辨认出一些人，衣服，还有侧影，有的死了，有的奄奄一

1　竿，长度单位，一竿约 0.8 米。——译者注

息，有的被当地人照看着。他从背面看到常穿斜纹毛马甲的驼背卡塔赫纳人，那人惯会打牌使诈，是个跟食不果腹的吉卜赛人一样耍尖头刀的可怜人，如今他再也不能袖口藏牌了，还有一个在圣哈辛托号楼梯下玩骰子的小伙子，也跪靠在已了无气息的同伴身上，但就是没看到马丁。他们处在一个五十啈[1]见方的小沙滩，乱石将这里围成一个躲避惊涛骇浪的宁静港湾，稍往前能看到约莫二十来个由杂木乱枝搭建起的怪异棚屋，再远些是一座仿佛飘在水面上的古怪城堡，还有多只搁浅的独木舟，当地居民已乘其中一只驶往巡航船残骸处。一个低矮结实、黑发杂乱的男子站在上面，他用一只长长的单桨顺风划行，并不借助任何桨耳，而是以桨为舵，左右发力。

"救命啊！看在上帝和圣母玛利亚的份儿上！救我！救我！我要昏过去了！"耶稣会士刺耳的求救声让他回过神来，塔玛索忍住疲惫，加紧步伐，当地人和其他海难者渐渐被甩在后面，大海似乎是出于某种任性将那修士抛在了最远处。在海湾那部分，一条线粒状的黑色粗糙岩石带切开荒芜之地，延伸入海，突兀在轻缓的海浪里，像搁浅在沙滩上的某大型深海动物脊椎，耶稣会士正抱着最末端的礁石大声喊叫。少尉避开岩石多的地方，尽其所能对这位神父施以救助，浑身湿透的方济各士路易斯·索特罗目光伪善，不太相信地看着这一幕，好像真不知该对另一位神父的悲惨遭遇说点什么好。

巴托洛梅·德帕洛斯睁开眼睛，正午三伏天的太阳无比刺目，朗朗白日已看不出前夜毁灭性风暴的丝毫痕迹。惶惑的奥努瓦人把手埋进砂砾，支起上身，愣了一会儿后立马想起自己是如何从圣哈辛托号

---

[1] 啈，西班牙长度单位，每啈合 1.6718 米。——译者注

逃生的，打了个寒噤后快速看了看周遭，显然他们已经到日本了。一个身材矮小，若非简单白色衬裤便几乎称得上赤裸的男人端着一碗水向他走来，与此善意相伴的眯着的杏仁眼里的微笑让人很难看透。"喝水吗？"当地人开口问。虽然巴托洛梅一个字也没听懂，但他头也没抬，一饮而尽。有那么一会儿他满怀奢望，觉得自己大功告成，随后便看到塔玛索在乱石间跳来窜去。他还活着！当地人走远了，可能是去救助处境更糟糕的其他遇难者。巴托洛梅撑着两条不太稳当的伤腿，斟酌情势。不及考虑在船体已化为一堆废柴的情况下如何返航，他又发现个好机会。他手搭额头遮住阳光，找出塔玛索。年轻人正往圣哈辛托号的翻译耶稣会士走去，两人在沙滩另一头，半隐于遍布深褐色杂草的长串岩块中。巴托洛梅前后张望，大家都在想方设法保命。部分村民开始处理尸体。受难者能做的不过是为各自的伤痛唉声叹气，尽管有些在照料朋友，但实际上大多数还是自顾不暇。一脸乖戾的方济各士边祈福边向他走来。不过是多具尸体而已，只要看准后颈一击，没人会知道他是死于途中还是在沙滩苟延残喘。德帕洛斯下定决心，即刻便向仍不停求救的耶稣会士所在的砂石堆走去。

她从惊惧中醒来，猛地站起，心扑通扑通快要跳出来。有湿漉漉的东西掉在裙兜上，她吓得赶紧抖开。"天哪！不过是块洋甘菊盖布，但要是你觉得已经大好了，我倒是可以请求上帝再给你几棍……"惊魂未定的孔斯坦萨循声望去。"好些了吗？嘴巴跟破麻鞋似的，想喝口水吗？"一个脸庞被晒得黝黑的老人正坐在一把未经打磨的椅子上,手肘支着一张粗糙桌子,微笑地看着她。"也可以给你口酒喝,不过那可让我难堪,"老人指着自己的鼻子说,"大概你真敢尝点低质红酒呢。""塔玛索!"醒过神的孔斯坦萨突然对他喊道。"事实上,我叫加斯帕尔·德席尔瓦,很荣幸为您效劳。"他手抵额头微微躬身。孔斯坦萨不知该如何回应这不动声色的坦然,刚想大叫又觉得应先镇静下来。这人帮过她,此刻她像牧羊女一样躺在一张简陋的床上,身上盖着沉重的羊毛毯,手腕缠着绷带,那张苍老的像被耕种过的土地一样的面孔慈祥亲切,怎么看都不像某种威胁。"我叫孔斯坦萨,阿克西奥利家的孔斯坦萨……谢谢,非常感谢您。"她诚恳地说,加斯帕尔略颔首致意。"没什么,应该做的,我总不能让你这副样子上路……"老人两手摊开指着她,孔斯坦萨赶紧裹好毯子,"任由强盗土匪欺凌啊。"他说完顿了顿,表情严肃又好奇地接着问道,"发生什么事了?"说完站起身。

他们所在之处是泥浆和着杂石建起的小屋,泥土地面踩得结结实实,屋顶仅由几根斜梁撑着,墙角是宽大的不规则壁炉和瓦砾烟囱,一口熏得黝黑的锅被搁在三边不齐全的脚炉架上,扑哧扑哧冒着泡。家具寥寥无几,只有一张床、一个桌子、一把椅子和几片搁板胡乱拼凑而成的一个难以名状的柜子,似乎全靠里面塞得满满当当的各类杂物才勉强稳住。老兵忍着熬夜和消化不良的不适,走到其中一块搁板前,拿起一只陶碗,从漆皮剥落的敞口罐里盛了些水端给孔斯坦萨。"我是玛格丽特王后的侍女……"她说着接住碗,咕嘟咕嘟大口喝完后,想说的话却在舌头打了结,对该从何处诉起没了主意,本欲告诉加斯帕尔来龙去脉,好请他帮自己赶回马德里,却又陷入不知奥图诺是否已提前下手的忧虑。"我不能去……"老兵像忠犬一样前倾身体看着她。"要是他在那儿……"沉重的现实立马压垮了她,"哦,先生,要是……"不确定性似乎令她所有的努力都显得徒劳无功,积重已久的躁郁立时化为泪水喷涌而出。加斯帕尔不知所措,下意识往后退了一步,"孩子……"对此梨花带雨场景不甚习惯的老兵颇难为情,"孩子,"老兵说着又上前去,"要不先试着冷静一下,再慢慢跟我讲出了什么事,好吗?"他提议道,"听不懂的我再问你……"面对捕鸟人的强颜欢笑,孔斯坦萨总算稍稍平复,拉起羊毛毯擦了擦眼泪,又深吸一口气。"别怕,我听着呢……"她睡了几乎整整一天,等到终于开始毫无头绪地叙述时,小屋已没入黄昏的余晖里。她一会儿说起父亲,一会儿又谈及与塔玛索共度的闲暇时光,要么就啜泣着嗫嚅奥图诺的恶行。

太阳在小屋周围的岩蔷薇里一点点散去,寒夜将至,加斯帕尔边听边打理屋子。"婊子养的奥图诺真是混蛋,太混蛋了……"听西西里女孩儿说完后,加斯帕尔发声道,"我看他连奔跑中的灵缇犬的指甲都能抠下来……我不喜欢,不喜欢……倒叫我想起一个赫雷斯人……"加斯帕尔停下,未再继续陈年轶事,或许眼下并非讲故事的好时候。孔斯坦萨什么也没说,只是披好羊毛毯子紧贴床沿坐着,一只手端着老兵给她盛水的裂口罐。捕鸟人继续坐在椅子上,决定给自己来点烧酒,便又在乱糟糟的柜子里翻腾一番。"不,我觉得你不应该去马德里,"老兵说,"除非能巧舌如簧,或是从金塔顶端一跃而下,那样才不会被察觉。要否认这点可是愚蠢至极……那满脑子坏水的家伙既然追得上你,说不定已经移花接木自圆其说……咱们最好想法把你送回西西里,或者通知你家人……但回马德里真不是好主意……"孔斯坦萨对老兵的话颇有好感,这让她想起父亲,但她实在没法等他说完,"不!不!我必须通知他,"她激动难抑,"得想法子提醒塔玛索,以防……"现在轮到孔斯坦萨关不上话匣子了,一提到深爱的男人,她就紧张不已。老兵心领神会地点点头,时间已教会他从容看待年轻人的痴狂,他边努嘴咂吧边思索着:"好,好……我不确定这是否管用。这地方可听不到什么小道消息和流言蜚语。不过,不是要迁都巴利亚多利德吗?"他问完起身,一瘸一拐地向堆满杂物的搁板走去。"确实,"西西里女孩儿答道,"但我可不觉得那事儿能一蹴而就……"她没好气地看着老兵,不明白他为何突然掉转话题,"我想大概还是不会迁都的……"

加斯帕尔呆立在同时充当仓库、药房、食物储藏室和圣龛的搁板前,拿到要找的东西,咂了咂舌头,为未能说服女孩儿放弃疯狂的念头而懊恼。"你可以去……"孔斯坦萨突然说,"他们不认识你……"加斯帕尔·德席尔瓦像是早就盼着这般奇思妙想似的长叹一声,转过身,紧了紧老旧发黑的烟斗,里面少得可怜的烟丝闻起来像是夏天的草场而非东印度烟草。据孔斯坦萨所知,腓力国王的父亲早就明令禁止抽烟恶习,因此尽管嘴上不说,眼神却明明白白。"孩子,"加斯帕尔对着孔斯坦萨反感的表情说,"年龄唯一的功劳就是表明人还活着,但也有很多优点,其中之一就是见怪不怪……"说完用屋内照明的木屑点燃烟丝,"早在那伪君子……呃,好吧,早在你们尊贵的国王腓力二世头脑发热颁布禁令前,我就抽了好多年烟斗了……国王们生生死死,就跟他们的律法一样,姘妇会照旧接客,男人会照旧放荡……精神高贵强大者也会陷入渺小的幻想,温顺驯服的伪君子继续腐化堕落……不过……"他吐出一口烟圈,屋内登时弥漫着山林燃烧的怪味,"这可不是咱们要说的事儿……"半张着嘴巴的孔斯坦萨忽然没了思绪,等再想继续谈话时,却发现他们需要一个信得过的人。"你得去马德里,一到王宫就去找帕切卡嬷嬷,"她兴奋不已,"帕切卡·拉米雷斯,记住了吗?"加斯帕尔被女孩儿的决然震住了,她简直跟指挥佛兰德斯大军团的阿尔巴公爵一样决绝。

他缓缓点头,深深咂了一口气,似是为特意避免烟斗里的烟草混合物熄灭。孔斯坦萨还在继续,"找到后你就告诉她所发生的一切……哦,不,不是一切……不能让她太担心,最好别跟她说得太糟糕……"她尽可能放慢语速,"你让她想办法寄信到塞维利亚,目的地马尼拉……信件必须搭乘下一艘去东印度群岛的帆船离开……"老兵又吸了口烟斗,微弱的火星在烟锅里一闪一闪。走私得来的烟草极少,价格却与水银相当,且含混了其他野草,再加上他为均等成分又添了不少杂草,还能有点烟丝味儿也算奇迹了。"好吧,"他又咂巴了一口,"如此说来……我最好还是去罗马,求克雷芒特教皇借我几个红衣主教,先给那天被我杀死的麻雀行九日祭吧……"他说得相当郑重其事,直至笑得烟斗都快掉下来,孔斯坦萨才听出话里的讥讽之意。"来,咱们一步步来,"老兵缓缓开口,"这个帕切卡是何许人也?"

早在十一天漫长的围攻开始前,伏见城就遭遇了好几次前哨站。因太阁继承人纠纷触发的政治斗争将国家引入一场新的内战,支持和反对德川家康的两派早早占城掠地,加固堡垒,招兵买马,封锁商道,都期待在即将到来的大战中抢占先机。西乡曾在一次对抗中救下一名神秘的青衣蒙面人,那是一位来自古贺的忍者,在城内时颇受老奉行器重。令足轻意想不到的是，那位缄默寡言的忍者身兼官职。与往常不同，西乡隼不仅未受冷待，还因着旧交情请教了几个小问题。多日密集调查得到的信息也会大有助益，西乡决定抓紧利用在京都的时间。

他接连好几晚在长宗我部氏的旧宅外徘徊，勘察护城河和围墙，寻找防守弱点，摸清巡哨路线，制定周密计划。一个礼拜后，他已熟知宅子里园丁、厨师、信使乃至膳房总管的习性，也能推断出主屋的陈设布置，闭着眼也能精确定位花园里的各种草木。他知道巡逻队由十二名品阶较低的武士组成，并且可以肯定，宅子先前的侍卫们早在他们的主君长宗我部战败后便切腹谢罪了。只是，尽管准备良多，真正做起来并非易事。作为昔日权贵大名的官邸，宅子里遍布机关。正式行动前，西乡又等了几天。他备好一切所需物资，少量购买，且绝不在同一地点重复进货，以至后来他对京都所有的草药店如数家珍，甚至能在一家中国移民开的药房讨价还价，对方还给了他需要的砒霜。他在栖身的小庙里策划好一切，离新月之夜只差三天了，浪人打算届时趁夜色行事。

* * *

寅时将近，西乡在夜幕的掩护下藏身在长宗我部氏宅院附近的街巷，仔细观察，伺机而动。他身着黑衣，和夜色融为一体，抱臂蹲膝的姿势既避免弄出声响也方便行动，腰间拴着几个鼓鼓囊囊的袋子，轻甲软胄，一节黑粗绳子在身上缠了好几圈，稍大些的物件则装在肩上暗黑边角料做的布袋中，从衣衫缝里透出的一点皮肉也用小庙里最后一堆篝火的炭灰抹黑了。他全副武装而来：一双佩刀，一捆手里剑，一把铁蒺藜，还有自己的双手。一只发情的猫在街巷深处咕咕叫着，寻找无月之夜的陪伴。

护城河是最大的挑战，若泅水过河势必延误，湿漉漉的衣裳也会成为累赘，不仅行动笨拙还会留下水迹，他费了些精力才想出破解之法。许多人都以为，忍者能如黄足豉虫一般在河流和水道中行走自如，但西乡知道，那看似出自牟山神话的技艺并非真实，大木屐的确有助于穿越泥沼，但其他不过是传说罢了。上路前，他将一小块火炭装入木盒。未燃尽的火炭余光逐渐式微，西乡掀起面罩复又吹燃。若时机成熟，他不想失败。他蹲身摸出一块儿大小合适的鹅卵石，拿起事先用烟熏黑的竹竿，一切都就绪了。

他往街角张望，确定没人后开始向那宅子奔去，边跑边扔出手中的石子，而后撑起长竿。鹅卵石哗的一声落入水中，不等长竿抓稳地面，西乡便看到明亮的火把在城墙的炮眼间来回晃动，守卫正朝鹅卵石落水处跑去。蛙鸣屏息，发情的野猫还在对着屋顶上的某只伴侣鸣声不断。他靠着竹竿弹过护城河，此时水中仍有波澜，确定未引起警觉后瞅准阴影处，解开身上的绳子。照着在伏见城学到的法子，粗绳上每隔一段就套上涂黑的小木块，其中一端连接上好铁料锻造的老虎爪，展开后甩了甩，便朝城墙扔了上去。他自知绳子并不十分牢靠，借着木块和木屐的巧力，手脚并用加紧攀爬。尚无人赶来。翻越后，他将铁钩和绳子等器物小心收起，藏在修剪成泡沫状的黄杨树下，而后来到花园，蹑脚慢步，以免留下踪迹搞出动静，又在两棵几天前才选种的雪松木中间稍作停留，为逃生做好准备。他从腰间取出一个约两英寸宽的竹筒，忍者赠送的粉末和草药店得来的粉末早已按比例配好放入其中，只需小心洒在花园小路的细石中即可。做完后他并未马上走开，等到拐角门廊上的灯光消失，确保不会被侍卫发现后才离开茶室旁的露水之地，往主建筑走去。守卫们的巡回时间正在缩短，他屏住呼吸不发出一丝声响，就着屋内的亮光，小心摸索出腰间内袋里的撬锁工具，慢慢滑过走道，迈过门槛，先轻轻在门框上摁入几个挂钩，再将一根绷紧的链条搭在上面，若不得不跑，也可事先察觉敌情。而后燃起随身带的雨天常用的纸灯，开始搜查屋内。他悄悄寻遍底层，用伪造钥匙打开目之所及的每个柜子和箱子，却一无所获。若是本田和正的人决定那天发信，势必会回来调用信鸽，一旦灯笼燃起自己就会被发现。在徒劳无功地寻觅了两炷香功夫后，西乡不得不放弃底层，偷偷从宽敞的楼梯登上一条木质上乘、看似通往主屋的过道。一踩上去他就意识到这是个陷阱，遂轻轻收回脚步，木板发出细微的嘎吱声，他犹豫要不要撤逃。这是相传的拼花夜莺地板，虽是首次亲眼见到，但此前也有所耳闻，这是权贵大名请极少数有此手艺的工匠打造的高效警卫系统，每块木板都经过特殊处理和摆放，人一走在上面，木板就会在压力下轻微错位，发出尖锐的噪音，他不可能穿过过道而丝毫不被察觉。伏见城的忍者曾向他演示过手戴老虎爪在错综复杂的横梁间穿梭，但此刻他没带任何类似物件。夜莺地板从楼梯空隙一直延伸至另一端的过道交汇处，后面就是寝室，直觉告诉他那里成功的可能性更大。

他并不了解拼花地板的机关运作，也不敢试错，或许压力均分能避免警报启动，但他不确定，只好另寻办法。尽管冒险，他还是后退至楼梯顶端的门厅，旁边有面朝花园打开的大窗户。若是昔日长宗我部氏发达时，绝无人敢放肆。但眼下守卫疏松，西乡借机从门厅凸窗下至底层上楣，一经跳出立刻合好窗叶，紧贴墙壁听看动静。深色衣衫与夜影融为一体，值守武士手提灯笼的光亮在脚下蹭泥的底层厅柱上闪过。他轻踩瓦片避免滑落，慢慢来到一个狭窄天窗前。据估算，此处联通的正是他要搜查的地方。为免有人闯入，小天窗上的方形障碍物仅倾斜了不到几英寸，成人根本不可能穿过。但西乡曾在值勤中见过许多类似的窄小天窗，已料到会出现眼前情况，待哨兵灯笼再次晃过后打开背囊，取出一根用破布包着的橇棒。灯光又晃了两遍，多次努力后，天窗的扣条和缝隙处终于被撬至需要的宽度，但即便如此，他仍需缩起肩膀屏住呼吸才能容身。衣服被刺棱的木片扯裂，有一瞬间他真怕自己就这样两腿挂在窗外卡在里面了，背囊的系带被撕开，上身和前臂也被划破了，好在最终还是穿过去了。

他停在夜莺地板的另一端，若是宅子里有什么可用的线索，应该就在这儿了。作为奢豪宅院的一部分，此处一贯宽敞明亮，由轻薄的门扇隔成三个区间，两个稍小的在右侧，左侧的与之长度相当，除了几堵由涂了陶土贴上缎子的竹竿撑起的墙壁外，这些薄板便是唯一的隔断了。西乡拉开门扇逐个搜寻。地上铺着厚实的榻榻米，门扇上有大片的壁画装饰，还有些零散的夜用品，几张小桌，几个搁脚凳，几个武士刀搁架和靠墙处的几个扶手，以防巡逻队的人从紫藤宅院突然返回，还有几个摆放整齐的布团和覆纸的木枕。令人失望的是，期待已久的证物还是没有出现，他差点就要自认失败了。在稍大一些、极有可能由本田和正居住的隔间内，立着一扇装饰极为繁复的屏风，再往后，西乡终于发现了蹊跷之处：全屋整齐划一的直线中竟出现了异常！最里侧隔断咬合处似有弯曲！若非其他地方做工太过精细，的确很难发现这点瑕疵。兴奋不已的西乡举起手里的小纸灯，脸贴着隔扇，半眯着眼睛挨个觑寻过去，直至房间最内侧，他发现最后一个隔扇并未完全贴合。他停下，移开侧脸，将最后一个隔扇拉至与其他两扇重叠，这样一来房间内便一览无余了。他从两边详细探查，右侧隔间的榻榻米比左侧大间的榻榻米数量少，其中必有密室。

老兵见到她时，那圆滚滚的身材跟牛角似的，这在他的认知里可不是什么令人舒适的事儿。毫无意外，成功逃避多年的东西最终还是不期而遇了。显然，对方并不打算和颜悦色，老兵只好闷头听训。经过长途跋涉，他总算在一名杂役的帮助下冒险进入王宫，按照孔斯坦萨的吩咐，他给那小子塞了不少好处。帕切卡满脸狐疑，似乎相比表达谢意，更有一肚子怨气要发泄，她隐忍住对迁都传言的震惊，终于屈尊开了金口："什么邮船！胡说八道！哪儿来的邮船！什么快啊慢啊的，哪儿有什么邮船，哪儿来的信，什么戏本子！还使徒保罗的书信呢！"她在胸前划着十字顿了顿，"要么立刻带我去见她，要么我就叫侍卫……"杂役青年从家乡钦琼出走淘金，好不容易才找了份王宫帮佣的活计，之所以收受老兵钱财乃是记挂阿克西奥利家的闺女昔日待人亲厚的缘故。此刻，这家伙正兴味盎然地看帕切卡嬷嬷如何像教训黄口小儿般，对着久经沙场的老兵大呼小叫。"她要我说的可不是这些，"加斯帕尔斗胆进言，既不敢与之对视，也不敢抬眼看看那织锦难以遮掩的丰腴曲线，"她请我告诉您……"帕切卡上唇抖动，露出整齐偏大的牙齿，打断了他，"那小丫头懂什么！我提心吊胆都快担心死了……他们发现那可怜孩子的时候……"嬷嬷常与靴刺小伙切磋牌技，对其颇为青睐，提及此不免哽咽难抑。

帕切卡现在知道了，可怜的胡安·巴斯克斯是为了保护那个她像女儿一样看待的人而死的，她感到一股深沉阴郁的哀伤。"他们发现他死了的时候……愿上帝与他同在！可怜的孩子，立马就有人说，极可能是托莱多门的面包摊主干的，"她说着斜过脸去，"这穷小子总是没个正经，很多人都觉得，那女子的父亲是要用可怜虫的命维护女儿的清誉，还说出动了法警去面包房搜捕。可我不信，绝不！"束手无措的加斯帕尔只觉抱歉，他被对方生硬的表情搅得心烦意乱，那总让他想起佛兰德斯的一名挤奶工，金黄色枯发下胖乎乎的脸总像被箍住了脖子一样涨得通红，以至多年后他每端起一碗刚挤的鲜奶都要长出一口气。"此外，半个马德里都在找她，这不是什么坏事，"她像做艰深晦涩的布道的牧师一样，竖起一根手指说，"不，一点儿也不，糟糕的是那些不怀好意的人信口胡来，甚至将此事编成了下流小曲儿……哎，我可怜的孩子！倒霉蛋！走！走！得通知总管，得让王宫的人都知道，还得派人找法警来……"加斯帕尔轻轻摇头，不敢违逆女人的心血来潮："若是把孔斯坦萨带回来，难保奥图诺那臭狗屎的人不会在王宫里败坏她，"老兵瞅准嬷嬷喘气之机，认真说道，"他即便不现身，也能作恶啊。"帕切卡手捂嘴巴低声说："不！这儿？他敢！这儿可是……"说着又不免停住，事实上，无需老兵提醒，那家伙已经杀了靴刺小伙了。"那如何是好？"帕切卡不禁又抬高了声音。加斯帕尔如释重负，突发奇想的嬷嬷在胸口反复划着十字，总算理智了些。"躲窟窿可得一个一个来，免得咱们自己掉入陷阱，"老兵环视周遭悄声说，"收拾些换洗衣物和其他您觉得她用得着的东西，至于这无赖，"他指着杂役，"跟咱们一起走，免得他管不住舌头。"

＊　　＊　　＊

　　加斯帕尔尽量避免来客对脏乱无序的家做过多令人难为情的评价，遂让杂役去寻些清水，因无法外出捕鸟，便支起陶锅，用仅剩的老腊肉和干得碎石子一样的鹰嘴豆煮了些杂烩。王宫杂役名唤鲁伊，却非让人叫他库卡涅斯[1]，声称村里过节时自己经常头一个爬上彩杆顶端，此刻他正往火里扔细木棍寻消遣。"王后！"正跟侍女窃窃私语的帕切卡忽然喊道，"奥图诺是莱尔玛公爵的人，王后素与宠臣不和，整个王宫都知道二人水油不容，王后在找理由褫夺他的特权，听说已跟海军司令商议此事。"嬷嬷着重指出这个人尽皆知的秘密，"咱们得告诉王后，她会帮咱们的，"她坚定地说，"若是猜得不错，她会很乐意套住宠臣的脖子……"嬷嬷忽然停住，担心自己说得太多，遂紧盯地面，恨不能消去两颊的通红。加斯帕尔看着这个身材高大的女人自顾沉默，叹了口气，起身搬开破旧的椅子寻找烟斗。他边抖烟嘴边观察，她的举止活脱脱像个恶作剧里毫无防备的小女孩儿。老兵推断帕切卡所言未必是真，时间已经告诉他，权贵们只有想起那些与自己格格不入的人时，令其不适的病痛才会显得格外恼人，不过他懒得评说了。

　　他们谁都没料到，马德里总督迭戈·马丁内斯早已在奥图诺的强令下操控一切了。帕切卡说得没错，王宫内早就流言四起。秘书官与侍女的消失令靴刺小伙儿的死疑云重重，如若孔斯坦萨的说辞被公之于众，奥图诺势必要下大力气才能藏住尾巴。然而，迭戈·马丁内斯已向他保证过胜券在握。

1　原文 Cucañas，意为爬夺彩杆游戏。——译者注

若非最后一个使用密室的人大意，西乡绝不可能发现它。宅院各处均凸显着木工们的一丝不苟，每一根斜梁和横撑都完美嵌套，缝隙处连哪怕一张最薄的纸也无法塞进。屋顶交错的木构架精确接合，连木纹也被拼出精细的图案，唯有那片未完全嵌入的门板让浪人看出了破绽。他轻敲几下，中空的回音叫人欣喜不已。尽管看似不过是滑槽上隔断的延伸，但毫无疑问，这段伪造的隔扇后面肯定藏着一个窄小密室，很可能是像夜莺地板一样由长宗我部氏着人打造的，或许是藏宝之处，又或许是接见心腹的机密场所。他先试探性地推了推，以免再次落入为偷盗者和奸细预设的机关，哪怕一个小小的铃铛也会置他于困境。他将手指伸进与外墙嵌合的灰木柱子旁的细缝，指尖用力慢慢拉开，就着小纸灯的光亮看着缝隙逐渐张大。没响起任何警报，最终展现在眼前的是一个窄长的密室，里面除了一对漆盒和一个样子粗陋得与此地极不相宜的罐子外，别无他物。沉闷的空气里浮散着一种说不上来的熟悉、刺鼻的味道。他从身后拉上隔扇，侧耳静听，确定未引起侍卫注意后，便开始仔细检查。如他所料，此处可供四个全副武装的亲信一字排开，随时等待为主君除去不速之客。他提起罐子，似有重物压底，里面液体晃动挥发出的气息与一进来就闻到的咸臭味如出一辙，罐顶用两层亚麻布盖住，再用麦秸秆绕罐沿扎紧。西乡先看准绳结系法，而后才开盖，用小纸灯照亮罐内。

当浪人在密室内翻腾时，小畑景范正摇摇摆摆，尽力不迷失在京都腹地迷宫般的街巷里。他从紫藤宅院出来，虽已喝得迷迷糊糊，倒还惦记着本田和正曾嘱托他要给江户发信。他得写信给伊达君，酣醉令小畑想起那一长串待办事项时生出浓重的慵懒：破译、缩写、选信鸽，但此刻他唯一的愿望是倒地长睡，直至米酒的劲儿完全过去。

他怔了一下，漂浮着脏污泡沫的琥珀色液体里，搁着一颗扭曲变形的断头，散乱的头发像网一样粘在上面，被泡得肿胀的脸龇牙咧嘴地笑着，十分恐怖。其中一只眼睛眼睑半开，死亡给灰得难以辨识的虹膜罩上一层薄薄的红雾，由针线一样的褐色血管缝补起来。一挪罐子，里面的遗物就晃荡不止，脖子部分隐约可见，断颈处尽是连串的血红惊悚的尖角划口，像是一条浸入黏稠浆体的阴森项链。毫无疑问，这便是石田三成的头颅了。浪人并未被此场景吓住，而是开始斟酌新发现的来龙去脉。若是本田和正的人早已找回头颅，西乡不解为何他们未将之公之于众，这显然不合常理。数月来，全城天翻地覆。巡逻队奉德川家康之命，一遍遍扫荡街巷和聚居区，不放过任何一个稍有疑点的人，反复质询，查找偷走战利品的逆贼。

小畑景范路过街口，一只花白相间的公猫嗖的一下窜出，像是被某个恶棍踢了一脚，身后传来一只发情母猫的喵叫和另一只公猫沙哑的咕噜声。宅子里侍卫仍在查哨，帮佣已经就寝，只剩一位膳房女工还在忙活，有时房客们回来后要在睡前用些点心。密室内的西乡试图为刚刚的发现寻找合理解释。一分析老奉行命人藏匿战果的动机，他就想起了那天的蜘蛛格斗。德川家康已不止一次展现出他惊人的谋略和耐心。"也轮到你……寂守长夜啦……"他嬉笑着朝逃路的野猫喊道，"愿意的话，跟我来吧……宅子里应该……还有酒……"只是野猫已跑过两个街巷，去舔舐被情敌抓伤的肋部了。"别怕……"他继续喊叫，"不入虎穴焉得虎子，明晚还有机会……"他自言自语，心里盼着接下来几日可以夜夜徜徉花柳巷。他抓了抓后脑勺，头上的发髻更显凌乱，又略抬起一只脚放了个响屁，笑逐颜开，晃了晃肩膀抖落疲惫后，就往十余步外的长宗我部氏宅子走去了。

　　陷入沉思的西乡盖上罐子，撬开其中一个漆盒，里面仅有几只毛笔、几块墨锭、几张纸和一些预备塞进信鸽所携竹筒的纸条；另一个漆盒被做成双锁，花了些功夫才打开，里面写了一半的文卷上胡乱画着小方格，零零散散的字块落在上面。西乡盯着文卷，试图破译上面的潦草字迹。忽然，一切都说得通了。浪人将纸堆抛之脑后，总算明白了德川家康的计谋，自始至终所有事宜均是老奉行一手策划的，未来征夷大将军的目的是借此甄别敌友。罐内之物和巡逻队的装模作样令西乡深信：在内战火种尚未完全熄灭之际，甄别出谁是能真正支持自己登上宝座的人，这才是德川家康血洗京都的真正目的。楼下，小畑景范又检查了一遍本田和正的手信，正摸索着台阶准备上楼。

第六式　意志

"……别让我死在这个不时就得光顾的囚牢里……"
　　——米格尔·塞万提斯《奇想联翩的绅士堂吉诃
　　　　　　　　　德·德·拉曼恰》

"救救我！看在神圣普罗维登斯圣母的份儿上！救救我！"克里索斯托莫·费尔南迪斯继续沙着嗓子喊。目之所及除了一块棱角尖利、两手难以环抱的巨石外，再没别的抓取物了。皮肤已被藻类和成堆的软体动物刮伤，湿透的僧衣总把人往水里拽。那双惯于祝祷和赐福的手每次想抓住些什么时，最终都会不自觉地松开，好似眼前的巨石是一口烧红的热锅一样。他深信，若能顺利脱险，必是上帝恩佑，天主不会抛弃他最虔诚的仆人的。可若是无人搭救，他很快就会死。"我不会游泳，救救我吧！"修士继续在海里扑腾，眼前的海滩仿佛在千里之外。他懊悔不已，若能从浅水区游过二十来呎，便能获救了。

少尉却不同，他自幼便在河里学习划水，尽管家庭教师和严肃的父亲对此顽劣多有责难，他还是不止一次地与家里马夫们的孩子偷偷外出，时常顶着夏日酷暑，在蒙福尔特近郊富产鳗鱼的水坝上嬉戏。极不情愿的奥图诺·德安德拉德也是其中一员，这位体弱多病的小男孩总是迫不及待地指出，像他们这样身份的人与仆从家的孩子一起浪费时间实在不成体统，为此，塔玛索总要出面为朋友说情，方可避免其他小伙伴给装扮过分的奥图诺一顿教训。然而此刻，尽管相距不远，老军需官却没有十足把握。托钵会士似乎马上就要晕厥，塔玛索自己也疲惫不堪。他状态很不好，在海滩醒来时的那点力气也所剩无几。他藏身在延伸入海的成串不规则巨石后面，看不见其他幸存者，若想求助就得原路返回，但时间来不及了，托钵会士眼看就要溺亡，而他还想继续找马丁呢。他确信无法只身扛起修士，只好四处张望寻找木桶一类的东西借力。"我这就来！"他朝修士喊话试图安抚对方，"你马上就会获救的！"他沙着不知被灌了多少海水的嗓子承诺着。他想找到马丁，想知道他是否还活着，而修士是他认识的唯一一个会日语的人，他需要他。"哎，天哪！造孽的人忏悔之前也是这么想的……"克里索斯托莫终于开口，声音低得只有身旁的海草隐约可闻。

正当塔玛索不遗余力寻觅漂浮物时，巴托洛梅也朝他经过的方向走去，脑海里再三思索如何使年轻人的死看起来与海事罹难者并无二致。他相信，只要出其不意将人逮住自能成功。他往前走着，在一捆海草里发现半截船上的烛台。环顾四周，当地人忙于救援，并无人注意到自己。残存意识的生还者中，有些双手合十闭眼祈祷；有些望着船体遗骸，哀叹时运不济；还有些大声争论着：一方声称已无任何离开异教徒国度返回故土的希望，另一方则坚持认为，可以再造新船或从长崎起航。巨石堆另一端，托钵会士似乎已经晕厥，塔玛索恰好被石块挡住。巴托洛梅趁无人留意，弯腰捡起一根船体横条，藏于前臂下，起身继续向前。老会计沿巨石链看去，一只木桶随海浪忽远忽近，泛起的泡沫在沙滩上时有时无。

不光海难者，日本人也须应对自身问题。遍布碎石和灌木带的海滩那头，两个上了年纪的男子正神色紧张地交谈着，眼周密布皱纹，满是忧愁。其中一个叫"町"，此名除了表明他是大名辖区内某村责任人外，并无半点对其每日繁重活计的尊待。町出身渔家，虽然在其他吃苦耐劳的农民渴望佩上武士刀时，父亲便已在内战中浴血搏杀，但织田信长带来的短暂和平最终还是将其遣回，承受大海的奴役。这个勤劳壮实、脊背略弓的男人风吹日晒大半生，那日晨起一看到海滩上的狼藉状，原本庆幸村里并无一人被风暴带走的愉悦便去了大半。他立即反应，组织村民救助海难者，对遇难船只上的海员甚为同情，命运已经决定哪些生命之光即将永远熄灭，哪些还会再燃一天，必须尽快抉择的紧迫让他心忧。

关原之战后，战胜方随意更改封地，边界模糊不清，采邑权属争议不断。渔村所处的志摩省归曾支持德川家康的大名九鬼守隆管辖，其父九鬼嘉隆却是太阁继承人的拥趸，由此，父子二人在内战中自相残杀，给志摩当地臣民带来无尽灾难，但也再次展现出九鬼氏极强的适应性，他们自丰臣时代就奉命出海抢劫，惯会见风使舵。如今，德川家康将此地作为结盟奖赏，分封给忠诚的九鬼守隆。即便如此，町仍害怕引起关原大战获胜者的怀疑，这才与另一位年长的渔民斟酌计议。两人边商量该如何行事及向谁禀报，边怯怯地瞅了几眼远处的鸟羽城，那个地方总是提醒他们，自己不过是任凭武士和大名使唤的贱民。町在犹豫是否应通知城主，还是直接送信给江户。他真担心向城主禀告会令德川家康对九鬼氏再度起疑，从而打击报复，但避开大名仅知会未来的征夷大将军同样会令九鬼家感到被轻视。正当町为此焦头烂额根本无暇他顾之时，一个长着兔唇、僧侣模样的人从旁经过。那人远远走来，对町微微颔首，没说一句话。

宗佶行至海滩巨石链附近，发现此前获救的洋人也在前面走着，他原想或许此人是来向救命恩人致谢，却见对方缩肩佝背四处张望，紧贴侧身的前臂下竟藏着一根短棍。"誓言真是和鸡蛋一样脆弱啊，"预感不妙的宗佶自言自语。由于石块遮挡，宗佶并未看到洋人已追上另一个大胡子，不由加快脚步。"要是你能帮帮我，那就容易多了，"海水及腰的塔玛索眼看木桶漂远，遂向奥努瓦人喊话，"容易多了……"并未提自己不久前才救了他的命。的确，若非他搭救，德帕洛斯早就溺亡了。"真是抱歉，我好像肩膀受伤了……"巴托洛梅一边撒谎一边试图看清修士是否真的昏厥，"这可难住我了，不过我可以回去找人帮忙。"他又说道，好像自己真会返回海难者云集的沙滩似的。

宗佶看着洋和尚精疲力竭，脸挨着一块石头，双眼紧闭，个子稍矮的那位洋人则迈入水中，走向正准备蹬住木桶往海里游的年轻人。他听到他们在交谈，只是听不懂意思，不过倒可以猜测他们要做什么。他不大明白洋人的规矩，不知那人是要行叛逆之举还是作为主君伸张正义。洋人的习俗颇为奇怪，说不定面如死灰的那位的确有权杀了高个子。宗佶不得而知，决定采取折中办法。海浪差点打湿衣衫，他伸长手杖，轻轻敲了敲眼前洋人的脊背，此人手握木棍，正准备抡向海里蹬木桶的那位。他真是太大胆了，若那人确为拥有生杀大权的大名，自己刚才的举动简直罪不可恕。但不知为何，宗佶确信事实并非如此。他敲完后微笑着躬身行礼，受惊的巴托洛梅忽地转身。"早上好，"宗佶以向尊者致意的口吻，极亲切礼貌地问候道，不懂日文的奥努瓦人一头雾水。塔玛索开始借着木桶往前游，他来不及思考海难发生前马丁留给自己的可怕提示，恢复知觉后一心要找到好友，即便不知他是死是活。他想救下修士，唯如此才能继续寻找马丁。意识模糊的克里索斯托莫神父尚未看清眼前场景，只是像亡灵弥撒上紧攥念珠的修女一样，牢牢抓着那块石头。塞巴斯蒂安·比斯卡伊诺正在海湾上怒气冲冲地咒天怨地，像他这样身份的人竟在这该死的沙滩上狼狈不堪，幸存者却无人理睬他。

举棋不定的町终于做出了自己认为正确的决定，也是唯一他深信能确保村民万全的法子。他会送两封信，一封给鸟羽城，一封给江户。他会告知德川家康一艘外夷船只在志摩省搁浅，同时捎信给本城主君，除了上报海难事，还须郑重说明已命人将信函复件送往德川家康处。

德帕洛斯一个字也听不懂，正当他张口结舌不知如何作答时，身后传来塔玛索渐渐远去的划水声。面前的人上唇开裂，微笑诡异，一双栗色眼睛在陌生的脸上半开半合，他身后的人则都脚踩楔子，身穿暗橙色短衫，再远处是一些从未见过的陋室轮廓。长相丑陋又邋遢古怪的陌生人仍说个不停，但奥努瓦人根本不知所云。他偷偷扔掉藏在身后的木棍，开始明白自己对此处一无所知。嗜酒如命的船长萨尔塞多只怕已沉入圣哈辛托号的底仓，花里胡哨的比斯卡伊诺对克里索斯托莫神父在船上的告诫置若罔闻，除了唉声叹气别无所长，就连神父本人也没能幸免，他往后看了看，那家伙趴在石块上，似乎已断了气。他听过长崎岛将教徒钉死在十字架上的骇人往事，日本人如何对待外族人亦有所耳闻。若无法返回马尼拉，德莫伽的慷慨承诺便分文不值。即使再不情愿，此刻，巴托洛梅·德帕洛斯也不得不承认，至少目前，他需要首席长官活着。

失神的孔斯坦萨被加斯帕尔揉搓旧帽子的样子逗笑了，而无论帕切卡本人还是在场的其他人却都未注意到这点。孔斯坦萨想，或许他们都得如她一般陷入爱河才会明白，一个眼神或一个动作也能像最激动人心的演说一样意味深长。

"……绝对不行！不！若真那样做，势必会使王后遭人指点，那就太放肆了！"侍女玛利亚·德西多尼亚斩钉截铁地说。众所周知，议论腓力国王怠政的尖酸小调早已传遍马德里的大街小巷，她可不打算再给那些恬不知耻的家伙编造讽刺诗文提供借口。"无论如何这不能演变为政治事件，那会是一桩丑闻！我不同意！难不成你想让瓜达拉哈拉门的小摊贩将此事口口相传吗？""是的，是该解决，"她承认道，"但绝不能走漏一丝风声……"

玛格丽特王后最宠爱的侍女义正言辞，出神的孔斯坦萨被拉回现实，她这才重拾思绪，却不敢插话。她并不在乎爆出丑闻的政治后果，唯一的关切是如何才能避免他们加害心爱之人。"可那……那个……"帕切卡犹豫着，不敢以轻浮狂妄之语道出令人烦厌的奥图诺·德安德拉德，那会坏了王室规矩，"他不能逍遥法外！他的所作所为太可怕了！太可怕！必须受到惩罚！"加斯帕尔默然点头，以示对帕切卡激愤之辞的认同,她已尽量使语气与庄严体面的王宫相配了。将他们带至此地的膳房杂役掏着鼻子,对众人的争议不予理睬。

这小子如今可算从层层束缚中解脱了,在老兵小屋时,他甚至主动供述曾参与偷盗希尔索画廊的壁毯。"还得算上一个戴着漂亮徽章的糕点师,"他忽然接过帕切卡的话,连加斯帕尔也不知这黄毛小子突揭惊人内幕所为何意。不过,正当老兵准备喝口小酒,帕切卡为孔斯坦萨更换手腕绷带之时,这个名叫鲁伊、乐于助西西里女孩儿一臂之力的年轻人又表示,很愿意讲讲他和他的酒肉朋友是如何从王宫转移赃物的。他先以收入微薄为自己的罪行开脱,好似非得大人发话方可补救卑劣行径的孩童,然而,不等加斯帕尔喝完劣质红酒,他就把通过卡洛斯一世宫内一处废弃的排水渠传送财物的事和盘托出了。数年来,王宫内各处工事几经改造,只消利用与泥瓦匠和手工艺人的交情,便可发现不少隐匿之处,而他口中那小小的管道正是为坐等待付酬金才未被封死。

小伙子眼窝深陷,鹰钩鼻突兀地立在稚气未脱的小圆脸上,在老兵的陋室里听了大人们的闲谈后,便详陈如何才能抵达金塔,当然,他并未提及那排水渠对嬷嬷来说还是略显狭窄。鲁伊不知道的是,五天前,当孔斯坦萨已完全康复,可以长途跋涉时,玛格丽特王后也开始了她的首次分娩。此事不仅拖延了迁都巴利亚多利德,也为他们在一片糟乱的王宫里找到容身之处提供了便利,但也导致他们无法同王后会面。当发现躲在柱子后嗫嚅的杂役小伙时,玛利亚·德西多尼亚上气不接下气险些晕厥。擅自闯入已是放肆之极,等她认出对方竟是偷宫内壁毯的小贼时,更是差点叫来侍卫,幸好鲁伊及时拿出孔斯坦萨的手书才免遭逮捕,而后便看到蹚过排水渠脏污湿透的众人,几个人看起来虽很疲惫却无大碍,除了加斯帕尔·德席尔瓦,他似乎还能徒步往返菲尼斯特雷角且不必拿下破帽擦擦汗水。

疑虑重重的玛利亚决定暂且相信。如今,听西西里女孩儿讲完惊悚始末后,更觉事关重大,特别是奥图诺·德安德拉德似乎已然招供。"不,我并不是说那恶棍会逃脱惩罚,"玛利亚用责备的眼神盛气凌人地盯着嬷嬷,"他当然会受到惩罚,但在侍女、宠臣乃至任何人之前,王后才是首位!高于一切!不能意气用事!"说着向孔斯坦萨投去同情的一瞥,"向王后禀报前,"她依旧语气强硬,"我可不想让她平白因卑鄙小人的行为忧心,至少得掌握更多有关莱尔玛公爵及其幕僚腐败的消息,方可……能否借此事为王后谋利才是最要紧的。"她很乐意给王后一个质疑莱尔玛公爵及其团伙的口实。"要三思而行,"玛利亚坚称,"想好请何人出面,若此事落入别有用心者手中,只怕会向宠臣通气,一切可就功亏一篑了。首先……"她明确提出,"咱们得找到去往塞戈维亚途中的农舍,如此才有状告证物……还不能遗漏他的同伙,要搞清谁是他在印度群岛和议会的接头人。"不安的孔斯坦萨渐渐从谈话中明白,玛利亚并不关心自己的事,或者更确切地说,发生在她心爱之人身上的事,截至此刻怀揣一连串问题隐忍不发的她终于决定开口:"可是,如何才能通知塔玛索他正身处险境啊?得给塞维利亚捎口信,咱们得往菲律宾寄邮件啊,说不定……"她不放弃一丝希望,大胆提议,"说不定他还在马尼拉,说不定他们还没来得及组织前往日本的探险队……"她越说越急,不敢承认过去几个月的漫长时日足以完成那该死的航程,思及此、不禁默然。"眼下有比佛兰德斯军需官是死是活更重要的事!"玛利亚直截了当,言辞激烈,"重要得多!"西西里女孩儿刚要说话,闻此只得忍气吞声,她本以为到王宫后一切都会解决。帕切卡难过地看着她，似乎能对其苦难感同身受。玛利亚则面露不屑与傲慢。早已不再幻想的加斯帕尔虽心怀怜悯，但遗憾的是，年岁总教人理智。对王室侧近人士而言，孔斯坦萨所遭受不幸的唯一价值，是宠臣秘书官的卑劣行径能帮他们在权力博弈中争得筹码。

"不！不！必须给塔玛索发信，或许还来得及！"西西里女孩儿声音颤抖，坚持着，她举起两手作哀求状，小心不露出虽已解去绷带但仍红肿脆弱的手腕。玛利亚神情决绝，不为所动，这位千里之外的、名唤塔玛索·德埃尔南德斯的前大方阵少尉对自己根本无关紧要，她甚至懒得掩饰这点。老兵对孔斯坦萨充满深深的同情："那也是条命啊……"他想声援女孩儿，但一看到玛利亚锋利的眼神又噤言了。"够了！若能发信早发了！"玛利亚·德西多尼亚冷冷地说，简直像经历了近千次围城战的军士一般，"我已说过，眼下有更紧要的事，且相当敏感，必须妥善处置……""可……可是……不行！一定要发信！他们会杀了他的！"泫然欲泣的孔斯坦萨喊着，连帕切卡亦恨不能将粗话脱口而出，加斯帕尔无奈地摇摇头，下巴的白色短须被嘴角沟坎纵横的皱纹挤得闪闪烁烁。"我说了，够了！"玛格丽特王后的宠侍忽地站起，一缕头发唰的一下从发髻掉落，"住嘴！都听好了！卡斯蒂亚和阿拉贡王朝的继承人、未来的西班牙国王马上就要出世，此等丑闻不可随意外传！我决不允许王后再受非议！一切都须从长计议，无需多言！"

说话间有人扣门，顷刻后进来一名男仆，看似普通的外表下透着洞察一切却守口如瓶的持重。他看了看玛利亚，清了清嗓子，示意所报之事不宜众人知晓，后者遂上前几步听信。男仆所述恰中玛利亚关切,法兰西的玛利亚·德美第奇也将产子,联姻谈判很快就会开启,若其诞下储君,势必不会容忍腐败肆虐的西班牙王室再添坏事,奥地利的玛格丽特和西班牙帝国腓力三世的女儿是定要嫁与王太子的。"王后刚诞下一名十分健康的小公主,上帝保佑,那可是将来的法兰西王后啊!"她郑重说道,"待时机成熟,我会让王后知悉此事的。目前,你们还不能离开王宫,我会叫人将你们安顿好。只有在这儿,她,才是安全的。"玛利亚指着孔斯坦萨说,随后紧了紧衣领便同男仆出去了,看也没看他们一眼。加斯帕尔推断,侍女是想以此宣告,在确保他们不会破坏毁灭宠臣的计划前,自己及其他人只能暂囚王宫了。王后的宠侍希望孔斯坦萨留在王宫也并非为其安危着想,而是要掌控何时何地使用对莱尔玛公爵不利的把柄。不知所措又不明所以的孔斯坦萨只觉救下塔玛索的希望正变为灰烬,随风散去。

浪人自知时间紧迫,尽力不去回想石田三成的头颅和刚发现的一切,那些字迹潦草的纸张尚未来得及检查。第二个漆盒里放着些写了一半便被随意搁置的信笺初稿,并无特定顺序,看起来像是被某个急于完成任务的冒失鬼慌乱丢弃。可惜来不及了。不等他读上几行,一阵异常的嘎吱声预示着危险临近,有人正走上夜莺地板。别无选择的西乡隼只好拿起一张两面都密密麻麻的信笺,对折后藏入胸口。他盖上漆盒,尽量使其恢复原状,又从腰间拿出手里剑,转身面向入口,努力调整呼吸,避免弄出声响。尽管威胁迫近,但他仍心存侥幸,或许走廊里的人并非是朝此处而来。

小畑景范低声哼唱着从紫藤宅院听来的新潮歌谣。因长时间漫步，他已睡意全无，犹豫着待发信后是否要再来一壶清酒方去就寝。足轻听到隔扇窸窸窣窣被推开，脚步声不断变化，越来越近，先是错综复杂的夜莺地板刺耳的嘎吱声，而后是有节奏的脚踩楼梯声，最后传来踏上房间厚软竹席的闷响。西乡为免万一，提前备下了一小捆涂了柏油的干稻秆，即便天气潮湿也能引燃。若被围困无法脱身，这是万不得已的法子。蓄意纵火罪不可恕，火势蔓延会吞噬城镇，摧毁轻木建筑，但即便如此，无论何其痛心，他也绝不会让自己被捕。必要时他会烧了宅子。脚步声忽然停住，只听来人咝咝啦啦放了一串响屁，又嗷声连连打了几个哈欠。"拿壶米酒来，"大腹便便的武士朝身后喊去，并不在意是否有人听到，"要热的！"他抓了抓屁股说。西乡两腿蹲缩，轻轻吹灭手里的小纸灯，握好手里剑。小畑景范一边喘着粗气，一边剧烈地摇头晃脑，咂巴咂巴嘴里的酒气，避开被用作本田和正卧房的隔室，朝藏着密道的屏风走去，开门前还特意整理仪容。

　　西乡听着密室的门被缓缓拉动，遂闭上双眼，轻轻呼吸，右手的手里剑被攥得微微发热，肩膀肌肉也不觉紧绷起来。推开隔扇的小畑并未看清隐匿在黑暗中的浪人，更不知死亡就在眼前。长臂如鞭，短剑在空气中划开一条口子，扎进武士颈部的赘肉，小畑景范连忙用手捂住伤口，剑柄在短粗的手指间尤为清晰，胭脂红的鲜血开始咕咚咕咚往外冒。西乡看着敌人摇摇晃晃，砰的一声向后倒去，一束琥珀色灯光恰于此时照入隔室，有人点亮了走廊的灯笼。快要窒息的小畑拼命吸气，却不知气管早已穿孔，鲜血逐渐渗入草席缝隙。西乡看着眼前奄奄一息的武士，从腰间取出另一只能置人于死地的手里剑。小畑景范两腿发直，身体抖动，颈部垂死的嘶哑声越来越弱，渐渐没了动静。夜莺地板又嘎吱嘎吱响起。

此前在厨房候命的女佣听到指令，正端着装有一壶清酒、一盘小食和一些醋腌下酒小菜的托盘，边走边挨个燃起宅子上层的花灯。西乡拿着手里剑从密室匍匐而出，准备再次对战敌人，正盘算着如何据敌多寡行事。还未有人发出警报，还有时间。可当看到端着托盘的姑娘时，他又犹豫了。女佣并未看到屏风那侧地上的影子，那上面绘着的正是一幅积雪山林白虎行猎图。她并不知此为何物，直至眼尾扫到隔扇那头小畑君的头颅和躯干，一摊黏稠阴森的血泊正从他身下蔓延，立刻慌退一步，仅剩最后一丝力气的小畑景范又在此刻转过脸，女佣不禁大叫："侍卫！侍卫！"浪人迅速收起手里剑，躲开尖叫的女佣立马逃跑。不等迈第二步，长剑已出鞘。女佣手里的托盘咣当掉地，精巧的瓷瓶被打碎了，清酒的醇香登时飘散屋内。女佣见身着黑衣的陌生人如风般嗖地闪过，吓得急忙双手捂脸。西乡踩着夜莺地板来到楼梯尽头的门洞，从腰间袋子掏出一把蓟草洒向台阶，此处是侍卫必经之地，不过他得另找逃生口。他果断打开侧窗逃出，又将窗扇小心合上，身后是侍卫们的嘈杂声和踩到蓟刺的苦叫。

整个宅院灯火通明，佣人们都躲在厨房，脚底率先被刺伤的侍卫们忍着痛，断断续续提醒着后来人。浪人深知，若得意自满则蓟刺的妙用便无太大意义，他稳稳踩住屋檐，轻轻挪动，留心查看花园的每处动静，以便应对不速之客。屋内号令如潮，武士们组织应战，其中四个被蓟刺扎得厉害，正等着大夫救治；一位后到的武士吸取前人教训，上台阶前仔细观察，总算得以毫发无伤地爬上二层，一入隔间就跪在一动不动的小畑景范身前，这位他最尊贵的客人眼下已变成一具冰冷的尸体，此事带来的后果令他忧心忡忡。又来了一名武士，此人由本田和正钦定负责宅内安防,他冷冷地看了一眼现场,便开始审问女佣。女孩儿几乎无法言明所看到的一切,她紧张极了,说得结结巴巴。他们从两侧将她架住,一遍遍向颤抖不止的她重复同样的问题。"他像个影子……"武士摇摇头,对惊惶万状的女佣所能提供的少得可怜的信息十分不满。最后一批侍卫也已就位。"就近散开!他应该进来了,但还没出去,"武士确信无法从女佣身上得到任何有用线索后,便毅然下令,"别杀了他!要活的,要问他的还多着呢!散开搜捕!"女佣依旧惊魂未定,被侍卫松开后就踉踉跄跄跑开了。"他还没逃走……"侍卫头子再次施令,他尚不满二十,踌躇满志,一心想利用此次驻守长宗我部宅院的机会获得升迁,在伊达政宗封邑的仙台城谋个要职。他决定要在本田和正回来前抓住闯入者。他要竭尽全力,决不允许事无所终。"还没逃走!"一并加入搜捕的他坚称道。

西乡行至屋顶拐角,夜色中看到好几个武士朝花园围墙跑去,一圈圈花圃在火光闪烁中忽明忽暗,确定无人偷袭后慢慢从屋檐滑至地面,轻轻落在鹅卵石上,武士刀再次出鞘。他转身看向作为参照物的那两棵雪松,立足地与逃生口之间是遍布围墙的侍卫。他不慌不忙,不想引起注意,但即便如此,刚往雪松树走了几步,还是被发现了。"那儿!那儿!他在那儿!"一个侍卫提着灯笼,正对着他大喊。鹅卵石被踩得咯吱作响,好几个武士像猎狐的野狗一样向他扑来。西乡并未朝花园和水塘跑去,而是一边打开装有火炭的木盒一边往围墙走,左手持炭,右手拿刀。"他在那儿!别让他靠近围墙!"鹅卵石上噼噼啪啪的脚步声混杂着号令声。"在那儿!"他朝雪松奔去,最先察觉西乡的两位武士已从最初的震惊中回过神来,拔出长刀准备应战。雪松近在咫尺,浪人却忽然停住。表面上看,他已做好防守,引诱敌人出招。他闪过左身，手抵后腰，淬炼的刀叶在石面划出道道火光后，倚着脊背直指天际。对于敌方武士来说，这不过是曾在柔道馆听过的某种夸张姿势，更为保守的二人将长刀举过头顶，打算将鲁莽靠近的人一劈为二，实际上却并未猜出对手的意图。西乡隼将轻倚脊背的武士刀的全部重量转移至左手，盯住与雪松的间距，暗暗把火炭连同剑柄握在右手。一切胸有成竹之际，他又忆起伏见城的那位忍者。杉木温和的香气萦绕四周，三人都在推断接下来的动作，都在拿捏方位欲先下手为强。

越来越多的武士围向石子路，茶室后有两人携带长矛不断逼近。"别让他跑了！抓住他！"有人越过被不规则小石园围起的茶室喊道。包围圈越来越小，西乡调转木盒，火炭从戴护套的手中落下，不等火炭落地，左脚又向前狠擦鹅卵石，敌方视线纷纷转向地面，他趁机将火炭扔向进院时撒下的粉末，火花立马沿着地上的粉末痕迹燃烧起来，一股浆糊般的浓烟迅速升起，在两棵雪松木间形成厚厚的迷障。拿着长矛的二人来不及反应。浪人自知时间有限，必须在更多追兵赶到前逃脱，已攀着杉木树干跳上围墙。呆若木鸡的二人好一会儿才反应过来，其中一个稍有经验，不顾浓烟弥漫毅然纵身向前，温度还在升高，烟雾已扩散至树冠，他的同伴想起前辈口中的古老传说，不自觉往后退了一步。穿过烟雾的武士被包裹在另一侧的涡旋状火焰中，四肢像葡萄藤的毛絮一样烧灼着，他想转身寻找闯入者，却只觉皮肤火辣辣的疼，心脏也失去了律动，立刻跪地想喘口气，喉咙却像被封住了，一丝气息也进不来。他一头栽地，想咳嗽一声也不能如愿，嘴巴被酸涩的呕吐物堵得死死的。其余武士则感到手指紧缩，双眼模糊。胃里是翻江倒海的恶心和阵阵剧痛，脸像被泼了剧酸一样扭曲溶解，伴随着下颌滴滴答答的呕吐物，他发出最后一声嘶哑的呼吸。面对如此惨状，赶至雪松处的侍卫们无一再注意附近的动静。正当他们看着自己的同伴行将就木时，一根黑色长绳从宅院的围墙抛下。这叫人想起潜伏于杉木枝叶间窥探鸟雀的毒蛇。夜影重重遮住了扔出绳索的那双手，只有城墙上舔舐伤口的野猫看到一个蒙面黑衣人往街巷深处逃去。

榻榻米上大片黏滞的血洼缓缓流动，像一只贪夺性命的可憎怪物。新剖开内脏腥热刺鼻的奇臭令人窒息。四下寂静无声。下令切腹的本田和正面带微笑，神色不屑，毫无愧意地看着一动不动的侍卫头子。后者的双手直到最后一刻，仍紧紧攥着用祭祀绢帛裹起的短刀锋利的刀叶，上面还黏带着被挑出的内脏。他按传统双膝并拢跪地，先将短刀扎入肋骨一侧，而后沿肚腹一字豁开，再抽回至肋骨，最后往上划至心脏处才倒地死去。他俯伏在草席上，因剧痛扭曲变形的脸被巧妙遮掩起来，发髻整齐的头顶上还闪着最后几滴汗珠。

吉冈清十郎跪坐于地，背对头领，看着隔扇尽头的另一具尸体。无须想象也能看出发生了什么，疏忽大意的小畑景范被人偷袭谋杀，仍插在脖颈的手里剑便是证据。唯一需要确定的是在被发现之前，闯入者究竟探查了多少东西。隐忍不发的本田和正哼了一声，他之所以下令武士切腹并非指望解决什么问题，仅仅因为任务失败理应如此罢了。如今，他又失去一位可用之材，而闯入者到底所为何人竟无半点头绪。他用手拂过疲惫的脸庞，捏住下巴的小胡须，躬下身，向仍低头看着尸体的吉冈清十郎发问："他到底知道多少？"后者并不急于回答，而是又看了看被推开的隔扇和暗室，晨光显得他脸上的伤疤愈长了。他仔细观察眼前所见，判断室内之物是否完好如初，最后才缓缓开口:"无从知晓,小畑君进密室前应该就被杀害了,"他没甚把握却大胆断言,"但意外发生前,那人究竟在密室里待了多久实在难以查清……就算检查盒子,可属下连里面装了多少信笺都不清楚,恐怕更难知道缺了什么……"他指着小畑的尸身说。本田和正苦笑,事实显而易见,"可能是那该死的家伙……"他推测道。吉冈知道他说的是谁,他们接到不少有关麻脸武士的耳报,那家伙走遍全城,到处打探石田三成头颅被盗的消息。"属下不知,更像是佣兵所为,单独行事,用手里剑,还有烟幕墙……"他看着突兀插在小畑景范脖子上的短剑,不免提到那些忍者。负责押解石田三成并将其处决的本田细细回味着下属的话,如他所言,此等技艺的确为忍者特有,而非哪个下贱的浪人出于好奇临时起意。尽管理性告诉他两者互为关联,直觉却在此时占了上风,这太巧合了。"我不相信,"他盯着吉冈清十郎看了一会儿,起身说,"看似有理,但还不够说服我……"

当迭戈·马丁内斯看到一向衣冠楚楚的宠臣秘书官竟如此狼狈不堪时,着实吓了一跳。在此之前,他可从未见过奥图诺·德安德拉德身上乱了哪怕一根头发丝儿,或是世家裁缝打下的扣子眼被错位的纽扣系得歪七斜八。因此,当莱尔玛公爵的心腹以这幅打扮来到阿莱纳尔大街的豪宅时,总督惊得差点咬掉嘴角的八字须。不过,虽惊愕却不失礼数。自客人进门那刻起,他就盘算着如何从这不期之访中捞得好处。

总督是个因酒肉过度身材相当臃肿的人,一个只会明哲保身、千方百计走诈骗之路的懒汉。有生以来,除了偶尔养养鹌鹑,迭戈·马丁内斯唯一想做的便是尽可能少地出力干活。这让他时常成为宫廷权力之争的提线木偶,为费力讨好众人而频繁更换职务,这可并非出于大公无私,而是纯粹为避免麻烦且不时收些贿赂。然而,尽管迭戈·马丁内斯总是试图取悦一切能为自己提供奢靡生活机会的人,却仍常对奥图诺感到厌恶。他是在一个晚宴上结识秘书官的,彼时后者刚从蒙福尔特返回,受莱莫斯伯爵举荐,正要为宠臣效劳。宴席后,他为因无法专注进食而错过宫廷的可口饭菜惋惜不已,也自感这个身材矮小、太阳穴瘤子最是扎眼的家伙不可信,但若非秘书官帮忙,迭戈·马丁内斯的确无法谋得后来的差事,故而还是端来脸盆叫奥图诺洗去一路风尘,又为其奉上一杯滋补红酒后,才请他谈谈何故如此。

"我记得她,"听完奥图诺的谎话连篇,总督适时发声,"德阿克西奥利大人的千金,刚来时除了意大利语什么也不会说,很是……"话到一半又停住,他直觉奥图诺说的漏洞百出,只怕秘书官所谋之事与那女孩儿出众的容貌有所牵连。由于自己的衣衫太过肥大,仅一个裤腿便能将德安德拉德全然裹住,一阵寒暄后,总督只好拿来儿子的毛绒长袜、紧身坎肩和皮上装给秘书官换上。待莱尔玛公爵的老下属走后,迭戈·马丁内斯决心要好好利用这桩丑事为自己争取最大利益。只是针对奥图诺的行动得慎之又慎,须得确保值得冒险方可。那家伙在王室最为卑劣无耻,无论是否被驱逐都十分危险,恐须费上一番脑筋。因此,几天过后,当仆人告知他门外有来自阿尔卡萨王宫的访客时,也就不足为奇了。他命那人从马厩后门进来,自己在楼下等他。

"怎么样?"他省去客套直接问送信人。管家警惕地看了看四周说,"我找到她了,在王宫。""你确定?""是的,毫无疑问。和她嬷嬷,还有个不知哪儿冒出的老头子。还有个杂役,我记得他偷过宫里的壁毯……"仆役自知离题,遂又言归正传,"我敢确信就是她,孔斯坦萨·德阿克西奥利,"边说边不停地点头强调,"他们都跟玛利亚·德西多尼亚在一块儿呢。"最后这个名字在总督耳畔"轰"的一声,像是听到了预示危险的警报,"侍女?最受宠的那个?"管家点了点头。迭戈·马丁内斯又问了几个无关痛痒的问题,而后拿出事先备好的钱袋便打发来人离开了。"所有这些,一个字都不许说出去,听清了吗?一个字都不行,跟谁也不行。"他最后叮嘱道。

来人很可能无法守口如瓶,马德里的长街短巷迟早会传出讽喻小调,欲要阻止实属为难。不过至少他已肯定,奥图诺所行坑蒙拐骗之事不计其数,而糟糕的是,王后心腹、对莱尔玛公爵深恶痛绝的玛利亚·德西多尼亚的出现让局势更为复杂。但即便如此,总督还是决定继续老营生,毕竟奥图诺承诺的报酬实在诱人。不等管家走远,他即着手写信寄往塞维利亚。天亮后他会吩咐法警副手下发具体指令,全城巡查。

熙熙攘攘的京都城外是些明暗相间的小山丘,那里栽种着天选之岛最古老的茶树,最庄重典礼所用浓茶的上好原料便是由此而来。这些不起眼的植株栖身在自然坡度形成的层层梯田间,既避免了雨水积滞泡坏茶树,又能确保在全年精心呵护下产出质量上乘的特种茶叶。这也是西乡避开车水马龙大道的主要原因,他仍一袭黑衣,难免惹人怀疑其动机。为了不碰上某个弓肩驼背老实巴交的农民,西乡隼正穿梭在密密麻麻的斗笠状茶树间，小心翼翼地踏过一个又一个小道。他可不想因偶然之错牺牲无辜的可怜人。

浪人太过谨慎，难免延误了时间，辰时过后才抵达目的地。待他来到野庙时，晨光早已从漏缝撒下，多年的积尘正在其中飞扬攒动。他按捺住恨不得立即拿出偷来的纸片分析一番的冲动，先像往常一样，耐心环视四周，确保无人惊扰。蟋蟀们从闯入者带来的惊慌中平复过来，对眼前自顾安顿的男人重拾信任，循着触角陆陆续续又从涂层剥落的墙体缝隙间爬出来了。墙角已不怎么冒烟的柴火上烧着一只老旧的生铁茶壶。西乡跪坐于地，一边仔细阅看手边的纸张，一边静待冲茶的热水。头两遍茶水已经倒掉，西乡并不急于满足胃口，而是等着醒神热饮完全泡好。除了近几个月收集的零散信息，面前破木板上就是他侦查到的所有实物了：从信鸽身上截下的密信和从长宗我部宅子偷来的一小张折页。他指望着那堆明显杂乱信纸中只此一片的缺失不会被发觉，好让敌人误以为自己并未查到实质内容。距离鸟居元忠托付重任已过去一年有余，西乡仍旧不知道究竟是谁策划了伏见围城的阴谋。如今可以肯定的是，石田三成的头颅不过是被关原大战获胜者用来甄别敌友的诱饵，但这却不能为浪人提供一丝有关伏见之事的线索。

他长叹一声，起身，手倚胯部左右拉伸。他已不是少年郎，身体的大部分肌肉因前夜的搏击劳顿酸痛不堪，脚底多有磨损，脸上被划破，脚踝也疼得难受，还有其他诸多小伤口。他忽然想起了儿子，想起了鸟居元忠留给自己的那封洗刷耻辱的信。他真希望能回到他的九州岛，重温那样恬静美好的日子，但每个人都将走上既定命运的念头又将他从那种思绪中抽离出来。除了尽力完成使命，他别无选择。若能圆满最好，不然，也要在圆满的路上死去。因缘际会中，或早或晚，你我都将归得其所。经过三次冲泡的茶香馥郁悠长，令人精神振奋。若是在伏见城花园茶室那样干净明亮的贵地，配以鸟居元忠的精致盆栽，这必然算得上一道上好茶汤，且须得用敞口薄壁的茶碗才能稍稍平息深秋的燥热。多愁善感已然成了他最大的敌人。身处废弃小庙，他唯有一只破口小杯可用，其厚度用在寒冬凛冽的清晨最为合适。已不能奢望更多了，眼下自己不过是活在战败耻辱里的贱等浪人罢了。

西乡就这样端着茶杯遥望远方，天光朗朗，林海明亮，秋意从树梢飘落，回忆洒散其间，褐红色的枫叶高高低低染满山野，微风抚过，摇曳生姿，冬日细雨总是一步一嗔宣告它的到来，开路的秋风翻动每片叶子、每个枝杈，在树梢间掀起阵阵波浪。这叫西乡想起搅动滩涂下待捕鱼群的时光。美好的瞬间总是倏忽而逝，唯有记忆长存。等到茶都用尽，他才从深埋心底的伤感中缓过神来，也没再冲泡，又坐回那些纸张前了。

不出所料，从长宗我部宅子得到的那张纸似乎真是关键线索。那是一段完整的密码，由写在纸张顶端的部分和歌与横竖相间的写意字符相对应，用于制发含押韵暗语的密信。破损的纸张边缘沾了好几滴墨渍，显然是从一张较大的纸上撕扯下来，频繁使用所致。尽管有一部分不甚清楚，但就在字迹潦草的笔迹边，似乎含有一封旧信密文的草稿。西乡甚至担心密码已派不上用场，或许敌人仅是由于犯懒，才将这段文字写在旧纸上，其实密码与从信鸽身上截下的密信并无关联，而动手解密前他并未意识到这一点。他拿出自己的信纸，沾湿墨石和毛笔，下笔前千思百量，一再确保仅有的器材不被浪费。他先将一块小板支在墙角，再将写意字符按照顺序分别填入一至七行，而后把前夜偷得的密信放在上面，试图将和歌音符和那段表意文字联系起来并开始着手记录。直至晌午日头高悬，他仍埋头苦干。有些字符的对应不合逻辑，有些字句晦涩难懂，他不能半途而废，他得再多喝几杯茶，再多点耐心，决不可气馁。近黄昏时分，他才发现自己从一开始便犯了听写员逐字死抠的错误。尽管密信确能与各行内的和歌字符相关联，但其中一行总也说不通。起初西乡以为不过是粗心所致，后来才意识到并非密信上的每个字节均有含义，遂终于明白背后的窍门。他得将方格上的空档也考虑其中才能正确判断密码位置，如若不然，和歌与密信则无法完全对应起来。他为自己的新发现激动不已，煮了几杯茶，咂摸了一番柔和的苦涩后，又拿起毛笔完成剩下的功课。

然而，最终清楚易读的信笺上显现的不过是些京都主要大名和商贾的名字，很可能是经本田和正确认会支持德川家康自立为征夷大将军的一部分权贵。这简直令人绝望，除了几个名字他竟一无所获。夕阳西下，紫红色的晚霞在山巅延绵不绝。初雨很快就要来了。他决定先填饱肚子，在小庙过上一夜，考虑到城内近期不会放松警戒，自己还是别去紫藤宅院或是长宗我部氏的宅子为妙。虽说节衣缩食并非难事，但他的储备实在有限，只剩些干饭团和腌菜了。正当他苦郁凝思之际，突然想到似乎遗漏了什么。偷来的信笺的确一面按序排列着和歌字符，但另一面也写了些东西。那是一段只有几行字的不完整行文，似乎抄写密码之人曾在背面写下另一封短信后又将纸撕了。一想到这儿，西乡忍住饥肠辘辘，立刻行动，终于得了些实料。

"伏见"，他将笔下的地名念了两遍，努力保持镇定。由于纸张损坏，行文无法与方格内的密码一一对应，只能誊出零散字节，而"伏见"恰在其中。此外还能了解到，日本与洋人的"征夷大将军"的某个属臣达成了购买伏见之战所需火绳枪的交易，这也证实了鸟居元忠的猜测。浪人推断，本田和正的人马来京都前便一直作为德川家康的细作打探消息，并于某日发现，期待建立商贸往来的粗野洋人实际支持五奉行中的其他家族。从字面看，西方火器由一个洋人官宦居中斡旋，再出售至日本，那人效力之地是曾由拉惹苏莱曼[1]掌控的南方岛国马尼拉，为洋人和无所顾忌的商贩卖命的倭寇与海盗多逃聚于此。但这用处不大，异国之人来日本早有先例，定居平户港的红毛子和在长崎办教会的南蛮人[2]比比皆是。据西乡看，此事很可能与后者有关。"暮伽……君……"他一边破解安东尼奥·德莫伽的姓名一边试着拼读。他盯着密文看了一会儿，自知洋人的名字难以发音，即便能读出也与洋人的说法有所差异。但无论如何，他总算为伏见之事摸出了一点线索：扶持石田三成联军的洋人的的确确插手了日本内战。他们贪得无厌，想吞下整个日本。尽管所得有限，但现在他知道，自己得找一个南蛮人，一个能与占领马尼拉的外族王室贵胄攀上关系的人。

巴托洛梅怀疑地看着那个衣衫不整的怪人，克里索斯托莫神父说过，此人是个冷酷无情的僧人，一个热衷于到处布道的异教徒。"那么，等他去孔波斯特拉时，肯定会走错路啊，"德帕洛斯向耶稣会士

---

[1] 马六甲苏丹国统治者，明代称满剌加国。——译者注
[2] "南蛮"是当时日本受中国影响，对最初到达日本的葡萄牙、西班牙、意大利等国的称呼。——译者注

调侃道。奥努瓦人试图以幽默口吻掩饰心中的不安，耶稣会士说的他全然不懂，并非那家伙的异教神灵或游手好闲惹人烦恼，而是其可能告发的事情叫人忐忑。他不知道那家伙看见或猜出了多少，为防万一，他尽量同他待在一处，迟迟未走开。空地上的幸存者们正努力接受现实，有些情绪激动的仍坐在沙滩上，望着在近岸海浪里晃晃悠悠的帆船残骸，另一些漠不关心的已将注意力转移至村民带来的饭食上了。

"他说听不懂，"克里索斯托莫·费尔南迪斯神父不耐烦地说，"他不清楚你是不是……呃……好吧……最好翻译成你是不是，不对，是咱们是不是……那个……他们代指军人的词……就是……意思就是他想知道咱们是不是当兵的……"塔玛索看了看那个古怪僧人，尽量不注意他脸上丑陋的兔唇。他还在适应没找到马丁的事实，他曾向一位村民连比带划，恳求他带自己乘当地独有的小船去圣哈辛托号事发海域，也怀着沉痛心情一遍遍拨开所有遇难者遗体。他坚持要找到朋友，直到对他一向上心的方济各士路易斯·索特罗迫使他认清真相。

古怪僧人接连提了一连串离奇问题，对耶稣会士充当翻译的能力深表质疑，不等对方思索，便要修士对令其颇为好奇的少尉之事做出澄清。从样貌看，僧人常年在外，似是来自诸如中国少林寺之类的遥远庙宇，只是那地儿被修士说成了"新林隐修院"。看起来，僧人准备对所有海难幸存者一探究竟了。"我想你可以告诉他'是的'，"老军需官疲惫地说，"告诉他咱们很多都是军人，不过你得尽量让他明白，咱们来这儿可不是为了打仗，而是带着谈判诚意为和平而来，有菲律宾总督以腓力三世国王的名义颁发的官方授权……""这一点必须说清楚！"塞巴斯蒂安·比斯卡伊诺插话道，脸上因吃不惯当地饭菜显出恶心作呕的表情,"叫他知道,站在他面前的可是西班牙王国大使!如今这场面可不是该有的礼遇!"克里索斯托莫神父又扒了一口饭,众人中唯一一个能熟练使用筷子而不至将饭团洒得粒粒都是的只有他了,而后将塔玛索的最后两句话翻译过去,并不理会大使的抱怨。

*　　*　　*

村民们正遵照疑似村长人物的指令忙活,迅速有序地带来干衣物、被子、水和食物。幸存者们聚集在混杂着灌木和草本植物的沙滩碎石地带。町仍未收到主君回信,忧心忡忡,不敢擅做决定。他原打算请在场的那位和尚作法火化遗体,但洋人们对此强烈抗议,特别是其中一个虽较年轻但看似身负职务的人。据一个被推举为翻译的僧人讲,洋人们想自己火化同类不愿外人插手。因此,町觉得,在九鬼守隆给出答复前,他最好还是按兵不动。他已下令将尸体小心挪至沙滩巨石链一侧,幸存者则安置在另一侧。町本欲在接到主君消息前稍加休息,却又想到得把尸体盖住,以免被海鸥啄得血肉模糊。宗佶看着村长指挥村民拿来遮盖尸体的草席,又回头盯着面前肤色黝黑的外族人,仔细琢磨传教士所言与自己眼见之事。看到十字架教的信徒终于能开口说话真让人欣慰,尽管其方式着实让人厌烦,似乎所有的词汇到他嘴里都只剩一个意思。宗佶知道这家伙很快就会难以自圆其说。他有一种不祥的预感,这群洋人除了所谓建立外交和经贸关系的意图外,定然还有别的目的。他仔细观察他们,这可真是一群怪人,竟以孩童般的天真任由喜怒外形于色,尽管自称商人,却没一点商旅做派,也不像武士,更不像织田年间弃武从农的兵勇;个头最小皮肤黝黑的那位连端碗也显得漫不经心，也不似习武之人，唯一能有模有样用餐的只有那个长着一双宝蓝色眼睛的人。

"我不是圣人……可也不是孩子[1]"宗佶不客气地说，尽管年岁和资历允许他稍有逾矩，但其疾言厉色仍略微过火。"他觉得咱们像做买卖的，不像当兵的，"克里索斯托莫说得风马牛不相及。塞巴斯蒂安·比斯卡伊诺闻听此言甚为满意。塔玛索直觉当地人惜字如金，并不敢过于肯定。迟疑不决的宗佶决定探探虚实，他抬起藤杖"唰"的一下往跟前的饭碗挥去，巴托洛梅虽一直留意僧人动静却还是来不及反应，不等松手，碗已飞了出去，米粒纷纷扬扬落在头发和衣服上。宗佶被逗得哈哈大笑，咧开的兔唇令他的表情更显无所忌惮。克里索斯托莫神父被惊得张口结舌，塞巴斯蒂安·比斯卡伊诺又嘟嘟囔囔发起牢骚。方济各士路易斯·索特罗瞪着耶稣会士，指望对方给个说法。老会计也一头雾水正努力捋清头绪。有些幸存者注意到了这一幕无所谓地笑笑，其他人只顾吃饭、议论返程和唉声叹气。这时，巴托洛梅突然像火绳枪里被点燃的炸药般忽地起身，一边抖去身上的饭粒一边破口大骂："该死的猴子！婊子养的杂种！"他往前一步站到宗佶身前，"我要用这根破棍子扒了你的皮！"在吕宋岛给德莫伽当巡查员时，雨林里可有不少王八羔子见识过他的本事，"我要把你碎尸万段！"塔玛索见状赶紧挡在德帕洛斯和僧人中间，"快问他这是为

---

[1] 本篇宗佶的话原文均为日语。——译者注

何!"他朝耶稣会士大喊。克里索斯托莫只是干咳,说不出一个字。"老子要像扎油橄榄树一样扎死你!老子要用东印度群岛海盗的招数让你喝滚烫的铅水!"少尉感到奥努瓦人降了调门,阴沉狠决的样子不由让人胆寒,"没人可以笑话巴托洛梅·德帕洛斯……"军需官见巴托洛梅横眉瞪目,脸色铁青,杀气腾腾,一时忘了海难前马丁留给自己的忠告。"够了!咱们可不是打架来的,"他愤然说道,"给他点时间,他肯定会给你一个解释,向你赔礼道歉的,对吗?神父,"边说边用余光扫向耶稣会士。"欺人太甚!这些黄毛猴以为自己是谁!"比斯卡伊诺大使咒怨道。

置身事外的宗佶仍旧笑着,西班牙人没料到的是,就算他们几个一哄而上也无法制服僧人;而若非动手搬运尸体,町也不会看到这一幕,有关武僧的传奇故事可是代代不息,令人叹谓啊。"迟早……迟早……"巴托洛梅指着僧人叫嚣,"我得让你们这样……"他亲吻着交叉成十字的手指坚称道。"都冷静点!"塔玛索哀求说,"等比斯卡伊诺大使与他们头领会面时,自会说清这不是腓力国王所遣使团应有的礼遇。"被抬举得洋洋自得的外交官收起不满,用手势比划着开出空洞的承诺。巴托洛梅像被囚禁的凶猛公牛一样哼的一声,转了半圈后往海滩走去,以免怒气爆发。干咳许久的克里索斯托莫终于喷出一个口水泡。僧人在圣哈辛托号众人的注视下走到塔玛索身边:"达玛索君,一切都会顺利的……"他生硬滑稽地直呼少尉的西班牙语名字,笑容戏谑又令人费解,又用手拍了拍他的碗底,又接连砸了几下,那碗竟纹丝不动。显然,若是巴托洛梅稍稍抓住饭碗,就不会如此狼狈了。宗佶恭敬地弯下身子,老会计虽疑心却未能意识到,僧人实际是借此向奥努瓦人发出警告。"跪下,快跪下屈膝!"克里索斯托莫突然发声打破尴尬场面。一群衣着夸张的日本人手拿大刀快步走来，个个梳着奇怪发髻。耶稣会士早已恭顺地跪在地上，他身旁的日本人也纷纷效仿。宗佶不似当地人那般心急，但也嬉笑跪地，"弱柳扶风，能屈能伸……"他自顾地吐出一句俗语，并不管对方能否听懂。耶稣会士曾在船上提过的教训记忆犹新，塔玛索决定绕开令人难堪的比斯卡伊诺大使，直接行令："跪下！所有人都跪下！跟着他们照做！"

九鬼守隆和一名侍卫向人群走来，带着土地领主特有的气势。町尽力克制恐惧，他确信自己做了该做的，但仍害怕大名震怒，他不希望任何村民因自己判断失误而受罚。阴晴不定的比斯卡伊诺深信，自己是上帝在尘世的天选之人，正热切期盼着递交德莫伽签发的委任状。他对日本一无所知，更别提对这个众神之国正经历的脆弱和平有所耳闻，资质并不堪任大使的他不会想到，事实上，他们的性命全赖于德川家康的选择。若南蛮人不合时宜的出现对他毫无用处，那他们都得死。

对武士而言，即时即是全部真实。只有当下最为重要，随时为主君而死是唯一的义务。她本可以继续练剑、作诗、习书法，读中古三十六歌仙的作品，在冥想中净化心灵，但战火四起让她永远无法忘记自己的首要使命：为主君尽忠至死。武家出身的伊达政宗正妻很清楚这一点。她是一名姬武士，一个只需德川家康一声令下，便能拿起短剑砍下自己头颅的真勇士。然而，身为大名的伴侣，爱姬夫人除了要将尽忠誓言履行至生命最后一刻,还得处理无数平凡琐事。爱姬对自己的角色颇为满意,也深知丈夫责任重大。那天,她像每个勤劳的妻子一样,自打晨起就陷于令人手忙脚乱的家务中。迁往新封邑的准备事项即将完结,她打心眼儿里感到高兴,总于闺房内流露出欣喜之情,夸赞丈夫内战期间与老奉行结盟的英明决策。眼下她正安排下人仔细整装衣物,备下路上所需吃食,执掌家族上下管理和银钱用度,以期江户的宅子能如期完工。她知道,当自己七手八脚地应付无尽琐事时,丈夫也忙着处理更复杂的事,她不该因分内的治家小事让他分心,这本就不是男人该做的。她自小受教如此,事实上也始终依礼相夫教子。"小心别超过十天,付给木匠的工钱也不可再拖延了,来年还得请人家……你给青谷送封信,问问那边新宅子进展如何,"她站在京都宅院内丈夫曾与德川君会面的茶寮前,吩咐管家说,"要尽早,"她按捺住即将搬往伊达氏新采邑的激动,"越早越好……"说话间,只见一名负责鸽舍的侍卫正急匆匆地往主屋跑去,这定是收到了急信,想必有要事发生。夫君已下令除非必要,任何人不得打扰,她也知道,若非情势急迫无人敢不听令。那人几乎一路小跑,面色凝重,额头冒汗,她便知道定是出了什么了不得的大事。一旦负责鸽舍的侍卫判断有误,为人持重的伊达会让他切腹的。尽管她相信好事不急,但业力难消,只有噩耗才会令人如此忧心忡忡。即便所论之事真如预想般关系重大,那名侍卫也极可能因违命不遵而死。爱姬为伊达家来之不易的平静又要被打破感到深深的惋惜。

大名伊达政宗正襟跪坐,静静地注视着游廊外的园子,屋顶精密嵌合的横梁散发出新切割木头浓郁清新的香气,他专注地看着幼芽芽瓣间的缝隙,循着枝条有节奏的晃动轻轻呼吸。细如箭矢的松树尚未分支成枝，枫树微如谷穗，距秋枫似火还有好些时日。至少得五十年后，江户新宅才能显出大气体面的样子，园丁们还需费上一番心思，但大名乐见如此，这是他的当下，他很欣慰能见证园林从无到有。他记起少年时曾问过痴迷盆栽培植的叔父，为何有人愿意付出数十乃至百年光阴等待一颗盆栽从种子长成艺术品。如今，他已过了当年叔父的年纪，多年前看似毫无意义的事竟变得妙不可言。政宗放下怀旧之情，专心于要做成插花的枇杷嫩枝。他打算修剪一副蕴含初秋意象的盆栽，但托盘上的细枝还没打理妥当。正当他准备剪去新枝上的绿叶时，背后的障子被推开了。"主君恕罪……"来者前额抵地，跪趴在游廊上。此人是鸽舍侍卫，汗涔涔的手在光洁的拼花地板上险些滑倒。伊达不悦地咕哝一声，他已严令不许打搅，因此并未转身，只想着该剪下哪根嫩芽旁的枝条。武士自知命悬一线，继续等待着。他知道，自己是为忠于职守才违逆主君，可就算情有可原，只怕还是难逃切腹之死。大名还是端详着他的盆景。他是个惯于守旧、粗茶淡饭之人，穿衣颇为简单，周身只一件浅褐色布衣，腰系象牙色布带。同德川家康一样，他对奢靡享乐、暴殄天物之人甚为鄙视。他想完成手头的事，那些总是将计划推迟的懒散人最叫人厌烦。此外，他也想磨一磨武士的脾性再决定是否取其性命。侍卫就这样怀着垂死之心匍匐跪地，足足等了一炷香的功夫。

在对盆景的色调和方位细细斟酌许久后，伊达政宗似乎终于合意地将枇杷嫩枝轻浮于托盘上，那脆弱的萧条样颇有初秋衰退之气。直至此时，他才缓缓转身，衣物沙沙作响，侍卫这才敢近前说话。"贸然打断主君实属不该，属下甘愿受罚，但窃以为还是应该向您禀告此事，请主君恕罪！"他慌慌张张一口气说完后又跪趴于地。伊达政宗微微颔首,浓眉下仅存的那只眼睛盯着武士。"飞来一只京都的信鸽,信上有加急印章,"武士翻了翻衣袖,拿出一小卷信笺交给大名。伊达接过后冷静判断,瞥了一眼上面的红色印戳,摆了摆手,侍卫大气也不敢出,赶紧退下。信卷上的确盖有朱红色印章。着手破解密信前,伊达又看了看他的花道作品。铜绿色托盘上约莫一指深的清水里,躺着几颗棋子大小的鹅卵石,一根枇杷细枝漂浮其中,枝上的五片树叶大小相仿,白色小花点缀四周,整体造型简约流畅,秋意衰瑟之美呼之欲出。伊达先翻阅和歌字符,又读了一遍破解后的书信,确保理解无误。

最糟糕的是不确定,本田和正既不知道闯入者是否看到了石田三成的头颅,也无法证实那人是否偷走了用以破解密信的和歌文稿,负责上述要事的又恰是死去的小畑景范。大名拿着信思虑良久,待想好该做何处理时已是日暮西山。伊达觉得,最谨慎的法子是先预设最糟糕的情况,假定闯入者与袭击关原河谷巡逻队的是同一人,那他找到石田三成的尸首也就说得通了。虽然此事尚未传到京都,但破解密信的和歌必须马上更换。大名满意地望了一眼夕阳余晖下好似颤动的盆景,准备回信。只是,不等他沾湿毛笔,下人已带着一名身穿三叶葵家徽的武士候在游廊了。"一艘外夷船只在鸟羽城附近沉没,"那武士通报说,"我家主君请您速去官邸议事。"伊达政宗怔了一下,很快隐去惊愕,转而猜想老奉行可能提出什么问题及自己该如何作答。他决定暂缓给京都回信。他知道本田和正的手下有会说外国话的人,若德川家康觉得合适,他会将其派至志摩。只要老奉行同意,明日一早他就写信给本田和正,另外命他将吉冈征十郎派至鸟羽城。

帕切卡连日来嘟嘟囔囔，生怕别人不知道她有多不满，只有耐心的加斯帕尔伴随左右。渴望救出塔玛索的孔斯坦萨则终日惶惶不安。若非身为嬷嬷，帕切卡自是可以枯等奇迹出现，但忧虑至极的她还是决定不再袖手旁观。她在宫廷生活多年，对各类传闻耳熟能详，已想出了主意。

作为孔斯坦萨的家庭教师，她始终在焦急等待中绞尽脑汁盘算如何才能摆脱玛利亚·德西多尼带来的困境，那侍女打着玛格丽特王后的旗号，看似要处理卡斯蒂利亚和阿拉贡王朝的丑闻，实则三缄其口。帕切卡很清楚，安东尼奥·德莫伽一日不除，她的教女就一日处在危险中。王宫许多贵族都对莱尔玛公爵厌烦透顶，她想到一个可信之人，孔斯坦萨得知后高兴坏了。因要遵着玛利亚的禁令，她们暗中进出皇家阿尔卡萨的膳房及其他地方总要小心翼翼，花了一个礼拜才确定会面事宜。这其中尤以老兵最为谨慎，他一再强调与如此位高权重之人接触要倍加小心。加斯帕尔·德席尔瓦深信，像宠臣秘书官这样的害群之鸟早已在马德里布下天罗地网，追踪任何有关孔斯坦萨的消息，故而总是疑心重重，非要帕切卡收回所有的王室人情债。反而是陪伴他们的杂役小伙鲁伊帮了大忙，众人正是请他在修道院修行的姨母牵线搭桥的。这并不容易，但他们做到了。穿过迷宫般的、以小型宫殿特供石料铺就的阴暗走廊后，他们终于站在古典庄重的高墙之内，来到皇家赤足女修道院实施嬷嬷的提议。慎之又慎的加斯帕尔十分满意，看来帕切卡所言不虚，想必不会令人失望。

她是个平和安详的妇人，岁月在她脸上并未留下太多痕迹。起初她对他们还有所怀疑,但现在似乎很高兴能有一个借口,用以覆灭莱尔玛公爵及所有王室腐败分子,她似乎已准备好如往昔一样,使用手腕除去一切异己之人。"不能这样,我绝不允许……我得求助老朋友们,但无论如何,他们不能逍遥法外,我会亲自处理。"她说道,灰蓝色的眼睛闪耀着惯于统摄万民的自信。她曾是全世界最具权势的女人,受戒修行的日子并未抹除权力留下的痕迹,反而徒增许多怀旧之情。"自我孀居离开维也纳至今,已过去二十多年了,"堂娜玛利亚继续着,她是西班牙公主、奥地利大公、神圣罗马帝国王后、匈牙利和波西米亚国王配偶、国王腓力三世的姑姑,是飘荡着勃艮第十字旗的日不落帝国的君主,"二十年来,我始终对子民尽职尽责,期待着实现年轻时未能实现的和平夙愿……"就连向来不受教的老兵也感到她对平民百姓的痛楚感同身受。"……我把自己的女儿带来,想就此在这儿心无旁骛地修行,"她的声音饱含深情和忧伤,眼睛扫视着此前约定见面的偏僻角落,"我已知会他们,将修道院底层花园祭坛画下的墓地留给我,再立一块简简单单的墓碑,能叫人想起我的慈悲之心就好。可我也一直担心发生这样的事……都是狐入鸡群的祸患啊,我不止一次提醒过兄长。"尽管自知二人有亲属关系,但听昔日王后以如此平常的口吻谈起前国王,帕切卡还是略感吃惊。"我告诉过他,若不把一切安排妥当会出现什么后果,他临终前传位给我侄子时,也对此有所察觉,但已来不及了……"直至此时奥地利的玛利亚才意识到,与人分享此等秘事颇不合时宜,遂正色说,"你们可有其他证据?关于那……"她想了解更多细节。加斯帕尔念着自己有几分年纪,不顾身份卑微,插话补充道:"那婊子养的。"奥地利的玛利亚眼睑闪动,默许了老兵的越矩,对加斯帕尔的冒失十分反感的帕切卡则瞪了他一眼。"不，不该这么说，"老兵避开嬷嬷的怒火，"不过那坏家伙肯定藏在某个老巢伺机而动呢，我敢保证，他绝不会善罢甘休。"他们不会料到，就在四人商讨对策时，迭戈·马丁内斯已在马德里撒下天网，准备逮捕孔斯坦萨。"她留下，跟我在一处，"玛利亚看着年轻的西西里女孩儿，"她在这儿很安全，即便法警也不敢擅闯圣地；若他们真敢来修道院，我让她充作修女隐姓埋名即可。咱们可要小心些，隔墙有耳，说不定莱尔玛的触角已经伸到这儿了……"奥地利的玛利亚没有挑明的是，事实上，修道院内确有宠臣的亲戚，"因此千万不能惹人疑心……"帕切卡正要插话以表感谢，却见玛利亚微微抬手制止了她，简洁谦逊之姿尽显优雅仪态。"明日我会修书几封，"前王后笃定地说，对于要向何人告发王室腐败案，她已心中有数，"解决此事还须尽快，务必将其连根拔起，但首先要确保奥图诺的党羽们找不到这个女孩儿。"

孔斯坦萨一直盯着高墙，佯装只对泥瓦匠的手艺上心。她欲言又止，理智在挣扎，虽然知道自己会坏了父亲言传身教的规矩，但她顾不得了。"咱们必须通知塔玛索，他们会杀了他的！"她尽力克制激动，"得为他做些什么。"她并不在乎自己的安危，只有塔玛索会让她失去理智。"事有定数，我们会的，你别急，"玛利亚安慰道，"明天我要寄出的几封信中，其中一封便是给印度议会总督的，我与他相熟，是个忠厚人，他会帮我们的。"她郑重说道。然而，仍觉不足的孔斯坦萨已开始独自筹划，身处修道院为她提供了另一种可能。她要想法子加入某个去往东印度群岛的传教团。每年都有无数传教士登上从塞维利亚起航的帆船，而身负教化使命的不光有修士，还有许多背井离乡的修女。

距皇家阿尔卡萨宫不远就是宏伟的皇家赤足女修道院，其间聚居着许多重要修女，还有一个宽阔的菜园和好几个马厩。除了王室属地，修道院还有一个漂亮的教堂，那是依靠王室拨款和高门大户的捐助建成的，后者常将待嫁贵女送入修道院，而这些修女的慷慨解囊也使这里汇集了数量可观的艺术品，譬如弦月之夜教堂深处隐约可见的令人叹为观止的祭坛画。

加斯帕尔望着祭坛画，想起堂娜玛利亚曾说过隔墙有耳。他毫不怀疑宠臣的亲信和奥图诺的朋友会找到这儿来，他们得小心提防。老兵注视着祭坛画上繁复精美的装饰，等着帕切卡和孔斯坦萨互道晚安。修女们的窃窃私语声回荡在空旷教堂的穹顶和高大围墙间。初冬的马德里寒意渐浓，加斯帕尔能看到哈出的气在眼前消散。望弥撒后祭坛浓郁的香气氤氲四周。石板路上有脚步声响起，老兵转身看到嬷嬷迎面走来。她似乎刚训诫完西西里女孩儿，边走边一只手捂着脸，待到加斯帕尔跟前时，又用衣袖揉了揉眼睛，老兵见她如此动容，差点说不出话。"我猜……你也看得出那女孩儿不会老老实实待着，对吗？"他本不愿提及此事，又担心帕切卡没料到孔斯坦萨决心已下。嬷嬷一把鼻涕一把泪，哀怨叹气，她太担心那孩子的安危了，并未想到这点："不，她知道她得留在这儿，她知道，她正危险呢……"加斯帕尔咧嘴一笑，脸上的皱纹被挤得层层叠叠，"她可在恋爱中呢，恋爱中的人时常昏头昏脑失去理智啊……"帕切卡正欲反驳，却又感到老兵所说不无道理，遂眉头紧锁红着脸盯住老兵。老兵也看着她，不知她是否领会言外之意，只觉得她羞愧得几乎快要贴地了。"咱们最好回去跟堂娜玛利亚说吧，"嬷嬷又恼又慌，转身就走，"不等明早鸡叫就去……"加斯帕尔看着嬷嬷肥硕的屁股扭来扭去只觉好笑，长出一口气后跟上前去。两人离开教堂穿过一扇小门，老兵边走边寻思如何把话说得体面点："我想，你要是觉得妥当，我就留在王宫吧。我很赏识那孩子……不希望她出事。"他没敢再继续。嬷嬷放慢脚步，"我可没等你，"嬷嬷嘟囔着默许道。不等加斯帕尔喜上眉梢，帕切卡又快步向前了。老兵停下，乐呵呵看着嬷嬷越走越远，活像得了炼金术师年轻三十岁的秘方。

回到城内的巴托洛梅大步流星地走来，塔玛索看见他从与怪僧人聊兴正浓的克里索斯托莫神父身边经过，那佛教徒自海难后便与幸存者待在一处。少尉能感到德帕洛斯路过二人身边时充满敌意的眼神。与起航前几个漫长无聊的礼拜一样，圣哈辛托号上的人被安置在城堡南侧的开阔院落内，三个延伸入海的半岛将城堡所处高地与大陆相连，他们正是在距其中一个半岛不远处，连绵起伏的山峦被森林覆盖着，叫人望不到地平线。旁边仓库是众人的起居室，伤员和康复期病人偶尔能得些许照料，有时是当地大夫，有时是不安分的方济各修士索特罗，他自称，在萨拉曼卡学过的医术比全日本的加起来还多。但如今已没有伤员了。最后一个死去的是曾在马尼拉皇家审问院做事、后被德莫伽指派为使团会计的莱昂人，他大腿被划伤，碎裂的腿骨裸露在外，在肌肉感染腐烂的干酪味儿中残喘了好几天才离世。圣哈辛托号只剩十一人了。

他们并非罪犯,或者克里索斯托莫神父已这样翻译了,但仍被监视着,且若非负责警戒的武装人员陪同,不得自由活动。为解答上尉对其悲惨处境的疑问,耶稣会士提醒他,据自己在长崎岛听闻,九鬼氏因曾奉丰臣秀吉之命当海盗而出名。老军需官真怕这里的大名迟早会杀了他们,东道主如今的轻慢很可能是悲剧前奏。押解奥努瓦人的侍卫正与门口的同伴在一处,德帕洛斯特意从领航员巴斯克·德诺瓦埃斯身旁经过,上前围着修士们和僧人。卢西塔尼亚人夹杂着西班牙语和葡萄牙语,同仅存的木匠交谈着,那是个始终笑容满面、总不忘抖一抖额前刘海的加的斯人。塔玛索知道,两人又同昨晚一样,钻研如何建造返航的船只。这是个令人振奋的消息,毕竟其他幸存者只会整日抱怨饭食难咽。似乎只有他意识到,日本人冷漠傲慢的态度昭示着使团任务失败,而他们必须尽早离开。

巴托洛梅穿过鸟羽城的石子路,瞥了瞥一个胡子稀疏、名叫马拉基亚斯·格拉希亚诺的小伙子,那家伙正焦急地找人玩牌打发时间,塔玛索曾在圣哈辛托号的舷梯旁见过他掷骰子,当时在场的还有个叫卢卡斯的梅诺卡海员,至于他的姓则已记不清了。两名船员正坐在地上用磨石就着唾沫磨刀,奥努瓦人从他们中间插过,距少尉越来越近。磨刀船员中,一个出身采石场主的殷实家庭,先是因与一位有夫之妇有染被赶出佛兰德斯,后去马尼拉不久还未从船体颠簸中缓过神来,又在妓院与一个卡塔赫纳的大方阵中尉起了争执,一刀戳穿了那人的腰子;另一个是诨号"征服者"的赫雷斯人,总是沉默寡言,谈起科尔蒂斯在新西班牙指挥的"悲痛之夜"却头头是道,好像他亲历过似的。塔玛索身后,疲乏的塞巴斯蒂安·比斯卡伊诺因没能被尊待日日不满，据他认为，自己理应享受腓力三世国王亲封大使该得的荣誉，他向一位监视他们的九鬼家武士抱怨，那武士却只和城堡主君一样对洋人毫不信任。一只周身黑似乌鸦的海鸥在迷宫般的外墙上叫唤了一会儿，扑闪着翅膀朝清早澄净的天空飞去，远处视线中的白云被划开，好似给湛蓝的桌布打了一块儿补丁。有人来了。

来到日本的这些天，塔玛索尽量将内心痛楚放在一边，努力鼓舞士气。大使庸碌无为，他只得担起照料众人的责任。靠着耶稣会士的帮助，他数次要求给予西班牙国王派遣使团应有的待遇，但收效甚微，只对岛国混乱的政治形势略有了解。"潜水员找到游民的尸体了……"德帕洛斯走近后慢吞吞地说，很是幸灾乐祸，"这些黄毛猴子的话我一大半都听不懂，不过他们正把遗体往沙滩拽呢……"与使团其他人一样，塔玛索也见过那些勇敢的当地女子一头扎进浪疾风高的水域中。海难后头几天，除了抹不开脸的修士们，几乎所有幸存者日日清晨都去鸟羽城海岸欣赏这一壮观场面。她们在巨浪中遨游，浑身只穿一条白色短裤，以大提桶为盛装猎物的浮标，双乳赤裸，毫无羞怯，愈加显出怒海狂波无与伦比的力量。她们凭着手中的大刀和令人叹服的勇气，不畏巨浪咆哮，从深约十余呎的水底岩石缝里捕捞鲍鱼和含珍珠的牡蛎。很可能就是她们在伊势湾海底某个罅隙中发现了马丁四分五裂的尸身。少尉早有预感，但亲耳听到还是如雷轰顶，最后一丝希望破灭了，但他来不及伤心。

随着海鸥飞向海洋上空，几个日本人径直走入院内，对比斯卡伊诺大使的怨言充耳不闻。起初，塔玛索以为他们是来询问马丁遗体之事，每次埋葬总是争议不断。听耶稣会士说，日本人素爱举行复杂的火葬仪式，最后由死者家属收集遗骨。但他猜错了。三人皆是城堡侍卫,紧跟着的武士身姿挺拔、相貌英俊、发髻齐整,身穿三叶葵羽织,据少尉所知,那是德川家康家徽。老军需官猜测,来人中神情威严的那位或许在找自己。他虽本无意但已成为使团的实际负责人,只得收起忧思,起身边朝日本人走去边对巴托洛梅说:"稍后再聊。""是时候有人出面谈谈了,"比斯卡伊诺愤愤插嘴。少尉一想到马丁面目全非的尸身就难抑悲恸之情,他边走边寻思,不知自己的委任书被丢到了什么鬼地方。他按照耶稣会士的吩咐,嘴角微动练习行礼,希望届时能举止得体。宗佶一直注意着这个愁眉苦脸的外族人,最后一个有关耶稣基督的问题尚未得到答复,但不打紧,他已旁观新景致了。身佩德川家徽的武士才刚成年,仪态姿容却已颇有武家风范,脸上的斜疤很可能是其执剑生涯的唯一失误。见日本武士已在修士面前停住,塔玛索加快脚步。武士却并没给他开口之机。

吉冈征十郎满腹懊恼,不愿被人瞧出自己因不得不再次接触洋人而心生厌恶。他丢下花柳巷紫藤宅院一个天姿国色的姑娘和精美器皿里的清酒,从京都快马加鞭两百里来到志摩省,途中先去德川氏执掌下焕然一新的江户与伊达政宗会面,后又从被定为首都的江户沿泥泞小道一路向西,全程不眠不休,疲惫至极。他很想沐浴整顿,很想留在京都,帮本田和正揪出擅闯长宗我部氏宅子的浪人,但军令如山,不得不从。他对洋人宗教的了解远多于对洋人本身,故而一踏入鸟羽城摇摇欲坠的院子,便知道该先找那位教士,即正跟另一位南蛮人和一个手拄藤杖的和尚理论的耶稣会士。"早上好,"吉冈操着生硬的葡萄牙语说,他真怀念家乡话,那样就能假装有礼了,"我叫吉冈征十郎。"领航员德诺瓦埃斯放下挠虱子的手,因操作舵杆脱臼的胳膊自海难后一直吊着挂带,至今未恢复。"神圣的上帝之母啊!"惊讶的耶稣会士脱口而出,"你是长崎神学院的孩子吧……"吉冈一个字也听不明白,不知是自己的葡萄牙语生疏了还是修士说得太快。有人跑去向大名通报德川的特使已抵达鸟羽城。整个上午,两人就这样磕磕巴巴鸡同鸭讲,克里索斯托莫神父听不懂武士的葡萄牙语,武士也听不懂耶稣会士的日语。

当准备盛情款待未来征夷大将军特使的九鬼守隆来到院内时,塔玛索已对眼下之事大致了然,尽管吉冈征十郎并未和盘托出。伊达政宗的要求很明确:所有南蛮人尽数转移至新封地仙台。吉冈征十郎虽未接到其他说明,但很清楚为何如此。几乎可以肯定,忙于巩固阵地的德川家康要让洋人远离京都、大阪及江户等地,远离忠于太阁继承人阵营的势力范围。石田三成余部及五奉行其他成员总是蠢蠢欲动,妄图接触洋人。吉冈推测,关原大战获胜者对臭毛子威力巨大的火器心有余悸。若反对派趁机与南蛮人签署协议,德川家康很可能溃不成军。"他们似乎打算带咱们去北边,"克里索斯托莫只见神学院学生笑意盈盈很是和蔼,遂对塔玛索总结道,"他们说这是无上荣耀,咱们被邀请去大名伊达政宗的封地做客呢。"但吉冈征十郎没提的是,此去路途漫长艰辛,他奉命要带他们走的是荒无人烟、冬雪覆住绝壁的山间小道。"这个,无需怀疑,自然是看在大使的面子上。"无人理睬的比斯卡伊诺洋洋自得插话说。

宗佶对上述谈话隐喻的后果闭口不言。他刚刚得知独眼龙在北部新得了封邑,可就在几个月前关原大战尚未爆发时,伊达政宗还自称与两派皆有关联。僧人明白了,虽然对外表态脚踩两条船,但独眼大名实际始终效忠德川家康,这才得到丰厚回报,而他故意接近西军联盟不过是德川一手策划的烟幕罢了。宗佶拍拍藤杖,看着周围的人们，不禁怀疑洋人是否对他们将面临的命运有半分明晰？他咧着兔唇怪异地笑着，多年孤独沉闷的修行似乎让他乐得冷眼旁观。吉冈征十郎将密信交给大名九鬼，忧郁地望向地平线，他得很久之后才能完成任务返回京都，做真正想做的事：找到那该死的浪人！

西乡隼又检查了一遍小庙，确保不留任何痕迹后便离开了。是时候向南往家乡九州岛方向去了，可他不能回家，他必须去长崎港找到外国僧人的传道之所。他得调查更多有关南蛮人及其头目的事，特别是与马尼拉有关的那位。黄昏落在京都北郊的山麓上，森林里狼开始出来活动，田鹬则在冬日还未光秃的樟脑树上寻找落脚地。出发前，足轻想起了儿子。可他必须忘却思念，宽慰自己终有一天鸟居元忠留下的信能洗刷他曾身为浪人的耻辱。他得走了，不过要先去趟紫藤宅院，再探探本田和正和他的巡逻队。自上次擅闯宅院后，他已让他们消停了一阵儿，但临行前他想看看德川家康的武士们在京都近况如何。

他来到花柳巷，躲在先前那棵榆树后面耐心等待。夜色清明，海洋的湿气更添寒意，又将是一个雾气升腾的黎明。进去了好几个客人，有几个戴着宽沿草帽，扭扭捏捏怕被发现，另外几个洒脱些的已先行寻乐了。很快，本田和正也出现了，只消看他稳健步态便知。不出所料，那位大腹便便、言行粗鄙的武士并未伴随左右，看来那晚在长宗我部氏宅院确已将其诛杀，但另一位五官分明、梳起发髻的武士也不见踪影。来者均被盛情接待，溢美之词不绝于耳，一进门便有两个仆人跟着，殷勤侍奉。习惯能助人缓解不适和困境，浪人又像前几个月一样开始彻夜监视。天亮时分，头脑依然清醒的本田和正离开了花柳巷，疑似向长宗我部氏宅院走去。早有对策的足轻继续蹲守。

晨光在大雾弥漫的京都缓缓散开，几个醉鬼从紫藤宅院出来，脸上挂着纵欲过度的悔恨相。供货商贩们陆续来了，一个皮肤皱裂、满手老茧的渔民弓肩背着一筐新鲜鲭鱼，另一个身材瘦削、红鼻大耳的则扛着一个木桶，西乡断定里面装满了清酒。浪人的衣衫被雾气浸透，正瞌睡得险些从榆树上栽下来时，挎着雕漆盒子卖妆粉的小贩才出现。他长大了一些，他这般年纪的孩子，几个月就会大变样，与青涩脸庞不相称的鼻子尤为明显，小伙子大概已能体会在寻欢作乐的夜晚和烂醉如泥的清晨送货的趣味了。西乡见小伙已进杂役门交货，遂从榆树跃下，悄悄挪过街口躲至紫藤宅院墙角的树杈下。他背靠围墙，一只脚后跟点地，低头，像往常一样手腕摁住佩刀，拇指在剑柄皮套粗糙的纹路上来回摩挲。

小贩合不拢嘴地出来了。浪人猜想，如今小伙子每次进入紫藤宅院时，都在梦想夜夜笙歌直至天明床榻尽湿的日子吧。少年下流的表情渐变温和，足轻微微颔首致意。"哦，早上好，"小伙子问道，语气里带着上次会面还不曾有的轻狂，"早上好，时间真快！我猜你肯定跟本田君的人说上话了吧。"他斗胆说道，想以此表明自己还记得这个满脸麻子的武士。西乡站直身子看着他，并不说话。突如其来的静默令少年害怕，与所有尚未梳起发髻的同龄人一样，他还有些不自量力。"能再见到你真高兴。"他沙着乳臭未干的嗓音又说，下巴的胡须寥寥无几。少年摇了摇了雕漆盒子，一脸迷茫。浪人继续沉默，往少年跟前迈了一步，手仍摁住佩刀。"有什么能……效劳的么……"足轻晃动手指比出刀把的样式，又变戏法似的嗖一声塞进衣袖，掏出一个攥拳。少年的眼睛随着他的手滴溜滴溜转，猜测武士的献礼能有几分诚意。足轻慢慢摊手，只见掌心躺着五枚铜板，那是仿照从中国流入日本的为数不多的钱币式样铸造的，虽非价值连城，但物以稀为贵。小伙的脸上既无奸猾亦无恐惧，只剩贪婪。"最年轻的那个在哪儿？脸上有疤的。"小伙盯着铜板看了一会儿才抬头回答，"你是说吉冈家颇受敬重的征十郎吧，他去志摩省了。"意料之外的发现令浪人感到吃惊，但他仍故作不动声色。"几天前就走了，很是着急，"少年说着又瞅了瞅铜板，心想不知是否有绳子将其串起以免丢失，"要是你问我怎么看，我想定是有重要命令，很重要的命令，"他加重语气强调称，"急匆匆地大半夜就走了，此事传扬了好些天呢，"他像只小公鸡似的一心想证明自己所言不虚。几年前城堡竣工不久，足轻曾去过志摩，至今还记得以一个小岛为地基、好似漂浮于波涛之上的鸟羽城。那是一座布局独特、令人印象深刻的防御工事，背靠大海的一面涂黑，面朝陆地的一面着白，是曾为太阁充当私掠海盗的九鬼氏的官邸。足轻猜不透为何要将本田和正的人派去那里。"去志摩？"西乡掂着手里的铜板问道。"对，就是去志摩省，"小伙低头说，刘海划过眉棱，他想抬手拿走铜板，但浪人的手势暗示他的回答还不充分，"好吧，我不知道他为什么要去那儿，"少年坦言，"不过我猜跟外国船遇难有关，就是管一个钉在十字架上的人叫神的那些外国人的船……"又一艘外族船在日本海岸搁浅带来了新的不确定，应该是那些一见人就要操心宗教信仰的人，据他所知，其他一心只惦记贸易合同的外国人——诸如红毛子——可不会带上一帮稀奇古怪的僧人出远门。这次，西乡不由惊得睁大了眼："那些供奉十字架的？南蛮人？"他不放心，又确认了一遍。小伙看看铜板，又看看浪人，此人竟是全日本唯一未听闻伊势湾海难之人！他不由起了贪欲，粗鄙的表情似乎在说若开价不够他可不会轻易交出秘密，只是一见武士视线扫过剑柄又立刻没了底气。"对，是个来自马尼拉的使团之类的……"他不情愿地从牙缝挤出几个字。果真来自曾为罗阁[1]领地的南部诸岛,这个意想不到的消息令西乡隼大为吃惊,好不容易才保持镇定。"……我敢肯定两者有关系,"少年看着面不改色的浪人,他脸上的麻子真叫人害怕,"绝对不是什么巧合!大家都这么说!"他急着解释道,"征十郎君很不高兴,要不是十万火急的事,他肯定不会离开京都,"他继续说,"有个该死的小偷闯了他们的宅子,要不是事关重大他才不会走呢,"他坚持着,"除了那个海难,我真想不出还有什么事能叫他去志摩,人人都这么说!"浪人边咀嚼小贩的一番话边放手撒下铜板。少年以迅雷之势逐个接住,一枚也没掉在地上,而后赶紧用一根细绳从孔眼串好,怀疑地瞥了一眼武士便跑开了,涂了旬景漆的精美妆粉盒在背上弹来弹去。

西乡终于放松了下来,一想起卖妆粉的小贩不觉笑了,那家伙真是走运。若那小子交货前就一溜烟跑得没了影,紫藤宅院怕又要多上一桩血案。浪人边走边想下一步该怎么办。他在城市徘徊了一会儿,来到浓雾中蜿蜒流淌的鸭川河边。尽管他试图将小贩的话捋出逻辑,却又不禁希望少年别因心急离开丢了雕漆盒子,那可不是普通的饭盒,而是镶了珍珠母的工艺品,他拿走的五个铜板可买不来一个新的。浪人停在一个相熟的包子摊前,又拿出一枚铜板。"谢谢老爷。"摊主说道。"有什么新消息吗?"他小心询问,装作一无所知。摊主递上一个包子,朝浪人笑了笑,露出几颗裂口的牙:"哦,咱们听说尊贵的天子,今上天皇,已经颁旨恩准德川家康当征夷大将军啦……"浪人又拿出一枚铜板,但并未伸开手,而是先接过包子。众所周知,关原大战获胜者一直渴望成为征夷大将军,更有甚者早在战

---

[1] 早期虾夷时代雅利安人部落军事首领的名称。——译者注

前便放出风来。"不过,"摊主接过铜板说,"近来全城都在议论双色鸟羽城附近遇难的那艘外国船呢……"西乡点了点头便离开了摊位,边走边往河里看去。他不必去长崎了,得去志摩找那些南蛮人。他们就是那些想一门心思通过火器交易在五奉行内部挑起事端的外夷,其中掌控南部诸岛的正是南蛮人,之前密信中提到的便是他们。

　　光阴如梭,日月流转。她已很久没见到他了,很久没感受他温暖的怀抱和双手的温度,很久没在人群中望见他深情款款的眼神,很久没沉浸在他宠溺的笑容里。即便如此,她仍爱着他,生死相随,矢志不渝,宛如初见。寒夜漫漫,孤独寂寞,但孔斯坦萨不想放弃。他一定还活着,她感受得到。她确信奥图诺的阴谋还没得手。孔斯坦萨·德阿克西奥利由内而观,看见了深沉似火的爱,这爱让她做梦,让她幻想,让她期待,让她每天清晨都怀揣塔玛索就在身边、正带着特有的腼腆坏笑望着她的希冀醒来。她时常忘了修道院冰冷的围墙,想象着他们水乳交融、子孙满堂、相偕到老。有时,祈祷之后若课业允许,她便去花圃散步,等到没人处颤抖着举起一只手盼着,好似他能挽着自己走上一段。她跟着穿梭在修道院门廊里的风,走过树杈和梨沟间的一条条小道,有时空气在四周骚动时,她感到仿佛有热吻落在秀发覆着的脖颈上,仿佛能听到阵阵笑声,低沉、纯朴、真诚,仿佛能闻见第一次见面时他身上混杂着的皮革与麝香的味道。她十指相扣,仿佛他真的就在那儿。因为在那些幸福的时刻,她能感觉到他就在身边。她爱他,即便牺牲自己的生命,也不愿放弃他。

玛格丽特王后最宠爱的侍女玛利亚·德西多尼亚对她的请求总是避而不谈。尊贵的法国王后玛丽·德美第奇已生下皇太子，西班牙王室各派都在考虑他与卡斯蒂利亚和阿拉贡的安娜公主联姻一事。"够了！"侍女对最后一次向她陈情的孔斯坦萨吼道，"难不成你觉得，一个远在世界另一端的大方阵会计的事，比王国的未来还重要吗？若有机会，我们自会考虑此事，但眼下有其他事要处理！"玛利亚的话刺痛着西西里女孩儿，将她的希望撕得粉碎。政府要员并不愿冒险，生怕王室显出衰弱乃至难以维持自有法典秩序的样子。而孀居女王堂娜玛利亚的境遇也好不到哪儿去，因衰老日渐虚弱的她在修道院举办的九日祭上染了热病，虽有心履行承诺，却迟迟不见实效。堂娜玛利亚为掩人耳目，曾以劝说国王改变主意将王都重新定为马德里为由，在修道院举行了一场宫廷欢迎会，那时，老女王以幽居多年仍未生疏的精妙外交辞令大谈特谈其对王室未来的隐忧和抱怨。西西里女孩儿被说服了，对堂娜玛利亚的话深信不疑，后者也的确已同国王斡旋，要求限制莱尔玛公爵的自由，并采取措施打击堕落宫廷的腐败。但随后不久，老女王又亲口告诉她，国王侄子对其谏言装聋作哑，只一门心思想着阿尔瓦公爵组织的狩猎，为了寻找鹿角，连与英国佬的家国仇恨也顾不得。如今缠绵病榻的老女王着实无能为力了。而孔斯坦萨早已厌倦了等待，不久前她想出了一个主意，正计划付诸实践。

新月之夜的马德里炊烟袅袅，星空澄净。皇家赤足女修道院的修女们刚结束守夜祝祷陆续回房休息，等待拂晓时分漫长的晨祷。孔斯坦萨还未习惯拖地长衫，别别扭扭地从其他修女中间踱过。她知道所行之事须万分谨慎，不敢忘记克拉雷隐修院院长正是莱尔玛公爵的亲戚，自己至今安然无恙乃是承蒙女王关照的缘故：堂娜玛利亚叫她充作亲近侍从的女儿,因世家情谊才得庇护来此修行。她知道计划泄露的后果,可她不想再拖延。修女们的房间在长长的走廊里按照神职依次排开,孔斯坦萨学着样子恭顺地进入自己的单间小室,进门前又往临近几个房间扫了一眼。一个形容消瘦、皮肤干瘪、身上的法衣几乎快要掉落的女孩儿关上了门,苍白如脆瓷的手上突兀着蓝色的血管。她叫伊莎贝尔·拉迪诺斯,与修道院的许多修女一样,出身大陆最古老的家族,也是耶稣会上将埃维拉尔多·梅尔古里亚诺的血亲。修女中有好事者常在菜园剥豌豆时嚼舌根,甚至有人说她的祖父不过是个有伤风化的无德修士,犯了不少作孽的浪荡事。孔斯坦萨不知谣言有几分可信,但她不在乎,她只想赢得那个瓦隆女孩儿的信任。尽管这并不容易。

偌大的修道院规矩森严,每个人都必须根据神职分配完成祈祷与其他诸多繁重任务,只有守夜祝祷后才被允许短暂休息,这可不是让她们趁机共谋,而是为翌日虔心劳作养好精神。嬷嬷们负责确保那些出身高贵、有资格享受单间的年轻修女们安稳入眠,而非掉入豆蔻初开的诱惑中。孔斯坦萨几经考虑,依然决定冒险抓住接近懵懂修女的最佳机会。她一直等到众人渐次入眠,内心乞求着当晚值守的修女是卡塔丽娜,这位嬷嬷晚餐素喜饱食,经常想方设法与掌事闲聊讨几口点心吃,一更后便手拿念珠在走廊尽头的小板凳上睡着了,嘴里不时咂巴着新鲜松糕的余味。西西里女孩儿轻轻将厚重的木门推开不到一指宽,竭力不造出动静,待门开至半掩时,还是发出刺耳的吱呀声。看着长长的石板走廊,她真怕突然传来某位刻薄嬷嬷细碎的脚步声和疾言厉色的叱骂,好一会儿才迈步离开。

深夜严寒扑面而来,长廊一侧是面朝修道院的拱顶门,犹如吞噬黑夜的巨大黑眼，另一侧是修女们的卧房，尽头隐约可见卡塔丽娜的身影，她正四仰八叉地在一个小凳上以一种不可思议的姿势呼呼大睡。孔斯坦萨踮着脚，小心翼翼地往伊莎贝尔的房间走去。正值青涩纯真年纪的修女们对人性本能和恶人手腕一无所知，极易落入不怀好意者的圈套，更不知隐私之必要，因此房内皆不上锁。孔斯坦萨用拇指按住门闩，轻轻抽掉，屏住呼吸把门拉向自己，生怕合页嘎吱作响。"你这是……"开门间歇忽听得瓦隆女孩儿边从床上起身边问道。她没料想伊莎贝尔还醒着，赶紧进屋，又怕卡塔丽娜嬷嬷叫嚷，只好急中生智一把捂住瓦隆人的嘴，两人瞬间齐齐扑倒在床。"安静！求你了，别喊！"西西里女孩儿对惊得两眼大睁的修女哀告说。伊莎贝尔扑闪着眼睛想了想，最终觉得这位堂娜玛利亚的关系户大概想与自己分享什么秘事，这才放松下来。或许是自入院后就被各色谣言缠身，伊莎贝尔·拉迪诺斯惯于搜刮所有钻到耳边的闲话，希望有朝一日能以足够谈资压过那些烦扰自己的是非。两人相偎着靠在床上，孔斯坦萨用长衫擦了擦手，伊莎贝尔压低声笑着问："你想干什么？"她已迫不及待想在严苛修行之余闲聊几句了。此刻孔斯坦萨才发现，自己还没想好如何开口。"你是来跟我说莱奥卡地亚的事儿吗？"兴致勃勃的伊莎贝尔暗指那些天最沸沸扬扬的传闻，"她们要赶她回家，"她说，似乎那修女因不堪之事被驱逐已是板上钉钉。但孔斯坦萨来这儿可不是为了嚼另一个修女和修道院卖柴人儿子的舌根的。"啊，那么，是为院长的传言而来？"伊莎贝尔继续猜测，暗暗窃喜如若院长的过往也非主题，那这次偷偷摸摸的会面可就真新鲜了，"或者，是关于法兰西王室不打算跟安娜公主联姻了？"她大胆揣摩。思前想后的孔斯坦萨一一摇头。"那么……应该是宠臣秘书官的那些事吧，"伊莎贝尔兴冲冲地断言,"是因为这个,对吗?你还知道什么?他从印度议会偷了一大笔钱是真的吗?听说他逃走了,有人看见他假扮成水银商人从塞维利亚上船,去了印度群岛……天哪!上帝啊!这是真的吗?这算什么丑闻……"西西里女孩儿闭上眼睛,深吸一口气,恨不得扇她一耳光,"你认识耶稣会里能跟探险队说得上话的人吗?"她努力平复后终于开口。伊莎贝尔又眨了眨眼睛,一言不发,塌鼻子的乳白色脸庞变得无趣乏味,好像破碎的面具。孔斯坦萨叹了口气,她只是想借瓦隆女孩儿找到通过福音团去东印度群岛的法子,但似乎自己得先拿点东西作交换。她并不喜欢这样,可若不让步又无法弄清门路。"你要发誓替我保密,"西西里女孩儿恳求着,只希望对方至少能在自己离开前守口如瓶,"要是能做到,我就告诉你一个秘密,作为交换,你得帮我……"伊莎贝尔不耐烦地点点头,牙关咬得咯咯响。"我要随下一个福音团去印度群岛,"孔斯坦萨坦白说,瓦隆女孩儿的眼珠则已恨不得掉进裙兜了,"我要去日本……"

嬷嬷已无数次偷听过修道院年轻女孩儿愚蠢的悄悄话了,时刻准备教训她们一通。她故意装睡,就是要看看堂娜玛利亚的关系户有何图谋。但刚听到的话改变了一切。原来她就是总督要找的那个女孩儿!卡塔丽娜嬷嬷把手从门闩放下,像孔斯坦萨那样环视一圈后,耳朵紧紧贴住门缝。

"你觉得她知道该怎么做吗?不会走漏风声?"加斯帕尔手抚脸颊的皱纹,盯着帕切卡明亮的双眼,尽量使自己接下来的回答显得平和。他们已在无数个不眠之夜进行过同样的谈话。嬷嬷对教女非常担心,老兵竭力安慰她,但又不能脱离现实。"我想这并非谨慎与否的问题,不要胡思乱想,"他说得尽量中肯,既不撒谎也不剥离事实,"全城都知道害兽奥图诺的丑事,"老兵不无讽刺地说,"不能说修女们得给圣徒点蜡烛,她们迟早会知道的。""这不一定,虽有传闻,"嬷嬷不情愿地说,"但没人知道那该死的家伙带走的是孔斯坦萨。"他们坐在王宫膳房的火炉旁,难得享受一会儿偌大王室的清净和光明。自王都迁往巴利亚多利德后,王宫各处便落入隐修院般的平静中。"无论如何,也不该为谣言烦心啊,"加斯帕尔说得漫不经心,"暂时还没人知道她在修道院。虽然咱们不会乐见,但我敢打赌,那姑娘可不是个能坐得住的主……只怕不会一直不声不响地待着啊……"帕切卡在胸前不安地划着十字,老兵看了看她,低下头去。"关于我自己,有些事我尚未坦露……"他话锋一转,正言道,"除了一些我想做的事……还有那些我宁愿从未参与的骚乱,有些我很后悔,"他大方承认说,"可人常说老狗还能学新技呢,"他看着嬷嬷坦诚直言,"有时一个人行至穷途末路时,总以为除了屈从命运再没别的法子,事实上却已身处希望的分岔路口……"老兵深情地看着嬷嬷的眼睛,希望她能明白言外之意。帕切卡正想问他此话何意,忽地恍然大悟后立刻涨红了脸把头埋入胸前,直盯着裙摆上繁复的素色斜纹看,好似线条纹理之间藏着圣埃斯特万似的。加斯帕尔长出一口气,昔日佛兰德斯围歼战前挥之不去的不安仿佛再次袭上心头。他抬起手轻轻放在帕切卡的膝上,多年来他已放弃遇到心上人的期望。帕切卡·拉米雷斯看着那只枯萎的手,岁月在凸出的指节上点下几颗灰痣,繁重的劳作令干瘪的皮肤青筋暴出,依然强壮的指尖骨骼坚硬。老兵极力克制胸中奔涌的悸动。她决定了，克服羞怯后很快就将手放在他手上。他们四目相对，在彼此的眼中看到阅历赋予的相知。或许他们可以讨论上好一会儿这样做的弊处，但最终还是达成一致，不值得为无法改变的事浪费时间。他们就这样坐着，彼此微笑，这就够了。

* * *

总督要了一罐上好的卡里涅纳葡萄酒。如今他手握可出卖给奥图诺的重要信息，得好好享受一番。他不仅发现了孔斯坦萨的藏身地，也知道了女孩儿的计划。那傻姑娘竟要离开他们无法进入的皇家赤足女修道院，将自己暴露于光天化日之下。她将不堪一击，只须打听好她去塞维利亚上船的日子即可。这可是价值连城的消息，迭戈·马丁内斯毫不怀疑，就算要秘书官的命，他也会答应。他写得极为小心，每个字母都被拉长，随后一边将手伸进墨盒，一边叫来仆从。他用沾了烧熔火漆的硬币封上信封。对此等要事，总督从不会冒险亲署签名。"告诉努诺，让他挑一匹最好的马，把这个送到塞维利亚，"他将信封递给仆从，"尽快。""大人，地址呢？"管家接过信问道。"他已经知道了，你只要告诉他去特里亚纳就行了，他去过好几次了。叮嘱他快马加鞭。"待仆从走后，肥胖的迭戈·马丁内斯总督舒舒服服地躺在奢华雕花椅上，喝了一大口酒。奥图诺付钱得了这消息要做什么，他并不清楚，但总督确能推断出他绝不想再看到那叛逆女孩儿的一根汗毛。秘书官满身污点，惯吃致人便秘的摩洛哥野草，当初送二十多人上路时连眼都不眨一下，他见过那场面，有几个可怜虫受尽非人酷刑才气绝身亡。他喝完杯中酒，抛开熬人的思绪，开始憧憬该拿奥图诺的酬金做些什么放荡事才好呢。

第七式　塞维利亚和仙台

柳枝未折于雪。

——日本谚语

仇恨是他白日的仇人，夜晚的情人。太阳在地平线闪烁时，奥图诺就像疯狗一样逃开光亮，躲进郊区的巢穴，将门死死关上，只亮着几根蜡烛。黄昏降临时，他又急切地外出，带着绝望和满足饥渴的疯狂。唯有酒气能暂缓心中的焦虑。到塞维利亚后，自知已成逃犯的奥图诺尽量抹去行踪，靠着褡裢里的钱隐姓埋名，在旧区特里亚纳买下河西岸的一个安身处。那是瓜达基维尔大桥北面的一个棚屋，位于特里亚纳渔村周边的贫民窟里；也是某个去印度群岛淘金的倒霉蛋与母国的最后牵连。门前无人照料的棕榈树已枝枯叶败，全然忘了昔日伊斯兰人主政小镇的岁月。他一安顿下来，自觉没惹人怀疑后，便开始织网搭线，准备与马德里总督建立联系。

如今他已来城里好几个月，有充足的时间到处行贿和索要旧交情。财产虽已不复当初,但手头仍宽裕,只是活得像个叫花子。他为无尽的复仇攒下每一分钱,即使自己贫困潦倒食不果腹也要杀了他们,不止塔玛索,还有孔斯坦萨。他要让他们都死;往昔的贪婪只剩仇恨的余烬。尽管他并不相信少尉能活着回来,但即便回来,他也会知道,他正等着他呢。至于她,多亏与马德里总督通信,他已得知她躲在皇家赤足女修道院,受奥地利的堂娜玛利亚庇护。塞维利亚教士会的好几个娼妓已部分满足了他的幻想,被复仇欲火充斥着的奥图诺丧心病狂,用他疲软无力的四肢一次次抽打那些可怜的女孩儿,想象着她们就是身穿修女服的孔斯坦萨。最糟糕的是必须忍耐,他不得不积聚仇恨,那仇恨就像被粗心女仆遗忘在烈火上的菜肴,被反复蒸煮、烧焦、变黑。无声的恶意啃食着他。他几乎不进食,日渐瑟缩、消瘦,只余皮包骨头和一肚子苦涩的胆汁。额上的瘤子鼓得有半个杏子大,皮肤蜡黄,只靠红酒和意志勉力维持胃口,眼窝深陷,眉骨支棱,被头骨绷起的脸活像一块麻布。

圣诞已过,塞维利亚的暖冬并无几分寒意,这皆因河岸城市三伏天里累积下太多热气,那时就连知了也只能躲在影子下昏昏欲睡,等待天凉。那时节,人晌午时走上瓜达基维尔大桥犹如踏入烈焰。整座城市随数千灵魂的燥热从日出颤抖至日落,直到四月的暴雨洗刷小镇,冲破河堤。一个天朗气清的早晨,皇家种植园和马卡莱纳的农民、为主人采购物资的黑奴、经特里亚纳进城赶集的小贩们,都陆陆续续从自黎明就开启的城门通过。那天早上,形销骨立的奥图诺走向湖岸广场时笑意盈盈,这使他那张病态的脸看上去与常人无异,甚至容光焕发。他知道法警已从巴利亚多利德接到自己出逃的通告,但他并未遭遇任何封锁警戒。车水马龙的塞维利亚不光幅员辽阔,更聚集了令权贵和小偷们都趋之若鹜的财富，除了无所事事、只能躲在面包坊后门捡些面包屑的乞丐军团。卡斯蒂利亚的船队往返于瓜达基维尔，在城内计量利马和波托西铸币厂的金币，分配中国丝绸，交易马鲁古的桂皮，马鲁古是权势机构印度议会所在地，有传言称莱莫斯伯爵将任议会主席，这不禁令奥图诺猜测王都风向有变，虽说那位尊贵的加利西亚人与宠臣沾亲带故，但也是为数不多敢质疑莱尔玛公爵的人。奥图诺微闭被强光刺痛的双眼，一反常态地走进老城狭窄的街道。这些街道尚未经改造，拱顶窗和突出的砖坯仍残存穆斯林遗痕。秘书官毫不在意老城随处可见的脏乱和牛马粪便，一心惦记着计划中的会面。

有人从窗户大喊，全然不顾被判十日监禁和罚款十多个马拉维迪的戒令，往街上泼下一盆皂荚水，泛着泡沫的污水从路过的车轮沥下。奥图诺甚至懒得躲开，也不理会被脏水湿透的高腰皮靴，他全神贯注，像被杂耍艺人捏在手里的木偶一样，从这头走向那头。他换上质地上乘的亚麻衬衫，从头到脚皆着精美丝绸和上好皮衣。他想留个好印象，也知道稍不留心就可能落入天网。圣诞后的第二个礼拜，他接到马德里总督的来信，思虑良久后才着手行动。

在汇聚诸多货物、金银和办事机构的塞维利亚，公职人员数量与小偷几近对等，但两派均以无耻之徒居多。奥图诺找到一个叫佩德罗·德阿尔布埃斯的宗教裁判所使节，正是此人为他办理了伪造其古老罗米纳血统的文件。自在金塔供职起，德安德拉德便陆续为自己准备了多份隐匿过往的神职世家后裔证明。秘书官猜想，与其他宗教裁判所的贪婪鬼一样，这位佩德罗·德阿尔布埃斯也必然谎话连篇，他得牢记这点。他知道在其他地方，诸如邻国法兰西，主教对下属的言行极为严苛,但在天主教双王获得特许的西班牙,此类事宜的处置方法颇为不同,他要找出破绽,再威胁佩德罗·德阿尔布埃斯他会被告发即可。

不久前巴拉哈斯伯爵改造了湖岸广场,几棵新植的杨树正随风飘摇。两个身材魁梧、肤如沥青的黑奴提着耳筐搬运砖坯,粗大的鼻孔扑哧扑哧,但即便如此,二人仍低声哼着欢快的小曲;一个鹰钩鼻、目光凶狠的监工在尚未完工的正门下不顾禁令一边狠狠抽着印度烟卷,一边满口污言秽语;旁边形容瘦削的登徒子不悦地往远处挪了挪,空气里混杂着烟气和汗水的酸臭味。一个面带酒气、发间爬满虱子的少年朝行乞的瘫子跑去,曾在船上讨生活却被砸断双臂的乞丐正要求些施舍,却听得少年身后一个头戴花边帽子、身穿脏污肥腿裤的家伙大喊捉贼,身上的口袋早已被小偷割了去。奥图诺从闪到一旁的黑奴边走过,进入油腻昏暗的小酒馆。没走两步就发现,虽然此处为塞维利亚中心城区场所,但瞎子也看得出没一个主顾是出身体面的绅士。佩德罗·德阿尔布埃斯坐在窝棚最里面事先约定的桌边,整个人隐匿在连晨光也无法穿透的厨房烟雾里。此人身材肥胖,蹙起的额头与鼻子形成了一个隆起的十字架,竖在下巴的横肉上,颇具威胁,两只泥黄色眼睛如瓜达基维尔河汛期的污水,在未被浓密的鬓角胡子占领的沟壑里一闪一闪,酒杯旁粗如血肠的手指一下一下敲着桌子,极具辨识度。奥图诺避开酒馆老板的目光,朝宗教裁判所使节走去。他知道自己不能怯场,必须理直气壮,不给对方任何质疑检举的机会。如若不然,吃亏的可是自己。

"早上好啊,感谢上帝。"老秘书官并不征求同意,径直坐到桌边。佩德罗·德阿尔布埃斯缓缓抬眼,将短粗如火腿的双臂交叉于肥硕的胸前，宽大的褶领上镶着英式蕾丝花边。宗教裁判所使节摆摆手，似乎连最微小的姿势也极费力气。"能请你喝杯酒吗？"使节玩味着秘书官的话，他一贯是等人登门检举的，但这位身材矮小、状如得了瘟疫的瘦绵羊般的人有何意图，他尚未可知，"独乐乐不如众乐乐。"他沙着低沉的嗓音一边看着奥图诺一边说道，毫不掩饰对其太阳穴瘤子的厌恶。秘书官立刻会意，朝好奇地看着他的酒馆老板抬手，后者在胸前画了画十字，好似自己是宗教裁判所使节的下一个受害者，然后朝厨房走去。两人各怀心事，默然不语。

待酒馆老板放下两碗煮得稀烂如泥的芜菁炖野兔后，奥图诺才决定开口说话。"听说马德里修道院有个冒充克拉雷会修女的女子……"佩德罗·德阿尔布埃斯听过更可怕的故事，因此并未出声，只不停朝碗里的炖菜吹气。奥图诺猜想对方正掂量自己的话，又弯腰压低声音，菜也未尝一口，"……据我所知，她还强迫修道院其他女子为她保密，"他絮絮叨叨，"她威胁修女们同意她在她们房中过夜，不知廉耻地奸污她们，还用男人引诱她们，简直同魔鬼一般……"所谓检举常常不过是歹徒加害教友的道听途说，眼前这番话也并非这个伪教徒听过的最荒诞之辞。奥图诺见使节无动于衷，继续撒谎说："……据可靠消息，伊莎贝尔·拉迪诺斯就是她堕落无德的受害者。"德阿尔布埃斯听到耶稣会上将的响亮名号，不禁竖了竖眉毛，哼了一声，似是催促对方快点讲完，奈何牙缝间塞满了兔肉，只得拿胖乎乎的手指在嘴里拨弄。"咱们要在大斋期的火刑架上让她停止害人，"宠臣的老部下发狠道，"可得好好调查一番，"他强调，"我敢肯定那是个与撒旦交易的女魔头。"功业有成的使节用肥腻的指尖挑挑拣拣，拿起一块芜菁放入口中，"比起那些个头脑发热的女子掀修女裙子、偷修士裤子的无稽谣传，宗教裁判所有的是大事要办，依我看……只消让她父亲毒打一顿就够了。"使节对奥图诺所言之事不屑一顾，心不在焉地说道。佩德罗·德阿尔布埃斯鄙视的神情比蹭在袖口的黏腻油脂还显而易见。不过，奥图诺早料到对方不会轻易受理检举，像他这般地位的人自是要借机勒索钱财，才能撬动神通广大的宗教裁判所的机关呐。但即便如此，秘书官仍要讨价还价一番，好让天平朝自己倾斜。"那么，若是跟您说一些我有幸看过的可疑信件，想必更合大人您的胃口吧。"奥图诺故弄玄虚，"是关于一个叫阿隆索·德埃斯皮纳的……"佩德罗·德阿尔布埃斯抬起汗涔涔的额头，满脸通红。阿隆索·德埃斯皮纳修士曾在巴利亚多利德公开宣称，犹太人是肆虐城市的鼠疫祸首，并写下反犹简册，其中明确指出，希伯来人是末日降临时反基督势力的盟友。佩德罗·德阿尔布埃斯向来一点即透，已无需更多解释，他定了定，想在那张病态的脸上找些可认同之处，但很快便不得不低头认命了，这个长得像金枪鱼干似的令人作呕的家伙知道自己最可怕的秘密：他谋得宗教裁判所使节一职的委任状比状纸本身还脆弱不堪。他深呼一口气，肥厚的嘴唇被吹得噗的一响，慢腾腾地举起一只胳膊："拿些解腻的吃食来，再来点你珍藏的赫雷斯烧酒……"店主点头应允，他知道使节付得起昂贵烧酒，故而并不想招惹对方不痛快。

"你要如何才肯闭嘴？"佩德罗将杯中酒一饮而尽，直截了当地问。奥图诺笑了，那样子好似鼠鼬碰到毫无防备的鸟巢，整张脸都因情势有变嘎吱作响。"我要让她被监禁，被处死，"秘书官咬牙切齿愤郁不已，"就说她行巫术，是魔鬼的情人，你再随便想些别的罪名。可以从修道院那事入手，那是真的，我有可靠线报……"佩德罗·德阿尔布埃斯没再多问，那与他听过的诸多故事无异，唯一的区别是无法从此次受理中捞些好处了。"她叫什么名字？"使节又喝了杯酒，沙着嗓子问。"孔斯坦萨·德阿克西奥利，"奥图诺笑意盎然，毫不掩饰内心的喜悦。佩德罗·德阿尔布埃斯曾亲眼目睹特里亚纳城堡的地下酷刑，看着眼前这张阴沉邪恶的脸，不禁想起多年前那令人胆寒的一幕。孩提时代，为向新皈依神明伪装虔诚之心，父亲曾带他去孔波斯特拉朝拜，瞻仰圣徒圣地亚哥的遗迹。年少的佩德罗站在与犹太教堂迥然不同的宏伟建筑里，怀念着头顶半球形圆帽熟悉的触感，惊讶地望着绘有圣徒马太为信徒祈福场景的廊柱。在浮雕花岗岩三角楣和教堂内的各个巨石上，能工巧匠们将饱受地狱之火煎熬的不幸囚徒刻画得栩栩如生。在诸多令人毛骨悚然的神罚惨状中，有一幕极为恐怖，一个面目狰狞的魔鬼正伸开利爪，用火钳夹断一个被判永入炼狱的可怜虫的舌头！忏悔之苦在呼之欲出的恶魔肆笑中黯然失色。而眼前这个病怏瘦弱、滴酒未沾的男人简直与儿时噩梦中的魔鬼如出一辙！佩德罗·德阿尔布埃斯真恨不得那张干瘦的脸被利齿间阴森的冷笑撕得粉碎。

听诉官经过漫长旅行终于下船，一踏进酷热的墨西哥海湾，差点晕倒，他一度以为又要被令人窒息的菲律宾群岛困住了。但万幸，头晕目眩之感逐渐好转。一阵山路颠簸后，热度开始降低，甚至有些凉爽，他终于来到了被特斯科科湖和崇山峻岭环抱的宏伟古都。通过用无足轻重的佛兰德斯少尉的性命与奥图诺交易，这个旧称特诺奇蒂特兰、后被埃尔南·科尔蒂斯以西班牙国王之名征服的城市，如今终于匍匐在安东尼奥·德莫伽脚下了。土生国王们虽已死于征服者之手，但其丰功伟业仍深深烙印在壮阔的墨西哥城上，实令罪刑厅新法官一见倾心。除却高原宜人的气候，法官更期待能在城内汪洋大海般的官僚做派中寻机致富。只消看看雄伟恢弘、足与马德里最奢华宫殿相媲美的总督府便知一二。不同于遥远的菲律宾群岛，万里重洋亦无法淹没新西班牙的旧俗。

"堂胡安·德门多萨总督大人现在接见你。"通报声将德莫伽从积金累玉的幻想中拽出。他看着眼前说话的美斯蒂索仆人，抚平领口，拉直裤腿，边点头边咧着八字须笑道："我猜总督大人肯定不喜欢等人吧。"高大的雕花木门敞开着，其富丽堂皇与皇家阿尔卡萨宫的金塔如出一辙，室内帷幕、挂毯、扶手椅应有尽有，还有搁着一本镀金书的读经台，最里侧，一个目光凶狠的男人正从刚刚签署完的卷宗中抬起头来，肩头黑呢斗篷上的圣地亚哥骑士团十字勋章格外醒目。安东尼奥·德莫伽手拿奥图诺寄来的委任状，迈入正殿。眼下他正要走马上任，而应宠臣举荐由腓力国王任命的总督也履新不久，德莫伽迫不及待想知道此人是否能助自己捞取更多钱财。

"感谢上帝，早上好，"新总督整理仪容，表情不甚和蔼地问候道。"早上好，"德莫伽递上委任状，"愿您和我一样喜欢墨西哥城，"他竭力套近乎说。堂胡安·德门多萨·伊鲁纳是葡萄牙战争期间阿尔瓦公爵麾下的长矛将军，也是身负清山侯爵尊号的西班牙贵族，他皱了皱眉，仔细打量眼前的来客。这位名唤德莫伽的所谓绅士形瘦腰弓，褶皱的衣领令做工上乘的皮上装和精细的羊毛短斗篷显得略为丑陋，如此着装对一个来自偏远菲律宾的官员而言未免太过华丽。他尚未明了新职位的神秘之处，但对德莫伽的任命倍感厌烦，认为其中必有可疑之处，并决意查明究竟，故而决定小心布网，先假意诱惑对方。总督长出一口气，放松神情，示意仆人关上门，起身接过委任状。"你来的真是好时候，恰巧躲过洪涝……"德莫伽的确见过街头四处清淤的小分队，但未予置评，他想看看总督这番开场意欲何为。"……我本打算把首府迁往塔库巴亚。"新法官根本不晓得此地在何处，他对新西班牙的领地分布一无所知。"不过，坦率跟你说，"他看向安东尼奥，观察对方的反应，"此事耗资巨大……还是就地改革为好，以免抛弃天赐福地啊，"他朝奢华的总督府正殿张开双臂，"为此已投入了不少钱财，不能前功尽弃啊。可在湖区兴建一些排水渠，避免雨季来临时重蹈覆辙……另外，城内街道须得铺上石子，再从查普尔特佩克建一座高价水渠，也未尝不可。"德莫伽小心思量，以上任意一个工程都大有油水。可他并不了解此人亦不想过早透露真实想法，或许对方因势所迫不得不寻找新盟友。自抵达墨西哥城后，他听到不少来自西班牙的消息，传闻王都将重回马德里，也有些反对莱尔玛公爵的声音，新总督大概想以非常之法使王国诸事恢复原状吧。"托上帝洪恩，您一定会找到令国王和莱尔玛公爵都满意的法子的。"德莫伽大胆说道，期待对方能吐露更多内情。堂胡安·德门多萨若有所思，拿捏不定新法官是否得知流传在马德里和巴利亚多利德的风言风语。"但愿是我多虑了，"总督用关节分明的手指捋着下颔的胡子，神神秘秘地说，"我想指派些可信之人任职，这倒并非不认可前任的政绩，只是想对法官和顾问多些了解……此外还须选出一位宗教裁判所法官……"安东尼奥自觉对方话中许诺太过丰厚，未免有圈套之嫌，故而分外小心。两人就这样面面相觑，都知道对方尽言谎语，又都想探明各自底细。殿内一片沉寂，颇为尴尬。

为昭显慈悲重道之心，德川家康参加了在千年古都奈良的东大寺举行的修二会水火仪式。洋李树花即将迎春绽放，新年庆典开始之前，为纪念大德实忠，寺中僧人一早便忙着准备祖祭事宜。好几间长的厚重松枝被选作火把，待仪式开始后沿眺望台点燃，形成圣火星雨向祭祀人群洒下，护佑信徒免于灾厄。被选中的僧人按旧俗装扮，吟诵着先祖祷词，拾级而上，在主祭台的檐廊上固定好硕大的松明火把，再从神龛高台两侧来回奔跑，在夜色中将对抗恶神的密密麻麻的守护星火向集会者散去。火祭以十一面观音菩萨为尊，重复举行，再辅以若狭神井之水的水祭才算完整。这是延续数百年的仪式，也是老奉行启程赴京都前向民众弘扬优良传统的典范。关原大战获胜者希望通过这样热烈的方式打消百姓心中的疑虑，他们当中竟有人造谣称打破五奉行平衡是他一直以来的企图。故而，虽年过花甲但仍壮心不已、渴望黎明时分带着游隼外出打猎的老奉行在料理了奈良神祭后才抵达京都，以期福泽广沐。几天前，后阳成天皇加封松平氏大名德川家康为军队最高统领，亦即日本实际统治者，他终于登上了日思夜想却从不敢奢望成真的高位！庆长八年次月第十二日，老奉行德川家康荣升征夷大将军！然而，特权加身并未减缓忙碌。一从祭礼脱身，他便不动声色地赶往江户了，理由是要启动规模远甚于大阪的全国最大新城的建设，当然这不过是托辞罢了。伊达政宗正在老巢恭候他前去下达指令，处理伊势湾外夷船只遇难的棘手事呢。

* * *

　　黑白棋子如两军对阵，列于立垄化界的棋盘，为尽可能争取更多地盘厮杀博弈。执子者身后的丹青画上，一只仙鹤正立于睡莲中凝望水潭，鲜红的火苗在一旁的火盆中跳跃舞动，和室温暖如旭。"目前为止，我们都知道些什么？"德川家康抛开繁文缛节，如是问道。伊达政宗抬起独眼，征夷大将军的侍卫们规规矩矩地面朝障子，正襟跪坐于距他们十多步的地方，应是听不到的。"是一艘从马尼拉古罗阇诸岛一带起航的小船，"他开始陈述事况，"是南蛮人，据说为一个名叫腓里派三世的国王效力，"他犹疑又怪异地说着卡斯蒂利亚人的音译名，"其中一个据称被任命为大使，负责抢在其他红毛人前为其母国开通商道，不过我的探子确信那是一名受命而来的军士。从海难中活下来的不多，船也不能用了。"提及此处他又想起一事，遂赶紧禀报主君以免又被发问："还有个会说日语的十字教僧人，应是因丰臣秀吉的敕令而流亡的……""一个使团？唔……他们已到仙台了？"德川家康以惯有的谨慎口吻问道。"是的，昨日收到吉冈征十郎来信，已到仙台了。我推迟动身正是要等您前来发令。"他微微躬身说。初才履新的征夷大将军下颌稍倾，咕哝一声以示肯定，几乎难以察觉。既然外夷已在北部安顿妥当，他也算赢得了少许时间，但政局并未风平浪静。虽被委任征夷大将军，日本国内却暗流汹涌。太阁继承人仍具威胁，那位靠着名存实亡的五奉行继承父君遗愿的少主公在大阪蠢蠢欲动。领地划分与对关原一役战败者的处置似乎并未令全国大名认清事实，即众神之国已在德川家康权杖之下。不确定因素甚多，这使他颇为懊恼。伊达政宗能猜出主君的为难之处，尽管那双锐利的栗色双眸假装琢磨棋局。"他们有多少人？"独眼龙知道，这样的问话期待的绝非仅是简单数字，他太了解主君了。"除了那位假冒的大使，只剩十个了。许多从海难中逃生的登陆后也都因伤丧命了，"他澄清道，"领航员活下来了。"老奉行又咕哝一声，这些消息还算有用，他边琢磨边向棋盘落下一子。伊达氏低头审视棋局，自己虽看似安全，但稍有不慎便会满盘皆输，正当他思虑如何反击时又听德川家康问道："那九鬼守隆呢？""噢，一切无虞，"独眼龙抬起布满麻点的脸说，一时忘了心中对弈之策，"您准他保留鸟羽城封邑，他很是感激，我想咱们不该怀疑他的忠诚，"他担保说，"他只求您允他一同前往仙台，好甩开那个蛮夷人大使。那家伙对饮食和住地抱怨得很，大概是个没教养的。若非等着您的指令，只怕九鬼君早将蛮夷人全都杀了。"老奉行并不说话，独眼龙借机重拾思绪，苦索如何打破棋局。无论在现实世界还是木雕棋盘，仿佛都无法避免德川家康脱颖而出。

征夷大将军眼望棋盘，脑海中想着荒唐古怪的南蛮人，考虑着种种可能性。尽管使团来自马尼拉而非世界另一端的陌生王都，但其出使动机与此前双方已有协议似乎并不相干。这是他最初的担心，但看起来他们并非为此而来，应是另有隐情，而自己尚不知晓。德川家康曾听耶稣会士说过关于托尔德西利亚斯协议的细枝末节，那个荒谬协定把包括日本在内的已知和未知世界一分为二。尽管流言纷纷且诸多大名不以为然，但他自几年前便认为，应对那些船尖炮利的外夷人加以戒备。因此从一开始便与其交好，以期尽可能了解对方，但内心却心生厌恶，尤其讨厌他们的体味。他接受他们的礼物、进贡和示好，却并不信任，始终认为那是些虚伪的腐败分子。即便如此，他仍能从中受益，关原大战便是例证。可如今战事已了，他最怕两种可能：要么南蛮人是想凭那臭名昭著的协议声索对日本的占有权,则日本势必难以取胜;要么他们名为通商,实则暗中以军火扶持其他大名乃至太阁继承人!德川家康决不允许任何一种可能成真。他端详着棋盘,仔细研究黑白子的位置。既不能冒险激怒外夷人,令其打起攻击众神之国的坏主意,也不能给任何封建大名与其单独通商的机会。日本产的火器质量远远不及外夷人的,就算勉强能及,士兵们也难以适应这场荣誉败于火药的肮脏战争。

他迟疑了一会儿,伊达政宗投来探究的目光,关原大战获胜者从精美的棋盒中拿出一子,放在远离落子集中的地方。他的处境并不似期待中有利,对手正分段发起围攻,故而才决定从棋盘边角入手。忽然,他心生一计。"还是应该和外夷人加强联系,"他嗫嚅着高耸的鹰钩鼻下的嘴唇说道,"咱们得考虑考虑那位大使的提议,甚至包括那些十字架信徒和长崎信众的看法。"伊达政宗知道,此前德川家康与外夷人保持的所谓良好关系不过是障眼法。他一边将红毛人弃置平户港多年,一边又承诺允准他们在半岛经商,而与南蛮人的接触本就不多。截至目前,老奉行对他们要么极尽利用,要么置之不理,却从未提议要与其真正结好。正要落子反击的独眼龙听到意料之外的回应未免怔住了。"听您的。"他说道,内心期待主君能说得更具体些。"他们的船毁了,可真是不幸啊,"老奉行的话中透出一丝神秘,他并不想把外夷人杀了草草了事,那会令封地广袤的西班牙国王挑起战事,"太不幸了……"仙台的新大名满脸困惑,不知征夷大将军究竟有何深意。"当然。"他边落子边不甚确定地回应道。

德川家康再次盯住棋盘,对弈双方在左侧三分之一的角落展开鏖战,己方已被围困,但多亏前次反向落子的破局之功,眼下他已掌握主动权,结局尽在预料之中。他又在边角落下一子,伊达政宗的防守愈显脆弱。"常言道,敌人最好留在明处。不过,若是敌人众多,也要防止其相互结盟,最好让他们彼此疏远……"德川幽幽说道。伊达政宗蹙起浓密的栗色眉毛,好奇的表情显得那只瞎眼愈加突兀。他知道红毛国正与南蛮国打仗,若形势有利,二者极易联手对付第三国。此外,太阁继承人的叛军也可能与其中一方勾结。"好在既然领航员还活着,再有一艘船他们即可起航了……届时那位大使也算完成了君王的托付,十字教的信众们也可向他们那位圣主请求恩赐,"德川所指乃是教皇克雷芒八世,只是一时想不起名字,"若咱们能让南蛮人高兴,就能避免他们铁板一块。"他咬牙说道。平户的红毛人曾向德川家康提议结盟,攻打马尼拉和南蛮人在东方的其他占领地。两位遥远国度的君主似乎打算在距国界万里之外的地方开战。只是,征夷大将军并不知佛兰德斯之战的细节和那场漫长对抗背后的政治阴谋,因而担忧荷兰人与西班牙人联合也在情理之中。棋局如战局,唯有将所有可能性都考虑其中方有取胜之机。"此外,要小心,别点燃其他外夷人的怒火,"他不无担忧地说,"任何一方入侵都十分危险,"他很清楚欧洲强敌们的海上实力,"咱们先写信告知平户方面朱印船[1]之事,给红毛人一点念想。至少目前,千万不能被人瞧出咱们是假装偏向某一方。""我想是该如此,"逐渐会意的独眼龙说,"咱们需要一个忠诚能干但又并非不可或缺的人。"伊达政宗自觉已对主君的想法心领神会,开始在新封邑的下属中逐个筛选,尽管许多人还叫不上名字,但很快他便想起一个曾多次有所耳闻的人。

---

[1] 指持有"异国渡海朱印状",被许可前往安南、暹罗、吕宋、柬埔寨等东南亚国家进行贸易活动的船只。——译者注

德川家康放眼棋局，思虑着更多可能。他想提前退位让儿子接替，这并非精力不济，而是希望为未来延续数百年的王朝尽快打好根基，另外，还得应对近来集聚于大阪等待太阁继承人号召的叛乱分子。业力之路迂回曲折，即便不能亲手了结外夷人的棘手事，但无论前路如何，所有推敲都在指向同一个决定。"咱们一步一步来，让叛乱者慢慢上钩，"他想到丰臣氏的心腹也可能意欲购买火器，不免说道，"不过，时机一到，就任命咱们自己的大使和官员，"他以不容反驳的口吻继续着，"给他们配上手艺精湛的木工和充足人手，咱们要给外夷人造一艘船将他们送给母国，以表我日本国通商诚意，再给那位国王和他的重臣们备上礼物。"说完又看向棋盘边角，此前充满变数的棋局如今已然明朗。伊达政宗微闭独眼，他还从未见主君像今天这般滔滔不绝。"要把他们裹在最精美的丝绸里遣送回去，"征夷大将军愤愤陈词，"唯此才能为咱们争取时间……"老奉行虽未言明缘何争取时间，新任仙台大名很快便心知肚明了。忽然，他真切地感到，能为这样一位慧眼独具洞若观火的主君效力是何其幸运，不禁俯下身去："一切遵您指令行事。"德川表情肃穆，胸有成竹，又落下一子，疆土辽阔尽在其手。作为经验老到的棋手，他从不轻易展露意图，即便一开始便明知胜券在握也绝不会让人猜出。"你去仙台，一边整顿属邑，"老奉行用意明确，能者多劳理应如是，"同时确保外夷人用度充足，确保那位大使和他属下的安全……"德川家康反复叮咛，伊达政宗深知此事万分重要。因此，当看到老奉行言犹未尽地望着自己时，便明白最后那句话一语双关，顿时仰慕折服，主君只用一计便将觊觎大权的种种威胁都扫除了，叛乱者会自投罗网，南蛮人心满意足，至于红毛人，也只用空口承诺便让他们安分了。"没我的允许，任何人都不会接近外夷人，"他说道，以此表明自己已理解阻止任何亲近丰臣秀赖的大名与南蛮人接触的必要性，"任何人！"他再次强调，包括已得知海难消息的平户和长崎传教士。征夷大将军缓缓点头，示意仙台大名落子。伊达政宗兵力分散，已不知该将从棋盒中拿出的棋子置于何处，待到落子时又担心消耗了主君的耐心。然而，德川并不在意，仍旧端详己方走棋。只要将那些幸存者送回原住国就能摆脱外夷人的纠缠了，他可不愿受到其中任何一人的影响，最好将他们全部赶出众神之国，尽管目前他仍需假意讨好。"你须得去北部一趟，"他断然说道，不再想外夷人的烦心事，"别忘了找个可以随时除掉的人……"伊达政宗看着主君又恢复以往的谨言慎行，想起刚刚一席长谈，不由颇感振奋。

鹰猎者故意转动固定于囮子上的细绳，使其尽可能在头顶转圈，但固执的鹰仍在远高于树冠的苍穹盘旋，浪人甚至感觉得到猛禽向猎人的骗术投去的不屑。这该是一只尚未经太多训练的青年隼，又或许是一只太过年迈而怠于讨好人类的老家伙，想到这儿他不由无奈地笑笑。它守着远处地平线逐渐放亮的天空，升起旋回，也许它只是想找一个不以磨损羽毛伪装成诱饵的受害者。很可能它已在猎物富集的灌木地带看到了某个游荡的美餐。丛林中向来多有雉鸡出没，体型肥胖、色彩斑斓、头戴红冠者颇有时下戏剧演员之态，正随着日头高升争相求偶而分身乏术，给了鹰隼可乘之机。西乡隼都知道。曾经也是在同样的山上，他猎过的野味不计其数，常常需要用灯芯草穿上好几串。虽然记忆泛黄,但他依稀记得,自己是如何怀着返回家乡的期待一次次陪着鸟居元忠踏遍桃山的沟壑丛林,二人正是在大名心爱的鹰隼的剪影下走走停停。不过,不同于伏见城大名,眼前几名鹰猎者显然经验不足,负责拍打树丛惊动猎物的人连只鹌鹑也没惊起。即便如此,鹰隼还是被驯服了,它缓缓落至猎人的袖口,将鹰爪伸进厚厚的皮手套。一天结束了,驯鹰者招呼同伴相继归队。西乡很快也要继续行程。

　　他从京都出发,本打算途径中山道沿着壮丽的富士山麓向南,往鸟羽城去,希望查清外夷人事件完成使命。但离开帝都后,他每每忆起过往不能自已,适才决定往淀川河岸来。他沿着河流来到伏见城,昔日建城的巨石也是这样被采石匠们用驳船一一运来。他始终觉得,自己真该像城内的其他勇士一样,在破城当日自尽谢罪。糟糕的是,慰藉之旅竟被鹰猎者打断,他只好躲进灌木林小心观察。他只是一名亡命的浪人,除了谨慎一无所有。看着远去的鹰猎队,他心绪忧愁,将手伸进和服摸了摸怀里的竹管。刹那间,一个手拿木剑在稻田中奔跑的少年闪过脑海,他热切地盼望着能接受顶级剑术馆的训练,得到带有某位宗师徽章的证书。他最后一次见到儿子也是在稻田,尽管在剑术上有所造诣并非儿子的志向,但西乡也曾想过请求示现流剑术大师能破例教授。只是早在他还未随伏见城大名外出打猎时,江户铁骑的到来便已改变了一切。鹰猎队渐渐消失在丛林中,西乡从香桃木丛中站起,膝盖酸痛。他竭力摆脱怀旧之情,爬上山坡重新出发。

　　午时已过,清晨的燥热逐渐缓和。香桃木开出小花,河谷的农民们不日将迎来新收成,再不必以稻杆和米糠充饥了。他越过一颗树身浑圆的山榉,听到石匠们敲打石料的铛铛声,就快到了。他抛开愁绪,小心翼翼地站在一个遍布杂石的山丘上,四下张望。两年后他又看到了伏见城高大的城墙。依照征夷大将军的指令,城堡正在修缮当中,可怖的围城战造成的破坏被渐渐淡忘。被烧毁的瞭望塔已恢复原状,若非亲身经历,西乡根本看不出火灾的痕迹。看着匠人们忙忙碌碌,他又陷入了沉思,直至未时才重新钻进林子。他绕着山坡来回搜索,终于找出了围城战期间石田三成营地的遗迹。很显然,为与追剿德川家康的其余西军汇合,石田走得十分仓促。大批辎重和营地用具仍留在桃山东侧的山坡处。他仔细倾听,石匠手中錾子的敲击声仍不时传来,并无迹象表明附近有驻军,确信无人在旁后,他继续调查。一只伯劳鸟欸啦一下从身旁的巴旦杏树上飞起。动植物们再次回归领地,石田营地的帐篷和其余残骸已被丛林灌木慢慢掩埋。曾作为后卫部队的驻地上仍立着一顶硕大的粗布帐篷,久经日晒已看不出颜色,从尺寸看很可能是主力部队的仓库。只有品阶较高的武士才有资格进帐休憩,等级分明远比使士兵免于风吹雨打更重要。他避开长满钩刺的覆盆子,走入塌落的帐篷。

  昏暗中到处散落的遗物证实了石田的匆忙。他用木屐踢起一片碎甲,一只蜈蚣仓皇四窜。一捆等待嵌入箭镞的箭杆,倾倒的火盆,未被湿气完全浸透的米纸,还有许多长弓,后者奇特的做工引起了浪人注意。这些长弓缠着劣质丝带,用饰钉横向加固,显然并非众神之国所产。岛国匠人绝不可能做出如此粗制滥造的兵器。西乡向长弓走去,不理会小动物在被霉菌覆盖的战袍下爬行的簌簌声。他拿起一块儿触感粗粝的木板,其上似有陌生标识,碍于光线暗淡看得并不真切。松动的顶棚稍一动便落在长弓后面,顿时腾起一阵刺鼻的扬尘。弃置于最里面的,是一杆破损的枪托和外夷人带至日本的可恶火器。

西乡不无厌恶地拿起枪托，制作并不精良，清漆剥落，木头也被蛀蚀，应是运输中被损坏才被抛在这里，尽管如此，西乡还是很快就认出手里的枪托正是石田军队所用的武器。他还记得在鸟居元忠指挥骑兵出击围攻的敌人时，曾听到过火枪手咒骂失灵的武器。他从没用过火枪，总觉得那东西卑鄙下流，但他知道有相当一部分发射会失误。那玩意儿能令射手的肩膀脱臼，面部会被爆燃的火药灼伤，引燃失败时则会发出潮湿的闷响。可恰恰就是这玩意儿造成伏见城陷落。他翻看手里的火绳枪，粗劣的枪筒和并不标准的尺寸告诉他，这不过是日本匠人努力多年的赝品。这些东西的始作俑者是外夷人，是他们将火器交到石田三成手中。外夷人在五奉行决裂后插手日本内战再添新证。他将火绳枪放进东倒西歪的盒子，又回头看了看，忽然意识到，尽管目前貌似毫无用处，但或许将来那木板上的印章能帮自己找出为石田提供龌龊武器的人。他又反复查看长弓，发现上面印有同样的标记。他回到入口处，几下重击，拆下木板上烙有印章的部分，拿到帐篷外仔细辨别。印章叫人想起一些表意文字，但不知是人名还是商行名。他虽不识外夷文字，但那绝不会是胡乱涂写，所有的长弓上都出现了一模一样的火描标识。两条线于中心处垂直相交，四角各有花饰并朝交叉点会集，他隐约想起南蛮人钟爱的受刑圣徒形象。浪人从栽倒的火盆中拾起一块焦炭，又从束着麻绳的纸捆里撕下半张纸，将那怪异标识临摹下来，细细看了看才塞进腰间。

* * *

安东尼奥·德莫伽终于在恶臭致疫的墨西哥城找到了理想的容身之所，正兴奋不已。他将十字刀印章放在火上烤了烤，那印章与蒙特萨圣骑士团标志极为相似。虽说初来乍到，但总督的革新之念让他看到了机会。新任罪行庭法官已备好寄往塞维利亚的首批物资。当烧红的铁印烙上木箱时，德莫伽得意地笑了。

"堂胡安·德拉达利亚主教在东印度群岛的卡塔赫纳建了一座修道院。"伊莎贝尔·拉迪诺斯不置可否地说。孔斯坦萨看着她死气沉沉、喜怒无形的脸，"什么？"西西里女孩儿悄声问道。例行晚课后，瓦隆修女躲开执事嬷嬷的监视，于夜半时分闯入孔斯坦萨的寝室。"许多离经叛道的女孩子需要一个庇护她们的容身之所，"伊莎贝尔带着同情的口吻懒懒说道。侍女对此并不陌生，她曾听宫廷妇人冷冷地提起过对无依无靠的殖民者女儿和孙女们的厌恶，那些美斯蒂索混血儿为两方社会均所不容，除了卖身于供水手发泄欲望的妓院外别无他法。玛格丽特王后更是不止一次表达过她对那些可怜人的担忧。见孔斯坦萨似乎对自己的话无动于衷，无聊的伊莎贝尔·拉迪诺斯只好玩弄棉绒法衣上的线团，长长的毛线被她扯来扯去。"我明白了。"西西里女孩儿不愿怀抱不成熟的期待，谎称道。瓦隆修女已对衣服上的毛球没了兴趣，晃着右手手指抬头说道："方济各修士们想派些克拉雷会的修女去给主教帮忙……"语气中颇有共谋意味。孔斯坦萨猜想，圣方济各会修士们的参与只怕又会引起同耶稣会的权力之争，但对深爱塔玛索的她而言，各教会间无休止的争斗何足挂齿。瓦隆女孩儿的话中有更重要的信息。"那么，已经选出即将前往印度群岛的善心姐妹了吗？"孔斯坦萨开始琢磨路径和距离，帆船定会在贝拉克鲁斯港停靠，修女们该是经陆路去卡塔赫纳；或是将她们带至新卡斯蒂利亚的卡亚俄港。无论哪种可能，总能找到去日本的法子。"我不知道，不清楚他们是否已经定好人选，不过我猜你要是跟堂玛利亚求情的话，她可以帮你的……"伊莎贝尔言辞恳切，说完便起身准备回房了。监事嬷嬷听到裙摆的簌簌声，赶紧离开门口，法衣被她以极不雅观的姿势捋到了小腿肚，幸未绊倒出丑。她挺着胖嘟嘟的身子一路小跑，以免被发现。"希望明天你也能回报我点什么。"伊莎贝尔咬牙说道，好像咀嚼着受王后庇护者的秘密似的，孔斯坦萨默默点头。她正试图放下不时涌出的关于塔玛索的回忆，考虑更为紧迫的事情，首先得说服堂娜玛利亚帮自己得到一个名额，这要尽快办，老王后随时可能薨逝；然后再去塞维利亚。开往印度群岛的船只向来是从瓜达基维尔河港起航的。

"上帝啊！那些该死的天主教徒，好像光有爱管闲事的耶稣会跟屁虫还不够似的……"怒火中烧的雅各·瓜克尔奈克停下来，准备歇口气继续对西班牙人破口大骂。他是嘴巴极难闲下来的人，一边想着诅咒之辞，一边又嘬了口寡淡无味的米酒，而这更叫他怀念朗姆酒了。他神情冷漠，稠密的金黄色八字须爬满嘴角，盘错交织的细小血管显得两个鼻孔红通通的，一双冰蓝色眼睛漠然地看着周遭世界。他曾是荷兰博爱号帆船船长，自帆船在日本海岸失事后，便与同伴一起夹缝求生，既要躲开长崎圣伊格纳西奥教会的恶意施压，又不能激怒岛国各位领主。此外，还须取悦与当地人交好的英国人亚当斯，以求这位领航员帮自己登上去东方海域进行沿海贸易的日本船只。"咱差一点就……"似是觉得绝望之情还不够,他又倒上一碗米酒,颇为伤感地一饮而尽。那些西班牙人会令他的愿望破灭的!"还有希望,"威廉·亚当斯[1]带着英伦口音回复道,"我想咱们很快就会收到德川君的来信,也许还能设法请他资助咱们的船队……"博爱号上的其他两名幸存者梅尔基奥尔·凡·塞特沃特和约翰·茱斯顿·凡·罗登斯特则一言不发,只一边喝着烧酒一边听着谈话,面面相觑。"可不是吗?"瓜克尔奈克将空杯重重地放回桌上,草席和障子微微一震,"在他被任命为尊贵的黄毛猴统领前,"他话锋一转,两手夸张地做出鄙视之姿,"那个德什么……康……那个老猴精!他跟咱们说,不,确切地说,是跟咱们保证,会准许咱们造船出海的……"尚未大醉的威廉·亚当斯神情冷静,将了捋长长的八字须说:"你说的是朱印船吧。"博爱号的老领航员解释道,自几年前来到日本,他就试着学习岛国复杂语言的基本用法。"管它叫什么!"瓜克尔奈克改用拳头砸着桌子,大吼道:"他承诺过咱们的……可现在却成了西班牙人来造船……"除了语言,亚当斯也努力了解岛国深奥难懂的文化,他渐渐感到,新任征夷大将军虽表面和气,实际上却对所有的外族人都心怀厌恶。尽管亲近岛上文化为他开了些门路,但直觉告诉他,德川家康的花言巧语比被船长倾倒的酒杯还要空洞。"不错,"领航员闭着眼,撩开额前的头发,"但传闻称那是为了返回新西班牙,并非用于经商……"他睁开绿色的眼睛,尽量平静地说,"或许……"

"该死的天主教徒……"一直沉默不语的约翰·茱斯顿·凡·罗

---

[1] 又名三浦按针,英国航海家,日本第一位外籍武士。他是第一位来到日本的英国人,曾做过德川家康的外交顾问。——译者注

登斯特终于忍不住了。此人身材魁梧，浓眉大眼，宽额厚唇，披散至半脸的脏发与其他欧洲人无异。即使日本人好心改善外夷人的卫生习惯，但能像东方人每日沐浴的仍旧寥寥无几。他来自荷兰南部代尔夫省的一个小城，那里曾是抗击可恶西班牙人的堡垒，后因自立为各新独立州省的事实首府而颇受奥兰治王子喜爱。因此凡·罗登斯特自幼便对西班牙人及其大方阵军团恨之入骨，就连所听的摇篮曲也充满对卡斯蒂利亚和阿拉贡双王暴行的谴责。在与老腓力国王长满疥疮的野狗作战的年月里，凡·罗登斯特受尽饥寒苦楚，他曾在代尔夫泥泞不堪的街巷里踉跄觅寻，希望能偷点钱或者捡半个青苹果填饱肚子，他曾亲眼看见母亲抓吃虱子和漂浮在河道里的肿胀发臭的尸体。愤怒犹如黑不见底的深渊。"杀了他们！咱们要杀了他们！"他咬牙切齿恨不能已。他原本梦想衣锦还乡，却又被西班牙人从中作梗。黄毛猴的自大狂头目亲口答应放他们离开平户这个监牢，并准许他们驾朱印船去同南部的北大年[1]通商。凡·罗登斯特实在不愿错失良机。"杀了他们！"他站起来再次说道，"咱们可以雇那个家……川……的刺客，就是那些蓝衣人……""忍者，那叫忍者，"亚当斯不耐烦地提示他，"自关原大战后，他们就忠于德川君，即便咱们联合所有大名，奉上报酬，他们也不会接受委托的。不错，那的确是些刺客，可行事却……"威廉·亚当斯并不想让荷兰人太难堪，不再多做比较，只是眼神流露出指责。

空气一片死寂，荷兰人散养的矮脚鸡在屋外咯咯叫着，这些乘博爱号飞来的鸟儿们正在无人打理的菜园中啄食蚯蚓。奥兰治分子栖身

---

[1] 泰国西南部港口城市，历史古城，16世纪的国际贸易港口。——译者注

的小渔村像是从平户港凌空而落,海浪在阴沉的天空下翻滚,距海边不远处,渔民正将金枪鱼切片。为了谋生,他们须先将鱼片煮熟,剔除鱼刺后再用栎木火熏,最后在太阳下腌制晒干,带有独特菌类味道的金枪鱼干便能保存好几个月。茅屋内气氛怪异,瓜克尔奈克船长正欲开口,却被领航员抢了先。"那太疯狂了!德川家康绝不会原谅咱们的,要是在他的地盘上跟西班牙人动手,咱们在这儿本就有限的自由……"他手指地面以示聚居地平户,"也会被剥夺的……而且还会收回允准咱们去北大年王国的成命……事实上,他会把咱们一网打尽!会把咱们绞死的!不!他不会手下留情的!他不会允许你把战火烧到日本!那个你盼望已久的协议也不会被签署!永远都不会!"荷兰人受香料短缺之困,为摆脱西班牙的海上霸权,极力想依着英国人的法子成立一个与伊丽莎白女王的东印度公司比肩的机构。此时,在日本滞留数月的威廉·亚当斯并不知道,早在一年前,低地国议会便已授权成立荷兰东印度公司,其目的就是聚敛财富,继续对抗卡斯蒂利亚和阿拉贡双王。"可我觉得这主意不错,"喝干一壶清酒的瓜克尔奈克船长插嘴道,"咱们杀了那些该死的天主教徒吧!可不能让他们占了先机!"亚当斯对此强烈反对,"那等于自寻死路,我向你们保证,要是咱们敢动他的客人,德川君一定会扒了咱们的皮!""那个被诅咒的黄毛猴没理由知道。"梅尔基奥尔·凡·塞特沃特打破沉默补充道。几人中最为瘦弱又秃顶的凡·塞特沃特一直怯懦地盯着杯底,手指则在杯沿打转,好似试图在酒水而非茶水中窥探未来的中国巫师,直至此时才稍将目光从小瓷杯挪开。"若是那些忍者不肯帮忙,"他并不十分确信,"咱们也能找到其他愿意出手的人,博爱号底舱里还有些金子。要是任由西班牙人胡作非为,只会输个精光。是咱们先来的!"船长表示认同,凡·罗登斯特又拿来一壶烧酒给他斟满,"不错,咱们是该干掉他们,"说完将酒壶放回桌上,以便瓜克尔奈克再次取用,"万里迢迢来此,可不能白辛苦一场,忍饥挨饿好些天,眼看就要有所成了……"

对亚当斯来说,三位荷兰人的牢骚并不难理解。他们在险象丛生的海上漂流了将近两年,许多人在途中丧生,探险船也沉了好几艘,牙床常因饮用污水肿胀出血,牙齿脱落殆尽,饥肠辘辘,而长崎耶稣会士还向各地大名施压,企图将他们当作海盗处死。他们历经千辛万苦以求振兴家业,如今一切付出总算快有回报。可他不想道破,尽管英国人也同荷兰人一样仇视西班牙人,但他已对古怪的日本人有所了解,对岛国的未来也有所预见。"我不参与这事,也不接受,"他坚称,"这不是个好法子,你们会后悔的……"领航员说完便起身拿上帽子离开了。瓜克尔奈克船长对着英国人做出不屑的告别手势,而后转身醉醺醺地向同伴问道:"那么,你们想好怎么干掉那些天主教徒了吗?"

在胁迫了佩德罗·德阿尔布埃斯之后几个礼拜,奥图诺·德安德拉德一边试图从特里亚纳劣质酒水带来的头昏脑涨中恢复意识,一边打算像对待宗教裁判所使节那样,给塞维利亚其他有头脸的人物也教教规矩。他知道许多不可告人的秘密,能叫这座古罗马伊斯巴里斯城[1]

---

[1] 塞维利亚在罗马人统治时期的旧称。——译者注

的相当一部分权贵对其俯首帖耳。侍奉莱尔玛公爵时经营下的裙带关系和肥差美缺如今可为他带来颇丰厚的回报。他苦等了一天马德里方面的消息却无果，次日便想出了好几个勒索对策，以缓解手头短缺。不过，为了实现全盘复仇计划，他还需铲除一个障碍：就算财富复归如初，那些无法亲自处理的事也须应付妥当。幸运的话，敌人会自投罗网，除了钱财，奥图诺还需要几个既不猜疑又不多嘴的帮手。这种人要价向来不低，眼下所需用度已有着落，只差找到他们。就着河边老区闭塞小屋幽暗的烛光，他无需问太多，而他们也永远只有一个答案。

人称"宽街"的城南围墙在距塔加莱特小溪不远处蜿蜒着，附近是供奉圣罗克的小教堂，浸淫在屠宰场和毛猪市场中的埃及人[1]后裔的棚屋围栏紧挨着城墙，成串延伸开来，污名在外的屠夫何塞就住在那里。与曾在印度和东方深山里时一样，一些吉卜赛人经过漫长跋涉将铸铁技艺带至西班牙，并凭此过上了体面生活，又因能与教士会保持距离，被称为新卡斯蒂利亚人。但这并非奥图诺寻觅至此的理由，老秘书官对身为锅炉匠或铁匠的埃及人的手艺可没兴趣。他要找的是些没心没肺的东西。数百年前自下埃及迁徙而来的体面人后代中，也有人以坑蒙拐骗和受雇杀人为生，此事众所周知，连宫廷淑女喜闻乐见的时兴小说中也有提及，奥图诺曾多次看到玛格丽特王后的侍女们手捧轶闻，读得津津有味。故而，他将所有钱物留在郊外小屋，在一个天色阴沉的黄昏穿得破破烂烂，只在腰间别了一把短刀便朝屠夫酒铺走去。他还没收到来自日本的消息，德莫伽音讯全无，佩德罗·德阿

---

[1] 欧洲人曾误以为吉卜赛人来源于埃及，因此，旧时吉卜赛人也被称为埃及人。——译者注

尔布埃斯则声称，若孔斯坦萨待在马德里的修道院里闭门不出，他也爱莫能助。为避免付过桥费时被反复盘问，他雇了一名浑身油污的船工，那人的平底小船都快散架了。桨动船行，城市越来越近，他不停用余光偷瞄威严的圣豪尔赫城堡，宗教裁判所的地牢就在其中。

当奥图诺穿梭于塞维利亚老城找寻猪市和屠夫肉铺时，马德里总督的邮差正在托莱多的一家客栈里喝着廉价红酒，等待犒劳路途劳顿的煨羊肉。跑堂的女侍者从后门悄悄接过一个满是褶痕破洞的褡裢，放在他身旁被蛀蚀的小凳上，里面装着给莱尔玛公爵秘书官的信：孔斯坦萨已从皇家赤足女修道院逃出，准备前往塞维利亚搭乘四月来港的船只。

血滴滴答答从下巴落至紫青的胸口，鲜红的细流在两肋间绵延如蛇行，散发出血腥味儿，每一次呼吸都令面部严重扭曲，摊开的四肢上满是淤痕，不住抖动着，肿胀的双足没了形状，从腹部的坑坑洼洼可以想见内部骨架早已断裂，连喘口气都生不如死。两根仓促砍断的横梁被几节农民惯用的稻草绳胡乱绑起，西乡认得出，他曾多次见过，那是外夷人的宗教标识十字架。风起云涌之后，旧俗又回来了。太阁曾因出身低微无法出任征夷大将军，便试图通过设立等级制度抹去贫农身份，进而巩固武家地位。除了京都皇室，丰臣秀吉将天下臣民均划入其应属的社会阶层。自那时起，武士便凌驾于其他阶层之上，成为"日升之国"最受尊敬的人；其次为农民、手工业者和商人；艺伎、贱民和不受待见的强盗等为下层；最底层是连姓名也不配享有、从事最遭人鄙视行业的秽多，如殡葬者、皮匠、刽子手与屠夫等；至于大胡子外夷人，则只剩活着的资格了。君主对他们的火器不甚信任，弃之如敝履，其从耶稣会教义中发掘出的唯一用物是将人钉死在十字架上的刑罚，且多次将之付诸实践，以示惩戒。然而，那些西乡所知的在十字架上苟延残喘的天主教徒中，还从未有人如眼下这般痛苦。

西乡自知仍是逃兵，离开伏见城后起初沿中山道往东北方去。尽管数次更改计划，一路上还是不断碰到弹奏尺八的僧人、草鞋破烂的朝圣者和骑着黑牛的浪人，最令人不安的是许多持三叶葵大旗的巡逻队，便决定以道路两旁的密林为掩护，多年前备战姊川河之役时他曾去过那片藏身地。他像浣熊一样昼伏夜出，凭着记忆沿宽广的琵琶河南岸，走出一条与中山道并行的东行路线。更深露重，木屐上的草绳也因潮湿霉烂换成了布绳。琵琶湖南岸湖水较浅，长满芦苇和各类水藻的湿地为西乡这样的夜行者提供了庇护，越往北湖面越深，直至成了一片神秘地带。相传，鹿岛神用镇地石将一条生性邪恶的巨鲶压在湖底，每当巨鲶摆动强有力的尾巴奋力挣脱时，便会引起地震，散布恐慌，毁灭岛屿。或许，那个被钉在十字架上的身影便是怪兽发怒的前兆。绕开湖区到达关原谷地前，西乡稍向南偏，去往坐落于宏伟富士山下的伊势湾。但到鸟羽城后却发现，外夷人已不在那儿了，他又不得不继续往仙台走。他正是在前往本州岛北部的漫长旅程中见识了如此惊悚的场景。十字架上的人奄奄一息，刽子手们却开着玩笑，似乎很是享受。西乡隼并不关注十字架上的酷刑，但微风和潮湿的空气让巡逻队的交谈隐约可闻，他决定靠近一些偷听。远离人群的游荡令他对时事一无所知，直觉告诉他应该留在那儿。那些轻狂之徒似乎很是口无遮拦,不一会儿他便听到了些可用讯息。

"……听说真田幸村还在山里躲着呢……"其中一位武士胳膊肘撑在与膝盖交叉的长矛杆上说道,"……专门招募武士,襄助小秀赖组建军队,对抗德川家康……"西乡藏在小土丘后面,透过漆树枝看去,另一位武士正焦急地望着不远处几位同伴,后者仍站在十字架下戏弄受刑人。他们一共五人,衣着各不相同,但均是破破烂烂的旧式样,看起来更像帮派,而非跟自己一样自内战后便漂泊不定的万千浪人。高颧骨的武士表情难看,对同伴以如此轻浮口吻称呼太阁继承人十分不悦。"谁知道呢?受人敬重的丰臣少主公深怀勇毅,夺回失去的权柄也是理所当然,"他感叹道,并不去质疑黄口小儿是否具有做出重大决定的能力,"毕竟对方是险胜……再者……"他双手松开刀柄,"若非伏见驻军殊死抵抗,德川家康不可能集结足够人马决战关原。要是城池早被攻破,结局可就不一样了……那想必是一场惨烈的围城战,将军麾下拥有数量惊人的火器,非常多,"他回想起曾经的战斗,手拂过额头,"伏见驻军会成为一个传奇。他们没有投降……光荣赴死了……"听到这儿,西乡隼不自在地换了换姿势。"我还听说……"最先开口的武士将两只手臂都撑在长矛杆上,插嘴道,"小秀赖正给从关原逃出的大名们分发黄金。"同伴再次皱眉。"真田幸村、明石全登、还有长宗我部盛亲那小子,都跟我说他们悄悄躲在大阪城外一处租来的院子里,看来后继者还没放弃啊。""我知道,我知道,"同伴点头默认,"听说长宗我部君还剃了和尚头,改名叫一无彩。"一无彩意为只有一个梦想的人,足轻不免好奇此人改名目的何在。至少现在他已了解京都那所宅子主人的近况。"传言称,他用继承人的金子养着一支由近千浪人组成的私兵……"由此可见,遍布全岛的巡逻高压只会令西乡的生活更为艰难，新任征夷大将军正竭力避免战败者再度作乱。"……当然，小秀赖还困在大阪城内，"长矛武士无视同伴克制的表情说道，"征夷大将军一时还不能杀了他，或是叫他自杀，他得留点体面。少主公可真是待在金笼子里的鸟啊……"十字架下的另外三人面对受刑人不知所云的哀求发出阵阵狂笑，西乡猜，他很可能正向他的古怪教派求助。据他所知，外夷人的信仰多以慈悲仁爱为怀，而非义务和忠诚。"如今他想让儿子继位，"同伴又说，"他有权这么做……""他似乎的确有不少势力强大的盟友，足以确保家业延续啊，"武士将长矛搁在地上，伸展双腿说道，"伊达政宗已向他称臣，如今正在仙台藩招待外夷人呢。"他指了指受刑人。那位大名再次与西乡的路径重叠了。"不错，不过这并非什么新鲜事。我听说他不止一次跟外夷人做买卖。"西乡不会知道，那人说的正与他在京都所截获信息相关。"还袒护皈依天主教的人，"他又指了指十字架上可怜的倒霉鬼，"不过即便如此，德川君似乎从未起过疑心，还将仙台藩赐予他，封地一百万石。"要知道，一石粮食可供一人一年所需，伊达氏所受俸禄足以表明征夷大将军对其嘉奖之厚。西乡并不知这与外夷人有何相干，不过他希望能去仙台查明真相。站在十字架下的三位武士转身，朝向同伴，斥责二人只顾闲聊，并称他们已完成委托，叫二人处理后事。这不禁令西乡怀疑有人花钱请他们办事。

"我饿了，"长矛武士起身说道，"干完这些，咱们找客栈吃点东西吧，这家伙不会再乱说了。"他用长矛指了指十字架，"咱们已经知道了去哪儿找他们这类人。按说九州岛更容易，却不知为何叫咱们上这儿来……""人家花钱可不是叫咱们问为什么，而是叫咱们杀几个异教徒的……"足轻听到另一位武士回答道。"啊，是么，"长矛武士狐疑不定，"依我看，那些贪婪可恨的大胡子是想让天下大乱，他们不希望其他任何人得到朱印船授权，反正我是这么想……因为请我出面的雇主可不止一个。即便不是这样，我也不会帮他们……"说着摇了摇头。听到这儿，西乡终于决定动手。看来这些浪人是受红毛人而非南蛮人所托，且似与自己要去仙台调查之事有关。平户外夷人雇佣那些浪人以西方宗教之礼谋杀几个天主教徒，其目的正是嫁祸给伊达政宗收留的那些南蛮人，以此伪造后者竟敢在日本地界寻私仇的假象。他知道该从何着手了，那两名武士应该还能再吐些有用信息。思虑片刻后，他将弓箭连同羽织放在一颗樟脑树旁，伸出右手把多余的衣物扎入皮腰带，抖了抖因长时间匍匐有些僵硬的肩膀，闭上眼凝神聚气。受刑者大叫一声，精疲力竭，风中传来一阵叹息。有人正忙着擦干长矛上的血迹。西乡不理脚下声响，快速下坡。十字架上的人一动不动，似乎已失去意识，可待他们转过身来，足轻已在耳边低语了，右手拇指下是刀柄熟悉的粗糙质感："谁雇的你们？"

支仓常长有许多怪癖。他已几乎不再幻想维持小得可怜的封地，那无法昭示先辈们的丰功伟业，只会凸显父亲和叔父在最后一次内战中阵营选择的失误。他珍视被美丽的妻子日日爱着的幸运，是圣明的佛祖将她带至他身边。他了解古老权杖的秘密，不想变成各地大名相争的棋子。他很怪，但不蠢，一眨眼的功夫就明白了自己何以被选中执行那个为人不齿的任务，不过是因为并非不可或缺罢了。

"这可是无上荣耀，望你稳妥行事，"独眼龙伊达政宗板着麻子脸，一本正经地说道。支仓常长身穿昔日祖父受封后拜见太阁的旧衣物，深躬行礼。他脸庞浑圆，仿若成熟的洋李，受时局之累的肩膀扁平瘦削，细斜的眼下眼袋突出，显得缀着稀疏八字须的鼻子愈加小了，务农远多于练剑的双手粗糙干燥。在权势人物面前，他总有些不自在。他习惯了卑微地活着，习惯了和仆从们在田间辛勤劳作，以确保年底有足够的收成缴纳赋税。贫穷令他变得忧郁。看不到妻子的微笑时便沉默寡言，他已习惯了一边毫无怨言地嚼食生了蛆的黍米，一边忍受叔父无休止地抱怨命运悲惨。残障的叔父总是在火炉边一次次斥责他对兴复家族无动于衷。"不日，就会给你颁发征夷大将军遣使的委任状，"伊达颔首指出，"你的任务是促进通商，争取签署确保在他国和日本国间建立唯一市场的协议，"独眼龙谎称，只提及了塞巴斯蒂安·比斯卡伊诺大使信中相求之事，"要跟外夷人结成兄弟般的友谊，适当地回应他们的外交诉求对主君尤为重要。"熟知德川家康对外夷人虚与委蛇的支仓并不吃惊，也未对命令表示质疑，那会令家族再次覆灭。不过，即便新任仙台藩大名有所承诺，他也不相信还有望恢复旧日封地。天晓得他能否从地平线那端的旅途中回来呢。太阁在任时，他曾参与对朝鲜作战，他更情愿再次回到无法征服的战场。他害怕任务失败，他真希望做决定的是别人。

伊达政宗观察着眼前无名小卒的反应，有一瞬间他竟生出一丝同情。一切不过是假象罢了，征夷大将军已向他透露永久关闭边境的打算。德川家康要建立一个世代延续的王朝，最不愿看到的便是西班牙人、荷兰人或是其他任何人利用其武器或影响力进行权力制衡。连实力最不济的大名也受外夷战船支援，装备了火绳枪，而这势必会动摇他们对自己的忠诚，这是德川家康绝不允许的。"其中有个教徒会说日语，曾在长崎教会学校学习的吉冈征十郎也已被派往那里，你可以同他们交流，但也要尽快学习他们的语言。"老奉行要求他们尽可能搜集情报，摸清敌人底细。"你必须了解一切相关讯息，他们的习俗、国家……"大名一再申明调查有关西班牙人之事的义务，支仓再次躬身应允，旧衣物上的针脚几近抽线。"他们有个木匠，活下来了，很快他们会再造新船的，"伊达政宗简要说明，自认为无需过多解释，"从今天开始，你要寸步不离地跟着他们，直至返程。"独眼龙既未言明一切行动应等待德川的新指令稳步进行，也没道破如此一来他便有两个监视外夷人的帮手。双向信息来源能让他深入了解那些荒唐古怪的外夷人，而德川家康则希望在外夷人离开日本前保证他们的安全，有支仓和吉冈护卫，伊达自信能完成主君的嘱托。独眼龙本想告诉支仓大阪细作发来的消息——太阁继承人及其党羽已获悉南蛮人抵日一事，或会插手干预，但想了想还是作罢。"此外，你还得运载一些重要商品，胭脂、瓷器、颜料、衣物……凡是能想到的，还须找些愿意为建立新商道出力的人，"伊达政宗的口吻表明，他不在意货物本身，"关键得让外夷贵人看到你们的精心安排。"独眼龙隐瞒未说的是德川家康要借此渗入商界。待核准支仓常长选定的名单时，征夷大将军要再进行严格筛选，只保留倾向于资助太阁继承人及其驻扎在长崎叛军的商人。气氛安静又紧张，支仓小心思量，仙台大名则反复琢磨措辞，以免露出马脚。"你要负责他们衣食无忧，"伊达政宗补充道，"时机一到，他们就得安然无恙地返回故国。"

支仓被新的信命压得喘不过气来，却不得不说服自己接受。若是妻子在的话，定能给自己一些勇气，她总能让他相信自己可以做到。而若是叔祖父听到这些命令，则会抓住一切机会教导自己不辱使命，一遍又一遍地提醒他这是千载难逢的重振门楣的机会。忧心忡忡的下等武士最终什么也没说，只是再次恭敬行礼，等待伊达政宗发话离开，旧衣物的针脚眼看就要被扯破了。

真令人发疯！虽有领航员，却是没有足够船员的光杆领航员；虽有木匠，却是没法造出合格船只的木匠。不过，多亏了那个疯狂的主意，几个月来塔玛索总算稍稍摆脱了掉入圈套的不祥预感。而且，他无法否认，自律的日本人的确能兢兢业业地干活而毫无怨言，还有他们的工匠天分，只消看看他们修建山巅要塞的速度便知一二。日本人为圣哈辛托号的船员们全速建好住房后，又在时常充当船坞的木料厂搭起了龙骨雏形，引得加的斯木匠每天清晨都要用细皮嫩肉的手从头到尾抚摸一遍，以一种近似阿拉贡榆木的木材打造的船只构架已依稀可见。虽然塔玛索难以确信马尼拉使团的幸存者们能得善终，但他知道，眼下除了接下这个烫手山芋外别无选择。自踏上日本地界以来，厄运与猜忌不断，那艘初具雏形的新船是这么久以来他们唯一的慰藉。

"不好看，活像弓形腿的大肚修女，若是这样起航，会把咱送回原地的，"洛佩把嘴里的榉木碎片调了个头，继续咀嚼，"得引导他们按照旧式穆尔西亚的法子来，"他边说边将长满老茧的手背挨向额头，好似要在胸前凭空切开木头，"得按照那些规矩来。"他将拇指放在嘴边比划着。这意味着船身长须三倍于宽，宽须两倍于高或者近似。塔玛索并未详细询问，只是点头，欣然地看着洛佩胸有成竹的样子。"会行得通的，可能免不了要跟他们大呼小叫，不过应该行得通。"木匠洛佩从嘴巴里拿出木头碎片,指着不远处的帆船支架。塔玛索不禁笑了,加的斯人似乎认定只要嗓门够大便能和日本人沟通了。"我也乐见其成啊……"塔玛索宽慰道。木匠只是耸耸肩膀,假意顺从,"天道酬勤啊。"说完便继续干活去了。洛佩手抚着肚皮朝木料厂走去,船员们吃不惯当地饭菜,这样做仿佛能助消化似的。"当然,谢谢……要不是……谢谢……"加的斯匠人忽然转身笑着说。塔玛索不想令对方尴尬,只是颔首致意。表情胜过一切言辞。

看着木匠走远,他思绪不定。虽然他的确尽力替补资质不足的塞巴斯蒂安·比斯卡伊诺大使,但自觉还没有资格接受任何认可。此前少尉即便拼了命让冷漠的日本人相信圣哈辛托上的人活着总比死了好,却依然无法在他们的种种优点中找出主动建造新船的迹象。加之还需在鸟羽城主君和德莫伽任命的大使之间费心周旋,他一度以为自己要被砍头了。故而,对于如今新船开建之事,老军需官猜想,或是当地各大名的主意,只是他绞尽脑汁也不明白其意图何在。他边想边拿起一块芜菁饭团,这是一位笑容可掬的姑娘片刻前用锃亮的红色雕漆盒子送来的午餐。他曾在佛兰德斯战场饥寒交迫,只能吃混杂着壕沟泥土的甜食,因此并不反感略显寡淡的东方菜肴。他脸庞消瘦,散乱的白发在长久没打理的发间格外醒目,只是,正如同浓密的络腮胡子,这并非习惯有所改变,而不过是颠沛流离中时间流逝的证明罢了,其中尤以到达日本的旅途最为漫长艰难。在路上时,塔玛索总想起当年大方阵军团翻越阿尔卑斯山对抗荷兰人的往事,那时军需官很清楚抵达遍布运河和窑子的国度后要面对什么,眼下却无比茫然,既因肩负对幸存者的责任而倍感压力,又因对死者的悔罪迁就深觉沉重。但或许热切盼望的归程已指日可待。那个吉冈征十郎用夹带着日语的葡萄牙语向他解释说，本地主君———个面相严厉的独眼人——曾向他们承诺不日就会遣来数以千计的装船工、铁匠和木匠，征夷大将军幕府的大批手工艺者都会从伊东赶来。据不受安东尼奥·德莫伽待见的耶稣会士克里索斯托莫说，他们已在那里为聚居平户的奥兰治分子备下一条欧式小船。比斯卡伊诺大使对此并不上心，老会计却颇为担忧，并非因为此事让德莫伽有关荷兰异教徒登岛的提醒成真，而是怀疑无所不能的德川家康的好心，此人似乎总爱玩些胜利把戏，且从不担心会失手。无论如何，塔玛索从未忘记自己的任务，这不是因为对王室的忠诚，而是岁月流转中一心要征得阿克西奥利先生同意的决心不曾减少半分，即使面临德莫伽雇凶来杀的威胁也毫不动摇。只有这个疯狂的主意顺利推行，他才有机会澄清一切。

痴迷荣耀的比斯卡伊诺大使并不放心重回马尼拉，而是坚称若能得到祈盼中的帆船，便要驶往新西班牙直接向墨西哥城总督报告。塔玛索记得在甲米地时，听诉官提过堂胡安·德门多萨赴总督辖区履新一事。如此一来，若一切按计划进行，他也可以向德莫伽要个说法。他又拿起一块饭团，思忖着杀手究竟是谁、是否还活着，却不知马丁所说的杀手正在不远处同诨名"牙签"的洛佩闲聊。"这破玩意儿要多久才能下水？"巴托洛梅·德帕洛斯向加的斯木匠问道。"按这个速度？哦，猴年马月呢，"木匠自言自语，"虽然貌似会来几个帮手，"他补充道，并不相信等待会真的结束，"幸运的话，来年冬天吧。当然，我连眼下是他娘的何年何月还不知道呢。"腐败的巡视员阴沉着脸，考虑着种种可能性，连笑脸也吝于恩赐便离开了，这对洛佩似乎并没有影响，他很快找到了新的关注点，他朝一个日本人嚷嚷着该如何刨制横梁。一切都显得很顺遂，巴托洛梅却犯了难，他记得安东尼奥·德莫伽的嘱托，可海难改变了一切。塔玛索已在当地人中获得一定影响，奥努瓦人担心杀了少尉恐令局势愈加复杂。他不相信日本人，自己可能会被他们一剑封喉或是吊死在十字架上，他已听到不少传言了。

与此同时，在远离仙台藩的南部小岛平户，圣哈辛托号的幸存者及其相关人等的性命却悬于一线。荷兰人扬·科沃努德和另外三名同胞，以及从长崎耶稣会学堂逃出的两个日本人，已启程前往伊达政宗的新封地，不出一月就会抵达。他们携带着来自博爱号的足量火器，翻山越岭，避开查验通行证的官道，一路上招募新的加入者。他们本该更早出发，只因寻觅合适的裁缝耽误了些时日。待他们动身后不久，一位行事正派、负责平户执法的年轻武士就被当地大名砍了头。岛上和服手艺最好的裁缝被海浪冲上碎石滩，尸体已被鱼虾咬得腐烂变质，官府却无法找出凶手。

"知了！是知了[1]！他们把她关在塞维利亚！"若是其他任何场合，帕切卡决不允许加斯帕尔以如此粗俗险恶的别称代指宗教裁判所，但此刻已顾不得许多了。"不可能，怎么关的？什么时候？"她双手掩口，丰润的脸庞上两眼紧闭。老兵担心嬷嬷晕厥摔倒，遂上前一步伸出胳膊，准备搀扶，以免她腿力不支。"我的孩子……仁慈的主啊！这是怎么回事？"帕切卡结结巴巴地问道，"这怎么可能？什

---

[1] 本文中指宗教裁判所。——译者注

么时候的事？"加斯帕尔深感痛心，却无力分担孔斯坦萨的厄运和帕切卡被消息震惊的无助。在发觉了西西里女孩儿的遭遇后，老兵本想守口如瓶，奈何回到王宫后帕切卡不断催问，一刻也不让他思考，便只得承认残酷的事实：数日前，孔斯坦萨已从皇家赤足女修道院逃出，不知怎的，女孩儿原打算设法去塞维利亚，却受谬论指控，如今正关在瓜达基维尔宗教裁判所的地牢中。"我想如何发生的已经不重要了，"加斯帕尔又向前一步，两手轻轻扶住嬷嬷的肩膀，"咱们该关心的是救她出来，"他说得极为轻柔，几近失声，"在她受尽酷刑，供认值守法官随便捏造的罪名之前……那些穿道袍的麻子脸可是能让任何耶稣使徒都松口承认自己是摩尔人的啊，连圣徒西蒙和使徒保罗也招架不住……"

帕切卡知道老兵说得没错。裁判所的酷刑会将所有落入他们魔爪的可怜人折磨发疯，直至招供出令教堂满意的罪行，那里的多明我会修士最是冷酷无情。嬷嬷的所思所想老兵均看在眼里，眼泪顺着眼睑落到他手上，帕切卡啜泣着，老兵也将繁文缛节撇开。"咱们要救她，"他握住她的手，看着她的眼睛，"咱们不能失去希望。咱们去塞维利亚，把那些婊子养的下地狱的畜生嫖客统统杀掉……"嬷嬷根本没有听到老兵的越矩胡言，只是看着他眼眸流转中的真诚觉得甚是安慰。她知道自己可以信赖他。"让鲁伊那傻小子帮咱们一把，"加斯帕尔提起此前曾向他们施以援手的杂役，"虽说马厩里的马几乎都被带去巴利亚多利德了，但肯定还能给咱们找出一两匹瘦马……"老兵藏起不安，紧握帕切卡的手，想给她传递些勇气，"……我没什么钱，"他强撑笑脸，"从薪俸里攒了一些，"他坦诚道，并未细说，"还有不时卖鸟挣的几个硬币。不过要是咱们去我的茅屋，"他不假思索地说，

"我把它们挖出来,也够咱们路上的盘缠了。"他试图缓解窒息感,继续看着嬷嬷。"咱们会救她出来的,虽然还不知该如何救,"他又握了握她的手,"但咱们会救她的,会把炼狱里的那些臭虫都杀光的……"嬷嬷总算止住了眼泪,理解了这个饱受岁月摧残的男人的真诚。她在他身上找到了唤起陌生情感的意外伴侣,那一刻,心怀感激的她觉出一阵绯红浮上脸颊。她松动手指,回应着他。他们相距如此之近,她脸上醉人的红晕清晰可见,他下颌粗粝倔强的稀疏白须根根分明,尽管晨起才刚刚剃过。"我发誓,宗教裁判所的那帮卑鄙小人一定会后悔的!"他借着彼此双手紧握的胆气说道,"哪怕把塞维利亚的修道院烧掉一半,咱们也要救她出来。""是宗教裁判所,"停止哽咽的帕切卡嗫嚅道,"礼多不衰勇,别随便乱说……"加斯帕尔的恶语刚想破口而出,一看到她唇间腼腆的微笑又忍住了。"咱们会救她的,对吗?"老兵深吸了一口气,看着嬷嬷嘴角的雀跃点了点头。"对,咱们一定会救她,不论发生什么,"他正言道,"咱们能做到。"帕切卡备受鼓舞,心脏在颚下扑通扑通直跳,她尝试了此生从未做过的一件事。她紧紧抓住老兵的双手,凑向他的脸庞,慢慢地,克服自身和加斯帕尔眼中的惊诧,紧闭双眼、蹙起嘴唇,闪电般落了上去。那是一个短暂、笨拙又羞涩的吻,她局促地后退一步,脸红得像个成熟的苹果。呆若木鸡的老兵好一会儿才反应过来,他有太多话想跟她说,却无从说起,与孤独相伴的日子太久了。"我的主人……"这是在抛开持重、环抱着她、专注地看着她、再次吻她之前他唯一能说的话。这一次,他们各自欢喜。加斯帕尔能尝到她泪痕里的腥咸,帕切卡则在期待已久的亲密中找到了最热烈的慰藉。他们像两个抵达终点的信徒,紧紧拥抱着,因为除了他们再无旁人,而在这样的时刻,这样唇齿交融的时刻，他们也不需要任何人。他们是漫长等待里彼此未愈伤口的安慰剂。有一瞬间，他们差点忘了孔斯坦萨的艰难处境。只是，不等分开，他们就陷入了究竟是谁告发了西西里女孩儿以致她落入宗教炼狱的沉思。

　　青谷山下，大名筑起威严的城堡统治封地，广濑川河也从这里缓缓流过，灵巧的工匠们因势利导，将其作为仙台的护城河。下游河流继续向东直奔大海，在被海水浸透的沙滩上劈开一条豁口。距离潮线二十来丈的地方，是临时船坞、铁匠的锻造炉和几根烧焦的木头、几个充作仓库的工棚、伊东后备队的棚屋、一些供手工艺人和待登船商人留宿的小房子，还有南蛮人和幕府任命的大使。支仓常长在新启用的寒舍里看着这幅场景，对纷至沓来亟待完成的任务感到无比压抑。他前一日清晨才抵达仙台，至今未得休憩。每隔片刻总有新的要求传来。最糟糕的是帆船建造进度极其缓慢，据外夷领航员估算，季风不日就要来临，他们很可能会错过起锚时机，至少一年后才能再下水。支仓常长害怕向封地新大名禀告此事，伊达政宗会很不高兴。更要命的是，负责营地警戒的吉冈征十郎似乎知道一些支仓家的旧事，总对自己冷言冷语。幸而大名尚未传召，他正忙着将新封地打造为井然有序、垂范全国的城池。然而，推迟装配船只带来的问题远不只此，营地四周正逐渐形成新的小镇，涌出许多声望存疑的摊贩和货郎，派来吸引商贾的使者也几乎毫无进展，外夷人大多无所事事，只成日抱怨饭食，充当翻译的托钵会士口音极重，艰涩难懂，尽管支仓还得假意感谢耶稣会士对日式卫生习惯的认同。总之，日本大使不堪重负，对同外夷人约定的会面丝毫提不起兴致，只想利用珍贵的独处时光在供桌前稍得安宁。

屋外，暮色正渐渐漫上本州岛北部海岸，剪水鹱已结束浮潜捕鱼，准备退居陆地。潮汐变换，微风轻拂，浓重的秋雨气息令巴斯克·德诺瓦埃斯忧心忡忡。出神的支仓听到身后的障子被推开了，伊达政宗挑来的武士站在过道里。他明白，此人不过是以协助之名行监视之实罢了。"外夷人都到了，"门口的武士低头说道。大使闭上眼睛，好似正站在喷发的火山口一般，深呼吸后才点头道，"让他们进来吧。"

耶稣会士克里索斯托莫在屋前檐廊等待拜见，正努力平复紧张情绪。"你可别忘了说过的话，"他朝着塞巴斯蒂安·比斯卡伊诺的颈背再次叮咛，"稍有不敬就会被砍头的，这些人极看重形式。"修士喋喋不休，因为直至目前，德莫伽任命的这位大使除了不停抱怨让东道主不胜其烦外毫无建树。塔玛索午后已同巴斯克·德诺瓦埃斯商量过起航时机，此时正默默盘算合适的日期。他发现询问日本人丝毫无用，他们采用的是与基督纪元截然不同的节气纪元。葡萄牙领航员心急如焚，塔玛索只好试着回忆日期。他基本确定圣母安息节已过，如果记得没错，这意味着他来到这个奇异的国度已经两年了，许多时间，太多了。麻木冷漠的比斯卡伊诺默不作声，塔玛索不得不说些什么。"放心吧，一切无虞。"他向耶稣会士说道，同时祈求西风也能将这些话带给他仍深爱着的女人。修士无奈地笑笑，他真害怕比斯卡伊诺的无端言行成为腥风血雨的前奏："我也希望如此，孩子，希望如此……""还有我呢，"木匠洛佩插话了，"可能你们不信，不过我可对我的脖子爱惜得紧。再说，那帮家伙真没一丁点慈悲心肠，"他的话引得巴托洛梅和领航员纷纷侧目，"可不嘛，该死的虱子，"他抓了抓蓬乱的头发，"要是咱们的人一半都被剃头当了和尚可如何是好？真是没皮没脸……普天下之人不都是上帝的孩子吗？"耶稣会士转身斥责他，比斯卡伊诺大使咒骂着什么，德帕洛斯憋着笑，一个面色枯黄、沉默寡言得让人叫不出姓只知名为卢卡斯、外号"画像人"的小伙子欲言又止，喘了好大一口气才忍住哈哈大笑，而木匠却只是看着黄昏的天空，神情活像教堂祭坛上的天使。

正当塔玛索准备在圣哈辛托号幸存者中维持秩序时，传话武士再次来到入口台阶处，众人立时正襟危坐。塔玛索并未听懂来人的话，似是说要下雨了，不过修士纠正了他。"咱们可以进去了，"克里索斯托莫神父毕恭毕敬悄声说道，"你们这些聒噪的笨蛋，"他弓着腰转身补充说，"别忘了拖鞋。"很快，又来了几名武士，他们脚步轻盈，面带微笑，可塔玛索已经明了，事实上，举止谦恭有礼的他们始终目不转睛，随时会拔刀相向。少尉一想到离开孔斯坦萨已如此久远，就感到阵阵苦涩，但一进入屋内，他又不得不承认，年月流逝和迫于职责在船上学说结结巴巴的日语已不知不觉令他改变。如今，他对日本人的钦慕和赞赏远多于批评。加的斯人进门时还未住嘴，沉思的塔玛索又怀旧了，木匠让他想起了死去的马丁。"真不敢相信，他们把这一切都从无到有建起来了，咱们刚来时只有几根木头和几口人，现在可成镇子了，"木匠毫不掩饰对日本人精工细活的惊叹，"这些强硬的小国王对他们的下人，大概就像埃及人对我家乡的老女人一样吧，"他降下嗓门咧着嘴不怀好意，"比如把辣椒塞进阳光照不进的地方……"不等耶稣会士开口，马拉基亚斯抢先嬉笑着说："有可能。不过，这净是些四根棍子支起的脆皮房,我看撑不了多久。"边说边鄙视地看向桁梁。"你可说错了,孩子,"修士打岔说,"我见过许多只用木头建成的千年古寺,我不知道他们是如何办到的,可他们的确是极出色的手艺人,且无论经历火灾、洪水还是地动,都能很快被修复。因此,如果不懂就别妄加评论,不管去哪儿要眼见为实。"他像给人宣读赎罪处罚一般正色道。生于梅诺卡岛的卢卡斯有极重的巴利阿里口音,以至他一开口连洛佩也得闭嘴,其他人也都看着他:"甚么似地动?"塔玛索被瘦弱海员粗哑的声音吓了一跳,"画像人"说话时总是不自主地摇头晃脑。"是啊,什么是地动呢?"加利西亚人马特奥以近似肯定的语气问道。"这个嘛,地动就是地动啊!他们说是某个湖底大鱼的错,那鱼每每想挣脱神的囚禁时,便摇动尾巴,引得地动山摇啊,"耶稣会士紧跟同伴继续往前,神色黯然地说,"这或许有亵渎神明之嫌,但大地的确颤动了……我曾在长崎亲历过,那真像上帝使出全部力量要将岛屿掀个底朝天,神学院的墙悉数倒塌,全城一片火海……上帝之路风诡云谲啊……""这我早知道,"洛佩凑向神父,又向塔玛索挤了挤眼,"到这儿的头一天就知道了……"众人纷纷看向木匠,正要拉开障子的引路武士们也好奇地面面相觑。"看什么看,"洛佩用下巴指了指当地人,"显而易见嘛,要不他们怎么是黄种人呢,个个头晕眼花的……"塔玛索不由叹了口气,葡萄牙领航员若有所思,似懂非懂,"画像人"卢卡斯纵声大笑,满脸通红。"你们,你们真是……"耶稣会士气急败坏,寻遍悲悯记忆也找不到一个合适的字眼回击。不明所以的武士们问是否发生了什么。待圣哈辛托号上的幸存者整肃仪表后,众人继续跟着武士,向等候多时的支仓常长走去。

会面开始后，塔玛索努力回忆曾学过的礼仪，支仓认真聆听，表情祥和，内心却对外夷人的高谈阔论深感痛苦。日本人和西班牙人都没听到海滩那端丛林中的嘈杂。一队人马正在林间穿梭，其中六人身着深蓝色服饰，似是忍术追随者，但其颇为惹眼的步态和武器又非忍者之道。同行的还有十二名从关原逃出的浪人，他们面容消瘦，衣衫褴褛，受雇行凶。与此同时，南部的荷兰人也花重金招募了近五十名杀手，每一个都训练有素。

"……能与诸位合作不胜欣喜，愿我们互学互鉴过得愉快，"客套过后支仓常长缓缓说道，"我将负责诸位与日本方面的联络。"塔玛索只能听懂零星几句与贸易相关的话，不得不等耶稣会士的翻译。塞巴斯蒂安·比斯卡伊诺不顾修士的提醒，对此番招待颇为不满，似是非要品阶更高的人来才肯与之对话，在他看来，东方人不过是穿着华丽的猴子，因而毫不掩饰睥睨之情。幸存者中最年轻的马拉基亚斯百无聊赖，迫切地想叫人知道他的脆弱，他真希望回到日本人为圣哈辛托号船员安排的房子里去。近几个星期，随着仙台新城的流民不断增多，他发现，日本姑娘可比西班牙的世家小姐和修女们浪荡多了，故而希望会面赶快结束，好去和"画像人"卢卡斯一起花几个金币，找几双亲昵的小手抚慰内心的焦灼和怅然。"都是花言巧语罢了，"耶稣会士对比斯卡伊诺说，"他乐见咱们航行顺利，签署有益于日本各岛和西班牙王国的协议，"他转述道，并不关注事件本身，"风险肯定极大，"他手捂住嘴窃窃私语，以免被某个懂葡萄牙文的武士听到，"而今，德川家康很看好此事，若有不测，他得以身殉职，"修士继续教条地翻译着，"此外，谨允许我提醒诸位最重要的一点：在他本人及所有商人同意之前，不得有任何交易。"他有些不屑地补充道："你们的基督陛下，我们的腓力国王也不会容忍其他方式的。"支仓对修士冗长的转译感到吃惊，陷入沉默的他希望这些话能令南蛮人大使满意。

对面的塔玛索听完耶稣会士的"坦率"评点后，庆幸那位吉冈君并不在场，他可能听懂大半呢。事实上，当日在场的是一位教名为文森特的武士，他是长崎英烈之后，眉毛浓密，体格健壮，神情严厉，虽一言不发，却听得明明白白，只待会面后告知支仓常长。"无论如何，你可别信，"修士又悄悄说道，"这些人总爱阳奉阴违，很可能造好船后就变卦了……"但塔玛索不这么看，尽管东方人严密的形式令人难以理解，但他们的深沉却与他十分相投，还有那令人痴迷的荣誉感和严谨。比斯卡伊诺故意怄气，一言不发，老军需官不得不开口了。"你告诉他我们会竭尽所能，"塔玛索面朝日本人，对耶稣会士说，"与他一样，担此重任我也倍感荣幸，"他深鞠躬补充道，"真诚希望此次联盟能为两国带来巨大收益，并助我们远离第三方干扰。"想起荷兰人他最后说道。多亏马丁，塔玛索才知道德莫伽计划杀了自己。虽然他很想尽快找马尼拉皇家审问院的听诉官问个清楚，但又决意完成他交给自己的任务，避免荷兰异教徒抢占西班牙王国的利益，叩开阿克西奥利家族大门的决心更不曾改变。

等待修士翻译的间歇，塔玛索试图调整身姿。浑身肌肉因长时间跪坐有些酸痛。与厅内其他紧张不安、正小心翼翼啄食东道主所供饭菜的生还者一样，他至今未能适应日本人的生活习惯，急需一把座椅。不过至少学会了像他们一样，将随身武器放在一边。东方人总将佩刀恭恭敬敬地置于精雕细琢的刀架上，仿佛祭台上的贡品。那晚，塔玛索入乡随俗，赤足入内，也将佩剑搁在身后的木板上，再不必担心那铁器会妨碍自己。的确令他抱憾的是，如此体面的场合却没有好的衣衫相配，海难后上身只剩一件被划出7字形裂口的紧身坎肩，一个带衬垫的夹克和一个磨损褪色的斗篷，下身也只一个短不及膝、打满补丁的瓦隆衬裤。为弥补使团衣着寒酸的窘境并让会面更具实质，塔玛索拿出了在马尼拉时德莫伽交给他的文书，其间详陈了卡斯蒂利亚和阿拉贡王朝此番遣使对日本国及白银诸岛的美好期许，尽管眼下它们似乎并没太大用处。

  支仓常长听了修士的翻译，思虑如何作答，心中疑惑为何是那年轻人而非外夷人的"征夷大将军"任命的大使进言。来不及细想，屋外忽然传来几声异响。"什么……"不等说完，塔玛索便听到了火绳枪的射击声。屋内的船员们立马祈祷发誓，夹杂着日本人干巴巴的号令。又响起一声。有几个人站了起来，支仓常长拿起一双佩刀插进腰带，敦促侍卫迅速出门查看。一颗子弹穿透米纸滑板，留下一个利落的小孔，稳稳地扎进横梁，一撮木头碎片应声而落。"怎么回事？"耶稣会士指节发白，死死攥住道袍的褶子。"圣母玛利亚！"连一直装聋作哑的方济各士索特罗也祷告起来。"大概是几个来找受洗神甫的小毛贼吧。"加的斯木匠戏谑道。"妈的，有人攻击我们！"嘈杂声愈来愈近，塔玛索不禁脱口而出，并不理会木匠的玩笑，"要么是我大错特错，要么就是有人看不惯咱们的作为……拿起武器！"他一边号令众人，一边手持佩剑，"不管是谁，必须反击！"克里索斯托莫·费尔南迪斯还没在胸前划完十字，另一颗子弹就嗖的一下擦过头顶，撞向他身后的柱子，与在场的其他西方人一样，他立刻扑倒在地，忙不迭地念起了经文。

进来两个武士慌慌张张地向支仓常长禀告着什么。塔玛索听不懂他们的话，另两名武士用佩刀挡着他。其余侍卫则飞快往外跑。"跟上他们！"塔玛索抬起一只脚喝令道。枪声接二连三，日本武士拦住他，叽里呱啦说了几句。"他们说什么？"他大声问修士。耶稣会士抬起头，迷茫地看着东方人，转述他们的话："他们奉命保护咱们，让咱们别掺和，"日本人的话令修士瞬间放松了许多，"让咱们别争，护卫队马上就来！他们会保证咱们安然无恙的……""噢？是吗？你们真以为可以袖手旁观吗？走吧！去战斗！难道要眼看着有人毁了咱们回家的唯一希望吗？"塔玛索鼓励众人，连疑心最重的人也琢磨着他的话。所有人都将希望寄托在那艘即将成型的帆船上。"走啊！"葡萄牙领航员拔出藏于腰间的尖刀，带着奇怪的口音高呼道。塔玛索指尖触过剑柄，等待其他仍犹豫不定的船员也能如葡萄牙人一样决绝果敢。只是，见此阵势，刚赶来的武士们却摩肩擦踵地围上前来，一个劲儿地摇头。"大人……"梅诺卡船员拖着长长的尾音，模仿巴利阿里贵族对统领的称呼，"虽说我口袋里一个字儿也没有，不过，我对天发誓，这样做可不会让他们高兴啊。"他指着东方人说道。"若是为了叫他们高兴，让洛佩讲讲神佑广场的小妞就够了，"赫雷斯人埃尔南去掉匕首的套子说，"我可不会让那艘船化为灰烬，我要回家！"被点名的木匠刚想抗议就被塔玛索喝止了。巴托洛梅·德帕洛斯更关乎自身安危，只后悔圣哈辛托号上的火器均被海难所毁，如今手中连一把老朽的蛇炮都寻而不得。"请他们让开！"塔玛索指着武士对修士说，"无论他们是否乐意，咱们都得出去！"塔玛索并未意识到自己已成带头人，只欣慰地看到大伙响应号召。巴托洛梅·德帕洛斯的表情别提有多荒诞了。

白羊毛法衣上罩着一件风帽硕大的黑绒大衣，长至脚跟，是多明我会教士的特有穿法。他不顾塞维利亚的炎热天气，边走边想，全然不闻路边肥皂作坊的油碱恶臭。此人身形扁平，衣衫肥大，脆弱的骨架上皮肤干瘪皱巴，浑浊的小眼睛四周发红，自幼染上的鼻疾至今未愈，因而鼻子上总耷拉着一块脏兮兮的手帕，只偶尔用手搓搓再装进身上某个不易被察觉的角落，嘴巴习惯性地上下翕动祈祷念经。他沿着河岸，朝驳船桥附近最显眼的圣豪尔赫城堡走去。西尔韦斯特雷·德马尔斯科·巴蒂斯特是一位信念虔诚的教徒，总感到疑惑不解的他只有在圣书典籍中才能稍得安宁。他熟读圣托马斯·阿奎那的著作，常年苦思冥想人们向他述说的理解与感受背后究竟有何奥妙。他深信，自己困于荒芜尘世的生命不过是通往悲苦峡谷的必经之路，是永恒的救赎来临前将正直之辈和奸邪之徒分开的必要裁判。他生于那不勒斯，自孩提时代就立志加入教团。因而，担任宗教裁判所法官便成为实践其虔敬和正义感的可行之路。

清晨的天空澄净透亮，热辣辣的阳光照在屋顶的瓦片和铅锤上，新修缮金塔的影子落在泊于瓜达基维尔碧绿河面的三桅帆船上，桥那头的许多独木小舟正忙着向货船底仓搬运储物。马车轮毂的嘎吱声将多明我修士从凝思中拽出，连忙闪到一边让道；迎面走来一个穿着破旧、上衣隐约带有圣地亚哥红十字标识的男人，身后黑人的肩上扛着一个装满黏土碎片的背篓，一看便知是特利亚纳陶器匠人的黑奴；几个油橄榄色皮肤的孩子扮做佛兰德斯战场的国王士兵，围成小圈跑来跑去。作为印度群岛港口重镇的塞维利亚总是这样生机勃勃。不过，多明我会修士西尔韦斯特雷·德马尔斯科并未受到干扰。他将公家配置的骡子留在城内，特地步行以便整理思绪，今天的新案子令他觉得有些棘手。通常，宗教裁判所使节为避免被流放或行为不体面，惯以信仰不纯之名逮捕教徒，而西尔韦斯特雷修士认为，大多数时候，那不过是心怀叵测的天主教徒利用手中权力加害街坊近邻罢了。但必须要知道的是，恶徒向来都是计谋和欺骗大师，作为法官切不可相信他们的推论，而这恰是眼下最让多明我会修士头疼的事。他走过碉楼，拐过街角，护角石被匆忙驶过的马车磕得坑坑洼洼，河水上涨留下的苔藓地衣沿着方石缝隙成串蹿出，湿痕之上便是西班牙宗教裁判所在塞维利亚的驻地——圣豪尔赫教团城堡。

西尔韦斯特雷修士跨过高高的钉饰大门，城堡忧郁悲戚的氛围扑面而来，晨时的清明已荡然无存了。他从刑讯室所在的圣赫罗尼莫塔下穿过，走了一段小路，而后沿着通往密室的狭窄阶梯，继续在满是阴湿地衣和补丁的高墙间穿梭。他边往第二个院子走，边想着新案子和涉案女子。多明我会修士既疑心又担忧，或许那真是魔鬼作祟，他害怕被自己可怜的道德感给骗了。黑暗中一踏上地牢的台阶，令人窒息的闷湿感立刻填满胸膛。瓜达基维尔河泛滥时，下层监牢常被洪水浸泡，走道和局促地几乎无法落脚的牢房里总是泥泞不堪，污秽连天，腐臭的瘴气和疫病能将犯人由内而外一点点吞噬掉。圣赫尔尼莫塔内也有一些远离洪涝冲击的上层监牢，只是所费甚巨，能负担得起的犯人寥寥无几。松明火把根本无法驱散阴影，犯人们幽幽的哀叹在地牢里游离飘荡，那单调的祈祷和阴森的弥撒紧跟着修士的步子。

在这片阴沉可怕的墓地中,一名狱卒正坐在破破烂烂的凳子上,翻弄蔷薇刺做成的牙签打发时间,等待多明我会修士的到来,看见修士后遂直起身子,抠了抠牙缝里的干肉丝,招呼道:"上帝保佑,早上好,神父,"他舌鼓两腮,搜寻着蛀牙里的残留物,"需要叫听写员过来吗?再带几张纸?"说完仿佛赶骡子似的咂了咂舌头。"不,不必了,"神父一如既往,"是哪个牢房?"狱卒用积满油腻的牙签指了指走道尽头的监牢,他没再坚持,西尔韦斯特雷神父愿意在初次会面时给犯人忏悔的机会。"有人给她送饭吗?"多明我会修士问道。狱卒掏出一块蒜头,准备继续吃早餐,牙缝间似乎还有未嚼烂的肉丝,顿了顿才说:"没有,目前为止还没人做这事,不过她身上有几个马拉维迪币,估计够用几天的。"说着将蒜头掉过来,似乎还没想好如何开吃。西尔韦斯特雷看着狱卒脏污脖颈上满满一圈的梅毒疱疹,懒得告诉他进食生蒜并不能助他摆脱在窑子里染上的恶疾。"只有几个马拉维迪?"修士不信任地问道。啃完大蒜的狱卒又开始捯饬脚跟:"也可能是几枚金币……"修士忍住怒火,若指控被证实,女犯真如猜想那般,那她携带金币而非小额铜币或银币也就合情合理了,但截至目前,犯人始终不承认任何罪行。"会知道的,"修士冷冷地说,"会知道的……"说完便向牢房走去,一路为那被淫荡、暴食和贪婪虏获的灵魂祈祷着。修士听着狱卒身上钥匙串的叮叮当当,为刚与这个满嘴谎话的人斗气有些自责。"你要用你的薪俸保证别饿着她。"修士愤愤地说。

牢门打开,闷热、潮湿和腐臭让人喘不过气。西尔韦斯特雷年年盼着冬日的瓜达基维尔河别再决堤,许多犯人都被洪水淹死了。腐败发酵的稻草堆里有一团衣物在蠕动,一双蓝色的大眼睛在阴暗中扑闪扑闪。多明我会修士西尔韦斯特雷·德马尔斯科·巴蒂斯特鼓起勇气，在尽量不成罪过的前提下将狱卒训了几句，而后平静地看着年轻女子。"早上好，上帝赐安宁于你。"没有回答，只有衣物摩擦的簌簌声。"我知道你吓坏了，"他缓缓说道，"但不必害怕。如果你是无辜的，就不会有事。你应该相信上帝，他会庇佑你，会让你脱离苦海。我只是他的工具，"他以布道的口吻解释着，"如果你有违背他意志的罪过，也会得到救赎的……"空气中一片静默，只有漏水的嘀嗒声，修士不得不直入主题："你是孔斯坦萨·德阿克西奥利吗？"年轻女子猛地抬头，那是多明我会修士在无所不能的宗教裁判所极少看到的天真。"不，我不是。""那么，告诉我，你叫什么名字？"女子迟疑了一下答道："伊莎贝尔，伊莎贝尔·拉迪诺斯。"

经过一段漫长的旅行，几天前，西乡终于悄无声息地来到了仙台城。伊东的手工艺人们在北行的路上受山峦阻隔，尚未到达伊达政宗的封地，广濑川河口处人流众多，也无人盘问他是谁、来此所为何事。他只需避免经常露面，尽可能藏身于海滩附近的丛林中即可，外夷人造船的工棚也在此处。足轻小心翼翼，密切观察外夷人的一举一动。他仔细探听，除了一位时常倚着拐杖的僧人外，对其他南蛮人的各自分工已基本摸清。眼下他正斟酌利弊，必须尽快找出石田三成和外夷人的关系，而这需要更多信息。

那晚，外夷人正拜见伊达政宗的来使，浪人则隐匿于灌木丛中。云层间月满将盈，秋日渐近了。西乡将手伸向几乎燃烧殆尽的篝火上取暖，枪声响起时，他正借着炭火的温暖思念儿子。不及他到达海滩，已有人惊慌失措地往森林里逃窜，浑身只穿着件就寝的短裤。周遭哀鸣四起，海浪与剑击搏斗声交织。船坞工棚的屋檐已烧了起来，火焰蔓上龙骨，一名武士正指挥匠人们救火，部分房屋已是一片火海。西乡看到那名武士比划着什么，后又转身自己拿起木桶。他立马认出那是本田和正的属下，一个脸颊带疤名叫吉冈征十郎的年轻人。这是个坏消息，他必须注意此人动向。几个外夷人从派驻南蛮人使团的日本大名屋内一涌而出，边跑边穿他们那奇奇怪怪的鞋子，领头的是个大胡子，西乡曾见他在海滩散步，浪人很喜欢那副煞是凶狠的西方脸孔。尸横遍野，伤者哀嚎，一个乳臭未干的小伙子四仰八叉地躺在地上，被水藻缠住动弹不得，只惊恐地看着血肉模糊的右臂。不多几个没逃跑的还在拼杀。一个上了年纪的铁匠挥舞着被锻造炉中的火星烫伤的胳膊，试图扔炉渣攻击，很快便被射中，倒地时手里还攥着一块生铁。一切似乎都取决于伊达政宗指派来的武士们，敌人极其分散，且数量不明，只得尽力逐个击破。在临时被充作造船厂的畜棚一角，以支仓常长为首的几个武士正与两个浪人互掷铁块，身后另有三个衣衫破烂者围攻一个学徒模样的年轻人，后者虽殊死抵抗却还是被武士刀刺中身亡了。只见剑子手将剑插入鞘内，姿势不甚娴熟，未见曾在剑术学校修研的痕迹。但凡习武士道之人应皆能自如运用大小对刀，世家武士绝不会如此粗鲁地收起佩刀，那姿态令西乡联想起不久前的十字架惨案。另一撮身带竹雀纹家徽的仙台武士正与两个忍者模样的蓝衣人对垒，他们身上的火器证实了西乡的猜测：此番行动的发起者并非某个支持太阁继承人的叛逆大名。

躲在灌木丛中的扬·科沃努德满意地挠了挠头，在平户定制的长衣有些闷热。他用手固定火绳,点燃两端,以防熄灭。他在等待机会,身旁同样荷枪实弹的弗勒吕斯同胞对西班牙人恨之入骨,已迫不及待。按照瓜克尔奈克船长的吩咐,他在沿途山林和不走运的客栈里消耗了许多博爱号底仓的财物,雇佣佩刀武士开道。如今,雇佣兵厮杀正酣,机会就在眼前。利用浪人们制造混乱,让东方人误认为是丰臣氏继承人企图破坏德川大将军的计划,而扬·科沃努德的任务是亲手宰了那帮天主教徒。

西乡按兵不动。外夷人刚踏上海滩便听到两声枪响。足轻看到那位胡须浓密的高个子西方人率先反应,并催促同伴尽快朝枪声方向跑去。毫无疑问,那位果敢的南蛮人就是领头人了,西乡隼牢记那人的模样长相,想必他就是与马尼拉的联络人。空气中弥漫着刺鼻的火药味和匠人工棚的炭火味,尽管吉冈奋力抵抗,还是无法控制局面。周围一片混乱,逃命的逃命,搏杀的搏杀。那位常在附近露面的僧人坐在一根火光映照的门柱下,以一种难以置信的冷漠兴致勃勃地看着这一切,畸形的脸庞随着火焰的跳动时明时暗,表情戏谑。一个卑鄙无耻的浪人追着一名匠人从旁经过,只见僧人忽地起身,挡住剑招,用藤杖一端重重击去,只听咔嚓一声脆响,那人的额骨已碎成好几块,武士刀也滑落进沙地。分内之事已尽,僧人又坐回原地。

枪声再次响起,西乡又往另一头望去,一个南蛮人痛叫着栽倒在地。忽然,又是一声,子弹嗖的一下从西方人头顶飞过。众人中唯有塔玛索没有弯腰闪躲,他听到"画像人"在呻吟,子弹将他的肩膀打开了花。"都别慌!"少尉向同伴喊道,"这是咱们回家的唯一机会……"被指派为护卫的两名武士匍匐在地,"画像人"卢卡斯神情勇毅,默默忍着剧痛,没有一丝抱怨,只是惊悚地看着伤口。搁置计划许久的德帕洛斯知道，如塔玛索遭遇不测，自己很可能会困守日本国，却仍无法抗拒"天赐良机"。吉冈征十郎站在水中，瞥了一眼灭火的人墙，屋檐火势渐缓，他大喊一声，拔刀向最近的敌人冲去，两个浪人正毫不留情地杀害好几个赤手空拳的匠人。"带他离开这儿！"塔玛索命令道，"送他回屋！"他指着伤者说，"其余人，去造船工棚！要护好船……"佛兰德斯战场的恐怖记忆浮现眼前，少尉紧握手中的剑，捋了捋战况，与他一道的东方人中，多是手无寸铁的手工艺人，武装者只占少数，未能逃走的日本人多数都被射杀了。"快！一起上！跟他们拼了！"塔玛索带领队友，向瞄准吉冈征十郎的浪人奔去。

扬·科沃努德早已等得不耐烦，用所能想到的污言秽语一通咒骂，在敦促同伴准备就绪后，自己也将火绳枪上膛，暂时不理那位看似天主教徒头目的西班牙人。与西乡隼一样，奥兰治人也误将少尉当成了马尼拉使团大使，而非懦弱的比斯卡伊诺。足轻悄悄向火绳燃烧的方向走去，他本不想掺和，但又无法让南蛮人就此死去，他们是他调查伏见城火器案的唯一线索。

唯一能救助伤员的方济各士弯腰蹲在"画像人"身边，不过他们不能就这样暴露在外。按照塔玛索的指示，方济各士与葡萄牙领航员将伤员抬回屋内暂避。乐找托词的比斯卡伊诺大使跟在索特罗后面，愤愤不平地声张与自己地位相称的待遇。巴托洛梅趁乱朝房柱走去，藏在老军需官身后。风越刮越大，滚烫的火星被吹散四处，火势愈加凶猛了，歇斯底里的呼喊响彻整个海岸。吉冈征十郎深吸一口气，整顿卫队，刀刃上鲜血淋漓，一滴滴落进沙里，凝结成块，五具尸体在他面前一字排开，三个面貌狰狞的小工，两个亲手斩杀的浪人。外夷人正向船坞工棚涌去，他必须保护他们，那是仙台的贵客，不容有丝毫闪失。正当他全速前进时，几个持刀的浪人已横在圣哈辛托号幸存者们面前，双方立时厮杀起来。西乡则向传出枪声的林子悄悄挪去。

寡不敌众的塔玛索根本无法抽出人手救火，那些吊梢眼的魔鬼刀法极其精湛。只听咔嚓一声，待回头看时，加利西亚人马特奥的剑已被逼至额头，做着徒劳的抵抗，两手间所余不过一撮，精打细磨的西班牙宝剑断成几片，船员被迫后退，怒目圆睁却无力还手。征十郎眼看日本武士的剑削铁如泥，欲要拔出短刀飞掷，幸好另一位南蛮人及时出手，便继续全力奔跑。塔玛索弓腰躲开另一位攻击者的利刃，那人身材干瘦，衣物破旧，虽已有些年纪两眼却炯炯有神，梳着岛国武士惯有的发髻，由凌乱的胡须和凹陷的两颊可知其近来穷困潦倒。少尉从腰间拔出从马德里带来的比斯开匕首。洛佩冲上前去帮忙，日本人并不退缩，塔玛索用匕首挡住砍向马特奥的剑，正欲再行刺杀，浪人却被断刃扎入腹部，只听一声嚎叫，腰间血流如注。东方人毫无惧色，眼见敌人赴死之心甚决，举至头顶的大刀陡然落下，塔玛索后退几步拉开距离，对手却仍步步进逼。浪人手持剑柄紧挨着右脸颊，恶狠狠地看着西班牙人，少尉自知大事不妙，集中精力回想曾在祖居地学过的剑招。他将重心移至右脚，握紧剑柄，佯装向敌人腋下刺去，对方重心过高，势必来不及反击，但事实并非如此。东方人杏仁眼中流露出对对手随机应变的认可，于寸许处闪开少尉的剑刃，迅速转身翻过刀刃，向西班牙人脚踝处扫去，少尉虽曾千百次与人交手，却从未领教过东方武士刀的厉害。枪声再次传来，塔玛索感到耳旁有呛鼻的热气吹过，若非应对日本人的剑击，自己只怕已中弹了。幸而对方并未得手，只擦破了长袜，来不及细想刚令人命悬一线的枪击，少尉瞅准敌人落刀之机，向那人皮包骨头的大腿刺去，东方人连忙后退一步。

吉冈跳过一具蓝衣尸体，忽然意识到一切似有伪装之嫌，忍者绝不会对同伴弃之不顾，那是他们不朽传说的光荣所在。"守好仙台藩！"他边跑边喊救兵，到处是外夷人痛苦的呻吟，根本分不清谁是谁。塔玛索不给对手喘息之机，不断出招制敌，丢在风里的破烂帽子被全速跑来的吉冈征十郎踩得不成样子。比加利西亚人克制得多的浪人向后腾空一跃，一只木屐滚进沙里，塔玛索奋力一搏，借着身高优势一举将匕首插入那人喉管！

死亡的奇臭在风中散开，山中传来鬣狗的嚎叫声，关原大战后的平静令流浪兽群饥肠辘辘。洛佩做了多年木匠，虽说挥剑的样子颇似手里拿了一把圆凿，但却并不畏惧，没有盾牌护身的他用斗篷缠住左臂，应对日本击剑魔手的进攻，又得吉冈征十郎相助，才幸免脑袋开瓢。不远处将倾未倾的工棚拐角处，小伙子马拉基亚斯、巴托洛梅和埃尔南正合力阻击另一个浪人的快刀。吉冈征十郎扶起塔玛索，西班牙人回望致谢，继续奋战。枪声愈加密集了，有子弹一声闷响埋入沙堆。马拉基亚斯一个踉跄，心中正疑惑是谁推了自己一把，口中已满是血腥味。他来不及知道答案，便直挺挺地带着脊柱上的窟窿倒地毙命了，翌日清晨被人抬走时，时常揣在衣袋的骰子还散落在仙台海岸的沙土里。巴托洛梅根本不愿帮忙，只想避开敌人，趁乱要了少尉的命。兔唇长拐的老僧又出现了，塔玛索心系后者安危，离开同伴上前施援，却很快发现老僧应对自如，反倒自身落入孤立境地，本想与队友汇合,又被一个面容刚毅的浪人困住,那人鼻翼甚宽,外衣上的奇怪标识乃真田氏家徽,只是塔玛索并不知晓。

扬·科沃努德看着火线全开,脸上涌出邪笑。"那位想必就是头目了,"他朝同伙说道,"瞄准了……"

敌人接连不断,很快又有阴影扑来。塔玛索一边佯攻,一边用尖刀探寻对手的喉管,却被巧妙闪过,敌人还趁势划伤了因肋骨遭击无法还手的埃尔南,后者紧接着便被一枚本欲飞向塔玛索的子弹射中头部,登时面目全非脑浆横流;另一枚子弹则消失于地平线尽头的海洋中了。扬·科沃努德一通咒骂,填上火药准备再次发射。吉冈看到一个月代发髻的浪人正举刀朝传出枪声的林子跑去,很快他就会想起此人是谁,现下他只以为是敌人们要自相残杀呢。少尉躲开差点让自己开膛的弯刀,将匕首稳稳扎进追捕者的喉结。

西乡撂倒三个雇佣兵后,全力冲向偷袭外夷人的射手。晴朗的夜空中星光闪烁,偶有乌云,睥睨着人类的疯狂;海浪起起伏伏,对逝去的生命无动于衷,他们不属于大海,不是在暴风雨中丧生的海员,那不是它的事。气急败坏的扬起身脱下密不透风的裹头长衫,靠在一根树干上,全神贯注寻找最精确的瞄准点,并未看到一闪而过的浪人。备前长船派[1]大师锻造的武士刀从扬·科沃努德的腋下穿过,直取颈项,荷兰人来不及感到疼痛便被割了头颅。同伴的遭遇吓坏了几步远处的另一名奥兰治分子,但即便如此他还是颤颤巍巍点燃火绳,将剩下的火药全部射向了西班牙人。

塔玛索总算感到他们不会就此覆灭,敌人已所剩无几,局面逐渐

---

[1] 日本刀系之一,日本历史上优秀的锻造师多出自长船派,现存的日本刀也大多属于备前刀。——译者注

向好。额头的汗被一阵冷风吹干,寒噤袭来。他以比斯开剑假意对准对手的下腹,而后抬起右臂,正欲猛攻前胸时却被一股热辣的痛感惊住,仿若烈火焚身一般。贪婪的笑容在巴托洛梅脸上绽开,因势所迫等待许久后,亲眼看着少尉倒下真令他欣慰。最后一个拙劣地乔装成忍者的荷兰人头部中刀,脑浆迸裂而亡。西乡隼收起刀锋,看也不看就转向西班牙人。他阻止了前一发子弹,但第二发却在他落刀之时飞离枪管。塔玛索只感到一记重击,便摇摇晃晃跌倒在地,厮杀声、刀剑碰撞声和日本人晦涩的号令声从很远的地方传来,眼睑也难以支撑,在落入脚下似不见底的万丈深渊前,他想起了那双明亮的蓝色眼睛和金色的秀发。他告诉自己,不能失去她,那是生命中最美好的存在。刺鼻的火药味混合着身体的焦糊味。而后,一切都消散了。

第八式　监禁

> 重要的并非明日，而是今朝……
> ——费利克斯·洛佩·德维加·伊卡尔皮奥

"她被关起来了，"埃及人[1]用桌上的油灯点燃烟叶，"知了窝的屎壳郎们把她关在圣豪尔赫的地牢里……"这既谈不上是对腓力二世禁烟令的无视，也并非对多明我会修士们的不尊，更非对宗教裁判所的谬称，甚至也无关他那特有的说话方式和难以辨认的口音，这只是那双看不出瞳孔的眼睛里固有的凶狠，那是一种仿若受到死亡威胁的目光。深棕色卷发，浓密发红的络腮胡子，鼻孔上昔日酒馆斗殴的伤痕清晰可见，常年舞枪弄棒的两手长满老茧，粗糙无比，褪色的撒拉逊腰带配着一贯鲜亮的衬衫和短裤。虽说出了钱，但宠臣的秘书官并不

---

[1] 吉卜赛 (Gypsy) 一词是埃及 (Egypt) 的音变。15 世纪时，欧洲人误以为流浪到他们那里的异乡人来自埃及，所以就称他们为"埃及人"，慢慢就变成"吉卜赛人"了。这也是文中托马斯·德萨巴时而被称埃及人、时而被称吉卜赛人的原因。——译者注

信任他。他们穿过木桶、椅子、架构交错的横梁和黑乎乎的石灰墙壁，坐在屠夫酒馆拐角的桌子上，拐角之深乃至塞维利亚火辣辣的日头也照不进来。出于不可告人的原因，秘书官与交谈者周围留了好些圆桌和空地。

为与这位托马斯·德萨巴及其同伙说上话，奥图诺花了好些钱，这家伙竟还用牙咬了咬金币以测试其纯度。不过，尽管秘书官疑心重重又破财甚多，依旧深信办那件事他是再合适不过的人选。"那么，大人您说说看吧……"德安德拉德避开吉卜赛人吐出的烟圈，端起令人反胃的劣质葡萄酒。收取人情债让他想起曾经的金塔岁月，敲诈勒索让他暂时弥补了失去的财富。可就算没有离开近郊的茅屋，他的地位也大不如前了，支付埃及人令人咋舌的出价也绝非乐得如此。"就让多明我会的好好神父们尽情施展拳脚吧……"奥图诺终于开口道，"有新消息要随时知会我。"托马斯·德萨巴舔了舔烟尾，很是享受来自古巴种植园的烟叶，那是他从帆船底仓的大皮口袋悄悄偷来的。"这我自有主张，不过我猜，这事儿还没完吧。"埃及人凑过身来，脸上挂着卑鄙无耻的谄笑。场内众人皆忙活着各自的勾当，绝大多数正埋头酒壶，只有两个年轻人在听一个戴着油乎乎帽子的大嘴巴吹嘘腰间的佩剑。即便如此，奥图诺还是疑神疑鬼地向四处看了看，才对吉卜赛人托马斯说道："迟早会有人对她感兴趣的……"秘书官不想赘述太多细节，他听说自己逃离马德里前的建言已让安东尼奥·德莫伽捞了好处，但眼下他并不确定塔玛索是死是活，他当然相信宗教裁判所自会料理了孔斯坦萨，但也不愿有任何纰漏。"这个嘛，或许是，或许不是，"德萨巴的语气里带着吉卜赛人惯有的恶意，"若是大人您不再说些什么，我可真不知该如何作答啊。"奥图诺犹疑不决地向四周扫视一圈,戴脏帽的吹牛小伙已结束胡诌神侃,拔剑佯装要在新月之夜大战一番,引得同伴哈哈大笑。"这个嘛……一个人既然可以出现,也可以消失啊。"他终于从牙缝里挤出几个字。吉卜赛人将酒杯倒满,一饮而尽,吞云吐雾中再次将烟圈喷向秘书官,捋了捋胡子,正想说些什么,却又啜了一口葡萄酒,仿佛还在斟酌措辞。对奥图诺来说,这种假意迟疑所释放的信号再明显不过了。"远不止如此呢,"他从口袋里掏出最后两个八里亚尔[1],"只要价钱合算,都好说。"说完将银币直接放在酒杯旁。吉卜赛人斜着眼看了看银币,又琢磨了一阵来人的表情,直觉告诉他,这日已无法再从专干龌龊营生的公子哥儿身上尝到半点甜头了,便一手伸进藏刀的衣袖,一手收回桌上的银币,好似表演三猜一游戏似的。"等大人您带够了钱,我自然照办,"他端起酒杯,最后放言道,"要是有人露面,我告诉你就是。"

"San……Sanc"杂役小伙鲁伊在帕切卡的一再坚持下开始学识字,念得结结巴巴,终于惹恼了跟绷紧的比韦拉琴弦似的加斯帕尔。河岸天气闷热无比,孔斯坦萨生死未卜,嬷嬷神情忧伤更令他心急如焚。"Sanctum Inquisitionis Officium contra hereticorum…[2]"加斯帕尔在城堡碉楼的内门处读着摊开的经文,"这是拉丁文。"老兵澄清道。鲁伊对冒险之旅雀跃不已,被塞维利亚的繁华迷了眼,脱口问道:"是什么意思呢?"帕切卡用白手绢拭了拭额头,老兵担心地看着她。小

---

1 八里亚尔,西班牙古银币,曾广泛流通于欧洲、美洲和远东。——译者注
2 此处为拉丁语原文。——译者注

伙儿继续看经文,一边用手拨弄墙缝里冒出的刺山柑幼芽。"宗教裁判所……"加斯帕尔不再看经文,转而用自己的话解释,"为两万名信徒的灵魂净化而祈祷,不过里面可没说他们是受了酷刑违心起誓的……""没别的?"鲁伊看着冗长的经书,对老兵的扼要回答有些惊讶。"还提到了另外八千名被判刑的……"老兵看了看嬷嬷的脸色悄声说,"成千上万的可怜虫最终都被烧死了……这就是说……"加斯帕尔鄙夷地吐出几个字。"上帝啊!我可怜的孩子该如何是好?"帕切卡脱口而出。卖水人的骡子叫唤着向行人借道,乡下人拉着缰绳,拖拽着疲惫,皮肤黝黑,面容沧桑,头上的毡帽破烂蒙尘,眉眼耷拉,将行路之责全然交给牲畜。三人闪到一旁,贴着城墙让出道来,骡子背上的大木桶里哗啦哗啦,长睫毛下的一双褐色大眼同情地看着他们,仿佛能理解人类的窘境似的。鲁伊伸手摸了摸骡子,骡子咧嘴,鼻孔呼哧喷着热气,以示感激,他不禁想起孔斯坦萨,她总喜欢待在王宫马厩里。

好几个礼拜前,他们于深夜时分从马德里的一个小镇出发,彼时王都将从巴利亚多利德迁回的消息震动全城。宫廷历来是风言风语的沸炉,恩惠和秘密大行其道。卡斯蒂利亚海军司令和莱尔玛公爵一手采买一手倒卖的内幕流传于街巷间的讽刺诗文上。亵渎神灵的突厥人扎营于东部水域,烧杀抢掠,无恶不作。对抗奥兰治分子的无休止战争仍搅得朝野不安,王室两派始终无法就如何处置不安分的联合省达成一致。大方阵军团还在与叛军强拼,自印度群岛来的一半金银都被搭了进去,另一半要么沉没,要么落入英格兰伊丽莎白女王的私掠海盗之手。即便如此,他们的国王腓力三世仍不闻不问,一心只顾在宠臣为他准备的巴利亚多利德庄园内行猎。在得知孔斯坦萨因受到一名宗教裁判所使节的告发而被收监后,加斯帕尔和帕切卡便立即启程赶赴塞维利亚。起初,先是恳求接见的耐心被耗尽,而后又因被拒担惊受怕。加斯帕尔甚至还白白去了巴利亚多利德一趟。当绝望袭来,搪塞追问的借口也已穷极。他们更不知道玛利亚·德西多尼亚是否会让马德里总督的爪牙来追捕自己,深受王后青睐的侍女听说孔斯坦萨从皇家赤足女修道院逃走时竟无动于衷,她唯一的关切只有王室的紧张局势和小公主的联姻而已。他们满怀希望地离开马德里,在托莱多附近的一家小店碰上了渴望继续冒险的杂役,被同一种不幸联结起来的三人就这样组成了一个奇怪的家庭,深信必能救出慷慨的女儿和姐妹。然而,此刻,面对城高墙厚的圣豪尔赫堡,他们的信心正在坍塌。

"怎么办?咱们如何才能救她出来?"嬷嬷用手帕捂脸,凄然问道。加斯帕尔望向瞭望塔,心里也直打鼓。在佛兰德斯战场时,他见过太多因耽于祈祷而最终断臂破肚的人,他是钢铁一般的冷汉子,并不信什么宗教祝祷,讽刺也令他厌烦。一想到一个人只需花些钱便可免受刑罚之苦,他就顿感挫败。一个人若能在马德里、托莱多、塞维利亚和孔波斯特拉的某些功德箱里放上足够的多布隆[1],便能摆脱地狱和魔鬼,就连那些低贱罪人,乃至最该受诅咒的妓女和皮条客,也能躲在某个教堂的拱廊后逃避审判,只要不走出圣地便不会被法警追捕。不过,若是宗教裁判所介入,便真的罪无可恕了。加斯帕尔·德席尔瓦走过意大利的每寸领地,他曾在那不勒斯的暗巷与人决斗,去过水城威尼斯,翻过萨伏依的崇山峻岭,也亲眼看着一个个荷兰人死在自己手中,却从未听说哪个宗教裁判所的犯人被判无罪。"快了,"

---

[1] 西班牙古金币。——译者注

老兵说,"先找个安身地,也许,咱们唯一可用的只有时间……"老兵知道,宗教裁判所的裁决毫无情面可言,但其内部充斥着官僚作风,极为低效。不利之处在于,无论他们如何查证,孔斯坦萨面临的指控绝不会以简单的悔罪或从轻处罚而告终;有利之处在于,火刑处决仪式通常在复活节举行,即便诉讼程序异常短暂,他们也有机可乘。若事出无奇,西西里女孩儿恐会在城堡地牢里待上好几年。只要不出意外,幸运的话,他们总能在法官将孔斯坦萨带往圣迭戈火刑场之前想到办法。"曾有两年,噗……真像几个世纪似的,我被困在安特卫普一艘臭气冲天的船上,饥寒交迫,差点被虱子吃掉,"在帕切卡面前,老兵最好还是不提与黄油店老板的女儿在凌晨被冻得死去活来的伤心事了,"直到不得不啃木头,才破了城。咱们得一步一步来,"老兵笃定地说,"眼下咱们先找地方住下,以免惹人怀疑……"二人点了点头,鲁伊笑着,帕切卡面有惑色,但也应允了。三人遂沿河岸向南行去,城堡和塞维利亚各塔的侧影被遗在身后。"跟我讲讲那个安特卫普的事儿?"杂役鼓着胖乎乎的脸,眯着眼笑嘻嘻地问道。

* * *

"你得再帮帮我,我仍是不明白。"她的眼睛一闪一闪,鸟窝一样的头发耷拉在脏兮兮的额头上,"我是说,他们都误导神父您了。"西尔韦斯特雷·德马尔斯科长出一口气,掩住笑意,重整形容。他知道自己必须聚精会神,居心不良者是有一千种花招的害兽,不安因子很可能只是堕落天使的某种手腕。"那么,你是想说修道院院长和监事嬷嬷在撒谎?"他拿着从皇家赤足女修道院得来的公文问道,"那些毕生侍奉上帝的圣女?这就是你要说的?""不,仁慈的耶稣基督请宽恕我吧！不是这些，"她央求道，"我又怎会知道那些污言秽语从何而来呢？可是，神父您不能否认，她们以为自己所说都是实情，恰恰相反，那都是谎言啊……""何以见得？""很简单，只消看看受骗的不止她们，还有神父您就知道了。我再跟您说一遍，我是伊莎贝尔·拉迪诺斯。""可你有意大利口音，而非瓦隆！"多明我会修士嘶声怒斥道，他自知失态，低头放下公文，用长满老茧的双手抚平法衣，尽量不露声色地喘了几口气，嘴唇翕动，念了几句天主经，才又看向女子。牢房内除了走道里晃动着的松明火把再无光亮，很难辨认长相，多明我会修士心乱如麻，不知如何是好。"谁会为这种事骗她们呢？有什么好处？"他一字一句咬住，仿佛嗅寻骨头的猎犬。"我怎么知道？"修士放下法衣，骨节分明的手指不知该做告诫手势，还是扇上一巴掌，思量了一会儿后，却在自己脸上从上至下捋了一把。"我明天再来。"神父掩口叽咕着，随后起身，略过讥笑他的侍卫，努力抑制住破口大骂的冲动离开了。待门关上，孔斯坦萨·德阿克西奥利立时瘫在稻草垛上长出一口气。她没吐露真相。尽管那个疯狂的想法始终挥之不去，但那样的话修士的耐心很快就会被耗尽，自己的命运也会截然不同。

第一天，她惊惧不安，之所以冒用另一修女的名字纯属灵机一动，之后便只能圆谎。但她知道，自己已足够幸运，若换了别的法官，只怕早受了刑。她得尽快想想办法，虽不知从何入手，但绝不能任由宗教裁判所和塞维利亚大主教的神父们将自己关着。孔斯坦萨从未想过屈从。她像困兽一样在牢房的四角焦急地转来转去，本就褴褛不堪的衣服几乎快被磨出火花。除此之外再无事可做。这个令人厌烦的地方恶臭连连，瓜达基维尔河经年累月的洪水给圣豪尔赫城堡的巨石留下不少裂口，成片的苔藓和霉斑即便在阴暗中也十分惹眼。牢房最内侧，一个被砖砌上的旧炮孔在周遭大方石中显得极不协调。年轻的阿克西奥利看到，日以继夜的潮湿是如何在薄砖中辟出一条道来，泡软的泥浆上长出一种气味刺鼻的地衣，砖体之间也不再是严丝合缝了。她回到便桶前，屏住呼吸，使劲拔拽生锈把手上的铁插销，忽然一个趔趄朝后仰去，总算拔出来了。或许这根本不可能，但她还是蜷在墙角，用铁插销一遍又一遍在砖缝间凿啊凿，指节也被蹭破了皮。她几乎吃不到东西，他们只给她一碗漂着蛆虫的变质面汤，而她只能压住恶心，手指颤抖着捏住鼻子，一股脑儿喝下去，连破罐里的清水也是定量供应。她抵住困倦，孤身抗争，因为她还想着塔玛索，这给了她力量。只要多明我会修士不来牢房，西西里女孩儿就拿着那根小小的插销，不停地往黏合方石的泥浆层里钻。

庆长十一年，日本农民惊惧地看着岛国权力圈再起波澜。尚未成年的已故太阁继承人仍被圈禁于大阪，他被困在自家宅院的四方高墙内，图谋掀起反叛之风，其铁杆党羽也梦想着恢复丰臣家昔日的荣耀。京都城内，厚颜大胆之徒到处散播后阳成天皇因政变压力退位的消息。而在江户——统一民族百业待兴的新国都，德川家康虽假意隐退，事实上仍在暗中掌控国家。为表谨慎，他让儿子德川秀忠出任征夷大将军。三叶葵家族的幕府王朝已然建立，尽管老奉行自称为大御所[1]，但明眼人都知道，那不过是政治假象，权力仍牢牢掌握在大家长手中。德川家康远非胆小怯懦之辈，毫不掩饰其凌驾于儿子之上的帝国权力。除了继续城市外围的沼泽清淤工程、在包括花柳巷在内的各区建立行会、强制各地大名长居江户以示效忠及拉近与外夷人的关系外，关原大战的胜利者也希望家族的新府邸能与新城星月同辉。

在早年间丰臣秀吉亲赐的肥沃的关东平原上，重塑众神之国的城市群正冉冉生长，向世人昭示着隐退大将军的雄心壮志。城中遍布着从日本各地赶来的工匠，利根河岸堆满了防汛和保障郊区稻田灌溉的石头，中山道与东海道之间架起了一座约三十足宽、两百足长的桥梁，成为狭小岛国的工程奇迹，可供应数百户居民所需的大型海产市场也已落成。然而，在最浩大的工程——大御所为象征权力而建的宏伟城堡面前，其他一切革新便都黯然失色了。在成千上万名步兵的努力下，坚不可摧的城墙正在原有湿地上拔地而起，护城河水循环系统也即将竣工。德川家康与其忠仆伊达政宗信步其中，十几名侍卫小心翼翼地跟在身后不远处。两人挨着在建中的城墙，不紧不慢地走着，这座被重重迷宫包围着的复杂建筑就是征夷大将军未来的府邸，二人所到之处，只见密密麻麻的沾着泥巴的草帽脑袋恭谨屈身。目之所及皆是劳碌的人群，步兵们忙着打理不计其数的花园，木匠们正在搭建接待皇室来使的大厅，纸艺匠人在茶室走道里摩肩接踵，石匠们在打磨露台壁柱，铁匠们则在准备德川氏家徽所需的铜铆钉。这将是一座可容纳近千人驻军的城堡，任何擅闯者都会在弯曲难辨的迷宫中失去方向。除了上述仆役，还有诸多厨师、马夫和随从，待建成后，江户

---

1 大御所是古代日本对退位或隐居的亲王、摄关父亲的尊称，后来成为对退位的前任幕府将军的尊称。——译者注

城内仅供养征夷大将军一族的各类侍从就达上万人。

"如此说来，是红毛子外夷人所为，是这样吗？"事实上他已掌握了所有信息，但还想再听一遍。伊达政宗很了解他的主君，尽管退隐征夷大将军走在自己看不见的那侧，但独眼龙对此毫无怀疑。他无需看那张圆脸的表情，仅从其克制的声调便能听出如熔岩般喷之欲出的愤怒。"是的。显然……"他终于开口说，"虽说他们拙劣伪装，意欲嫁祸给忍者，但我们十分确信那是外夷人，我敢说就是平户那些人……我已派了两个人去那儿，很快就有消息，"伊达政宗澄清道，"无论如何那真是愚蠢至极，就算他们能活着逃走，咱们也会查明真相，与其同行的还有五十名雇佣军，包括一些浪人，简直闻所未闻……"仙台藩大名得到的唯一回答只有沉默，他怀疑自己是否解释太多。真正的忍者不会使用火器，更不会雇佣浪人完成任务，何况早在伏见围城战之前，忍术练习者中最知名的古贺忍者们已效忠于德川君。

锯屑和石料沫漂浮在空气中，工匠们的嘈杂声声在耳，心系仙台藩的伊达为能效力于这样一位主君颇感自豪，他知道，德川家康正在改变国家的面貌，为遵循这样一位领袖的意志而死是光荣的。这并非空话，独眼龙心知肚明。外夷人竟敢在日本国境内作乱，那就必须付出代价，他深信不疑。两人继续一言不发地走着。德川家康再三考虑永久关闭边境以杜绝外夷人不良影响的可行性。伊达政宗则将行前的最后部署梳理了一番，他确信主君会命自己切腹，在开膛破肚之前，他只希望能有机会写上一首体面的诗文。他们走过一堆粗削的木头，绕开泥泞的水坑，打造城墙地基的库存巨石被搬开后，在周遭留下不少类似的水潭，城墙之内将建成纷繁复杂的本丸御殿[1]。伊达政宗看着大御所，这位关原大战的胜利者，这位开创新朝、为国家带来前所未有之和平的人，虽身居高位，衣着却简朴得形同一个寒酸的大名，周身只一件颜色中规中矩的和服和一双农人常穿的草绳木屐。

"时机未到，会有时间料理他们的……"退隐大将军缓缓说道，"会有时间的……其他人如何？"听到期待已久的提问，伊达政宗毫不犹豫立刻匍匐在地，跪向主君，斗大的汗珠滴滴答答落成扇形。德川家康见状停住，揣摩着下属的意图。剃刮干净的额头上的灰尘被浸得黏糊糊的，水洼的泥土味弥漫肺部，衣物也被泥水湿透了，可他没有起身，反而愈加恭顺，直至手指扣进淤泥里。"主君，我失败了！属下自知罪无可恕，但求您准我切腹谢罪。"伊达政宗恳求着，淤泥漫上鼻梁，声音低得仿佛沉入了水洼，嘴唇几乎贴着脏水。独眼龙的决心显而易见，他确信主君已得知南蛮人伤亡之事，尽管郎中尽力医治，只怕还会有人死去，封邑内安保失利，他难辞其咎，除了自裁别无他法。德川家康一言不发，瞥了瞥四周，看着工人们竖起一根巨柱，而后闭上眼睛，任由下属忐忑猜度，他并不想简单了事，那不划算。有生以来，大御所每每感到怒火中烧时总是诉诸耐心。他想象着棋盘和棋子的分布，要斟酌的很多。除了被他用谎言安置在平户的狂妄的红毛人，还须应付大阪的反叛之风，平息天皇退位谣言，摆脱其他外夷尤其是南蛮人的纠缠。棋局危机四伏，但总还有先发制人的机会，尽管他并不愿如此冒险，但也不得不为。

"求死无济于事，"德川家康坦言，不愿显得过于怜惜，"该做的

---

[1] 江户城由本丸、二之丸、三之丸和西丸构成，本丸御殿供城主及其家属使用。——译者注

还很多,要善用一切对咱们有利的因素……"伊达政宗怯生生地抬起头,只见主君略略颔首并伸手示意自己起身。德川知道,如若允准独眼龙自尽,他不但会失去一个可用之材,更等于承认自己被打了个措手不及,他不愿那样,即便事实的确如此。"……咱们得放出风去,就说是继承人怂恿外夷人内斗,"他思量着接下来的棋局,"千万不能叫人觉着咱们又多了一个敌人,得让他们互相缠斗。"独眼龙湿漉漉地站起身,在他自己的领地,仙台藩众人的生死皆取决于他,但在这儿,在德川家康面前,他唯有俯首帖耳,那只独眼上还沾着泥巴。"但凭您吩咐,"领会主君策略的伊达不无惊讶地说。大御所点了点头,对下属的忠诚颇为满意,决定奖赏伊达政宗参与他的计划。"不止如此,咱们还得叫藏在山里的叛军也知道,继承人因人手短缺不得不求助红毛人,"他边走边说,"我说过,有的是时间料理平户外夷人……眼下最要紧的,是让那些有意投靠大阪继承人的家伙都知道,叛军力量十分薄弱,只能借助饥肠辘辘的无能外夷人发动政变……"伊达政宗内心钦佩,却并不敢胡说奉承之辞。"那么,平户的外夷人如何处置?""得看看去使能探出些什么,眼下先机密行事,查清楚他们是否都牵涉其中。"德川家康并不相信英国人威廉·亚当斯会支持那个疯狂的计划,但愿并非如此,此人曾多次崭露头角,若其他外夷人的探险队无法按计划起航,他希望此人能为己所用。事实上,他正打算关闭国境以杜绝外来影响和贸易,但若最终仍须开放边境,就必须确保得到通商国的支持,而那英国人不仅抱负不凡,也是一位能航至西方的优秀舵手,因此不到万不得已,大御所不愿弃用他。"遵命,"伊达政宗答道,仍未擦去溅到脸上的泥斑,"我这就发信给平户,叫他们小心行事。"德川家康默然点头。"仙台怎么办?我该如何处置其他外族人？"独眼龙问道，混合了汗液的泥点自下巴滴滴答答。"是该推进此事了。我已派上将向井将监去那儿，以示正式，"大御所说得干脆利落，"你要清楚，袭击并未动摇国家意志，探险队要尽快起航。至于仙台藩和它的主君，"他望着伊达政宗，"会因避免外夷人全部阵亡而得到重赏。"说完意味深长地看了看独眼龙。后者好一会儿才明白，主君不要自己的头颅，而要他戴罪立功。

对伊达的奖赏表明德川家康已找到治理仙台的合适人选，派政府上将前往北部则意在宣告：征夷大将军不惧任何攻击，以德川秀忠及其同僚为首的幕府要借此宣示遣使外国的诚意，哪怕太阁继承人有意破坏也不会改变。精明老道的大将军已年逾七十，却仍是一位令人惊叹的战略家。"我深感荣幸，愧受如此赦免，"伊达政宗不停俯下满是泥巴的脸，恳切地说，"谢谢，多谢主君！属下诚惶诚恐，属下及家人定肝脑涂地，以报厚恩，"他一再磕头，"上将……"他猛地想起，"将会被隆重接待。""这就是了，"德川家康欣然答道，"上将到访仙台一事传得越远越好，要叫大阪的人也知道。"独眼龙惶恐不已，只顾点头。"时候不早了，去盥洗室看看吧，"大御所并未直接提及下属令人心有不忍的脸，只笑着说，"我再叫他们拿些点心，音乐也不错，或者扇子舞也可……唔，还得再上些米酒……"

"自双王强行从法兰西人手中拿下在纳瓦拉的利益后，军队就来了，"耶稣会士克里索斯托莫·费尔南迪斯解释道，"一个五旬节的周末，炮弹击中了一位年轻士兵的双腿，"他瞧着挣扎求生的伤员神秘兮兮地说，"骨头都被打歪了，只能割开皮肉重新归位，"修士表情狰狞，极力表现想象中的痛苦，"不过，多亏上帝保佑，那人竟以不可思议的坚韧忍住了剧痛，虽然由于庸医作祟，他好几个月都动弹不得，"说着不无深意地瞥了瞥草垫，"他可得再学一遍走路啊……""真不知你想干嘛，"方济各士路易斯·索特罗说。"很快你就知道了，"耶稣会士呛声道，"养病期间，那瘸腿士兵看书自娱，找到了一部由撒克逊隐士写的关于咱们万能耶稣基督的著作，了解了雅克·德沃拉金的殉道史……"巴托洛梅站在两位传教士身后，并不知耶稣会士所指何人，但他猜塔玛索大概知道，这位出身贵族的绅士想必学过读写和四行诗，说不定还会拉丁文，他大概拥有一切自己无法企及的机会吧。路易斯·索特罗眉头紧锁，跟被掰弯的木条似的。"……那年轻人十分高兴乃至出现了幻觉，"修士说得津津有味，"竟看见圣母带着一位童子现身眼前，于是便立志要去圣城耶路撒冷受洗皈依，从此踏上了前往东方的朝圣之路。不过上帝给他的使命可比那崇高的多啊，"他皱了皱眉继续说，"当他来到蒙塞拉特隐修院歇脚时，忽然开蒙，"他双手合十作虔诚状，"于是赤足褴褛而去，在曼雷萨的一个山洞中潜修数月，终于了悟：他要放弃朝圣，为唯一真善上帝的子民之灵魂谋福祉……"

塔玛索在一阵狂言妄语中浑身一抖，长长的呻吟被剧咳盖过。和室那头的障子被拉开，进来一位日本侍女，她们总是来来去去跟勤劳的小蚂蚁似的。女子轻轻换下帮加利西亚少尉退烧的敷布，并不抬头瞧瞧屋内其他人。"我还是不明白你要干吗。"路易斯·索特罗粗声说道。若非守在门口的武士和进进出出的郎中和护工，巴托洛梅早穿过和室，偷偷将军需官捂死了。不过，那样的话，某个黄毛猴便有理由将钢刃插入自己肝下三拃了。令德帕洛斯不解的是，当地国主，也就是那位举止傲慢的独眼人，似乎非要少尉活着，还竭尽全力救治他。"他找到了天命所在……成为穷人福音的创始人，他就是耶稣会教父伊纳爵·罗耀拉，"他咧嘴笑着宣称，"还有呢，"他甚是激昂，"与慈悲的伊纳爵并肩战斗的还有方济各·沙勿略，二人都是先驱。"路易斯·索特罗厌恶地转过脸，巴托洛梅正琢磨找个法子戏弄侍卫，借机除掉军需官；侍女挪向另一个草垫，为加的斯木匠更换残肢上的绷带；"画像人"卢卡斯肩膀裹满纱布，在稍靠后处好奇地听耶稣会士布道。"并且，正是方济各·沙勿略首次将上帝箴言带给了不信教的穷苦人啊，"他两手摊开，指着草席地面，"甚至到了这儿，到了日本！"他顿了顿，欲做结语，"如今这位也能循先贤之例啊！"巴托洛梅看着耶稣会士，后者对眼前的巧合十分兴奋，似乎盼着加利西亚人活下来，然后成为一名在岛国传教的新圣徒。烦躁不已的德帕洛斯转了一圈，准备离开和室找些东方人常喝的烧酒，却在门口碰到有两人正与武士交谈。一位是他一心想了结的丑八怪兔唇僧人，另一位据耶稣会士说，就是搭救了加利西亚人的罪魁祸首。宗佶和足轻退到一边，为南蛮人让出道，此人不仅面相愁苦、贼眉鼠眼，个子比当地人还矮，西乡看他走姿奇特，持剑夸张，凶狠的眼神令人颇有戒备，而能从世人脸上洞悉秘密的僧人却只是笑着。"就是他了，可敬的西乡隼君啊，"宗佶努努畸形的嘴说，"这就是你搭救的外夷人。"浪人看着僧人，仔细揣摩那神秘莫测的表情，本想开口致谢，又觉情势复杂，且对方话中似有讽刺之意，便作罢了。处境意外改变，他仍需适应。

自遭遇奥兰治分子的可鄙袭击和仙台藩贵客伤亡后，吉冈征十郎便向主君请罪自尽，伊达政宗本人也前往江户，请求德川家康准他一死。谁知大御所不仅额外开恩，还散布传言，令局势朝对他们有利的方向扭转。同受政令影响的还有西乡。三天前，他被身着竹雀纹的仙台武士押至独眼龙面前时，本以为再无生还之机。他从青谷山小道拾级而上，再穿过封地直至城堡，来到一个新近完工的整洁厅堂，端跪于目光严厉的大名面前。按照伊达政宗一贯的简朴作风，厅内除一幅米纸挂轴外再无他物，其上"忠诚"二字笔力遒劲，气韵流畅。西乡隼看着挂轴，又想起了在伏见城的最后一晚。他不得不撒谎，声称乃是迫于浪人的不光彩身份才来到仙台，并讲述了自己是如何在得知仙台藩是禄米百万石的封地后，决定一路向北追随尊贵的伊达政宗的，恳求他收留自己服侍竹雀纹一氏，最后还自请切腹。独眼龙假意斟酌片刻，循着德川家康的仁义做法，甚至没问他为何不在成为浪人后切腹，便叫西乡隼穿上了带有仙台标识的衣裳。

来自九州岛的老农、修习示现流剑道的武士从此就供伊达政宗驱使了。他有了少许俸禄，耻辱也得以洗刷，但这并未令他稍感慰藉。他从未忘记主君的嘱托，他知道事关南蛮人，正是他们把火器带给了石田将军，他之所以在那儿，就是希望那大胡子外夷人能活下来，希望他能给自己一些答案。西乡看着伤者。他曾亲眼见他像一个日本人一样英勇战斗，内心关于南蛮人的成见开始动摇。或许他们比看上去更好？或许他们也知道荣誉为何物？子弹由于受浪人刀锋干扰，并未命中胸膛，但却穿透双腿造成多处骨折，即便如此，那外夷人竟在中弹后再次站起，继续与敌人搏斗直至晕厥，好似明天不会降临，好似只有那个以利刃凸显男人价值的瞬间最为紧要。

"就算他能侥幸活下来，"宗佶指着昏迷不醒的塔玛索，"大夫也不敢保证他还能再站起来……"西乡听着僧人的话，继续望着病人。肤白胜雪的侍女拉开障子,悄悄离去,举止得体,没有一丝声响。"若他死了,不知他们该作何解释,我可真想看看他们会说些什么呢,"他半是奸猾半是讥讽,"除了外面的匠人和侍卫队,其他人只知是些皮外伤,伊达君已严令要放出他很快就会康复的消息……"最后这句话像是从远处传来的回声,西乡隼看着那张被痛苦捕获的陌生面孔,仿佛一个猛子扎入过去,他想起多年前曾对儿子说,一个真正的男人理应承认对手的价值。渔民们在艰难的日常劳作中,总不免要与一些殊死顽抗而又品质非凡的鱼缠斗一番,若最终能将其擒获,则必须有所纪念。鱼虽已死,但为牢记双方曾经的庄严斗争,渔民会买来最上等的米纸,用明暗相间的颜料一丝不苟地将鱼的形象拓印下来,栩栩如生。鱼拓用缅怀一位体面对手的方式,令战斗中最惊险的时刻不朽长存。"我希望他活下来,我喜欢这个长相古怪的家伙。"僧人将藤杖换入另一只手中,坦言道。西乡回过神来,他也需要这南蛮人活着,不仅是为了打听从长宗我部氏宅院偷来的信笺上的外夷人姓名,而是他直觉,或好或坏,冥冥中两人的命运已不可避免地系在了一起。"我们,不过是秋风中的一片落叶,"浪人终于开口说,"业力使然。"说完便转身出了和室。

冬日临近,天幕阴沉凝重。吉冈征十郎正在巡视重建后的船坞,从伊东赶来的工匠们也已着手继续造船。尽管肩膀因受重击仍时感疼痛,但一切已步入正轨,他很是欣慰。看着那位满脸麻子印的神秘武士从安置外夷人的和室走出,他忽然想起京都紫藤宅院外的一位挑夫的话,那时,正值本田和正的巡逻队发现有人探查他们的行踪。自顾走路的西乡并不知,身后有两双眼睛盯着他,一双是好奇他过往经历的宗佶,另一双是拼命回忆挑夫所说细节的前神学院学生。吉冈本能地握住刀柄，已全然忘了自己原本要去同粮草主事商量给养。

  灾难发生于上世纪末年。圣马特奥节的一天，从北部河道漂来数百具浮尸，不等丧礼结束，旱暑高温导致河流干涸，瘟疫就此爆发。黑死病弥漫于西班牙各个村镇，到处是戴着风帽、用醋水抵制恐惧与腐臭的医生，惊慌逃跑的人们四处流窜，尸体被草草扔进墓坑，哪怕最大胆的人也不敢上前焚烧，就连平素最结实强壮的农民，也浑身长满火辣辣的脓包，直至油尽灯枯。埃斯特万·德卡萨莱斯负责在碧波粼粼的瓜达基维尔河口收过桥费，一见那人靠近，差点拔腿就跑，他真怕那走路弓肩佝背、瘦骨嶙峋的家伙就是黑死病使者。德卡萨莱斯曾常年对抗佛兰德斯异教徒和葡萄牙叛军，尽管在卡莱斯溃败中不幸被子弹射掉了两根手指，但身经百战的他仍是英格兰海峡战役为数不多的幸存者。次年，当都铎王朝那些婊子养的以海盗德雷克为先锋，图谋从腓力二世手中夺取北部时，他还参与了在拉克鲁尼亚进行的对英国龟孙的复仇战。他见过久经考验的男人踩着自己的肠肚，在甲板上踉踉跄跄，双手颤颤巍巍想把肝脏塞回肚里。在安特卫普，大方阵军团曾数月不见水米，饿急了只能靠抓头发上的虱子续命。许多好兄弟都被从瓦罐粗的炮孔射出的子弹打爆了头。作为一名海战老兵，他看惯了死亡，以至对这把死神手中的大镰刀生出些亲近来。即便如此，一看到那病态干瘪的东西走近，他还是下意识后退一步，上世纪末年瘟疫肆虐、饿殍遍野、孤儿流离的情景仿佛再次浮现眼前。

  奥图诺走在帽檐阴影下，好似塞维利亚的太阳会灼伤他的皮肤。

他全身着黑,裹着一件毛糙的披风,整个人不过是一副被仇恨吞噬的苍白暗淡的枯骨。晨雾在河面的船只上氤氲翻腾,塞维利亚城开始醒来,暖风轻抚,新出炉面包的香气缓缓而至。老兵埃斯特万·德卡萨莱斯直接放行,并未向来人收取过桥费,后者则根本不记得有这回事,只向他投来不屑又复杂的目光,遂又钻进披风中径直走过,似乎那是理所应当。他闻起来像是太阳下暴晒的腐尸,两颊紧绷的皮肤干得快要裂开,老兵觉得,那层层衣衫覆盖下孱弱躯体上定然布满了那种可怕疾病的肿瘤。几天前,德卡萨莱斯与一个蓝眼睛的条顿侍卫掷骰子时,赢了一半路费,凑上兜里的钱,他决定于同日清晨离开塞维利亚。

随着时间的流逝,奥图诺开始发现,路人总向自己投来幸灾乐祸的表情,这让他怒不可遏。自抵达塞维利亚后,莱尔玛公爵的秘书官已找出恢复不义之财的法子,他雇佣一伙歹徒补偿自己失去的地位,既能不叫人察觉,又不会遭受任何指控。但他的贪婪没有极限,因为他所渴望的既非金钱也非权力,而是亲眼看着孔斯坦萨·德阿克西奥利被送上火刑架,以及得知塔玛索在日本的死讯。他前一天收到口信后,尽管不愿出门,还是勉强去了屠夫酒铺。他避开街边骡马的粪便和从马车扔出的垃圾,拐进朝北的狭小街口,沿着卡莫纳阴沟往前,不走几步就听到大清早毛猪市场的吵闹声。托马斯·德萨巴早早来到惯常就座的桌前,点了半壶最爱喝的麝香葡萄酒,静候奥图诺驾临。为数不多的堂倌们已习惯了这位不修边幅的人物,其中大多数人曾受秘书官之托拿钱办事,因此,当奥图诺进门落座并拒绝吉卜赛人递过的红酒时,也就没人吃惊了。

托马斯细细打量眼前憔悴不堪的乡巴佬,不耐烦地打了声招呼,一手叉在腰间的穆斯林短刀上,以往常谈买卖时惯有的嗫嚅声开口道:"早啊,大人,我看也不必请你喝酒了,我把这劳什子给您拿开就是了,"吉卜赛人语气十分反感,"前天晚上我们把那法官亲戚教训了一通,"说完喝了一口酒,"只不过,花的钱比预想的要多啊,"他用手抿了抿嘴,"我们给隔壁陶器匠的花盆里也放了几枚硬币,这才神不知鬼不觉地进了另外的院子,要是把圣人们都吵醒,可就麻烦了……"奥图诺立马明白,埃及人是要坐地起价。几天前,他们就向他开价,要去将那不愿屈从施压的法警叔父毒打一番。他也猜到,陶器匠只怕分文未取,而是迫于托马斯及其同伙的威胁才任其摆布。但就算再出钱会令自己山穷水尽,他也不能轻易答应。再者,他可不相信对方会一反常态,为这等小事一大早叫自己来酒铺。"既然如此,那就按牲口市场的规矩,看牙口出价。"他哑着嗓子说,"只是在这儿,能让事情更糟的挣得更多。"埃及人听着下流话,嘴角涌过一丝邪笑。"那咱就先看看您说的'牙口'究竟如何吧。"奥图诺松了口气,看了看吉卜赛人的眼睛,挠了挠太阳穴的瘤子,白色的干皮屑密密麻麻落在桌上。"不过我想,你早早叫我过来不是为了说这些吧。"

吉卜赛人看着眼前这位男子近几个月来的变化和他语气中的奸猾。他并不喜欢这位从王室来的自大狂,但钱可是好东西,因此之前才总是做出甘受驱使的样子。但近几个礼拜以来,这个五短身材的家伙真让人不寒而栗。据吉卜赛人所知,这位公子爷不吃不喝,晚上也不出去寻欢作乐,只消看看他的眼睛就知道,他日思夜想的唯有仇恨。托马斯·德萨巴曾在他们这些人中见过持续数百年的家族复仇。最让他不安的并非眼前面目可憎的丑八怪流露出的深深敌意,而是这家伙似乎吃了熊心豹子胆,言行举止仿佛脚下世界的主人,丝毫不害怕会在某个暗角被人捅得肠肚乱翻。"那么，既然您这么说，"托马斯终于开口道，"的确不是，而是有另一桩事……不过，不论此事'牙口'好坏，只怕都得是我出价。我有个叔叔以贩卖母马为生，拉紧马勒子我可是打小就会的……""只怕卖出去的不是母马，而是长了些肋条肉的骡子吧。"奥图诺不客气地还嘴道。

埃及人眯着眼睛，手指在刀柄上来回摩挲，掂量着刚听到的话。事实上，自从几个将国王敕令奉为金科玉律的巴利亚多利德捕快将他所说的叔父从一座废弃的教堂拖走后，他便对他一无所知了。且叔父所贩的的确不是母马，而是些瘦得皮包骨的母驴。但依他看，即便如此，纨绔子弟也无权质疑他。托马斯可不愿纵容他。"你认识朱里亚诺·罗韦雷吗？"奥图诺对吉卜赛人所想心知肚明，突然问道。托马斯·德萨巴略略点头，但其实他与那家伙相熟已久，只是他们都叫他胡里安而已。此人好说大话，不知犯了何事从威尼斯逃来，如今在瓜达基维尔河边以击剑糊口。"你有所不知，能与你分享交情我有多高兴，"奥图诺继续道，"你要是知道我最近与那小子打得火热，也必定欣喜，"他将虎口放近嘴边，冷笑一声，"而且我敢说他对我很尊重，应该说，非常尊重，"秘书官支棱着高耸于眉骨的眉毛，"甚至我敢打赌，如果……万一……我有什么不测的话，他会非常担心啊……"他没再继续，此事该叫吉卜赛人自己揣摩。面对奥图诺的警告，托马斯既不能面露诧异，也不能装聋作哑，只好又喝了口红酒，隐忍不发。"但不论如何，我跟谁交朋友不是你该操心的。所以，咱们就事论事，别狗拿耗子。一大清早找我来到底所为何事？"吉卜赛人又被将了一军，晨光中的老秘书官一身黑衣，脸色煞白得跟弥撒上的大蜡烛似的，让他想起蝙蝠。他暗下决心，有朝一日定要出口恶气，眼下只得让步，于是啜了口酒说，"有个大方阵军团的老兵正到处打听那女子，好像是叫加斯帕尔·德席尔瓦。"

在获悉马德里方面的传言后，塞维利亚主教费尔南多·尼诺·德格瓦拉立誓，再也不愿应付昔日的阴谋幽灵了。然而，尽管他万般不情愿，办公桌上的证据已然表明，人性之恶与残酷远胜地狱中的魔鬼。近十数年来，罗马教廷被异端邪说搅得风雨飘摇，不到一月已更换了三任教皇。克雷芒八世的逝世给疆域广袤的教皇国留出权力空缺，继任者利奥十一世的当选遭到西班牙王室的反对，白鼠鼬皮十字褡穿了不到三个礼拜便被宣告死亡，尚未来得及布置听命于神圣同盟的情报网。如今执掌七丘之城的是保罗五世，对被加尔文宗和路德宗厌弃的教义十分推崇。主教费尔南多·尼诺·德格瓦拉对选举教皇的枢机会议十分满意。早在担任塞维利亚宗教法庭大法官时，他就与彼时还是西班牙王室教廷使节的新教皇交情不错，因此后者继位对自己有害无利，费尔南多·尼诺·德格瓦也就任由恢复昔日权力的渴望肆意滋长了。

自数年前始，西班牙王室就是神圣同盟——旨在铲除地中海沿岸伊斯兰势力的天主教国家同盟——的大本营，在西班牙教会扬名立万即意味着能提名教皇，或者至少，成为罗马教廷的高级神职人员之一。宽敞的办公厅内仅有一支蜡烛缓缓燃烧，屋内飞檐上遍布的凸纹花饰、细工镶嵌的陈设、放着一本金光闪闪的圣经的读经台，都显出塞维利亚教会的富足，桌上锉铜文具折射出的烛光随着主教的来回踱步摇曳跳跃。他拖着浮夸的衣衫扫过地面，焦躁难眠，在自己的巨幅画像下从一头走到另一头。那画像乃是出自希腊画师埃尔·格列柯之手，此人曾为圣奥古斯丁和圣埃斯特万作画。画布上的人物神情严肃，脸庞消瘦，细弱鼻梁上厚厚的眼镜仿佛流氓的面罩，齐整的胡子与教皇如出一辙，一双眼睛似乎正注视着此刻忧虑不安的原型。尼诺·德格瓦拉无法入眠，他正筹划晋升之道。几年前，因与耶稣会有所冲突，已故的克雷芒八世说服腓力二世，褫夺了他的大法官职务。但如今教皇国迎来新主，又与自己没有过节，他有把握拿回失去的权势，只缺一个合适的时机。在主教看来，关在圣豪尔赫城堡中的犯人就是找回怀恋已久的体面的通行证。

王室一片混乱。玛格丽特王后正处于第三次生产的恢复期，据好事者传言，即便如此她也未停止对莱尔玛公爵及其党羽的攻讦。王都迁往巴利亚多利德的计划失败，重又搬回马德里，若加强王室权力的传闻属实，宠臣势必会像几年前都城迁往皮苏埃加河畔时一样，再次利用土地投机敛财。此外，马德里总督也被指已悄悄向宠臣塞钱，以使曼萨纳雷斯河岸城市重获荣耀，故而，尼诺·德格瓦拉也打算浑水摸鱼。若关押的女子果真是阿克西奥利大人的女儿，且那个怪诞的故事只有一半可信度，那么既然新教皇不会反对，王室会很乐意归还他昔日的职位，前提是主教对其所知守口如瓶：正是奥地利的玛利亚女王将那女子藏入皇家赤足女修道院的。但有个问题，病秧子多明我会修士还未申请开庭。爱管闲事的西尔韦斯特雷·德马尔斯科总是拿着一块脏兮兮的擦鼻涕手帕，以其耐心和乏善可陈的口才挡住了主教的去路。他又走了一个来回，又是十二步。事关重大，不能毫无根据地敲诈。可令人失望的是，呆头呆脑的西尔韦斯特雷竟还没能让那女子承认她的身份。尼诺·德格瓦拉知道，贿赂西尔韦斯特雷修士行不通，这名多明我会的法官信念高尚，根本不在意宗教裁判所的加官进俸。不过，还有一个人可以利用：教区法官毛里西奥·德西根萨，那种人可以随意使唤。但即便如此，要想教区法官介入，就必须让西尔韦斯特雷修士放弃对犯人无穷无尽的告罪。一旦开庭，严刑拷打也就随之而来了。不便之处是多明我会修士不知悔悟。他很了解他，要让那家伙下决定真是遥遥无期，只能设法叫女子本人自请开庭。他知道该怎么做，昔日任大法官时，他惯用欺骗犯人以使其情愿就范的丑陋招数。圣豪尔赫城堡内有个早餐好吃蒜的狱卒，是个私扣犯人伙食的歹徒。主教早前就曾借那狱卒之手行事，此刻，在自身画像的注视下，他决定故技重施。头几天得先让狱卒装作和颜悦色，多给些面包，不时说上几句贴心话，待赢得女犯人的同情后，再建议她主动要求开庭。只要到了宗教裁判所法庭，一切便由不得西尔韦斯特雷修士了，教区法官、刽子手、书记员，所有人都会听到她的忏悔。

尊贵的塞维利亚大主教，费尔南多·尼诺·德格瓦拉，需要那份信任。这不仅是为了找回曾经的名望，而是如若不然，搁在桌上的那封信里的恐吓便会成真。那意味着他将一无所有。奥图诺·德安德拉德的幽灵已从地狱伸出触角，在火漆加封的折页中猖狂讹诈。若那女子未能被判刑，主教的秘密便会天下皆知。

他猛地睁开眼睛，一片漆黑。他告诉自己这是真的，他还活着。难以置信，他轻轻晃了晃，尝试恢复知觉，疼痛瞬间传遍全身，好似被绑在行刑架上。关于孔斯坦萨的记忆再次袭来,这是他的安慰剂。他试图支起身,却一点力气也没有。髋部火辣辣的,他忍着不叫出声,紧紧抓住过往的画面:她漫步在喷泉公园,莞尔一笑,害怕被人瞧出眉眼间秋波流转。然而,细节正在苦涩中逐渐褪去,那个清晨已过去数年之久了。散布全身的濒死感令人略有些烦躁,他只得瘫回草垫。

* * *

好几日后,高热引起的不适仍在太阳穴处跳动,塔玛索无心理会托钵会士的传教。他的状况还很堪忧,不得不禁闭在屋内,草席上的每根秸秆都被他数了上千遍,每根木头的纹理都被他看得清清楚楚。此外,他还要与令人沮丧的无用感抗争,过往也似乎掉入可恶的魔鬼之手。除非那耶稣会士用符咒将其祛除,否则只靠说教只怕无济于事。"孩子,你听我说,"克里索斯托莫·费尔南迪斯坚持道,"你还没听我讲弗朗西斯科·德哈维尔的事迹呢,他把信仰带到这些偏远之地……""神父……""你等等,你会看到自己是如何的通情达理,你应该明白我的意思……"他感到喉咙发干,大腿隐隐作痛,他急切地想弄清楚发生的一切。"神父,现在不行。"他强忍住恨不能叫耶稣会士下地狱的冲动反驳道。僧人宗佶已对外夷人的荒诞行径有所了解,无需翻译,只将藤杖从一只手变换到另一只手中,笑了笑。他每日都陪着这南蛮僧人,很想看看后事如何。两个西班牙人和一个佛教徒就这样待在日本人的临时诊室内。

加的斯木匠康复如初,正在工棚检查船骨,梅诺卡水手紧随其后,焦急地等待帆船完工后离开日本国,除老军需官外的伤员们均在康复中。他试图叫耶稣会士闭嘴,好问他几个问题。还有多少幸存者?东方人反应如何?帆船建造是否暂停?他一概不知。可耶稣会士并不理会他,只顾兜售自己的离奇幻想。一个长相随和、目光羞怯的日本侍女候立在塔玛索床榻的另一侧,欣慰地看着似已恢复意识的南蛮人,柔声催他更换腿上的膏药。塔玛索已完全清醒,不免因裸身颇感难为情,日本女子却似不以为然。"姑娘,你这是作甚?"耶稣会士对准备掀开少尉毯子的热心护工说道,"孩子,"征得女子同意的教士继续唠唠叨叨,"谈论信念的时间总该有的。"少尉忍住髋部的剧痛,不情愿地扭过头,待看清克里索斯托莫神父的脸后,遂将数月来压抑的话一涌而出。

"你万里迢迢来这儿,就是为了做好事,就是为了让耶稣会成为在全岛传教的唯一教会吗?"他终于开口道,舌头还不甚利落,"我不信!"日本侍女被突如其来的怒火吓得一跳,低头往后退了退。"你等着他们任命你当主教呢!说不定,这是德莫伽说服你来日本国时早就答应你的!他跟你说了什么?是你助力通商,他就亲自写信给宠臣秘书官吗……"他欲言又止,忽然提及奥图诺令人心痛,他害怕去怀疑一个亲如兄弟的人。"你怎能……"他不给修士抗议之机。水库闸门已然崩塌。此前,他一直隐忍不发,尽职尽责,希望回马德里后能得到国王宠臣和奥图诺允准,能让阿克西奥利大人将孔斯坦萨嫁给自己。"他说他会致信莱尔玛公爵本人,叫他替你在教廷说项吗?还是你觉得红衣主教之位已唾手可得?你又想在我身上得到什么?!是向众人炫耀,你能让一个王室官员变成传教士吗?好让教皇召你去罗马吗?"耶稣会士的脸一阵惨白,忽而又红得跟皇家军旗似的。屋内一片死寂,他真庆幸在场的其余二人听不懂少尉的话;他不愿失去对比斯卡伊诺大使的影响,他好不容易才叫后者对方济各士起疑。耶稣会士不知如何作答,憋得两颊通红。一旁的宗佶咧嘴笑着,连日来的相处令他对外夷僧人的小气略知一二,故而很乐见那人出洋相。

    他难以接受。年轻人马拉基亚斯和一腔抱负的埃尔南都死了。"画像人"卢卡斯变得沉默寡言,尚在遭受肩部枪伤后遗症的折磨。可怜的洛佩失去了一只手,无法再干木匠的营生,尽管他总说些独臂的玩笑,却仍无法掩饰内心的焦虑。暴风雨吞没了巡逻艇,在圣哈辛托号上嘈杂聒噪的人都一一离开了。还有马丁,他的朋友,那个不惜一切代价提醒他有性命之忧的人。塔玛索感到,自己对他们每一个人的死亡和悲剧都负有责任。当飘扬在格洛尼卡的勃艮第十字旗变得支离破碎,当半数以上战友的鲜血将积雪染得通红,升迁再无法带给少尉慰藉,正如此刻活着也显得多余。

    他躲在沙滩上几株麻黄丛后面,苍穹如洗,晴空万里,浪涛汹涌,去了又还。一丝不苟的日本匠人们正在百十步远的工棚里,顶着寒意,辛勤劳作,洛佩设计的帆船就要完工了,船桨和横桁顶端已进入收尾阶段,只差套上船帆和索具了。此后就如巴斯克·德诺瓦埃斯说的那样,就等着迎风起航了。那算不上一艘体面的坎塔布里亚船,但可以航行。耶稣会士没再来找他,却被一心要老军需官加入方济各会的索特罗接了班。塔玛索并不理会他,他要担心的事太多了。他依然不知剩下的人当中是否藏有德莫伽的杀手,他要让马尼拉听诉官招供,向他问个明白。他恨不能让帆船立刻入海,他想找新西班牙的法官询查真相。那可恶的傲慢狂要解释的多着呢。抵达菲律宾群岛前，少尉并不认识安东尼奥·德莫伽，他没理由要自己死。因此，塔玛索打算极限施压直至对方屈服，都是听诉官害他失去了一切！

康复期间他常常在想，自己的缺席已非数月，而是数年。离开马尼拉后便再未收到马德里的消息了。孔斯坦萨音讯全无。或许她以为自己已经死了，太多太多人就是这样踏上前往印度群岛淘金的路，再也没有回来。在孔波斯特拉、巴塞罗那、加的斯和贝梅奥，总有孀居的妻子或悲伤的父亲述说类似的故事。或许她已经成婚了，或许她回了西西里，或许她在威尼斯王室，又或是萨瓦？也许他已永远失去她了吧。安东尼奥·德莫伽这个罪魁祸首！比起腿上的痛，这才是灵魂里时时化脓、再也无法愈合的伤口。一定要找到他！

海浪推着海藻，以其特有的节奏飒飒起落。清晨的霜还挂在舢板上。几只不惧风寒的海鸥在沙滩盘旋，等待渔人再度出海。再远处，一位愁容满面的老者正修补渔网，春暖时分，前螯锋利如军戟的蜘蛛蟹会在浅水区产卵，捕捞相较容易。乡野风光无法平息他的情绪，愤怒如滚烫的铅水一样，从暴躁的四肢深处漫延开来，在周身灼烧、沸腾。他失去她了。那双修长温存的手将会满怀爱意地抚摸另一个躯体，那双宝石蓝的眼睛里的光芒将会为另一个男人而流露，她会任由自己跌入那人的怀中，带着明丽的微笑，献上那让人如置篝火的吻，赠予他激情夜晚的嬉闹，向他低语潮湿双唇间的绵绵情话，为他驱散冬日拂晓前最刺骨的寒冷。都不存在了。他想恨她，他想忘了她。他试图让自己陷入愤恨的折磨。他想亲口告诉她，他已不需要她了。他握紧拳头，流沙，时间，都从指间溜走了，无可避免。风从背后吹过，搅动水烛丛。远处悬崖边的松林哗哗作响，仿佛回忆在唱。

他做不到。万箭穿心,莫及于此。这根本不可能。她早已成为他的庇护所,他的希望,他的开始,他的终结。痛苦不知慈悲,如锋刃在颈,生不如死。他无法恨她。"我好想你……"他强忍泪水,呢喃自语。海听不到,风听不到,只有远处松林簌簌的回声,一根树杈随风飘摇。"我好想你……"他忏悔,懊恼。"愿你幸福……"这是唯一的真实。他已输了战争,即便万分难过,但除此之外,他再没有什么可以给予了。"我爱你。"

海燕高高飞过,远方有渔船出现,船夫正用单桨奋力划行。塔玛索·埃尔南德斯·德卡斯特罗是日日看着悬于祖宅拱廊下的蓝底六圆家族旗帜长大的,自小便知男子汉当一诺千金。他发誓要找到安东尼奥·德莫伽,让他付出代价。他摸了摸被荷兰子弹击中的右髋,疼痛好似魔鬼沾满油污的爪子在挠,适逢天气有变,酷刑更甚。他抬头看了看地平线,海的那端便是德莫伽所在的新西班牙了。如今,他终于明白了那没了牙的伊富高老者眼中的仇恨,他曾向其打听被听诉官在甲米地港杀害的疯女人。老渔夫的恭维话打断了老会计的思绪,有人来了。

是僧人和救了自己性命的那个人,那个腰间总佩有对刀的武士。自来到"众神之国"后,他已学会凭直觉猜测可为与不可为之事,因此略整理表情,尽力藏好痛楚后,便颤颤悠悠起身了。虽然双腿险些支撑不住,但他还是坚持躬身致敬,额头渗出密密麻麻的汗珠。"早上好,隼君,"他用日语说道,不知称谓是否恰当。"早上好,宗佶君,"他一边努力绷直僵硬的大腿,一边重复道。他的举动虽吃力却令西乡肃然起敬。"晚桑好,塔玛索君。"足轻的卡斯蒂利亚语问候夹杂着浓重的口音,令人费解,但塔玛索自知,并不宜当面纠正日本武士的文法,只将身子又低了一些,几近失去平衡。以年龄和阅历自居的僧人丢开俗套,露出慈父般的微笑。"你的……你的什么……想法……"宗偌只学了几句卡斯蒂利亚语,难以成句,便指了指浪人又看了看塔玛索,"给你,"他总算从扭曲的嘴巴里挤出两个字。塔玛索抬起头,怪僧人拿着两根类似加纳利群岛贯切人所使的长杆。宗偌将稍新的那根换到左手,递给西班牙人。"我会尽力的。"少尉操着不甚流利的日语答道,而后将重心往长杆上挪了挪。宗偌看着少尉的样子心想,若要等南蛮人将手中的藤杖变为武器而非拐杖,尚需时日啊。不过至少,若是那个脸色灰黑的外国人欲再寻机刺杀这位南蛮头子,他也不算手无寸铁了。

东方人神情复杂,塔玛索奈于语言障碍,无力与之交谈,只是倚在藤杖上,看着远处的工棚,再次陷入沉思。宗偌总能看透许多不可说之事,有些癫狂地笑着,轻轻拍了拍西班牙人靠在藤杖上的手,便转身走了,似乎有急事。修补渔网的老翁向路过的僧人躬身致意,而后又投入手里的活计。潮来潮去,西乡看着塔玛索,打破了沉默。"谁是你们国家的大将军?"他以极缓慢的语速开口问道。失神的塔玛索好一会儿才反应过来。"我不明白。"少尉想了想说。浪人点点头,又将问题一字一句重复了一遍:"谁是你们国家的大将军?"塔玛索微闭双眼,努力在记忆里搜寻了一番,似懂非懂地说:"在我们国家,没有……"少尉顿了顿,一时想不起代指王室的词,"在我们政府,"他用与"幕府"相近的词汇解释道,"我们没有大将军,我猜掌管军队的是莱尔玛公爵,"他仿佛对语言不自信的孩童似的一概而过,并未确指大方阵军团或皇家海军,"是的,我想就是莱尔玛公爵,"他夹杂着两种语言说,"堂弗朗西斯科·德桑多瓦尔·罗哈斯。"足轻没有试图重复那个姓名,而是想起在紫藤宅院破获的密信,他看着海面,表情疑虑地指了指东方。"对,就在马德里,"塔玛索终于用卡斯蒂利亚语答道,"莱尔玛公爵就在马德里。"说完注视着那张布满麻子的脸:一双眯着的杏仁眼,皱纹沟壑分明,下巴和两颊干瘪的皮肤显出岁月的痕迹。他低头不语,自己欠他一条命。日本人也顺势垂下了头。两人就这样怀着对彼此生平的疑问,望向将他们与使命隔开的大海。

不远处的工棚里,木匠们正兢兢业业完成幕府将军的吩咐,巴托洛梅喝着数月来颇为喜好的洋李烈酒,暗中观察。

"酷刑很快就开始,"狱卒断言道,嘴里的陈蒜味和废弃地井的沤臭味弥漫桌边,"可能明天就执行,"他发黑的齿间咧出阴险的笑,"这就是'知了'的好处了,从不让人失望。"托马斯·德萨巴从两人中间的罐子里拿起一颗白羽扇豆,极缓慢地咀嚼着。"若是至今都没下手,你如何确定不日就会有动静呢?你怕是昏了头了……或是花点钱,你不是说,最好让犯人亲口招供吗?"吉卜赛人并不相信狱卒的话:"马尔斯科那屎壳郎可比戴手铃的小偷谨慎多了,"说着又拿起一颗羽扇豆,"为何如今却声称要改规矩?"圣豪尔赫城堡的捕快笑得愈加放肆,缩着脑袋朝周围瞅了瞅,侦查屠夫酒馆的动静,点了点头,脏兮兮的手指放在嘴边,悄声说:"不是西尔韦斯特雷修士的事,"

他猛地摇了摇头，对自己手握可做交易的秘密十分满意，"若是他的话，只管继续告罪，直至那小妮子老掉牙就行了。是有更隐秘的人希望加快审判。"埃及人晃晃食指，不以为然，又慢慢悠悠挑了一颗颇为中意的羽扇豆，并不急于理会一旁急欲讨好自己的捕快。"对，是个更有来头的人，"捕快呼哧着满口的蒜味，再次确认道，"我敢打赌是大主教派来的，"他斗胆进言，未敢提及尊贵的费尔南多·尼诺·德格瓦拉的名姓，"我已经收了钱，要让她主动要求审讯。"他终于承认了，无耻的笑几乎咧至耳根。

那是宗教裁判所使节的惯用伎俩，在狱卒或是犯人中找好共谋，敦促其与被诉人攀上交情，通过欺骗使犯人相信，若开庭便能有脱罪的机会，而这不过是西班牙王室治下的宗教裁判所维持所谓良心的招数而已。与被关押者想象的不同，庭审开始后，宗教裁判所并不会给他们自我澄清的选择，而是以酷刑履行程序，即便事实上找不出任何罪证。最终，无论是否异教徒、巫师或假教徒，统统成为殉道者，对被人捏造的罪名供认不讳。因此，自请开庭无异于自寻死路。"这不难，不难，"捕快拖着长长的尾音说，"她拼死要出去，绝不会怀疑对她不利。她愿意相信自己会有出路。"他那表情活像一只碰到毫无防备的鸟巢的鼬鼠。

身为一名塞维利亚人，托马斯·德萨巴熟知"知了"的所作所为。圣烤场的手段不计其数，总用些无关紧要的借口，自称是以耶稣之名行事的好心人。埃及人又在装羽扇豆的罐子里搅了搅。"明白。"他总算开口道，对习以为常的事直截了当。"不过，我来看你可不是为了这事儿，傻瓜都猜得出来，圣豪尔赫城堡里的一切迟早都会在刑讯台上解决的。"捕快一手叉腰歪在椅子上说。吉卜赛人支棱起一侧的眉毛以示回答。"等着瞧吧,我想总会有你想听的,只是,我这记性已大不如前了……"托马斯·德萨巴抛起一颗羽扇豆,仰头接住,咔嚓咔嚓嚼得十分起劲,而后边抠牙缝,边将手放在腰间的短刀上。"你最好还是去加泰罗尼亚区看看,"他蹙起眉头对捕快说,"那边教堂附近有个药剂师,擅用藏红花和欧蓍草做汤药,据说对言而无信之人有奇效。"狱卒听得很明白,托马斯·德萨巴根本没打算按照每周约定付他哪怕一个子儿。他本想确认,却见埃及人一边昂起下巴,一边握住短刀手柄,只得作罢。"我跟你提过的那个佛兰德斯老兵回来了。"除了与奥图诺的协议,这是又一个令托马斯·德萨巴颇感兴趣的消息,但他不动声色。"就这些?你没查一查他住在哪儿?"捕快又诡异地笑了笑:"不,我不知道他住哪儿,他不是很健谈。不过卫队撤岗后他来找过我,对那小妮子的吃住很是上心,还叫我帮他呢。"犯人们只能自给自足,可别指望宗教裁判所会为他们花一文钱,因此通常亲属们,至少那些不惧受牵连的亲属们,总会变卖家当乃至倾家荡产,也要确保至亲不至被饿死在牢房里。"那么,我能从中得到什么好处呢?难不成,如今轮到你来使唤我了吗?你刚说的没什么用……"托马斯·德萨巴藏住窃喜,此事能叫马德里总督付他好些多布隆呢,继续摆弄腰间的阿拉伯短刀,故作狐疑状。"或许吧,"捕快没羞没臊地说,"可要是我说,那人跟我约在第四集市的前夜,这对你应该有用吧?"前一天是圣弥撒日和主显节,还有三天,有的是时间做交易,听到这儿,托马斯·德萨巴的脸上终于现出了微笑。

"我还知道……[1]"塔玛索倚在僧人赠予的藤杖上,看着最后一批物资陆续被搬到日本人建造的帆船上,打断了领航员巴斯克·德诺瓦埃斯的话,"问题不是你能否避开麦哲伦航线上的迷宫,"他决然说道,"咱们不走南线,咱们要去王城……"这下轮到卢西塔尼亚人插话了,他以惯有的混杂着西班牙语的滑稽口吻说:"要走南线,得经过卡亚俄港,饥饿港,还有……"塔玛索调整站姿,双目圆睁,手指紧紧抓住长杆,领航员不知他是因疼痛还是愤怒而为之。"不,咱们先到王城,然后走陆路……""可……""咱们要去墨西哥城,去总督府,跟总督会面,"塔玛索面不改色,谎称道,"要叫王室知道咱们,也让探险队的商人们表表尊重,可能的话,给马德里去信,就说咱们已从日本出发了……"西班牙人毅然决然,不容反驳,巴斯克·德诺瓦埃斯尽管未全部听懂,但也大致理解,因此并未怀疑塔玛索的意图,面对少尉阴沉的眼神,只得接受。"按你说的办。"

塔玛索转身朝外夷人安置屋走去,竭力忍住腿上的剧痛。他咬紧牙关,感受到从未有过的力量。他知道,领航员有能力在迷宫般的美洲南部岛屿间找出方向,从陆路穿过新西班牙意义不大,但安东尼奥·德莫伽在墨西哥城,他要找他算账。

* * *

蚊子落在字迹潦草的纸张上,似是被墨汁和落于其上的灰尘惹得不高兴,又匆匆朝凉快的角落飞去。它经过飞来时的窗户,铺排整齐的街道和最纯正的卡斯蒂利亚建筑鳞次栉比,这里是征服地的殖民

---

[1] 原文此处为葡萄牙语。——译者注

区，一众官员们在此汲汲于生，他们很快便忘记了在埃斯特雷马杜拉或安达卢西亚村落的卑微过往，摇身一变，成了名门绅士，好似只要穿越大洋就能功成名遂，而不受晕船的困扰。或许是对曾诞生的水洼还有所眷恋，那蚊子以高难度动作转圈回旋，又飞进了天窗。"恶心的臭蚊子！"安东尼奥·德莫伽当空一掌，怒气冲天，仿佛回到了在圣迭戈号上与荷兰人缠斗的时候，"我真受够了这个地方！"

新上任的墨西哥城罪刑厅法官摊开手掌，想看看那具被压扁了的小小尸体，可蚊子却从他耳边嗡嗡飞走了。"拿火盆来！"他朝小心翼翼开门的印第安仆人大喊一声，仆人一听到他的铃铛声就急忙赶来了。不堪蚊虫叮咬的德莫伽已经诅咒谩骂一上午了。夏季暴雨令整个城市沦为一片泽国，如今稍稍放晴，那些可恶的泥塘里的飞虫就来折磨脸色惨白的外来户了。他犹记得科隆司令的轶事，听说他在牙买加海岸时，真被那些该死的小虫子逼疯了！据说这位印度群岛的发现者整日驱赶自己臆想中的虫子，晚景甚为凄凉。"拿火盆来！"仆人躬身行礼，悄悄挠了挠身上，殖民者硬叫他们穿的那些沉重又古怪的衣服，扎得人很不舒服。天气晴朗，温度宜人，甚至能看清法官脖颈上的汗滴，但既然大人要火盆，他就得给他，他不想掺和不相干的事。安东尼奥·德莫伽显然心绪不佳，他可不想顶撞他。

办公室内已雾气重重，几近窒息，可德莫伽仍打算将火盆烧得比地狱之火还旺。仆人想得没错，那天他非常生气，近年来坏消息接二连三，眼下又多了一个。先是失去了最重要的盟友。奥图诺·德安德拉德被卷入众所周知的秘密，离奇失踪，以至他数月来胆战心惊，生怕总督府的捕快找上门来。待确认安全后，总督的新任命又来了。一个戴着笨重眼镜的瘦高老头进了墨西哥城，那是萨利纳斯侯爵路易斯·德韦拉斯科·卡斯蒂利亚，是个介于托钵会修士和木桩之间的模棱两可的家伙，除了完善城内缺失的大型公共工程外，毫无其他野心。眼看一条条街道被铺设出来，防洪排水系统和引入山泉的水渠也逐一开工，诈骗偷取之事日渐减少，德莫伽却一点插不上手。更糟糕的是，当他准备再向莱尔玛公爵在利马或基多求一个肥差时，却得知玛格丽特王后一派正罗列罪名，对宠臣发起围攻。据贝拉克鲁斯港来的邮报称，宠臣的势力已被对手动摇，法官担心局势生变也会令自己渴望的财富岌岌可危。他正整理一些有关他在菲律宾早年经历的卷宗，有对他的奉承话，宽赦圣迭戈号事故的书面材料，还有他对莱尔玛公爵的大肆拍马之语，那些阿谀之词现下可能会牵连他。

他又猛地拍过去，这次总算拍中一个，欣喜之际却发现墨水瓶上还落着一只，忽然觉得那些令人绝望的消息也是一种答案。莱尔玛公爵的儿子在金塔内平步青云。安东尼奥·德莫伽再次坐回那些字迹潦草的文案前，看了看第一页，不屑地扔到一边，拿起一张白纸。他得确保有可信任的盟友。抵达墨西哥城后不久，他便找了一个原被清空要用于总督工程的老旧仓库，随后便将在马尼拉聚敛的金银悉数搬运进去，又借职务之便，继续塞填那些标记着圣蒙特萨大十字的木箱，待必要时伺机运回塞维利亚。德莫伽趁着前任总督的改革热潮大捞油水，加上自己的私产，所积聚的财富已足够自用，或是贿赂王室要员以求继续飞黄腾达了。尤赛达公爵的势力已开始超越其父，可以成为助他升官的合适人选。他蘸湿羽毛，又开始奋笔疾书，这次，他满怀礼貌，写给尊贵的、值得称颂的、恩主、西班牙的伟人和先生、无比善良的阁下——堂克里斯托瓦尔·戈梅斯·德桑托瓦尔·罗哈斯大人，尤塞达公爵和未来的德尼亚侯爵，天主教国王腓力三世宠臣的公子！

他写了很多，手指满是墨渍，几近僵硬，就如当年在马尼拉一样。他一边卖力求荣，一边思忖着得找个秘书替他处理此等琐事。他已想不起几年前被奥图诺介绍到菲律宾群岛的那个年轻人了。他打发他去赴死了，跟诸多被他毫无内疚地处理掉的人一样。他从没想过会再见到他。

宏伟壮阔的塞维利亚因往来印度群岛的船只发展壮大，蜿蜒的城墙看顾着周边生生不息的村镇。西边的橄榄门和流沙门之间，街巷林立，杂居其中的人们做些老实营生，但远不足以买下城中的某个安达卢西亚古宅。距离与到港货船做买卖的篮筐商铺不远处，是远近闻名的车行和木桶店。错落有致的街道里，手工艺匠人们起早贪黑，只为挣几个糊口钱，生意好坏全靠过往的帆船。一个两层棚屋立于不知名的街口处，底层是木桶匠的作坊，屋主是从佛兰德斯战场返乡继承父业的老兵。加斯帕尔费了两天，在城外四处打探，才寻得战友的铺面，给他帮忙的都是些无名之辈，都曾与他一样蹚过血海，忍饥挨饿，在骨瘦如柴的士兵身上爬来爬去，搜寻被大方阵军团油水全无的伙食饿得半死不活的虱子。他们之间没有询问，只是拥抱，而后咒天怨地，或是发几句总让帕切卡皱眉的毒誓。第一天晚上，加斯帕尔就和老战友喝光了珍藏的烧酒。两人滴酒不剩，下流小调唱得嬷嬷脸红心跳，唱得小伙鲁伊心猿意马。他们回忆曾经的战役，抽光了木桶匠于禁烟令颁布前就存在柜子里的两大卷烟叶，为安息在奥兰治各省的亡魂祝酒，对国王与荷兰人的和平协议大放厥词，又多次问候策划停战的胆小鬼和腐败分子莱尔玛公爵的母亲，最后，才横七竖八倒在地上沉沉睡去，鼾声之响以至楼上的鲁伊和帕切尔无处藏身，上面堆满了木桶匠积攒的杂物，这个名叫桑乔·德尔阿哈拉菲的鳏居老兵似乎很乐意与各类破烂相处。

棚屋很快便被帕切卡收拾得整整齐齐。鲁伊扛着从港口捡来的破筐进进出出，干惯了累活的加斯帕尔也开始在作坊里帮忙。不出一月，恰逢典礼过后，尽管嬷嬷多有难为情和羞赧，桑乔还是将楼上让给了新婚夫妇，自己则与杂役在作坊里过夜。这可真叫小伙欣喜不已，老兵口中抗击荷兰人的精彩战役常常令他入睡后仍嘴角带笑，甚至暗暗考虑要应征入伍，登上去热那亚的帆船，重走西班牙之路，穿越赫尔维西亚的茫茫山峦，好好教训教训那些吃着脏兮兮的黄油长大的狗崽子。他们并不富裕，但只要有一分半文也会与桑乔分享，并最终接受了后者的提议：既然一时找不出将孔斯坦萨救出圣豪尔赫城堡的法子，至少可以打点捕快，确保她不缺吃少喝。"那婊子养的啃蒜佬，比罗圈腿又口臭的土耳其妓女还可恶！"桑乔说着打了个嗝，嘴里冒着油炸味儿，"要我陪你去吗？我上面有把枪，是在克莱沃打仗时从一个条顿人那儿赢来的。"木桶匠倚在作坊柱子上，借着手里油蜡的光亮，朝老战友喊道，柱子挂钩上尺寸各异的桶板在他耳边晃来晃去。

桑乔膀大腰圆，赘肉层层叠叠从脖颈堆至脚踝，单一只胳膊就比加斯帕尔的两条腿还粗，仿佛整个人已在岁月的流逝中与他经手的木桶浑然一体了，一头短发活像被捣坏的喜鹊窝，为遮住旧疤而留的一圈胡子也只在奇痒难耐时才剃一剃，乱糟糟的头发上清晰可见帕切卡晚餐时油煎雀肉的渣子，唯独一双眼睛机敏有神，不因年龄而衰老。

"那不行，咱们可都是说话算话的人，"加斯帕尔边说边将帽子扣到头上，"我想应该没问题，就像你说的，不足为奇，不过又是个想得点好处的贪心鬼，"他系好腰带，将借来的佩剑用披肩盖住，"怕就怕他要的买酒钱是个无底洞，又要赖不肯履行承诺，保证女娃吃食。""他对我可不敢那样，"木桶匠说道，"他胆敢得寸进尺，我马上停止交易，反正捕快多的是。""但愿有始有终吧……""上次它出鞘时，"桑乔举着蜡烛上前，指了指将加斯帕尔披肩滚边顶起的佩剑，"把一个正吃菠萝甜食的荷兰人吓得噎住了，那是个老家离格罗尼卡不远的瘦高个，你拿的可是个重家伙，"木匠特意向战友说明，那剑是专为身材高大者打造的，"会派上用场的，我把它磨得很锋利，剑鞘也油光锃亮呢。"加斯帕尔点点头，目光如炬，"我过几个小时回来，若是他们问起，"他瞥了一眼楼上，意指帕切卡和鲁伊，"你就敷衍两句。"木匠低头捋了捋胡子，表情和眼神均已表明无需再多解释，他很清楚该怎么做，"咱们可是老猫抓鼠崽儿啊……"两人都感到此言不虚，这并非指贿赂捕快一事，而是白天做活时讨论如何救出孔斯坦萨的疯狂想法。"咱们早就是老伙计啦，"加斯帕尔想起荷兰运河里刺骨的寒夜、肿胀的尸体和暗堡里的恶臭，沉默了一会儿，叹息道，"不过都是经历不凡的老伙计。"说完便转身朝门口走去。桑乔看着战友离去，思忖着加斯帕尔未说出口的话，不禁悲从中来："哎，要是我死去的卡希尔达看到我……我可怜的人啊……"加斯帕尔正要将钥匙插入门闩，听到战友的话便说道："她要是看到你，一准儿把你的头塞进木桶，再来上一拳……"木桶匠还在嘟嘟囔囔，但老兵已来不及理会。

夜幕降临在塞维利亚街头，河岸潮湿，寒气逼人，整个城市都在盼望冬去春来，盼望港口船流如织，帆船再度起航。他在瓜达基维尔河边等了一会儿,以确保周遭没有冒失鬼,以走私为生的船工们划水的哗哗声不时传来。他们常从远洋货船底仓的皮口袋里偷些物件,趁着夜色往来两岸之间,既省去了路桥费又能解决生计。他约莫按照说定的时间过河,钻进特里亚纳迷宫般的街巷,圣豪尔赫城堡高大的暗影被撂在一边。

在一个隐约可见宗教裁判所塔楼雉堞的坡下拐弯处,再稍往南一些,是一个陶瓷匠的老房子,在那儿能看到教堂后面昏暗的街道,奥图诺·德安德拉德就躲在里面。他付了钱要看一出好戏,此刻正迫不及待。托马斯·德萨巴带来的埃及人们点亮仅有的提灯,挂在护墙石的半腰,地上星星点点的碎石被拉出细细长长的影子。算上托马斯,他们一共四人,皆着长袍宽帽,油橄榄色的脸被捂得严严实实。若天赐良机,他们或许能先问几句话,而后再在老兵腰上捅一刀。可事实是,即便他们来五个人,最终能回家的也顶多四人而已。一只巨翅鸱鸮从街巷间飞过。此处有不少废弃的旧宅,常有飞禽在某个将倾未倾的屋檐下筑巢,残墙断瓦犹在,屋主却远去印度群岛淘金,再也没有回来。托马斯已事先知晓,却还是不禁打了个寒颤,但凡是吉卜赛人都会承认这不祥的预感,但他已答应了人家,且马德里的老爷佣金可观。再说,那家伙喜怒无常,虽瘦弱不堪却总是一副西班牙大人物的做派,事情到了这般地步,他真担心他会不择手段,因此,德萨巴虽百般厌烦,也只能照做。为了不惊动树上的鸱鸮,他打开折刀,悄悄卷进左前臂的头巾。一想到不吉利的鸱鸮,他就浑身不自在。他们分成两组,灯笼前的两人躲在一所老宅的门厅里,另一个隐匿在街角阴暗处,只待老兵一出现在与捕快约定的拐角,便将其死死围住。托马斯确信,无论老家伙曾干掉过多少荷兰人,他们都能叫他横尸街头。

看着河面漂浮着的废弃物和岸边住户从快散了架的窗口扔出的空尿壶，又想起贤惠的帕切卡，加斯帕尔深感欣慰，多亏她将桑乔的猪窝收拾得整整齐齐，他才有了一个温馨舒适的去处。他们在圣特尔莫教堂成婚，按照嬷嬷的要求，一切从简，不大张旗鼓，只备了一只精心架烤了好几个小时的烧鸡。如今的他真难以想象曾在马德里郊区茅屋里的那种苦行僧般的日子。孔斯坦萨就像他的女儿，鲁伊则变成了捣蛋的小兄弟，素未谋面却时常提起的塔玛索俨然成了深得信任的女婿，至于帕切卡，尽管她总是神情严肃，嗔怪不断，却让他觉得如获至宝，仿佛家财万贯的侯爵终于找到了最后的归宿。他对她的爱是如此浓烈，以至竟渐渐明白了孔斯坦萨所谓的那种甜蜜的烦恼。老兵踏上一条可容纳马车和负重牲畜通行的大道，觑寻用作地标的院子，待走到拐角处时却犹豫了。原来他一心想找白日里的路线，不觉中已走过约定的街口好远了。一只鸱鸮栖息于圣安娜钟楼的十字架上，看着加斯帕尔绕开小教堂后面的大杂院，向南走去。任何士兵都不会轻易脱掉旧习惯，即便进入庇护区也不会松懈。很快他便意识到这段路有些陌生，不禁低头讪笑，桑乔说得没错，他们都是老猫了。老兵扣紧帽子，咒骂了几句，以圣安娜钟楼为参照，在下一个街口向北折回。如若继续向南，便能碰到特里亚纳最贫苦的棚屋区，里面的菜园子混着垃圾粪坑，据桑乔说，并不值得踏足。他看到了灯笼的光亮，那是与捕快约定的见面信号，但周围却没有人影，加斯帕尔有些恼火。吉卜赛人自是对此了如指掌，但在特里亚纳街巷间自由游走的他们从未想过敌人会从背面出现。加斯帕尔没带灯芯，河边的薄雾已悉数散尽，仿佛置身昔日安特卫普的街头，随时会有不良人从拐角冲出，将自己开肠破肚。他四处张望，不见捕快，青筋凸起、关节肥大的手指顿时握紧了桑乔递给他的佩剑，磨损的靴跟不安地来回踏步。不知从哪户人家传出几声幼童的啼哭，惊扰了街头的昏暗，小家伙似乎先迟疑了一下，随后便哭声大作，响彻街头巷尾。加斯帕尔再次用食指在剑柄上摩挲。圣保罗隐修院的多明我修士们马上就要开始祈祷仪式了。

老兵还未现身，这有些奇怪，他想他大概是迟到了。午夜的钟声就要敲响，幼儿忽然的哭声十分刺耳。他听到有脚步声传来，浑身一紧。只听大人胡乱呵斥了几句，那孩子却哭得更凶了。奥图诺躲在杂乱无章的拱顶窗内，最先看到老兵拐往吉卜赛人所在的街角，朝他们后方走去。他若通知后者，势必会暴露自己藏身的方位，还是静观其变为宜。幼儿的呜咽变得断断续续，似乎在为下一次声嘶力竭积攒力气。

尽管前面街口护墙石上的灯笼照不到这儿，加斯帕尔还是感到，昏暗的右侧墙壁上似有异影重叠，他停住了。城市午夜零点的钟声终于响起，幼儿的啼哭此起彼伏。托马斯·德萨巴很不安。加斯帕尔又朝街对面看了看，墙体的阴影还算笔直，但不排除那里藏有更多人手。老兵哑摸着嘴巴，思量再三，口中念念有词拔出佩剑，左手掀掉帽子扔到一边，整个人顿时仿佛年轻了二十岁。想当年在大方阵军团时没能叫荷兰人开眼，今晚定要叫敌人见识见识他的剑术。"鬼崽子们！"他笑了笑喃喃道，"要是帕切卡知道了，肯定会替我准备好水和面包给你们收尸的……"

日本人叫它伊达丸[1]，西方人则称它为圣胡安·包蒂斯塔。它宽三十六英尺，长一百余英尺，中桅几乎与船身同长。就像洛佩说的，它不怎么好看，但可以航行。夕阳照在船尾上，支仓常长痴迷地看着船首的水幕。有生以来接到的所有命令中，出使南蛮国无疑是最糟糕的一个。他思念故土，思念家人。即便如此，尽管对新的任命极不乐意，他还是被眼前的一切震惊了。几个月前，当他听说单凭一艘船便能穿越大洋抵达地平线另一端时，认为那简直异想天开。他们于秋季神无月[2]出发，外夷人预言彼时风向有利。帆船最终安全起航，驶向初生的太阳，支仓深感幸运。要知道，数百年前入侵的蒙古大军曾在日本海岸受风暴阻挠，悉数遇难。直至起航前，支仓都担心台风突袭会让外夷人的"杰作"毁于一旦。可无论如何难以置信，伊达丸的航程平稳无虞。每日清晨醒来时，他总能看到船首的某处，他们已出海将近三个月了。

船上共有一百多人，除了外夷人，还有相当数量的商人和包括德川氏与伊达氏家臣在内的三十六名武士。此外，因正式大使无能，应外夷人临时头目的请求，那个似乎与"南蛮人"交流无碍的兔唇僧人也赫然在列。一切看起来风平浪静，但支仓总觉得，在帆船和缓的航程下，许多问题正在酝酿发酵。其中较突出的便是要安抚被外夷大使激怒的日方船员，那大使整日游手好闲，只会鄙视日本和日本风俗，而支仓知道，这绝不是唯一待解决的难事。他将目光挪开眼前无尽的深蓝，转身面向甲板，不无担心地看着船员们。几个商人正指着巨大的船帆聊兴正浓，一察觉到支仓盯着他们，纷纷恭敬屈身。他很清

---

1 德川幕府时期建造的可用于远洋航行的西式盖伦帆船。——译者注
2 神无月，即日本旧历十月。——译者注

楚，除了一些期待垄断香料和丝绸市场的贪婪鬼，其余商人都十分可疑。不远处，德川家康的两名武士手肘支住船舷，神情严肃，一言不发。就算他们不大声抗议，支仓也能猜出两人对此访有多不情愿。再往前一些，站在斜桅和船楼中间的是那个临危受命的外夷人，大高个在船坞保卫战中赢得了日本人的尊敬，也为德川幕府谋划此次远航提供了理由。他总是与僧人待在一起，打发旅途寂寥。两人尤其喜欢用藤杖切磋武艺，消磨了不少时间。那是东方武僧的独门功夫，外夷人已然对其入迷，一双伤腿也渐渐康复了。甲板上的异族修士穿着一身褪色发橙的法衣，满腹狐疑地看着缓慢的航程。万幸，那个姓名拗口的南蛮人不是他们唯一的翻译，还有吉冈征十郎，他就倚在距领航员不远的栏杆上。支仓略感欣慰，他并不信任那个恨不得叫大家都皈依天主教的外夷人。塔玛索君似乎也是如此，他烦透那家伙了。数月以来，由伊达政宗钦点的支仓一直努力学习外夷人的语言，以求更好地履行大使职责，同时着手与商队制定可行计划，避免他们内讧，逐渐令船员各归其位。他已能大抵探知诸人的真实想法，唯有两个例外叫他困惑，一个是出身卑贱、寡言少语的武士西乡隼，此人因救助外夷头目特获仙台藩大名嘉奖；另一个是皮肤青黄的德帕洛斯君，那双芝麻小眼里似乎总藏着某种不可告人的东西。

　　用藤杖格斗的两人气喘吁吁，支仓循声望去，南蛮人被僧人追上了。塔玛索胸前挨了一棍，幸好僧人并未使出全力。宗佶不说话，只是迁就地笑了笑，耐心地为外夷人鼓劲打气。西乡点点头。多亏数月来在仙台藩的刻苦练习，塔玛索君的腿伤已几近痊愈，剑术也愈发熟练，就算是萨摩藩示现流学校的老师也要交口称赞。足轻感到，那西方人似乎被内心某种强大的力量日日督促着，他很好奇，但并不冒昧探问。船头的巴托洛梅·德帕洛斯为该死的东方黄毛猴的蠢笨行为痛心不已,他真希望一棍子撬开少尉的太阳穴。奥努瓦人自海难后一直利用他,以期离开日本,但现下他已不需要他了,只想找机会除了他。

其余西方人纷纷对老军需官的失手大加奚笑,在日本人看来,这些聒噪嘈杂的家伙们真是无可救药。"愿意的话,我可以帮你!"舵柄处的洛佩挥舞着残缺的前臂大喊道。塔玛索撑住膝盖,豆大的汗珠从鼻梁一滴滴落到甲板上。"要是哪天咱们到了塞维利亚,你给他找个打果子的活计吧!"木匠笑得更大声了,其他西班牙人也随之幸灾乐祸。僧人听不懂木匠的玩笑,但也自知不可对徒弟过于严苛。"今日就到这儿吧[1]。"他说道,语气坚决,表情严肃。塔玛索已经会说一些日语,明白宗偕的意思。他筋疲力尽,很想休息,很想喝一碗味道鲜美的金枪鱼汤,再小憩片刻,尽管他很怕进入梦境。"不,再来!"加利西亚人毅然决然。宗偕看着塔玛索君浑身疲软,因强忍腿伤而咧开的嘴角紧绷着,那伤痛可能会永远伴随着他。"再来!"少尉坚持道,无论如何也要找安东尼奥·德莫伽,查明真相。

加斯帕尔啐了一口痰,拿起身侧的佩剑,全速奔跑。托马斯·德萨巴一听到老兵急促的脚步声,立刻拿起折刀,敌人在他们身后!"在这儿!这儿!"他转身大喊,跨步迎战。另一个家伙因曾去过印度群岛而被称为"司令",来不及向他虔诚信奉的耶稣基督祷告,便

---

[1] 原文此处为日语。——译者注

被老兵一剑插入脖颈，不等托马斯·德萨巴喊完就倒地毙命，看得吉卜赛人浑身发抖。加斯帕尔抽出剑刃，又向其他进攻者扑去。老兵对剑术一无所知，也未研习过招式和几何学，但多年前凭靠机敏而非谋略与优雅的仪态躲避滑膛枪的经历令他能沉着应变。两人疯了一般跑来，准备较充分的托马斯·德萨巴却只是提刀站定，他知道对手的长剑占据优势。加斯帕尔弯腰，左肘向前，纵身一跃，伸长右臂，将剑对准其中一个敌人的腹股沟。他惯会作弊要赖，总是混迹于各个港口酒馆的醉鬼中吵吵嚷嚷，但这很奏效。若非如此，加斯帕尔也不会从大方阵军团全身而退，而是成为奥兰治分子的炮灰了。

其中一人受到肘击，哼哧一声倒地。托莱多剑未能将其击中，另一个吉卜赛人躲闪过去，并趁机伸出折刀，刺中了老兵胳膊上某个奈梅亨东部的荷兰人留下的旧伤。老兵并非首次受伤，并不慌张，继续佯攻其他仍毫发未伤的敌人，可他没有机会，有人正从侧方持刀袭来。托马斯·德萨巴瞅准时机，跃过躺地的同伴。加斯帕尔迅速反应，但剑锋却只划过了对手左前臂的裹巾，埃及人事先已有防范，且其身材魁梧得多。幸而另一位敌人的折刀也未扎中老兵，只刺破了斗篷，托马斯趁机抡起拳头。拱顶窗内的奥图诺看着老兵被逼得踉跄后退，一把老骨头差点跌在尘土飞扬的地上。

最后的钟声已经落下，幼童的啼哭再次响彻街巷。加斯帕尔挣扎着站起，瞅准最先躲过剑击的吉卜赛人的肋骨刺入，只听那人发出痛苦的呻吟，嘴角已有血沫冒出，老兵没再用力。此前倒下的那位正想方设法起身，老兵往前一步，抱定必死的决心。他自知在劫难逃。他受了伤，体力不支，还有两个虎视眈眈，准备叫他横死特里亚纳街头的敌人，就在护角石仅有的那盏灯笼的微光下。地上的伤者哀声连连，显然已支撑不了许久了。托马斯痛失两位同伴，甚是惋惜，他得确保叫他们的家人拿到雇主承诺的佣金。然而，归途已然临近。老兵一瘸一拐，气喘吁吁，他看了看两个吉卜赛人，抿了抿嘴巴，尝了尝嘴角独特的血腥味，咬紧牙关，一侧脸颊已肿胀起来，疼得厉害，他甚至没有力气拿起长剑，木桶匠的剑端死死抵住特里亚纳结实的地面。大地正期待冬雨降临，只是会混着今夜殒亡人的鲜血。"还没人敢说卡塔赫纳大方阵军团的兵是没种的懦夫！"加斯帕尔大喝一声，又朝两人啐了一口，他确信至少还能再干掉一个，"咱就看看，你们这对儿俊俏的小情郎谁会给我做伴吧！"他挖苦道，阴险一笑。托马斯看着他肿胀的脸，血从下巴淋漓流下，灯笼的阴影落在头顶上。是个有胆识、敢作敢当、令人起敬的家伙。但即便如此，他也不能让他逃脱。

母亲为胸前的孩子温柔地唱起摇篮曲，怀里的小人儿喝足了奶，眼睛似合未合，一脸满足。父亲则忙着给火盆再添些劣炭，好让屋里暖和些。他们没钱烧油坊里橄榄树根制成的上等炭。两个吉卜赛人面面相觑，加斯帕尔拿起长剑狠命刺去，誓死不降。他只遗憾，此刻竟没有一面圣安德烈斯的十字旗迎风飘扬，就像在昔日战场上那般。他又想起了帕切卡，他得努力做好未尽的事。或许今晨便是死神降临之时，可他不想独自上路。托马斯·德萨巴举刀，猛地向前扑去，想将这肮脏的一切彻底结束。忽然，只听"咔嚓"一声金属脆响，"嘘"的一下，爆裂声在墙体间回响碰撞。子弹穿过埃及人的眉棱，脑浆四射。只见那人两眼泛白，肩膀一缩一抖，整个人便软绵绵瘫了下去。托马斯眼前烟雾缭绕，未燃的火药粉末从脸上落下。竟还有一个人，全副武装！吉卜赛人见情势不妙，想也没想拔腿就跑，很快便消失得无影无踪。幼儿受枪击惊吓,重又哭声大作。

"我就知道你料理不干净。"加斯帕尔转身,看到桑乔表情嘲弄,一只手里拿着还在冒烟的燧石枪,上面的荷兰式扳机不禁令人回想起多年前的佛兰德斯战场,另一只手里则举着一把作坊里的榔头。"你没看到他们吓坏了吗?我要是再来一刀,就把他们都打发了呢。"老兵一本正经地说。受伤的吉卜赛人还在苟延残喘,两人对视片刻,加斯帕尔立即跪倒问道:"谁雇的你们?""找个神父来,帮帮忙,求求你。"那人口吐血沫,含混不清地哀求着。"谁雇的你们?!"老兵并不理会,厉声紧逼。"求你了,办告解!行行好……""看来这家伙自责得很呢。"桑乔插话道。

幼儿的哭声久久不息,但没有一个邻居敢抗议,所有人都听到了枪声。在特里亚纳,夜半三更,谁都知道不能多管闲事。"你要是告诉我谁雇的你们,我们就叫神父来听你的忏悔。"加斯帕尔终于同意了。吉卜赛人一阵痉挛,咳嗽了几声,似乎信以为真了:"我不知道他叫什么……是个马德里王室的老爷……派主子来的。"他供述道,意指奥图诺和托马斯。加斯帕尔很快便猜出他所说何人,可能性不多。桑乔看出朋友已有答案,并未说什么,若加斯帕尔愿意,自会告诉他。吉卜赛人长叹一声,血沫喷涌,咳嗽愈甚,想抬起一只手却毫无气力,眼睑也耷拉下来,穿孔的躯干渐渐没了生命迹象。"我看,也用不着神父了,"桑乔不无同情地说,"可怜的狗崽子,"他吃力地站起身,"咱们最好趁早离开这儿,以免惹来法警。"加斯帕尔也站起来,点了点头:"走吧,别浪费时间。"桑乔将手搭在朋友肩上,轻轻推了推。他知道,自始至终将战友卷入的一切要比他想象的更复杂,注定曲折难行。

"你可别说我那一枪打得不好。"当那不安分孩子的哭声终于止住后,他才开口道。"谢谢。"听到同伴简短的回答,桑乔转过脸说道:"你猜怎么着,我觉得,那狗娘养的黄毛条顿人骗了我,这枪的枪管不对劲。"木桶匠拿起枪左看右看。老兵瞥了他一眼,不知战友在本应尽快逃离是非之地的紧要关头意欲何为。"肯定是,我确信,我可从来不失手。这你知道,只要有这么一管枪,三十步远的难缠鬼我也能打中。"加斯帕尔不愿评论桑乔的枪法,这家伙的技艺早在佛兰德斯就不尽如人意,他只想督促他丢开琐事,赶紧找到离开特里亚纳的最佳路线,可朋友却偏不让他如愿。"所以,一定是蠢笨的条顿崽和这枪的失误,说真的,"他端着空弹的燧石枪晃来晃去,"但凡说射击,我可是什么大家伙都能打中……"

第九式　酷刑

> 那个耕地的人，似乎不动了……
>
> ——向井去来，俳句

生锈移位的合页嘎吱一声，自牢门被打开的那刻起，佯装匆忙归置粪桶的孔斯坦萨就知道，大事不妙了。狱卒满口蒜味，前些天还对她客客气气，这回却将她连推带搡拖出牢房。"你是不是玛格丽特王后的侍女？就是那个叫孔斯坦萨·德阿克西奥利的。"这不是西西里女孩儿习惯的那个瘦削有耐心的多明我会修士。她申请开庭，原本希望随便搪塞一番蒙混出狱，如今怕要事与愿违了。她绞尽脑汁，编了一个可信的故事帮自己脱罪。她以为不会满盘皆输。然而，很显然，她被骗了。她发觉自己已羊入虎口，苦苦哀求，可眼神阴森的修士根本不给她机会。"圣父的耐心可不是留给你的！你究竟是不是孔斯坦萨·德阿克西奥利？回答我！以圣经和十字架上的耶稣的名义！回答我！"

她被拖走了。那是一条狭长的过道，被火把熏得黑漆漆；厚重的门一个个被关上，发出丧钟般的轰响；发霉的地窖里空气粘稠潮湿，河流潺潺，永不停歇。她甚至不知该如何回到牢房，他们把她带到了城堡最肮脏污秽的地方。昏暗的内室里堆满了阴影和破烂。她知道为什么会来城堡最深处，从这里传出的哀嚎会迷失在狭小的通道里，会被老旧的门锁、破损的楼梯、污浊的空气和因瓜达基维尔河湿透的地面捂到窒息，连一丝阳光都见不到。"难不成你以为死不承认能有什么好果子吃吗？"他们统共四人，尽管真正令她害怕的只有身材魁梧的多明我会修士，他那双黑色的眼睛就像北方森林里的野兽一般。一见到面如铁石的修士，她就惊恐不已，仿佛看到了多年前塔玛索提过的怪兽。他那浓密的睫毛下流露着恨意和明明白白的愤怒。孔斯坦萨被几个狱卒一把推到脚下，砰的一声关上门。她重重地摔在地上，上嘴唇磕破了，舌下有跳动感，一阵胀痛瞬间填满牙关。作为宗教裁判所法官的多明我会修士看着她，其余人则无动于衷地参与到羞辱中，那例行公事般的程序让人毛骨悚然。

偌大的火盆上搁着烧得通红的火铲、成捆的挂钩和仿佛被抹了朱砂的沉重脚镣，孔斯坦萨极力不去辨认。还有沟槽分明的长凳，一坛沤得发绿的水，绳索变形的滑轮，柱子上生锈的挂钩套着几块破布，地面覆着一层被泡软的陈年旧草，那种"柔软"只有不幸遭遇审问的犯人才体会的到。这就是圣豪尔赫城堡的酷刑室。法官穿着一尘不染的黑白法衣，来回踱步，不停做出告诫的手势。此人人高马大，宽阔的肩膀上顶着一颗滑稽的小脑袋，声音尖利，与粗壮的身形很不相称。缮写员手中大蜡烛的光芒在他中秃铮亮的头顶上映出一圈柚色光晕。"你不开口后果会更严重，相信我，严重得多……"他的语气甜蜜温和，仿佛任性古怪的恋人，听起来近乎动听，而这更为可怕。孔斯坦萨知道，他们想骗她。无论她做什么都无济于事，因为事情到了这般地步，她不开口他们会折磨她，她开口而不说真话他们也会折磨她，他们心情焦灼，务要确保她说真话。可一旦他们达到目的，她照样逃不了酷刑，因为他们一个字也不信。她不情愿地闭上眼睛，心头一紧，既不惊慌，也不哭泣。她不会让他们得逞的。

在场的还有教区法官，那家伙眉头紧锁，耳郭外翻，胡须花白，两只鼻孔上架着一副可笑的眼镜，坐在凳子上不住点头，一副无所谓的模样。缮写员身后的多明我会修士还在大踏步丈量刑房。孔斯坦萨只敢斜视四周，阵阵寒意如冰冷的爪子挠着她。还有行刑官，又长又宽的黑色亚麻法衣将他盖得严严实实，典型的濯足节装扮，头上的风帽也严丝合缝，只留两个边缘磨损的窟窿露出眼睛，好像墓地的骷髅。"忏悔你的罪孽吧！恳求教堂的宽恕吧！"尖利的声音转做愤怒的咆哮，"忏悔啊！"修士不断逼近，唾沫星子都溅到了孔斯坦萨低垂的脸上。教区法官睡得昏昏沉沉，懒理怒吼。缮写员的羽毛笔在纸上沙沙作响。刽子手等待着。"你是不是孔斯坦萨·德阿克西奥利？我们都知道你是，"多明我会修士压低嗓门，语气谄媚，仿若殷勤的登徒子看着胸口大开的妓女，"你要是老实说，就没什么可害怕的。福音书就是这么写的，忏悔吧，"他拖长尾音，以一种癫狂的甜蜜奉承着，"不会有事的……"修士那张扭曲的小脸挤出一丝微笑，试图动摇她的意志。

孔斯坦萨没有说话，只继续盯着修士脚上精致的羊皮高筒靴。她是宫廷侍女，见过荒唐事。那双鞋远远超过一个多明我会修士的财力范围。他是个教士，脚上穿得却跟服侍大人物的绅士似的。修士不耐烦地眨巴着小眼睛，朝行刑官摆了摆手。那穿得跟奔丧似的游手好闲的家伙懒洋洋地点点头，走向孔斯坦萨。她抬起头，来不及喊叫，本就破烂的罩衫领子就被人一把抓住，大力扯开。织物发出撕裂的叹息，她吓得直往后退，但行刑者并不停手，继续拽住她，手指像铁箍一样，将她的肩膀死死扣住，三下五除二便将她扒得精光。在场诸人的阴沉瞬间一扫而空，宗教裁判所法庭的成员们个个弯下腰，直勾勾地盯着西西里女孩儿如花般的胴体。法官顺着那双细细的石膏般洁白的脚踝，慢慢往上，在泛着珍珠般光泽的双腿曲线间流连不已。令人垂涎欲滴的腿根处点缀着布满金色茸毛的山丘，山丘之口蕴藏的财富足以胜过印度群岛的铸币厂。他探出舌尖，舔了舔嘴角的小胡子，不禁呻吟一声，孔斯坦萨颤抖着手，拼命遮掩赤裸的身体。多明我会修士滑过平坦温热的小腹继续往上，女孩儿披肩散发，前臂压在胸脯上，无意中却衬得双乳愈加丰满汹涌。修士只感全身战栗，胸腔充盈，再也挪不开眼。孔斯坦萨竭力忍着啜泣，痛苦的泪水却还是从眼睑流落到颤动的嘴边。准备审问一结束就去找个窑姐的缮写员咽了口唾沫，干咳了几声，失魂儿的修士这才回过神来。"你得忏悔，你得追随上帝神圣不可侵犯的信仰，只有他的仁慈能宽恕你的罪孽。要是不照做，伤筋断骨可就是自找的，"狡猾狠毒的声音重又抹了蜜似的，"或者还会没了小命……"年轻的阿克西奥利知道会发生什么，她用力闭上眼睛，回想马德里克鲁斯剧院的那个下午，努力浸入对塔玛索的回忆，慢慢止住泪水。

多明我会修士又打了几个手势，行刑官不假思索，径直朝一个挂着几根脏布条的锈挂钩走去。"我看没有必要，"修士说道，"捆一捆就行了……"行刑官曾在这地牢里叫成百上千的可怜虫下了地狱，如今也以同样的手法对待眼前的不幸裸女。他拿起挂在破布条旁边的两条麻绳,不等孔斯坦萨想起曾在克鲁斯剧院读过的十四行诗,便将她结结实实反绑起来。女孩儿只觉两个拇指被刽子手牢牢抓住。他用最细的细绳将手指按螺旋状勒紧,转身去拿孔斯坦萨一进门就看到的脚镣,粗壮如行刑官也得使劲才能抬起重达三十磅的铁链子,随后来不及喘口气,便在修士威吓的目光下,把一根粗绳抛向西西里女孩儿手上的绳结,并将一端穿过悬在屋顶的滑轮。"开始吧。"法官下令道。

安东尼奥·德莫伽的错误是将奥图诺·德安德拉德交代的事托付给一个卑劣的胆小鬼,一个只敢对弱者下手的无耻之徒。在马尼拉周边村镇任巡查员期间奸污一个可怜的伊富高姑娘时,巴托洛梅·德帕洛斯可从未怀疑过自己的男子气概,那姑娘的栗色眼睛因害怕睁得很大。但搁浅于陌生的日本国和无法返回西班牙殖民地的恐惧让他一度中止了暗杀少尉的承诺,后者已成为圣哈辛托号幸存者的带头人。德帕洛斯知道,自己欠他一条命,若非加利西亚人,他们不可能逃离疑神疑鬼的黄毛猴的国度。经过在日本的漫长等待和一段没有尽头的旅程,他们终于抵达了西班牙王国的土地,人称"圣人"的老巡查员计划履约了。这并非他不愿有负所托,而是担心被该死的安东尼奥·德莫伽报复,那可是他在匆忙离乱的悠长人生中见识过的最贪婪最记仇的家伙。

几天前他们已能瞭望到海边的巉岩,这令仍未适应远洋生活的日本人松了口气。听巴斯克·德诺瓦埃斯说,那是门多西诺角,他们还要继续向南，直至王城海湾。后来才知道那是某个三月，在离开马尼拉长达八年之久后，他们终于来到燥热难耐、正热切盼望夏日暴雨的城市。城内死气沉沉，奴隶们倒在棕榈树下的吊床上，枯等帆船，但凡有脸面的绅士都住在海湾周边的山上。若非迎接马尼拉的香料丝绸或利马的金银财宝，稍有名姓的人物绝不会下到港口的火炉来。但诸多异国侍女、仆从、帮佣和杂役远道而来的消息早就风传全城。他们抵达的那个午后，整个王城挤满了好奇的人群。应塔玛索的要求，傲慢的塞巴斯蒂安·比斯卡伊诺递上委任状，请求庇护。多亏了守军上尉提醒，少尉才知道，伊达君的人当晚就被安置在海湾里抗击海盗的兵营了。其实那不过是几个棚屋，看似要大兴土木，变身拱卫要塞的城堡。来自日本岛的东西方贵客们等待着递交的信函能获总督亲启，并给出答复，巴托洛梅·德帕洛斯则准备见机行事。是该结束一切了，王城地处港口，他知道该怎么做。到港不足一个礼拜，他就逛遍了当地的窑子，找好了同流合污之辈。另外，他也想顺便除掉那个叫自己出洋相的黄袍僧。

＊　　＊　　＊

七人藏在灌木丛中，窥伺四周，彳亍而行，等待着太阳升出地平线。巴托洛梅对他选的人很是满意。他们都是从马德里、巴达霍斯、塞维利亚、巴塞罗那和哈恩等地逃出的捕快，西班牙帝国的土地上多是逞强斗狠的假好汉，他们的刀剑生了锈，只要些嘴皮子功夫，不过总还有几个材优干济的。这些家伙斜披着斗篷，外露的剑鞘擦得锃亮，为了些蝇头小利就能毫无顾忌地捅出几条人命。在王城最臭名昭著的酒馆里，巴托洛梅点了好些鲁埃达葡萄酒，巧言令色，虚与委蛇，终于在这类人中为自己凑齐了帮手。一行人拨开还在打瞌睡的爬虫，埋伏在海湾主石丘顶部的灌木丛后面，没等多久就看到了塔玛索，身边跟着那不招人待见的黄毛猴和与之形影不离的棍子。清脆的藤杖击打声很快传来，巴托洛梅的机会来了。海难之后他的钱财大幅缩水，时间却在一天天流逝；雇佣帮手也让他无力购买火器，但德帕洛斯深信，几根藤杖绝非刀剑的对手。清晨的太阳为巨岩和灌木丛披上一层橘黄色的霞光，热浪滚滚的一天又开始了。

行刑官猛地一拉，孔斯坦萨的脚踝便被沉甸甸的脚镣蹭破了皮，但疼痛很快被手上的撕扯感盖过，绑在一起的手指上悬着全身的重量，几近脱臼。行刑官再一拉，捆成包的手指随之一晃，三十磅重的脚镣将她朝下拽去，各处关节咯吱咯吱响。"还不忏悔吗？不是你蛊惑皇家赤足女修道院的其他修女崇敬撒旦的吗？"只听得魔鬼般的拷问在远处回响着，痛遍全身，她觉得自己快要被撕成两半了，上有粗麻绳吊住紧绑着的双手，下有几乎将人肢解的脚镣。"难道不是你煽动那些无知的幼女，臣服于魔鬼的威力，一起密谋对抗国王的亲信吗？"多明我会修士滑稽的脑袋在与之不相称的脖子上晃了一下，小得几乎看不到瞳孔的眼睛在西西里女孩儿赤裸饱满的胸脯上转来转去。她的呻吟声被缮写员羽毛笔的沙沙声打断，后者正勤勤恳恳地将所有提问和空缺的答案一一记录下来。一阵诡异的寂静后，修士结束端详，朝行刑官打了个手势，行刑官点点头，又去寻了一副脚镣。加重脚镣时头顶的粗绳再次拉伸，脚尖稍稍触地让疼痛略有缓解，但这只持续了一瞬。行刑官操作缆绳，又将她硬往上拽了几寸，鲜血开始从脚踝顺着修长白皙的脚背往下流。孔斯坦萨咬紧牙关，哀声不断，她已感觉不到裸体的羞耻，世界只剩撕心裂肺的疼痛，唯有那些想要努力握住的记忆慰藉着她，克鲁斯剧场的曲目，那首十四行诗，塔玛索微笑着的温暖脸庞。

一直纹丝不动的教区法官朝身后的缮写员说了些什么，而后走向宗教裁判所法官，低声道："神父，我看今天就到此为止吧。""当然，当然，我敢说现在她会更听话……"孔斯坦萨几乎要屈服了，即便她知道这不过是两个以上帝之名行酷刑之实的卑鄙之徒事先排演的戏码，即便她知道他们正以谎言诱自己上钩，但她真的快招架不住了。宗教裁判所的人坐等圈套起效，但西西里女孩仍顽固地沉默着。"放下她！"轻鄙的口令让年轻的阿克西奥利不抱任何希望，她闭上眼睛，修士朝行刑官抬了抬下巴。后者随即解开吊在铁环上的麻绳，被捆成包块的西西里姑娘摔在地上，竭力平复呼吸。他任由她躺在那儿，拽过刑椅，将那坛覆着一层霉锈的脏水放在身旁。他冰冷的双手将她拦腰拉起，她害怕极了，她感到那些粗糙的手指略过肌肤，扫向胸膛。他没有停手，一边佯装与她说话，一边毫无廉耻地狠命揉捏她的一侧乳房，她被捏得生痛，不由呻吟了一声。然而，教区法官和宗教裁判所法官什么也没说。孔斯坦萨瞥了一眼长凳，凳面中部有宽可容纳一人的槽沟，一根打通底部的粗木条与槽沟横向交汇。她很快就明白了那根木条的用途。行刑官将她摁倒在刑椅上，背部立马被木条硌住，使她在那敞开的棺材板上找不到合适的姿势。不一会儿，她发现双脚似乎高于头部。

将年轻的阿克西奥利放倒后，行刑官再度放肆，指间溜过孔斯坦萨的小肚子，甚至恬不知羞地捏搓她腿腹间的阴毛。孔斯坦萨想转身，却被沉重的脚镣和背后的木条凌虐得痛苦不堪。"以埃利亚斯和其他先知的名义，忏悔吧！"那甜腻的声音逐渐尖利起来，仿佛燃烧的钉子。"忏悔！"她睁开眼睛，看了看河流的湿气在横七竖八的石头屋顶绘成的霉斑，不待喘气，就被脏污的亚麻烂布蒙了脸，四肢也被绑在刑椅上，腿上的绳结被人用拨火棍紧了又紧。"我们毫不怀疑你就是孔斯坦萨·德阿克西奥利！"修士情绪十分激动，"只要说了真话就能逃过受刑，"他承诺道，语调忽又变得温和，"你就承认吧，皇家赤足女修道院的修女们都说了……"她知道，唯一可能泄密的只有伊莎贝尔·拉迪诺斯。法官在撒谎，目的就是让她误以为自己已全盘皆输而胡乱应下罪名，以免于被指控。她听到不知是谁叹了口气，有稻草杆被踩踏的声音，还没等她明白发生了什么，行刑官就按照法官的指令，提起坛子，将污水朝她的口鼻高高灌下。肮脏的亚麻布在她嘴里乱成一团，喉咙梗阻着，她想咳嗽，却不能。脸上的污水流得到处都是，呛得她喘不过气。整张脸仿佛被模子封住，难以呼吸。她想转身，想蹬蹬腿，想哭喊，想求救，可全身却被死死捆住。坛子越来越空，行刑官倾倒的幅度越来越大，奇臭无比犹如发酵的尿液的污水终于不再成串落下。"你就认命吧！放弃你那欲盖弥彰的沉默，如实招来！是不是你教唆修女们违抗院长？密谋反对莱尔玛公爵的也是你吧？"孔斯坦萨真想回答，可她做不到。每次想呼喊，堵在嗓子眼的液体就逼得她发出可笑的"哦喽喽"的漱口声。污水混着眼泪，唯有将注意力集中于对塔玛索的回忆才能稍缓刑罚之痛，人群熙攘的剧场里他的眼神忐忑闪烁。脑海里的一切变得混乱无章，爱人的话夹杂着那首难以忘却的十四行诗。坛子里的水终于倒完了，孔斯坦萨惊恐万分,拧巴在嘴上的亚麻布让她无法呼吸。很显然,她快要窒息了,但尽职尽责的行刑官一直等到最后一刻,甚至直到法官示意,才扯下布片,并借机又摸了一把女孩的胸脯。"清醒了吧,现在能忏悔了吗?真相是通往救赎的唯一的道路,你得相信我。"孔斯坦萨只觉嗓子火辣辣的,嘴巴跳动着疼得厉害,不断往外泛水,手指被麻绳勒得没了知觉,简直断了似的,脚镣也好像钉入了脚踝。她睁开眼睛,行刑官模糊不清的脸上仿佛浮现出塔玛索的面孔。她结结巴巴,吐出一句曾在克鲁斯剧院读到过的十四行诗:"终归如尘,但为被爱之尘……"

太阳逐渐给干燥的米拉山披上一层橙衣,树影浮动,枯干细长的番木瓜树枝随风摇摆,脆弱的样子仿佛要折断似的,与家乡的栎树和桤树迥然不同,加利西亚的山总是常年青翠,不似这般枯黄。海风吹拂海湾,大地开始温热起来,昆虫告别点缀于乱石间的灌木,飞向晨曦。他们像往常一样,离开日后将用作王城火药库的营地,来到几公里外的西侧山丘。尽管右腿还是一瘸一拐,但每日高强度的练习已初见成效,肌肉变得紧实,关节也更加灵活,他的努力没有白费。在经过一行树番茄时,塔玛索捡起一颗尚未成熟的青果,这是一位那不勒斯兵士数年前栽下的,后来死于印度群岛黄热病。他边走边回忆早年间在蒙福尔特祖居时父亲的教诲,右手的果子被地上抛下,好像那是儿时种在自家果园的苹果。他刚登上山顶,兔唇僧人忽然转身,藤杖袭来,手里的果子一下滚落在地。少尉拿起拐棍,佯装回击,尽管他已有功底并不害怕,可两手还是有些迟疑。在仙台时,他见过僧人与救了自己性命的那位武士用木剑比试，两人皆是能瞬息之间揭下粘在对手额头的米粒而不伤其分毫的高手。他很钦佩日本人的毅力，他们总能一丝不苟地将所学之事做到极致。若大方阵军团与任何一位大名所辖军队对战，西方人必得装备足量火药，若无火器，任谁也难从那些痴迷使命的武士刀下生还。老军需官转身迎敌，宗佶再次抢先反应，避开出击，后退一步准备反制。

港湾碧波粼粼，鹈鹕睡醒了，开始用长长的嘴巴不住地整理羽毛。巴托洛梅躲在一丛龙舌兰后面，看着那该死的黄毛猴出招之前竟故作威胁状，不明所以，遂向身后看去。在确保同伙全部就绪后，德帕洛斯唰的一声拔剑。"冲过去！我要他们都死！"他说道，"记住，得让那穿黄衫的吃点苦头，"他一字一句，咬牙切齿。巴托洛梅·德帕洛斯曾听说海盗会割开人的肚皮，用从里面翻弄出的肠子把人绑在树上，再持剑逼人跑开，直至那人拖着一团血淋淋的内脏倒地身亡。他想让那讨人厌的家伙也尝尝这滋味。"杀啊！"他站起来大喊一声。六人紧随其后，誓要拿下今日的酬金。他们没有火器，甚至也没一把像样的石弓，巴托洛梅没有多余的钱准备这些，但即便如此，他们仍能先发制人，且有数量优势，因此个个自信定能手到擒来。

西乡隼很快就明白，那个傲慢的长得枯枝败叶般的家伙徒有大使虚名，塔玛索君则正好相反，他在仙台藩迎战红毛外夷人时所展现出的勇气令人叹服。因此，西乡自他恢复期始就有意接近，以赢取信任，为解开伏见城那些被标记木箱的谜团和长宗我部宅院的密信寻找线索。时至今日，两个背负着沉痛过往的男人之间已悄然产生一种无言的亲切。这天，他本打算与他二人一道练习，他的居所距离他们所在的小山不足一里，因此，天刚蒙蒙亮时他就出发了。

最先扑来的是个头发乱糟糟的大胡子，浑身散发着变质仙人掌烧酒的臭味，新西班牙的奴隶常喝那种酒。大胡子拔剑的姿势不甚利落，但力道之猛足可形成威慑。少尉及时闪开，拿起棍子直捣攻击者，但并未击倒，那人虽眉棱处已有血线流出，但很快便做势反扑。"都得死，我要他们都死！"忙于摆脱大胡子的塔玛索听出了声音，确认了此前的猜测，历经多年谜底总算掀开。巴托洛梅·德帕洛斯就是朋友马丁提到过的杀手！这个没胆量履行承诺的懦夫，竟等返回西班牙王国领地才动手。大胡子瞅准少尉的腹部，再次行刺，塔玛索刚闪过后背避开刺杀，就见一个八字胡凌乱不堪的瘦高个迎面扑来，正举着一把托莱多短刀要插入少尉脖颈。六人分头行动，三对一形成合攻之势，巴托洛梅则躲在后面坐收渔利。塔玛索差点就刺中前两个敌人的胸背了，却不得不滚地，砍向第三人的脚踝，土生穆拉托人的刀锋闪烁着对征服者的仇恨，正欲将他开膛。

第一具突袭者的尸体已四仰八叉躺在地上，破裂的头皮和脑浆引来不少蚂蚁，血腥味在宗佶脚下四散。僧人撇着畸形的嘴唇，表情阴险，腋窝夹着藤杖，指尖在磨光的木头上摩挲，准备击退剩下的敌人，无论是眼前的攻击者还是那些脆弱可笑的剑，都不足为惧。少尉起身后退，穆拉托人拔起原本扎在塔玛索脚下的剑，对着少尉凌空一脚，差点踢中，后者趁机铆足劲，朝敌人裆部一击，而后按照宗佶教授的法子调转长棍，朝后扎向大胡子。木棍的打击面更宽，铁器却能以快取胜，尽管塔玛索已用棍子一端将敌人打得满地找牙，但他仍担心没有僧人的帮助自己难以抽身。"把那些婊子养的都给我碎尸万段！"德帕洛斯继续鼓动众人。军需官很快反应过来，木棍大力一抡，将大胡子的脸颊和鼻子捣成了吉卜赛江湖郎中的肉酱，再弯腰躲过穆拉托人,木棍一挥,敲断了那人的颈骨。宗佶将一个还未咽气的袭击者从喉部踩住,用藤杖稳稳敲向另一人的手背,那人手中的刀随之落地。"砍下他们的头!杀了他们!"巴托洛梅踮着脚尖,焦急大喊,两手握住武器,准备加入作战。少尉还有两个对手,一个口吐带血的玉米渣,另一个还毫发无伤。穆拉托人已被料理了。僧人还剩一个未解决。但二人都十分镇定。机会来了,德帕洛斯往前一步,扬起剑刃,自以为身上厚实的水牛皮衣能顶住长棍的暴击。"自求多福吧,臭婊子养的!去吃你们的地狱晚餐吧!"他太专注于塔玛索暴露在外的后脑勺了,恨不能一刀将其刺穿,全然不知危险临近,握剑向后刚要行动时,就被锋利的手里剑割破了喉咙,瞬间倒地,怒目圆睁,直挺挺地看着少尉,来不及说一句诅咒。宗佶看着那个出身低微的武士登上山顶,手臂伸展,严肃的表情急剧变化,只听手里剑嗖的一声,那个脸色蜡黄总叫人疑心的家伙便毙命了,西乡出手之快令人看了很是享受。不过五六个回合,浪人便赶到一个正袭击塔玛索的南蛮人跟前,一眨眼功夫,就将那人高马大的家伙从肋骨劈到了颈椎。日头渐盛,当太阳悬上番木瓜树粗糙的枝头,出没于米拉山仙人掌丛中的灰狼们已开始分食七具尸体了。

"还好吗?"吉冈征十郎操着西班牙语和葡萄牙语的奇特混合体问道。塔玛索看着年轻武士脸颊的伤疤,点了点头:"嗯,只怕我已欠了太多债。"语气有些伤感。吉冈揣摩着少尉的话,迟疑了一会儿才明白,原来上午发生的事让西班牙人自认为是浪人的"债务人"

了。"义务使然，无需报答。"吉冈的用词与口音并不匹配，但不难理解。

丰盛的晚餐过后，王城守卫和圣胡安·包蒂斯塔号的探险家们正三三两两，在时而用作饭厅的棚屋内闲谈。他们胡吃海喝，围着装红酒的坛子你推我搡。日本来使很快就去内陆觐见墨西哥城总督，船长允准庆祝一番，引得要去值守的侍卫唉声叹气。日本客商急于讨好西方人，应支仓常长的要求，拿出大量小判金将王城各大集市一扫而空。耶稣会士克里索斯托莫·费尔南迪斯气喘吁吁，在聚会上跑来跑去充当翻译。每时每刻他都试图展现出最佳状态，以期获得塞巴斯蒂安·比斯卡伊诺的认可，成为守备司令跟前的红人，将方济各修士路易斯·索特罗比下去。一心想当日本大主教的他如今自感安全，不放过任何软硬兼施、让探险队的商人们皈依基督教的机会，以便将东西方联结起来。他不厌其烦地同他们讲，腓力三世国王很乐意支持与有志加入广袤西班牙王国的基督徒达成协议。蔼然可亲的日本人则总是微笑着洗耳恭听，行为举止上努力扮做心怀感激的客人，即便油腻的烧鸡、烤乳猪和烈性烧酒总让他们反胃，西方人大喊大叫的聒噪也让他们十分不适。

"没错，"塔玛索终于开口道，"只有义士才会这样做。"吉冈征十郎点了点头，那个满脸麻子的浪人只不过做了他该做的事而已。他的义务也是此处全体日本人的义务，那就是完成好德川大将军交给伊达政宗的各项任务。"不过，"少尉继续道，"若非西乡君出手……"武士很高兴看到西方人正努力使用日语称谓，尽管在他看来，对一个仙台的无名小卒如此敬称有些过甚其辞。塔玛索从夹克取出西乡隼用来杀死巴托洛梅的那把利刃，在手里比划了几下，细细观察。少尉聚精会神，认真回忆，竟没注意到东方人脸色骤变。"我已经很久没看到这东西了……"吉冈盯着手里剑说。塔玛索抬起头，与那双褐色的下垂眼对视了一会儿，又低头凝视那件古怪的武器。吉冈征十郎多年来训练有素的情绪险些崩坏，眼前箭头状的铁物是修习忍术之人所用的暗器，而这个南蛮人聚居地显然不可能有忍者。除了在那些一身青衣的"静谧艺术家"手中见过一次这东西外，他就只在长宗我部氏宅院的那具尸体上看到过！西班牙人仍在述说义务与荣耀，一些日本人本会欣然谈及的更深刻的东西，可吉冈却环视四周，无暇聆听。屋内另一头，西乡隼正与黄袍僧挨坐着，静静啜着外夷人好之如命的药汤似的红酒。

　　它们的名字像炼金术士的咒语，威严的锯齿状轮廓遮住了午后的地平线，群山伏拜，探险队也只得在河谷间寻路。在这些鬼斧神工的火山孔面前，疑惧地注视着它们的人总是显得渺小可笑。塔玛索了解这地方的历史，听过血腥的征服史，也知道是埃尔南·科尔蒂斯发现了通往火山口的路，取到了生产火药的硫磺。这是远东货品穿越墨西哥山脉的必经之路。少尉循着火山口投下的阴影，骑着一匹黑白花马，走在新西班牙陡峭山峦间的小径上，马似乎有些紧张，不住摇晃。趁着队伍无声行进的间歇，他思忖着等在墨西哥城找到德莫伽后该如何处置。那该死的家伙要交代的事儿多着呢，他勒紧缰绳，竭力克制叫马儿飞驰的冲动。

　　宗佶拒绝骑乘任何坐骑，只是拄着藤杖，像往常一样健步向前。

他仿佛一个老练的朝圣者，享受每一块碎石，观察每一根灌木，像年轻小伙一样兴致勃勃地端详每一株高大的仙人掌，以及那上面罗纹一般密密麻麻的针刺。他没想到自离开少林寺后还能远渡重洋，来到世界的另一端。现在，他热切盼望着与当地"大名"在墨西哥城的会晤不要延误。僧人想踏上大西洋的海滩，想走遍这个广袤的国度，他们的"幕府将军"大概是当今最强大荣耀的君王吧。

路易斯·索特罗跟在克里索斯托莫·费尔南迪斯和塞巴斯蒂安·比斯卡伊诺大使后面，对着地面嘟嘟囔囔，那二人则骑着两匹骏马，走在队伍前面，那是为王城的富商们从科尔多瓦皇家马场带来的良种。两人边走边讨论届时如何分配新西班牙总督授予他们的权力和财物。耶稣会士有意与塔玛索保持距离，转而和大使拉近关系。这样最好。自命不凡的少尉竟自断前程，跟东方人亲近。他只偶尔见他同圣哈辛托号的幸存者交谈，而那也只是为跟巴斯克·德诺瓦埃斯领航员讨论航线事宜，或是看看木匠洛佩的残肢，或是给沉默寡言的梅诺卡人卢卡斯·门德斯鼓鼓劲。而自打前马尼拉巡视员、长相可憎的奥努瓦人在王城失踪后，他们之间的接触就更少了。耶稣会士发现，除了兔唇僧人和麻子脸的日本武士，塔玛索·埃尔南德斯·德卡斯特罗几乎不与他人开口说话，他似乎已与二人成了朋友。克里索斯托莫推测，他应是怀揣某种使用语言的妙招才无需翻译的。

西乡隼望着火山，思乡之情油然而生。白雪皑皑的火山口令他想起本州岛连绵的群山。他想念儿子，想念失散的家人。身子随着马步摇摇晃晃，他手抚剑柄的纹路，试图驱散心中的恐惧。

夜幕降临前，应当地向导的建议，塞巴斯蒂安·比斯卡伊诺下令队伍停止前进。众人来不及洗去风尘，便开始安营扎寨。有人忙着捡干树枝架起篝火，有人炙烤白天的猎物，大都是些形似兔子的獐子，负责站岗防狼的则叫苦连天。大使为安抚众人情绪，向大家分酒以庆祝接近目的地，但这却难叫"画像人"和默不作声的方济各修士满意。至于日本人，若非塔玛索，早将比斯卡伊诺削首了，一点劣质红酒可不会改变他们对他的坏印象。

吉冈征十郎对递来的肉不屑一顾，像往常一样，从褡裢掏出一块在王城某个脏乱集市买来的干鱼片。他紧盯着意外现身仙台的西乡隼。出发前他常见他与外夷人共处，有翻译在侧时还会小心询问。或许南蛮人尚未察觉，但他觉得，他在调查一些事情。他真想替长宗我部氏宅院的死者报仇，可又必须先探清那无耻浪人的真实动机，这是唯一能令他保持克制的事。他伸手从怀里掏出外夷人留给他的手里剑，反复查看辨认，他敢肯定，这与在京都见到的那支一模一样。

第二天，探险队终于进入通往墨西哥城各大湖泊的河谷地带。地势渐低，印第安人的旧都被抛在后面，他们开始往大西洋海岸进发，与众所周知的"总督之路"反向而行，西班牙王室派往总督区的要人显贵均是自贝拉克鲁斯启程。即便马队能免遭当地常见的毒蛇侵扰，队伍仍需两日程。在伊达政宗的人行进的同时，安东尼奥·德莫伽正在一个老旧地窖内准备送往塞维利亚的信件，那地方被大力推行改革的路易斯·德韦拉斯科总督遗漏了。莱尔玛公爵的势力已有所动摇，再没人替他出一文半子，许多人都害怕宠臣的继任者不会再对某些歪门邪道网开一面，因此他得好好收拢一下积蓄。瓜达基维尔传来了大消息，老搭档奥图诺·德安德拉德已重新掌握印度议会内部的官僚脉络，尽管他告诉他根基不稳要千万谨慎，但宠臣的老秘书官依然同意将一些财务交由他保管，乱世之水越发浑浊了。

"你怎么知道是那没用的龟孙干的?"桑乔捋着胡子问道。帕切卡明显心有怒气,剥着豌豆,一言不发,状若加勒比海的印第安人,他们总说要将征服者扒皮抽筋。加斯帕尔先偷偷看了一眼忧心忡忡的嬷嬷,才开口说:"狱卒可不敢擅自给咱们设埋伏,"他揉了揉还在疼痛的脸颊,"那不合算。"桑乔还想争辩几句,又觉似无必要。朋友说得没错,偷袭囚犯的捐助人对宗教裁判所的守卫没什么好处。狱卒正是靠着压榨囚犯亲属缴纳的伙食费捞点油水,似偷袭这般举动无异于寅吃卯粮,更甚者还会面临被起诉、围殴乃至收监的风险。"但令人担心的不是这个,而是幕后黑手……"帕切卡嘟囔了几句,又哼的一声将手里的活计做出动静,以此表明对两人奇思异想的态度,又拿起腰间的帕子,掸了掸腌制咸鱼的碎屑。"你指什么?"桑乔好奇地问,并不理会嬷嬷沉闷的抗议。"要是奥图诺已经雇了莽汉对付咱们,孔斯坦萨的处境又该如何?我敢说,就是他指使人告发那孩子的……"

杂役小伙爽朗的笑声打断了老兵们的交谈,帕切卡焦急地驱赶几只落在他头上的鸟,这孩子一心想加入大方阵军团。她费心教他开蒙识字,就是希望他来日能出息些,而非落得战死佛兰德斯的下场,因此总是鼓励他相信做学士或讼师更好些。只是,嬷嬷的热心劝诫收效甚微,小伙已然找到了一个比老兵所述故事更宽广的战斗世界,一个骑士文学的世界。近来,他醉心于一位阿尔卡拉残臂人的作品,那人曾因被指控私吞王室赋税在阿尔及尔服刑,后潦倒逝世。加斯帕尔并不记得这位蹩脚作家的姓名,但据小伙子说,该是成就不小。沉浸书中的鲁伊抬起头,被大人们脸上严肃的表情吓得不明所以,致歉了几句说道:"绅士千方百计弄来一只理发师的碗,还以为是曼伯利诺的头盔,"他一手张开,指着书本,仿佛那样就能解释一切,"现在他头顶着那只碗去了那儿,非说那是最尊贵的骑士头盔……"见大人们并无意与他分享讽刺小说的趣处,鲁伊起身上二楼继续研读,帕切卡则正用一口架在火上的砂锅加橄榄油炸蒜。

"咱们一定要救孔斯坦萨,"加斯帕尔坚定地说,"要是奥图诺已经知道咱们是为她奔忙,还为此花钱要摆平咱们,势必也会花钱确保她被判刑的。""咱们是该救她……"桑乔欲言又止。肥美的鳕鱼块滋啦一声溜进砂锅,溅起油花,帕切卡并不大惊小怪,只是用帕子缠住手指,好像刚在河里给衣物打完肥皂似的。"你真是疯了!口出狂言!比那破书里的疯骑士还没脑子!"桑乔指着楼上,"好,很简单……咱们直接去圣豪尔赫城堡门口,告诉捕快咱们要干什么,把所到之处席卷一空,再带走那姑娘,"木桶匠嘲弄道,"对,就这样,咱们还得跟绅士一样斯斯文文地道别……还能顺便求个免罪……哦,还有更妙的,既然去了,咱们干脆找多明我会的修士,拿走功德箱里的钱,或是去大主教宫,叫永生的主教阁下赐几个价值连城装饰精美的功德箱……"木桶匠不依不饶说了一通,咒骂不停。若是往常,帕切卡·拉米雷斯早就喝止他了,但此刻她只是将帕子揉作一团,很平静地说:"是的,他说得没错,得早点救那孩子出来。"她望着加斯帕尔,眼神紧张又带着绝望的温柔。她与孔斯坦萨情同母女,除了深爱的老兵,她不知该向谁求助。"得早点……"老兵忧思满面,宽阔的脸庞布满皱纹,眼含情意,他几乎能触到帕切卡表情里的悲伤。"别急,咱们会救她离开那儿的。"加斯帕尔承诺道。"疯了!都疯了!咱们会被扔进火炉烧死的……疯子!"木桶匠站起来,离开等待煨豆饭的餐桌,骂骂咧咧走向作坊。嬷嬷向加斯帕尔咕哝了一句谢谢,总算松开了紧攥着的帕子。

后来，蒜烧焦了，饭煨糊了。楼上不时传来鲁伊的笑声，癫狂迷乱的绅士在卡斯蒂利亚大地徘徊流浪。木桶匠在附近的酒馆喝得烂醉，输得精光。加斯帕尔和帕切卡在那个长长的拥抱里融为一体，他们眼神交汇，久久深吻，甜蜜浓烈。他们唇齿交融，仿若饮了庞塞·德莱昂为之失去健康和理智的神秘毕米尼岛的长生泉。他们深情对望，并不为错失的岁月感到遗憾，而是享受着相依相偎的余生。

他们沿着小岛间笔直坚实的大道穿过月亮湖，朝墨西哥古都进发。目之所及的印第安金字塔如今已成"辛劳"殖民者的草场。浩浩荡荡的日本商队在越过乱石丛生的新西班牙腹地后，终于抵达墨西哥城，总督震惊不已，自大狂塞巴斯蒂安·比斯卡伊诺却很是满意。"基督保佑！咱们简直是西班牙的伟人！"断臂人洛佩操着加的斯口音，戏谑道，"就差个干净的褶领，我就能坐在王座上拉屎了，再来个比空肠肚稍强些的钱袋子……"

商队行进在焕然一新的街面上，好奇的人群挤满了威严的中心广场，捕快们不得不竭力维持秩序，宏伟壮观的总督府令东方人不时发出赞叹。庄严肃穆的巨型方石建筑在最细微之处也对称整齐，长长的城墙令一切虚无之物黯然失色，高大的圆柱，宽展的抚壁，湖心城的卡斯蒂利亚风格甚至比大洋彼岸更为浓郁。这是征服者埃尔南·科尔蒂斯的任性之作，在殖民政府其他机构的衬托下更显稀罕。广场南侧是市政厅、市府监狱和供给全城的肉铺，挺立在西侧的是科尔蒂斯故居，现为皇家审问院和总督府，北侧是一所不起眼的教堂和昔日土著居民的祭坛遗址,那里正计划建立一座属于西班牙王室的体面教堂。"画像人"卢卡斯精神振奋,笑容满面,他很高兴能再次看到熟悉的西方场景。"只要一只烤乳猪就能永世解脱吧。"再也不愿尝试东方清淡吃食的梅诺卡小伙坦言。"或者一大罐蔬菜炖肉,"石匠家的后生马特奥一边呃巴着嘴,一边勒紧缰绳,遏住因兴奋的人群受惊的坐骑,"一只烤肘子……"探险队在人们的好奇打量中缓缓前进,官员们对东方人的古怪穿着诧异不已。塔玛索惴惴不安,尽量举止得体,用贫乏的日语回答着宗偘的一连串提问。西乡听着两人的对话,尽力掩饰对巨石建筑的惊讶。轻浮的塞巴斯蒂安·比斯卡伊诺走在队伍前头,与一名候在总督府正门、身着刺绣衣裳和羽毛装饰的秘书官交谈了几句,便洋洋自得地将缰绳唰的一下向后一扔,开始在总督路易斯·德韦拉斯科的下属陪同下检阅商队,为刚刚确定的觐见指定人选。显然,被挑中的皆是圣哈辛托号的幸存者。他还借着克里索斯托莫的翻译,让支仓常长选出六名武士和一位杰出商人代表,出席午后的总督府会见。

路易斯·德韦拉斯科·卡斯蒂利亚——萨利纳斯侯爵、天主教国王腓力三世钦封的新西班牙总督、卡斯蒂利亚和阿拉贡绅士、东西印度群岛的摄政者——对新客来访很是欣喜,忙不迭地准备一应所需。探险队不多时就完成了哈布斯堡王室的繁杂礼仪,总督本人却一如既往磨磨蹭蹭。安排住处时,因塞巴斯蒂安·比斯卡伊诺对日本头领显而易见的蔑视,支仓常长只得了一个挨着圣方济各神像的陋室。塔玛索及圣哈辛托号其余人等则被安置在科尔蒂斯故居一侧。近黄昏时分,总督府才开门迎客。

阳光自便门斜斜洒下,秘书官、缮写员、精心打扮的仆役、捏名造姓冒充名门的好事者、珍宝保管人、管家、步履匆匆照料贵宾的侍者、脸绷得跟鼓面似的领班等一干人皆在开阔门厅的拱廊下来回穿梭。日本来使被华丽的帷幕、绘有挺拔骑士的油画、头顶光环的圣人和怀抱圣婴的圣母像簇拥着，在墨西哥市政府身形高大的官员面前一字排开。高级军官的圣地亚哥大十字勋章熠熠生辉；监护主们不时清清嗓子；秘书官们四处张望；一个宗教裁判所的多明我会修士静静看着这一切。不出所料，与欢庆气氛格格不入的市罪行厅法官也赫然在列，他盛装华服，身着裁剪气派的肥腿裤和丝绸紧身坎肩，心心念念寄往塞维利亚的邮件，此人正是前马尼拉皇家审问院听诉官、尊贵的堂安东尼奥·德莫伽·桑切斯·加拉伊。

"毫无疑问，我们应该感谢上帝！"总督瞥了一眼法官，开口说，"今日何等荣幸……"虔诚的天主教总督路易斯·德韦拉斯科的致辞令塞巴斯蒂安·比斯卡伊诺甚为满意，塔玛索却一句也听不进。他本以为得苦苦寻觅一番才能找到那该死的家伙。他本以为等探险队从贝拉克鲁斯出发时自己还得留在墨西哥城，但眼下已无必要，那天杀的恶棍就在十余步远的地方招摇呢！他紧握双拳，指甲扣进肉里。"我谨代表堂弗朗西斯科·特略阁下，"待总督结束冗长的问候语后，塞巴斯蒂安·比斯卡伊诺毕恭毕敬地说，"马尼拉和菲律宾群岛总督，承蒙他任命我为……"宽鼻阔耳的脸，枯干稀疏的头发，精细搭理的小胡子，刻薄的嘴巴，没错！就是他一直在找的人！他竭力忍住扑向安东尼奥·德莫伽的冲动。情感告诉他机不可失，理智告诉他几步之遥，但那家伙身旁站着法警中尉和市长仆从，他想报仇，却也不想锒铛入狱。"……可以肯定，从墨西哥城再度驶往我们日夜思念的故土无疑将是一场幸运之旅，不日，圣何塞号盖伦帆船就会从贝拉克鲁斯起航，前往哈瓦那……"比斯卡伊诺笑了笑，捋了捋尖尖的山羊胡子，事实上，欢迎式前他已同总督交谈过，知道那艘去往大洋彼岸的帆船。他越过日本国代表，背着东方人达成了一项脱离协议。这位德莫伽任命的大使以防止在抵达塞维利亚后生变为由，劝说总督扣留部分日本人为人质。尽管路易斯·德韦拉斯科并不相信对方只十余人就敢挑衅王室，可据塞巴斯蒂安·比斯卡伊诺称，那些黄毛猴为了使命视死如归，战败后竟还自请切腹。总督可不愿给马德里派一支会挑起自杀式袭击的队伍，故而觉得此计未尝不可。

克里索斯托莫·费尔南迪斯神父也为会见略尽绵力，屡次提及部分日本商贾愿受洗的善意，因而没少被方济各士路易斯·索特罗呛声。护卫支仓常长的武士大都神情恭顺，唯有那个教名叫文森特的对着一副卡拉瓦乔的圣佩德罗受难像蹙眉，此人乃长崎烈士之后，油画则是总督在塞维利亚一家作坊定购的副本。"……他们以此表明与天主教国王结好的愿望，从而达成协议……"听着修士的话，支仓常长频频点头。他并不喜欢那个受洗的主意，但无良商人们只想牟利，与武士精神相去甚远，支仓既已受命，便只愿不辱所负，体面回国。

宗佶看出了塔玛索君的异常，但尚不知异常因何而起。老会计五内如焚，他想象过无数种可能，使出超人的努力才克制住自己隐忍不发。他直勾勾地盯着法官，怒火四射，两腮和嘴角的胡子因紧咬牙关颤动着。"很高兴看到我们两国不日将建立经贸联系，"耶稣会士替支仓常长翻译道，"我相信德川政府……"安东尼奥·德莫伽心不在焉，对日本人的奇装异服也无动于衷。为确保寄往塞维利亚的物件，他正考虑让塞巴斯蒂安·比斯卡伊诺也参与自己的计划。他漫不经心地瞥了几眼花花绿绿的队伍，只在听到日本大使生涩的口音时偶尔抬头。

与此前试图将之彻底甩开的几个讨厌鬼重逢可不算什么乐事,这其中有贪心者耶稣会士、好事之徒方济各士、无能之辈比斯卡伊诺,还有那位不称职的临时舵手卢西塔尼亚人。耶稣会士在总督回话时对他笑了笑,德莫伽低头欲佯装无视,却猛然瞟见有人并未看向衣冠楚楚的总督大人,一双深渊似的绿色眼睛盯得他脊背一凉,不禁踉跄后退!是奥图诺交待过的那个少尉!眼周的皱纹刻在脸上,下颌突出,胡须浓密,他更瘦了,带着岁月的痕迹,但毫无疑问,就是他!且他定已得知自己与宠臣秘书官的交易!那蚀骨的仇恨的目光就像烧红的铁块一样烙在他后颈上!安东尼奥·德莫伽见状信口搪塞了几句,不顾总督警告的眼神,匆匆离场,还拽倒了一只高脚枝形烛台,引得宾客哗然,一片混乱。见法官神色惶恐,宗佶已明了一切,浪人也心领神会,若有所思地看着僧人,站在他身后的吉冈征十郎却对眼前景象视而不见。"死亡之于你不会太慢,你之于死亡也不会太快。"宗佶喃喃自语,对足轻的好奇略作回应。

雨淅淅沥沥地下着,太阳被大片乌云遮住,仿若被遗忘的灰炭,听天由命般地掉入拉斯克鲁塞斯山脉。暑热从海岸漫上高山,一件薄斗篷足以遮挡湿热的阵雨。总督雇佣的小工们在东边的圣拉萨石墙后忙着拦住洪水,光洁如镜的月亮湖被雨滴砸得嘈嘈切切;几个皮肤黝黑的墨西哥姑娘身穿蓝线滚边白袍,从南边急匆匆地穿过科约瓦坎大道,往岛上另一端的林子跑去;东岸查普尔特佩克渡槽的砖瓦匠们结束了一天的忙碌,正收拢干活的工具。城邦已初具雏形,据来自贝拉克鲁斯的编年史家和地图绘制员称,墨西哥城是为国王腓力三世的荣耀而生的。

自石墙处始,河水上涨破坏甚巨,东边的空地已所剩无多。距旧码头不远处,立着几个用柱子支起的废弃粮仓,路易斯·德韦拉斯科总督的建筑热潮尚未波及此处。就是在这个日暮西山人踪全无的地方,有人正躲在一片被称作柿子林的树丛里,一边嚼着干树枝,一边盯着那些旧仓库,剑鞘在背后的斗篷下若隐若现。他隐匿在暮色中,帽子长长的阴影遮住了脸部,但可以想见,他正望向某个通往旧粮仓的街角。城市已然安歇,街巷寂静无声,连蚊虫也被雷雨惊得回了巢。一位母亲用土著语喊了一声,一个赤脚裸身、只挂着块遮羞布的孩子忽地跑开,一只毛色混杂的小狗兴高采烈地跟在后面,不住摇着尾巴。此后再无人到来,直至穿透云层的日光在湖面完全消失。

两个身形魁梧的家伙出现了,腰间的剑柄护手在油灯的映照下忽明忽暗,一个包裹严实、个头明显矮小的侧影紧随其后,脚步匆忙,时而向后张望,以确定断后的另两人跟了上来。一行人在粮仓门口停住,最矮的那位开门入内,其余人则守在门口。塔玛索屏住呼吸,扔掉树枝,帽子早已湿透了,他费了好几个礼拜才找到一个远离总督府和市政衙门的地方,可那无赖找来的警卫让事情变得有些棘手。老军需官只好沿原路向南折回,边走边研判形势。他得绕上一大圈才能返回市中心。他不想求助总督或提起正式指控,不难想象,安东尼奥·德莫伽定会想方设法找借口辩白,或是利用权势作梗,或是干脆逃之夭夭。不,不能给他自卫的机会,但眼下那卑鄙小人的四个带刀帮手却着实叫人难办。虽然他自认为能以一敌四,甚至以一敌五,若德莫伽吃了熊心豹子胆的话。可如果那样,他就必须确保罪行厅法官绝无机会逃出恶斗,因为一旦打草惊蛇,自己就可能被陷害入狱。遗憾的是,他难凭一己之力做到万无一失,他需要帮手,可马丁已经不在了,没有人可以帮他。可怜的洛佩伤了胳臂,只能做些简单的木工;"画像人"卢卡斯肩膀尚未恢复;马特奥确能徒手碎核桃,塔玛索记得在他在仙台之战中剑术颇为纯熟,但却非能并肩作战之人;至于舵手巴斯克·德诺瓦埃斯,那家伙唯一关心的只有航向、航程和航线图而已。雨水逐渐渗入紧实的羊毛斗篷,帽檐也被压塌了。他想念马丁,那个一提起女人和美酒就笑得合不拢嘴的疯子,只有他可以托付,只有那个一生都在逃离童年饥饿阴影的瘦高个愿意为他拼上性命。每每念及此处,他的内心总感到一种难言的苦涩。他孤身一人,只有无比珍视的关于孔斯坦萨的回忆陪伴着他。他得想个办法。

"看在圣奥古斯丁遗迹的份儿上!你后脑勺被人用石头砸了?不,不可能,你糊涂了,依我看,她的身体撑不了太久,很可能熬不到下一个复活节提审。""好吧,你大可认为忏悔不至酷刑不休,这里一向如此,将来也是一样,但她可比大多数人都能忍,只是尚无人能逃出'大知了'的魔爪啊……""嘘……瞎说什么,别在这儿提那个名字……"孔斯坦萨躲在污臭地牢的门后,听着换岗的捕快窃窃私语,等待二人结束喋喋不休的日常谩骂和嘲讽。离岗捕快靴跟的噔噔声回荡在走廊里,西西里女孩儿吃力地站起身,走到牢房深处。腿上的烂疮化了脓,在阴湿多病的地牢内久久不愈,她瘦得两片脸颊仿佛随时会被颧骨撑破,断裂的指甲剥落了,手腕上的勒伤火辣辣地疼,她不得不"奢侈"地用每日定量的水清洗伤口。但是,她不会放弃。简易的吊环螺栓已成了一块废铁,甚至无法嵌进凹形托座。几个礼拜以来,她担惊受怕,唯恐被发现,但似乎没有一个捕快注意到此事。因此,时隔不久,那螺栓就派上了用场。她贴着墙根跪下去,关节咯吱咯吱响。她极力忍住胃部因剧烈痉挛窜至口舌的呕吐感,用从身上扯下的脏布条裹住指腹,开始在砌住牢房底部豁口的砖墙上来回凿磨。指甲下的细肉渗出血,浸透了包裹的布条,受伤的膝盖锥心似的痛,她一言不发,念着塔玛索,念着多年后他仍活着的渺茫希望。

* * *

桑乔用痰液在瓜达基维尔河岸栏杆上啐成一个不成样子的弓形,他站在加斯帕尔身旁,从驳船桥一端望着圣豪尔赫城堡的高大轮廓,"你确定?"捕鸟人支棱起一侧斑白的眉毛,看了看木桶匠,又望向城墙。他欲言又止,想说些什么,却还是叹了口气,缓缓摇了摇头。"咱在北边吃的土够多了吧?"木桶匠点点头,并未用更粗俗的说法反驳朋友,"比什么都多,咱们忍饥挨饿……"加斯帕尔说着低下头,"你还记得那个赌徒吗?"他问道,"叫什么来着?婊子养的英国佬跟天杀的奥兰治分子结盟的时候,他被他们抓了……""那个聚特芬人?英国佬送补给的时候……""对,就是他!记得吗?""那家伙!怎么会忘!大家都喊他乔治·克雷西亚克,克雷西亚克将军。胆小蠢笨的好色之徒,还不如叫战鼓给咱们发号施令呢,该死的,害得咱们伤亡惨重……""就是那个没脑子的登徒子,"加斯帕尔恨恨说道,"为了把他从英国佬手里救回来,折损了不少兄弟……"木桶匠噘起嘴,又朝城堡方向啐了一口,河面船流如梭,痰液瞬间消失在拍击往来塞维利亚帆船的浪花中。"我不知道咱们能否成功,但我深信,有生以来第一次,我愿意为某些值得的东西冒险拼命……"木桶匠听着这番陈辞,两手托住大腹便便的肚子,微闭双眼,久久地端详着城堡,若有所思。"管他呢,连奥兰治人都对付得了。既然来了,就先跟几个捕快算算账,还有那些该死的黑白麻子脸,有我呢。"桑乔说得很是坦诚实在。加斯帕尔再次低下头,"咱们先回作坊,要是误了吃饭,帕切卡的怒火可比所有荷兰叛军加起来还要难缠……"

* * *

托马斯·德萨巴对谎言和真相皆无动于衷,手里的折刀却听不得任何贬低中伤,不等那马德里蠢蛋开口,他就知道心思没有白费。"我猜您不会就此罢手吧,"奥图诺眼窝深陷,望着埃及人,斗胆说道。"别担心,大人,跟我们斗,冤有头债有主……"

在马尼拉逗留期间,尊贵的前皇家审问院听诉官安东尼奥·德莫伽·桑切斯·加拉伊有很多机会了解东方商品,故而能分辨丝绸的质量,对上好安息香之间的细微差别也了熟于心,来墨西哥后,也不时展露在遥远东方岛国的所学所获。"这可是上乘肉桂,"德莫伽恭维道,为有求于大使忖度溢美之词,"产自马鲁科群岛。"烛光昏暗,只略微能照见过道里的两双脚和香料箱子,塞巴斯蒂安·比斯卡伊诺看着箱内芳香四溢、被树屑覆着的树皮。他犹疑不决,用拇指和食指拈摩着山羊胡。他很了解对方,也难以忘记德莫伽难辞其咎的圣迭戈号沉船事件，很怕再次受骗，因此只等法官先露出马脚。他不信任他。"像您这样与王室有些渊源的人，不拿好处简直不可想象，"罪行厅法官继续利诱。尽管大使并未流露出或被劝服的迹象，但安东尼奥知道，此人惯会装腔作势，只为争得更多筹码。因此，法官意欲直入正题提及塔玛索——这才是他真正感兴趣的——决定索性抬高出价。他在仓库最里面放了一个保存珍宝和账本的特殊箱子，自然，并非呈递王室的正式账本，而是吝啬墨水的德莫伽用密密麻麻的数字记满贪欲的账本。

"跟我来，我再给你看些东西。"法官说完和和气气地闪到一边，转身面向三只上锁的箱子，内有大量日本灰琥珀，那是与奥图诺进行火绳枪买卖的盈利结余。"我想以您这样身份，理当知道此类琥珀价值万金。"说着从胸间掏出一块挂着钥匙的怀表链。他抬起插锁，瞥了一眼多疑的大使，后者黑白分明的脸在阴暗的仓库里很是显眼。德莫伽背对大使，提防着拉开藏在包铁下的插销，小心不被看到其中机关，而后起身掀开箱盖，"您会有一大笔钱……"他来不及说完，手便撒开了箱盖，个中财宝尽收眼底。冰冷锋利的触感无需分辨，他无法回头查看握剑者究竟是谁，只是心内疑惑，两名受雇守门的卫兵为何没了踪影。"为什么？"沉重的语气仿佛未加工的粗石。"这，这是怎么回事？"塞巴斯蒂安·比斯卡伊诺问道，"塔玛索？是你吗？"无人回答，只有不停的质问，"为什么？"剑刃明明白白地挨着颌骨下脆弱的皮肤，法官的小胡子稀稀疏疏。"真是无可救药！"大使喊道，"你数次犯蠢，我都未予追究，来人！将埃尔南德斯·德卡斯特罗先生给我关起来！"德莫伽略翕动嘴唇，生怕颈部颤抖的皮肉不慎被划开口子。"别傻了，卫兵都死了，"他假称道，"我们进门之前就下手了……""不！这不可能！"比斯卡伊诺大使难以置信，"你们怎么敢？这事得立刻解释清楚！立刻！"他一字一句，指着少尉怒吼道，"你听到了吗？放下武器自首！马上！运气好的话还能免你牢狱之灾，不过不会是我的功劳，我可不想替你求情……"安东尼奥·德莫伽感到剑锋略有颤动，握剑之人可能做了某种手势。"……你会为此付出代价的，我要亲手送你进监牢……"不等塞巴斯蒂安·比斯卡伊诺结束他怒火冲天的威论，一个阴影闪过，大使的夹克被从胸部划开一条长长的豁口，血立即从伤口流出，滴滴答答直至腹部。塔玛索再次被日本人的敏捷惊讶到了，愣了一下，眨眼间，武士已收剑归鞘，精准不可思议，而其所致却不过是皮外伤。西乡很清楚，尽管这种人不值得丝毫可怜，但他依然固守本分：卫兵只暂时昏迷，大胡子南蛮人亦不会失血过多，只受了些惊吓而已。

塞巴斯蒂安·比斯卡伊诺怔了一会儿才反应过来，正要喊叫，却见塔玛索终于回过头来。"跟那两个卫兵一样，"他低沉着嗓音，"你之所以活着，是因为与我和德莫伽之间的恩怨无关，尽管你的命根本一文不值。所以，要是不想被再刺一刀，就乖乖闭嘴！"说完摁了摁架在奥图诺脖子上的剑，逼问道，"为什么？"法官一声不吭，空气中只有大使的哀叹声。"我失去了一切！"塔玛索竭力忍住思念孔斯坦萨的痛苦，再次低声道，"一切！你抓我下狱也好，将我交给宗教裁判所也罢，哪怕是把我扔进地狱，被魔鬼碎尸万段，我都不在乎！但你得把知道的都告诉我，你给我听好了！"他逼住敌人恨言道，"活命还是挨刀，你自己选……"正当安东尼奥·德莫伽研判利弊之时，西乡隼认出了那些木箱上的标识，与他在伏见城找到的一模一样，被塔玛索君威胁的那位似乎与石田三成收到的火器有关！那些冒烟的、以其无耻的不忠的优势将大名城池屠杀殆尽的东西！多年来跟随南蛮人辗转奔波总算有了结果。那该死的被狐狸精奶大的卑鄙小人一定知道，是谁给了将军在伏见制胜的法宝。

"跟我无关，"德莫伽的话打断了西乡的思绪，引得少尉大为恼火，"我发誓！我以四福音书发誓！那跟我一点关系也没有……"剑锋离得很近，法官被逼进箱子中间，塔玛索立马上前，剑刃重又贴上对方细嫩的脖颈。"别装傻了！是你下令让我们出发的，你明知道日本正绞杀传教士，"少尉继续说道，"而我们，很可能回不去。"塞巴斯蒂安·比斯卡伊诺本想辩解几句，一看武士正摆弄手里的刀，只得忍住。"可是，就算我活了下来，也还有你安排在圣哈辛托号上的杀手。所以，我最后问你一次，到底为什么？"安东尼奥·德莫伽无奈地低下头，浆洗过的褶领处胡子拉碴，几滴血缓缓渗出。"我没有选择，"他承认道，"圣迭戈沉没后，我的处境……"剑锋滑过法官颈部，划开一个小口，后者立即惊呼，"奥图诺·德安德拉德！是奥图诺·德安德拉德，宠臣秘书官。"塔玛索握剑的手因惊讶一下子松了下来。"我发誓！以平息圣迭戈号沉船一事为条件……都是他的主意，奥图诺·德安德拉德……他不惜一切要杀了你，又不想惹人怀疑……他答应我会说服莱尔玛公爵，让我高升，还想利用探险队，甩开一些人……"德莫伽的直白令少尉愈加愤恨，剑锋逼得更紧了，"他只有一个条件，那就是让派往马尼拉的新秘书永远别再回马德里……"此时，塞巴斯蒂安·比斯卡伊诺终于明白自己为何被选入赴日使团了，他不过是权力游戏的另一颗棋子罢了。盖伦帆船在佛图那岛沉没后,为讨好特略总督,他曾公开表示过对时任听诉官的鄙视。因此,当后者以暂息抗议为由提请他出任大使时,他便信以为真了。法官对他说,探险队蕴含无限商机,他以为接受任命就会飞黄腾达。而被派往马尼拉前,他又因卡斯蒂利亚海军司令之事与那秘书官曾有龃龉。两个阴险之徒密谋勾结,目的就是消灭他!还有耶稣会士费尔南迪斯,据说他也得罪了德莫伽。整个使团从头至尾不过是一场阴谋!

剑锋的另一端,塔玛索努力平复情绪,内心深处一直以来的恐惧和最阴暗的想法在匍匐蠕动,他一次次拒绝怀疑,闯进仓库来找德莫伽算账,但现在,真相揭开,一切都变了。"我不信……"他们自小一块长大,形影不离,他如何能接受?塔玛索实难接受。他紧握剑锋,德莫伽的伤口更大了,他像被点燃的灯芯一样,再也受不住了。"我对天发誓!就是奥图诺·德安德拉德!圣迭戈号遇难后,我为了叫马尼拉审问院的人闭嘴,"他偷看了一眼塞巴斯蒂安·比斯卡伊诺,"当时要堵的漏洞太多,新秘书那法子颇为省力,"他又战战兢兢地看了看塔玛索,"所以,我就又收了马德里的货……"前马尼拉皇家审问院听诉官的解释具细入微,只要少尉想知道,他甚至能将窑子里的那些肮脏事也抖落得清清楚楚。狗急跳墙的安东尼奥·德莫伽一心保命,连近日在墨西哥总督眼皮底下干的不法勾当也吐了不少。当听到宠臣秘书官的丑闻时,塔玛索害怕极了,奥图诺·德安德拉德这个仓皇如丧家之犬的逃犯!似乎还未被皇家法警逮捕!他得穿洋过海找到他,一想到德莫伽提到的侍女很可能是孔斯坦萨,他就毛骨悚然。他得离开这儿,尽快。"该死的!"比斯卡伊诺大喊一声,扑向德莫伽,"我们说好的,你答应过……"西乡抢先一步拦住他,大使张牙舞爪,恨不能将德莫伽剥皮抽筋。"是你们害得我生不如死！狗娘养的德安德拉德，你们这些混蛋！"足轻死死摁住他。他人的遭遇无法令塔玛索感到安慰。"杀了他！"被日本人缚住的大使气急败坏，"劈开他的脑袋！""我再说一遍，这与你无关。要么闭嘴要么横着出去。"塔玛索盯着德莫伽，警告大使。浪人无需翻译，大使肩上的受力又重了些，只能喘着粗气，闷不作声。瞬息之间，一切都变了。仇人另有其人，塔玛索知道，墨西哥城不是终点。

西乡低声说话时，少尉正考虑杀了二人再逃出的可能性，好一会儿才反应过来。他有些失神，但他欠他太多，因此尽量回应。"那很像我们国家某些武士的标识，"他不知如何向日本人解释军衔，只以"武士"概称。似是阿尔坎塔拉或圣玛利亚·蒙特萨骑士团的标志，他记不清骑士勋章的细节了。武士有些惊讶，塔玛索又将刚说的话澄清了一遍，"不过那恶棍可不在骑士团之列，可能只是利用这种标识，在港口和仓库等地为手上的肮脏买卖欺世盗名而已，"塔玛索答道，对自己的日语颇为怀疑，如此精细的手腕很像奥图诺的伎俩。南蛮人有意照顾自己，西乡也礼尚往来。他想念儿子，但使命在身，别无退路。"我曾在日本见过一模一样的。"塔玛索以为自己听错了："什么？"正当二人用晦涩难懂的语言交谈之时，德莫伽自以为得了机会，手悄悄伸向背后的剑柄。"对，是在母国，我敢肯定，"日本人确认道，"怎么会在这儿？"说着转头看向德莫伽，后者只得停手。适才的话或可解释缘何要向日本遣使，但继续深究也不无用处，塔玛索的剑又向那"蚂蟥"的颈部压了压。"箱子上为何有标记？""这也是奥图诺的主意，一来便于辨认货箱，"前听诉官的话证实了少尉的猜测，"二来用蒙特萨骑士团的标徽，也能避开印度议会官员的盘查，都是他在王室打点的。""明白了,"塔玛索说,"那箱子为何会出现在日本?"德莫伽蹙了蹙眉:"你是指火绳枪?"少尉有些惊诧,但并未流露,只点了点头。西乡聚精会神,抓取零星字句,力求听懂。"是因为耶稣会传教士,奥图诺知道日本人正在打仗,"法官竭力掩饰手上的动作,"他见日本爆发内战,就想争取结盟,以便进口丝绸,还通过克里索斯托莫神父与胜算较大的一方达成了协议。"不出比斯卡伊诺所料,只要圣哈辛托号上但凡有人知晓内情,就得永远沉默,甚至包括被德莫伽诓骗能当上主教的耶稣会士。"可我们没捞到什么好处,还折了全部人手,后来荷兰人来了……唔,再后来,你都知道了……"

"不!"少尉用磕巴的日语大喊道。他知道,但凡二人有何闪失,总督定会追查,并阻止探险队起航。自进门那刻起,他本已做好被捕甚至因杀害法官被下狱的准备,可现在他得继续行程,得找到奥图诺。困守墨西哥城毫无用处。然而,为时晚矣。备前长船派铸剑师打造的刀刃呲的一声划破仓库的空气。足轻将刀尖收向刀鞘之时,法官的头颅也缠着乱糟糟的头发滚落在地上,直至惊魂未定的比斯卡伊诺脚下,后者呆立如雕塑,即便浪人已松开了他。法官的无头尸倒在他的珍宝箱上,汩汩而出的血液消失在烛光无法抵达的黑暗里,琥珀碎片、祖母绿和加勒比珍珠散落在诛求无厌的主人尸身下。塔玛索发现了被压在没了气息的德莫伽手臂下的牛皮本子,一边推断个中内容,一边解下法官身上的托莱多短刀。他被一股冲动牵引着,上前两步,从木箱中取出一个牛皮本,没读几页就找到了宠臣秘书官的名字,还有字迹潦草密集的数字和详实记录。毫无疑问,他必须找到奥图诺·德安德拉德!

"这个婊子养的真是罪有应得！"塞巴斯蒂安·比斯卡伊诺打破沉默，"你们想做有钱人吗？"麻子脸的威胁不言而喻，为免日本人再次拔刀，比斯卡伊诺向少尉提议结盟，想用德莫伽的死做笔交易。塔玛索一心只想取下奥图诺首级，故而并无异议。有大使从中说项，总督或许愿意息事宁人。老会计想竭力避免任何可能推迟使团前往塞维利亚的丑闻。门口被安东尼奥·德莫伽雇佣来的卫兵晃了晃脑袋，试图驱散颈部被西乡重击的疼痛。"你能找个可怜虫背下这桩命案吗？"大使问道。

* * *

比斯卡伊诺跪坐在德莫伽请来的逞能者跟前，阵雨又至，饱经风霜的筋骨在被遗忘的战场上咯吱作响，少尉和浪人顶着闷热的雨幕，钻进墨西哥城的街巷。他们向北朝着市政府衙走去，一只棕褐色的猫嗖的一下从面前窜过，寻找庇护所。雨声滴答不止，西乡隼率先打破沉默。他的确需要一位双语人士的帮助，可对方并非日本人，但他觉得，自己可以信任他，且此刻对方也需要他的襄助，去找到那位与刚被斩首者达成协议的恶棍。"五奉行制度风雨飘摇，伏见城整整被围困了十日，"沉重的口吻打断了塔玛索的思绪，少尉立即明白，浪人正与自己分享某些秘事，"我本以为那晚必死无疑，如果真那样，也是我职责所归。那才是对的，可那时，主君鸟居元忠找到我……"那晚，伴着墨西哥城初夏时节的倾盆大雨，塔玛索又听了一个漫长而不可思议的故事，一段关于极少数人荣誉之战的讲述，他们的灵魂饱经锤炼，长存不朽。他在惶惑中终于明白，一个本就身处佼佼者之列的最杰出之人是如何被选中，以牺牲自我成就一场无与伦比的荣光，一场令亚速尔皇家军队最光辉之事也黯然失色的壮举。

雨势渐弱,少尉满怀敬佩之情,他既在佛兰德斯见过最无良邪恶之徒,也在朋友马丁的献身中铭记最无私忘我的同胞,如今面对神情严肃的武士所表现出的忠诚,他只觉深深的震撼。"因此,咱们要找的是同一个人:奥图诺·德安德拉德,"浪人沉思了一会儿说,"他才是罪魁祸首……"日本人看着少尉,"咱们能找到他……"在那双宝石绿的眼睛里,浪人看到一些令他愿意相信的东西。西乡隼觉得,是业力将他们联系在一起。或好或坏,他们的命运已交织在一起。在那位姓名难以发音的恶棍死之前,这一点不会改变。既然是那老狐狸将火绳枪寄送给石田三成,那他想必也知道,是谁将德川家康留宿伏见城的消息泄露给将军的。从东西世界两端启程的二人,终究殊途同归了。

第十式　复仇

> 尽管没有人能够回到过去重新开始,但总可以从现在创造新的结局……
>
> ——圣方济各·沙勿略

许多跃跃欲试的船只最终都搁浅在了那片危险水域。无知无畏者大可借些顺风,驾上一艘简易帆船,往入海口鱼贯而去,但要穿越圣卢卡尔港的浅滩,除了需要极大的勇气和一位能力突出、处事果决的领航员外,还需潮汐、水流、水深的完美配合和万千诸神赠予的好运气。他们于潮热的夏季从哈瓦那起航,在喜怒无常的大西洋上一次次劈波斩浪,终于在十月初抵达瓜达基维尔河流域。如今,这支来自日本的奇异探险队正在老一辈人口中的卢塞罗港等待着,年轻人则管那地方叫圣卢卡尔。

圣何塞号盖伦帆船听天由命,船上的西方人焦躁不安,东方人好奇尚异,都渴盼着三名争执不下的水手决定起锚的时辰。要想逆流而上驶往塞维利亚，除了借助落潮时的水流回力之外，似乎别无他法。令塔玛索绝望的是，在葡萄牙船长巴斯克·德诺瓦埃斯和那位安达卢西亚领航员达成一致前，他们是难以动身了，前者带领他们从贝拉克鲁斯起航，后者则以乘独木舟引领帆船渡过险滩为生。领航员是个慢条斯理的家伙，久经风吹日晒的皮肤粗糙黝黑，牙齿却十分洁白，犹如被洗净的亚麻一般，长期掌舵的双手皮实耐劳，他在瓜达基维尔河滩为来自印度群岛的帆船引航已长达二十年了。"要是西南风接着吹，咱们就得留在这儿啊，"他指着岸边的泥沼，阴阳怪气地说，"如此风向，要在泥地里开船，简直是异想天开，只能等了，你们可不是头一遭在这儿待上一百天的……"在领航员不祥的预言下，圣何塞号滞留了将近一月。与此同时，一艘满载神秘日本国民的帆船抵达塞维利亚的消息如燎原之火一般在陆地上传开。对其所载之物的揣测遍布河边的大小酒馆，一时间，所有塞维利亚周边的人仿佛都认识某个远去日本的传教士，所有人都对那些丹凤眼的黄种人略知一二，更有行家对其风俗大加谈论，甚至打赌自己与日本人彼此相知。关于东方异教徒的传言比比皆是，有人说他们燃烧树枝计算时间，有人说他们食野草穿襦裙，有人说他们都是奴隶，还有人说他们削铁如泥，能与魔鬼交换秘密。

然而，阿隆索·佩雷斯·德古斯曼·索托马约尔——人称"好人阿隆索"——桑卢卡尔领主、涅布拉伯爵、梅迪纳西多尼亚公爵、卡萨萨侯爵，却对以上谣传嗤之以鼻，只期待能在远道而来的日本使团面前做足体面。堂阿隆索曾是卡莱斯惨战的指挥官，几年前又在直布罗陀海峡与荷兰人交手时损失了不少战船，一直希望能通过莱尔玛公爵及其子取悦王室，但若宠臣秘书官的丑闻为真，则有关莱尔玛公爵即将倒台的传言亦非空穴来风。因而，他急忙给马德里去了一封公函，收到答复后立刻锦衣华服，召集部下，叫上卫队，前往瓜达基维尔河滩，代表西班牙王室与日本大使会面。此外，他还怀揣一封要主动为对方举行浸礼的文书，托莱多大主教将亲自担任教父，东方人的教名就叫费利佩·弗朗西斯科。他甚至还打算请教皇保罗五世允准，在罗马举办欢迎式。如此一来，只待日本人脱宗换俗，两国达成贸易协议也就顺理成章了。然而，正当阿隆索精密筹谋之际，圣何塞号上却有人在为全然不同之事殚精竭虑。

塔玛索手肘支住船舷，看着不远处陷入泥泞的船只。正午的阳光照得河面水光潋滟，河水与河岸融为一体。少尉微闭双眼，一只猞猁在绊根草中来回跳跃，追逐迷途的幼兔。他想起在马厩初识孔斯坦萨的那天。他紧握船橼，指节因用力过猛凸出变白，因为只要一想到她，分别那日奥图诺开怀大笑的嘴脸就浮现在眼前。"你会跟她成婚的，会看到那一天的，"儿时好友曾在金塔内如是说，"你去挣些功名，我再亲自求莱尔玛公爵向德阿克西奥利大人提亲，"他说得那么和蔼、诚恳、无私，"等你从马尼拉回来……"岸边的猞猁叼着猎物，警觉地看了看人类的船只，逃向丛林深处，安然地享用午宴。塔玛索却对此漠然无视，浪人西乡隼手握刀柄，小跑向西班牙人，"差不多了，"他用日语说。塔玛索并未转身，只是点点头。站在两人身后的吉冈征十郎顶着三伏天的炙烤，默默看着这一切，手里拿着西乡曾在米拉山使过的手里剑。

"要是咱们找到钥匙不是更容易吗？"桑乔嗫嚅道,"那样用时更少,动静肯定也小……"加斯帕尔看了看牢门上的铁锁,而后掂了掂朋友的手,木桶匠拿着从作坊带来的弧口凿和杠杆,正准备强行开锁。"钥匙很可能就在这婊子养的身上……驴马行奸的杂种,狗日的二流子!"桑乔手抚血迹斑斑的门边,满口脏话。"没错,有可能就在他腰上,"捕鸟人瞥了一眼躺在地牢走廊上的尸体,"我去看看……"几步远处,像个肿块似的躺在游隼阴影下的便是捕快了,他像一块随意栽倒的杂物,旁边是被掀翻的矮凳,周围阴森可怕的血晕在稀疏的光线下仿佛穆斯林油灯里的燃料。"好吃懒做的狗杂种!"加斯帕尔朝尸体肋部踢了一脚,捕快滚到一边,嘴巴朝上,颈部伤口大开,一颗心脏早已停止跳动,斗大的血滴凝固在被老兵匕首划开的嘴角,嚼剩的蒜头被从手中踢落,像个孩子的陀螺一般在地上自顾地转了几圈,才静静地躺在一个硕鼠出没的洞口。

老兵迅速在死者身上搜索一番,直到找出所需之物。"这儿有一串钥匙,咱们试试……""上帝啊!你想要什么?一块勋章?快些吧!天哪!咱们在下面待得越久,越容易被发现……"桑乔竭力压低声音,忍住咳嗽,沙着嗓子喊出最后几个字。加斯帕尔尽管面露讥笑,但心里明白战友说得没错。他们正身处塞维利亚宗教裁判所腹地,头顶各层建筑和塔楼内不仅有多明我会法官,还有宗教裁判所使节、捕快和相当数量的卫队,更不消说厨役、管事和仆从等一干人。一旦被逮住,定会死相狰狞,要么被割喉,要么被切腹,到时候他们就会沦为"大知了"的掌中玩物。两人都很清楚,正如在佛兰德斯的艰辛岁月一样,他们没有退路。木桶匠虽不时说笑,但对这一点,二人自从决定共闯圣豪尔赫城堡那刻起,就心知肚明。他们试图贿赂过那个名叫佩德罗·德阿尔布埃斯的腐败使节；也找过后来将他们出卖的捕快，强迫对方合作；甚至还寻过多明我会修士西尔韦斯特雷·德马尔斯科的门路，此人是孔斯坦萨案件的主审法官，但均一无所获，所有涉案者仿佛都被不可告人的恐惧笼罩着，即便万能的"钱大人"也难以撼动。为免孔斯坦萨被处火刑，走投无路的二人不得不兵行险招：劫狱！因为塞维利亚无人不晓，对那女孩儿来说，在牢里关了那样久，唯一的结局便是等四旬节时，化为被圣明虔诚的宗教裁判所剿夷的灰烬，随风逝去。自然，二人难免怀疑，定是奥图诺·德安德拉德躲在特里亚纳某个肮脏的阴沟行贿、威吓和勒索，甚至拐弯抹角抖搂陈年秘事。

加斯帕尔小心翼翼解下捕快身上的腰带，避免绑在上面的钱袋、短剑和铜管发出响动，再拿下钥匙，轻轻靠近门锁。"快点伙计！"桑乔低声催促。加斯帕尔又听到了死亡临近时桑乔熟悉的低语，他虽未明言，但整件事情中有某些东西令他重拾久违的兴奋。钥匙的窸窣声仿佛圣经所述善恶大决战中怪兽的咆哮，木桶匠佝肩缩背，生怕突然听到一声尖叫，但没有人来。生锈的合页吱呀一响，桑乔正准备退步，却并无人前来拦阻他们。二人以为本就如此，全然忘了还得设法将被"大知了"折磨得不成人形的女孩儿拖出地牢，也万万没想到牢房内发生的事。

加斯帕尔迷糊了一会儿，渐渐适应了牢房内的昏暗，隐约能分辨出肮脏的杂草堆和一个旧木桶半明半暗的轮廓，他难以相信！"孔斯坦萨！孩子……"回应他的只有桑乔，"怎么了？"他又看了看，满月的投影映照在牢房最里侧，穆德哈尔式砖墙裂缝处现出一个窟窿，侍女不见了！"她逃走了……""什么？"桑乔把头伸进加斯帕尔与门扇之间的空当,"可……"木桶匠嘶哑着嗓子,惊诧不已,"这怎么可能……?"墙洞外依稀可见一片疏于打理的花圃,月光下,高高的狗牙草和被鼹鼠拱起的土坷垃都被镀上一层银辉。视线之外,城墙仍沿河岸蜿蜒而去,孔斯坦萨不见了!加斯帕尔对西西里女孩儿的勇敢钦佩不已,她不知费了多少日月,才凿开那个他勉强能伸进脑袋的洞口,而后别无选择地蹚过冰冷的瓜达基维尔河水。

多年后,一艘载有西班牙探险队幸存者的帆船终于从神秘遥远的日本国归来,与之同行的还有一支来自那个陌生国度的使团。她曾听换班的捕快窃窃私语时提起此事。整个塞维利亚都知道了,全城为之沸腾。人们在大杂院内口口相传,好传闲话的男人女人在各个街角议论纷纷。当听到消息的那一刻,希望重燃,一种几乎快要遗忘的幸福感向她袭来。她忘了脚踝和手腕的溃烂,忘了全身关节被咬噬的疼痛,忘了下一次冷血无情的法官来临时的酷刑。然而,当她跃入瓜达基维尔河,那令人振奋的温暖便消失不见了,只剩下寒冷,因长期凿壁而皮开肉绽的手指也失去了知觉。她迷路了,绝望地挥臂划水,某一瞬间变得漫长无比,她觉得自己浮不出水面了。她怀疑,缺氧,没有力气,她觉得自己要窒息了。湍急冰冷的水流拍打着受伤的身体,将她往水深处推去,她围着自己打转,一种屈从于疲惫、疼痛并任其摆弄和一切就快结束的迷人的诱惑裹挟着她,凌厉的幻影交织着急流扑向她,不知身在何处的恐惧惊醒了她!

塞维利亚沉睡着,连面包匠人都尚未起来烧暖铺面里的火炉。月亮如阿拉伯银盘一般,悬在河流上方澄澈永恒的苍穹,忽然,因水流激荡而模糊不清的眼前,群星闪烁着划开黑亮如漆的夜幕。她挥臂朝夜空的光亮游去,她冲破水面,肺部充盈的氧气令她无比放松。她总算漂浮起来,却仍晕头转向,水上似有驳船桥的轮廓颤抖着。孔斯坦萨不知道的是,正是刚刚被卷入水,她才幸免被某个疾驶而过的船头开了瓢。她扑腾着,远处河对岸的城墙被林立的船帆簇拥着,影影绰绰,还有一些屋顶、高高的钟楼和教堂靛青色的穹顶,金塔一角也倒映在水中。她虽能游起来,却自知无力游到对岸,只得顺流而下直至漂到特里亚纳的一块沙洲上。她爬行在泥沼里,微风偷走了湿漉漉的身体里仅存的热量,几只骨顶鸡被惊得怒起乱飞。她抓住一根年轻的黑杨木树干站起来,身体一完全出水就跌倒在泥泞中,淤泥浓烈的气味扑鼻而来,她尝试恢复呼吸。此处灯芯草和水烛密集,还有三三两两的杨柳,堆满了城市垃圾和装鱼虾的残损木箱。她心心念念的只有逃跑,好似塔玛索本人正在对岸等待着拥她入怀。她知道自己还有许多事要做,不能被困难吓倒。她两手撑地起身,甩开拖泥带水的浮萍,用尽全力奔跑,消失在黑夜里。

在被塞维利亚达官显贵鄙夷的特里亚纳郊区,在港口装卸工和小庄园农户整齐的房屋后面,聚集着大片贫民窟,一些疏散,一些稠密,成为一个连巡警也不愿踏足的迷宫。这里不存在街道,也没有下水道,只有废品垒砌的墙壁之间的空当,有些长达百余步,有些则在某个粪堆前戛然而止。装东印度群岛商品的皮口袋、香料箱子上的厚木板、旧船帆,甚至解体船只的木料,但凡可作建材之物均在此现身,使棚户区在月光下也呈现出一种格格不入的斑斓色调。垃圾随意倾倒,连夜猫也避之不及,唯恐成为锅中猎物,这是一个人命贱如草芥、连一双磨破底的靴子也换不来的危险地带，是一个就连最老练的盗贼也难逃黄热病和肺痨魔掌的藏污纳垢之所。孔斯坦萨奔跑在迷宫中，寻找出口。她骨碌着一双晶亮的大眼珠，在一个旧帐篷里偷了一件破斗篷，披在身上御寒，片刻不停歇地隐匿在夜色中。

  脸颊消瘦的桑卢尔卡领航员像只伺猎的野猫嗅了嗅风向后，盖伦帆船就沿着瓜达基维尔河顺流而上了。公元1614年一个阳光明媚的清晨，奉征夷大将军德川家康之命，仙台藩大名伊达政宗派遣的日本使团终于穿过塞维利亚的驳船桥，接受来自世界另一端陌生城市的款待。在被迫将部分人手留在墨西哥城后，支仓常长又颇不情愿地按照梅迪纳西多尼亚公爵的建议，从自新西班牙启程的一百来人中选出一些代表。日本大使下令，将探险队的辎重留在下游的滨河小镇科里亚，那是个恬静的农庄，人们目瞪口呆地看着浩浩荡荡的队伍穿城而过。他们身着华丽的丝绸，额前无发，弓箭很长，脚上的木头鞋奇奇怪怪，特别是还有许多黄皮肤、杏仁眼、身上总佩对刀的无名之辈。圣何塞号在混浊的河流里摇着慢腾腾的船帆，无需付过桥税便从特里亚纳渔村驶入了塞维利亚。

  塞巴斯蒂安·比斯卡伊诺趾高气昂地走在塔玛索前面，其次是海难其余幸存者，东方使团则紧随其后，由支仓常长本人带领。他身穿上等白色丝绸和服，上面冲压着细微的橙绿色竹芽图案，脸上的八字须和山羊胡被精心打理过，一丝不苟的月代发髻表明其武士身份，即便如此，他的神情却迟疑着。吉冈征十郎和教名文森特的武士护卫着他，也是仅有的两名能熟练使用外夷人语言的日本人。十二名武士昂首挺胸地跟在他们身后，腰间的武士刀鞘铿铿发亮。许多人身上都有德川氏的三叶葵家徽，西乡隼则身着仙台藩的竹雀纹家徽，尽管他内心深处仍誓死效忠鸟居氏。队伍中还有几名弓箭手，引得对岸安达卢西亚贵族的侍卫们惊讶不已，西方人——即便是曾去佛兰德斯战场参战的老兵——从未想过世间竟有弓身弯曲如此之大的弓箭。处于大游行队伍后端的是由支仓常长挑选的最体面的商人们。收尾者是僧人宗佶，他那畸形的嘴巴大概是当天最不令人意外的惊喜了。

塞维利亚河岸，地砖、墙面和屋顶给城市绘上一层赭红色，格外醒目，教堂钟楼的风向标指向东方，守候着迎接日本使团的本国代表们，有梅迪纳西多尼亚公爵和奥利瓦雷斯侯爵，附近封地的达官贵人们也悉数到场。熙攘人潮中闪动的还有古斯曼家族、哈罗家族、席尔瓦家族、梅西亚家族、库埃斯塔家族乃至科隆家族等安达卢西亚大户人家的盾牌。此外，还有血统纯正的伊斯兰和希伯来绅士们，他们的姓名总是被潦草地记录在王廷档案的某张纸片上。所有人都被好奇躁动的人群围着，有坐在父亲肩头的孩子，有领口大开、总在街口带些不值钱的玩意儿取悦俊俏男子的侍女，大家闺秀的陪侍嬷嬷一脸嫌弃地看着她们，就连乞丐也惊得忘了拿起钵子行乞，一名老兵穿着褪色的旧衣裳，腰间系着装有服役文书的铜管。塞维利亚新任大主教佩德罗·德卡斯特罗·奎尼翁斯也在场，他虔诚信教，不像前任那般夸夸其谈，也无意请宫廷画师为自己画像，但在名利场如鱼得水的他深知，在日本大使同意由莱尔玛公爵见证受洗礼后，自己理应作为教会代表出席。

在梅迪纳西多尼亚公爵的安排下，探险队准时过桥，一路行至翻修一新的教堂，由高级神职人员在那里为其举办庄重的奉告祈祷弥撒。所有的街道都水泄不通，城墙与瓜达基维尔河岸之间的狭窄通道里，已成一片束发帽和发网的汪洋，却听不到往日帆船靠岸时的欢呼喝彩，只有稚子悄悄向家长发问的咿呀声。阳光刺眼，塔玛索低头走着。河面泛着金光，少尉却脸色铁青，心中只有悲哀的怨恨。他木然停住，不再去想，人们在几步远处寒暄作揖，有翻译，塞维利亚的贵人们开怀大笑。人潮被渐渐划开。河岸边的百姓闪到一边，为探险队让出一条窄道。队伍从瓜达基维尔左侧下岸，正对着比简陋的驳船桥阔气得多的阿雷纳尔门，身后是三桅帆船、巡逻船和大货船等驳岸的船只，右侧是各个船坞。他们穿过城墙，向大教堂脚下的广场走去。从武器广场到卡莫纳门、赫雷斯门，到处拥堵不堪。大教堂正门大开，贵族们左顾右盼，面对盾徽攒动的场面惶恐不安，直至塔玛索猛地停住时似乎还未决定入场的次序。

太阳逼着人只得躲在帽檐下，他看得不太清楚。法警几乎难以阻止混乱的人群。捕快挥舞着臂膀，好事者拉拉扯扯，只为挤出空子，看看那些奇装异服的外族人。队伍跟着人潮往大教堂走去，塔玛索却一动不动。挪到教堂门厅一侧的西乡隼察觉出了异样。一个流鼻涕的毛孩子熟练地骑在大人肩头，红扑扑胖乎乎的脸蛋上扑闪着一双栗色的大眼睛，他嚼着一小截干火腿，下巴上口水涟涟，手上拿着一块备受当地人喜爱的黑紫色烤饼。一个身穿大方阵军团旧胸甲的瘸子举着一个缺口的油壶，向远道而来的客人行乞。一个乞丐试图在人群中闯出道来。回忆如潮水般涌来，塔玛索有些眩晕，他真怕脚下的土地消失不见。有那么一瞬间，他真不敢相信。这不可能，他知道。他宁愿以全体圣徒的名义发誓。毛孩儿的父亲动了一下，挡住了乞丐。除了少尉和浪人,就差宗佶还未进入教堂了。主教和神职人员在准备仪式。佛兰德斯的老军需官百感交集,又激动,又害怕自己看花了眼而不得不接受难以言说的痛苦。他被强烈的希望震颤着,某个刹那,连与奥图诺的深仇大恨也淡退了。他抬脚往前,乞丐的哀求和油壶内的叮当声不绝于耳。"孔斯坦萨!"塔玛索心跳骤停,瞬间后背冷汗直冒。一个面熟的嬷嬷突然在人群中横冲直撞,仿佛训练有素的骑兵。"孔斯坦萨!我的孩子!"女人尖利的声音传遍人潮,几个不速之客混杂其中。兴高采烈的父亲转身,好让儿子瞅瞅那个一身黄袍、嘴巴畸形的僧人。他终于确定了,是她!她憔悴消瘦,衣衫褴褛,蓬头垢面,但就是她!他的内心被某种东西充溢着,没有仇恨,没有愤怒,对诅咒和背叛也不以为意,只有温暖而令人振奋的爱。他忘记了她的枯槁形容和破衣烂衫,她那般美丽,一如初见时不可方物。他目不转睛地看着她,没注意到一个埃及人扮相、古铜色皮肤的黑发壮汉在来回盯着喊叫不止的嬷嬷和孔斯坦萨。她在路过的人群中寻找他,绝望又不安地望着教堂入口,直至发现有人落在后面,下巴低至胸口,脖子仿佛虚弱无力的藥枝。"孔斯坦萨!"她抬起头,看到了他。他们的目光交织、燃烧。他们互相辨认、渴望、宽恕,共同为永恒的爱立下誓言,一眼万年。塔玛索甚至没发觉,那腰间佩有摩尔人折刀的家伙已不再盯着仍在人群里挣扎的嬷嬷了。

弥撒开始了,仪式在教堂的几根柱石间进行,主教重复着辞藻华丽的布道。阳光铺满赭红色的塞维利亚城,碧绿的瓜达基维尔河向南奔流而去,东风转向,风向标迟疑不决地嘎吱打转。少尉来不及反应。费力行进的帕切卡、加斯帕尔和桑乔只能看到零星画面。埃及人托马斯·德萨巴瞅准时机,一手将她拦腰截住,另一只手捂住她的嘴巴。不等塔玛索拔腿追击，孔斯坦萨就不见了。那人将她悬空一夹，钻进了屯街塞巷的人潮中。

"是那婊子养的！就是那个在特里亚纳巷子里偷袭我们的人，我确定，我认得他。"桑乔对大睁着双眼的鲁伊说。塔玛索眼前的旧木桶盖上，放着一杯加斯帕尔倒来的烈酒。他听着木桶匠的话，那仿佛是向周游世界者宣告"大海在下一座山后面"的久远传言。杂役小伙、嬷嬷和两位老兵所述之事仍在脑海回响，仇恨排山倒海而来，愈加猛烈。"没错，是他。"加斯帕尔回应道。虽然少尉正挣脱来塞维利亚之前深深的绝望，设法接受失去此生挚爱的事实，但那些有关诱骗、酷刑和宗教法庭的可怖描述实为人间至恶！那贪婪的阴谋似乎深不见底。虽然老兵所讲不过是传言和推测，但塔玛索毫不怀疑，就是奥图诺·德安德拉德在背后策划了这一切悲剧！是他叫宗教法庭判处孔斯坦萨火刑，是他支开仁慈的西尔韦斯特雷·德马尔斯科，操纵审判进程，也是他雇佣埃及人袭击老兵，最后还掳走了她！罪魁祸首就是奥图诺，塔玛索无比确定！"都是那狗娘养的魔头干的！"少尉喃喃自语，吓得帕切卡停下啜泣，赶紧在胸前划起十字。

略显落寞的宗佶向不动声色的西乡小声翻译着自己能听懂的部分，后者对鲁伊惊诧的目光不以为然。"是那东西吗？"塔玛索看向浪人，好一会儿才明白日本人想问什么。在场的人都陷入了沉默，只有作坊内的火炉噼啪冒着火星。显然，他们都垂头丧气，塔玛索归来的大好消息并未能慰藉他们的苦涩。"抱歉，"少尉答道，"是的，是他。"他又用母语说。塔玛索觉出,同胞们对他与东方人之间的信任甚为好奇,故而大致讲述了一位本想成为普通农民的武士的故事。出于对救命恩人的尊重,他并未深入细节,也未细说过于敏感而不便分享的部分。待少尉讲完,加斯帕尔又喝了一杯烧酒,插话说:"好了,不必再怀疑,就是那该下地狱的黑心杂种!只是,接下来咱们怎么办?"塔玛索终于抬起头,向在场的每一个人缓缓看去,"找到他,碎尸万段。"说完嘬了口烧酒。加斯帕尔曾见过那种表情,或是在佛兰德斯运河冰冷的泥潭里,当饥饿、虱子和腐烂的尸臭逼得某个发疯的可怜人扑向密林般的长矛,准备只身解决一支荷兰叛军时;或是在某个已冷却的尸首上,假如荷兰人的子弹还未将他破相的话,那是死神迫近时的疯魔表情。西乡隼点点头,无需翻译。他很高兴那个自己当做朋友的人现出一股武士般的决绝。

* * *

塞维利亚喧声不已,贵族们在皇家阿尔卡萨城堡大使厅内接待日本使臣,雕梁画柱,场面威严,百姓们则对那日闻所未闻的盛事议论纷纷。在城外的特里亚纳渔村,在简陋的栅栏和菜园间,有一所摇摇欲坠的房子,一堆已在时间的流逝中失去其原本朴素农舍样貌、趋于倒塌的废弃物。曾经有人花了好些马拉维迪想把它变成一处居室,只是那些梦想也在院内石灰粉的剥离和蓄水池的开裂中破灭了。如今它只是奥图诺躲避烈日和编织阴谋的洞穴,他要利用那些下流无耻的秘密,勒索城内一切可勒索之人。

当黄昏降临瓜达基维尔河谷,绿盈盈的河面渐渐暗沉后,一个黑影从那腐臭之地出来了。托马斯·德萨巴对马德里老爷开出的价码很是满意。若不为财,他可懒得掺和这事。他关上门,经驳船桥往屠夫酒馆走去,受人之托,他得赶在城门下钥前雇几个人。他身后的棚屋内,躺着昏迷的孔斯坦萨。这位已故玛格丽特王后的侍女此刻被破斗篷裹成一团,瘫在屋内一角。最好如此,西西里姑娘若是醒着看到那副阴险恶毒的嘴脸,定会以为自己到了阴曹地府。骨瘦如柴的奥图诺两腿间跳动不已。他看着女子,灰溜溜的眼睛里贼光闪动。他动也不动,只是粗喘着。夕阳划过檐沟,余晖从为数不多的瓦缝间洒下,给老秘书官的脸覆上一层死灰。他嘴唇颤动,慢慢咧开,露出诡笑,舌头上下舔舐,而后停在中间,仿若伸出头把守洞口的害兽。

人称屠夫的那家伙其实并非什么酒馆老板。他在屠宰场做活时得了这诨名,如今要让他改个与近日营生无关的绰号也不合时宜。埃及人朝跑堂和烧火的姑娘投去急不可耐的目光。为免引起正统基督徒的怀疑,几口大灶上从来不缺鸡蛋和腌猪肉,日常的鹰嘴豆和滨豆供不应求,周末的决斗和失意更是常见,屠夫何塞经营着这一切,他既不愿招惹"大知了",也不想开罪某个难缠的捕快。可无论如何欲盖弥彰,稍有头脑的人都知道,酒馆主人口袋里的钱没几个是靠卖酒、鸡蛋饼或烤蔬菜挣来的。

"妞,拿点橄榄和上等奶酪来,放在柜子最里面的那种,"屠夫朝一个跑堂的妮子喊道,一边等一个粗鄙磨蹭的大嘴巴进来后插上门闩,"嘿!齐了,算上刚来的这位,你又加了六个,一共十二个半,"他边算账边对托马斯·德萨巴说,十二人皆是赶在城门关闭前来特里亚纳的,"雇这么多可得不少钱……""雇主很满意,"他嬉笑着对老板说,"钱不成问题,不够的,"他指了指腰包,"明天一早给你送来……"屠夫似乎对此颇为满意,而对方急于雇佣帮手也引起了他的好奇心:"为何着急找这么多蠢货?"他靠近一些,把钱袋拂进小口锅。"听说好奇害死猫,"托马斯语气古怪,并不打算透露有关奥图诺寻找杀手之事,"至少,我是这么听说的……"钱币清脆的叮当声搅得身后的受雇者们躁动不安,将酒与姑娘抛诸脑后。"好,不过我可听说,驴子要是不拉磨,农民就用鞭子抽它……""我倒是知道,有些人的堂兄就是被驴尥蹶子踢死了……"酒馆老板咀嚼着对方阴险的警告,决定不再多管闲事。他本想再打探些消息,但见来人神情严肃,便自知要见好就收,不该继续招惹另一个"屠夫"。"既然你耐心有限,不提也罢。咱们还是喝酒吧,你还得等好几个小时才能放心地走呢……巡警们还没睡呢。"

托马斯扔掉坏了的油橄榄,不耐烦地点点头,"别让他们喝多了。"他没好气地对酒馆老板说。体格健壮的埃及人已准备对奥图诺有求必应,甚至他自己也渴望就上次突袭失败向老兵复仇。他那位贵族少爷出手阔绰;起初,当他向他描述如何在大教堂前将孔斯坦萨劫走时,那家伙竟像活死人般,无动于衷,但其随后的大手笔还是叫埃及人难以拒绝。但托马斯·德萨巴知道,即便自己和雇佣兵所得酬劳不菲,那也不是一个轻松的任务。如今除了两名老兵,还有塔玛索——马德里老爷想灭口的那个士兵,以及日本来的帮手。尽管托马斯警告在先,但即将钱袋鼓胀的期待还是让雇佣兵们有恃无恐,不等托马斯吃完油橄榄,那些人已喝了好些葡萄酒,还把跑堂妮子大肆调戏了一番。埃及人正要上前吓唬吓唬,却听大门"咚"的一声。

酒馆老板和托马斯面面相觑，不明就里，但略显温和的前者很快断言："大概是某个风闻而来的懒汉，七个总比六个好。"他说道，一边笑着起身。德萨巴不以为然，嗅出危险的他一只手早已握住刀柄，"我说过，你得小心点……"酒馆深处，六个亡命之徒正在嘲笑某个同伴向女侍者抛出的下流话。屠夫看向喧闹的人群，一脸无辜相地说道："有钱能使鬼推磨啊。"并不挪动一步。托马斯·德萨巴研判形势，最终不情愿地让步了。"好吧，你看着吧。"说着抓了一把油橄榄。屠夫毫无防备地朝门口走去，却不想那竟成了人生最后的几步路。

"谁啊？"他说着拉起门闩，连持刀人的脸也未看清。不等他再次发问，西乡隼的武士刀已从肋骨直插肺部。若对方武艺高超，他们绝不会轻易得手，但事实上，塔玛索等人不多时就将屠夫酒馆收拾了个干净。少尉明白，巡警很可能根据受害人线索通缉自己，但那时，即便全城巡警悉数出动，他也在所不惜，他心中唯一所想只有孔斯坦萨。日本人手起刀落，屠夫已倒地身亡，鲜血四溅，把个桑乔惊得目瞪口呆。塔玛索飞也似的冲进酒馆，浪人、老兵、鲁伊和宗佶等紧随其后，帕切卡则已被送往小贩街。塔玛索知道，无论此次他们能否全身而退，活下来的人都不能继续留在塞维利亚。他们得逃走，木桶匠已提前计划好撤退路线。托马斯·德萨巴缓缓起身，身后的雇佣兵们也站了起来，女侍者撒腿朝厨房跑去。刀剑无情，人去无声，你死我活的时刻来临了。

加斯帕尔和埃及人对视着，认出了对方。桑乔举起老式条顿枪西乡右手握住刀鞘。余下的吉卜赛人各自拿起折刀。屠夫在夸张的呻吟中渐渐没了呼吸。门外，风在塞维利亚街巷间呼啸，附近毛猪市场刺鼻的怪味扑面而来，但很快便被油炸食品的臭气盖过了，仿佛惯于作陪的老熟人。这是一个试图不引起法警和捕快注意的寒酸地方，四张大小不一、未曾上漆的粗木桌子，几只廉价的矮凳和劣质椅子，廊柱上沉积着厚厚的油脂，显得落炉灰和诱捕蚊蝇的泥砖更黑了，几个用茅草和油布胡乱扎就的火把在廊柱上时明时暗。这是一个破落的摩尔人小屋，既无雕带也无镶嵌的瓷砖，只有剥落的石膏和即将解体的泥砖。

长长的人影拖在地上，随着火光摇晃。静默的空气里剑拔弩张，双方都在衡量对手的实力。死亡躲在桌角，大家都知道，他们中的大部分人是不会活着离开了。托马斯·德萨巴用手背蹭掉脸上的污点，变换重心，一边盯着加斯帕尔，一边拔出折刀，刀锋划过刀鞘的声音震颤在局促不安的寂静中："我猜你来这儿不是为了要饭吧……""这家伙得留活口……"塔玛索悄声说道，暗指托马斯。桑乔仿佛得了指令般，再也按捺不住焦躁，举枪射击，子弹"嘭"的一声，屋内登时乱作一团。一位亡命之徒站在健硕的埃及人身后，被击穿前胸，手指按住伤口，试图留住汩汩而逝的生命。尘土飞扬中一片刀光剑影。木桶匠把枪扔在地上，拔剑反击迎面扑来的莽汉，塔玛索也朝托马斯刺去，加斯帕尔踩着脚凳，跳上桌子，挑起剑端，以确定与另两名杀手的距离，西乡快步向前，对付剩下的两个。托马斯·德萨巴虽身形魁梧，但出手敏捷，对付塔玛索的进攻毫不费力。少尉抓住埃及人闪身间歇，大步刺向另一人的肋部，同时左手拔出桑乔赠予的匕首。剑锋一闪，日本锻刀已将托莱多短剑削断，穿颊而过，杀手被切下一只耳朵，眼睛血流如注，自头顶至下巴都被割开一个长长的豁口。浪人举起双臂，正欲将那人斩首，忽感背后有人袭来，便将眼前那具几乎已没了气息的躯体全力推出，敌人瞬间扑空。加斯帕尔一顿拳打脚踢，把一个杀手的颌骨踹得开裂，只见那人躺在地上口吐血沫。然而，老兵早已不是当年在佛兰德斯的那个小伙子了，他步伐笨拙，已显老态，脚踝被人割了一刀，失了平衡，立刻栽倒在桌子上，桌子嘎吱一下随即解体，老兵一声闷哼，侧腰重重地硌在脚凳上，对方马上反扑过来。

　　桑乔眼见战友受困，便也顾不得许多，赶紧上前解围。塔玛索与埃及人激战正酣，木桶匠真怕来不及。老军需官必须谨慎下手，而这加大了对决的难度。他不能简单地杀了埃及人，他得通过那家伙查清该死的奥图诺将孔斯坦萨藏在了哪里。疼痛在肿胀脊椎的每个骨节蔓延，加斯帕尔转身，看到对方正围攻过来，没法躲闪，他想起了帕切卡，遗憾自己真不走运。他真想朝那杂种啐一口，却没一点力气，暴徒举刀砍来。浪人也看到了老兵的窘境，这厢先一个跟头，将短刀扎入与自己对阵的第二位杀手。塔玛索佯装受挫，只觉危险迫近。桑乔一个箭步，用剑锋挡开距离老兵心脏几寸之遥的刀尖。然而，木桶匠的及时雨并未得到回报，刚要喜上眉梢就表情狰狞了。刀尖将桑乔的锁骨刺得血肉模糊，衣领处立时血如泉涌，惶惑失措的木桶匠不住地咳出血串子。塔玛索看到后想伸出援手，他弯腰躲过埃及人的剑击，左手拽起一把椅子，转身甩向托马斯肋部，后者一个趔趄倒地。"该死！婊子养的臭虫！"躺地的加斯帕尔眼看老友落难，无力地嘶吼着。老兵没时间复仇了，那莽汉刚刺中木桶匠就被浪人的武士刀咔嚓一声断臂了，握剑的手还未松开，刺穿桑乔的剑因突受外力令后者的死更显出殉道的意味来。他双膝落地,轰然倒下,仿佛多年前他和加斯帕尔越过阿尔卑斯山作战途中遭遇的雪崩。

塔玛索撇开杀手头目,朝正欲刺向加斯帕尔的杀手扑去,老兵正挣扎着站起来。他左手持剑,直击要害,先戳穿眼球,再稍一用力刺透脑骨,随后剑锋滑过类似猪油一般温热的脑仁。少尉身后,口吐鲜血满地找牙的杀手被西乡一招致命。浪人手腕快速扭转,锋利无比的武士刀直入肝脏,又从后背穿出,划花了墙上粗糙的瓷砖。加斯帕尔总算挣扎着爬到了朋友身边。"桑乔?"木桶匠呼吸艰难。"桑乔?"老兵看着战友,再次喊道。木桶匠如坠云端,转过脸看了看他,答不出话。西乡对即将来临之事再清楚不过,故而收刀入鞘,恭敬默哀。他不明白南蛮人,那个胖家伙应该趁着还有力气切腹才是。这些外夷人尽管不乏勇武,但却有些懦弱的善良,只是此时此地,他才是"外夷人",理应入乡随俗,不可逾矩。塔玛索转身,一拳砸向托马斯·德萨巴的脸,埃及人站立不住。"谢谢你,不必在意。"他对浪人说道。托马斯攒了些力气,一看到日本人走过来寻仇,作势就要反击。他比东方人重百余斤,因此并不惧失手,准备将对方打个人仰马翻。西乡不动声色,任由对方像发怒的野兽一样扑过来,抬起右手,利用腕力锁住埃及人的前臂,转身左手扣其肩部,将对方肌肉力量封死。托马斯立时匍匐在地,后背被浪人的膝盖顶住,动弹不得,耳后也被日本人的手指摁得生疼,稍有反抗企图就被压至窒息。

"你记得那慕尔吗?"加斯帕尔问木桶匠,"就是那个藏在死人堆里的大胡子,还记得吗?"盖姆布罗克斯大捷后,奥利地的堂胡安派兵荡平那慕尔城堡,两位老兵就是那时扛着圣安德列斯大十字旗,闯进了那些青石板街巷。"那大胡子家伙糊得黑炭一样,直挺挺的,就跟金枪鱼干似的,我以为那就是一具死尸……"塔玛索走到跟前,加斯帕尔抱着木桶匠的头。手工艺人已经死了,他的胸脯不再起伏,伤口也已停止流血,但老军需官什么也没说。"婊子养的,结果我一转身他就扑过来了,记得吧?要不是你眼疾手快,我就腐烂在那个臭烘烘的村子里了……是你救了我,"老兵抬头看着塔玛索,"要不是这个贪吃贪喝的傻瓜,那荷兰鬼……"少尉收起佩剑,用力拍了拍加斯帕尔肩膀,正要说些什么却被老兵打断了。"我知道,我知道了,"他枯萎麻木的手抚过朋友的脸庞,"我知道,孩子,可到了我这个年纪,告别不是一件容易的事。"木桶匠眼睑微闭,加斯帕尔最后看了一眼那张崇高而亲切的脸庞,轻轻地将朋友放在地上,起身走向被日本人制服的托马斯。捕鸟人走得一瘸一拐,但这并不妨碍他将吉卜赛人狠狠地踢了两脚,还差点殃及武士的手。"狗杂种!老子要剁碎你的肠肚,让你吃下去!再用滚烫的铅水化了你!"说完又是两脚,直将敌人踢破了相。"得让他开口!"塔玛索冷冷地喝了一声,老兵这才停手。

  他们把他绑起来,泼了一桶凉水,又放走了女侍者。西乡拿出小刀,让刀尖一点点钻入埃及人的指甲缝,再来回扳动,后者尖叫不止。托马斯歇斯底里的喊叫仿佛酒瓶软木塞磨壁的声音,日本人无动于衷,继续朝下一个指甲缝钻去。德萨巴贪财如命却毫无忠诚可言,很快就将知道的吐了个干干净净。对决开始前女侍者放在火上准备煎鳕鱼的油锅正冒着烟,塔玛索拿起油锅把油泼在地上。加斯帕尔知道他要做什么。西乡迟疑了一下,在日本那可是重罪,但他什么也没说,只是离开了酒肆。"这一刀是桑乔的!"老兵说着抡起摩尔大刀,抹向吉卜赛人的脖颈。他割下他的头颅,定定看了看,不等塔玛索将屠夫酒馆变成炼狱，就转身离开了。少尉扔下离门口最近的火把，火星滴进油洼，火光冲天。

鲁伊、帕切卡和僧人已带着家什去阿雷纳尔等他们。地平线处一片灰蒙，风雨欲来，前路难行。塔玛索没想这么快离开镇子，可法警很快就会在城内各处展开搜捕，奥图诺在特里亚纳的藏身处或可助他们避开追踪。他们带着跛足的加斯帕尔，往塞维利亚东南方走去，寻找阿里纳斯街。据木桶匠说，那儿有好几个挨着窑子的院子，他们须经过瓜达基维尔最大妓院——官府老爷们的寻欢作乐之处——的正门，一直走到卖草料的巷子，再假装成不时造访的登徒子花几个小钱，就会有人带他们偷偷出城。多亏木桶匠提前为他们计划好了逃跑路线。然而，他们没料到的是，两个暗影正在后面远远跟着。

应贵族和教士们的请求，市政厅及其二十四位官员多年来试图遏住城市不良之风，还特为此捣毁了靠近港口的一处风月之地，目的就是让流氓娼妓无法像宫廷淑女和绅士一样出入塞维利亚。然而，令当权者不悦的是，其结果竟是造就了一批在瓜达基维尔城墙下兜售秘密通道的团伙，总有水手和登徒子愿意花钱避开官方课税，接近窑子里的姑娘。所有人都聚齐了，先是帕切卡对加斯帕尔的伤势吃惊不小，又有鲁伊对木桶匠的踪迹追问不休，待将两人安抚好后，一行人才从其中一条暗中经营皮肉生意的小道逃了出来，而这全凭桑乔的指点。一个口气酸臭、腰间别有折刀的家伙将油灯放在身后，衣袋里装着塔玛索给的硬币，给他们指了指路，"都安排好了，不会有事，"说完便翻过城墙,去与一位刚从佛罗里达来的急不可耐的船员会面了。

城市的喧嚣被留在身后,他们穿过长长的滑轮和绞盘地带,艰难地蹚过肮脏的塔卡莱特小溪。帕切卡竭力忍耐,呼哧呼哧拽着装嫁妆和少量随身物品的口袋;少尉搀扶着加斯帕尔;鲁伊打头阵,可怜的小伙子尽管负重甚多,甚至还背着塔玛索从德莫伽处带来的那几本枯燥的书,却毫无怨言;两位东方人收尾。跋涉许久后才找到东边的一处栎树林歇歇脚,老兵早已体力不支。

夜幕降临在瓜达基维尔,掩护着逃难者。塔玛索辗转反侧,既忧心众人的安危,又想尽快找到托马斯·德萨巴所说的那个特里亚纳小院。"您务必要护他们周全,拜托了。"他用日语向宗佶恳求道。少尉对僧人的信仰并不完全明白,但他知道,若有人进犯他会保护他们的,即便他不会率先动手。见僧人点头后,他又转向年迈的捕鸟人,后者倚着一根栓皮槠树干,帕切卡正精心照料他。"你们继续向东,我记得前面有个叫圣克鲁斯的小教堂,"他指了指林子的尽头,"一路小心,到那儿等我。"加斯帕尔极力反对,帕切卡觉得那真是疯了,鲁伊将重物从这肩换到那肩,想提醒他们自己已是男子汉,却又忍住直至争论停止。塔玛索有自己的考虑,老兵已经受伤,嬷嬷言之有理但他并不以为然,杂役小伙的勇敢与大方阵军团最优秀的士兵不相上下,但他最好留下照顾大家。为了不伤及对方的自尊,他并未对鲁伊吐露实情,但看到卡斯蒂利亚和阿拉贡王国勇士辈出,他仍感欣慰。"况且,这是我的事,"少尉斩钉截铁,想了想又说,"至于他,"他指了指耐心的西乡,"也是穿越半个世界的战友了,我们两人可以一敌十,你们就去找那破教堂吧,在那儿等我两天……"帕切卡来不及责备不敬之语,加斯帕尔站起来,脚上刚缠好的绷带又乱了,少尉将手放在胸口拦住他。"现在该我知道了,"他平静地说,老兵不明所以,"我知道,"他重复着加斯帕尔在酒肆里的话,"您等这一刻也等了很久,"塔玛索知道老兵不想放弃战斗,"但这次不行,"他毅然决然,"为了这一天,我已倾尽所有……"老兵看出了那双深邃的绿眼睛里的惊涛骇浪,疾风骤雨浮现在那张脸上。久经战火的他终于明白,如今轮到自己留守后方了。他默默点头,任由帕切卡接着处理脚踝的伤口,以便继续赶路去圣克鲁斯教堂。"好了,咱们走吧!"西乡跟着塔玛索被河水浸湿的步子,往前走去,一边想着如何在瓜达基维尔河上找一个做走私买卖的船夫。他们得在天黑前渡到特里亚纳一侧。

孔斯坦萨不会知道,屠夫酒馆已在讶异的法警和街坊眼前化为灰烬,也不会想到那时的塔玛索正绝望地四处寻她。西西里女孩儿唯一所想的是自己不会放弃。她会继续抗争。自由持续了不过短短数日,因此,当她发现自己再度被关在一个脏兮兮的草屋时,并不感到沮丧,只在听到奥图诺开锁时吓了一跳。他进来了,阴森的脸在手提油灯微弱的灯光下仿佛幽灵现身,太阳穴的瘤子愈发大了,使那半边脸丑陋不堪,仅有的几缕头发耷拉在耳边,鼻子好像破骨碎片,若非那两只眼睛,孔斯坦萨真以为那是一具从墓地爬出来的僵尸。"现在我们可以弥补失去的时光了,"他幽幽说道,半是淫荡半是愤恨,"你想我了吗?我可真想你啊……"孔斯坦萨没有回答。"……我叫多明我会修士们给你留了点纪念……"她明白了,奥图诺才是宗教裁判所内一切酷刑和判决的幕后黑手。她曾以为是自己在修道院计划失策招来祸事,如今看,唯一的元凶就是那害兽!"……如此良辰美景,用来追忆过去真是扫兴,咱们还是想想未来吧……"孔斯坦萨看到奥图诺毫无廉耻地揉搓着裤裆。"咱们之间要办的事儿多着呢,这些年,我可一直念念不忘……"侍女抱住膝盖，裹紧衣服，后背紧贴着恶臭猪圈的一角，四周仍有令人恶心的粪肥味。

在奥图诺来到瓜达基维尔几十年前，一户基督教人家曾居于此，因买了几头猪崽被邻居嫌恶不已。那个年代的正统基督徒好食乳猪，许多阿里莫德王朝时期的土地都被圈做了猪圈。至今这里仍留存着一个快散架的食槽和几根旧绳子，还有些发霉的麦秆和一把生锈脱齿的草耙。"……我一直在想怎么……"恶棍又将手放回胯部，孔斯坦萨拼命贴住墙根，地上的碎草一抓就成了粉末，她转过脸，饮泣吞声。奥图诺很是享受，托马斯·德萨巴跟他提过曾出现在大教堂附近的探险队士兵，自己费尽周折，德莫伽还是搞砸了！塔玛索居然活着离开了日本！不过他不在乎，这次他花了足够的钱，不会再失手，现在她是他的！他感到周身充盈，她就在那儿，无依无靠，等着他享用，他很满足。她是他的，任由他摆布，腿间的灼热感告诉他机不可失，以致他竟未发现，西西里姑娘只是在假装呜咽。"脱了衣服！"她头摇得拨浪鼓似的断然拒绝。他看着她，乱糟糟的头发已勾勒不出天使般的面容，那俨然已成一张被岁月摧残的面具，破衣烂衫下的曲线也不似从前丰满，腿上的伤疤甚是扎眼。然而，他必须获得补偿，她应该是他的！"脱了这破布！马上！"她再次拒绝，他突然狂笑不止。塔玛索应该已命丧埃及人之手，孔斯坦萨终于是他的了！"要么自己脱，要么我叫人帮你脱。你来选，我，还是其他六个人，"他笑眯眯地威胁道，"我保证，他们可不会像我这么客气。脱！"孔斯坦萨颤颤悠悠地站起来，左手解掉从圣豪尔赫城堡出逃后偷来的斗篷，掀起下面的破衫从头顶褪下。色欲焚身的奥图诺眼巴巴地盯着她，放荡的神情仿佛理发师挤压化脓的疖子，只欲破之而后快。

平坦的腹部延伸至因长期挨饿而呈透明状的青紫色肋骨处，被酷刑折磨得枯萎的乳房没有秘书官想象中圆润饱满，她又脏又瘦，皮肤不再如珠母贝般白皙亮泽，曾经飘逸的金发邋里邋遢。然而，昔日位高权重的国王宠臣秘书官还是丑态毕现。德安德拉德再也忍不住了，她就在那儿，孤孤单单，为他准备着，浑身只一件脏烂得看不出布面的薄裤，奥图诺如饥似渴，扑了上去！他张开双臂猛冲过去，舌头从两片薄如死灰的嘴唇间伸出。她抓住机会。她甚至不记得为何要留着它，那个因日日夜夜凿磨牢房的泥砖而光秃秃的旧螺栓。孔斯坦萨使劲攥住螺栓，猛地抬起胳膊，奥图诺本能防卫，螺栓从鬓角划至那颗猥琐的瘤子，那家伙撞了大运，竟没被刺瞎。她立刻闪到一边，趁对方还没喊出声，撒腿就跑。她又一次看到了触手可及的自由，却突然啪的一声栽倒在地，脚下被奥图诺一拽，失了重心，长长的乱发铺在猪圈门槛上。她被摔得生疼，擦破皮的膝盖已有血迹从裤子渗出，他雨点似的巴掌随之而来。孔斯坦萨蜷成一团，双手抱头，任凭厮打。奥图诺口吐白沫，暴跳如雷，他若是身形再魁伟些，西西里姑娘就没命了。"我会再来……"他终于发泄得没了力气，警告道。她知道他说到做到。奥图诺哼哧哼哧，用手捂住流血的伤口，"你等着！"门砰的一下关上了，暴风雨即将来临，他那浸透湿气的沉沉的脚步声渐渐远去。孔斯坦萨站起来，确认未伤及筋骨后，开始在昏暗中寻找逃跑的法子。

远处传来某个不眠人的高歌声，伴以手掌有节奏的拍打。微风夹着喧闹，吹散在特里亚纳南区的街头巷尾。一位要早起的渔夫没好气地啐了口痰，对鼓噪者骂骂咧咧。风势渐大，瓜达基维尔河面涟漪四起。上了年纪的人就寝前揉搓着关节，抱怨天气变了。他们说得没错。第一声惊雷响起时，两人正从一只不甚牢靠的小船上下来，船工被几枚铜板收买，识趣放行，并往下游驶出好远，棚屋区的灯火在特里亚纳岸边慢慢黯淡下去。走私者盯着那外国人的奇装异服，看着两个披着暮色的身影消失在黑暗里。他有些困惑，两人并未携带任何货物。他是从港口附近泥泞难行的高桩码头接上他们的，可二人既无私货，也无烟草，更没有安息香一类的香料。不等他细细回想，天空骤亮，闪电划过，闷热午后积聚的涡旋状云团仿佛被罩上一层服丧的黑纱。又开始打雷了，雨滴先是轻慢，而后密集、沉重、温热。走私客担心到达对岸前被雨淋湿，开始划船。雨量渐猛，总算将船头驳进了塞维利亚河滩，不等他登陆，又来了两个人，而他真不知如何回答他们那些混杂着西班牙语和葡萄牙语的古怪问题。

被雨浸湿的帽檐黏在额头，一双绿色眼睛望着暴风雨中混沌的地平线。豆大的雨点从嘴角落下，两颊随着闪电忽明忽暗。他的脚步迈向梦魇，他的意志毫不动摇。塔玛索摘下帽子，扔到路边，继续向前。右前方的圣安娜钟楼在闪电中惊现，轰雷贯耳，震得特里亚纳区的屋顶瑟瑟发抖。不祥的雨幕包裹着整个街区。与老军需官同行的还有浪人。西乡隼一言不发，使命完结的时刻终于临近了。他想起了失去儿子信任的那个下午，渴望找回荣光，洗去身为浪人的耻辱。他很快就能拿出鸟居元忠写的那封信了。他们继续往前，走过特里亚纳最贫穷的街区，走近北部三三两两的庄稼地。暴雨如注，暗夜沉沉，两人朝着雷电下一个深深的柴堆口走去。他们经过前往博尔穆霍斯和科里亚的小路，路边的小菜园子渐渐少了，曾有人饿昏了头，大着胆子在里面种植从印度群岛传入的不知名块茎作物，待只差几座破落院子就要走出特里亚纳时，托马斯·德萨巴提过的几颗棕榈树赫然在目。他们到了。

"应该就是这儿，"塔玛索停下，用拙劣的日语说道。足轻站在西班牙人身边，看着杂乱不堪的农舍，棕榈树叶在墙头飞舞徘徊，每次闪电都能看到荒废的草屋已所剩无几。西乡知道，他们或许会寡不敌众，他一雪前耻的心愿或许会以殒命而告终，但使命无法回避，为石田三成提供火器攻打伏见城的人就在里面！西乡隼整了整羽织和裤，紧了紧腰带，系上右袖口的旧布条，确认对刀拴好后，看着他不期而遇的南蛮人朋友。塔玛索注视着这张麻子脸上眼周和嘴角的皱纹，回忆浮上心头。两个原本重洋相隔的人因命中注定的复仇，无奈相遇。他们的联结超越家族和血缘，异途同归。他们在彼此脸上看到了同样的决绝，无需多言，此刻便是了结一切的终点，生命不过一束转瞬即逝的光。两人同时回头。一颗棕榈树冠被闪电击中，枯干的树叶顷刻起火，尽管下着雨，但仍有小股火焰，闻起来仿佛已熄火的锻造炉子。他们往前一步，天上的闪电似乎在提醒着什么，两人却不屑一顾，直面命运的唯一方式就是拔剑出鞘。他们，视死如归。

奥图诺·德安德拉德站在一盆肥皂水跟前，试图止住脸上伤口的血。他将农舍上层的简陋居室用作卧房，从那儿能听到雇佣杀手拦截闯入者的喊叫声。他没料到，那该死的家伙竟然长途跋涉而来，这意味着曾出力颇多的埃及人很可能已入土成灰了。但他并不担心塔玛索找上门来，那可是十二人对一人，或者二人——若那佛兰德斯老兵还未像吉卜赛人一样化成粪肥的话，最多三人。那个不知天高地厚、痴心妄想的老军需官一贯如此！塔玛索从来不会像他一样先知先觉，他很了解他。他的这位朋友总喜欢自己冒险解决一切，总要寻求一种最体面而非最有效的干事方式。他总是这样。少时，他就曾揭发奥图诺从母亲的首饰盒偷取银饰一事，还义正言辞地拒绝伙同他们售卖珠宝。奥图诺曾主动要与他分赃，还要带他去那个兵痞子常光顾的酒馆挥霍一番，可塔玛索从不回应。奥图诺给侧脸绑上一块破布，自信满满又急不可耐地要看着塔玛索赴死。他半掩着便门，偷看院内的动静，准备出其不意。他竟带了一个从圣何塞号上下来的黄毛猴，三个杀手已倒在门前疯长的野草里，没了气息。

他右脚踩着被雨水拍打乱溅的水洼，左脚木屐在泥地里扩出行动半径，右手握紧打刀，左手肋差[1]朝下。他被五个杀手围住，脚下躺着的尸体内脏外翻，尚在雨中腾着热气。两人背部相靠互为掩体，应对那些色厉内荏的莽汉。塔玛索举着托莱多刀在前护卫，比斯开长剑落在了屠夫酒馆，少尉便用斗篷缓冲对手的攻击，四个颌骨紧绷的杀手瞄准他的前胸，打算攻其不备。雨水从后背淌下，刀锋随着闪电忽明忽暗，雨点积聚在装饰剑鞘的雀鹰纹饰上，夹杂着上臂伤口流出的血，串珠似的落在地上，消失不见。奥图诺笑了笑。显然，他的人仍占据绝对优势，无论少尉还是丑陋的东方人，都绝无可能逃出生天，他甚至已能想象塔玛索倒在烂泥里的尸体。两名同党同时出手，一人

---

[1] 日本武士用来刺入甲胄缝隙和贴身战斗的短刀，在打刀或太刀不利使用的情况下自卫。——译者注

攻其双腿，一人取其头颈。秘书官以为十拿九稳，却不料塔玛索反应及时。他先将一人的剑裹进斗篷，再用剑柄挡住距肩几寸之遥的剑锋，以裹成一团的斗篷为掩护，转身用肘部重击袭击小腿的人。

奥图诺惊愕地看着少尉将朝他扑去的第三人甩脱，又一个飞旋腿，将之前困住自己的杀手踢开。他身边的黄毛猴一个筋斗，双刀冒出火星，以迅雷不及掩耳之势将三人撂在身后，另两人尖叫中被雷击倒，一位手持老旧双刃剑，躺在地上惊恐地看着已成残肢的一条腿，另一位上身已被武士刀刺穿。棕榈树冠被烧得乌黑，呲呲冒着烟，暴雨不止，天空仿佛失控的堤坝。雨幕扫荡着干涸的大地，沥去泥泞，填满深井。农舍部分围墙被大雨冲毁，轰然倒塌，但没人听得见，浸泡地平线的暴风雨统治着一切。东方恶魔不知喊叫着什么，朝其余袭击者扑去，其机敏利落仿佛年轻了二十岁。塔玛索以高制胜，一剑刺入举着豁口宽刃短剑杀手的腋窝，那人顿时傀儡一般怔住。

奥图诺脸上的笑容渐渐消失，信心也随雨水消融了。眼前的一切令他担忧、恼火，但他很快意识到，即便山穷水尽，他仍有最后一张牌。他离开窗户，跌跌撞撞地跑过一堆陈年破烂，全速冲下楼梯，从一处砖缝里翻出钥匙，急匆匆穿过狭窄的过道直至厨房，一把扯下磨损的粗布，站在一个旧碗橱前，那是屋内唯一费心翻新的家什。他哆哆嗦嗦，抓起碗橱门锁，只听沉重的铁钥匙嘎吱一响，就扑进去找那个箱子。那是大方阵军团一个声名狼藉的上尉交给他的。当年莱尔玛公爵下令停火，导致许多无家可归的可怜人游荡在西班牙各个城市。奥图诺以要向宗教裁判所告发上尉与某个妓女的艳事相威胁，谋得了那份财产。他取出枪，试了试火石，抽出通条，捣实弹药，刚准备就绪就往外走。院内的人没注意到他，还有七名杀手在围歼两名闯入者。塔玛索大腿被划了一刀,有些支撑不住,日本人古怪衣服的侧面也有大片血迹,殷红色的血水随不眠不休的大雨消逝在束腰处。

"起来!"他抽出门闩,朝孔斯坦萨喊道。闪电划过,奥图诺身后的院落内似有人影打斗。"起来!"老秘书官气急败坏地关上门。孔斯坦萨不敢相信,她知道,那不可能,一定是错觉、幻想,不可能。女孩儿愣住了,一动不动。奥图诺大步上前,狠狠地扇了她一耳光。孔斯坦萨刚回过神,又被揪住头发被迫起身。"现在,咱们就在这儿一起等吧!"他用枪眼对准她的太阳穴喃喃道。

院内的厮杀声再度传来。若非枪柄上的银饰花纹,火器早就从奥图诺汗涔涔的手里滑落了。时间仿佛停滞了,雨水好像念珠似的,一滴一滴懒懒散落,令人心焦。孔斯坦萨不理被枪口压迫的疼痛,试图回想刚才门外的一幕,她甚至不再琢磨如何逃出奥图诺的魔爪。屋外,一名杀手本欲从倒塌墙体的豁口逃走,但不及踏上土堆,就被弯刀砍断了脊柱,临倒地时拽下几块土砖,又一段墙体随之坍塌,将那人压成了死尸。

屋内的奥图诺和孔斯坦萨被暴雨声淹没,并未听到墙塌。楼下有快走声,还有不知所云的交谈声。孔斯坦萨薄薄的太阳穴被枪眼死死抵住。周遭一片沉寂,贪婪的暴风雨霸占着一切,塞维利亚的天声嘶力竭。她很不安,好像过了永远那么长。门突然被撞开,出现两个背光的人影。孔斯坦萨能感到奥图诺的惊诧。老秘书官竭力镇静下来:"我就猜到你有胆量自个儿来这儿……"塔玛索什么也没说,只是看着她。曾经的宠臣秘书官试图恢复数年前擅权时的做派,就是他肆意玩弄成百上千人命运的时候。"……不过,你居然带了一个没人待见的异教徒……"他并未注意到她憔悴的容颜和旧衣服上的污渍,头发也并非黏腻乌糟,那张脸依然是娇艳明媚的指尖迷宫。他看不到她凹陷的双颊、开裂的嘴唇、身上的淤瘀和无情岁月留下的痕迹。是她,孔斯坦萨!一想到再也不会孤独醒来,塔玛索便感到一股暖意涌遍全身。她一如记忆中美丽,就像漫山遍野的樱花挂满露珠的黎明。他再也不必承受苦涩的悲伤,她蓝色的眼睛正深情地望着他。他差点就要冲出去拥抱她、亲吻她。她是他唯一在乎的人,复仇的欲望瞬间烟消云散。只要她活着,一切都无所谓了。西乡拍了拍他受伤的肩膀,将他拉回现实。

"……虽然我想那无关紧要,"奥图诺又将枪眼往孔斯坦萨的太阳穴按了按,逼得后者将脸歪向一侧,"对吗?"塔玛索停下憧憬,努力权衡形势。他了看过道,身后的一道闪电帮他看清了脏污处所的细节。这里堆满了没用的垃圾。他又回头看向敌人,卑鄙怯懦的奥图诺会不惜一切,那张病态的脸疯魔尽显。"你的敌人从世界各个角落来找你了,"少尉稍平复后开口说,他想起了一些久远的事,一些若非对方手握火器本该淡忘的事,"他也是来跟你算账的。"他想引出奥图诺此前从未见过的人,分散后者的注意力。西乡对莱尔玛公爵秘书官可能的回复并无兴趣,他只能听懂几个字,但没关系。他熟练地拔出对刀,细细抚摸每一寸刀刃,不慌不忙,同时留心这个他找了半个世界的恶人的动静,寻找时机。奥图诺晃了晃肩上的骷髅头,似乎并不打算被塔玛索的话套住。"你最好别过来,"他扣住扳机,"我会开枪的!我发誓!要想她活命,就放下剑,退后!"塔玛索明白,他需要时间想想如何脱离困境,却没发现身后的浪人已悄悄挪动。"你作恶多端,自然不知有多少仇人。我来这儿是为了她,"少尉坦承,继续迷惑老秘书官,"可他,"他扬起下巴指了指日本人,"他是来要你的命!"他一字一顿,"无论你是否扣动扳机,都不会活着离开这儿。他可不在乎你要对她如何,"每个字节都怒气逼人,"或是对我如何。他是专来取你的狗头的……"奥图诺似有动摇,塔玛索松了口气。显然,老秘书官本以为,靠着孔斯坦萨太阳穴的枪就能全身而退。西乡尽管听不懂少尉的话,但表情阴沉,不言而喻。"你在说谎!"奥图诺反驳的声音已泄了底气,"我从未听过这黄毛子异教徒,也不认识他们其中任何人……"秘书官不愿相信刚听到的话,此前他一直确信,即便没了孔斯坦萨,自己也能逃出去。他手指绕过扳机,拽了拽女孩儿,恶狠狠地看着塔玛索,"你说谎!"他无力地嘶吼着。如果那是真的,一切都将改变。他只有一颗子弹,他见过东方人在院内的身手。对塔玛索他尚能以侍女相要挟,但对日本人的反应,他实难预料。"不,我没骗你,是真的。"塔玛索感到敌人的信心正在坍塌,奥图诺如困兽犹斗,自己必须妥协,让他平静下来,"我向你保证,此人来这儿就是要杀了你,"他重申,弯腰将剑放在地上,"而我,只想将她平平安安地带走……"不等少尉起身,浪人换了手势。塔玛索侧目偷看,心照不宣,又仰头退后。他将剑放好,心生一计。几小时前他还不惜与阎王交易,即便出卖灵魂也要看着奥图诺命丧黄泉。但此刻,他只要她活着,这是唯一重要的事。她不能死,她死了他也将一无所有。

她甚至没觉出枪口的力道松了。多年后,他就在那儿,几步之遥。那双深邃的绿眼睛四周长出了皱纹,下颌瘦削,表情坚毅。他是来找她的。他仍爱着她。"你连安东尼奥·德莫伽也不记得了吗？"奥图诺似有所动，他想起很久以前同马尼拉皇家审问院听诉官之间的龌龊交易。浪人正要让塔玛索君闪开。"我知道你在说什么！我们的确转移了一批供卡加延驻军抗击海盗的滑膛枪，但那可跟这奇装异服的蠢货没半点关系，"他不屑地说，"我们把货卖给了一个大人物……""那人叫石田三成，"塔玛索抬起脚跟补充道，"那些滑膛枪令伏见城全军覆灭，城内勇士以弓箭和大刀迎战火器，无一生还，"这与少尉本人在佛兰德斯的经历并无二致，"所有人都死了，除了他，"他举起手，略向前一步，挡住日本人，以免发生难以挽回之事。"不，不是这样，你错了，不是真的！"他看着少尉身后的西乡喊道，浪人一手按住腰带，奥图诺觉不出其中的意味，只看浪人不再握住刀柄，便松了口气，"你告诉他此事有误会……安东尼奥·德莫伽的确达成了一项协议，但那名字不对……当时日本老爷们正要打仗，其中一位曾与耶稣会有约定，"秘书官边供述边回想院中的情形，他不想遭了那黄脸怪物的毒手，"是一位藩王，为表诚意，我们还给他进贡了钟表呢……"塔玛索对那段历史有所耳闻，但并未深思，只想趁机靠近孔斯坦萨，同时避免西乡出击，"但不叫那名号……站住！你再敢往前一步……"少尉两手举至额前，仿佛对待脱缰的野马一般，试图安抚奥图诺。孔斯坦萨颈部被枪眼顶得弯成弓形。"他可不这么想，"塔玛索说，"就算我将你的谎话说给他，他也不会罢休……"他继续引导奥图诺，让秘书官顾惜他自己的性命，"你最好再想想……否则，可没法活着出去……"他知道自己的话是在以身犯险，但他相信，只再需几步就能实施刚才的计划。可糟糕的是，老秘书官将孔斯坦萨往后拖了一大步。她几乎难以站立，奥图诺的毒打令病体愈加羸弱。即便如此，她仍在忖度如何逃离魔爪，她想猛踹施虐者裆部，使其不得不撒掉武器。"你告诉他！将我的话翻译给他！"他一脸茫然，发现日本人并未听懂自己的招供后，几近哀求，"我们之前就有过协议，还以低价买了生丝……那个老爷买走了滑膛枪，可不等到货，安东尼奥·德莫伽就给我寄来邮件，"他口吐白沫，大喊大叫，"我们拿到了约定的钱，跟以往一样，但德莫伽派去的人一个也没回来……"塔玛索似乎探知了一些真相。或许正是因此，听诉官才无奈起用葡萄牙人巴斯克·德诺瓦埃斯担任圣哈辛托号领航员，尽管传教士们已提前考察航程，然而那家伙还是对日本水路一无所知。但此刻不是细究巡航船海难原因的时候，奥图诺食指紧扣扳机，正在失去理智。

"……德莫伽认定是被人设了圈套，"奥图诺加快语速，"虽然收了钱，"他近乎歇斯底里，"可从没接到武器到达目的地的消息……你告诉他啊！"少尉停住步子，接着问道，"石田三成没接到货吗？""我说过了，不是这个名字……"奥图诺真恨不得杀了塔玛索，然而，他的当务之急、重中之重乃是先保住自己的命。尽管时隔多年，但与莱尔玛公爵在金塔书房内的对话言犹在耳，那天，他以替安东尼奥·德莫伽洗白罪名为条件，让后者答应杀了塔玛索。奥图诺将那双急红了的眼放空片刻，陷入回忆。塔玛索趁此望向肩后，歉疚万分地乞求日本人。秘书官即使身受重伤也能扣动扳机，哪怕这种可能微乎其微。他指缝里夹着一根手里剑，塔玛索君只需稍移方寸，那中了妖术的狐狸精儿子就会毙命。然而，南蛮人转头时，他却在那张西方面孔上读出了哀求。他的使命是杀了那人，那个与马尼拉大胡子达成协议、将滑膛枪交给石田三成去屠杀伏见城的家伙！但塔玛索君脸上分明是对射击后果的恐惧。西乡隼明白了，他早已失去了一切，这些年的坚守不过是为了将曾经所有找回一二，他决定相信朋友。塔玛索得到了武士的默许，他知道，他只答应自己再多等片刻。这是浪人唯一一次"自行其是"。塔玛索知道，如果他失败了，浪人会替他继续，无论结局如何。他来不及道谢。"德传康吉！"奥图诺口齿不清的念出多年前马尼拉来信中的名字，"就是他！"这令塔玛索始料不及，真相背后似另有隐情。但这不是最紧要的。奥图诺奋力一呼，枪口随之偏离孔斯坦萨头部，少尉终于等到机会。"告诉他！是德川家康！"他凶神恶煞地更正道，"马尼拉来的信上，就是这么写的……"

塔玛索看到了孔斯坦萨眼里的恐惧，他明白。某一瞬间，他祈祷那老家什还未被过度蛀蚀，以免战斗以覆于尘土飞扬和一堆烂木而告终。奥图诺重新端好枪，意欲反击。少尉不能改变主意。他按宗佶所授，挪动脚步，多年苦练已然熟稔于心，磨旧了的耙柄扫过小腹。他展腰转身，手抓住木耙，指随心动，一如僧人教导的那般。孔斯坦萨的尖叫声在耳畔回响。多年前被某个老农使唤的光秃了的木耙用起来得心应手。耙端击中奥图诺腕部，木耙嘎吱作响。西乡早已在秘书官供出主谋前率先行动。他与南蛮人相处已久，知道他们读"众神之国"人名时的独特发音，他知道对方所指何人。他猜测过塔玛索君的意图，及时出手，一仍其旧，毫不费力。

塞维利亚的天终于平复下来，雷声停了，只有毛毛细雨不成调的沙沙声。孔斯坦萨只感到一滴液体溅过来，来自施虐者手臂的压力瞬间松懈，木耙掷向奥图诺前臂时空气吹过脸颊。塔玛索整个扑上来，两人滚在地上扭作一团。西乡收回发射手里剑的姿势，拔出武士刀，以备不时之需。子弹的爆炸声震耳欲聋，屋内烟雾缭绕，众人霎时视线模糊，淅淅沥沥的雨声也听不见了。塔玛索来不及查看自己是否受伤，赶紧撑地起身，望着孔斯坦萨的眼睛，迷失在那汪他日思夜梦的蓝色清泉里。"没事吧？"她点点头，轻轻揽住他，他任由被这令人振奋的感觉包裹着。

他面目扭曲，一脸难以相信地缩至墙角，想说话却无法开口，满是鲜血唾沫的嘴里露出手里剑一端。奥图诺的小眼睛里充满恐惧，一只脚被子弹擦伤，两只手试图拔出刺穿喉咙的劳什子。手里剑穿过舌头，戳透脖子，另一端从颈背叉出。西乡用刀划出弧形，剖开他的肚子，扯出灰黑的肠肚，浓烈的恶臭将火药味一扫而光。他双膝跪地，再一使劲，其余拖汁带血的内脏稀里哗啦掉了出来。武士刀再次落下，将那双病恹恹的脸从太阳穴至颌骨一劈为二，而后咔嚓一声，收刀入鞘。孔斯坦萨紧紧抱住少尉，塔玛索看着浪人，一时无言。

百年栎树光秃的树干随秋风摇摆，铺得地毯似的枯叶很快就会被吹散。东方泛出第一缕天光，太阳还未在黑暗中闯出道来，但黑麻麻的夜色正黯淡下去，透出一丝鱼肚白。轻薄的微光中，埃希哈连绵的山峦依稀可见。马儿在草场上拱土，一切都还沉睡着。

塔玛索一瘸一拐地走过来，将弄乱了的毯子扔在身后，两手摩擦驱寒。忙乱终于暂告段落，少尉开始回想所发生的事。受伤的加斯帕尔尽职尽责。他们在圣克鲁斯汇合，囿于逃犯身份，只能乘着几匹老兵偷来的坐骑,马不停蹄地一路向东,不再渡过瓜达基维尔河。孔斯坦萨看到老兵牵来那几匹浅棕色马儿时兴高采烈的表情,总是在塔玛索脑中闪过。他们出了塞维利亚郊区,趁着暴雨后澄澈明净的月色,向卡莫纳尖顶山的方位行进,天亮后也不止步,直至黄昏时筋疲力尽。塔玛索疲惫不堪,刚睡了几个小时突然惊醒,急切不安地想要证实什么。少尉一手抓住开裂的树皮,扶在粗重的树干上天旋地转,白痴似的眨着眼睛,他真害怕那只是一个幻觉。他任由自己瘫坐在两个树根之间,定定地看着她。是她,最纷繁绮丽梦境的化身。她睡在从帕切卡包裹里取出的粗羊毛毯里,两手压在颔下,几缕秀发覆在珠母贝般亮泽的脸颊上。他爱她,从未放弃。想到这儿,痛苦传遍全身,他感到心里有东西碎了。也许她已不属于他,他离开过她,而过了这么多年,也许他早已永远失去了她。也许等她醒来,会不屑地瞥一眼如今毫发无伤的他,然后,头也不回地离开。她会因为曾经的错误而拒绝他。他们之间只有难以触碰而又无情流逝的脆弱回忆,而那些,不过是风中云烟。他曾孑然一身,那些模糊的画面是他唯一珍视的宝藏。也许,她连解释的机会都不会给他,甚至不会听他说若非那要与她再度重逢的渴望,他早已一命归西。他从未如此害怕,他真希望她一直睡在那儿,黎明永不离去,这样便不会听到她是如何拒绝他。他忽然开始没来由地贪恋起那相伴多年的痛苦。他不愿再承受新的不幸,只希望一切如旧。睡梦中的孔斯坦萨浑身发抖,樱红的嘴唇呢喃自语,双手拼命想抓住什么。他不会知道,充斥着圣豪尔赫城堡酷刑的噩梦夜夜折磨着他深爱的女人。她在梦里说着他不明白的话,身体不住地颤抖。他惴惴不安地伸出手,指尖差点触到她的脸颊。她又害怕了,他鼓起勇气,指腹轻轻捋过她额前的碎发,手指滑过她脸庞的轮廓，停在唇边，又喘着短气避开，手掌微微倚住那温热的脸颊。某个瞬间，他的担忧消失了，只想安抚她。他在她耳边柔声细语，告诉她一切都会好起来，她自由了。

太阳在秋日耐心的等待中从东方浮出，天亮了，山野黄绿相间。她醒了。她睁开眼睛，表情惊恐畏怯，塔玛索猛地躲开。那双眸子如露珠般闪动着，慢慢地，她笑了。犹疑不定的少尉立时没了主意。她从毛毯中伸出一只手，握住他的手，看着岁月留下的老茧，抚摸着拇指上的伤疤，微笑着拉至嘴边，张开双唇，甜蜜地亲吻，而后又将手放回脸颊。他们没有说话，只在爱与不安中踌躇着。事实上，他们已无需言语。她掀起毛毯示意他，他犹疑不决，她银铃似的笑了起来，点点头。他由着她拉了去。经纬不甚浓密的旧毛毯外，地平线破晓而出，旧毛毯内，两个相爱的人重逢、交融，期许多年的温存化为无声的呻吟。他们睁开眼睛，望着彼此，又轻轻合上，结成一个温润炽热的吻。起初，他们还腼腆迟疑，唇齿相会又羞涩退出，而后又更热烈地彼此寻找。她解开他夹克的扣襻，摸索着下面的织物；她迫不及待，猛拉硬拽，狂热地寻找着，直至触碰到他滚烫的皮肤。他的手陷入她纤细的腰身，拂过膝窝，又回到腿根，揭起宽大的罩衫。他的指尖揉搓着她长满卷曲茸毛的小山丘，她弓身迎合着他。他放弃了那股欲望，不知一旦那样将情动如火。他拨弄着她平坦的小腹，急切向上直至握住她的胸脯。孔斯坦萨忍受不住，一把褪下那身破衣，将上身完全暴露。塔玛索俯下身，他灼热的呼吸喷洒在双乳间，令她陶醉着迷。他一边亲吻着她乳晕周围敏感的肌肤，一边双手将那酥胸聚拢起来，舌尖在乳头骚动，她髋部震颤不已。他们解开衣带，撕开补丁，急如星火，直至赤身相对。他们再次深情拥吻，以狂野，以欲望。她的手一直往下，滑过他躯干的线条，在沟壑分明的肌肉上稍作停留，便长驱直入直至触到那跳动着召唤她的坚挺。孔斯坦萨张开双臂，腾出手来。她的乳房被捕获了，肿胀充盈。他仍在吻她，而她则毫不犹豫地握住那昂然挺立的家伙，用指尖轻柔地环绕它，牵引它；她温柔地触碰龟头，指甲在上面舞动、摇曳。塔玛索不禁弓腰呻吟着。他们再次唇齿相融。她翻身将他压在下面，双乳紧紧贴着他的胸口。他亲吻她的脖颈，任由她覆盖住自己，她支起上身，塔玛索便滑进了那迎候着他的潮湿和温热。他们在粗糙的羊毛毯里合二为一，宁静欢好。他们终于在一起了，在爱的喜悦里如痴如醉，相信再也不会分开。孔斯坦萨开始缓缓扭动，一如涨潮前的最后一波海浪，他配合着她。他们四臂交织，仿佛要吻到骨子里。他们望着彼此，诉说着那些孤独、痛苦和害怕，彼此安慰。"我以为我已经永远失去你了，"塔玛索低语道，"我以为……我从未停止爱你，每一天，每一夜……"孔斯坦萨什么也没说，只以更深沉、更悠长的吻回应他。他们不会知道，幸福总是稍纵即逝。

"得承认，咱们已经成逃犯了，"少尉叹息道。以前，与孔斯坦萨同回蒙福特德莱莫斯的愿望总让他涌起阵阵暖意。他也曾想象过他们在家族老宅的生活，但不得不承认：那不可能了。"咱们该怎么办？"加斯帕尔问。塔玛索看了看孔斯坦萨，她正拿起他的手，将手指一个摆一个，又逐一摊开，再伸开自己的手放在上面，像个孩子似的比照两个手掌的大小。她苦盼多年，而如今，他就在身边，故而情愿对一切淡然处之。在与众人倾吐二人所历磨难前,她已同塔玛索谈过,对她而言,万般挂心只此一件:"无论如何,我们都不会再分开。"她的声音坚定清明,与老兵曾见到的那个晕倒在马背上的弱女子截然不同。他们打发鲁伊去埃希哈附近找个驿站,买些给养。他们以为,杂役小伙不会惹人注意,即便将马留在郊外,看起来也不过是个奉命办事的侍从或仆人。

时值正午,一行人歇在老栎树下,一边讨论将来之事,一边等着小伙子带些吃食回来,最好能再打探些消息。西乡和僧人与几个西班牙人隔开就坐。宗佶耐心翻译,浪人却并不十分在意,只在必要时注意不失了礼数,他在想主君鸟居元忠交给自己的那封信。塔玛索看着两位东方人。奥图诺的临终之言仍在耳畔回响,他为朋友所受的磨难心疼不已。虽只了解一些历史片段,但他直觉,西乡是被自己人出卖了。正当他为浪人不幸卷入复杂的政治纷争忧思不已时,忽然计上心来。"咱们得走,走得远远的,"少尉思绪翻飞,"去一个他们找不到的地方,"他顿了顿,众人倾耳拭目,"咱们去菲律宾群岛,或者其他某个香料岛。"加斯帕尔断然否定,孔斯坦萨轻轻点了点头,身后的嬷嬷瞠目结舌。"上帝啊!这是见了哪门子鬼?你疯了吗?"加斯帕尔喊道,帕切卡如往常听到老兵谩骂时一样,两手捂嘴。"咱们不能回塞维利亚!更没法登上任何去印度群岛的船只!会被逮住的!真是疯子!"塔玛索认同地点点头,他能理解老兵的难处。"咱们不从瓜达基维尔港走……""当然不!见鬼的!咱们得游过去呢!"捕鸟人讥笑道,若非嬷嬷在肩头轻拍斥责他,他真想接着嘲讽几句。孔斯坦萨的手给了他力量,他笑了笑解释说:"也不是,咱们从北边走,"他想起去马尼拉的时候,"咱们去佛兰德斯。"他澄清道,老兵颇为气愤,若非妻子制止，又起身骂骂咧咧了。"那地方咱俩都熟悉，"他对老兵说，"可以找不愿受洗的探险队商人帮忙，"他指了指两位东方人，"咱们都清楚，他们中有人定居科里亚，有人要随支仓常长去马德里觐见，听说还要去罗马，但我确信，肯定不止一人想回日本去。奥兰治人一直想与东方进行贸易往来，"他想起圣迭戈号沉船事件，补充道，"若是能叫他们相信咱们是背宗的异教徒，愿意为他们与日本国往来发挥重要作用，他们定会张开双臂欢迎咱们的。自然也不会有人去反叛之地找咱们，听说如今双方正休兵呢……"加斯帕尔沉思不语，惶惑的嬷嬷脸色阴沉，衬得圆润的脸略有些尖，孔斯坦萨心不在焉，将塔玛索的手放至唇边，甜蜜落吻。"那我们就去北方吧，"侍女用诗意的语气笃定地说，"不管去哪儿，在一起就好。""说不定在替那些异教徒捉臭虫时，我还能学上不少那叽里呱啦的外国话……要是能得一件体面衣裳，还能给那些商户当翻译呢。"老兵一边做出拨弄褶领的样子，一边又嗤笑道。"咱们总能在那些岛上找个安静的栖身之所，"少尉信心满满，"那儿有成百上千的小岛，总会有的选……""咱们可以去巴塞罗那，从那儿上船去米兰，"加斯帕尔开始认真考虑方案，插话道，"或是沿海岸，一直往法兰西走……然后再选陆路，"他想起西班牙军队去佛兰德斯时所选的小路，正是那些小路使他们避开了胡格诺派教徒和法兰西人分别在比斯开湾和内陆发起的报复，"也可以横穿佛朗什孔泰省……选择很多……不过，你最好跟他们说清楚。"他指了指僧人和浪人。塔玛索不慌不忙，意味深长地看了看东方人，"我有很多事要跟他们解释。"说着起身朝二人走去，孔斯坦萨握了握他的手。

"天神啊！[1]"加斯帕尔看着少尉从面前走过，脱口而出。"你在说什么？"帕切卡问道。"唔，我猜大概是说，有些事比裤裆里挨了一脚还痛苦吧，"老兵打趣说，"那些异教徒中枪时总这么说……"帕切卡又嗔怪老兵了，塔玛索笑了笑，走到众人另一侧，又望了一眼孔斯坦萨，与她分离总叫他心痛不已。他走到不苟言笑的西乡面前，知道自己要做的事难于登天。

"咱们得谈谈。"他用日语说道，浪人颔首致意。"昨晚的事……"他将前往佛兰德斯之事暂抛脑后。宗偳脸上现出耐人寻味的微笑："相逢总是别离的开始……天色要晚喽……"说完拿起藤杖，远远走开。西乡默默起身，请塔玛索移步至无人处。两人背着僧人的方向，一前一后下了小山，往北走去。浪人一路无语，直至接近来时的小路才开口说话。野蔷薇和荆豆在河边胡乱地生长着，天干物燥，连最后的几只蚱蜢也要一蹦一跳，逃离人类。他思忖着塔玛索君的话，"那窝囊废喊的是老奉行的名字，"日本人暗指德川氏。少尉难过地点点头，思量着欲言之事的后果。他深吸一口气，看着东方人的眼睛，用仍觉陌生的日语尽可能精准地缓缓转述奥图诺的话，见自己粗劣的翻译并未妨碍浪人的调查后，又说了说自己的疑虑。足轻一言不发，只在塔玛索讲完时，一贯严肃的脸上略有异动。"你说得没错，"他接受得很克制。少尉有些意外，尽管对朋友的性情已有所了解，但他本以为他会以另一种方式发作。"若非有滑膛枪，石田三成绝不敢进攻伏见城，"西乡认可了西班牙人的看法，"如果不能拖延围城战，德川氏就来不及整合军队……就会输掉关原大战，"他顿了顿，接着讲最令人

---

[1] 原文此处为德语。——译者注

痛心的部分，"也许，是德川家康自己将下榻桃山的消息泄露了出去。他只须故意说错日期……将军的人马是晚了几天才到的。"他最后说道，太阁数年前为确保胜利的老谋深算一目了然。浪人出奇的平静，他久久地望着原野上的树干，仿佛那苍老的姿态能带给人安慰。

"你打算怎么办？"西班牙人小心翼翼。沉默凝结如坟墓一般，西乡隼盯着一棵栓皮槠，树干衰老瘦削，因连年干旱弯腰驼背，仅有的几根短树枝也耷拉着，却保持一种难以言说的令人安宁的平衡。"我想和家人和儿子回去。"这是西方人有生以来第一次看到他袒露自己的感情。塔玛索稍感宽慰，甚至以为一切都结束了，但他弄错了。"我想回九州老家去，"西乡最终确认，"所以，只有一个选择。我受鸟居元忠所托，"他仍清楚地记得那日的棋局，"要了结摧毁伏见城的罪魁祸首……我会完成自己的使命，完成主君最后的吩咐，"他凛然无畏，"我要回日本杀了元凶，取了德川家康的命，唯如此，才能瞑目……"塔玛索知道这番话的分量，那正如他想了结奥图诺的上级莱尔玛公爵一样，是他一手炮制阴谋，毁了自己的生活。可即便老奉行是覆灭伏见城铁定无疑的凶手，以一己之力对抗一个浸淫战术数百年的王权，无异于以卵击石。"这不可能，办不到……"尽管少尉仍无法理解日本国及其国民，但将心比心，若要他只身面对腓力三世麾下的千军万马，闯过排山倒海的刀林剑雨，去刺杀安坐后方的莱尔玛公爵，那简直难以想象，武士的勇气不能不令他肃然起敬。西乡平静地看着他，点了点头，塔玛索心领神会。"理应如此，不是吗？无论结局如何，都该不负所托。"浪人再次颔首，塔玛索踌躇良久。若非日本人襄助，他早已死在仙台或是王城了，也不可能再找到孔斯坦萨，他被这沉重的恩情压得喘不过气来。他又要失去她了，心仿佛被鞭子抽着一样痛，但他知道自己义不容辞。他很想把手放在浪人肩头，又忍住了，他的这位朋友可不喜如此。"我陪你……"

艳阳高照，似乎在考验人们的精气神，疾风阵阵，卷得桎皮楮树叶四处飞扬，温润潮湿的空气预示着午后新雨临近。承诺脱口而出，一想到要与孔斯坦萨再度分离，塔玛索就感到痛不能已。西乡隼担心再也无法重回故地了。他想再见见儿子，弥补多年来自己的浪人污名给家人带来的耻辱。他想着这桩桩件件的人生憾事，待回过神来已为时已晚。塔玛索纠结不已，正欲重复刚才的话，却听得一阵急促的马蹄声由远及近，顺风而来。"不会是那孩子，"少尉不知如何用日语说"仆役"一词，"是从塞维利亚来的……"

少尉暂且不想刚刚所做承诺的后果，拔剑准备应对从瓜达基维尔来的法警。他确信，那些塞维利亚人是来找自己的，但待看清骑手后又吓了一跳。他们正飞奔而来，打头的是已习惯西方马鞍的吉冈征十郎，他胯下的枣红色种马嚼子泛沫，两肋冒汗。一行人来到他二人所在地，拉住缰绳，马队嘶声一片，尘土飞扬，将他们包裹其中。塔玛索推测，日本人应是将留在科里亚的武士们也召集过来了。马队共有三十多匹，臀上皆有梅迪纳西多尼亚公爵家族的烙印，一眼望去，只见数十只马蹄在狂躁不安地刨蹶子，哼哧哼哧喘着粗气，嘶鸣不断，目之所及风尘滚滚，少尉在鸟羽城认识的那位武士在一片迷雾中缓缓现身。

"我以德川家康大人亲封领主、仙台藩大名伊达政宗所遣使臣——支仓常长大使的名义，"吉冈征十郎厉声说道，严肃的语气不容置疑，"来取无耻浪人西乡隼的性命！"在他身后，扬尘随风而散，其他人也逐一下马，包括那位教名文森特的皈依者。他们总共将近四十人，清一色的日本武士，秩序井然地围在领头人四周，随时准备动手。从塞维利亚通往埃希哈的路上，尽是抛光铁器的刺鼻气味，乌云在地平线越积越多，正为这个瓜达基维尔小镇酝酿着另一场暴风雨。"你身为本国人，竟卷入外族事务，不但威胁到了德川大人的遣使大计，还杀了好几个人，"吉冈对塔玛索不屑一顾，提起那几个死去的西班牙人更是如此，"你还放了火，罪无可恕。"没错，在日本，纵火是最大逆不道之事，但少尉不明白，那武士是如何知晓，他们肯定一直跟着他们。"眼下，支仓君不得不向当地的老爷请罪，"吉冈的蔑视再清楚不过，在长崎神学院多年积聚的怨恨仍难放下，"但最可恶的是，你被指潜入长宗我部氏在京都的宅子，杀死了七位德川大人的亲随……"吉冈征十郎说完阴森地笑了笑，从腰间取出一个物件。正被负罪感压抑折磨的塔玛索一眼就认出了那东西。西乡抚摸着武士刀上靛青蓝柄卷的凸起，不动声色，准备再次接受业力轮转。手里剑掉在地上，溅起一缕细沙，随风飞舞。塔玛索想起了在王城棚屋的那个晚上，在巴托洛梅·德帕洛斯死后，他确定是自己造成了眼前的这一切。他们不过是两个疲惫受伤的人，对方却是三十多个勇猛杰出的武士，个个身经百战，武艺高超，健壮结实。没有什么能阻挡这样一只队伍。即便如此，塔玛索依然深知，对方的压倒性优势、他们可能遭遇的艰难处境——这些任何佛兰德斯指挥官都可用作借口的事实此刻都无关紧要。这关乎勇气，而非理智。通往埃希哈的大路将成刀林剑雨，使命是唯一的理由。

老军需官看着朋友的手扫过刀柄，想起了孔斯坦萨，他感谢上帝让自己又见到了她，值了，她的吻、她的爱抚、她双唇间的呢喃，都让他确信她还爱着他。哪怕生命将从此终止，他仍会义无反顾。他知道，一切终将在尘埃落定中结束。如果未能与救命恩人并肩战斗，他将无法原谅自己。他拔出剑，耸了耸受伤的肩膀，看着地平线，想起了与之开启冒险旅程的马丁，祈求风能将最后那句爱的呢喃带给孔斯坦萨。西乡隼不需要与灵魂和解，也无须抖落回忆。早在伏见城的最后一晚，他就打算与主君一同赴死，那一瞬已耽搁太久，但终究来了。他用指腹触了触鸟居元忠交给自己的信，紧握熟悉的刀柄，拔刀出鞘。太阳从灰黑的云层逃窜出来，在备前长船派大师锻造的剑锋上跳跃着。风掠走飞沙，落叶纷纷，示现流学校的弟子、伏见城大名的门人西乡隼再次望向老树弯曲的树干，那是一种将倾未倾的脆弱美。他拿起刀，毫不犹豫。一切都在那个完美平静的瞬间暂停了，两个临渊而立的人往深不见底的崖下望了望，伴着暴风雨的怒号，移步向前，踏入虚空。浪人朝吉冈征十郎身侧的武士们扑去，眨眼间已有两人破腹倒地。另有三人冲了过来，西乡左手执忍刀，应对有序。其余众人则等待上场，迫切地想要履行自己的使命，其满腔忠诚与塔玛索在朋友身上见识到的一模一样。

马匹因刺鼻的血腥味受了惊，跳开多刺的荆豆丛，奔向远处的草地。塔玛索很快就被几个身着朱雀纹家徽的武士包围了，他认出那张麻子脸，那人牙关紧闭，额头的汗珠明晃晃的。没人会理睬肮脏的大胡子外夷人，他们甚至根本没注意他。又一具尸体倒下了，身子被浪人劈成了两半，可这没什么用，空缺很快就被另外三个同样凶残的家伙补上了。五分之一的人已被割了喉，吉冈征十郎依旧刀不出鞘，静观其变，表情逐渐异样起来，神色极不自然，手指依次张开后又紧紧握住刀鞘。日本人对少尉不屑一顾，根本未将他放在眼里，塔玛索这才有幸目睹了他们是如何从最初的愤怒变为害怕，最终被出身农民的武士所折服的。少尉与他们相处许久，深知成功的荣耀也会在失败的光芒前黯然失色，以忠贞而战比夺得胜利更为重要。失败比屈服承受着更多难以言说的隐秘，最后屹立不倒的也并非一定是胜者。这才是战场勇士的命，正如箭在弦上，绝无回头。他冲向包围圈，力图救助朋友于危难之际，如果唯有如此才能偿还浪人的救命之恩，他愿以死报之。狂风大作，暴雨更甚，刀剑相杀犹如雷鸣之音。塔玛索击中一人的颌骨，又朝另一人侧身砍了一刀，自己也腹部被刺，被拖入刀林剑雨，神志模糊。

吉冈征十郎难以置信，那个卑劣下贱的浪人既未按惯例在主君死后切腹谢罪，也未找借口辩白，甚至连一句怨言也没有，只是近乎麻木地在人群中佯攻、变招、出击，毫不手软，每一个动作都恰到好处，每一回合都精准、致命，脸上瞧不出一丝一毫或隐忍或怨恨的苦涩。他摸着脸上多年前因不慎留下的伤疤，发现自己再度被情感左右了，正如被一个练家子破了相的那日。虽然对方曾是浪人，但早在主君伊达政宗将其收入麾下时，他便不再是了，可如今他竟与外国人不明不白。懒散的小畑金子不可能毁了保存于长宗我部氏宅院的旧书信。他只能偷窥完整故事中的某些片段，但已明白来龙去脉。久远传说的碎片、艺伎口中的名字、无懈可击的剑术，一切都清楚了。他被彻底折服了，从内心深处对浪人生出无限崇敬与尊重来。吉冈看着他死里逃生，太刀唰的一下掠过他的头顶，削下一块梳着丁髷头的头骨，上面的发髻还齐齐整整。南蛮人刚一赶来便被刺中腰腹，幸得浪人短刀一挡，才未被斩首。搏斗正呈鱼死网破之势。

疼痛传遍全身，他知道，西乡又一次救了他。塔玛索浑身是血，知觉也不甚灵敏，只感眩晕。他趴在泥泞里，集中意志，竭力不让自己陷入昏迷。他睁开眼睛，四周泥水乱溅，几双脚在略远处来回跑动，他想站起来，却做不到。还剩三个，西乡居中，受伤的左臂贴在一侧甩来甩去。少尉试图起身，双腿却不听使唤，栽倒的刹那他瞥见了吉冈征十郎，那家伙还活着，且似乎一直原地不动。又有人被开膛破肚了，有那么一瞬间，塔玛索仿佛看到了胜利的希望，却只见两名武士跪了下来，吉冈征十郎也拜倒在地，西乡隼倒下了！塔玛索看得真真切切，实难相信！浪人周身血红，重伤累累，连握刀的力气也没有了，他望着苍老孤独的栓皮槠，在风中极力挣扎着要站起来。塔玛索看着神情肃穆的吉冈征十郎，泪流满面。武士恭恭敬敬，俯首叩拜，仿佛面前是"日升之国"的帝王。"不！"鲜血如细密的雨点破口而出，"不……"正准备割下浪人头颅的武士被这一声嘶吼镇住，举起的刀停在半空。塔玛索听不清吉冈征十郎说了些什么，只见雨幕中的西乡艰难地调转刀尖，将锋利的刀刃指向自己的腹部。他就要去了，体面高贵，用自己的刀。塔玛索明白，死而不朽，唯此方休。他无力阻止，开始像个孩子一样嚎啕大哭，那个几次三番将自己从死神手里夺回的人，自己救不了他的命了！塔玛索·埃尔南德斯·德卡斯特罗——老军需官、卡斯蒂利亚和阿拉贡王国大方阵军团少尉、腓力三世遣往日本使团的首席官——哭得声嘶力竭，仿若前事尽忘。朋友死了，一切都结束了，可泪眼朦胧中他仍感到恩情未偿、余生难安。他发誓，一定要血债血偿！

第十一式　荣誉

人总是从胜利中学的少，而从失败中学的多。

——日本谚语

大阪城内，高大威严的关楼燃烧着，火焰蔓上天守阁[1]线条流畅的五层单坡屋顶，再爬上城墙，琥珀色的火焰令被烟雾罩住的群星黯然失色。一切辉煌壮丽都将在天亮前化为乌有。几个脏兮兮的醉汉四处徘徊，兴冲冲地寻找可用之物。到处是死人的血腥味和疑似老厨房的烟熏味，大火将首批受害者烧得面目全非。有传言称太阁之子——年轻的丰臣秀赖与淀君夫人一起藏匿在城内腹地，依常理，他们应已切腹自尽。此刻，继承人跪立的尸身前正肠肚遍地，他的母亲也自刎而亡，倒在一片血泊中。拥护丰臣氏的多半已被绳之以法，包括长宗我部在内的名门望族。没有人能逃出去，成千上万的人被困城内，袭

---

[1] 日本战国时期大型城堡，在军事上有关楼和瞭望塔的作用，同时也是城主居所。——译者注

击者中不乏丰臣旧部，领头人之一便是"独眼龙"伊达政宗。战事延宕一年有余，如今已近尾声。叛乱者将被斩草除根，征夷大将军德川要把丰臣王朝的余孽扫荡得干干净净，严防其死灰复燃。有人出言不逊，对太阁的孙儿们将何去何从说三道四，尽管那并不难揣测。小孙女或许会被幽禁在某个尼庵，但小孙子则毫无疑问会被斩首，丰臣氏的桐纹旗再也不会飘扬了。这是德川家康的一贯做派，派使团去塞维利亚亦是如此。经历了那么多后，他终于确信，这一切都是阴谋。窃权的德川家康不仅摆脱了可能会酿成敏感外交事件的海难幸存者，还将可能卷入叛乱的可疑商人发配到世界另一端，其中有些人已定居科里亚，下等武士支仓常长至今仍未回到日本。大御所不会放虎归山，永远都不会。

在那种情势下，人很容易陷入自责，为尝试难以置信的事而心生悔意。即便如此，他仍确信自己应该在那儿。他欠的债不是写在潮起潮落的沙滩上的文字，他欠的债铁铸石刻，浸透了最具胆识之人的血液，难以偿还。他很清楚背叛意味着什么，也许选择其他的路更容易承受，但他已经选择站在那儿，在那个夜晚，在那片人间炼狱中。生死无妄，但事关荣誉，理应如此。而这将是终结的开始，如果他能活下来的话。倘徉着鸭川、桂川和木津川的广阔河谷里，随处可见的三叶葵旗帜咄咄逼人，显出德川家康的压倒性优势，任何妄想将继承人扶上宝座的人都不可能离开这儿。塔玛索知道，战胜者绝不允许有人从象征丰臣氏叛乱的城堡逃脱，即便身为外夷人也不能幸免。大御所近来对外族人表露出一种执拗的厌恶，若是自己被擒，哪怕肤色有异也会被视作浪人。他们会杀了他，就如同对待那些前来兜售火器或是妄图与逆贼通商的外夷人一样。他也好，传教士也好，那个到处描绘田园风光的疯癫法国人也好，大阪城是有去无回的。然而，千难万险，少尉不想放弃。无论希望何其渺茫，他都要试试。孔斯坦萨在等他。

伴着新一轮炮火声，宗佶拄着藤杖走了过来，对头顶的子弹无动于衷。"找到了吗？"塔玛索将手搭在僧人肩头问道，示意他躲开炮眼，"跟我说说你的发现……""只有不想淋雨时雨才是问题……"一枚石炮落在不远处，散落的碎石击中了几个试图逃亡的武士。战事愈演愈烈，虽然传闻三叶葵家族要关闭边境，但德川家康的将军们仍需倚重外夷人的武器。塔玛索深吸一口气，他没有忘记，若非僧人，他没法走得这样远，那天也是僧人在通往埃希哈的官道上伸以援手，他才能继续西乡隼未竟的事业，但数月来辗转寻觅，少尉实在没兴致欣赏同伴的另类幽默。又一颗炮弹嗖的一声从他们身边飞过，塔玛索尽可能平静地对僧人说："一次，哪怕就一次，您可否撇开谚语，只回答是或者不是呢？"一队身着桐纹家徽的武士从两人身边跑过，寻找藏身之处，那是听命于某个皈依基督教的主君家的武士。几人迅速集结在另一人身边，后者从腰间掏出一个奇怪的十字架，十字架上挂着个和尚模样的人物。僧人饶有兴味地看着他们，对这种在日本传播的宗教颇为好奇，连炮弹从身边轰鸣掠过都未察觉。炮弹在天守阁脚下炸开，震耳欲聋，僧人只是笑了笑，待那几人祷告完毕，准备平静赴死时，才向少尉答道："有个在护城河附近被抓的，据说叫西乡隼人。""你确定？"老军需官正色道。僧人的兔唇翕动了一下，想说些什么，却又似改了主意，只沉重地点了点头。各路人马仍在附近短兵相接，厮杀声四起，火光冲天，几支德川氏的先头部队已从背后占领阵地。塔玛索想起了马丁，若他在，定要对眼前的地狱序曲戏谑一番，真想念他啊。但至少他们已迈出第一步，尽管在日本还有许多事要做，随后还要去马尼拉，甚至马德里，但找到西乡隼的儿子是第一步。"好，咱们就去看看。"他整好行装，起身说道。

大阪城的护城河长期被大御所德川下令填埋起来，以削弱城堡防御能力，丰臣氏麾下的武士们曾试图将其清空。如今，最后一场战事余威犹存，老奉行的人马不断壮大，已现绝对态势，那些半空的护城河也变得如泥潭一般，堆满了对战双方士兵的尸体，两军前哨部队冲突的消息经邮站火速传遍各地。塔玛索和宗佶避开德川氏的炮火，小心潜行，总算来到了僧人所说的地方。两人躲在一个恶臭熏天的土丘后面，暗中观察，思忖着如何救出西乡隼人。他们得尽快，时间无多。大火中隐约可见几根插在淤泥里的火把，一个铠甲锃亮、面无表情的军官正试验武士刀锋利与否，两名下属用竹制小长柄勺将水洒在刀刃上，其余几名侍卫负责清查战果。那武士正在斩首丰臣属军的伤员和俘虏，偌大的大阪城内，与之同阶品、同行此事者难计其数。待处决者肩并肩跪立着，看着身侧的无头尸一个个挨着倒地，漠然等待着属于自己的命运，还差六个就轮到西乡隼人了。"咱们不会搞错了吧？""他是唯一一个盔上打了黑结的，别看我一把年纪，又老眼昏花……"塔玛索忧心忡忡地看了看僧人，"……人总有千虑一失的时候。"少尉忍住想对他破口大骂的冲动，集中精力寻找解救西乡隼人的法子。不远处扔着一把日本人惯用的长弓，但塔玛索知道那没什么用，那类弓箭的射程和准星都优于他昔日在意大利受训期间所用的弓箭，且自己只在仙台海滩用西乡的弓练过几个钟头，那已是很久以前的事了，他得另寻出路。

放眼望去，军官正加紧行刑。他突然想直接冲进人群，冒充比斯卡伊诺大使，谎称自己是受德川家康之命，前来带走一位伊达丸帆船探险队员的儿子，但很快又打消了这个念头，他只带了一名醉心于打哑谜的僧人，如此行事，只怕最后一个身首异处的就是自己了。又一个无头尸倒下了，远处不断有枪响传来。城内烟火弥漫，时而窜起的火苗仿佛黎明时的天光。火力弱了一些，恐怖的爆炸声略有减缓，方圆一里内的各种异响历历可辨。刽子手的帮手们又开始颇具仪式感地将水小心翼翼洒在刀刃上。正当绝望的塔玛索准备放手一搏时，乏善可陈的命运终于朝他展开一丝笑颜。曾在城墙下祷告的那队人马嘶吼着扑了过去，仿佛停歇的炮火给了他们勇气一般，虔诚崭新的信仰也无法改变数百年来雷打不动的意志。

"走！这是我们唯一的机会！"塔玛索头也不回地喊了一声，便冲入水洼，趁两队人马厮杀之际，从背后靠近倒数第二名犯人，跪成一列的武士们表现出一种极大的尊严，无人趁乱逃跑。"西乡？西乡隼人？"一位年轻人惊讶地转过身来。"我是来救你的，是你父亲让我来的⋯⋯"武士愣了一下，随即愤怒地说，"我父亲是个无耻的懦夫！我宁愿现在就死，体体面面！"他扬起满是污泥的脸，"我哪儿也不去，更不会去见我父亲。我已经败了，不值得任何宽恕。"他说得掷地有声，无比自豪。塔玛索真想甩他两个耳光，但至少他就是自己一直要找的人。其余俘虏不明就里地看着这一幕。不远处，皈依基督教的信徒们和德川氏人马的打斗已接近尾声，一名为刽子手帮忙的武士用剑指着西班牙人大喊，塔玛索回过神来，从腰间拔出匕首，扔给僧人。"放了他们！"他示意宗佶切开绑住俘虏手腕的绳子，希望他们中能有人挺身而出，继续战斗，从而为营救西乡争取时间。"听着！"他厉声喝道，"你若再敢这样说你父亲，我就亲手宰了你！为了找你，我跑遍大半个世界，冒着失去一切的危险！所以，你愿意也好，不愿意也罢，今天都得跟我走！"那双褐色的眼睛是如此熟悉，猝不及防的困惑显而易见。炮火再次响起，剑子手一干人等被僧人释放的援军打得节节败退。"天赐良机，我们必须逃走……"他还年轻，习惯了顺从，南蛮人表情里的某种东西令他不得不信。

农民湿着裤腿，把稻株从左手换到右手，后退一步，沿着既有行列，将秧苗整整齐齐地插进水田。日头渐盛，冬日的记忆远去了。这是一份繁重的活计，老农时不时就须直起身子，两手叉腰，伸展后背。但你若能看到那顶灯芯草斗笠下的麻子脸，便可知他的表情温和而平静。蜻蜓在空中飞来飞去，农田四周山青峦翠，白色小花渐次点缀其上，雄性百灵鸟在樟脑树间起舞鸣唱，机敏的栗色眼睛评判着各个求偶者。时隔许久后国家终于恢复平静，归于同一位主君，半岛似乎终于摆脱了连年内战的血腥诅咒。许多人并不相信和平会持久，但也有人像老农一样投身田间，驱散战争的阴霾。

孩子们追逐着蜜蜂，当午后来临时，便跳入蛙声不断的池塘，乘凉嬉闹，唯独勤奋的小隼人拿着一把枇杷木剑，在父亲视线内练个不停。这是个老成持重的小男孩，一心渴望成为传说中源氏那样的武士，或是做出一番堪与著名的真田幸村相媲美的英雄事迹。正因此，当马队出现时，小男孩便迫不及待地想看看真正的武士。他将练习剑别在腰间，边跑边整理寒酸的衣裳，稚嫩的刘海在额前一跳一跳。这是一个五人小队，尽管未携军旗，但只消看其腰上的武士对刀，便知其身份不容置疑。小隼人冲到马队正前方，脸上又惊又喜，令父亲着实担心。领头的武士微做手势，只见全员松开缰绳，马蹄稳稳地落在稻田旁边。与此同时，男孩儿不顾母亲的劝阻，郑重其事地跪在地上，眼睛望着那些技艺精湛的剑客，小小的指尖撑住地面，恭恭敬敬地拜了下去。

卑微的老农摘下帽子，下巴垂到胸前，晨起劳作的细密汗珠在锃亮的头顶闪闪发光。"我们找示现流学校的西乡隼老师。"领头的武士并不下马，开门见山。小隼人很失望，那些武士显然搞错了，尽管听到了父亲的名字，但他们不过是农民啊，他们是土地的主人，而非练剑之人。小男孩很幸运生在一个温馨的家庭，虽然日常不过吃些小米和菜豆，可也无温饱之虞。虽然他做梦都希望这是真的，但父亲的的确确并非什么剑术老师，不过是个略有些运气的普通雇农罢了。"是我。"老农微微躬身。为首的武士从腰间掏出一个竹筒，取出里面的文件，清了清嗓子，开始庄重宣读。目瞪口呆的小隼人直直地盯着父亲，只听得零星几个字符蹦蹦跳跳地传到耳边。"……战争结束后封十万石大名以偿……"黄口小儿合上大张着的嘴，看向武士们。他试图找出某个大名的家徽，却什么也看不到。他不过是个满心只念着荣誉的孩子，瞧不出对成年人显而易见的事实。和平转瞬即逝，战争的阴影再次降临在"众神之国"。他的父亲并非农民，而是一名颇具声望的武士和剑术大师。小隼人激动地差点跳起来，他是武士的儿子。也正因此，父亲的反应更令他困惑。老农满是麻子印的脸上皱纹密布，忧心忡忡，他看了看儿子，怀着微弱的希望迈出水田。领头人并未察觉，但其手下一位曾受教于柳生新阴流[1]剑术的武士却发现了。一看湿裤腿农民的走路姿势他就知道，对方疲惫的神情和慢条斯理的动作只是表面假象，实则是一位技艺高超的剑术大师。他终于明白，自己缘何被派到九州来寻一位足轻了。

老农走出水田，跪在泥地里。他知道希望寥寥，却还是想试试。他见过为争夺尸体撕咬互伤的野狗，蹚过血流成河的平地，打过仗，杀过人，看着训练有素的勇士被自私的当权者支配着，自相残杀。他曾真切地感到自己仿佛被拽入无边地狱。他总是那么尽职尽责。然而，看着眼前亲手栽种的土地，他想让生活就这样继续下去。"忝受殊荣，不胜感激，"他俯地叩首，声音谦恭，"鄙人实在不配如此重托，但求您请主君免去恩赏……"这是一份有毒的礼物，他深怀感激却不得不说。他们来这儿就是将他逼进了死胡同，那个看似简单的承诺意味着从此刻起，争权夺利的内乱又要来了。那些武士带来的不止是承诺，还有若他拒绝便要面临的威胁。为首的那人点点头，与同伴低语了几句，似笑非笑地说："我们可是马不停蹄地从江户赶来啊……"那武士的眼神再清楚不过，他别无选择。他甚至想拿起儿子的木剑，杀了他们并非难事。可那又如何？没了他们，还有别人。没有时间解释了，即便有，也没有人会相信。过往种种又一次折磨着西乡隼。菊池氏已荡然无存，誓言与义务也早已随风而逝。骏府城的最后一封信是四年前女城主弥留之际寄来的。西乡明白，他很清楚她一贯乐善好施，只求赎罪解脱。但那些武士不懂，儿子不懂，甚至妻子也不全然

---

1 阴流是日本古代的一种剑术流派，柳生新阴流是柳生宗严以后对新阴流的俗称，其精髓在于"无刀取"，即以空手制住对手。——译者注

明白。

一个身形纤弱、脸庞瘦削的女人小跑着过来,虽受了些惊吓却依旧美丽,劳作后的双颊如熟透的杏子一般红扑扑的,简朴和服的袖子用一根皮带从后背挽起。她先是躬身致礼,又说要打扫屋子、架起火炉、温上米酒、招待来客,但见丈夫愁容满面,便同儿子一同跪倒在地了。足轻不能让家人犯险,若他孤身一人,大可一口回绝,再同那些人斗上一斗,要么杀了他们,要么被杀,他都不在乎。可如今,妻子和儿子要紧。小男孩甩开母亲悄悄伸过来的手,他很生气,他不明白父亲为何如此迟疑。

"我的父亲是个懦夫,卑鄙小人!"他不屑地说,"你们要是好人,就给我一把刀,让我切腹!"他们坐在僧人用干柴架起的小火堆旁,高大密实的漆树树冠模糊了烟雾的痕迹,树皮上亦未见刮取树脂的切口。他们一路向北,烽烟滚滚的大阪城逐渐远去,黎明的曙光洒向群山。在宗佶的带领下,他们来到鹿岛千年古庙附近,僧人曾在这里修行数年。这是一片不易被人发觉的封闭式森林,为免遇上前去古庙的香客和僧侣及其他赶往京都的人,他们潜入密林深处,直至找到一汪从蒲草和蕨类植物中涌出的清泉。尽管外面天光大亮,林中却是绿影婆娑,明暗绰绰。

"只有不想淋雨时雨才是问题……"塔玛索无奈掩面,这句谚语他已不知听过多少次。他极力克制住咒骂僧人的恶语,屏住耐心,望着隼人,他与他的父亲一模一样。"听我说,"他开口道,语气竭尽尊重,"你父亲……""懦夫!他们来找他,可他却完不成使命!"清冽的泉水仿佛令西乡隼人重回初春的那日,重新置身那片稻田。"别这样,你应该……""他就是个懦夫!一个无耻、可悲的浪人……他竟从伏见城逃走了,"隼人怒不可遏,口出不逊,"没头没脸的奸贼!那些勇士坚守了十一日,一个接一个,全都死了。所有人!都依制殉主,做了他们该做的……只有他!逃了!"他一字一顿,面红耳赤,愤怒从身体的每个毛孔喷涌而出,"他竟像个害兽似的逃到地洞去了!他不敢切腹,不敢死,简直无耻至极!卑鄙!可恶!他玷污姓氏,让全家人蒙羞!真是奇耻大辱……这么多年,我忍垢偷生,只想雪耻……我什么也不听,不听!我的父亲就是个懦夫!"他气呼呼喘着粗气,仇恨非常。隼人极度失望的情绪令塔玛索感到窒息。"背着他的姓氏真令人不齿!把你那可笑的剑给我,让我切腹!让我体面地死!我绝不重蹈他的覆辙!"

　　火星劈啪作响,升起一股白烟。宗佶两手捧起一撮泉水洒在火苗上,滋啦一声,两个歇斯底里、各执一词的疯子暂时转移了注意力。"不,那不是真的,"僧人坚决否认,"西乡隼不是懦夫!"他坚称。宗佶神情严肃,令老军需官吃了一惊,小伙子也闭了嘴,似乎被南蛮人的激愤动摇了信心。塔玛索并不认为足轻曾将他的故事告知僧人,但宗佶一贯神神秘秘,无论是否了解真相,都能瞧得出隼人大错特错。总之,他一直都在,他陪他穿越奥斯塔山谷,也与荷兰人近身肉搏,总是说些令人费解的俗语和评论,又从不对自己的言行解释只言片语。少尉不无惊讶,趁势插话:"他说得没错,西乡隼不是一个懦弱的人……"他们一起度过了太多艰难岁月,旧事重提并非易事,很难用一种陌生的语言轻描淡写重现全部。"我叫塔玛索·埃尔南德斯·德卡斯特罗,"少尉顿了顿,他知道,自己的姓名用日语讲出来实在晦涩难辨,"我是跟着我们国家'大将军'派遣的使团第一次来日本的,"他本想澄清,却又觉得细节还是略过为好,不必在那上面浪费时间,"但这无关紧要,你只须知道,我和西乡隼患难与共。我在仙台与他相识,那时我们都身负重任,也是在那儿,他救了我的命……"年轻的隼人困惑不已,想反驳却找不到机会。"那不是唯一一次,"少尉神色悲戚,去往埃希哈途中的遭遇令他自责不已,"那些事以后再讲……"宗佶对西班牙人的痛苦感同身受,后者未说出口的那些事他也曾亲历其中,塔玛索的沉默不言而喻。"西乡隼的死不辱使命,"少尉不自觉地摸了摸大腿,衣衫下吉冈征十郎留下的狭长刀疤还有些泛红,"那才是他在乎的,光荣……"他尽力搜寻合适的词汇,"你的父亲从未背离剑道,从来没有,"他的话敲打着年轻人的意志,"他死得其所,得了应得的尊严。他又救了我一次,"他的声音因回忆而震颤着,"他这一生光明磊落,即便所有人都认定并非如此,"他强调,"甚至有时在周围人看来,他不过是个污名累累的浪人……一个懦夫。我真不敢想象,他这一路是多么孤独……可他从未放弃身为武士的道义,"少尉摩挲着身上的衣服,定定地望着隼人,"从来没有!你要记住了!"

塔玛索结束艰难的陈述,将随身携带的长包裹摊开。四角系起的粗布里躺着浪人的对刀,如漆般光亮的刀鞘显出时间的流逝与持刀人留下的印记。少尉模仿日本人的样子,将对刀一一拔出,极尽虔诚地举过头顶。武士注视着对刀,充满敬意,他瞬间明白了,这是世上绝无仅有的珍品,他不敢碰它们。塔玛索沉默不语,他想,已无须说明对刀归谁所属了。武士颤抖的手指抚过刀锋,惊愕难言。"还有一样东西,"少尉说。宗佶给火堆添了些柴。"一封鸟居元忠写的信……"目瞪口呆的隼人从会计官手中接过竹管,尽管眼神仍有怀疑,但极度的仇恨似已有所缓和。西乡打开信,稚嫩的脸逐渐变了颜色。宗佶晃着一根榆树枝,假装不去在意。塔玛索看着清澈平静的泉水,试图用对孔斯坦萨的思念赶走那些苦涩的回忆。

西乡隼人久久地盯着伏见城大名的印章,难以置信,又将信从头到尾读了一遍,双手颤抖,不能自已。"请您原谅我吧!"他扑倒在塔玛索脚下大喊,"求求您宽恕我的错误,我真糊涂啊!"他把头埋进泉边的杂草里,痛哭流涕,万分自责,"我的错百死难赎,我罪孽深重,难以忏悔,求您开恩,饶恕我的罪过……"塔玛索对日本话的复杂拗口再清楚不过,这些话简直像是面见征夷大将军的请罪辞,可他要的不是日本人的歉意。"你要求的人不是我……"西乡隼人抬起头,泪眼婆娑。他还不懂。他用指尖抚过刀鞘,想起了自己在水田边拿着木剑练习而父亲在旁劳作的那些午后。真相的启示犹如神灵显现,他浑身一振,一生随之改变。年轻的武士跪直身子,正襟危坐,以最虔诚的姿势举起武士刀,深吸一口气,目不斜视,久久地望着前方,心潮澎湃。刹那间,一切都变了。"从今天起,"他激动难抑,"我将用我的一生光耀父亲的记忆。"他紧握对刀,每一个字都掷地有声。西班牙人凝望着他,他与他失去的朋友太像了,像到令人心痛。塔玛索怅然若失,却又无比欣慰。宗佶咧开兔唇嘴巴笑着,嘟哝了句"业力因果"之类的话。路还很长,但终有尽头。

午后的太阳渗进叶隙，流溢成螺旋状的光束，千百年来的泉眼一如往昔拍打着水底的石头，逝者如斯，多少嬉笑怒骂都已消散无踪。不知疲倦的啄木鸟开始在一颗老榆树上啄洞，储存宝贝。为满足西乡隼人对他父亲生平的好奇，塔玛索说了许多他们的故事。他尽量抛开那些最痛苦的回忆，在情感可承受的范围内，讲述他们为完成各自使命而结下的友谊、奥兰治分子对仙台的突袭、日复一日的训练、穿越两大洋的旅途、去埃希哈路上的劫难，还有那些不约而同的沉默，而对最复杂的部分，他依然选择保留。"可是，您不必为了一封鸟居大人的信，就离开您的妻子，冒险来这儿啊，"年轻的西乡在听完一切后不解地说，"您可以托他带回来，"他指了指宗佶，"或是找一位你们的传教士……""没错，"少尉坦言，"我本可以那样做。"他并不道明，而是叫日本人自己体悟。"那么，您为何来此？""好人做到底，送佛送到西啊。"僧人一如既往阴阳怪气。隼人看看少尉，又看看南蛮人。少尉得承认，从某种程度上讲，和尚说得不无道理。可无论是僧人的俚语还是少尉的沉默，似乎都不能让足轻之子满意。军需官又斟酌了一番措辞说："是我欠他的。"语气颇为伤感。年轻的武士还是不明就里。"这是我的义务，我来这儿是为完成他的遗志，"塔玛索吸了口气，神情庄重，"杀了覆灭伏见城的叛徒……"

爆裂的火花填补了西班牙人未尽之言的沉默。他站起身，虽不渴，却还是去喝了几口泉水，而后用手背擦了擦胡子上的水滴，他有些不悦，却还是坐下，继续说了下去。他向青涩的武士讲起许多人的命运是如何被极少数权贵玩弄于股掌之间；讲起多年寻找幕后真凶的艰辛，风雨大作的瓜达基维尔之夜令人心碎；讲起该死的奥图诺招供的真相：德川家康为登上权力宝座出卖自己人，以致西乡隼为完成主君遗命受尽唾骂。隼人努力领会刚刚听到的话,他看了看僧人,期待对方给予确认。宗佶点点头,谜团烟消云散。年轻的西乡对南蛮人的话深信不疑,他应该完成父亲未竟的事业,而这是实践誓言的第一步。"此事确有难度,"他断言道,"丰臣氏继承人预谋多年,屡试屡败。"对他们三人而言,这显然是个近乎不可能的任务。他没有提及太阁的儿孙及遗孀均已身亡,也无须回忆他们是如何从一片火海的大阪城死里逃生,那些都不重要了,现在,他知道自己该做什么。令塔玛索欣慰的是,隼人似乎已显出他父亲的遗风来。"虽然不尽准确,但可能……"少尉插话道,"丰成秀赖并不想要德川家康的命,他想要的是夺权,这是关键所在。"这个解释似乎并不能说服足轻之子,后者仍有些困惑。远处一片寂静,榆树上的啄木鸟停止了敲打,转而对付枯松枝。"继承人要面对的并非德川一人,而是其背后的大名军团,"老军需官一语中的,"他活在过去的阴影里,取胜是他的使命,他需要打败德川家康,一雪关原合战的耻辱,"他用手势比划着,"丰臣秀赖要的是整个日本……而咱们要的只是一条命……"微风轻轻拂过漆树的叶子,塔玛索抬头,树影摇曳,去往埃希哈的那个清晨依稀就在眼前。僧人的脸上挂着期待的微笑,勤奋的鸟儿又开始在老木头上劳作了。

"我明白了,"年轻的西乡说道,手指一如父亲那样不自觉地抚过刀鞘,"可这并不意味着事情会变得容易……"的确,尽管大御所在建立新王朝后就退隐不出,但依然护卫森严,且那本就是一位久经沙场考验、极其勇武的战士,虽已年逾七旬,身体却极为硬朗,据说一生中只得过几次风寒和一场恶性红疹。"我自知此事凶险非常,但这并不能阻止我们……"塔玛索说道,"责任使然,何惧艰险……"少尉说完沉默不语,他再次感到西乡隼带给自己的改变。黄昏临近,于宗佶而言,在何处过夜及如何找些果腹之物成为更切实的问题,去鹿岛古庙附近化些米团或可暂纾困顿。

承蒙乐善好施的僧人们收留,他们在供奉建御雷神[1]的寺庙里安安稳稳地过了两天,四周尽是有两千年历史的雕梁画栋,亦无人来问些他们不愿回答的问题,可谓受到了无私的庇护。宗佶还在此重逢了昔日老友,共叙旧事,好不惬意。这个幽静质朴的庙宇安放着人们的信仰,但其深隐密林,又使人自觉众生渺小。在这个人们以名誉之剑挑战自身、弥漫着无尽孤独的道场里,西乡隼人第一次拔出父亲的剑。他有些眩晕,他握着的是不朽的剑道传承,是自神庙创建伊始就烙印下的民族记忆。他明白了。

然而,平静虽然诱人,可他们要做的还很多。怀着大阪战事已尽的期待,他们离开鹿岛神庙,沿着一条已经干涸的小溪,下山往南,向城内出发,寻找无所不能的大御所德川家康。在路上,塔玛索忧心忡忡,未竟之事令他与孔斯坦萨相隔数月,最糟糕的是此行很可能有去无回。"丰臣氏的计划里有能为咱们所用的部分吗?"他满含希望地向隼人问道。"我不过是个下等士官,"武士说,"接触不到继承人和淀君夫人还有将军们制定的大计划……冬日交战后,护城河就被填了起来,好像和平真要来了似的。他们休兵数月,而后又开始策划新

---

[1] 日本神话中的一位神祇,被奉为雷神、刀剑之神、弓术之神、武神和军神。——译者注

的暴动，"隼人语气镇定，神情严肃，"我被派去监视膳房管事……"军需官蹙了蹙眉，似要开口却又停住。"……一个叫莎拉孙介的人，"武士见少尉未插话，继续说道，"夫人认定，那是个准备毒杀他们的叛徒……或许她猜得不错，我想他就是在塔上纵火的元凶，我敢断定大阪城被围时，就是他放火烧了厨房，我本要去捉拿他，却被人逮住，正因此我才会在城内，"意识到自己有些说远了，他顿了一下又道，"停战期间，淀君夫人疑心未除，为报复德川家康，我被派去江户收买一个他的厨子，可没等任务开始，就收到要求返程的信件。原来，继承人急不可耐，自那时就下令城外驻军清空护城河。都说丰臣氏要进攻京都，为此，许多浪人集结在大阪，希望主家能雇佣他们。短暂的停战就这么结束了，烽烟再起……我不得不暂停任务，回到大阪。"

途中流水潺潺，宗佶用藤杖标示方向。日头越来越盛，浓密的森林逐渐稀疏，泉水水域迅速开阔，直至变成一条跳跃在鹅卵石上的清澈见底的小溪，路上不时有受惊的小青蛙慌慌张张跳进水中，河岸愈加分明，灌木丛的枝杈已无法覆满两侧。眼前的景象不禁令心事重重的塔玛索陷入思乡之情，他想起了家乡加利西亚，那个青山如翠、河流纵横如织的地方。他尽力排遣远离故土的苦闷，却忽然看见一样将他拖入近年回忆的东西。他停下，细细端详。已时隔多年，那外国话又极难听懂，他觉得有些相似，又不确定。宗佶见西班牙人停下，也倚着片刻不离身的藤杖站住，西乡隼人差点撞上南蛮人的后背。军需官并不在意被淋湿，一个猛子扎进水里游至对岸，在同伴好奇的目光下，靠近一处根茎多肉的阔叶灌木，同时竭力回想吕宋岛腹地那个相似的地方。"你后来结识了德川家康的某个厨子吗？"他有些怀疑地摸着上面的球状幼芽,头也不回地问。在菲律宾群岛探查那可怜女人的遭遇纯属一时兴起,但随着时间的推移,他发现,那个插曲的意义或许就在于让他明白不应轻信安东尼奥·德莫伽。可眼下,听诉官与奥图诺的恶行丑事已不再重要。"认识了一个。"年轻人不无骄傲地回答。毫无疑问,粗糙的根茎、硬挺的叶子,都如出一辙,但这究竟是不是那皱纹满面的印第安伊富高人向他指认过的植物,少尉并不十拿九稳。土生土长的老人的确不仅想起了几句传教士教授的西班牙文,还说起一个在甲米地港郁郁而终的女人,正是那时,他向少尉展示了那东西。他很谨慎,轻轻解下斗篷铺在杂草上,用匕首翻开表层土壤,连同黑色的根茎一并掘出,将灌木裹在斗篷里,尽量避免用手触碰。若是那伊富高人,定会将植物随意摆弄,可他不想冒不必要的风险。任何时候,探究对错总是失之毫厘差之千里。"你觉得,有无可能与那厨师重新建立联系?"他边问边寻摸一块拳头大的卵石。比荚?或是类似的名字?老家伙就是这么说的。"应该可以,怎么了?"塔玛索将裹起的斗篷对折,揉成一团,用溪流中央一块凸起的石头做砧子。此物见效慢,会引发呕吐、眩晕、疼痛和发烧。那可怜的老妪定是想了许多其他法子,最后才决定用毒,但临了还是没能了结了德莫伽为儿子报仇,而是错杀了一名侍者。

二人盯着少尉,很是好奇。宗佶很快就明白了,他曾在中国的深山老林见过这玩意儿。塔玛索用捡到的卵石研磨皱皱巴巴的斗篷,浆液开始从织物褶皱里缓缓渗出。随着碾子滚动加速,细密的白色泡沫逐渐挤满破旧的绒料,并慢慢落入平静的水面。一只没头没脑的青蛙从岸边蹦到几块鹅卵石上,不一会儿就晕头转向,翻肚蹬腿了。三人静静地看着小东西挣扎残喘,直至一动不动。"效力不佳,"塔玛索说,"我不确定咱们挖到的是不是最好的,但不论煎成药剂,还是烘成干片,也算找到了一个法子……"少尉不知道的是,他还须等上数月才有机会,但他还是笑了笑。谁能料到一个意欲刺杀安东尼奥·德莫伽的不幸女人,竟让他离未竟之事又近了一步呢?

德川大御所从大阪凯旋而归,享受胜利的他沿途经停数次,尤为钟爱那些可供他的游隼猎食的蛮荒之地。谄媚的下属们所言不虚,猎物颇丰,许多雉鸡和鹌鹑都难逃老奉行高超的驯鹰术。德川家康是个性情温和、喜怒不形于色的人,而今,他却欢喜若狂。正所谓,一将功成万骨枯,在舍弃牺牲了那么多后,政敌一个个被圈禁处决,政变的阴谋也被尽数挫败,他终于确信,自己清除了最后的障碍,征夷大将军的位子将在他的后人中永世流传,丰臣幕府已断子绝孙了。然而,即便如此,即便他的领地已遍布"众神之国",德川依旧保持着简单的生活习惯,衣物质地上乘,样式却十分古旧,活像个老农。他总是在户外度过大把时间,或练习剑术,或近身搏击,或训练游隼。他一生痴迷于权力,东征西讨,防守进攻,这些习惯早已根深蒂固了。身为一个优秀的武士,哪怕敌人窥伺在侧,他也能随时枕着路边的树木入睡。他不喜奢华,生活节制,只在有不得已的外夷事务时才离开京都。

不过,尽管老奉行素来简朴,却在大阪全胜后生出一种任性的怀旧思绪来:修复城堡和那片他度过青年时代的土地。德川家康在骏河国的骏府城度过了人生中最美好的岁月,那些与两个儿子和心爱的人在一起的幸福时光。可自从她去世后,他就成了深居简出的大将军。曾经在西乡夫人[1]臂弯里的那些安宁祥和的日子被永远留在了那座城里。因此,大御所每每来此,总是触景伤情。然而,那天下午,当他在骏府城的花园中漫步时,因打败丰臣氏而志得意满的他不再为痛失西乡夫人而郁郁不快,相反,在迈入那些精心栽培的林子时,他得到了平静,他嘴角泛着笑,想起了那些曾说与她听的梦想,如今都已实现了。因此,当侍者靠近时,他正心情大好。

侍者按惯例规规矩矩地鞠躬,待主君示意时才开口说:"启禀大人,"他知道主君听了消息会高兴,语调颇轻快,"商家佑吾郎送来一桶在奈良捕的金目鲷。"一脸严肃的德川满意地哼了一声。佑吾郎是个野心勃勃的商人,他筹谋多年,等着官家许可他的新生意,在运送活鱼上也有不少好点子。为免装在灌满海水的大木桶里的鱼中途窒息,他甚至试图采用古老的针刺疗法。"原来是金目鲷啊。"大御所言简意赅。侍者见老奉行走开,便也躬身退下了。在自大阪返回的悠闲旅途中,他碰到了另外一个商人,老朋友茶屋四郎次郎[2],一个具有令人艳羡的商业嗅觉、能广聚财源的人。茶屋向他提起一桩新买卖,他已在京都做了试验,打算购买南蛮人的面粉。他毕恭毕敬地向老奉行询问朱印船之事,顺便向他提起:仿着外国人将鱼肉裹上面和酱油炸的吃法正风靡京都。对美食颇有心得的茶屋深信,这将是一笔大买卖。想到此处,不无好奇的德川家康叫停转身要走的侍者:"按京都新式吃法烹制。"

---

1 西乡局,德川家康侧室。历史上,西乡局先嫁与表兄西乡义胜,义胜战死后嫁与德川家康。——译者注
2 京都豪商,早年为德川御用商人,从事物资调配和情报收集工作。——译者注

* * *

那晚，郎中们都被宣到大御所的行宫。一众人面慈心善，医学知识渊博，开始讨论可能存在的阴阳不调、五行相克及老奉行经脉不畅等问题。大夫们在给德川大御所诊断后，在一间与寝殿相连的大厅内悄声陈述各自的推论。此处乃骏府城腹地，所有人都知道，隔墙有耳，因而窃窃私议，唯恐消息扩散。在厅内一个不起眼的角落里，放着一张绝无仅有的传奇棋盘。那是德川家康曾与丰臣秀吉对弈搏杀的棋盘，撑地的四角切割粗糙，圆盘的四面均被漆成黑色，手工艺匠人在上面绘上镀金的森林景象，久经风霜的松枝与娇柔的樱花相得益彰，装有黑白棋子的棋盒被整整齐齐地放在一侧，仿佛整装待发的军队。而无论棋盘还是棋盒，上面均有三叶葵标识。新式裹浆炸鱼的香气仍在味蕾散之不去，在大病一场之前，德川家康就这样结束了此行的最后一站。

* * *

正当大夫们交头接耳之时，城堡外围碉楼上的两名士兵也消极怠工，低声议论着主君的病情。两人不知道的是，一番玩忽职守的闲谈竟救了他们的性命。若他二人兢兢业业，必死无疑。有人正从二人背后的窗口奋力向上攀爬。黑影贴着碉楼一角，滑过城堡正面。碉楼与城墙共用地基，再往上是单独浇筑了白色墙体的瞭望台。只见黑影从高层窗户翻出，摸摸索索找到地基的方石，踩稳狭小的花岗檐口，猛吸一口气，一头扎进水井。待他浮出水面游了一段距离后，另两个黑影正在河对岸等待，其中一个伸出一根长长的藤杖助他出水。

他并不觉得自己与那人气味相投,尽管如此,他还是让他继续说了下去。威廉·亚当斯厌倦了日复一日的对立与争斗。耶稣会士、多明我会士和方济各士之间彼此不睦,却都想对付他:唯一一个亲近幕府的外国人。与此同时,平户的英国人又因他独得德川大将军的信赖而对他多有不满,他费了好大力气才说服他们帮自己造船。贪婪的葡萄牙人死守港口地图集,简直像下等妓女牢牢攥着一枚弗罗林[1]一样,绝不为舵手宏大的通商计划提供便利。当地人对他倒是客客气气,准他自由生活,但对他带领探险队寻找西北航道的伟大梦想毫无兴趣。另外还有婆婆妈妈、贪得无厌的荷兰人,他们行事鲁莽,竟敢对日本人动手。他花了数年时间才摆平此事,可该死的荷兰人冥顽不灵,坚持要做大东印度公司,不止一次背叛英国人,牺牲后者的利益。然而,即便凡此种种,当南蛮人前来求见时,好奇大过谨慎的亚当斯,亦即后来日本人口中的三浦按针,还是决定接待他。

"咱们来瞧瞧,若我没理解错的话,你想登上下一班驶往迪劳[2]的朱印船,对吗?"事实上,亚当斯没有多少时间,德川大御所病得很重,他正打算去一趟骏府城,向老奉行致敬并表达顺从之意。威廉·亚当斯在日本多年,很清楚渗透于岛国生活中的森严礼制。来者点点头,神情忧郁,好像对此事并不关注。他看上去比自己年轻得多,但显然已饱受生活摧残,眼睑四周密布细小的皱纹,下巴和鬓角

---

[1] 荷兰古货币。——译者注
[2] 马尼拉郊区某地。——译者注

的胡子有些斑白,身上是破旧的西式装扮。他将帽子挂在腰间,手背的皮肤晒成古铜色。他的荷兰话口音古怪,难以判断其出处,总之,那不是他的母语。"你为何要上船?"亚当斯有些不愿回首的过去,他可以宽恕作奸犯科之人,可若没有好处也不愿冒险。"因为对你很合算……"入乡随俗的英国人身着和服,跪坐在榻榻米上,身体后倾,满脸狐疑,"噢?是吗?""我会日语[1]……"这让他颇感意外,更别说对方是求他离开日本的。"你既然已学会当地话,"领航员重新说起荷兰语,"为何还要走?""我可以不走,"来人用荷兰语答道,"我只想以此谋生,我知道,你正在找一个能在朱印船上帮忙的人,我也听说耶稣会士想夺了你的权,就算方济各士抗议也没用。最重要的是,我还知道,荷兰人背叛了你……"

英国人没察觉出来人在提到奥兰治分子时并未使用第一人称,他正疑惑眼前的陌生人是如何知晓荷兰人叛变一事的,伊达政宗和德川家康早已将此事压了下去。"就算你说的都是真的,将你送上朱印船,我又能有什么好处?那可是幕府政府的船,用来维系岛国唯一的商道,万不敢有何闪失。既然你知道这么多,也该听过德川家康打算关闭边境的传闻,据说那是他的遗言之一,所以,你为何还要铤而走险?"对方仿佛正对刚听到的话细加揣摩,并不急于用空洞的理由说服他,这让亚当斯很中意。"除了日语,我还会说卡斯蒂利亚语,对西班牙各衙门间的错综关系也很清楚。"这话让威廉·亚当斯想起备受诅咒的佛兰德斯战争,以及另外一种微乎其微的可能。"我对这个国家及其习俗了解不多。"这种谦虚同样令英国领航员心生喜悦,只

---

[1] 此处为日语。——译者注

有狂妄无知者才会自以为对"众神之国"的生活洞若观火。"不过，我在马尼拉吕宋岛住过好几年，也从甲米地港乘船出海，那是根据一个葡萄牙领航员的水路志走的……"他说完顿了顿，让自己的话缓缓入力。他似乎深谙博弈之道。英国人必须承认，如果对方所讲的这一小部分已然尽为实情，足见其所知不少，见识非凡。"我对你，会非常有用……"威廉·亚当斯阅人无数，有着海狮般灵敏的嗅觉，无论这家伙的过往如何阴暗，都很可能真是可用之才。"你叫什么名字？"事已至此，英国人无需再拐弯抹角，他直觉自己已猜出大部分真相，而对方的名字解答了其余谜团。"塔玛索·埃尔南德斯·德卡斯特罗。"

已经好多年没人敢叫克里斯托巴·卡诺"发现者"了。当然，不乏某些没头脑的家伙在皇家阿尔卡萨宫的走廊里窃窃私语，众人推测，他重获自由已是公开的秘密了。新任马德里法警中尉早在菲律宾时就得此诨号，每每被人取笑时，便如后颈中刀的斗牛一般，怒气冲天，这可真是名副其实，因为克里斯托巴·卡诺的脖子的确壮如牛颈，后背宽得跟托莱多门似的。他费了九牛二虎之力才在王都谋了份差事，在被派到世界另一端受尽苦楚后，他总算要显达了。从在佛兰德斯战场摸爬滚打到执掌马尼拉的圣地亚哥堡，从东印度群岛到如今在王都伸张正义，克里斯托巴·卡诺仍是个老实人，执法严明公正，绝不容忍任何嘲讽和叛乱的苗头。来马德里后，他惶惑、怀疑，反复调查各种腐败传闻，连最细微的王室秘辛也不放过。几年前，玛格丽特王后难产去世，莱尔玛公爵的一名亲信被指用巫术谋害殿下，后来那人被罚去督办与荷兰人签署停战协议，此事才被遮掩下来。但令马德里法警中尉彻夜难眠的并非此事，而是近来国王宠臣又被类似丑闻缠身，一旦传言成真，那他连自己的上级马德里总督也不能信任了。王室内乌烟瘴气，可无论他人如何兴风作浪，他还不打算同流合污。但这并不意味着克里斯托巴·卡诺怀念马尼拉令人窒息的闷热，他更喜欢马德里温和的气候和清冷的冬季。他并不贪恋圣地亚哥堡的职务，因此也不急于打开那个从菲律宾远道而来的包裹。令他欣慰的是，至少，他不再持续不间断地收到来自德阿克西奥利大人的质问信了，后者不顾各方威胁，数月来，坚持要求卡诺对一件城内早已沸沸扬扬而他却一无所知的事做出解释和补救。即便如此，他要应对的难题仍多如牛毛。

那天下午，他先是听取了巡逻信息报备，又偶然发现竟无公务缠身，加之不必再理会尊贵的西西里大人，卡诺中尉顿感慰藉，总算坐了下来。他长舒一口气，嘟嘟囔囔剪开绑着菲律宾包裹的麻绳，里面有几百张对折整齐的文书，和两本装订成册的无聊书本，封面结实的订线清清楚楚。卡诺既非文人也非舞文弄墨的讼师，并不想很快读完来信，而是随手拿起其中一本书，瞥了一眼。他翻看了好一会儿，却不料越翻越好奇，长满茧子的手指一行挨着一行，逐字逐句地划过密密麻麻针尖大小的字母和浸了墨渍的文卷，财产登记册、永久所有权证明、以里亚尔或金币支付的酬劳和罚款，多是姓名古怪的无头账。这是一本联结了人们所能想到的所有省份、甚至囊括海外大陆的超长账本，波托西、圣保罗德罗安达、霍尔木兹、圣胡安等地名比比皆是。在那些城市中，那些由国王腓力三世统治的广袤疆域里，一个熟悉的地方频频出现：马尼拉。然而，真正引起他注意的并非卡斯蒂利亚和阿拉贡王朝的各个城镇，而是卷宗里的人名，他并不十分确定，但其中不乏出入金塔的达官贵人，尽是些高门大户的名姓。这是一桩任谁都要大吃一惊、试图制止的大案！

中尉的额头开始冒汗。他怀着巨大的不安和疑惑，指节粗大的双手捧起对折的手写稿，从斑驳的字迹中逐行搜寻真相。有时，他放下信，看看那两本书，仿佛要对刚刚吃力读来的文字进行求证，而后又拿起信，匆匆翻到末尾寄信人签名处，再从头至尾通读一遍。当读完第二遍后，克里斯托巴·卡诺放下纸张，瘫坐在椅子上，深呼一口气，暗自咒骂。他想不起寄信人的模样了，尽管那人在信中提到他们曾在圣地亚哥见过。他只记得马尼拉有个一心要建功立业的加利西亚少尉。眼下当务之急是，若信中所言属实，他该怎么办。他已大致清楚自己能做些什么，但必须谨慎行事。自玛格丽特王后去世后，王室内再无人愿公开对抗国王宠臣，即便能在先王后阵营找到同盟者，要重燃"战火"也并非易事。可如今有了这些信息，他就能行动了。只要善加利用，可令包括莱尔玛公爵在内的贵人们身败名裂。恪尽职守的克里斯托巴·卡诺很乐意将那些该死的家伙绳之以法。

大师见一个少不更事的年轻人竟佩有备前长船派大师锻造的对刀，不禁有些诧异，这才不情愿地去会了会他。众弟子围在檐廊上，宗佶端坐其中，似笑非笑地看着眼前的一幕。在大师和场内诸人看来，求学者的名字蕴藏太多的涵义，僧人能从他们满是愠色的脸上看出这一点。有人竟敢开些不怀好意的玩笑，其余人也跟着起哄，提起伏见城之事,他们窃窃私语,很是兴奋,年少的无知狂妄展露无遗。他们正等着看老师如何拒绝那个浪人模样的家伙,僧人却只静观其变。

九州岛的正午艳阳高照,年轻人跪叩在萨摩藩示现流学校的院子里,恭恭敬敬地等待老师的训诫。"厚颜无耻!"僧人自有其道理,不急不躁,他已能想见接下来的事。"我不明白他怎么还敢……""只消看看他父亲干的好事就知道,他肯定也是个卑鄙的懦夫,"那人口无遮拦,嘲讽道。年轻人开始向老师讲述他的故事,但围在檐廊上的弟子听不到他的话。"瞧他穿得破破烂烂,定是从大阪逃出来的……"刺耳的评论终于让僧人忍不住了,"会隐藏利爪的才是聪明的鹰……"弟子们早已对这句简洁明了的俗语耳熟能详,但仍个个幸灾乐祸,他们不太理解这个得借助藤杖才能行走的僧人。以宗佶的年纪,他大可原谅年轻人的鲁莽草率,却无法对傲慢视而不见。藤杖当的一声,落在最先讽人的弟子额上,愣头青们正要替那家伙出头,却听僧人说道:"我曾踏遍西方世界的土地,也游历了众神之国大大小小的岛屿,甚至还去过南蛮人的地界,最后回到这里。"在剑术学校,学生未得老师允准不能擅自格斗,被日常训练搞得鼻青脸肿的黄毛小子们只得怒目而视。"有一天我弄丢了自己的信仰……我花了很多年才重新找回来。我曾一度认为,我再也找不到一个值得相交的人了,就在我决定要放弃这种寻找的时候,我遇到了两个人,不是一个……"宗佶顿了顿,望向西乡隼人即将拜为师门的内院,"他,就是其中一人的儿子……""可他父亲分明是……"僧人冷冷地瞪了一眼口出狂言之徒。"是,没错,"他抬起藤杖指了指内院。年轻人竹筒倒豆子般滔滔不绝,老师则听得分外认真。学生们也转脸看去,只见年轻人刚结束讲述,大师忽然脸色大变。求学者向老者递上一封信,后者不待读完,便正襟跪坐,向年轻人躬身致敬,众人大惊。"正因此,他才来这儿,"宗佶最后笑了笑,"为了继承他父亲的遗志,为了人们永远记得,他的父亲曾是一名浪人……"

若加斯帕尔手里也有一根木桶匠桑乔那样的宝贝烟卷,他定会一口一口嚼着吃了,而非点燃抽掉。急不可耐的老兵在细软的沙滩上来回踱步,不时瞥几眼那个建到一半的屋子。他不敢进去,要是帕切卡看到他靠近,定会歇斯底里的。海湾很小,不到两百步宽,隐身在一片风平浪静的白色海域,周围茂密的番石榴树和佛手树上,结着红红黄黄、大小各异的果子。海湾毗邻一个水面清澈的湖泊,点缀着珊瑚藤的湖面在阳光下呈靛青色,将湖泊围起来的小岛遍布小丘,满眼青翠。在这里,海洋平息了一切,季风带来的降雨并未形成猛烈的雨季,一年中的大部分时间总是晴空万里。这处世外桃源既没有马尼拉的闷热,也幸免于王室的骚扰,正因此他们才选择了这里。从亚速尔到桑吉巴尔,从米兰公国到甲米地港,已知世界的大半土地都插上了圣安德烈斯十字旗,王庭的使臣们随意玩弄着驻地居民的命运,自以为有权力随心所欲。他带他们来到这儿,来到这个隐秘的天堂一角,将曾经的苦痛永远抛之脑后。在这里,他们不再是权贵人物政治棋盘上的棋子,在这里,他们远离那个充满贪婪可恨之徒的腐败政府,在这里,他们是自由的!在这里,时光变得云淡风轻,唯一的意外是一大早就开始的临产阵痛。

午后将尽,黄昏逐渐吞噬了碧绿的雨林和柔缓的天蓝色水面,但对加斯帕尔来说，这一天却格外漫长。他开始担心了。这不奇怪，帕切卡已扯起嗓子多次提醒他，他又怎会知道一个临产的女人要经历些什么呢。他早起本想刨锯几块木板，它们会在将来某时成为他和嬷嬷的屋子，却被几个粗木箱子挡在了门外，那时小女娃——帕切卡深信会是一个与她母亲一样美丽的女婴——已发出临世的信号。他的活儿还多着呢。他们的小畜栏里养着几只山羊和一头慢条斯理的水牛，还有几亩薄田，预备种些棉花。像以前一样，他不时还会去林子里捕几只鸟，顺便采摘些酸梅、菠萝等鲜果。再过几年，他们还打算垦出一个菜园子，只要一切按预想的进行。唯有一事还不明朗。

老兵咂摸着种种可能，不觉已来至沙滩尽头的牛心果树下。他面向大海，海风吹起他额前花白的头发。正是那时，他看到了他。一只摇摇晃晃的单帆小船，划船者逆浪而行，奋力向海湾驶来。加斯帕尔拼命挥臂，难掩激动。老兵的视力已大不如前，他摘下草帽，揉了揉眼睛。"真他娘的见鬼！"他又往真切了看，小船越来越近，船上的人已不再急着划桨，在他身后，其余小岛的轮廓在清朗的暮色下影影绰绰。"这疯兔崽子！"老兵急忙跑向还不成型的屋子，一头扑了进去，拽倒了一把粗糙的椅子，放在门厅的桌子也被碰翻在地。他在木板和家什用具中打转，脚下磕磕绊绊，口中骂骂咧咧，差点撞上鲁伊正要提走的开水桶。"回来了！他回来了！"他一边忙不迭地朝小伙喊道，一边奔向最里端的卧房，使出昔日当兵的力道，砰的一声推门，门页轰隆落地，里面两个女人不免看向他。跪倒在地的帕切卡正用白手帕擦手，床上是疼得面目涨红的孔斯坦萨。"出去！"嬷嬷怒不可遏，恨不得拿一把火神枪崩了他，可加斯帕尔仍做势要说。"我叫你出去！你听不见吗？"阵痛再次来袭，产妇生不如死。"别添乱！生了我会告诉你的！"她朝老兵呵斥一声，又转身看顾即将身为人母的孔斯坦萨，"你出去！叫那孩子赶紧烧水，就快出来了……"加斯帕尔迟疑了一会儿，意识到没必要做无谓的坚持，便顺从地离开了。他看到了杂役小伙，却没转达帕切卡的口信，他正急着走呢。他又被钉子筒绊住了脚，又一次对那些家伙大骂一通。待他磨磨蹭蹭来到沙滩时，小船已近在眼前，船上大胡子的笑容清晰可辨。划船者使劲挥手致意，他看起来很高兴。想必一切进展顺利，朱印船之事定已稳妥，说不定就连那位他们一到菲律宾就打听到的马尼拉上尉也派上了用场。加斯帕尔摘下帽子，也向那人致以问候。"这臭小子……谁能相信？他做到了！做到了！"

　　日复一日，午后一过，他便离开尘土飞扬的大路，开始劳作，要做的还不少呢。他已不再佩剑，有双手、几件农具和毅力，足够了。经过多年精心打理，那颗饱经风霜的歪脖子栓皮槠树终于伸展出其应有的纤细柔美的枝条，像一颗被选种在德高望重的大名庭院内的树一样生长着。他并非大师级的园丁，但也渐渐觉出这活计的趣味来。最重要的是耐心。他知道，要想在那支离破碎的粗枝粗叶中探索出完美，还需不计其数的驻足斟酌。但端详着眼前的树，付出已开始有所回报，对于自己无比景仰的那人心中的一切，他终于感同身受。他绕着树干，着手剪去残枝。他敲了敲绷住树枝使其成型的绳子，若天黑前时间来得及，他会清理掉风吹来的杂物和野草。他弯腰去拾割下的狗牙草，像个农夫一般，毫无顾忌，他在自己住的小院常干这活。他已不再将自己当做一名武士了。他看了看地上的根茎，发现一根固执的刺菜芽。他拔起来，装进肩上的草料袋，继续觅寻，不紧不慢。

戌时，草料袋里装了些嫩荆豆和草茬子，已半满了。他双手满是泥土，腰酸背痛，但这没什么，他觉得很值得。他歇了歇，拿来放在桂皮楮树荫下的酒囊，喝了几口水。他望着地平线，忧思满怀，任由目光在去往埃希哈的大道上游离着。那一战就发生在这片如今自己悉心照料的地方，他几乎每天都会回想。一直以来，他将庄稼拿到塞维利亚集市售卖，赚取微薄收入，节衣缩食，或许再过几个月，他就能雇一位南蛮人石匠，用众神之国的语言镌刻上一些合适的警句。若继续努力，那路口说不定会在将来某日成为一所体面庄重的神社。吉冈征十郎盼望着愿望成真的那天。终有一日，信徒们会跋山涉水而来，揭开这一段波澜壮阔的历史。置身于这片风尘滚滚中，他终于明白，自己大错特错了，衡量一个人是否勇敢的并非刀剑，而是意志。他应该被记住，以光荣、以忠贞。风吹动着桂皮楮的树冠，枝叶飒飒，仿佛在耳边低语。林子里轻风阵阵，黄昏与愁绪一道，渐渐湮灭了。一只鹰隼划破远方的天幕，仿佛巡夜之灵。曾经的武士继续着他卑微的劳作和痛苦的回忆，只为后世不忘：一个叫西乡隼的浪人长眠于此。

终

作者后记

因知识及能力欠缺，创作一部呈现历史碎片的小说从某种程度上讲难免有冒犯之嫌，但却不得不为，因为每个人物都洋溢着生命力，他们与作者同行，并在他耳边悄言低诉。写就本书，除了要深入了解复杂神秘的日本文化，还需从航海术、海上战术、冶金术、剑术、武术及其他诸多学科中汲取营养。因此，我必须指出，本书乃是怀着极大的谦卑、极大的善意和极大的热忱写作而成，若有不尽不实之处，恳请谅解。

在记述他事之前，我首先要向历史学家、学者、图书管理员及所有文化人士表示感谢，是他们的著作为我提供引据可考之处。如特恩布尔、费尔南德斯·杜洛、萨德勒、威廉姆斯、帕克、巴利奥斯、弗朗西斯科·罗德里格斯、索拉、布扎、巴利奥努埃沃·德佩拉尔塔等，他们都已成为我的"债权人"。也包括哈维尔·维拉尔巴，对我来说，他不仅仅是一位协作者。还有小说家远藤和吉川，他们的作品带我回到中世纪的日本，另有武藏、山本、友山等武士先辈以其不朽著作传承思想，三岛等继任者续写剑术精神。还有尊敬的埃斯佩兰萨·雷顿多、特奥·帕拉西奥斯、索尼娅·马埃斯特罗和安东尼奥·费尔南德斯·玛依拉，他们纠正了初稿的诸多错漏之处。衷心感谢他们所有人！

最后，在对小说中的一些秘密抽丝剥茧之前，我感到有义务说明一点，此后记仅为历史谜团的冰山一角，大量注解中的一段节选，历经多次删减，以免过于冗长。希望这段节选能满足多数读者的期待。

关于小说……

小说的创作灵感来源于日本盆栽风格之———吹流式，又称"横扫风"，象征那些屹立于悬崖峭壁的树木，它们被狂风吹得腰弯背驼，在坠落与被连根拉起的边缘艰难求生，正如西乡隼本人。

将小说所述事件互相关联起来并非易事。17世纪初的时间节奏和规则与如今大不相同，一封从马德里寄往马尼拉的邮件需耗时一年，若遇船只障碍或商人们迫于压力取消航线，则用时更久。这与小说情节发展并不相悖，但也的确促使作者摒弃人物的部分生平，而将文笔集中于主要事件。关于小说中西班牙探险队和日本使团进行的两次重要航行，必须指出的是，情节发展并不与史实完全一致，而只以圣迭戈号的沉没和关原之战两起偶发事件作为引子。事实上，16世纪末，曾有多支探险队从菲律宾前往日本，本书则将其合并为一支，但在历史逻辑和特定人物与地点上仍保持连贯性（主要为佩德罗·布尔吉洛斯和圣埃斯皮里图号事件之后的历史）。下面将对印度群岛的部分历史节点略作阐述。

1609年，从马尼拉启程前往阿卡普尔科的西班牙盖伦帆船圣弗朗西斯科号在距今东京不远的日本海岸遇险，船上部分幸存者后来在早期抵日的传教士路易斯·索特罗的帮助下回到墨西哥。回程船只由英国人威廉·亚当斯指挥修造，随船带去的还有两封德川幕府致莱尔玛公爵的亲笔信（现存于西印度群岛综合档案馆）。但因西班牙方面久无回信，同日本建立贸易联系的机会就这样被搁置了。与此同时，在方济各士路易斯·索特罗的再三建议下，新西班牙总督率先派出遣日使团，探险者塞巴斯蒂安·比斯卡伊诺任大使。然而，尽管动机良好，但因大使本人举止失仪，引起日方不满，此后，比执意带领使团离开日本，前往著名的金银岛，却因遭遇极端天气伤亡惨重，铩羽而归。时任征夷大将军德川家康之子同意打造一艘新船将其送回新西班牙，亦即书中日本外交使团所做的那次航行（据史料记载，比斯卡伊诺在墨西哥被同船日本人杀害）。小说中为避免过早提及英国人及重复出现多次海难，对以上事实予以简化。

关于日本使团，存在多种表述，有的甚至互相矛盾。值得注意的是，很可能如书中所言，所谓使团不过是有意闭关锁国的德川氏的政治把戏。有人大胆猜测，使团实为谍报组织（可从使团本身的结果及1624年方济各士路易斯·索特罗的殉道推断）。此外，以年号命名的庆长使团要比天正使团晚数十年，后者由耶稣会士瓦利格纳诺建议实施，其目的并非与各主权国建立外交联系，因此影响更小，且并未抵达塞维利亚。

接续上述，需要指出的是，方济各士路易斯·索特罗曾因在江户传教被幕府判处死刑，后因精通医术、救治了伊达政宗的一位姬妾而被这位大名赦免（当然，留他性命也或许只因需他担任翻译）。

关于人物和地点……

文中的伏见围城战仅部分真实，这并非是要影射真相或引出虚构的主人公浪人,而是由于无法搜集足够的材料。事实上,伏见城原址早已被毁,二战后短暂复原的新城也很快被废弃。鸟居元忠的确曾在城内奋战十一天,他的切腹是日本历史上最可歌可泣的事迹之一。在他留给儿子的那封感人肺腑的遗书中,更见其忠肝义胆。当然,城内的确出了叛徒,一位武士在石田三成要杀其全家的威胁下纵火烧了城池。

小说涉及莱尔玛公爵弗朗西斯科·德桑多瓦尔·罗哈斯的材料多出自帕特里克·威廉姆斯等专家的著作,用以搭建故事框架,部分情节确有其事。如与卡斯蒂利亚海军司令和圣赫尔曼侯爵的恩怨、更换御膳长、安排心腹出任要职、与孀居皇家赤足女修道院的王后之间的罅隙等,但围绕圣迭戈号的阴谋诡计为虚构事件。

真正的拉布拉布是一位菲律宾族长,据说他在麦克坦之争中带领族人战胜了麦哲伦。为免行文过于复杂,小说未对米沙鄢人、宿雾人、伊洛卡诺人、比科尔人等菲律宾民族逐一介绍,而只选取更广为人知的他家禄人。

关于地点,除部分特殊情况外,几乎所有日本地点的年代及叫法均有出处,对部分拗口和几易其名的地方,以简化名称为准。如,在小说中,马鲁卡斯岛(Malucas)作马鲁古(Maluco)、卡拉伊斯(Calais)作卡莱斯(Calés)、塞巴达(Cebada)作塞瓦达(Cevada)。新西班牙代指墨西哥,莱德隆群岛即今基里巴斯,王城指阿卡普尔科。饥饿港位于麦哲伦海峡,因当地移民曾被大量饿死而得名。巴西确为历史地名,旧称德拉德贝拉克鲁斯、圣克鲁斯,后因大量出产巴西红木而更名。

著名的走铁索演员布拉提内斯兄弟是真实存在的,腓力三世时代曾在皇家阿尔卡萨宫和马德里附近进行过至少一次表演。

关于17世纪的皇家阿尔卡萨宫和马德里周边市镇，因彼时王宫所在城镇疾速发展，有关史料在具体年份上颇多杂乱，难免条理模糊之处。令人意外的是，今阿穆德纳圣母主教堂即为昔日皇家马厩和兵器库所在地。

奥利维尔·凡·诺特以减员之名，将雅各·克鲁兹流放于南美大陆的某个不毛之地确有其事，后者也从此杳无音讯，但其曾到过马德里并参与奥图诺的阴谋实为杜撰情节。

如书中所言，天赋异禀的著名画家彼得·保罗·鲁本斯是腓力三世派出的外交使节，曾为莱尔玛公爵绘过一副惟妙惟肖的骑马肖像。他不仅从事绘画和外交活动，还不止一次担任高级密探。

为免喧宾夺主、阻碍主要情节发展，作者未对关原大战之前的大津和上田战役详加描述，但上述两地因历史价值独特，至今游人络绎不绝，值得一看。

马德里皇家阿尔卡萨宫的厨房杂役的确如小说所述，偷拆了王宫窗帘以填补亏空。

奥地利的玛格丽特王后是腓力三世的妻子，在小说故事发展之初，她还不过是一个年仅十六岁的孩子，孔斯坦萨（虚构人物）也尚不足二十岁。为使人物所做决定与行动符合基本事实，文中未精确其年龄。但无论年轻与否，她都是一个有决断、勇于承担责任的女人。

尽管小说中推测天花是导致伊达政宗一只眼睛失明的原因，但这一结论在学界仍存异议。虽然书中没有提到，但日本使团曾为腓力三世和教皇保罗五世带去多封伊达的亲笔信确有其事。在前两封信中，伊达提出日本愿与墨西哥通商及请教皇派遣传教士的要求。

耶稣会士克里索斯托莫·费尔南迪斯（为展现宗教派系之争而虚构的人物）的原型部分来自葡萄牙传教士路易斯·弗洛伊斯，后者曾长居日本，深得织田信长信任。书中提到的袭击比睿山僧众情节是对路易斯本人著作的改编。

小说中，路边老农给石田三成枇杷果却被拒绝一事的确存在，至少许多学者接受这一观点。历史上石田三成被处决后，其头颅和尸体均不知所踪，但学界对此并未达成一致，这也为小说创作提供了空间。这种讽喻手法十分普遍，即以历史上与德川家康相关的政治和战略事件引导情节发展。

据考证，弗朗西斯科·哈维尔在岛国传教期间，的确曾向九州岛大名大内义隆赠送过一座钟表。日本最古老的西式钟表（1581年由一名比利时钟表匠在马德里打造）的持有者为德川家康，现存于静冈市东照宫神社。2012年，大英博物馆的一位英国专家证实，钟表的大部分原构件仍保存完好。这是世界上最古老、工艺最精湛的钟表。

书中多次出现的腓力三世之女安娜公主即奥地利的安娜，也是法国国王路易十三的王后。不幸的是，这段婚姻并不幸福，直至国王去世，二人一直处于分居状态。时任国王首相、著名的黎塞留公爵因安娜的西班牙出身怀疑其密谋反对国王，并提起诉讼，但并无实据。国王去世后，安娜承担起为年幼的儿子路易十四摄政的任务，长达五年。如她在童年时目睹的那样，她也将政务交给一位宠臣——尤勒·马萨林。大仲马的《三个火枪手》即取材于她的故事。

支仓常长是真实存在的，并且如小说所述，是一位被时代左右的悲情人物。关于他的青年时代，后世知之甚少，只知他参加过丰臣秀吉发动的侵略朝鲜的战争，曾奉命率领使团前往西班牙和梵蒂冈。在西班牙期间,他受洗改名为菲利普·弗朗西斯科·支仓。他依次到访塞维利亚、马德里和巴塞罗那,再从巴塞罗那进入地中海,驶向罗马,后因使团不被欧洲权贵重视启程回国,并于1619年再次途经墨西哥(因情节需要,小说中塔玛索通过策反荷兰人返回东方)。尽管使团在欧期间被以礼相待,但因彼时日本国内对基督徒迫害正盛,腓力三世拒绝签署通商文件。1620年,支仓常长回到日本,一年后因病逝世。他的航行在日本历史上是先驱性的,但对一个日益封闭的日本而言影响有限。直至1862年,日本政府才再次派团出使欧洲。

罗德里戈·卡尔德隆是莱尔玛公爵的秘书,也是奥图诺·德安德拉德的原型之一。他出身巴利亚多利德的一户商贾之家,被西班牙国王卡洛斯一世加封为贵族。他为人傲慢、野心勃勃、肆无忌惮,深受国王宠臣信任,这为他带来许多功名,但也被莱尔玛公爵的敌人所痛恨。除书中所述人物外,方济各士胡安·德圣塔玛利亚、皇家化身修道院院长玛利亚娜·德圣何塞也与玛格丽特王后一道,打击宠臣及卡尔德隆。1616年,玛格丽特王后难产去世,卡尔德隆被控以巫术谋害王后,这一点有待考证,但其所犯谋杀罪及其他阴谋则证据确凿(与奥图诺这一角色一致)。1618年,因受儿子乌塞达公爵和国王的告解神父多明我会修士阿里亚加牵连,莱尔玛公爵被带至王庭。为平息众怒,作为替罪羊的卡尔德隆于1621年1月7日被捕,并在多番刑讯逼供后招认了部分罪行,但拒不承认谋杀及巫术指控。他于1621年10月21日在马德里被斩首。

这一时期,马德里总督名叫安东尼奥·马丁内斯,而非文中的迭戈·马丁内斯。更名的目的是避免与德莫伽造成混淆,给阅读带来不便。抛开姓名暂且不论,学界一致认为,时任总督及其继任者们与莱尔玛公爵的肮脏勾当牵扯密切。

鸟羽城又称浮城、两色城,今只剩遗址还可参观。

历史与传说总是以一种奇妙的方式交织在今天我们称之为少林寺的这座寺院内,在此不便赘述。然而,值得一提的是,类似小说中宗佶的故事在17世纪初具有一定合理性。时值明朝末期,来自满人的威胁日益严峻,长城防御不断加固,少林寺对前来求助的落难者悉数收留,不问出身过往,导致出现一些违反佛家戒律、公然吃肉喝酒、杀人放火的僧侣。

摄政女王玛利亚生前曾组织皇室晚宴,恳求腓力三世放弃自马德里迁都至巴利亚多利德的计划。此外,她也积极打击宫廷腐败,但未有成效。

关于梵蒂冈的概念,或者更确切地说,梵蒂冈城国的概念是通过1929年《贝尔特兰条约》[1]确定的。拿破仑时代后,常以教皇国(与小说一致)代指梵蒂冈。今意大利的核心区域在小说所述时代业已确定。

文中对塞维利亚着墨较多,实属乐事。需要指明的是,在17世纪,流经塞维利亚的除瓜达基维尔河外,另有一条塔加莱特河,后随着城市发展渐渐消失。

圣弗朗西斯科修道院原址并非小说所述地点,但彼时塞维利亚宗教裁判所的确已迁至特里亚纳城区。

为免影响阅读体检,书中对皇家赤足女修道院和圣豪尔赫城堡的描述已尽量简化。欲知更多细节不妨查阅奥蒂兹·祖尼加的作品,或亲至城堡博物馆一览。

---

[1] 作者笔误,应为《拉特朗条约》。——译者注

凶狠的吉卜赛人托马斯·德萨巴的名字源自15世纪一位前往孔波斯特拉朝圣的同名埃及酋长。为避免重复，教名为托马斯的日本武士之子在文中改称文森特。将路易斯·索特罗称为索特罗修士而非路易斯修士，也是为避免与时任新西班牙总督重名。

在人称指代上，还应注意到一个独特现象，"日本"这一姓氏在今塞维利亚及其周边较为普遍。对于同一历史事件总会出现不同观点，有时甚至互为悖论。关于上述现象的主流解释是，部分伊达使团成员决定定居科里亚小镇。无论他们出于何种原因留下，最终结果是因姓氏拗口难记，当地人一律将其称之为"日本"。

为区别于詹姆斯·克拉韦尔的著名小说《幕府将军》，小说并未对威廉·亚当斯的生平详加介绍，但为忠于历史，仍保留了威廉·亚当斯搭乘博爱号遇险这一事件。希望与日本通商的荷兰人正是乘博爱号到达岛国的。

部分学者认为，背叛德川家康的厨子真实存在，而大阪城纵火者究竟是谁至今不明。德川家康死因的官方说法是胃癌（仍存异议），但其晚年的确喜食后世称为"天妇罗"的油炸食品。

关于大海……

讲述圣迭戈号海难是一个实实在在的挑战。史料所载荷兰船只的数量多有不一，关于海上操作术语，各国也有所不同。帆船沉没的确属实，其部分残骸现存于马德里海军博物馆。但即便如此，小说创作也不能想当然。譬如，虽然史料对那次海难中鲨鱼的出现未提只字片语，但三百年后，美国印第安纳波利斯号巡洋舰在被日本鱼雷袭击后，等待救援的船员便遭受了鲨鱼攻击。此外，历史上荷兰对马尼拉多年久攻不下，双方在17世纪爆发甲米地海战。

小说中常提到火药浓烟，这是由于不同于现代的雷管等引爆装置，彼时军工厂只出产黑火药，因而烟雾浓厚，气味刺鼻。

浓缩尿液，无论是室外放置还是加热，都会变成一种与氨水极为相似的液体，而氨水在旧时帆船上并不常见，因此，彼时也以浓缩尿来做皮肤刺激和消毒之用。事实上，尿素在现代护肤品中也有添加。

小说只粗略提到了安德烈斯·德·乌尔达内塔发现的从东印度群岛返回新西班牙的航线，据考证，这条航线耗时更久、难度更高，且对黑潮（日本暖流）依赖较大。黑潮是一种宽度超过50海里、深度大于200㖊、水色比周围水域深的暖流。

领航员巴斯克·德诺瓦埃斯担任船长一职并不稀奇。那时，船长大多对航海及海洋事务一无所知，仅承担管理职责。

关于语言……

为了让读者对中世纪日本的文化背景有所了解，小说在部分词汇使用上冒昧采用音译写法（请允许我再次向哈维尔·维拉尔巴表示感谢，感谢他出色的工作和巨大的耐心），即根据修订的赫本式[1]用罗马字母对日本词汇进行标注，增田纲编撰的《新和英大辞典》也使用了这一方法。这也是国际学界的通用做法。譬如，在西班牙皇家语言学院的词典上就出现了samurái（武士）、sogún（幕府将军）、damio（大名）等词，其读音与日语发音相似，这既是为了尽可能贴近日本文化，也是由于词汇背后的时代意义比词汇本身更深刻复杂。

---

[1] 赫本式又称平文式，是西方传教士詹姆斯·柯蒂斯·赫本（James Curtis Hepburn）设计的使用罗马字母为日语的发音进行标注的方式。——译者注

具体来讲，小说中关于武士一词的表述，除 samurai 外也穿插使用了 bushi，bushi 来源于日语的"侍"，军事侍从的意味更浓。因卡斯蒂利亚语与日语差别极大，书中很难对语言学概念加以阐述，在此向语言学家们预致歉意。此外，武士道这一日本道德体系的最终形成时间略晚于小说所述年代，书中对 bushidō 一词的时间概念也做了相应改动。

日本刀在卡斯蒂利亚语中统称 sable，罗马字母以 katana 标注，指用于精准切割的单刃弯刀。部分专家学者也以 nihontōdaishō 惯指武士刀、日本刀；daishō 指大小对刀；wakizashi 指对刀中的短刀，又称忍刀、肋差；kozuka 或 kogai 指单独装在刀鞘的小柄刀。除大小对刀和小柄刀外，还有平头短刀，又称太刀（tanto）。有观点认为，小柄刀为日常所用，太刀则须佩铠甲。

Kokú 指"石"，旧时日本粮食计量单位，"石"的明确计量数多有变化，约合 180 千克，即一人一年所需。历史上，日本对外国人的代称很多，在小说所述年代主要有 gaijin（外夷）、nanbanjin（南蛮人）和 kōmōjin（红毛子）。当然，这并不十分精确。

在上述问题上，我也必须感谢大友力及其助手，是他们无私谦逊地帮我完成小说中日语词句的音译。在此还须解释一点，现当代有关中世纪日本的外文小说中常以 Iie、Hai、Sayōnaraba 分别表达"不""是，好的""再见"等意思，但在小说所述年代是以"Ina"表达否定的。日文人名则保留了姓氏前置的通用做法。为符合西方读者的阅读习惯，也以家族名指代行为主体。

为避免阅读的乏味感，书中对中世纪日本密码使用的描写已有所简化。作者试图在符合情节逻辑的前提下，展现战乱年代日本贵族在军事谋略上的典型做法，即一种建立在西方波利比乌斯矩阵理论上的替换密码（形同棋盘上的方格）。这种密码系统曾在全世界广泛应用，后因难以匹敌频率分析而被弃用。由于伊吕波歌是一种包含日语假名的全字母句，因而被广泛教授和学习。据部分历史学家推测，和歌的部分片段可以作为破解密信的参考。书中并未展示西乡隼发现的密信与和歌原文，因为这对不了解日语的读者意义不大。事实上，伊吕波歌的字符并不能完全覆盖七横七纵的波利比乌斯矩阵，因此要破译密码，还必须明确各个假名所处的具体方格。

关于神奇美妙的日本……

"二战"后，为便于发音，忍者一词 Shiboni 统一写为 ninja。据考证，忍者是日本自古就有的一种特殊职业，其参与伏见围城战也属实。此外，他们身着藏青色衣服而非通常所说的黑色。忍者的日语写法按照音译也可写为 kanja、ukami 或 rappa。关于他们的技艺总是无可避免地带有某种神话色彩，其饮食也颇受争议（据猜测，原料之一是狼粪）。

此外，还应该注意，砷中毒致死的确符合医学现实，但不与中世纪的日本神话传说一致。

封建时代的日本境内有五条主干道，其中之一便是文中提到的中山道，也是沟通江户和京都的主要通道。上述主干道的建造和使用参照罗马道路交通体系，但并未同欧洲一样取得促进人员流动和繁荣贸易的成效。持续降雨和崎岖不平的地形催生出另一种运输方式——赤足脚夫。感兴趣的读者可参访今长野和崎阜两县的干道遗址。

日本著名作家紫式部在 11 世纪创作的《源氏物语》为 17 世纪初

日本民众的典型穿着提供了溯源参考，这部作品也被许多学者认为是世界上最早的长篇写实小说。

京都是日本主要城市之一，其人口密度远高于同等规模的欧洲城市。江户时代，京都城内约有20万常住人口，其建设过程的确应用了风水术。

文中出现的 Rokujogahara 可译为第六街或六条河源，附近为鱼市。日本古街道通常并无名称，Matsubarabashi（松原桥）或 Matsubara（松原）是丰臣秀吉为纪念该地区的松树而命名的。

在日本，或许是受人口密度大和空间狭小影响，人们总是对微型宠物情有独钟。几个世纪以前，成千上万的日本人就将蟋蟀及蛛形纲动物作为宠物饲养。其中尤以产自南部岛屿的金蛛最为常见，并由此开始了蜘蛛格斗的传统（在其他亚洲国家如菲律宾也十分常见）。16世纪末，蜘蛛格斗大赛（Kumo Gassen）首次在九州鹿儿岛举办，延续至今。大赛每年举办一次，岛上各地的人们会为大赛筹备投入大量时间和精力。人们与自己的蜘蛛宠物一起生活，对其精心照顾和训练。

以鲸须作为度量长度的工具在中世纪的日本并不少见。鲸须又称鲸尺（shaku 或 kujirajaku），1鲸尺约合40公分。今天，仍有木匠和其他手工艺者以鲸尺作度量衡。

小说中所展现的德川家康与伊达政宗的阴谋尽管与史实相差不大，但也并不完全一致。关原大战的获胜者（亦即后来的幕府将军）是一位能同时周旋于不同阵营、聪明非常、极会筹谋的人。文中以一首耳熟能详的日本民歌体现出德川家康老谋深算的耐心，读者也可通过民歌对日本历史上三位统治者的个性窥见一斑。民歌原文如下：

如果鸟儿不唱歌，怎么办？

信长说：杀了它！

秀吉说：逼它唱。

家康说：等它唱！

    文中所描写的香鱼捕捞技巧至今仍适用于其他食藻鱼类。在部分亚洲国家，的确存在训练鸬鹚为人类捕鱼的现象。

    所谓河童的传说在日本流传甚广，与之相关的绘画、文学作品乃至庙宇也十分常见。每个河岸居民都能讲出一个有关这个恐怖水怪的故事。现代科学倾向认为，河童实际上是日本大鲵的神话形象，其身长可达两米，头大如鼓，尖牙利齿（因生存环境受到破坏及与亚洲其他物种杂交所致，现已成濒危生物）。事实上，这种难以置信的动物——真正的活化石——的确能够啃掉海滨游泳者的手指，尽管它们的视力并不怎么样。日本大鲵是水陆两栖鱼，偏爱清澈的山涧溪流，以水生昆虫、鱼虾等为食。雄性大鲵会照顾幼鲵长达数月。

    夜莺地板是真实存在的，如文中所述，具有警报作用。德川家康下令在京都建造的二条城内即有此地板。二条城至今保存完好，仍可参观，是联合国教科文组织认定的世界文化遗产。

    奈良火把节在文中以极简洁的方式一闪而过，但在现实中的确是去岛国不容错过的游览项目之一。未有史料证明德川家康曾参加1603年的火把节，但作为小说情节无伤大雅。

    日本桥是现东京城内重要的商贸区，江户时代，德川家康曾在此建起相当规模的海鲜交易市场，亦即后来的筑地市场。为免冗长杂乱，不再对该地的河流和地理演变多做赘述。

"海人"曾在很长一段时间内成为摄影师和肖像画家的灵感来源，时至今日仍然存在，但已非像旧时那样半裸上身，而是全身皆着衣物。

日本艺伎白底妆引起争议的原因是其妆粉中含有毒金属铅。

著名渔商佑吾郎最终通过应用针刺疗法等发现了长途运送活鱼的方法。

荷兰人和英国人曾获批在日本建立商业据点，后英国人因生产力不足，于1623年关闭工厂，荷兰人则在整个幕府时期都留守在长崎市出岛地区。小说因故事线聚焦于日本和西班牙并未对此详述，但其中也有奇闻异事，如英国平户商馆馆长理查德·柯克斯是第一位在日本种植土豆的人，荷兰东印度公司平户商馆馆长雅戈斯·斯皮克也是一位杰出的商业领袖。

没有官方资料证明幸存于日本、试图与日本政府达成贸易协议的荷兰人曾与在日的西班牙人产生暴力冲突，但历史学家认为，双方的确一度剑拔弩张。

关于本书浪人形象的塑造，不得不提日本封建武士小说《四十七浪人的故事》。尽管后者并非本书的直接灵感来源，但作者仍冒昧推荐读者亲至京都泉岳寺一观。寺庙是为纪念切腹自尽的四十六义士和奉命复仇的寺坂吉右卫门而修建，内有四十六义士墓，至今仍矗立着记录赤穗浪人事迹的石碑。

关于传统……

在菲律宾，使用冠父姓的西班牙语姓名非常普遍，这是由于菲律宾总督纳西索·克拉维里亚曾在19世纪末颁布过一项改名法令，即为当地人指定一个可供选择的姓氏名册,其中大部分是从马德里姓氏名册抄录的西班牙姓(西班牙贵族的姓氏和克拉维里亚总督自己的姓氏不包括在内),供菲律宾人按地区挨村挨户地选用,这使得除南部穆斯林以外的大部分菲律宾人都有一个西班牙语姓名。为免重名,许多菲律宾人不得不开具各类古怪文件,以证明自己与某个戴罪之人并无关联。

书中有关医疗、饮食及个人卫生的意见和参考信息源于洛贝拉·德阿维拉博士的《绅士们的宴会》一文。德阿维拉博士是卡洛斯国王的御用医生。

小说中提到,正是来自印度群岛的金银极大地增强了西班牙王室的经济实力。在此,我们必须忠于历史,即重视美洲矿产在西班牙历史发展中的关键作用,殖民者不仅用美洲的金银填补了西班牙国库亏空,支付了军队开支,也为其远洋航行找到了成本之源,但这也给当时的大明帝国等东亚国家的经济带来不稳定因素。此外,大量金银流入西班牙市场也导致其国内通货膨胀、物价飞涨。

关于中世纪的日本饮食:今天人们熟知的日本菜式如生鱼片等彼时并不常见。食用生鱼片是后来的渔民们在忙碌的打捞作业中发明的吃法。此外,在江户时代,修行佛法的僧人们并非像今天一样严格戒食荤腥。在饮食描写上,我必须感谢亲爱的桑迪·阿姆伊涅亚,我们曾就日本餐饮长谈多次,由衷感谢他为我的小说提供了美妙的烹饪视角。

文中出现的"拣对子""爬杆子"等游戏均为中世纪时期西班牙传统游戏。

文中宗佶所用的拐杖又称乞讨杖、及眉杖(因其高度与人站立时的眉峰位置齐平），多选用柔韧性好、延展性佳、重量轻的木材制成，可轻松锁住刀锋，抵挡袭击，如小说中所提到的藤木。

文中关于西方剑术的描写参考了路易斯·帕切科·德纳瓦埃斯在17世纪初所著的《论剑术之精妙》一书，他与天才诗人弗朗西斯科·德奎维多的恩怨和他高深的剑术一样遐迩闻名。此外，我也要感谢好友拉斐尔不厌其烦地为我解答诸多疑问。

关于菲律宾毒药，抛开科学研究暂且不论，作者倒认为有必要将安东尼奥·德莫伽本人在《菲律宾记事》中的一段话分享于此："当地人用毒十分普遍，有毒植物种类之多，效力之大，以至于多有不可思议的结果。在当地人所知和选取的毒物中，有的干枯，有的泛绿，有的投于食物，有的用于烟熏，还有一些只需手或脚轻轻一碰，抑或是头枕着那毒物睡觉，便会致命。毒药的时效有长有短，依需求而定，长的可达一年之久。还有一些植物被用来以毒攻毒。在薄荷岛，有一种植物必须在上风口砍伐，因为光是其挥发在空气中的物质就足以致命。"

关于动植物……

文中的雪松（cedro）实为日本柳杉，柏科植物，cedro是其在西班牙语中的惯常译法，其学名为criptomeria japónica（日本柳杉），日文名sugi。这与貉的情况十分类似，日本将貉（犬科动物）称为浣熊狗，日文名tanuki，学名nyctereutes procynoides。

日本蜘蛛蟹是世界上已知体型最大的甲壳类动物，又称巨螯蟹，蟹足平均伸展长度可达3米，极具观赏性，至今仍是长崎地区的一道招牌菜。

日本是地震多发国家，2011年3月的大地震损失惨重。据多个日本研究中心数据显示，琵琶湖的鲶鱼与地震的确存在某种关联，似乎真如传说一般，这种好奇的鱼类总是在地震来临前躁怒异常。日本自古就有"鲶鱼闹、地震到"的俗语。

当提到日本黑牛时，作者所指的并非某个单一畜类，而是影射日本畜牧发展的现实。旧时，人们租赁黑牛作为交通工具，近代以来，通过对黑牛品种进行改良及采用独特的饲养方式，培育出了肉质极佳的神户牛。

文中提到的荷兰人在平户养矮脚鸡（chabo，英文名为Japanese bamtan）一事也有出处。这种鸡羽毛鲜亮，尾巴细长，据传，最初是由荷兰人作为礼物带去日本的，颇受当地大名和富人喜爱。

产自菲律宾的莫拉菲硬木曾是印度群岛各造船厂的主要原材料，至今仍被认为是世界上最好的木材之一，和印茄木一道被普遍用于高档家具制造，后者木色泛红，香气浓郁。日本造船厂旧时多用榉木和榆木。

文中西乡隼自称啄木鸟的情节也与日本传统文化有关。相传，麻雀和啄木鸟本是一对兄弟，一日，他们接到父亲病重的消息，正要将牙齿涂黑的麻雀立刻飞往父亲身边（正因此麻雀有黑白相间的喙，两颊也有黑斑），而啄木鸟则精心打扮了一番才飞去探病，等他到时父亲早已咽气。后来，相貌平平的麻雀被人类接纳，飞入堂前屋后，啄木鸟则被罚飞遍丛林，白天啄木为生，片刻不停，却只能吃到三只虫子，晚上则躲入树洞，大哭不止，嘴巴因啄木疼得难以入眠。此外，西乡隼的"隼"字在日文中指"漂泊的鹰"。

关于宗教……

16世纪进入日本传教的各教派之间的确存在较量和冲突。如小说所述，耶稣会士曾向其他教派施压，以获得教皇在日本的唯一授权，他们还通过关税和秘密合同经商牟利。

文中对日本绞刑未加详述，但的确存在。与欧洲不同，日本是用长矛将犯人钉在十字架上。丰成秀吉掌权后的确曾大肆迫害基督教徒。

印度群岛卡塔赫纳教区主教曾于1603年在哥伦比亚卡塔赫纳修建修道院、修女均来自旧大陆的历史也确有其事。

文中的多明我会修士西尔韦斯特雷·德马尔斯科·巴蒂斯特是一位虚构人物，他的身上具备那一时期的宗教裁判所主审法官的典型特点和普遍困惑，这种困惑也是托马斯·阿奎那作品中所体现的教会与世俗社会之间的意识和哲学冲突。

文中通过对孔斯坦萨的审讯，再现了宗教裁判所的审判程序，有关主要信息来源于雷纳尔多·冈萨雷斯·蒙特斯所著《西班牙宗教裁判所的艺术》一书。需要说明的是，西班牙宗教裁判所确因其残忍被人诟病，但事实上被审判人数远小于欧洲其他宗教裁判所。

关于艺术……

对西方人来说，日本艺术是一种复杂且截然不同的存在，甚至难以理解。小说通过盆栽、观赏石、音乐、绘画等展现了日本艺术的不同表达方式。在绘画方面还尤其提到了一幅由著名狩野外画师所作的挂轴画，即安土桃山时代的狩野永德，他是日本艺术史上最出色的画家之一。

观赏石在日本又称水石、雅石，一般放置在壁龛处，以人物、动物、花草树木、山水等自然景观为主题，色彩逼真，形态生动，展现出一种耐心的品德和静态美，细观之，有催人奋进之感。在此，请允许我向西班牙水石协会及其主席何塞·曼努埃尔·布拉斯克斯先生致以深深的谢意。

日本传统弦乐器三味线的问世时间比小说所述年代早了约半个世纪，因此在文中仍可算新式乐器。

耶稣会士的到来不仅对日本宗教、饮食产生深刻影响，也通过油画技艺在日本绘画史上占下一席之地，并催生出后来的"南蛮艺术"。

中古三十六歌仙是日本和歌三十六名人的总称，最早见于10世纪初平安时代公卿藤原公任编选的《三十六人撰》，他们的诗歌至今传唱不息。

书中提到的孔斯坦萨曾在克鲁斯剧院听过的十四行诗是弗朗西斯科·德奎维多的作品，其成文年代略晚于小说所述，这位天才诗人的首部诗集出版于1605年。

文中塔玛索喃喃自语的"我好想你"源于墨西哥著名歌唱家阿曼多·曼萨内罗的同名曲目《我好想你》，他是作者非常喜欢的诗人和偶像，借此向他致敬。

亲爱的读者，至此，仍难免有疏漏之处，我冒昧向您提议，若有机会，不妨去书中所述地方亲身体验一番，我敢说，您定会像我一样尽兴而归。希望您阅读愉快……

最后，再次衷心感谢大家！